梅振才詩集

作者自署

梅振才 著

百花洲文艺出版社

图书在版编目（CIP）数据

梅振才诗集 / 梅振才著. — 南昌：百花洲文艺出版社，2024.3
ISBN 978-7-5500-4566-8

Ⅰ.①梅… Ⅱ.①梅… Ⅲ.①诗集—中国—当代 Ⅳ.①I227

中国版本图书馆CIP数据核字（2021）第269470号

梅振才诗集
MEI ZHENCAI SHIJI

梅振才 著

责任编辑	余丽丽
封面设计	彭　威
制　作	周璐敏
出版发行	百花洲文艺出版社
社　址	南昌市红谷滩区世贸路898号博能中心一期A座20楼
邮　编	330038
经　销	全国新华书店
印　刷	江西省和平印务有限公司
开　本	720mm×1000mm 1/16　　印张 39
版　次	2024年3月第1版
印　次	2024年3月第1次印刷
字　数	580千字
书　号	ISBN 978-7-5500-4566-8
定　价	88.00元

赣版权登字 05-2021-482

邮购联系 0791-86895109
网　址 http://www.bhzwy.com
图书若有印装错误，影响阅读，可与承印厂联系调换。

六十多年人生经验的结晶，中外双视角的诗意书写（序）

杜华平

2019 年 11 月 8 日下午，远从纽约来南昌参加活动的梅振才先生因胡迎建先生的介绍，接受我的邀请，光临我校给新雅诗词研习社的同学作"诗不孤"讲座。讲座一开篇就给听众展示了《纪念梅汝璈先生诞辰 115 周年》《游滕王阁》《喜会"新雅诗词研习社"师生》三篇新作，是在当天上午登览滕王阁之后所作，我们惊叹于梅先生的盛意与捷才。他写给我们的这首《喜会"新雅诗词研习社"师生》是这样的：

> 赣水源流远，诗风世代传。新潮新雅社，后浪后贤篇。
> 才俊勤研习，良师力引牵。今临文艺苑，喜赏百花妍。

我次韵奉和了，因为这天正是己亥年立冬日，我取题为《立冬日梅公振才先生前来讲学次韵为谢》：

> 海外归鸿到，唐贤喜有传。含毫上高阁，执手示新篇。
> 情寄丹青远，心惟祖国牵。临冬论学后，花暖似春妍。

新雅诸子感梅公高谊，也纷纷酬和，这些作品汇辑起来在"诗国江西"公众号上编推了。这是我与梅先生结缘的来由。此后，梅先生不断有佳作见示，让我越来越深地感受着居于海外，年逾七旬的诗人对诗、对祖国、对天下的满腔感情。

梅先生出生于广东台山的端芬镇。明初梅永清是北宋诗人梅尧臣的后辈，端芬镇梅氏始祖，能诗，肇基端芬镇时有诗咏端芬曰："铁锁练孤舟，任从海上浮。天下纷纷乱，此地永无忧。"受他影响，端芬镇诗风日盛，梅氏代有诗人。振才先生父亲梅均普为培英中学、台山一中、台山师范等校教师，亦喜诗，有《梅均普诗存》存世。振才先生得父亲的启蒙，十二三岁就能诗。1962年考入北京大学，虽然读的是俄语系，但有名校氛围、名师陶冶，在读期间，他诗兴很高，作诗不少。毕业后，分配到军垦农场锻炼，后来返回广东工作，受政治运动、思想改造的冲击，不敢放开手脚作诗，却未完全中辍，还偷偷地将自己的作品编成《鸿爪集》，在知交范围内传阅。我相信，凭着青少年时期培养起来的诗心，以后就算走了常规的人生路线，他的诗也会越写越多，越写越有名的。而若论境界，若没有生活经历的大变，恐怕难免会较为狭窄和普通。

可能上天不愿让梅尧臣的后人平庸，生长于著名侨乡台山的梅振才终究要到更广阔的世界游泳，而祖父梅友斌在年轻时辞家去国、漂洋过海到芝加哥洗衣店工作几十年，也成为一种精神召唤。回应着上天的意志、祖父的召唤，梅振才1981年6月出国到了大洋彼岸，经过二十多年的努力拼搏，终于在纽约稳稳地扎下根，成为广受人们尊敬、颇有影响力的华人名流。随着阅历、视野、交游的不断扩大，人生历练的不断磨砺，情感体验越来越丰富，他作诗的热情更是空前高涨，他的诗越来越成熟。作为纽约诗画琴棋会、纽约诗词学会会长，作为全球汉诗总会荣誉会长，梅振才正发挥着向世界华人传播汉诗和中华传统文化的重要作用。将来的海外华文文学学术史，不能忽略诗词；中国当代诗词发展史，不能忽略海外汉诗。而这两个方面，都应该有梅振才的名字。

梅振才先生的诗，格律精熟，用语稳实，没有滥情、庸俗之作，而多老健、有味之篇。他爱梅，多有《咏梅》之作，如2004年所作一组咏梅七绝五首，其一、二、五就堪称佳作：

> 亘古诗魂铁骨梅，赏临未必越王台。
> 重洋彼岸严冬日，一样凌霜傲雪开。

> 百代源流颍水湄，今朝四海展芳姿。
> 飞觞泼墨双河畔，好写东风第一枝。

开枝散叶遍天涯，傲雪凌霜历岁华。

我亦飘零栖彼岸，梅花绽处是吾家。

这组诗将自然的梅花和梅姓的历史联系起来，写出了梅高洁的气节和顽强的生命精神，反映了梅氏迁徙及移居海外的历史。在诗里，梅的形象传神，象征意义凸显，梅先生自己的精神追求，以诗意盎然的方式呈现出来了，很能感染人。近似的作品，还如《〈梅氏诗史初探〉完稿感赋》：

欲觅梅踪迹？宣城早著花。淡妆知本色，大雅出无华。

春报千江柳，香飘四海家。重洋冰雪岸，依旧影横斜。

梅先生长于五律，诗风质朴平淡，就像他的祖先梅尧臣。从这首诗看，梅先生对这位北宋名家本色无华而又能在俗中见雅、平淡中见真淳的诗风是有清晰认识的。他从不迷恋和玩弄技巧，但笔之所到，却时见工稳。这首诗两联对仗工稳可喜，结句化用林逋咏梅名句自不用说，次句亦化用梅尧臣"任冻不欺酒，竞春先著花"和"野凫眠岸有闲意，老树著花无丑枝"之句而令人不觉。全篇看似只咏梅，但实际紧扣梅尧臣的形象与文学地位，并结合梅氏子孙遍布天下，各有作为的情况，寄予了作者满腔的热望。

梅先生作为纽约诗画琴棋会、纽约诗词学会会长，数十年不懈地为爱好诗词的华人朋友讲诗词。在"教学相长"中，他自身的诗词知识不断丰富，学识不断增长。最近，一部饱含他诗词经验的《诗词格律读本》已编辑完成，今年内将由北京大学出版社推出，张海鸥教授对该书给予了高度评价。现在，读者案前这部鸿富的诗集，与《诗词格律读本》配合起来，广大诗词爱好者就仿佛学足球的人，旁边站着个讲解的教练和做示范的球友，从此之后，学诗定能一日千里。当然，梅先生爱诗，选择的是唐诗的路子，但他也兼学宋代的梅尧臣、苏轼、陆游，总的来说追求规整、稳切和明白晓畅。这部诗集，写得平易而情深意挚的佳作，可谓俯拾即是，如2015年悼念纽约华人作家董鼎山的诗：

写作唯生命，书龄八十长。行文多趣话，随笔尽华章。

欣赏黄苗子，畅谈唐大郎。西窗灯已熄，遗卷永流光。

　　语言不事雕琢，简单几笔勾勒，就把老作家的个性写出。全诗平实而有嚼头，深情而不庸滥，读者细心体会，应可得到很多启发。

　　梅先生最有价值的是像梅尧臣那样以意为主，力求将社会、生活中方方面面的内容尽可能全面地写入诗中。为了更好地保存历史原貌，大多数的作品都题写了背景，帮助读者更好地了解诗中所涉及的人与事。我们知道，诗的形式很精练，诗中所涉及的社会背景，只有局中人或近旁的见证者才能完全明白。读诗，一般读者获得的是诗人借一定的人、事而表现的情感，对于引发诗人情感的人、事和社会历史信息，由于在诗中是语焉不详，经常是模糊的，读者往往就没有办法完全明白。今天读钱锺书先生《槐聚诗存》等名家诗集，我们仿佛能触摸到作者的内心，大致理解诗人欲说还休的感思，但很多作品都有读不透的感觉，主要原因就在于其中背景（陈寅恪称之为"今典"）无从获知。钱谦益发明"以史证诗"之法，陈寅恪更是以《元白诗笺证稿》为"诗史互证"的范例，然而，这毕竟是学问家的工作，对于大多数诗词读者而言，缺少背景资料，读懂诗是困难的。换个角度说，如果诗人将诗的具体背景直接提供出来，无疑既能帮助读诗，也方便后人以诗考史，这岂不有双重价值吗？梅先生这部诗集采用了序、诗互文的形态，就解决了上述问题。虽然这样一来，增加了书的页码，但是对于梅先生这样一位有那么丰富的生活面、那么广泛的社会交往的诗人来说，其所增加的这些资料，不是更能满足崇拜梅先生的广大读者的"八卦欲"吗？诚然，读这部诗集，读者实际上是跟随作者走进了一段历史。这段历史，在空间上从南到北，又从北归南，由中到外，又由外归中。读者在作者的引领下，跨越不同的空间，一再转换着视角，更全面地感受着这一段带着体温的历史。

　　这部诗集收诗两千多首，第一辑是作者1981年5月以前二十多年诗作的选录，这正是作者稚嫩而热情四溢的年代，也是中国社会在挥洒理想与热情时，在喧嚣、热闹中显得稚拙、鲁莽、荒唐的年代，在作者笔下，有喜见历史学家的激动，得读朱光潜著作、曹靖华散文的快慰，有春泛西湖、秋眺长城、敬朝圣地、暮登岳阳楼、远过山海关的豪情，也有多篇言志、咏怀和寄赠之作。时隔几十年，我们今天读来，仿佛有隔世之感，不得不感慨历史的巨变沧桑，并思考在逝去了的激情飞扬的青春岁月里，还有多少拾不回来的梦幻和可能。

这部诗集的重头戏是第二辑，分十二个主题编排，第一个主题反映的是作者在异国发展、打拼的个人历史。第四、五两个主题是作者以世界梅氏宗亲总会秘书长、全美梅氏公所理事会理事长和中华诗词学会顾问，全球汉诗总会荣誉会长，纽约诗画琴棋会、纽约诗词学会会长的身份，饱含深情地投入社会工作的情况。第六、七、八、九等四个主题反映了作者频繁来往于各地，广泛的社会交往。从这些作品中，我们看到了一个旅居海外的华人努力奋斗、落地生根，在文化的探寻、历史的追踪中确立自己的角色，通过广泛的结交、热情周到的服务，在海外华人社会中确立自己的形象，以此为基础，逐渐融入当地社会的成功案例。对于有志于研究"成功学"的人，或者期望借鉴梅先生的经验，在未知的世界上奋斗并获得成功的人来说，这批作品值得细细品读、思量和总结。全球的梅氏宗亲，各大诗词组织的成员，都乐意从中感受一位为社会、为事业而投入巨大的热情，忘我工作的可敬者的可贵精神。梅先生的众多朋友，以及大批尊敬、仰慕梅先生的"粉丝"，都有兴趣透过梅先生走近许多自己熟识或陌生的名人，跟随梅先生了解我们所生活的时代，以及我们所粗知而并不清楚的事件。以上举隅式的归纳，远远不足以概括这部诗集的实际价值。显然，诗以记人记事，形式轻便、灵活是优点，零碎、片段是缺点。读梅先生这部集子，我们不应从历史价值、资料价值的角度苛求它的完整与细致。如果尊重诗的特性，几十年之后，当人们对这批看似杂乱的海滩贝壳加以收拾、整理时，一定能得到不少与官方"正史"不同或者相补充的个性化的鲜活史料。

梅先生这部诗集是从庚子岁杪开始立意编辑的。而这一年是世界最不平凡的一年，梅先生也用他的诗笔真实地记录了他所了解的点滴，写成了一组以日记形式呈现的五律百首，先在他的朋友圈发布，"诗国江西"曾先后分两期推送，在7月6日后七十五篇作品推送时，我曾写了以下一段按语，现在愿意转发在这里：

世界从没有像这个春夏一样，一个事件，逐渐扩展、放大到五洲四海，触及几乎所有的族群和个体，无论有多繁荣昌盛，还是多偏僻、"落后"，无论是贵为首相、总统，还是微小如细民，都不能自外于这一事件。

据说这个有关疫情的事件，到今天虽然缓和了不少，但远远没到尾声。不少科学家甚至警告说可能在最近的若干年，人类都将处于"新冠肺炎"的威胁之中。

然而，人类似乎有刻意回避苦难的天性。17年前SARS发生，人们在恐慌之余，又迅速将这场噩梦遗忘，快快乐乐地拥抱新生活。无论是制度建设，还是生活方式，并没有变化。那么，这个迷失了花朵的春天，死去了数十万人的大瘟疫，是否也将迅速被人们遗忘？不需要反思，不需要改变？

有些人接受不了这种遗忘，于是选择了用自己熟悉的文字形式记录了这一百多个日日夜夜的煎熬、忧思、反省、批判、期冀。

这个大事件有两个中心，前一段的中心在武汉，后一段的中心在纽约。纽约疫情得到了华人作家梅振才的记录，"诗国江西"曾在4月20日推出这个记录的一部分，今天这份记录将要画上一个圆满的句号，我们认为有必要把未推送的完整记录编在一起推送给愿意全面了解这个大事件的人们。

这份记录梅先生使用的是五言律诗的形式，考虑到传播面需要扩大到未必懂诗的社会大众，梅先生选择使用相对浅易的方式来写。我们认为，这份记录体现了当下华人的大胸怀、大悲悯，他以尽可能客观、理性的态度来感知这个大事件。作者对各个事件点不全是记录，有些带有个人的判断和评价。我们愿意持中性态度，把作者的观察和意见，看作是私人化的认知。他的认知是否得当，我们不便逐一加上说明，敬请读者诸君作出自我判断。

梅先生这组反映疫情的作品，我陆续认真读过，好些篇章让我震撼，有的留下了很深刻的记忆。我坚持认为，这些作品至少有一部分会被各种相关的文献记录下来，流传到后世。"诗国江西"推送之后，作家麦子的留言能帮助我们认识它的价值：

> 抗疫诗百首从不同侧面反映了在瘟疫笼罩下的社会百态。题材广泛，褒贬适宜，颇具现实意义和历史价值。尤其难得的是，每首诗配备了一幅恰如其分的照片，更显得情景交融。诗一百也体现了诗人独特的匠心和敏锐的洞察力。

梅先生现在不到八十岁，心态很好，身体很棒，有诗词陪伴，再活二十年应该没有问题。祝愿他以这部诗集出版为契机，不息地耕耘，向更高的人生高峰攀登。

近日获悉最新出版的《当代诗词史》第十四章有关美洲地区诗词发展情况的部分，重点介绍了纽约华裔诗词名家梅振才先生，又在全书末尾百余位当代诗词名家列举部分收入了梅先生作品。可喜可贺，遂步振才先生原韵敬赋二首以为贺。

（一）

八索九丘聊自娱，难求价重万金躯。
诗多不敢轻南宋，鱼乐应知效大苏。
周道易行非逼侧，唐人佳作是通途。
春风还管海天外，允有骚情道不孤。

（二）

当今诗客几何人，入史无多情必真。
事尽所闻皆证验，词为己出任铺陈。

由来奔走天边客，至竟崔嵬海上宾。

但看辞源大洋水，不随风月一番新。

杜华平

岁在辛丑六月朔日

杜华平，1965年生，江西南康人。现为江西师范大学中国古代文学专业教授、新雅诗词研习社指导教师，兼任江西省诗词学会副会长、"诗国江西"微信公众号运营负责人，江西省古代文学学会原会长，江西省文艺学会常务理事。所著《花木趣谈》，列入国家"十一五"重点图书出版规划项目"文史中国"书系"中华意象"系列，由中华书局和上海古籍出版社联合出版。此外，尚有《楹联——谐和之美》以及古籍整理类著作多种。

诗味人生路（自序）

梅振才

我是一个诗词爱好者！诗词陪伴我走过人生的各个阶段，从童年一直到晚年。此生最享受的，就是诗词的滋味！诗味，使我的人生路显得有情，有趣，有乐！

一、少年初尝诗滋味

我的父亲是一个中学国文教师。我读小学时，他就教我念"床前明月光，疑是地上霜"等诗句。后来我在父亲任教的台山一中念初中时，与父亲同住一个房间，几乎每天晚上他都教我读《唐诗三百首》，还教我一些诗词格律知识。我感到很有味道，于是便开始学写诗了。

初中二年级暑假，第一次去省城广州旅游，参观了六榕寺。门口横匾"六榕"二字乃苏轼所题，两边有一副楹联，"一塔有碑留博士，六榕无树记东坡"，说的是王勃和苏轼与六榕寺的因缘故事。心有所感，试写了一首七律：

> 苏匾王碑历几朝？我来古木半枯焦。
>
> 心随清磬参三昧，意逐香烟探九霄。
>
> 举目衣冠皆璀璨，低眉褴褛独萧条。
>
> 殿前信步徐翘首，花塔云头掠大雕。

回家后，给父亲看了这首《游广州六榕寺》，他显得很高兴，说了一句"孺子可教"。正是他这句话，使我毕生走上诗词学习和创作的"不归路"！

莫说"少年不识愁滋味"！生活的味道有甜酸苦辣，我第一次尝到了人生的苦辣。1961年高考入学试，意外落第。后来才得知，北大物理系正要给我发录取通知书之际，忽接家乡一治保主任之黑函，诬告我"反党"，没有一所大学肯收我。那是我此生最失望、颓丧的日子。

也许是天意，也许是运气，我偶然读到俄国诗人普希金的一首小诗：

> 假如生活欺骗了你，
> 不要忧郁，也不要愤慨。
> 不顺心的时候暂且容忍，
> 相信吧，那快乐的日子就会到来！
>
> 我们的心永远向前憧憬，
> 尽管活在阴沉的现在。
> 一切都是暂时的，转瞬即逝，
> 而那逝去的将变为可爱！

这首诗，教我学会了"暂且容忍""向前憧憬"。我振作起来，刻苦攻读，终于在第二年考上了北大，但我弃物理系，改选俄语系，原因之一，就是普希金这首诗，原文是俄文！

这就是诗歌的力量！

"收拾行囊辞父母，长风送我上京华"，这是我告别故乡时的诗句。

二、青年同窗多诗友

来到心中向往的北大，燕园的秀丽风景、良好学风，令我情不自禁写下两首《忆江南·燕园朝夕两景》：

> 燕园晓，晨读诵声高。
> 外语楼檐惊雀鸟，未名湖水动波涛。
> 朝露湿衣袍。
>
> 燕园夕，入夜寂无声。

宿舍自修人未睡，大楼攻读火犹明。

书岭乐攀登。

　　幸运的是，我班有好几位同学，如贺国安、汪连兴、于树森、尹旭等，也是诗词爱好者。大家互相唱酬，令课余生活增添了乐趣。

　　1966年夏天，爆发了史无前例的"文革"，更兴起"大串联"。"吾辈书生，囿于寒窗樊笼久矣，得驾长车以游四海，披风尘而历千山，览物之情，得无寄乎？于是乘兴挥毫，随心泼墨，九州岛风雨，辄入激扬之句；四时休戚，每付酬唱之篇，诗端兴而不复废矣！"（摘自《同舟集》序）

　　北大学生是最早外出"大串联"的首都学生。"勇赴战场""敬朝圣地"和"乐游山水"，是当时常见的三个项目，我全都参与了，基本上是游山玩水，然而最危险的是身经武斗之处，几历九死一生。我们写了不少诗篇。我写的《串联咏》，就是其中的三首：

（一）勇赴战场

书生跃马斗玄黄，九域同袍总未忘。

粤海旗红鲜血染，湘江狱暗战歌昂。

枪林蜀地鹰尤猛，弹雨春城花尚芳。

历劫归来留一命，丹心不悔少年狂。

（二）敬朝圣地

谁畏艰难寻圣地？长征队友众心同。

韶山修竹迎朝日，岳麓凉亭赏晚枫。

万仞罗霄松柏翠，千秋陵墓雨花红。

欣看络绎霞旌处，塔映延河气势雄。

（三）乐游山水

此生何事梦魂牵？阅尽天涯景万千。

东岳晨窗含海日，西樵暮枕入云泉。

春风绝塞花连陌，秋月平湖香满船。

偏爱桂林簪带碧，凭栏俯仰乐如仙。

1968 年我们毕业后，就被送往渤海之滨的唐山小泊军垦农场接受"再教育"两年。前后同窗八载的五位诗友，贺国安、汪连兴、于树森、尹旭和我，分别之时，选取各人诗词，编成一册《同舟集》作为纪念。

而我在 26 岁时，不知天高地厚，试编了一本自己的诗选，称《鸿爪集》。我自己觉得十分幼稚，但贺国安君为此诗集题了一首诗：

漂泊生涯万里程，南酬北唱意纵横。

挥毫每试苏辛笔，吟诵时闻李杜声。

敢赋新诗光史页，也拈青史入诗情。

人间处处留鸿爪，一览胜收三十城。

我明白，"苏辛笔""李杜声"是溢美之词，"三十城"比换和氏璧的"十五城"还多了一倍，当然，这只是贺郎夸张玩笑味道之题赠，然而也是一种鼓励，成了推动我前进的无穷力量。

三、中年业余寄诗趣

经历"文革"，目睹很多我崇拜的名教授被打成"牛鬼蛇神"，青年时代的梦想彻底破灭，于是打起背包，申请回故乡台山工作。

虽然远隔天涯，但我和燕园同窗仍不时有唱酬。如我有首《鹧鸪天·读云帆新词，怀"山鹰"旧友》：

携手多年肝胆披，燕园最忆荷戈时。

百篇珠玉同舟集，一卷孤芳绝妙诗。

思往事，赏新词；山鹰处处展英姿。

欣逢盛世宜珍重，海阔天高任鸟飞！

（"山鹰"是我们战斗队的名字）

调回台山，竟是专业不对口的化工厂，有感而赋诗一首：

专业俄文搞化工，特殊年代不由衷。

陌生知识从头学，抖擞精神强挽弓。

我这个化工的门外汉，经刻苦钻研，却探索出生产硫代硫酸铵的新工艺，填补了国内空白，获得了地区科技成果奖，此论文发表在《广东化工》专业杂志上。有诗记之：

数载探求终出头，科研成果大丰收。

补填国内新工艺，为厂争光愿已酬。

回到台山，欣慰能朝夕陪伴父母，并恋爱结婚和生儿育女。洞房花烛之夜，喜赋小诗两首：

飘零江海已经年，千里姻缘一线牵。

今日欣成鸾凤侣，双飞比翼骋云天。

有缘好事不须磨，一见钟情浴爱河。

难得人生逢淑女，良辰喜遂小登科。

在台山工作几年后，落实"专业对口"政策，我调入广州市科技情报研究所，妻子调入广州微生物研究所。时来运转，喜极而赋：

正是迎来转运时，花城召我举家移。

白云珠海千重景，雅韵宽怀好写诗。

越秀山边市府中，窗前草木映花红。

书丛报海多消息，沙砾淘金且用功。

1981年，我乘改革开放之风，漂洋过海来到纽约。去国前夕，留下小诗一首：

欣逢改革国门开，习习西风扑面来。

我亦随潮洋插队，先侨背影后人追。

四、壮年异国结诗缘

初到纽约，第一首诗道出当时的心境：

大厦连云车马稠，我来欢喜夹忧愁。

一贫如洗漂流客，何日花旗可出头？

慢慢适应了异乡的生活，工作也趋于稳定。余闲之时，写些散文，发表在《明报》《侨报》《羊城晚报》和《潮流》杂志上。虽没有放下诗笔，但写的诗是留给自己看的。

直到 2001 年 9 月 11 日，目睹了震惊世界的"姐妹楼"被炸倒下的惨景，翌日便写下一首《水调歌头·中秋双星恨》，发表在纽约的报刊上：

回首平生事，悲喜话中秋。

堪惊今夕何夕？盛世降魔头。

疑似荧屏幻影，转瞬灰飞烟灭，惨景撼寰球。

惆怅月依旧，不见两琼楼。

星旗海，银烛泪，恨难休。
人间正气凝聚，慷慨赴同仇。
跨越千山万水，织就天罗地网，矢志缚凶酋。
浴火重生日，纽约展新猷。

不久，又写了一组《临江仙·"九一一"华裔悲壮曲》，在中美合办的诗歌比赛中获大奖。从此，我的诗词才为纽约诗坛所知悉和重视，我也结交了很多诗人。

2003 年，我被选为纽约诗词学会、纽约诗画琴棋会会长，和诗会同人肩负起在海外弘扬中华传统文化的重任。十年前，我们又办了一个"诗词讲座"，每周一堂课，风雨不改，为诗词欣赏和创作提供一个平台。很幸运，我们的努力得到众多诗家和社团的支持，诗词创作不断推向高潮。如今，纽约已成为海外诗词创作的重镇。

我们还走出去进行诗词文化交流，成为我们会的优良传统。我们去过波士顿、休斯敦、旧金山，去过北京、西安、广州、绍兴，去过南美洲等地。在交流过程中，我们的诗艺也得到了提高。

而我自己，近年来被邀请到各地讲学，如南开大学、武汉大学、东南大学、山东大学、中山大学、广州大学、深圳大学、海南大学、五邑大学、华南师范大学、江西师范大学等。还被东南大学、海南大学聘为客座教授。

我讲学的一个题目是"诗不孤"。确实如此，我每到一个城市，几乎都有诗词同好，大家互相交流和酬唱，享受到无穷的乐趣。

我有自知之明，自己充其量只是一个诗词爱好者，但有幸能得到社会的认可，如被聘为中国中华诗词学会顾问和全球汉诗总会荣誉会长（曾任会长），令我无比欣慰！

五、晚年诗海倍感恩

在攀登诗山的路途中，我有幸遇上不少良师益友，他们的人品、诗品都是我学习的典范。大家互相唱和，共同切磋，人生一乐也。天涯诗不孤！

此本诗集，我诚请贺国安、周荣、吴家龙、郭仕彬、郑东华几位诗友作校对，他们认真负责，纠正不少错漏，万分感谢。而贺国安君，校对完毕后更赠词一阕《沁园春·拜读笑寒兄诗集》：

> 几度研磨，千粒虬珠，粒粒斐然！
>
> 看苹城风物，长留编帙；台山故旧，竟上毫端。
>
> 尘世悲欢，骚坛兴废，尽在诗翁吟唱间。
>
> 吾开卷，见未名姿貌，博雅容颜。
>
> 黄钟瓦釜当年。回首处谁曾诗百篇？
>
> 记国遭厄运，琴焚鹤煮；民逢乱世，柳断荷残。
>
> 心系家山，笔含情愫，信有高格启后贤。
>
> 君知否，正端芬梅苑，枝老花繁。

我邀请为此诗集作序的，是江西师范大学的杜华平教授，他是我前年到该校讲学时认识的。他学识渊博、诗艺超凡，令我折服，颇有相见恨晚之感。由他写序，能为此书增光添彩。感激之情，难以言表。

我还要感谢内子，明年将迎来我们金婚纪念日。她毕业于武汉大学生物系，虽然并非学文，但是她一直支持我写诗，她经常是我每篇作品的第一位读者和评论员，所提的意见往往很有见地。

此生最难忘的，是我的父亲，是他把我引进诗词殿堂，还留下一本《梅均普诗存》。1995年父亲病危，我从纽约赶回家乡台山，见到了最后一面。灵堂前，含泪献诗一首：

生平难忘却，处处见仁慈。细雨淋桃李，和颜待故知。

无惊风暴夕，有乐月明时。予我长思念，温情一卷诗。

　　《中华诗词》杂志社主编的《当代诗词史》最近出版，发现在有关章节，提及我在海内外推广、交流诗词的活动，以及在"当代诗词例举"（选有127位诗人）里我竟名列其中。我有自知之明，并非拙诗特别好，只因我是华侨代表，故有机会入选。且以此作为鞭策，继续在诗路上奔驰，永不止息！

（一）

一入词门自乐娱，唐风宋雨润微躯。

曾悲文海声沉寂，今见骚坛日复苏。

结社尤能传雅韵，交流何必畏长途。

此生毕竟无遗憾，浪迹天涯诗不孤。

（二）

诗词例举百余人，有幸入围疑假真。

自度凡才难出彩，常吟拙句易虚陈。

缘由代表占优势，许是侨胞算贵宾。

记取先贤戒骄语，清风曲调逐时新。

2021 年 7 月于纽约

（作者电邮信箱：mzc1966@gmail.com）

目　录

四、广东工作年代（1971年1月—1981年5月）

第二辑 去国后卷

一、花旗杂吟

二、怀念中小学

三、北大情怀

四、咏梅暨梅氏家族

五、寄情诗会

六、师友文缘

七、四海酬唱

八、题赠书画家

九、旅游吟草

十、庚子抗疫

十一、特别诗体

十二、报刊诗踪

第一辑

去国前卷

一、中学年代（1955年9月—1962年8月）

咏志

大概这是我的诗词处女作。就读台山一中初中一年级时，写在笔记本上。时年十二岁。

年华莫虚度，悔恨白头迟。
勤奋闻鸡舞，扬帆学海怡。

（1955年于台山）

我的理想

初中二年级的一次作文题"我的理想"，我写的是《想当华侨》。洋洋千言，文中还引用孙中山的名句："华侨乃革命之母！"明知不合时宜，故而为之。老师批曰："观点错误，文笔尚好。"此文有一诗结尾：

我之理想作华侨，万里重洋不畏遥。
赚得钱来供父母，还教故邑更多娇。

（1956年于台山）

听讲古

夏天傍晚，常在通济河畔听艺人说书。李鹤讲方世玉打擂台，陈池讲"三国"群雄、"梁山"好汉，最爱听方浪平讲广东鬼才伦文叙，特别是与湖北柳先开在皇帝面前斗诗争当状元的传奇故事。

通济河边傍晚时，艺人讲古沫飞驰。
难忘最是伦文叙，与柳殿前争斗诗。

（1956年于台山）

游广州六榕寺

14岁时首次去省城，先参观六榕寺。门口横匾"六榕"二字乃苏轼所题，两边有一副楹联，"一塔有碑留博士，六榕无树记东坡"，说的是王勃和苏轼与六榕寺的因缘故事。

苏匾王碑历几朝？我来古木半枯焦。

心随清磬参三昧，意逐香烟探九霄。

举目衣冠皆璀璨，低眉褴褛独萧条。

殿前信步徐翘首，花塔云头掠大雕。

（1957年8月于广州）

挖台城人工湖

在"大跃进"年代，台城要把一大片沼泽和荒地，挖成一个人工湖风景区。我们这些中学生，就是这支劳动大军的主力之一。

招展红旗向太阳，高歌跃进响城乡。

书生不怕多流汗，开拓新湖绿柳扬。

（1958年于台山）

喜两见周恩来总理（2首）

真好彩，一天两见周总理！白天，他来到台山一中，在礼堂发表演说："你们好！你们辛苦了！我特地来看看你们……"晚上，他到灯光球场与民众一起观看排球比赛。他全神贯注，精彩之处，频用广东话喊"好嘢"！

（一）一中礼堂作演讲
一袭便装穿草鞋，浓眉朗目语诙谐。

今生有幸真容睹，总理亲民永记怀。

（二）灯光球场看打球（新韵）
非凡人物众争瞻，今夕球场喜气添。

总理频频夸"好嘢"，台山百姓更心甜。

（1958年7月5日于台山）

悼陈金科同学

陈金科是我初中同班同学，极为聪明，高中入另一间中学。一天晚上去厕所，不慎从天井跌落身亡。天井原来有铁枝，大炼钢铁时被拆走。

小船漂大海，夜半触礁沉。始见朝阳艳，终临地府森。
英才天易妒，挚友泪难禁。笑貌依然灿，何堪薤露吟。

（1959 年于台山）

高考落第感赋

第一次高考，意外落第。后来才得知，北大正要发录取通知书之际，忽接台城一治保主任之黑函，诬告我"反党"，于是没有一间大学敢收我。

秀才落第举城惊，谁肯为吾鸣不平？
锥在囊中终脱出，有朝一日榜题名。

（1961 年 8 月于台山）

最年轻老师

高考落第，母校校长伍星耀破格留我任俄语老师。台山一中是广东省重点学校之一。我成了台中校史上最年轻的老师，时年 18 岁！

落拓孤鸿栖一枝，奈何命运且由之。
还堪告慰人尊重，我是台中小老师。

（1961 年 9 月于台山）

喜见著名历史学家何干之

中国人民大学历史系主任何干之教授，回母校台中访问，并与老师们茶叙座谈。他问我为何如此年轻便当老师，我无言以对。他勉励我努力进取。

四海闻名史学家，归来喜饮故乡茶。
难忘席上相期语，纱帽山头盛百花。

（1962 年于台山）

谢谭君赠朱光潜《给青年的十二封信》

好友谭炳禹君,从旧书摊淘得一本朱光潜《给青年的十二封信》,慷慨赠我。这真是一本好书,我一口气把十二封信读完了,真如服了一剂圣药,精神马上振作起来。朱先生所谈的各种问题,似乎都是针对我而写的。这本书,成了我的精神支柱和前进动力。

步入青年苦恼多,百般情事总相磨。

谢君赠我奇书卷,拨雾驱云好蹈波。

（1962年于台山）

喜读曹靖华散文

翻译家曹靖华的名字,是我念中学时,从鲁迅的著作中得知的。近来在报刊上读到他很多散文,别有一种清新的格调和感情的魅力。并且每篇文章的题目,都起得新鲜、贴切。今年高考,我毫不犹豫报考了北大俄语系,因为他是系主任!

历史风云入锦章,道来恍若话家常。

传神先是看题目,贴切新鲜特见长。

（1962年于台山）

与梁、谭二君共勉

梁、谭二君和我学习成绩都不错,然因家庭出身或"政治问题",皆高考落第。同病相怜,三人皆不时相聚,一吐块垒。我相信,天无绝人之路,希望在明天!

怀才不遇总吟呻,同是科场失意人。

锥出囊中终有日,寒冬过后接阳春。

（1962年于台山）

喜接北大录取通知书

第二年再参加高考,发榜时迟迟收不到录取通知书,以为又落第了。原来邮局寄错了地址,把"台山"看成"合山",因此耽搁了好些日子。

心闻录取乐开花,喜讯迟来怪出岔。

收拾行囊辞父母，长风送我上京华。

（1962 年 8 月于台山）

二、大学年代（1962 年 9 月—1968 年 8 月）

忆江南·燕园朝夕两景（2 首）

（一）

燕园晓，晨读诵声高。

外语楼檐惊雀鸟，未名湖水动波涛。

朝露湿衣袍。

（二）

燕园夕，入夜寂无声。

宿舍自修人未睡，大楼攻读火犹明。

书岭乐攀登。

（1963 年于北京）

天净沙（4 首）

（一）春泛西湖

晓岚古塔春山，绿堤红雨青烟，

彩鸟长桥渐远。

一桡摇断，片云弯月圆天。

（二）夏凉珠江

幽香绿荫清风，白帆几点蓝空。

雨打芭蕉曲弄。

涟漪输梦，月明楼阁玲珑。

（三）秋眺长城

苍山碧海黄沙，淡烟斜日残霞，

塞雁西风骏马。

凭栏观画，劲松红叶天涯。

（四）冬游北海

朱墙白塔红葩，亮灯圆柱金霞。

悦目流莺快马。

满园春雅，雪花梅蕊冰花。

（北海公园冬夜滑冰表演，饶有兴味，经久不忘。）

（1965 年于北京）

浪淘沙·欧阳海之歌

　　《欧阳海之歌》是现代作家金敬迈创作的长篇纪实小说，塑造了一个当代共产主义战士的崇高形象。

苦海育儿童，十载寒冬。

迎来煦日暖融融。

鼓荡东风苗快长，雏燕凌空！

炉火炼英雄，骨硬心红。

千钧一发立丰功。

海角天涯齐赞颂，南岭青松！

（1966 年春于北京）

暮登岳阳楼

　　"大串联"路过岳阳，下火车购食物，不意火车提前开走，只好乘机游岳阳楼。时年廿四岁。

二十四年江海游，销魂最是岳阳楼。

渔灯点点融寒月，烟雾茫茫隐远丘。

诗思沉浮云梦影，乡心摇落洞庭秋。

一声长笛清如水，涤尽天涯漂泊愁。

（1967 年于岳阳）

圆明园吊古

"文革"停课，百般无聊，于是相偕同窗，到燕园附近的圆明园遗址一游。

摩挲残碣问寒流，劫后名园又几秋？

犹见花丛扬蛱蝶，不闻宫调怨王侯。

牧童断壁萧萧曲，雁影清池点点愁。

翠辇红裙无觅处，枯蓬落木满荒丘。

（1967 年秋于北京）

南寄故人

（一）

千里冰河漫雪花，红炉薄被客京华。

何当柳絮熏风舞，竹影南园共品茶。

（二）

珠帘轻卷久徘徊，紫燕檐前总不回。

应恋江南风物好，烟花芳径绿池台。

（1967 年于北京）

早春偶成

溪水涓涓送落梅，草柔柳绿杏微开。

无休飞燕呢喃语，为报人间春复来。

（1967 年于北京）

游西安临潼口占（4首）

（一）捉蒋亭

狼窝捷报秃颅俘，绿野青天共一呼。

亭立苍茫烟草处，待留千载笑斯夫。

（二）华清池

骊山红粉舞婆娑，水滑温泉肌理磨。

岂是佳人能误国？君王种祸马嵬坡。

（三）秦皇墓

如河膏血筑阿房，换取乾坤百日光。

玉宇琼楼何处是？几抔黄土澹斜阳。

（四）烽火台

苍苍云树历千秋，闲话老僧阡陌头。

百代兴亡缘祸水，骊山烽火戏诸侯。

（1967 年于西安）

浪淘沙·卢沟桥步于树森韵

旭日照桑干，草木娟娟。

中华儿女尽欢颜。凛凛雄狮翘望处，

万里关山！

慷慨忆当年，义勇惊天。

几多仇寇葬荒原？是我英豪鲜血染，

壮丽幽燕！

浪淘沙·卢沟桥

曙色染桑干，晓月婵娟。

千年古道注新颜。

飒爽晨风狮欲舞，壮丽河山！

挥笔话当年，炮火连天。

健儿浴血战中原。

弹迹斑斑犹可见，春满幽燕！

（1967 年于北京）

南乡子·答汪连兴

辛弃疾《丑奴儿》词云："少年不识愁滋味，爱上层楼。爱上层楼，为赋新词强说愁……"吾步其意，以答友人。

何处觅风流？赏柳吟诗爱上楼。

倚柱观云涕泪洒，何由？

莫效辛郎强说愁！

春意满神州，王杰雷锋皆我俦。

万马齐欢帆竞发，加油！

急棹挥鞭争上游。

南乡子

读汪梦斗《南乡子》有感，偷得两句，添成一阕，以供贺、尹、梅、于诸君批评云尔。

何事却狂游？直驾铁龙渡黄流。

不惜东风泪漫洒，何由？

聊向书丛觅新愁。

四载忽悠悠，天白笑寒皆我俦。

夕赋闲诗朝看柳，乐休。

愿得春光长此留。

［注］"天白"乃尹旭兄之雅号，"笑寒"乃梅兄振才之别名。

（1967 年于北京）

赠解放军战士

少年有志事戎行，紧握枪杆守海防。

我爱狂涛千顷夜，巉岩屹立好轩昂。

（1967 年于北京）

赠外交战士

惯于域外度韶华，赤胆男儿岂恋家？

明日乘风飘万里，好传火种遍天涯。

（1967 年于北京）

忆江南·游颐和园赠尹天白

晴天好，携手上高楼。

亭畔迎春传笑语，健儿齐力竞飞舟。

波碧任沉浮。

（1967 年于北京）

寄挚友张法刚（2 首）

张法刚与我是挚友，儿时的"拜把兄弟"。1967年，与我结伴游山玩水，当个彻底的逍遥派！

（一）

早岁台城未尽忘，画楼彩卉媚春光。

清溪垂钓消年月，绿荫听书说汉唐。

银幕壮词歌热血，玉郎悲曲祭潇湘。

依稀鸿爪常回首，地北天南各自翔。

（二）（新韵）

笑别离亭醉意浓，天涯何处不相逢？

五羊几度辞新柳，四邑重回觅旧踪。

纵目长城秋艳丽，听涛南海月朦胧。

愿君共我常携手，泛棹江湖烟雨中。

（1967年于北京）

读《秋瑾传》（折腰体）

至杭州，见西湖畔之秋瑾墓已遭破坏。返京寻得一本《秋瑾传》，读后有感而赋。

莫重男儿薄女儿，只帆万里显英姿。

红颜慷慨铜驼泣，翠鬓纵横铁马驰。

补天几度掏忠胆，饮刃何曾锁黛眉。

秋雨秋风残烛影，汗青读罢泪淋漓。

（1968年于北京）

吊魏士毅

魏女士，燕京大学学生，民国十五年三月十八日，与刘和珍诸君被反动派杀害。燕园有烈士纪念碑。

鸡鸣不已叹沉沦，力挽乾坤岂惜身？

闯入枪林无惧色，敢淋弹雨有精神。

飞流仙子一腔血，洒落河山万点春。

曲径松冈徊复久，红梅数束祭芳尘。

（1968 年于北京）

怀胞兄（2 首）

解放前胞兄因家贫去国，年方九岁。本人却因有此"海外关系"，长期遭受"审查"，有所感而写下此两首同韵之七律。

（一）

花落鹃啼水咽流，离愁万缕一扁舟。

寒儒若解安家策，稚子何须去国游。

鸿雁有情飘四海，梦魂无路觅神州。

断肠最是中秋夜，皓月当空分外忧。

（二）

昔日艰辛逐水流，万方羁客买归舟。

欣看桑梓疮痍没，疑入桃源盛世游。

缭绕笙歌穷碧落，风光旖旎尽芳洲。

哪堪绝域长牛马，早返家园勿复忧。

（1968 年于北京）

哀祖父

祖父海外洗衣数十载，竟无钱归国。近闻病故，骨肉情深，思之凄绝。

落魄天涯四十秋，云山万里水悠悠。

悲风易断还家梦，浊酒难浇去国愁。

永夜杵声凝血泪，浮生客恨逐江流。

寂寥孤冢横荒岸，无限烟波一海鸥。

（1968 年于北京）

夜思林君

林君乃少时好友，因工伤留下病患。他在湖南湘雅医学院病危之际，我曾去见他最后一面。

春来野冢满凄清，往事联翩天欲明。

旧塾挑灯翻史卷，新湖倚柳赏流莺。

飞舟珠海同慷慨，诀别湘江互怆情。

壮志未酬躯早殒，思君难抑泪纵横。

（1968 年于北京）

告别燕园

我们推迟一年才算毕业。离校之时，燕园花木凋零，一片凄清。

湖畔清风带血腥，燕园花木半凋零。

六年一觉书生梦，唯有师恩友谊铭。

（1968 年于北京）

三、军垦农场锻炼年代（1968 年 9 月—1970 年 12 月）

初到唐山小泊军垦农场

长风送我到天涯，只见稻田芦苇花。

道是躬耕宜锻炼，书生时运不须嗟。

（1968 年 9 月于唐山小泊军垦农场）

咏志（折腰体）

越水飞山等笑谈，乡关不恋好儿男。

早愿丹心成绿柳，遍栽绝塞变江南。

（1969 年元旦于唐山小泊军垦农场）

怀何惠邦君

何君也是广东台山人，迟我一年入北大。同在燕园，经常见面，互吐心曲，情如手足。曾相偕一起出游，一起返乡。如今天各一方，鱼雁难通，惦念之至！

北国霜寒南客少，燕园有幸遇乡亲。
未名湖畔谈心密，海淀楼头举盏频。
几度家山就兰蕙，亦曾湘鄂历风尘。
都门一别终难会，万里云天思故人。

（1969 年 1 月于唐山小泊军垦农场）

答友人潘达俊

潘君是我高中班同学，又是邻居。华工毕业后到山西农场劳动，我北大毕业后到唐山农场锻炼。近日收到他来信问候，赋此诗作答。"西濠路"和"通济桥"皆是我们家乡台城的地名。

跋涉风尘叹路遥，江南别恨几时消？
新春尚忆西濠柳，旧邑难忘通济桥。
万迭离愁汾水浪，千重乡思渤湾潮。
客中又念天涯客，雁送诗笺慰寂寥。

（1969 年 1 月于唐山小泊军垦农场）

水调歌头·中秋和贺、汪"山鹰"二战友

战友逢佳节，对月忆流年。
燕园几度惊浪，扬楫共悲欢。
笑看佛爷洒泪，万里青云美梦，转眼化云烟。
多少风流事，走笔入诗篇。

红旗举，浩歌起，斗霜寒。
银锄铁臂挥舞，百炼海河湾。
长记导师教诲，永世心连群众，吃苦奋争先。

敢与雄鹰比，飞越万重山。

（1968 年 10 月于唐山小泊军垦农场）

答友诮（新韵）

　　负箧京华，功名梦碎，遭友调侃。苏轼诗云："日啖荔枝三百颗，不辞长作岭南人。"反用此句意作自侃。

少年豪气壮，策马入京门。八载吟哦乐，千山跋涉勤。

飘蓬原有意，富贵早无心。不作荔枝叹，长为岭北人。

（1970 年 2 月于唐山小泊军垦农场）

诉衷情令·戏答友人

当年湖海任狂游，烟雨又扁舟。

天涯处处芳草，何处不堪留？

花似雪，稻如油，渤湾头。

躬耕芦荡，抛却乡愁，放眼寰球！

（1970 年 2 月于唐山小泊军垦农场）

沁园春·和贺国安《记游》

笑忆流年，四海鸥朋，万里行程。

记泰山览日，苍崖纵酒；榕城踏翠，仙洞吹笙。

燕水磨刀，松江饮马，漫道书生空论兵！

最如意，邀田头秋月，醉舞芦汀。

岁华瞬息堪惊，又一度长亭柳色青。

念岭南锦绣，香飘四季；双亲老迈，梦断三更。

胡骑萧萧，边烽点点，岂可芳丛寄此生？

高歌罢，跨的卢箭马，慷慨从征！

梅振才诗集　　017

【贺国安原玉】

沁园春·记游（新韵）

一笑当年，六载京华，几处游踪？

记春湖击棹，诗酬碧水；秋园吊古，影摄孤鸿。

北海沽茶，西山采叶，信步东行访大钟。

最堪忆：踏轻烟叠翠，指话长城！

书生自古多情，寻芳处，有人泪满容。

道"桃花三月，风吹雨打；乡关万里，梦断鸡鸣"。

壮志横刀，豪情纵酒，谁向苍天问祖生？

雄心在，趁朱颜未老，再葳新功！

（1970 年 3 月于唐山小泊军垦农场）

卜算子·记锻炼前后思想变化（2 首）

（一）

不是爱飘零，都被功名误。

南客衣单岂耐寒，更着风和雨！

弹指失青春，渤海难长住。

惆怅东风飘落红，归宿知何处？

（二）

挥汗米粮川，漫道躬耕苦。

革命征途景万千，最爱风和雨！

莫叹逝流年，赤县春长驻。

应趁朱颜酬壮心，绝塞烽烟处。

（1970 年 3 月于唐山小泊军垦农场）

水调歌头·抒怀

回首来时路，感慨一何多！

如山年少豪气，原欲挽天河。

十载寒窗秉烛，锦瑟华年轻负，万事已蹉跎！

对镜抚双鬓，无奈奏悲歌。

剪春韭，锄夏草，刈秋禾。

今酬小泊阡亩，挥汗照清波。

岂恋月楼花院，我道蓬门茅舍，布服胜绫罗。

滴水归沧海，壮志永难磨！

（1970 年于唐山小泊军垦农场）

西江月·戏仿张孝祥

在军垦农场的无奈岁月中，少年之"豪气"，日渐消磨，终于成了"老油条"，只好以"塞翁失马"来安慰自己。

问讯天涯春色，飘零已是多年。

孤云何不觅乡关，杜宇声声肠断。

自慰塞翁失马，此身到处油然。

滞留江海且加餐，尝尽五湖名产。

【［宋］张孝祥原玉】
西江月·问讯湖边春色

问讯湖边春色，重来又是三年。

东风吹我过湖船，杨柳丝丝拂面。

世路如今已惯，此心到处悠然。

寒光亭下水如天，飞起沙鸥一片。

（1970 年于唐山小泊军垦农场）

忆秦娥·赠"山鹰"战友（2 首）

"文革"中，我们班一些同学，组成一支"山鹰战斗队"。临别时，选百首诗词习作，编成一册《同舟集》，以作纪念。

（一）

争朝夕，少年不负凌云笔。

凌云笔，一腔热血，百篇诗集。

平生最爱长空碧，豪情曾展山鹰翩。

山鹰翩，飞翔霄汉，箭驰风疾。

（二）

秋江碧，声声吹断阳关笛。

阳关笛，唐山一别，故人难觅。

同窗八载情珍惜，悠悠江海长相忆。

长相忆，风云岁月，山鹰踪迹。

（1970 年 8 月于唐山小泊军垦农场）

念奴娇·赠别同窗

长亭折柳，遣离情，更尽一杯离酒。

记否华年酬壮志，曾是天涯携手？

四海春花，五湖秋水，酿就诗千首。

如歌时日，燕园多少英秀！

战友万丈豪情，山鹰寄意，展翅重霄九。

武斗文攻成底事？笑看白云苍狗。

彩笔凌风，前程胜锦，再作同舟奏。

明朝千里，但祈清操长守！

（1970 年 8 月于唐山小泊军垦农场）

离军垦农场返岭南（2 首）

六载京城求学，两年唐山小泊军垦农场劳动，漂泊异乡，已历八个春秋。成名成家之梦已经破灭，正是："锦城虽云乐，不如早还家！"

（一）

两年小泊滚泥巴，心绪乡思乱似麻。

回首农场唯一乐，工余水闸捉鱼虾。

（二）

六载燕园耗岁华，两秋军垦亦堪嗟。

少年美梦成虚影，漂泊何如早返家。

（1970 年 12 月于京广列车上）

四、广东工作年代（1971 年 1 月—1981 年 5 月）

谢张法刚义兄赠《雁南飞》诗

刚调回广东，义兄张法刚马上赋诗一首相赠，为我的南归生活提供了规划。"人生能到此，方是极乐时。"希望如此，吉言善哉！

八载乘风四海驰，孤云终向岭南移。

京华已破登天梦，草泊唯余落魄姿。

惜别同窗回故土，喜邀邻里饮东篱。

妻儿父母长相伴，方是人生足意时。

【张法刚赠诗原玉】

雁南飞

岁岁雁南飞，君何归迟迟。功成回故里，还着旧时衣。

莫惜寒窗苦，莫恋繁华地。尝遍四海水，怎及乡泉美。

晨昏侍父母，兄妹自欢娱。早日求淑女，稚子膝下依。

人生能到此，方是极乐时。

（1971 年 1 月于台山）

入台山化工厂

分配工作，专业不对口也是无可奈何之事。毕竟，能回到家乡，长伴双亲，也是值得庆幸的。

专业俄文搞化工，特殊年代不由衷。

陌生知识从头学，抖擞精神强挽弓。

（1971 年 2 月于台山）

良辰小登科（2 首）

（一）

飘零江海已经年，千里姻缘一线牵。

今日欣成鸾凤侣，双飞比翼骋云天。

（二）

有缘好事不须磨，一见钟情浴爱河。

难得人生逢淑女，良辰喜遂小登科。

（1972 年 8 月 3 日于广州）

喜获千金

喜气良辰溢产房，皆言面貌恰如娘。

相期他日能成凤，初试啼声已胜常。

（1974 年 1 月）

鹧鸪天·读云帆新词，怀"山鹰"旧友

　　燕园同窗云帆君，寄来一阕新词致问候，不禁想起当年，我们的战斗队以"山鹰"命名，自诩"山鹰"，大家共同创作了一册《同舟集》，并和其他战友编了一册《孤芳集》。如今"山鹰"分飞，天各一方！

携手多年肝胆披，燕园最忆荷戈时。

百篇珠玉同舟集，一卷孤芳绝妙诗。

思往事，赏新词；山鹰处处展英姿。

欣逢盛世宜珍重，海阔天空任鸟飞！

（1975 年于台山）

蝶恋花·乡居抒怀

渤海当年乡思苦，潦倒书生，曾被功名误。

落叶孰知归故土，金风送我江南路。

岁月逍遥桑梓度，父母妻儿，春晓还秋暮。

纵有闲情浇菊圃，壮心还在烽烟处。

（1975 年于台山）

水调歌头·田头批判会

战鼓田头响，声讨"四人帮"。

难书千种罪恶，仇恨满胸腔。

驱散重重迷雾，剥落层层油彩，进击野心狼。

怒火燃阡陌，口号震穹苍。

秋月朗，银镰舞，夺粮忙。

洒流千滴珠汗，换取谷盈仓。

砸烂精神枷锁，焕发无穷力量，斗志更高昂。

今日江山丽，大寨战旗扬。

（1976 年于金星农场支农活动中）

题淑娴、宗怡、柳珠登庐山旧照

内子淑娴与武汉大学同窗好友宗怡和柳珠，"大串联"时一起登庐山，在仙人洞前留影。

岁月峥嵘四海遨，相携谈笑喜登高。
盘旋身跃千寻壁，纵览云飞万顷涛。
昔日桃源疑梦影，今朝景物引风骚。
悬崖危石留佳照，记取当年意气豪。

（1976 年于台山）

题宗怡、柳珠、淑娴临别合照

三位同窗好友，骊歌声起，惜别依依，故留下几幅合照，日后相忆珞珈山的岁月和友情。

回首当年百感生，桂香时节别江城。
摄来几幅同窗照，留待天涯忆旧情。

（1976 年于台山）

清平乐·元旦即兴

人勤春早，大地风光好。
治国抓纲初见效，处处频传捷报。

去岁稻菽丰收，今年更上层楼。
领袖一挥巨手，战歌响彻神州。

（1978 年元旦于台山）

硫代硫酸铵新工艺

　　我这个化工门外汉，经刻苦钻研，却探索出生产硫代硫酸铵的新工艺，填补了国内空白，获得了地区科技成果奖，此论文也发表在专业杂志《广东化工》上。

　　数载探求终出头，科研成果大丰收。

　　补填国内新工艺，为厂争光愿已酬。

（1978 年于台山）

喜获麟儿

　　"望子成龙，望女成凤"，人所愿也。吾故里名为"龙腾里"，就是先人寄托对后辈的期望！

　　感恩有幸得麟儿，指望龙腾天海驰。

　　子女成双连好字，今欣梅树发新枝。

（1978 年 9 月于台山）

忆江南·喜迁广州

　　羊城好，珠海展风姿。

　　昔日乘车匆作客，今朝落户喜填词。

　　心境异前时。

（1978 年 10 月于广州）

调入广州市科技情报研究所（2 首）

　　上级落实知识分子专业对口政策，我调入广州市科技情报研究所当翻译员，内子也调入广州市微生物研究所当技术员，得偿所愿。

（一）

　　正是迎来转运时，花城召我举家移。

　　白云珠海千重景，雅韵宽怀好写诗。

（二）

越秀山边市府中，窗前草木映花红。

书丛报海多消息，沙砾淘金且用功。

（1978 年 10 月于广州）

科技情报翻译网

为了生产发展和科学研究的需要，我们情报所创办了科技情报翻译网，由我负责。我们广罗精通外语人才，配合社会需要，翻译了大批信息，颇受欢迎和好评。

卧虎藏龙地，羊城译者多。各人分散处，一网集成箩。

觅宝东西海，淘金信息河。引来新技术，发展奏欢歌。

（1978 年于广州）

日语班

改革开放以来，英语和日语最吃香，各种外语学习班风起云涌。我选了一个日语进修速成班，以期多掌握一门外语翻译技能。

东洋科技好，贸易往来频。日语从头学，交流利睦邻。

（1978 年于广州）

曹老挚爱岭南花

"文革"摧残了曹靖华教授的身心健康。"四人帮"垮台后，组织安排八十高龄的曹老到广州从化温泉疗养。他爱花，所以非常喜欢繁花似锦的岭南。他曾赠我一本散文集，书名就是《花》。他在广州的学生，只有谢美娜老师和我。自然，我们经常去探望他。

十年雨雪损芳华，休养羊城总不差。

从化温泉风景好，舒心好写岭南花。

（1978 年于广州）

情报所青年访曹靖华教授

我所在研究所的年轻人，都希望能去从化看望曹老并请他作报告，他马上来信："座谈，当欢迎，望提问。能答者，答；不能答者，'交白卷'。总之，希望搞'群言堂'，不演独角戏。"那次，曹老和我们座谈两三小时后，还坚持在烈日下，一直送我们到汽车站。

相携访曹老，谦逊又慈祥。逗趣谈陈事，传经写锦章。

爱听群议会，厌作一言堂。亲至桥头别，音容永不忘。

（1979 年于广州）

除夕行花市

广州前市长朱光有 50 首《广州好》，其中之一是咏广州除夕花市："广州好，花市百花开。除夕东风花共醉，芬芳盈掬絮春回。曙色破天来。"对我而言，今年行花市特别开心：首次三代同游！

羊城花市醉香风，万紫千红造化工。

最是今年春色艳，同游三代乐无穷。

（1979 年于广州）

喜获朱光潜教授赠书

我读北大时，曾和一代美学宗师朱光潜先生通过信。"文革"后，同班同学凌继尧成了朱先生所带的研究生。因此之故，继尧有时在朱教授面前提起我。于是，他有出版新书，便托继尧寄给我。我最喜欢朱先生的文章风格，如朱自清所评："行云流水，自在极了。"

早为青年解百疑，等身著作汲新知。

行文自在如流水，章句读来皆似诗。

（1980 年于广州）

喜获二教授推荐函

北大教授，我最敬仰的是朱光潜教授和曹靖华教授。当时我想赴美深造，申请就读哥伦比亚大学或圣约翰大学。为申请顺利，冒昧请这两位教授为我写推荐信。

不意两位教授迅速写就，令我喜出望外，感激莫名！

> 燕园最仰二良师，才学灵琛举世知。
>
> 化雨春风来辅助，以期送我上高枝。

（1980 年于广州）

曹老赠我三幅字

曹靖华教授和鲁迅这批文化人一样，不但文章写得好，书法也有很深的造诣。曹老赠送给我的书，扉页上多是用毛笔签名，拙雅飘逸。想不到，他在从化温泉休养期间，给我写了三幅字：一幅是鲁迅的诗，一幅是他的诗，一幅是勉励我的联句。他的墨宝，将伴我终生。

> 良师恩义薄云天，三幅诗文写锦笺。
>
> 莫问今生泊何处，长教墨宝傍身边。

（1980 年于广州）

陪曹老访中山大学大钟楼旧址

1931 年，鲁迅在上海创办了"三闲书屋"出版社。"三闲"，是指鲁迅、瞿秋白、曹靖华三个"闲人"。鲁迅曾赠瞿秋白一联句："人生得一知己足矣，斯世当以同怀视之。"鲁迅一生所写的信件中，写给曹靖华最多。鲁迅曾居住过中山大学大钟楼，即今中山图书馆。

> 将别花城思万重，行前寻访友人踪。
>
> 此生难得三知己，展室徘徊忆旧容。

（1981 年于广州）

临别接曹老函

我出国的前夕，收到了曹靖华教授的信，内云："望你在国外学理、工，勿学文史哲。并非后者不值一学，实在大海无边，各持己见，无所适从也。望随时保重……"读到这封信，令我无比感叹：一个毕生从文的老教授，竟劝自己的学生"勿学文史哲"……

> 一封鸿信自京华，临别言情意不差。

寄语休研文史哲，良师叮嘱总堪嗟。

（1981 年 5 月 30 日于广州）

出国

欣逢改革国门开，习习西风扑面来。

我亦随潮洋"插队"，先侨背影后人追。

（1981 年 5 月 31 日于广州）

第二辑

去国后卷

一、花旗杂吟

抵香港

穿过罗湖桥，到达香港，百感交集。陌生异地，幸有台山时的老师李华焕和学生朱荣新热情接待，并陪我游览香港名胜和闹市。

罗湖桥上望，一步一回头。粤海涛声渺，香江灯彩稠。

喜临新世界，怅别旧朋俦。尚慰人情好，师生伴我游。

（1981年6月1日于香港）

到纽约

大厦连云车马稠，我来欢喜夹忧愁。

一贫如洗漂流客，何日花旗可出头？

（1981年6月5日于纽约）

喜见外婆一家

外婆育有一男三女，依次为大姨美凤、母亲小玉、舅父焕光和细姨小金。除母亲之外，皆久居纽约法拉盛。多年来，不遗余力在经济上支持我家。

最是难忘骨肉情，大洋远隔梦常萦。

何期今日能相见，且代梅家谢一声。

（1981年6月于纽约）

与外婆同游

有幸今生会外婆，儿时回忆未消磨。

自由神岛同游览，碧海青天且放歌。

（1981年6月于纽约）

匹兹堡大学偶遇万宁老师

入读匹兹堡大学，不意在校园遇见万宁老师，她是我在北京大学的俄语老师，现在来到匹兹堡大学做访问学者。异国重逢，也是缘分！

举目无亲在匹城，解愁夜听洞箫声。

骤然校内逢师长，忆旧谈新喜莫名。

（1981 年 10 月于匹兹堡）

游匹兹堡

匹兹堡是一个江城，三条大河穿城而过，曾有"世界钢都"之称，拥有著名的匹兹堡大学和卡内基梅隆大学。匹市多次被评为全美最宜居住城市。

伫立山头望，三河碧浪清。钢都烟已少，学府誉犹盈。

绿树环街茂，洋楼耀眼明。临流思故国，武汉亦江城。

（1982 年 8 月于匹兹堡）

告别匹兹堡

两载客途吾独行，唯闻悲切杜鹃声。

何如纽约人情好，收拾书囊返帝城。

（1983 年 8 月于匹兹堡）

"星星楼"岁月

从匹兹堡转学回纽约，为赚取学费和生活费，与友人在长岛市开了一间小餐馆"星星楼"。一介书生，却练就打杂、炒菜、企台的全套本领。

俭学勤工历几春，星星楼馆暂栖身。

烹调技艺从头练，方始书生识苦辛。

（1985 年 6 月于纽约）

喜闻大妹夫妇相继调回广州

　　大妹雪英和丈夫钖年在南京读完大学后，分配到当时尚相当落后的河南驻马店。他俩从事理财和计划工作，认真负责，甚受好评。1975 年 8 月，他们经历了大洪水，劫后余生。后来广州市创办经济开发区，遂相继调回羊城。

金陵已完梦，驻马落河南。泥屋虽言苦，人情亦觉甘。

曾经波浪险，未有利名贪。调动从需要，羊城重任担。

（1987 年 5 月于纽约）

悼三妹雪玲

　　三妹雪玲，属台山一中"老三届"。聪慧纯洁，品学兼优，又是一位出色的排球运动员。"文革"时参加"文攻武卫"，日夜劳累，不幸跌伤头部，留下后遗症。多年遭受疾病折磨，于端午节在台山去世，卒年 36 岁，诀别丈夫和两个幼女。

纯洁如梅雪，球场亦俊英。

霜寒人易老，坡陡路难行。

经历千波折，遗留百病生。

遥闻花萎落，端午更伤情。

（1987 年 5 月于纽约）

芝加哥谒祖父墓

　　祖父梅友斌年轻时离妻别子到美国谋生，当时三个儿子尚幼，我的父亲居长，才 10 岁。不料漂泊 40 年间，竟一直无法回乡探亲，最后病故芝加哥。幸芝城有一华侨墓园，让祖父有一安眠之地。今孙子前来扫墓，祖父有灵，定可含笑于九泉。

归根落叶梦难圆，寂寞孤坟傍海边。

别井离乡求出路，当牛做马觅生天。

魂牵故国三千里，命耗芝城四十年。

献上玫瑰花一束，有灵地下好长眠。

（1987 年 6 月于芝加哥）

广州访军医陈炎冰

瞿秋白被宋希濂部队逮捕，关在汀州狱中，得军医陈炎冰关怀，送予纸笔墨，就义前写下《多余的话》以及几首诗词。这些诗文经陈炎冰之手，寄美国转上海才得以传世。瞿说自己是一个半吊子"文人"，成政党领袖是"历史的误会"，其遗诗有"眼底云烟过尽时"之句。

每忆汀州难自持，军医感慨说传奇。

才情本是文人格，误会方成革命师。

话不多余留绝笔，心能满足剩遗诗。

怅惘五十年前事，眼底云烟过尽时。

（1987 年 12 月于广州）

题《潮流》杂志

在宋希濂将军的支持下，好友麦子、邝小姐和我等同仁，创办了一本文艺政论杂志《潮流》。作者群多为作家、社会活动家和各界名流。此杂志独创一格，广受欢迎。

文墨生涯旧梦温，潮流一卷浪涛翻。

街头刊物多浮俗，只为扬清正本源。

（1988 年 1 月于纽约）

"台山服务中心"开张

我和妻子经营的"台山服务中心"，主办移民、公证、税务、机票等项目，本着价钱公道、待客热情原则，旨在方便乡亲扎根异乡。

移民公证力求精，服务乡亲赖热诚。

我助千家人助我，经营亦为结缘情。

（1992 年于纽约）

迎接西部民歌王王洛宾抵纽约

从报上获悉王洛宾一个心愿，他想到唯一未到过的纽约演出。于是我和麦子等友人，助其实现了这个愿望。我们安排了四场音乐会，其一是在联合国剧院。他创作的歌曲，如《在那遥远的地方》《康定情歌》《达坂城的姑娘》等，脍炙人口。

出奇民族乐，四海醉新声。遥远情丝路，迷人达坂城。

土洋风合璧，词曲意纵横。今遂余生愿，传歌纽约行。

（1994年6月于纽约）

喜甥女匡莹随夫来美留学

甥女匡莹一周岁刚断奶时，"文革"尚未结束，我从河南驻马店把她带回广东台山，交由我父母亲照料。她很聪明，读中山医科大学，毕业后和丈夫，大学同窗何清一起在深圳当医生。他们求知欲极强，何清申请到哥伦比亚大学医学院深造已获批准，匡莹也随夫来到纽约，前程似锦！

不觉乖甥女，亭亭已长成。同窗寻伴侣，深圳作医生。

转舵千波渡，求知万里行。苹城天地阔，比翼拓新程。

（1998年8月于纽约）

菩萨蛮·访蝗虫谷孔家旧宅

纽约长岛孔府，蒋宋美龄曾寄居多年。今招买家，地产商向公众开放，结果数千华人涌入该谷，当地遂招警挡驾。

当年长岛栖迟处，云龙风虎驰无数。

落叶满山丘，相携觅旧楼。

楼空人已去，奏断豪门曲。

触景尽阑珊，金陵梦已残。

（1999年3月于纽约）

鹧鸪天·记蒋宋美龄旧居物品拍卖会

蒋介石题诗的宋夫人山水画，竞争激烈，以二万一千元高价被孔家"抢"回。七百余件物品，悉数售罄。地产商窃喜，不禁自语："当把马桶也卸来拍卖。"我标得《时代》杂志两百多本，这是宋美龄晚年的读物。

最是战云密布时，夫人泼墨蒋公诗。

梅振才诗集　　037

丹青一幅留佳话，抛却万金赎昨非。

洋彩画，土陶瓷；谁教腐朽化神奇。

早知怀旧痴如许，马桶拆来亦卖之。

（1999 年 3 月于纽约）

喜与歌唱家胡松华重逢

"文革"年代，胡松华和我们北大毕业生，同在一军垦农场接受"再教育"。是时他正遭批判，不许唱歌。此次他与中国最著名的歌唱家一行来纽约演出，在新闻发布会上，他读到我当天发表在《侨报》的一篇散文《记否当年渤海情》，热情拥抱了我。

两载田头戴月耕，疯狂时代强吞声。

大洋彼岸重相会，记否当年渤海情？

（1999 年 3 月于纽约）

临江仙·吾女洁莹于归喜赋

回首悠悠江海路，当年风浪曾经。

欣看稚女已娉婷。

新城留美誉，金榜见芳名。

自信良缘天注定，同窗数载深情。

中秋鸾凤喜和鸣。

百年长久久，携手展鹏程。

（1999 年 9 月于纽约）

水调歌头·中秋双星恨

9 月 11 日上午，我在纽约华埠目睹世界贸易中心"姐妹楼"被飞机撞毁惨剧，触目惊心，真乃今世惨剧！

回首平生事，悲喜话中秋。

堪惊今夕何夕？盛世降魔头。

疑似荧屏幻影，转瞬灰飞烟灭，惨景撼寰球。

惆怅月依旧，不见两琼楼。

星旗海，银烛泪，恨难休。

人间浩劫长记，慷慨赴同仇。

跨越千山万水，织就天罗地网，矢志缚凶酋。

浴火重生日，纽约展新猷。

（2001年9月于纽约）

临江仙·"九一一"华裔悲壮曲（8首）

"九一一"惨剧，举世震惊。吾处纽约华埠，目睹双塔倒塌之烟尘，耳闻警车驰救之啸声。悲情惨景，刻骨铭心。世纪浩劫，在美华裔，感同身受。悲壮之情，得无寄乎？填词数首，为史留证。小序诗云：

又是天涯云起时，且裁近事入新诗。

百年华裔辛酸史，再续一篇悲壮词。

（一）曾喆篇

曾喆，年少时自广州来美。硕士毕业。浩劫骤发，从数街外冲向灾场。电视台曾播出其救人情景。罹难时年廿九。《纽约时报》赞其为"无私之人"。

曾读神州英烈史，携来百载风流。

无涯学海任飞舟。

助人心最乐，美誉早传留。

浩劫惊魂溅血处，尘烟石雨颓楼。

扶危跃马不回头。

荧屏分秒影，浩气凛千秋。

（二）邓月薇篇

空姐邓月薇，昵称"蜜蜂"。在美航撞击世贸大楼前，把暴徒之状况沉着电告地面指挥站。罹难十天后，故乡旧金山市市长宣布该日为"邓月薇日"。

最爱百花丛里舞，辛勤采蜜春浓。

平生忧乐与人同。

娇娆红粉女，壮志掠长空。

骇浪惊涛云海乱，临危依旧从容。

回天乏力恨无穷。

灰飞烟灭处，烛泪吊英雄。

（三）林维敏篇

警官林维敏，大楼遭袭，即飞步登楼助人撤难。险境中电告爱妻勿念。楼塌被埋，幸被救出。证券交易所重新开市，邀其按键鸣钟开盘，万众注目。

石骤沙狂楼欲坠，扶伤跃上千层。

心牵万缕挚亲情。

阳关如有路，宁予别人行。

断壁残垣狼藉处，悲欢劫后余生。

金坛盛典仰豪英。

钟声传四海，指日见升平。

（四）王维斌篇

王维斌博士，十六年前离桂林来美留学，后任高职。其间夫妇团聚，育有三名稚儿，近置新居，可谓花好月圆。骤然丧生于世贸浩劫中，花旗梦碎。

犹记天涯相思苦，三更绮梦萦回。

春临纽约喜双飞。

和风雏燕跃，新筑绕芳菲。

乐土四时花艳丽，何来九月惊雷？

柔情美景顿成灰。

漓江秋月朗，当照远魂归。

（五）郑氏夫妇篇

郑于光、杨树荫夫妇，已退休。一年前从北京来美访女儿一家。临别相约，日后再会。然造物弄人，归程所乘美航，被劫持撞五角大楼，机毁人亡。

万里飘来东海客，天伦乐事重重。

最怜孙子露憨容。

临歧频笑问，何日故乡逢？

回首人间风雨路，卅年携手情浓。

晚霞绚丽惜匆匆。

天涯悲折翼，生死总相从。

（六）傅志明慈母篇

傅志明母亲，抚儿育女劳苦终生。儿子事业有成，老怀堪慰。大楼历劫，志明失踪。到处求神问卜，算命师称其子尚在人间，遂朝暮倚闾盼儿归……

含苦茹辛雏燕育，欣看展翼高飞。

难忘寸草沐春晖。

红颜随逝水，白发始开眉。

霹雳秋空双塔堕，千家万户同悲。

求神问卜泪沾衣。

悠悠残烛夜，倚牖望儿回。

（七）李拉夫篇

华裔救灾，感人事多。罹绝症之音乐家李拉夫倾囊捐助，敬佩与关怀之情随至。收一函，告知最近中国治愈此类病患药方，李家谢称此函为《春天奏鸣曲》。

漫道病残浮世外，惊看楼塌烟翻。

正邪尘事总相关。

倾囊慷慨赠，共与济时艰。

劫后更教灵境净，温情涌自心泉。

神州问药祝身安。

春来鸣一曲，挚爱满人间。

（八）华埠篇

华埠毗邻世贸中心，乃纽约著名观光胜地。"九一一"重创华埠经济，百业萧条。全国关注，援手重振华埠。华裔则奋发图强，誓使华埠再现风华。

离合悲欢多少泪，百年华埠沧桑。

男厨女织苦甘尝。

天涯漂泊路，此处是吾乡。

车水马龙昌盛地，何堪劫后凄凉。

八方援手共疗伤。

复苏春讯近，明日更辉煌。

（2001 年 9 月于纽约）

水调歌头·读张学良口述历史有感

张学良（1901 年 6 月 3 日—2001 年 10 月 14 日），字汉卿，人称"少帅"。曾同杨虎城将军一起发动震惊中外的"西安事变"，后遭蒋介石父子长期软禁，幸一直有红颜知己赵四小姐相伴。1990 年恢复人身自由。逝于夏威夷，享年 101 岁。

读罢百年史，感慨一何多。

狼烟寇火遍地，同室尚操戈。

敢闯临潼虎穴，惊破华清好梦，举国御东倭。

生死等闲事，荣辱付流波。

郴州雾，黔边月，蜀山坡。

楚囚浪迹湖海，豪气渐消磨。

剩有红颜知己，共渡余生忧患，岁月未蹉跎。

太息魂归处，无觅旧山河。

（2001 年 10 月于纽约）

上海访杨之英

　　我拜访了 90 岁高龄的革命老人杨之英。她原是著名政治家邵力子的儿媳妇，但丈夫 24 岁时在欧洲被歹徒枪杀，公公邵力子鼓励她改嫁，并为她物色了新丈夫。杨之华是她姐姐，瞿秋白是她姐夫。在姐姐、姐夫的影响下，很早就走上革命道路，从事为地下党传递情报等工作。临别时，她送我一本回忆录《世纪的回眸》。

　　上海滩头一老梅，冰霜雨雪亦难摧。

　　苍颜依旧豪情在，世纪风云细道来。

（2002 年 9 月于上海）

北京访瞿独伊

　　我和贺国安君拜访了 82 岁的瞿独伊，其母亲是杨之华，继父是瞿秋白。她谈起中共唯一一次在国外召开的代表大会"六大"（1928 年 6 月 18 日—7 月 11 日），在莫斯科郊区的一座"银色别墅"中召开。参加的正式代表有瞿秋白、周恩来等。7 岁的瞿独伊也随父亲进入了"六大"驻地。她希望，国家能买下"六大"会址作纪念馆。

　　往事回眸心浪翻，红都岁月最牵魂。

　　难忘"六大"风云会，"银墅"沾来胜迹存。

（2002 年 9 月于北京）

儿婚喜赋（2首）

（一）

一自同窗心互仪，八年弦曲寄相思。

名城五月花如锦，正是鸳鸯比翼时。

（二）

婆媳重名自古奇，幽兰香草两芳姿。

三生修得同船渡，珍惜缘深好共持。

（2003 年 5 月于纽约）

题纽约华埠"京津有味"饺子馆

华埠中餐馆林立，但我对"京津有味"饺子馆情有独钟。青年时代，我曾在北京大学就读六年，令我的胃口和记忆，被北方饺子打上了深深的烙印。到"京津有味"吃饺子，对我而言，不仅是享口福，饱肚子，更重要的是怀旧，让我想起燕园那段如歌岁月。

华埠佳厨数十家，京津有味足堪夸。

三鲜水饺清汤面，彼岸重尝忆岁华。

（2004 年 4 月于纽约）

浣溪沙·自题《百年情景诗词选析》

拙著《百年情景诗词选析》，已由北京大学出版社出版。赵淑侠教授作序，季羡林教授书名题签，有中华诗词学会孙轶青会长、霍松林名誉会长、杨金亭副会长、林从龙顾问、丁芒顾问、谷向阳教授等题词和赠诗。

三载诗丛觅旧踪，

百年情景未朦胧，

清词浩曲意千重。

湖海常萦家国梦，

悲欢慷慨古今同，

襟怀且付一吟中。

（2005 年 10 月于北京）

《百年情景诗词选析》集句诗（4 首）

（一）吟咏寄情

万里故乡情，（刘半农，104 页）

青山分外明。（邓拓，228 页）

偷闲何所乐？（钱歌川，198 页）

吟咏寄余生。（林语堂，132 页）

（二）离乡别井

我有馨香携满袖，（丰子恺，154 页）

繁花回忆不分明。（张伯驹，156 页）

相逢第一故乡水，（吴有恒，236 页）

万里漂流愧此生。（赖和，120 页）

（三）卅年回首

夜深细共荆妻语，（连横，44 页）

一梦温馨岂是真？（包天笑，36 页）

回首卅年眠食地，（陈寅恪，100 页）

穷途舍命作诗人。（闻一多，160 页）

（四）壮志未酬

壮志当年苦未酬，（袁世凯，10 页）

海天容易又经秋。（丘逢甲，14 页）

红颜未老头先白，（刘景堂，84 页）

点点梅花为我愁。（吴佩孚，30 页）

（2005 年 10 月于北京）

题圣云仙医院华人医疗服务中心

天主教圣云仙医院，医术精湛，病房洁雅，中西合疗，双语服务，并且毗邻华埠，所以很多唐人都到这医院看病和治疗。

唐人罹疾苦，请到圣云仙。医护谙华语，病房比洞天。
中西疗合璧，诊治术精专。圣母施甘露，仁心众口传。

（2006 年 3 月于纽约）

伟达、翠莹新婚志喜

侄子梅伟达和甥女黄翠莹结婚，喜上加喜，我全家赴加拿大蒙特利尔参加婚宴，席上口占一诗以贺。

鸾凤和鸣正吉时，山盟海誓两心知。
蒙城四月花苞放，且待来年果结枝。

（2007 年 4 月于蒙特利尔）

题好茶水茶叶礼品袋

台山同乡刘仲明，自小好茶。移民纽约后，竟以推广茶艺、茶道为职业。自称"茶夫子"，在唐人街开了一间"好茶水公司"，还成立了茶艺表演队。

日月精华凝叶香，清心健体不寻常。
好茶一袋人情重，厚意芳醇细品尝。

（2007 年 5 月于纽约）

赠别夏立言、郑丽园伉俪

万里长风好比肩，花朝雨夕总怡然。
恒河水暖双飞翼，最忆苹城四月天。

（2007 年 5 月于纽约）

纽约梅氏公所口占赠台山市政府代表团

故园来使者，笑语满堂前。

明日台山会，乡情漫海天。

（2007 年 6 月于纽约）

贺梁国材先生荣任纽约华埠扶轮社社长

世纪风云谈笑中，温文尔雅总从容。

苹城幸有扶轮手，普度慈航一善翁。

（2007 年 7 月于纽约）

赠别刘碧伟大使伉俪

出使扬鞭总未闲，经年越水又飞山。

天涯看尽金秋景，怎及京华霜叶丹。

（2007 年 10 月于纽约）

贺美国餐饮协会成立

传统继承风味香，中华厨艺喜弘扬。

同心开拓创新路，餐饮高标立异乡。

（2007 年 11 月于纽约）

赠陈毅元帅女儿丛军公使

纽约诗词学会暨纽约诗画琴棋会，在曼哈顿中城举办"纪念陈毅诗书画作品展"，陈毅元帅女儿丛军公使出席开幕式。

漫云往事已如烟，陈帅诗章世代传。

请看苹城书画展，青松依旧薄云天。

（2008 年 2 月于纽约）

汶川地震

惊闻地裂与山移，满目疮痍举世悲。

四海华人齐协力，赈灾抗震共艰危。

（2008 年 5 月于纽约）

欢迎广东省侨办代表团访纽约梅氏公所

天涯哪有故园娇，珠水云山南海潮。

喜见亲人来彼岸，重洋万里架金桥。

（2008 年 7 月于纽约）

贺河南省总工会暨国际书画大展

炎黄文化古源头，书画长河未断流。

今日墨香飘四海，喜看精品荟中州。

（2008 年 8 月于纽约）

"大庆铁人"联

为纪念大庆油田发展 50 周年，暨纪念"大庆铁人"英雄王进喜，赋此联句以贺。此乃龙头凤尾格联句。

大战荒原，英雄意志如坚铁；

庆成伟业，艰苦精神励后人。

（2009 年 3 月于纽约）

贺"中华之夜"盛会赠易建联先生

易建联，1987 年出生于中国广东省鹤山市，身高 212 cm，中国职业篮球运动员，获得中国十佳运动员称号，2018 年 10 月 30 日 CBA（中国职业篮球联赛）得分破万。今年春节，纽约华人踊跃购票参加"中华之夜"盛会，主要是观赏易建联驰骋球场的雄姿。

七尺昂藏出鹤山，雄风神技撼球坛。

中华之夜看身手，璀璨星光四海欢。

（2009 年 3 月于纽约）

赠别朱柳领事

儒雅真诚倍可亲，侨团走访不辞频。

苹城春日情牵柳，相约京华会故人。

（2009 年 4 月于纽约）

贺陈倩雯竞选纽约市议员

陈倩雯祖籍台山，生于香港，9 岁到了纽约，在唐人街长大，对华人社区有着特别的感情。读大学时，积极参加志愿服务，为成立"华人平等会"奔走呼号。为更好服务社区，于 1991 年始走从政之路。十年磨一剑，终于成为纽约市第一个华人女市议员。

凤愿酬今夕，辛劳十八年。草根谋福祉，族裔护平权。

娇小凭坚志，真诚可感天。从容担重任，道远再扬鞭。

（2009 年 9 月于纽约）

并非故事

我儿媳妇的爷爷最近去世了。他是温州人，年轻时到香港谋生。在上世纪 70 年代，偶然被纽约一个洋人聘作家庭厨师，一干就是十多年。后来主人去世了，他被通知要见律师。他忐忑不安，怕有什么麻烦事。原来是去看主人遗嘱，分得 100 万美元。在那个年代，可不是一个小数目。他从一个打工仔，骤然成了百万富翁！

离乡漂泊到花旗，十载辛勤事执炊。

许是忠心酬好报，主人难得也仁慈。

（2010 年 10 月于纽约）

赠彭克玉大使（3 首）

（一）

2008 年 1 月，彭克玉大使在纽约总领事馆举行履新招待会，我和妻子也应邀出席。彭大使与我太太皆毕业于武汉大学。

雄鹰腾起珞珈山，卅载艰途只等闲。

梅振才诗集　　049

一片丹心酬祖国，不辞飞越万重山。

（二）

2008 年 8 月 7 日，彭大使为纽约帝国大厦按钮亮灯，亮起代表中国国旗的红黄颜色，迎接即将开幕的北京奥运会。

难忘灯火万家明，翘首高楼望北京。
八月良宵迎奥运，红黄国色耀苹城。

（三）

2011 年 4 月 9 日，美国洪门致公总堂在纽约举办纪念辛亥革命暨广州起义百年活动，彭大使出席并发表重要讲话。

尔雅温文诚可亲，访临侨社不辞频。
洪门弟子长相忆，共吊黄花英烈魂。

（2011 年 7 月于纽约）

聘任东南大学客座教授有感

我与画家方书久应邀到东南大学艺术学院讲学，并接受客座教授聘书，深感荣幸。东南大学是全国重点大学，历史悠久，师资雄厚，培养出很多杰出人才，其校训是"止于至善"。我们受到该校艺术学院王廷信院长和我的北大同窗凌继尧教授的热情接待。

江左传薪火，声名百载扬。育人求至善，教学见专长。
艺术图文丽，理工机电强。愧吾才浅薄，滴水洒苗秧。

（2011 年 11 月于南京）

武汉大学讲学有感

"文革"大串联时，我来过武汉大学，距今已有 44 年了，可惜这次不逢樱花季节。我寻访著名教育家、武大任期最长的校长李达纪念碑，但许多学生竟不知李达是何许人也。武大有两张王牌：生物系和图书馆系。内子也陪同我回其母校，她就是生物系毕业，她带我看她住过的宿字斋。

重到江城白发披，东湖还是水涟漪。

珞珈山上樱花谢，李达碑前史识疑。

生物专科收硕果，图书馆学启灵思。

此行喜有妻相伴，指点宿斋言旧时。

（2011 年 11 月于武汉）

悼胞妹梅雪娟

胞妹梅雪娟，生于台山端芬，毕业于华南理工大学，历任阳江糖厂技术员、新宁糖厂副厂长、广州市黄埔经济技术开发区高级工程师。不幸近日在纽约病逝，寿终积闰享寿六十八岁。

端山芬水育英才，聪颖贤能志不摧。

糖业辛劳多建树，长留功绩耀三台！

（2012 年 3 月于纽约）

打油诗贺孔厦居民书画展

孔子大厦是纽约华埠的地标，有数百户居民。孔厦有"三多"：社团领袖多、公民财主多、艺术家多。孔厦有一"艺廊"，经常举办书画展览。

社团领袖得人和，选票金银千百箩。

今日琳琅书画展，方知孔厦有三多！

（2012 年 6 月于纽约）

贺《南方都市报》《江门读本》创刊七周年（3 首）

（一）

蓬江创业不辞难，协力同心敢闯关。

四项高标争第一，相期再越万重山。

（二）

审时度势妙如神，视野非凡弥足珍。

最是令人同击赏，新闻报道贵求真。

（三）

一纸风行历七年，侨乡报业史无前。

扬清激浊开生面，再创辉煌续巨篇。

（2012 年 11 月于纽约）

闻聘任中华诗词学会顾问

据报道，"中华诗词学会于 2013 年 1 月 16 日召开会长会议，决定聘请中央电视台台长胡占凡先生、纽约诗词学会会长梅振才先生任中华诗词学会顾问。梅振才先生对海外中华诗词的繁荣做了大量工作，有很深广的人脉，本身也是诗词家，梅先生任学会顾问，对推进世界华人诗词文化繁荣将起到积极的推动作用"。

京播新消息，闻之有愧心。掌中无彩笔，囊内缺金针。

重任驱鞭策，余年伏枥吟。唯求同勠力，四海响诗音。

（2013 年 1 月于纽约）

赠别周立民副总领事

高才博学世难求，服务侨胞称一流。

最忆精心扬国粹，几回相约"醉银钩"？

（2013 年 1 月于纽约）

悼陈本昌先生

美国著名华人领袖，历任美国共和党亚裔党总部主席、美国海外华人新文化运动总会主席，享寿百龄。他呼吁海外华人要自立自强，"落地生根，就地参政"。他生前赠我一本《陈本昌文集》，常置案头。

丰功不负百年身，参政金言励后人。

珍重先生文一卷，案头常读长精神。

（2013 年 1 月于纽约）

赠洪博培先生

洪博培（Jon Huntsman）是美国唯一一位会汉语的州长，曾任美国驻华大使，现正为明年竞选总统"热身"，他来到纽约，我送他一首诗，他非常高兴。他夫妇已育有5个孩子，但热爱中华文化，从扬州收养了一个漂亮的女孩，取名"杨乐意"。

字正腔圆"乐意"亲，前生许是大唐人。

京城此去无多路，问鼎白宫先热身。

（2013年2月于纽约）

赞《斗山侨刊》（新韵）

台山市斗山镇是江门市人民政府正式命名的六个"江门市名镇"之一，以"历史文化"为特色。《斗山侨刊》创刊号出版，以其内容丰富，图文并茂，设计精美，立刻艳惊岭南，专家学者和侨胞读者，皆异口同声称之为"全国最佳侨刊"！

名镇有侨刊，一鸣惊岭南。乡情翔实报，人物漫纵谈。

斗水腾诗浪，浮山秀笔端。图文呈异彩，誉满大洋边。

（2013年6月于纽约）

赠别陈劭毅领事（新韵）

五载苹城路，往来华埠频。劬心办公事，着意为侨民。

举止知亲切，言谈见雅文。敬呈图一册，页页记情深。

（2013年12月于纽约）

纽约云顶赌场"百乐会"对联

除夕前一天，云顶赌场通过某报记者，约我为该赌场之"百乐会"（百家乐贵宾会）写副对联，要求对联中有"百乐会"三个字，并要在除夕前写好。于是，匆匆撰就此联。果然，在爆竹声中，这副对联挂在了赌场"百乐会"大门两旁。

小赌可怡情，百家同乐有缘会；

大赢凭妙算，万贯横财入袋来。

（横批：心想事成）

（2014年2月于纽约）

赞关云龙师傅果雕技艺

关师傅 1979 年从香港移民美国，擅长彩绘蝴蝶，而其果雕技艺更为出色，在纽约堪称一绝。其果雕作品在多个展览会上展出，皆获殊荣。而其栩栩如生的果雕珍肴，在西人和华人的高级宴会场合，广受欢迎。

蔬果能雕百卉开，灵思巧手叹高才。

艳惊席上华洋客，口福还随眼福来。

（2014 年 5 月于纽约）

台城老街坊首聚口占

今晚，广东省台山市台城镇移民，在纽约举行了一场别开生面的团聚活动。台城旧电影院邻近三条街（太平、西濠、西安），老街坊 100 多人，在法拉盛东王朝酒楼聚会，很多人是分别多年后才重逢，气氛热烈，场面感人。

（一）

漫道街邻不往来，长情醇洌胜茅台。

苹城今日传佳话，友谊之花世代开。

（二）

名街风物驻心头，况且人情第一流。

何幸多年离散后，苹城相约度中秋。

（2014 年 8 月于纽约）

贺"美明声粤艺园"中华公所义演成功

纽约有不少粤剧发烧友，大多是长者，有的还组织剧团登台演出，如"美明声粤艺园"就是其中之一。他们虽非专业出身，却也字正腔圆，声情并茂，并且唱的是耳熟能详的旧曲，颇受观众欢迎。

漂流粤海落苹城，红豆长牵南国情。

难得登台皆票友，娱人娱己乐余生。

（2014 年 11 月于纽约）

赠别孙国祥大使

丹心为国着征衣，卅载奔驰志不移。

侨务外交多建树，苹城折柳别依依。

（2014 年 11 月于纽约）

贺吴昊"爱的见证"摄影展开幕

摄影家吴昊这个摄影展，在法拉盛一间画廊开幕。系列作品反映自己与妻子在纽约结婚后两年来，幸福与矛盾共存的状态，希望借此挽回婚姻关系，让双方再次思考和学习"爱"。这个展览令我和画家方书久为之动容，当场合作创作了一幅诗配画赠送给吴昊。他接过这份贺礼时，直呼"意外惊喜"！

鸡同鸭讲怎沟通？基督恩慈助互容。

且摄家庭零碎事，爱情见证画图中。

（2014 年 12 月于纽约）

新年三愿（3首）

纽约时报广场水晶球在新年钟声敲响时落下，这是美国的新年标志，总是吸引来自世界各地的数百万人观看。今年我是在家中电视屏幕上观看跨年直播的。就在水晶球落地那一刻，涌出三首小诗。

（一）

又是晶球降落时，广场歌舞各争姿。

游人百万同祈福，世界和平雨露施！

（二）

又是晶球降落时，五湖吟侣入遥思。

山长水远多珍重，笔健身安好写诗！

（三）

又是晶球降落时，蓦然惊觉鬓添丝。

但期新岁人长乐，四代同堂好共持！

题 Katie 所绘卡通人物水彩画

吾友洁和传来一幅图画，是她的小外孙女，年方 7 岁的 Katie（凯蒂）所绘，并有说明："她没有参加过任何的绘画班，从一开始到最后完成画作，整个过程都是她独立完成。"

随心勾出卡通人，炯炯双眸最有神。

简约线条涂五彩，画图难得是童真！

（2015 年 1 月于纽约）

浣溪沙·纽约世纪雪暴

纽约正面临历史上最大的暴风雪。现在是晚上 9 时，风在吹，雪在飘，路上几无人车。看起来，纽约好像是一座冰冷、沉寂的死城。然而，在每个纽约客的家里，总是充满着温暖、生气和活力！

窗外任凭风雪狂，

悠闲我自赏银妆，

晶莹世界若仙乡。

长叹平生牛马走，

且图片刻享安详，

围炉三代话家常。

（2015 年 1 月于纽约长岛）

贺羊年春联

三羊启泰，福寿康宁欢歌传世界；

四艺生辉，琴棋诗画雅韵绕苹城。

（2015 年 2 月于纽约）

赏歌唱家陈旻在林肯中心表演

昨天第五届"文化中国"盛典于纽约林肯中心开幕。节目丰富多彩，掌声不绝。著名演唱家陈旻的歌艺表演，掀起了晚会的最高潮。资深音乐评论家唐其煌（笔名"纽约堂叔"），称之为"演唱、形象、台风、服装四佳，殊为难得"。陈旻是纽约国际艺术院院长。

娇艳犹如二月花，美声唱法显才华。

服装优雅台风好，难得行家赞四佳！

（2015 年 2 月于纽约）

悼父执邝泽普先生

百龄耆老邝泽普先生，近日在纽约去世。二战时，他曾任宋美龄的秘书。后移民纽约，为华埠社区奉献了半个多世纪。勤于写作，出版有《老泽文集》。最后一幅书法作品，是"继往开来，实事求真"。他称我为"世侄"，因为他和我父亲在台中学生时代一起办《野草》杂志。

台中野草育才华，老泽书文自一家。

实事求真遗玉句，社区奉献德堪嘉。

（2015 年 4 月于纽约）

赠纽约华侨文教中心

纽约华侨文教中心，位于法拉盛闹市，经常举办艺术展览、学术讲座和文化学习班，墙壁挂诸名家的字幅，书架摆着各类图书，艺文气息浓厚，是我常去的地方。我有感而题诗一首，由书法家吴景写成字幅，现被挂在该中心大堂。

每临总似沐甘霖，逸韵书香意味深。

雅集交流扬国粹，华侨文教有中心。

（2015 年 6 月于纽约）

祝贺联合国中华文化交流大会圆满成功

世界汉诗协会在联合国举办"中华文化交流大会"，来自全球众多艺术家出席，盛况空前。

苹城盛会史无前，四海诗家共讨研。

吟帜高扬联合国，力推汉韵五洲传。

（2015 年 6 月于纽约）

贺西安书学院三十周年庆典

改革同行三十年，西安书艺拓新天。

文明古道重超越，一带东风一路延。

（2015 年 8 月于纽约）

数字游戏

顷见网传："2015 是个神奇的数字，你把你的出生年份加上你的年龄刚好是 2015。按照藏传佛教大师的说法，这种情况 999 年才出现一次！"随后，又看到另一条微信续帖："明年加起来都是 2016，后年都是 2017……"何须 999 年才出现一次？其实，这只是数字游戏。

二〇一五好神奇，岁数生年巧合之。

何必经秋三个九，世人每夕是佳期！

（2015 年 8 月于纽约）

纪念抗日战争胜利 70 周年

当年抗战志成城，家国存亡发吼声。

历史车轮留辙迹，正邪胜败两分明。

（2015 年 8 月于纽约）

"音乐与养生"入群感言

很高兴加入"音乐与养生"微信群，相信会从此群聊中获得很多知识、享受和乐趣，有益于身心健康。群主是尹熙鹏医学博士，他的夫人黎小青也是医生。夫妻医术精湛，且都是出色的业余歌手。

苹城秋爽入新群，喜见名医来领军。

音乐养生同探讨，身心两健祝诸君！

贺黎小青医生获奖

黎小青医生只是业余歌手，然歌艺超卓，近日在"翡翠之星"卡拉OK大赛又获奖。

翡翠之星帷幕开，医生博士上歌台。

从来票友多高手，一曲绕梁三日来！

（2015年10月于纽约）

戏题"毛鸡"老珩书房（3首）

（一）

内子曾就读广州市十三中学，有一位绰号为"毛鸡"的同窗刘建珩君，署名"老珩"。昨天从微信传来两幅其在广州的书房照片。见其书柜玻璃门上贴有两句诗，大概就是他的座右铭："但见花开落，不闻人是非。"

七彩毛鸡世所稀，啼声嘹亮唤晨晖。

窗前但见花开落，窝里不闻人是非。

（二）

刘君多年在广州某大报任编辑，知多识广，文笔一流。退休后移民美国，但经常往返两地。其微信云："我在广州的任务是清理图书，我本来有十多个书柜都装满书，现已清出五柜的内容卖了或送给他人……人生识字忧患始，此言颇正确。"

编辑撰文君自如，才气由来万卷书。

识字人生忧患始，早明此理作农夫！

（三）

刘君又云："不知不觉走过了人间七十年路……个中滋味唯有自己慢慢去咀嚼回味了。"他是个文人，我是个半吊子文人，可说是书味相投。希望以后回到广州，在他的书房彻夜长谈。古人云："一为文人，便无足观！"是耶非耶？

书斋何日共聊天，不议功名不议钱。

漫道文人无一用，千年薪火靠谁传？

（2015年11月于纽约）

贺屠呦呦获诺贝尔奖（3首）

（一）

墙内开花墙外香，"三无"学者美名扬。

呦呦鸣鹿惊天下，天道酬勤又一章。

（二）

本草单方宝藏丰，辛勤研索立殊功。

救人无数青蒿素，实至名归举世崇。

（三）

青蒿提炼不辞劳，治疟神方疗效高。

一自呦呦登榜后，中华药学更堪豪！

（2015年11月于纽约）

题陈庆伟（残阳）所摄《台山秋色》

碉楼林立是吾乡，又见村民晒谷忙。

最忆儿时秋割后，田头烩薯溢泥香。

（2015年11月于纽约）

贺赵静博士于归之喜

吾友赵静博士昨日（11月29日）于归之喜，婚宴在纽约布碌仑凤凰城大酒楼举行。新郎E先生，是洋人。

人海茫茫一线牵，中西合璧两心坚。

鸿儒才女成佳偶，琴瑟和鸣乐百年。

（2015 年 11 月于纽约）

题"铁路华工历史图片纽约展"

"纪念华工建设太平洋铁路一百五十周年"图片展在纽约法拉盛开幕。"每根枕木下都有一具华工尸骨"这句评语，表明美国这条大铁路是由无数华工尸体垒砌而成的。希望华裔后代铭记先民的历史成就，美国历史也要记上这一笔。

幅幅画图铭汗青，莫教先辈落无名。

每根枕木铺尸骨，多少华工命筑成？

（2015 年 12 月于纽约）

悼浦承基诗翁

云南友人浦绍麟律师告知，其祖父浦承基近日去世，享年 91 岁。蒲公原为乡村小学教师，陷冤狱十六年，"文革"中逃命十年，1987 年才被宣告无罪。老人富文才，遗下的诗、文、联、书法作品，将由后人整理出版，以作纪念。

才华满腹又如何？生不逢时苦难多。

幸有诗文留一卷，长教后辈听吟哦！

（2015 年 12 月于纽约）

平安夜游曼哈顿第五大道

曼哈顿第五大道的洛克菲勒中心，每年圣诞节竖起挂满彩灯的巨大圣诞树。此为纽约最著名的圣诞节一景，游人如鲫。

火树银花不夜天，游人络绎尽陶然。

居安还要思危难，恐袭关头上紧弦。

（2015 年 12 月于纽约）

"人祸" 不容

今年中国发生两起震惊世界的重大事故：8月12日晚上，天津市塘沽开发区一危险品仓库发生爆炸，12月20日深圳（鹏城）光明新区发生山泥倾泻，均造成惨重死伤。两宗事故皆被定性为"人祸"。

津门大火未遗忘，土掩鹏城又一桩。

人命关天当问责，清除隐患避伤亡。

（2015年12月于纽约）

贺"智利鹤山同乡总会"成立（新韵）

鹤山市，属广东省江门地区一个县级市，鹤山人在智利都算早期的先侨，占智利华侨大多数，大多从事餐饮行业，卓然有成。"智利鹤山同乡总会"将于1月4日在智利正式成立，到时将举行盛大庆典。

智利新船号鹤山，同乡总会挂征帆。

敦亲创业欣携手，拓出辉煌一片天。

（2016年1月于纽约）

"全美220挺梁行动"口占

纽约华裔警员梁彼得因枪支走火打死一非裔青年，近日被陪审团裁决二级误杀等五项罪名全部成立，引起全美华社的激愤。今天全美近40个城市举行声援梁彼得的大规模示威，华人社区民权运动已进入新阶段。

一石千重浪，群情力挺梁。

公平靠争取，正义赖宣扬。

不作牺牲品，休成替罪羊。

维权齐呐喊，华裔谱新章。

（2016年2月于纽约）

儿童节有感

今天下午4时，收到陈儒斌先生一封微信："梅先生好！美国中文电视美国中文网今天在策划一个儿童节专题，希望您支持，提供一张自己的童年照片，再写几句话……今天下午5点截稿，谢谢！"好友索稿，聊以打油诗一首和童年照片一帧交差！

抚育儿孙担两肩，幼苗长大望擎天。

长江后浪推前浪，一代新人勇向前。

（2016年6月于纽约）

贺"高胡名家黄日进教授纽约演奏会"

广东音乐在台山极具群众基础，因而台山被文化部命名为"广东音乐之乡"。而当今台山亦有一批杰出的广东音乐名家，黄日进教授就是其中之一。他既是粤曲演奏家、作曲家，又是一位勤奋笔耕的粤乐理论家。其琴风人品，深受岭南乐坛尊崇。

乐苑耕耘五十年，琴风人品誉南天。

苹城今奏瑶池曲，柳浪莺歌宛耳边。

（2016年6月于纽约）

猴年马月致网络诗友

在中国俗语里，人们常用"猴年马月"来形容遥遥无期、毫无指望的事。但如今"猴年马月"真的到来了。根据农历推算，从6月5日至7月3日，人们将迎来传说中的"猴年马月"，而下一个"猴年马月"要等到2028年。

有缘网络结情浓，宋韵唐风意万重。

十二春秋莫虚度，猴年马月再相逢。

（2016年6月于纽约）

喜会佛家拳学会伍新雄会长

台山端芬乡亲伍新雄，率中国武术考察团抵纽约，受到热烈欢迎。他于2013年考得中国武术六段，成为台山首位考取该段位的武术大师。他创建了台山市佛家拳学会，致力在海内外传播传统武术文化。谢觉哉夫人王定国题字赞之："武道仁心！"

少林高手出侨乡，武道仁心更自强。

一带东风传一路，佛家拳术五洲扬。

（2016 年 9 月于纽约）

闻陈恭尹墓被毁

陈恭尹是顺德人，反清志士，清初著名诗人，与番禺屈大均、南海梁佩兰同称"岭南三大家"。尤擅七律，作品风格郁勃沉酣，代表作有《崖门谒三忠祠》《九日登镇海楼》等。其墓位于广州沙河镇杨屋村后山坡。据媒体报道，最近此墓已被毁，墓址只剩下覆盖着厚厚枯黄落叶的大坑。

沉酣律句见才华，谁识岭南三大家？

亡国千吟含愤恨，抗清百战跋尘沙。

崖门山上鸣悲曲，镇海楼前醉晚霞。

凭吊欲寻埋骨处，伤心墓毁剩残花。

（2016 年 9 月于纽约）

Victory kiss（胜利之吻）

喜闻第二次世界大战胜利之时，一名海军士兵在纽约时报广场拥抱一名素未谋面的年轻护士，而被摄影记者意外拍下，成为传颂至今的"胜利之吻"经典照片。照片的女主角日前以 92 岁高龄在维州辞世。每年 8 月 14 日，都有数百对男女在时报广场重现"胜利之吻"，以纪念二战结束。

浪漫忘形出自然，骤闻胜利乐昏天。

广场之吻成经典，历史长留一瞬间。

（2016 年 9 月于纽约）

赠德籍画家谭绿屏女士（新韵）

德籍画家谭绿屏及学生凯特琳在纽约举办"跨马挥毫纽约行"画展，好评如潮。谭女士生于南京，高中毕业报考南京艺术学院美术系被录取，因"文革"爆发而作废。

1984年游学西德后，融合西方艺术精华，并运用自创的重彩手法，来增添动感与层次，追求独到的人文思想和象征意义，融于别具一格的马、狮、人物画创作中。

漂泊天涯走笔勤，少年梦想总成真。

雄狮骏马传神韵，重彩描图巧出新。

（2016年9月于纽约）

贺"玲玉纽约同乐夜"

琵琶弹唱家陈玲玉，在纽约华埠举行了一场演唱会，受到台山乡亲近千人的热烈欢迎。她的唱法是平喉，在兼收并蓄各派所长的基础上，形成自己独特的琵琶弹唱风格。曾荣获中国曲艺牡丹奖等，成为广东曲坛一颗耀眼的明星，饮誉海内外。

侨乡沃土育奇葩，圆润平喉自一家。

难得三全声色艺，苹城秋月醉琵琶。

（2016年9月于纽约）

敬赠郝柏村将军

由香港中华能源基金会主办的"中华民族抗日战史论坛"，今日在纽约法拉盛喜来登酒店举行。现年97岁的郝柏村将军在会上作了主题演讲和闭幕发言。我和画家方书久、书法家吴又玄合作的一帧诗书画幅，赠予郝柏村将军，以表敬意。

男儿热血赴洪波，战史回眸动地歌。

儒雅将军松柏寿，一身虎气壮山河。

（2016年9月于纽约）

遥祭周有光先生

著名经济学家、语言学家、中国汉语拼音之父周有光先生，于1月14日凌晨在北京去世，享年112岁。几年前，我曾拜访过他，询长寿之道，他拿出一本他和夫人合著的散文集作答：《多情人不老》！临别时，他送我一幅字："在全球化时代，要从世界看国家，不能再从国家看世界……"

四年茶寿后，昨夜返天堂。汉语称魁斗，金融蓄锦章。

多情人不老，浩劫史难忘。遗墨今犹在，长思周有光。

（2017 年 1 月于纽约）

贺《台山文评报》创刊十周年志庆

《台山文评报》是宣扬海内外台山人文学作品的报纸，广受欢迎。作家梅逸民是该报社社长和总编辑。他曾获"江门市优秀作家""台山市优秀文艺家"称号。他是我的同乡、同宗兄弟，又是台山一中的同届同学。先父梅均普任教台山一中时，是他的语文老师。

十载耕耘苦，盼来花满枝。交流新字画，酬唱旧诗词。

推荐传佳作，论评见巧思。文心通四海，一纸系相知。

（2017 年 1 月于纽约）

痛悼李佩先生

2017 年 1 月 12 日凌晨，中国著名语言学家、中国科学院大学教授李佩先生在京去世。她是"两弹一星"元勋郭永怀先生的遗孀，被称作"中科院最美的玫瑰"。当年他们夫妇带着女儿从美国康奈尔大学回国，是钱学森邀请的。后来经历不少劫难，但她默默地为祖国付出一生！

谁能誉"人学"？请读李先生。报国凌云志，栽桃化雨情。

独行犹淡定，百劫更坚贞。星弹功臣榜，长留伉俪名。

白宫送旧迎新（2 首）

（一）奥巴马告别白宫

奥巴马乘"空军一号"从直升机上俯瞰白宫，优雅退场，以"改变"为竞选口号的奥巴马时代正式成为过去……

黑人总统拓新章，犹记"登基"万众狂。

"改变"花旗变多少？八年功过费评量。

（二）特朗普入主白宫

言行莫测的"大嘴"特朗普，昨天（2017 年 1 月 20 日）登上美国总统宝座。

他的就职演说，突出了其治国首要方针："美国优先，还政于民。"

"大嘴"上台寰宇惊，言行莫测意难明。

且听新主开金口，"美国优先"第一声。

（2017 年 1 月于纽约）

赏长岛街头壁画

今天去长岛大颈办事，路经一个公交车站，见到几个带着乐器的少男少女在候车。走近一看，吓坏我了，原来是一幅壁画！真是形神兼备，惟妙惟肖！纽约不愧是艺术之都，就是在一些漫不经心之处，也会有令人惊艳的艺术品！

最高境界见形神，惟妙惟肖始乱真。

艺术之都堪细赏，街头壁画也怡人。

（2017 年 5 月于纽约）

中国第一株菩提树

相传南北朝时，印度一僧人带着两株菩提树到中国，登陆台山广海时，在灵湖寺种上第一株，第二株种在广州光孝寺。岁月沧桑，这两棵都枯死了。然从灵湖寺剪枝移植到附近村落的三棵，如今仍枝繁叶茂。我也是台山人，务必要回乡一睹为快。

最老菩提树，灵湖古寺旁。叶枝犹茂盛，庭院更沧桑。

僧语闻心静，金经悟意长。何时坐荫下，物我两相忘。

（2017 年 6 月于纽约）

女警寻恩人故事

纽约市警局，公布一则赚人热泪的视频：华裔女警郑莎丽 14 岁被送到寄养家庭，在人生最黑暗阶段，市警托雷斯为她点亮明灯，承诺保护她不受欺负。后来两人失联 20 年，她锲而不舍寻找恩人，并为此加入市警，目前终于如愿以偿，警局为她找到了已退休的恩人。

寻觅恩人二十年，重逢意外泪涟涟。

人间尚有明灯在，一缕光芒亮海天。

（2017 年 6 月于纽约）

见证生命奇迹

2014 年 12 月 20 日，时年 32 岁的华裔警察刘文健与搭档在执勤时，遭枪手行刑式枪杀，不幸殉职。新婚妻子陈佩霞用医院保存的其丈夫的精子，进行人工授精，顺利生下一个女儿 Angel（天使），这个名字是丈夫在梦中告诉她的。英雄刘文健血脉得到延续，纽约警民为之庆贺。

燕尔新婚骤殉身，警民举国泪沾巾。

深情精气凝天使，庆幸英雄有后人！

（2017 年 7 月于纽约）

纽约街头故事

卡琳娜到纽约旅行，在路边见到一个落魄的流浪汉，便给他买了一份比萨。但在第二天早上，酒店服务员告诉了她一个震惊的消息："您上电视啦！"电视播出的，正是昨天她将比萨交到流浪汉手里的瞬间！原来他竟然是著名影星理查德·吉尔！当时他正在为在一出新戏中饰演一名流浪汉做准备。

流浪街头体验深，残汤剩菜苦追寻。

骤然一饭添温暖，贵在善良源内心。

（2017 年 9 月于纽约）

广西弃婴成世界体操女子全能冠军

刚在加拿大举行的 2017 年世界体操锦标赛，夺得女子全能冠军的美国选手吴颖思，因为中国弃婴的身世背景，引起了全球众多华人的关注和感慨。这个从未回过中国的女孩，正期待养母许诺的高中毕业礼物——中国之行！

圆梦夺冠吴颖思，亲生父母有谁知？

重男轻女今犹盛，愧我炎黄崛起时。

（2017 年 10 月于纽约）

纽约寒冬观电影《芳华》（3 首）

终于在纽约看到冯小刚执导的电影《芳华》！看这出戏，多是上了年纪、爱怀旧的华人，每个人似乎都可从中找到自己的影子。我也是《芳华》主人公的同龄人，经历过那难忘的浩劫岁月。走出电影院，不由得涌出三首小诗，聊抒观后感怀。

（一）

一睹《芳华》百感生，荒唐岁月路难行。

忽闻邻座低声泣，许是悲情引共鸣。

（二）

白头彼岸看《芳华》，红舞分明梦里花。

浩劫遗留多少恨，难忘往事总堪嗟。

（三）

《芳华》一出吊青春，影像依稀见自身。

我亦天涯曾洒泪，卑微最是读书人。

（2017 年 12 月于纽约）

迎狗年急就章（3 首）

去年冬天，全球汉诗总会在潮州开会，得以认识了菲律宾汉诗诗会白玉灵会长，并建立了微信联系。昨天白会长微我，方得知春节征稿之事。时间紧迫，仓促成篇，总比交白卷好。

（一）为狗正名

新春吠声至，为狗不平鸣。成语多弹贬，闲言少好评。

看家巡日夜，擒贼见忠诚。护主披肝胆，良朋宜正名。

（二）鹧鸪天·戊戌狗年

又是轮回狗到时，大千世界显生机。

清柔啼鸟声盈野，烂漫迎春花满枝。

辞旧岁，谱新词；五洲骚客喜联诗。

文园协力勤耕作，万紫千红当可期。

（三）对联三副

旧岁平安鸡报晓；新年大吉犬开门。

鸡岁风调雨顺，已收千斛谷；狗年气吐眉扬，更上一层楼。

金鸡报晓，催人发奋，业绩丰收辞旧岁；

忠犬看家，让主安心，鸿图大展入新年。

（2018 年 2 月于纽约）

老母亲入美国籍（2首）

家母生于1921年。她今天到纽约移民局面试入籍。法官只问了她三句话，最后一句是："国家需要您上战场时，您会去吗？"母亲答："一定去！"法官站起来，和母亲握握手，满面笑容地说："恭贺您通过考试了！"

（一）

明知故问又何妨？应答如流自有方。

感动法官豪壮语，百龄犹肯上沙场。

（二）

与党同龄人不多，感恩知足乐随和。

苍天许是施茶寿，耳目聪明背未驼。

（2018 年 2 月于纽约）

题廿年前与同窗旧照

谭惠青、易璃娟伉俪与内子程淑娴曾是武汉大学同窗。他们曾在俄亥俄州一间大学从事科研工作。近日他们传来一张旧照，是二十年前在我们纽约华埠办公室照的。一晃就是二十年了！如今大家都退休了，但愿常有机会见面。

廿载恍然惊岁华，此生无悔闯天涯。

而今常乐源知足，相约东河赏晚霞。

（2018 年 6 月于纽约）

贺江湛铁路通车

连接江门、湛江的江湛铁路通车，此铁路横贯广东省西南部地区，其中有著名侨乡台山，圆了台山人的铁路梦！江湛铁路的建成，勾起台山人对先贤陈宜禧的回忆。他于 1920 年建成的新宁铁路，毁于日寇侵华的烽火中。

南粤西边一脉连，江湛沿线换新天。

邑人犹念宜禧路，海外侨胞庆梦圆。

（2018 年 7 月于纽约）

欢迎中国武术冠军代表团宴会席上口占

今晚，由美国 AHB 集团主办的"欢迎中国武术冠军代表团莅临纽约"宴会，在法拉盛"新东云阁酒家"举行。刚下飞机的中国各项少年武术冠军和教练二十多人，受到大家的热烈欢迎。席上见到这些武艺不凡的少年英雄，有感而口占小诗一首助兴。

预祝新军再立功，今临纽约气如虹。

东云阁里群英会，小将能超李小龙。

（2018 年 9 月 3 日于纽约）

戏咏无月

在网群上看到"心如月，指作笔，画月作诗"小游戏，只要你在任何方格上填写上一个"月"字，就会出现一首有"月"字的古诗。这也说明，"月"字在诗词中出现的频率之高。如果没有月亮，哪里还有诗情画意！月亮，对文人雅士来说实在太重要了！

又到中秋野菊香，东坡水调九回肠。

世间若许无明月，画意诗情莫考量。

（2018 年 9 月于纽约）

贺美东广西同乡中秋晚会

在纽约法拉盛君豪大酒楼，举办了一场"美东广西同乡中秋晚会"，我应邀出席，躬逢其盛。我和太太是广东人，然我的太太曾在梧州度过童年，也算是与广西有缘。这场晚会是由画家夕阳和她的夫婿组织的。

彼岸中秋思故乡，清歌妙舞诉衷肠。

广西何处无风景？ 最忆漓江沐夕阳。

（2018 年 9 月于纽约）

喜读"王维杯山水田园诗大赛"获奖佳作

由全球汉诗总会举办的"王维杯山水田园诗大赛"已经完满结束，看到公布的得奖佳作，真是首首精彩。

田园山水古人痴，今日吟怀胜旧时。

宋韵唐风扬四海，诗中有画画中诗。

（2018 年 9 月于纽约）

重阳节诗会（2 首）

9 月 14 日，纽约华文作家协会在法拉盛举行一场"重阳节诗会"，有 13 位诗人朗诵了自己的诗作，气氛热烈。我把两首七绝写成字幅，前一首诗字幅，送给了杨爱伦前议员；后一首诗字幅，送给了纽约华文作家协会会长李秀臻。

（一）重阳诗会

金风送爽又重阳，何必东篱觅菊香。

满室诗情醇似酒，清歌雅韵九回肠。

（二）赞纽约华文作家协会

屹立苹城廿七年，繁花一树好鲜妍。

华文文学开生面，域外情思入锦篇。

（2018 年 9 月于纽约）

贺国际旗袍文化节

美国卓越艺术大联盟和美国世界华人艺术团主办的"2018年国际旗袍文化节"晚会，在纽约法拉盛"新木兰大酒楼"举行。别开生面，盛况空前。

华夏风情四海飘，裙衣巧衬小蛮腰。

东方淑女佳身段，一袭旗袍展百娇。

（2018年10月于纽约）

悼飞虎队老兵伍觉良翁

99岁的纽约华裔退伍军人会伍觉良董事长，近日安详去世。他18岁时从台山移民到美国，曾应征入伍，被派往中国担任飞虎队翻译。在重庆国共谈判中任翻译，见到了周恩来。几十年来，以军人会为家，作出无私奉献。现在该会所大礼堂命名为"伍觉良董事长礼堂"。

纽约严冬日，凋零一老兵。从戎添虎翼，谈判证渝城。

退伍营商顺，倾心会所成。同袍长纪念，不朽礼堂名。

（2018年12月于纽约）

纽约华埠圣诞节一景

犹太人和华人，有相同的观念：重视家庭生活和子女教育。两族裔有相同观念，故能和谐相处。信犹太教的犹太人，不过基督教的圣诞节，但趁这个假日，到华埠吃中餐，是纽约犹太人百年传统。圣诞夜我和太太到华埠吃上海餐，同桌有8个犹太人，用筷子非常熟练。

幸能两族有同观，治学齐家不畏难。

犹太百年传统好，爱来华埠吃中餐。

（2018年12月于纽约）

题"黑城·弱水胡杨风景区"

最近，"黑城·弱水胡杨风景区"获批准为国家4A级旅游景区。人们常用"弱水三千只取一瓢"来形容对爱情专一。"弱水"是指甘肃省张掖市，跟内蒙古额济纳旗区之间，有一段河流叫"黑河"，水流湍急，古时候，连小小的船只也难以渡过。据说"弱水"是天下最弱的东西，连鹅毛都承受不起。

炫目迷人百卉娇，钟情最爱自魂销。

黑河濯足思金句，弱水三千取一瓢！

（2018 年 12 月于纽约）

纪念剧作家田汉（3 首）

在当今中国，很多人已遗忘或不知道著名剧作家、国歌歌词作者田汉的名字。纽约华美人文学会日前在纽约，借田汉诞生 120 周年、逝世 50 周年之际，举办了"中国人应该夸耀的存在"专题讲座，回顾了田汉的一生艺术贡献。主讲人是著名导演郑君里之子郑大里。

（一）纪念剧作家田汉

田汉，被誉为"中国的席勒、当代关汉卿"、现代中国戏剧艺术奠基人。1913 年，仅 15 岁，就创作出他第一部剧本《新教子》。而 1960 年创作的京剧，也是他的绝笔作《谢瑶环》，在"文革"中被批判为"一棵大毒草"，他受到残酷批斗，在狱中受尽折磨而死，骨灰荡然无存。

浩劫寒冬夜，残魂不再还。

名扬《新教子》，祸起《谢瑶环》。

号角鸣时代，戏文鞭敌顽。

国歌情似火，激越励河山。

（二）重读《田汉诗选》有感

田汉，不仅有很多剧本在现代史上留下了光辉的篇章，而且他的诗歌也非常出色。《田汉诗选》中最重要的诗歌，无疑是被定为国歌的《义勇军进行曲》。而写于 1964 年的《题苏州司徒庙古柏》一诗，不仅抒发了他当时受到打击之后的感愤，而且概括了他慷慨壮烈的品性。

一卷遗诗选，篇篇耀亮光。奸倭进行曲，咏志不移章。

文友情深重，平生世暖凉。尤为亲切处，妙笔写侨乡。

（三）步《游台山》悼田汉

1962 年春，田汉南下广东，曾游览著名侨乡江门新会、开平、台山等地，写下八首诗。其中一首七律是《游台山》。诗中有"桃李芬芳称旧塾"之句，就是写我的母校台山一中。这首诗，当年登载在《羊城晚报》副刊上，我马上背诵下来，至今已有五十多年了。

魂魄未能安一隅，衣冠冢内骨灰无。

抗倭有曲翔南北，加罪无由殁首都。

鞭挞权奸佳剧本，留存正气大江湖。

今防恶浪回潮日，当记十年悲惨图。

（1962 年 4 月）

【田汉原玉】

游台山

绝似明珠耀海隅，万家如画一尘无。

衣丰食足农模县，气吐眉扬侨眷都。

桃李芬芳称旧塾，凤龙飞舞喜新湖。

秧歌声里期他日，再看台山超产图。

（2018 年 12 月于纽约）

念奴娇·见五十年前旧信封

今天，妹妹在广州发现了一封五十年前的旧信封，是我从渤海之滨的军垦农场寄给她的。北京大学毕业后，我们被遣送至军垦农场"储备和锻炼"。那时，"臭老九"知识分子处于社会的底层，况且我又有"海外关系"，更被摆入政治"另册"。是时，"文革"开始，处处腥风血雨，那是一段难以述说的岁月。

芳华岁月，骤然翻脑海，信封留迹。

鸿雁飘零芦荡处，披烈日冰霜历。

戴月荷锄，强颜欢笑，落魄天涯客。

故山千里，更哪堪入另册。

残梦刻骨深铭，鬓须似雪，依旧心如炙。

时代荒唐多少事，血雨腥风朝夕。

历史钩沉，词情诗意，万首能追昔。

大洋西岸，抚今思绪难息。

（2019 年 1 月于纽约）

题小妹雪珠与昔日工友重聚照

　　小妹雪珠，少时遇上"文革"，没有上大学的机会。后来在台城第二招待所当服务员。来美国后，也是从事平凡的护理员工作。但她随遇而安，知足常乐，这种随和性格最好！今天她约了昔年的工友茶聚，好不快活！

工友重逢忆逝川，平凡事业度华年。

何须必负青云志，随遇而安亦快然。

（2019 年 3 月于纽约）

盐城惊爆

　　五年前到盐城，和盐城粥会作文化交流，董峰会长陪我参观了"枯枝牡丹园"。2019 年 3 月 21 日，江苏盐城市响水县某化工公司发生爆炸事故，造成 64 人死亡、尚有 28 人失踪的严重后果，震惊全国。

最记盐城谷雨时，牡丹极品绽枯枝。

今闻响水惊天爆，问责追源不可迟。

（2019 年 3 月于纽约）

文友小叙

　　麦子从广州归来，大家又久未见面，于是由作家王渝相约，在法拉盛"喜来登酒店"餐厅一聚，在座还有关淑媚和我。

清茶一盏亦陶然，怀旧谈今心共牵。

最是怡情文友聚，和风绿草杏花天！

（2019 年 3 月于纽约）

己亥清明

清明断魂雨，今夕更难眠。响水才惊爆，凉山又惨燃。

烟销巨资产，火噬好青年。究竟谁之过？无言问上天。

（2019 年 4 月于纽约）

"我们三代人都是失败者"——读梁启超之孙梁从诫所言有感

梁家三代人，梁启超为拯救危难中的国家而奔走呼号，梁思成为拯救面临消亡的传统城市建筑而奔走呼号，梁从诫为拯救世间万物赖以生存的自然环境而奔走呼号。梁从诫曾自嘲："我们一家三代都是失败的英雄，可以说是屡战屡败，屡败屡战。"其母亲林徽因有句诗脍炙人口："你是人间的四月天！"

三代英魂家国牵，难酬壮志总凄然。

为何青史常留恨？况是人间四月天！

（2019 年 4 月于纽约）

Elmhurst（艾姆赫斯特）——"世界联合国第一小镇"

我家住在纽约市皇后区的一个小镇——艾姆赫斯特，移民有 77000 人，几乎来自所有国家、所有族裔，有"世界联合国第一小镇"之称。最近，镇中心街道上，出现了青年学生绘制的系列壁画，展现了艾镇的多元族裔文化、风貌、信仰和企望！

多元族裔梦相同，万国衣冠一览中。

乐业安居谐共处，街头壁画展欢容。

（2019 年 4 月于纽约）

龙川佗城村——中华姓氏第一村

今天与来自广东的书法家孙春桂餐叙，他谈他的故里——龙川佗城村。该村有 2000 多年历史，享有"中华姓氏第一村"之誉！目前该村约有 2000 多人，竟然拥有 140 个不同姓氏！这些姓氏也解开了一个"千年史谜"——2000 多年前秦朝50 万南下大军的下落。说来话长，在此不再赘述。

八十祠堂百越魂，龙川宝地客家园。

中华姓氏风云集，应是佗城第一村。

（2019 年 4 月于纽约）

拜诗人谢青墓

又是人间四月天！我到纽约皇后区法拉盛陵园为亲人扫墓。这是一个已有一百多年历史的老墓地，树木婆娑，繁花似锦，犹如一个宁静的公园。突然在我所预定的寿地一排正后面，发现了一块新碑，竟是诗友谢天乐（谢青）的墓。墓碑上刻着："诗人不死·翠绿永生。"他生前任纽约中美诗人作家协会会长。

墓碑金句刻诗心，永不凋零翠绿林。

且待百年乘鹤去，与君月夜乐清吟。

（2019 年 4 月于纽约）

清华大学茶寿感赋

108 载风云激荡，108 载春华秋实。芳菲四月，春光无限，今天（4 月 28 日）清华大学迎来了 108 岁茶寿……

又是人间四月天，清华水木尚依然。

荷塘犹映婵娟艳，学子长怀老辈贤。

独立精神除旧锁，自由思想拓新篇。

但教名校灵魂在，时代潮流总向前。

（2019 年 4 月于纽约）

颂鉴真法师

唐朝高僧鉴真，不畏艰险，东渡日本，讲授佛学理论，传播中国文化，促进了日本佛学、医学、建筑和文艺水平的提高，受到中日两国人民崇敬。

六渡轻生死，传灯照海东。慈心扬佛法，卓识建禅宫。

药脱千家苦，文兴百代雄。精神遗两国，愿永拂和风。

（2019 年 6 月 23 日于纽约）

贺郭凤女粤剧表演成功

郭凤女，番禺人，国家一级演员，是著名粤剧表演艺术家红线女的嫡传弟子，红派艺术的传人。《柴房自叹》是其代表作品。应邀来纽约演出，广受欢迎。

番禺花一朵，红派有传人。角色声情茂，唱腔风韵醇。

柴房三叹曲，文武两兼身。彼岸来金凤，清音耳目新。

（2019 年 7 月于纽约）

纽约街头奇观（8首）

（一）高脚独轮自行车

纽约是世界性大都市，街上总是车水马龙。然今天见到一辆有丈多高的独轮自行车，招摇过市，路人驻足欣赏，却也为之捏一把汗。

许是男儿好逞强，车高一丈不寻常。

娱人娱己齐齐乐，马路当成杂技场。

（二）地铁无裤日

"地铁无裤日"大概是纽约初春最具特色也最有趣的活动，很多人不穿裤子乘地铁，借此鼓励人们摈弃保守思想、尝试新东西，为生活增添乐趣。

苹城秀色现寒春，地铁车厢玉腿陈。

世味平凡如死水，别开生面好尝新。

（三）无上装日

由美国民间组织发起的"世界无上装日"，旨在争取男女平权，女人也有在公共场合裸露上身的权利。每年在 8 月 15 日，纽约街头，美女真空上阵……

广庭裸露上身难，今日女郎非一般。

敢秀真空为平等，诸君莫作色情看！

（四）赌城专业户

去赌场巴士站，每天皆有众多年长者尤其是华裔排队上车。他们并非去赌博，而是赚取少许赌城的补贴。有饭吃，又有银纸落袋，何乐不为！

花旗年老不须愁，华裔尤能设计谋。

乐在赌场消永日，金钱美食两全收。

（五）街头涂鸦艺术

纽约以街头涂鸦闻名于世，很多是青少年的恶作剧。现在清洁多了，因为它们已经不合法了，政府另开辟工厂街区让这些街头艺术家有发挥之地。

苹城漫步看涂鸦，风格荒唐自一家。

满目琳琅随处是，街头艺术出奇葩。

（六）车牌数字巧合

有一天停车在路边读同班同学"6208"微信群。"62"意为62年入北大，"08"为"俄语系"代号。突然发现前面一个车牌竟是"6208"，真巧！

纽约车牌有几多？个中玄妙耐人磨。

寻常数字寻常事，巧合偶然心起波。

（七）熨斗大厦造型独特

纽约第一幢摩天楼，就是1902年建造的熨斗大厦，形似熨斗，首次使用了电梯这个划时代的运载设施，经常在电视电影、广告和纪录片里出现。

高楼一幢可摩星，锐角等腰三角形。

立异标新惊怪样，百年熨斗熠荧屏。

（八）音义俱佳英译名

纽约中餐馆多如牛毛，但英文译名多落俗套，唯有华埠之"福建餐馆"，英译 Food King，意为"食品之王"，发音似粤语"福建"。

中英双语译词难，音义俱佳始可观。

食品之王名福建，引来宾客好加餐。

（2019 年 9 月于纽约）

贺叶丽仪"万般情缘"演唱会

叶丽仪凭参加"声宝之夜"歌唱比赛夺得冠军而晋身乐坛，至 80 年代主唱电视剧主题曲《上海滩》更一炮而红。此后在歌影视、舞台剧各领域皆成绩亮丽，是艺坛一棵常青树。叶丽仪与我中学同学陈华兴，是儿女亲家。

五十年来耀乐坛，别开生面立标杆。

香江粤语流行曲，最是难忘上海滩。

（2019 年 9 月于纽约）

贺中国宫廷气功治疗法总会

中国宫廷气功治疗法总会、美国国际宝阳堂中医院，今晚在"凤凰城大酒楼"宴会上宣布成立。会长邓丽珍医师，御医世家出身，乃杏林圣手。

气功疗法效能强，况是宫廷内秘方。

今日苹城传喜讯，新张惠众宝阳堂。

（2019 年 10 月于纽约）

更换微信大头像自侃

拍张新照片，以代替微信相册上的大头像。相隔十年，新照显得又瘦又老。正是：十年人事几番新！莫叹年华似水，且把握当下，欣赏自我！

劳碌奔波历十年，全非面目叹华颠。

十年之后看今日，恐似临风玉树前。

（2019 年 10 月于纽约）

迎鼠年春联（3 副）

纽约"精工印务"制作春联，邀我撰稿。匆匆拟就三副，选出第一副付印。

梅振才诗集　　081

猪去千家收硕果；鼠来四海报佳音。

鼠临盛世财丁旺；春报人间福寿全。

鼠来猪去春披锦；燕舞莺歌福入门。

（2020 年 1 月于纽约）

临江仙·鼠年元日出门地铁遇鼠

元日出门求大运，例乘地铁巡城。

四通八达利民生。

车厢虽老旧，雨雪亦安宁。

毕竟百年多缺陷，最惊鼠辈横行，

如人觅食苦钻营。

新春逢吉兆，今岁旺财丁。

（2020 年 1 月于纽约）

悼郝柏村将军

3 月 30 日，国民党前副主席郝柏村在台湾去世，享寿 101 岁。一生戎马，晚年推动两岸交流，反对"台独"。生前冀望入土家乡盐城。2016 年 9 月他来纽约出席"中华民族抗日战史论坛"。由大会安排，我和方书久、吴又玄合作的一帧诗书画幅，作为贵重礼物送给郝柏村将军。

忠心为家国，戎马一生长。力造新华夏，难忘旧战场。

交流推两岸，反独写千章。早日春风至，伴魂回故乡。

（2020 年 3 月于纽约）

"寻找丁龙运动"

清末一个被贩卖到美国当仆佣的"猪仔"，奋斗多年后，把全部积蓄献出，倡建哥大汉学系。为纪念他，哥大设了一个"丁龙讲坛"。后来"丁龙"消失了，身世成谜，于是引发中美乃至全球的"寻找丁龙运动"。经多年曲折寻觅，近日终于证实，他是广东台山人马万昌。

平凡一"猪仔"，义举岂寻常。不惜家财掷，唯求汉学扬。

退身还故里，讲座誉他乡。中美文交史，长铭马万昌。

（2020 年 7 月于纽约）

美国绍兴同乡会廿年志庆

该会宗旨："联络乡情，团结互助，共谋福利。"该会下设有"时代公益图片社""华美艺术团""鲁迅文学社"等部门。现任会长为陈莲青，第一副会长尹熙鹏，秘书长陈泓。

文物之邦鱼米乡，名人如鲫古今扬。

兰亭子弟同携手，廿载花旗谱锦章！

（2020 年 9 月于纽约）

我今天投票了

美国此届总统选战，为 120 年来最为激烈，选民踊跃投票。为避免最后一天（11 月 3 日）人多拥挤，我今天去提前投票。不管谁当选，我都拥护，得人心者得天下！

百年无此选情疯，逐鹿白宫掀恶攻。

政客传言多耸听，苍生投票总由衷。

疫波经济人焦灼，策略方针党不同。

胜负难明驴象斗，得民心者就称雄。

（2020 年 10 月于纽约）

致敬程坚甫诗翁（4 首）

程坚甫（1899—1987），广东台山洗布山人。其诗章如珠似玉，但身为一介乡野草民，生前寂寂无闻。死后十年，幸被旅美诗人陈中美偶然发现，并努力挖掘、整理、宣扬，其人其诗方广为人知。今天（12 月 6 日）在广东江门市举行"程坚甫诗歌朗诵会"，遥献此诗。

（一）

　　程翁曾任旧法院秘书，政权更迭，被赶回乡务农，主要靠种菜砍柴糊口，生活极端困顿，最后贫病而终。然终生不辍吟哦，晚年还带徒授诗，传扬诗风。

　　萧条四壁愧山妻，柳絮低飞易染泥。

　　半世穷能全我节，江天俯仰独扶藜！

（集程坚甫句）

（二）

　　程氏诗作，遣词、铸境、布局皆见功力。程氏论诗，首推真情。故其诗作，真实地记录了个人情感和时代沧桑，有"北聂（绀弩）南程（坚甫）"之誉。

　　骚人有幸不逢时，块垒吟来自好诗。

　　老杜遗风今尚劲，南程北聂两丰碑。

（三）

　　诗翁遗诗出土后，曾遭极左派封杀。喜今日《作品》破天荒以50页头条发表其70首诗作，王鼎钧、苏炜、刘荒田等撰文称其"堪比老杜"。

　　遗篇出土耀光芒，可恨乌云刻意藏。

　　雨过天晴终有日，喜看《作品》载华章。

（四）

　　早些年我编著《文革诗词钩沉》和《文革诗词评注》，两书中都有程翁的专章。"江天俯仰独扶藜"，令我抚卷长叹。我希望，有机会到洗布山凭吊。

　　犹见遗篇涕泪斑，饥寒交迫叹时艰。

　　编完两卷思诗叟，我亦魂萦洗布山。

（2020年12月于纽约）

一年一层楼

纽约华文作家协会，最近三年出版了三本会员散文集：《纽约风情》《情与美的弦音》《人生的加味》。可谓隽秀优美，百花争艳！作者有老中青三代，华文文学在海外不会断流。期待明年的新卷，更加精彩！

三载连三卷，"弦音"漫海天。

"风情"异乡美，"加味"散文鲜。

老凤携雏凤，前贤继后贤。

明年花更好，奋笔写新篇。

（2020 年 12 月于纽约）

迎牛年春联

"精工印务"公司要制作一副牛年春联，由我撰、书法家林志尤写，将广送客户大众。

鼠去千家辞疫境；牛来百业展鸿图。

（2020 年 12 月于纽约）

莺啼序·拙著《诗集》完稿感赋

很多诗友建议我出一本诗集，于是趁避疫宅家，检点旧作，然习诗跨度有 65 年，且平时又不注意保留，颇费精神。检阅一下，现存 2000 多篇，多是走笔匆匆，粗糙不已。然雪泥鸿爪，亦堪纪念，且填 240 字的长调《莺啼序》以抒怀。

愚翁倚窗对烛，忆平生剪影。

有慈父、摇扇唐风，送我徐入诗境。

学平仄、修词炼句，羊城古寺初题咏。

记嘉言，孺子常温，一生听命。

六载燕园，缔党砚友，喜吟诗互赠。

遇"文革"、乘"大串联"，尽歌名胜佳景。

遣农场、书生落魄，赋秋月、光寒星冷。

望神州，凄雨腥风，莫非天病？

墙门始敞，遂驾长风，步先辈旧径。

岂见到、大洋西岸，故国诗花，字画琴棋，也呈繁盛。

苹城雅集，挥毫淋墨，清吟豪唱东河畔，醉丝弦、曲艺添幽兴。

思源饮水，他乡律赋千篇，故园忆念先领。

平湖览月，曲水流觞，任九州斗骋。

尚倚仗、兰亭朝圣，数度京华，旧雨新知，唱酬遒劲。

交流播化，江南山北，推波兴浪同勠力，纵新歌、余韵流风永。

浮生鸿爪依稀，且拾残篇，一书印证。

（2020 年 12 月于纽约）

生查子·步欧阳修元夕词

元宵之夜，我与内子依约赴 Citi Field（花旗球场）疫苗注射点。纽约有很多疫苗接种站，但只有皇后区的花旗球场接种站 24 小时开放，距我家仅 5 分钟车程。

球场火独明，医护忙连昼。

接种疫苗人，预约轮先后。

苹城今夜空，月色难如旧。

有幸至苍颜，风雨还牵袖。

【［宋］欧阳修原玉】

生查子·元夕

去年元夜时，花市灯如昼。

月上柳梢头，人约黄昏后。

今年元夜时，月与灯依旧。

不见去年人，泪湿春衫袖。

（2021 年 2 月于纽约）

缘结百花洲

十六年前，北京大学出版社出版了拙著《百年情景诗词选析》，选有南社诗人景梅九一首《百花洲》七绝。前年，我到南昌恳亲和讲学，受到梅氏宗亲和诗友的热情款待。今年，一本《梅振才诗集》将由百花洲文艺出版社出版。希望在明年春暖花开之时，能在南昌举行新书发布会。

许应前世约，缘结百花洲。旧卷风云录，新书鸿爪留。

叙谈频把酒，酬唱乐登楼。且盼来春暖，重临作胜游。

（2021 年 3 月于纽约）

喜夺"微信运动"群冠军

近日参加了"微信运动"群，我这个七十八岁老翁，今天（4 月 29 日）走了三万多步，竟登上排列有 449 人的榜首。这些"微友"，多是诗坛、书画界的好朋友，老中青皆有，分布在世界各地。日后交流，又喜添运动一项。

旋走樱花道，苹城四月天。

减肥茶饭后，涤虑睡眠前。

微友欣同步，寰球似比肩。

诗书兼运动，三瓣助延年。

（2021 年 4 月于纽约）

《六人》悲史

纪录片《六人》已在中国，特别在台山上映。这部影片挖掘了泰坦尼克号上的 6 名华人幸存者的故事。当年几乎所有幸存者被送至纽约港口，受到英雄般的欢迎，然华人幸存者马上被驱逐出境，并被媒体污蔑为"贪生怕死"。后来除台山的方荣山之外，其他 5 位都漂泊无家，不知所终。

悲惨先侨史，新添又六人。

幸逃生死劫，却落辱污身。

斯世长漂泊，他乡只苦辛。

亡魂未安息，掩卷泪沾巾。

（2021 年 7 月于纽约）

《诗词格律读本》付梓感赋

　　在纽约办了一个"诗词讲座"，已历十年。我将历年讲稿，整理成一本《诗词格律读本》，正由北京大学出版社付梓出版。此书为初学诗词者之入门教材，力求浅显明白和知识全面，然因本人才疏学浅，舛错难免，诚请教正！

十年开讲座，催化一书成。

深造研平仄，教程求简明。

好诗须入律，雅韵总关情。

词例堪珍重，永留师友声。

（2021 年 7 月于纽约）

读《当代诗词史》有感

　　《中华诗词》杂志社主编的《当代诗词史》最近出版，发现在有关章节，提及我在海内外推广、交流诗词的活动，以及在"当代诗词例举"（选有 127 位诗人）里我竟名列其中。我有自知之明，并非拙诗特别好，只因我是华侨代表，故有机会入选。且以此作为鞭策，继续在诗路上奔驰，永不止息！

（一）

一入词门自乐娱，唐风宋雨润微躯。

曾悲文海声沉寂，今见骚坛日复苏。

结社尤能传雅韵，交流何必畏长途。

此生毕竟无遗憾，浪迹天涯诗不孤。

（二）

诗词例举百余人，有幸入围疑假真。

自度凡才难出彩，常吟拙句易虚陈。

缘由代表占优势，许是侨胞算贵宾。

记取先贤戒骄语，清风曲调逐时新。

（2021 年 7 月于纽约）

旅美四十周年感赋

自 1981 年 6 月踏上新大陆，不觉已有 40 年了，感慨良多。创业维艰，幸有贤内相助；闲时与诗友酬唱，不亦乐乎。趁避疫宅家，把数十年来涂抹的诗作编成一集出版，聊作雪泥鸿爪。

蓦然惊觉已华颠，倏忽花旗四十年。

创业艰难唯破浪，兴家幸福总联肩。

闲来唱和词欣赏，老去钩沉史究研。

且集旧诗成一卷，此生无憾忆云烟。

（2021 年 7 月于纽约）

相期于茶

老母亲思想开通，也去打了新冠疫苗针。她今年 101 岁了，身体尚健，还能自理。她长寿的原因之一，就是万事随缘、知足常乐。但愿她如冯友兰先生所言："何止于米，相期于茶。"意思是何止八十八岁，期望一百零八岁。

端山芬水育芳华，闺秀长成侨眷家。

缺米少盐贫亦乐，相夫教子德堪夸。

四时知足常欣喜，万事随缘不怨嗟。

已越百龄身尚健，但期祝贺寿于茶。

（2021 年 7 月于纽约）

题母亲观兰花展照

纽约今日天气酷热，但去法拉盛植物园观赏"台湾兰花展"的游客如云。我们陪伴年届 101 岁的老母亲也前往观展，她兴致勃勃，并拍照留念。

宝岛幽兰万里来，缤纷五彩引颜开。

母亲一幅花前照，玉质清心两玮瑰。

（2021 年 8 月于纽约）

观外甥孙女刁悦棋硬笔书法习作

外甥孙女刁悦棋，是广州开发区中学初中一年级学生，品学皆优，成绩排名为班级之冠，亦好读诗习字。遗憾具文艺基因的后辈不多，外甥女匡莹颇富文艺天赋，但弃文习医。如今，只寄厚望于刁悦棋矣。

德智体全三好生，诗书又见露峥嵘。

相期后浪推前浪，雏凤清于老凤声。

（2021 年 8 月于纽约）

水调歌头·编散文集《情系三山》

一年来避疫宅家，编完了两本书付梓。现疫情反弹，继续宅家，于是着手把以前发表在报刊上的散文，选编一本《情系三山》。"三山"，是指故乡台山、燕山（北京）和金山（美国）。十多年前，季羡林教授就为我三本书名题签，其中两本已经出版，唯《情系三山》是未了心愿。

回首雪泥路，鸿爪印三山。

台城京邑西岸，随意越乡关。

曲折寻师求学，跋涉披荆创业，从不畏艰难。

风雨历程后，头白始安闲。

漂流苦，攀登奋，唱吟欢。

人间百味尝尽，思绪似波翻。

羁旅舟中浪里，寒舍工余灯下，走笔写心澜。

且拾旧文稿，立卷记尘缘。

（2021 年 8 月于纽约）

纽约洪暴（3首）

（一）百年惨景

9月1日飓风"艾坦"横扫美东多州，暴雨500年罕见，至少45人死亡。纽约市1小时多达3.15英寸（约80毫米）降雨量，导致地铁和公路淹水瘫痪，街道几成泽国。纽约市13人死亡，最惨的是亚裔一家三口死在地下室。

百年难一遇，豪雨落苹城。

片刻洪流涌，千街泽国生。

人人争脱命，处处喊援声。

最是唏嘘事，十三尸体横。

（二）水漫书房

纽约市房屋几乎都有土库（地下室），土库是此次洪暴重灾区，13名死者有11名就在土库丧生。我家的土库用作书房，储书数千本。洪暴突然发生，大水从窗口灌入，瞬间盈尺，数百本书没入水中。

苹城强降雨，土库最堪惊。

袭我藏书室，缘洪变水城。

瞬泡三百卷，长叹几千声。

所幸家人好，回神始泰宁。

（三）旅途插曲

大妹孙女贝贝最近获美国驻广州总领事馆的学生签证，于9月1日飞往纽约。不料碰上纽约极为恶劣的暴雨天气，飞机绕道至加拿大多伦多市降落。停留两天期间，得以畅游多伦多，小姑娘甚为开心。

原择呈祥日，乘风万里行。

广州无预报，纽约有灾情。

暴雨机难稳，坦途心易平。

转飞停别国，免费览多城。

（2021年9月于纽约）

谢雷穗鸣女士赠书

雷穗鸣女士是一位博学之士，多才多艺，爱好书画、诗歌、音乐、插花……精通英语。居纽约已有四十多年，即将回香港度晚年，临行前把大量藏书慷慨分赠友人。我有感而赋诗一首，由书法家林志尤写成字幅相赠。

多才多艺不寻常，闹市隐身奇女郎。

惜别苹城情意厚，赠留书卷播馨香。

（2021 年 9 月于纽约）

贺纽约书画艺廊开幕

苹城金菊仲秋开，书画交流一展台。

墨韵馨香飘四宇，艺园沃土育高才。

（2021 年 9 月于纽约）

赞"地铁模特"周国炎

纽约市老年服务局选出八名不畏年龄限制、活跃在各个行业的代表，登上了老年局抗击年龄歧视的网页，其中有我的朋友，年过六旬、"精工印务"的老板周国炎，他是其中唯一的华裔，他的相片也登上了地铁列车，成了"地铁模特"。

创业花旗志不辜，六旬已过尚驰驱。

苹城地铁人如织，喜见华翁作楷模。

（2021 年 10 月于纽约）

赠联合国同声翻译官陈峰

服务联合国总部已有 30 年之久的同声翻译官陈峰先生，先后为近 200 个国家的多届元首、政府首脑等作过口译，从事会议同声传译约 8000 场，是邓小平的最后一位翻译。当一个优秀的同声翻译员，除了具有敏捷的天赋，还要学会"既要当杂家又要当专家"（陈峰语）。

苹城联合国，卅载献芳华。

口译同声译，专家又杂家。

从容言有雅，敏捷意无差。

惯历风云会，才情四海嘉。

（2021 年 11 月于纽约）

波士顿首位亚裔女市长

父母来自台湾的 36 岁哈佛大学法学博士吴弭，当选波士顿首位亚裔女市长，缔造历史，终结波士顿 200 年来由白人男性主导政坛的局面。她说："现在是我们大胆发声，打破'隐形亚裔'循环的时候了。"她牢记母亲对她的叮嘱："帮助他人，反思政府！"

历史开新局，波城正此时。

女人成市长，亚裔破藩篱。

道远关能闯，志坚山可移。

和谐繁盛景，万众喜相期。

（2021 年 11 月于纽约）

纽约非裔新市长

纽约市长普选结果，亚当斯（Eric Adams）确认为第 110 任纽约市长，将成为第二位非裔纽约市长。他出身贫困家庭，少年时期曾走上歧路，参加黑帮。后洗心革面，服务社会，当过警察、州参议员和区长。他确定当选市长后，双手合十下跪，激动地说："这个竞选……是为纽约市每个族裔、被边缘化、被政府背叛过的人。"

普选尘埃落，花环套黑驹。

家贫尝苦味，年少入歧途。

始走光明路，终成大丈夫。

今朝酬壮志，纽约绘新图。

（2021 年 11 月于纽约）

题老母亲扫落叶照

吾母已逾101岁高龄，尚能自理，并主动做些力所能及的家务。每天还要读些书籍报纸，且不用戴眼镜。知足常乐，是她的好性格，应是长寿原因之一。

黎明即起扫庭除，再品清茶读报书。

知足人生心总乐，基因但愿好传予。

（2021年11月于纽约）

感恩节抒怀

佳节喜逢洋俗存，火鸡应景酒盈樽。

畅谈避疫三针好，欢庆同堂四代敦。

助兴吟诗无块垒，齐眉乐业有家园。

开怀老叟能知足，追昔抚今殊感恩。

（2021年11月于纽约）

101岁老母亲背诵《木兰辞》

今天举行我的《诗词格律读本》新书发表会，我101岁的老母亲陈小玉不仅出席，还在讲台上当众随意背诵了一首260个字的长诗《木兰辞》，朗朗上口，一字不差。众皆惊讶不已，掌声不绝！

人道阿婆旷古奇，百龄背诵《木兰辞》。

诗书最是传家宝，惠及儿孙步雅姿。

（2021年11月于纽约）

圣诞节有感

佳节平安夜，今年大不同。

彩灯虽耀灿，心境已昏蒙。

物价三番起，瘟神四处攻。

祈求来岁好，世界拂和风。

（2021年12月于纽约）

美硬币首推华裔女星像

华裔第一人，黄柳霜即将登上25美分硬币！她祖籍广东台山，是移民美国的第三代华人。她是首位闯荡好莱坞并在星光大道留名的华裔女演员，还与梦露等成为"好莱坞银铸四淑女眺望台"的雕像人物。她也是民国时期成就最大的女演员，二十世纪时尚界的风向标杆，事业成就比肩李小龙！

硬币华人像，独唯黄柳霜。

银屏呈秀色，大道熠星光。

信步千荆路，齐肩四女郎。

坚心破偏见，彼岸帜高扬。

（2021年12月于纽约）

辞牛迎虎春联

金牛顺带新冠去；

玉虎欣随好运来。

（2022年1月于纽约）

步苏味道《正月十五夜》

又是元宵夜，春花迎虎开。

虽多灯火闪，但少客人来。

伤感吟悲句，豪情寄铁梅。

新冠歼灭战，鼓角正传催。

【［唐］苏味道原玉】

正月十五夜

火树银花合，星桥铁锁开。

暗尘随马去，明月逐人来。

游伎皆秾李，行歌尽落梅。

金吾不禁夜，玉漏莫相催。

（2022年2月于纽约）

浪花淘尽英雄

纽约总商会董事长梅莘生传给我一张三十多年前的旧照片，附言："才哥：当年唐人街风云人物在相中现在只剩自己，你话几咁唏嘘！"照片中一桌共有8人，7人已逝世，皆是纽约传统侨社如中华公所、宁阳会馆、联成公所等的侨领。

风云人物忆当年，老树凋零故事传。

把酒言欢如昨日，苹城已是换新天。

（2022年2月于纽约）

壬寅清明节有感

又是春临野草生，今朝把酒倍伤情。

踏青有约航班断，归国无门扫墓行。

恶毒新冠刁变种，凶残乌战惨堆茔。

但祈来岁清明节，纷乱尘寰享太平。

（2022年3月于纽约）

祝《当代千家诗选》出版

以中华诗词学会为主导，以李葆国教授为主编的编委会，物色诗坛两年多来从全国各地诗社及海外诗词团体中，发现并海选具备资格的诗人和作品，选出了尚健在的当代诗人860人，作品4300多首。一部权威的《当代千家诗选》即将由华龄出版社出版，在此表示衷心祝贺！我在目录中发现很多诗友名列其中，纽约诗画琴棋会有二人入选，唐风和我，深感荣幸！

吟坛选本拓新章，学会擎旗引领航。

今世精神留印迹，中华血脉耀辉光。

通容万象风情妙，广采百花书页香。

当代千家诗一卷，开来继往德难量。

（2022年3月于纽约）

感恩百龄母亲

慈祥容貌刻云烟，尘世沧桑阅百年。

几洒侨乡离袂泪，千描儿女育才篇。

平生知足心常乐，至礼传家德总贤。

欣慰期颐身尚健，今朝有幸奉堂前。

（2022 年 4 月于纽约）

赞"八大道"新唐人街

纽约最老的唐人街在曼哈顿下城，以老侨居多；后来在法拉盛又兴起了另一座，最初以台湾人为主体；近二三十年在布碌仑又出现一座新城"八大道"，以福建、广东两省人居多。八大道虽然房屋老旧，有如广东旧圩镇景象，但房屋价格相对便宜，并且交通方便，因此吸引了大批华裔新移民在此落脚。置身其中，似乎回到了故乡。

新城一座不寻常，风物人情似故乡。

粤语闽音皆悦耳，咸鱼腊肉总生香。

随时街角亲朋遇，遍地茶楼糕点尝。

华裔移民栖息处，安居乐业便天堂。

（2022 年 3 月于纽约）

春日小憩处（3 首）

人间四月天，春光明媚，最好到外面走走。今天到曼哈顿 34 街梅西百货公司旁边的格里利广场公园和先驱广场坐坐，令人精神一振，随手写下 3 首打油诗。

（一）格里利广场公园

该公园以《纽约论坛报》出版人 Greeley（格里利）名字命名，公园内有一座他的雕像。其传记结尾写道："格里利忠于祖国和人民，对美国持续进步充满信心，他的贡献至今意义重大。"

雕像一尊呈显昂，长留业绩耀荣光。

情人最爱园中坐，四月繁花播暖香。

（二）先驱广场

先驱广场（Herald Square）是以《纽约先驱报》的报纸命名的。该公园建在先驱大厦的遗址处，园中的时钟和雕像就是原先驱大厦的旧物。先驱广场是梅西感恩节游行的起点。

时钟提醒旧征途，曾为新闻鼓与呼。

佳节游行开步处，广场无愧号先驱。

（三）蝴蝶结两广场

《纽约先驱报》和格里利的《纽约论坛报》，一直是竞争对手。现在有两个纪念两张报纸的广场，都在百老汇梅西百货公司的附近，相距咫尺，两个公园的游客都很多，人们给这两个公园起了一个雅称：蝴蝶结！

旧时对手共生辉，莫论当年是与非。

百老汇街蝴蝶结，引来蝴蝶喜双飞。

（2022年5月于纽约）

明市街头凭吊

2020年5月26日在明尼阿波利斯市，四名警察暴力执法，导致46岁的非裔乔治·弗洛伊德窒息身亡，引起风起云涌的BLM（黑命贵）示威抗议活动。弗洛伊德被跪压脖子时，曾声嘶力竭地喊叫："救命！我不能呼吸了！"今天我趁到明州开会之机，特别前往弗洛伊德被"跪杀"的街头凭吊。

明州惨剧未能忘，今我专临案发场。

街道犹闻呼救急，荧屏实见跪杀狂。

总嗟黑命从来贱，但愿和风逐日强。

族裔问题成痼疾，花旗何日好疗伤？

（2022年5月于明尼阿波利斯市）

壬寅年端午节

今逢端午倍心伤，重读《离骚》又《九章》。

何奈是非难辨别，哪堪善恶费评量。

俄乌战火烽犹烈，华夏清零势正狂。

世事纷繁再天问，愿闻屈子有良方。

（2022 年 6 月于纽约）

新州采蓝莓

今天纽约诗画琴棋会、端中爱心奖学基金会，组团到新泽西州 Bear Berries(熊果）果场采摘蓝莓。该果场的蓝莓粒大果甜，价格便宜，大家非常满意，相约明年再来。

两会友朋心好开，风和日丽摘蓝莓。

果甜粒大真超值，相约明年喜再来。

（2022 年 7 月于纽约）

鹤山二中美洲校友会成立志庆

自从名校出昆山，桃李扬芬四海间。

创会美洲新布局，黉宫学友一桥环。

（2022 年 8 月于纽约）

壬寅中秋感怀

三年逢此夕，依旧月朦胧。

尘海新冠恶，商场物价疯。

感时肠易断，回国路难通。

早日天开眼，寰球见大同。

（2022 年 9 月于纽约）

颂师恩

江南春夜雨，润物细无声。

桃李千花发，田园万木生。

嫩苗添翠绿，小树更峥嵘。

滴水喷泉报，永铭师厚情。

中秋四喜

今天台中美东校友会举办宴会，摆十二席，主题是"月圆天下，三喜同庆"：庆祝中秋节、教师节、第 24 届职员就职典礼。我曾在母校当过一年老师，当年才 18 岁，是校史上最年轻的教员，现在是新一届校友会会长。今天于我而言，还有一喜，就是儿子的生日。

履新就职众怀开，重道尊师乐举杯。

又是吾儿庆生日，中秋四喜一齐来。

贺舅父"百岁寿""钻石婚"双庆（2 首）

今晚出席长岛"舍得食府"酒楼宴会，庆祝舅父"百岁寿"和 75 载"钻石婚"。舅父身体尚健，好读书报，还能开车。90 岁的舅妈出身望族，是贤妻良母，持家有方，子孙众多，四代同堂。舅父的姐姐——我 102 岁的母亲，以及 92 岁的妹妹，也出席今晚的"双庆"。

（一）

百岁兼逢钻石婚，又欣堂上子孙繁。

相濡以沫心良善，福寿双全自有源。

（二）

姐妹相陪贺喜筵，百龄老叟乐如仙。

诚祈族裔延繁盛，长寿基因一脉传。

重阳怀加勒比海胞兄

胞兄年仅九岁，便背井离乡，被亲戚带去加勒比海的英属千里达岛读书与谋生。四十多年后，他来纽约旅游，始以重逢。以后虽有往还，但有海相隔，十分不便。

但愿胞兄能迁来纽约，同居一室，朝夕相处，伺候百龄老母亲！

> 每到重阳节，思兄总挂肠。
>
> 童年痛分袂，壮岁始同觞。
>
> 隔海难相聚，逢瘟易断航。
>
> 何时居一室，朝夕奉亲娘。

（2022 年 10 月于纽约）

晨拾银杏

我家旁边有一个公园，树木繁多，有两棵银杏（又名白果）。昨夜大风，早晨见白果落满地，随便拾了一大袋。银杏是植物界的活化石，有药效，味甘，广东人喜欢用来煲粥，称"白果粥"。

> 一夜狂风满地银，园中白果可堪珍。
>
> 天遗化石传千载，良药佳肴好益身。

（2022 年 11 月于纽约）

壬寅感恩节

> 今逢火鸡节，知足倍思恩。
>
> 四代同堂喜，千诗逐浪翻。
>
> 白头身尚健，乱世血犹温。
>
> 是夕添杯酒，心安即乐园。

（2022 年 11 月于纽约）

"黑色星期五"即兴

"黑色星期五"是西方商家最大降价促销的一天，定在感恩节次日。今天我亦去曼哈顿 34 街的梅西百货大楼购物，但见人山人海，人们满载而归。

> 接踵摩肩笑语嚣，梅西商店涌人潮。
>
> 今逢黑色星期五，我亦随风送币销。

（2022 年 11 月于纽约）

赠范树国先生

吾友范树国先生，四川人。多才多艺，擅长考古、唱歌、书法和吟诗。正业悬壶，行医数十年，堪称国手。妻子许英亦是名医，在纽约法拉盛合开一间"国医堂"，回春妙手，造福大众。

饱饮川江水，育成多特长。

陶瓷精考古，歌曲久飘梁

笔走龙蛇草，诗吟锦绣章。

杏林双妙手，春满国医堂。

（2022 年 12 月于纽约）

读《当代诗词史》有感

写散文和诗词，都是我的业余爱好。我有自知之明，我的散文，难登大雅之堂，而我的诗词，算小有成就。《中华诗词》杂志社编的《当代诗词史》，在有关章节，肯定我对"文革"诗词的研究成果，表彰我在海内外弘扬诗词的贡献，以及在"当代诗词例举"（选有 127 位诗人）里我竟名列其中。名入诗史，并能留下几部著作，此生无憾！

无奈新冠难断除，宅家抗疫好编书。

留名当代诗词史，堪慰今生已不虚。

（2022 年 12 月于纽约）

《梅振才诗集》即将付梓

因疫情影响，此书推迟出版。这也好，可补入一些新作。此书收入 12 岁至 79 岁 67 年间所写的诗词，虽然遗漏了不少，但仍留存二千多首，从中可以回看自己走过的生活轨迹和心路历程。

塞翁看世事，祸福总相依。

厉疫横行日，安心穴宅时。

闲临千幅字，忙读百家诗。

捡拾平生作，书成乐展眉。

（2022 年 12 月于纽约）

2023 年元旦

三年前,纽约诗画琴棋会计划组团赴绍兴朝拜书圣,之后再游览杭州的灵隐寺、舟山群岛的普陀山和温州的雁荡山。不料新冠疫情爆发,席卷全球,现在终于临近尾声,希望今年能实现以前的愿望!

新年盼完愿,携手返神州。

先践兰亭约,再寻灵隐游。

普陀三寺伟,雁荡百峰幽。

一路风光好,诗朋乐唱酬。

（2023 年 1 月于纽约）

贺纽约台山侨胞妇女联合会三周年华诞

台山侨妇志同酬,三载耕耘硕果收。

展望新年推会务,雄心更上一层楼。

（2023 年 1 月于纽约）

喜迎兔年

爆竹连天响,腾云下广寒。

携来灵妙药,根治毒新冠。

瑞气消千劫,丹心克万难。

春梅迎玉兔,确保世人安!

（2023 年 1 月于纽约）

老母亲元日寄语

我的老母亲 103 岁了,尚耳聪目明,平时喜吟诵古代诗文,她最大的优点是知足常乐,记好不记丑。元日用台山话向大家拜年:"兔年大吉,身体健康,家庭幸福,万事胜意!"

婆娑老梅树,年届一零三。

枝叶逢春发,诗文随意谈。

良辰吟吉语，夙夕拜神龛。

知足能常乐，慈心最不凡。

（2023 年 1 月于纽约）

贺"且吟春"美术作品展

美国世界艺术研究院在曼哈顿举办 2023 年"且吟春"美术作品展。院长是刘树春。

三年疫后振精神，喜见推陈更出新。

融汇中西书画展，琳琅百幅且吟春。

（2023 年 1 月于纽约）

贺元宵联欢拍卖晚宴

由 ArtNft Group LLC（广州王后文化有限公司）主办的"元宵联欢拍卖晚宴"，在法拉盛的"皇朝豪庭"酒楼隆重举行，宾主尽欢。二十多幅字画，几乎悉数拍卖出去。我这首诗，由著名书法家关祖洞写成诗字幅，争相竞拍，最后以最高价被姚柏源先生拍得。

轻歌曼舞鼓春潮，书画琳琅逸气飘。

今夕豪庭多雅士，联欢拍卖醉元宵。

（2023 年 2 月于纽约）

预祝陈伟仪女士竞选成功

陈伟仪扎根社区二十多年，成绩斐然。现竞选纽约第 43 区市议员，气势如虹，成功在望。她热爱中华传统文化，喜好书画艺术，我们欢迎她加入我们纽约诗画琴棋会。

社区服务廿多年，劳苦功高众口传。

且待明朝驰捷报，前程万里再扬鞭。

（2023 年 3 月于纽约）

特朗普华埠过堂

　　今天前总统特朗普前往位于纽约华埠的"曼哈顿下城刑事法院"过堂，接受传讯。该法庭就在哥伦布公园旁边。围观者众多，大批警察和警车严阵以待。据媒体报道，特朗普被拘捕，民调反而升高，其前途尚胜败难卜。我今天去唐人街，躬逢其盛。

　　川普今朝华埠来，路人围睹警成堆。

　　支持抗议分泾渭，未必输赢看仲裁。

（2023 年 4 月于纽约）

题七十五年前老照片

　　我珍藏了一张七十五年前，在故乡龙腾里村屋后竹林边父亲拍的老照片，有我、大哥、大妹和母亲。以后数十年间，聚少离多。最近，大妹从广州、大哥从千里达埠（加勒比海的特立尼达和多巴哥）来纽约探望 103 岁的老母亲，依老照片排列，拍了一张新照片。

　　一张旧照忆童年，屋后田园翠竹边。

　　兄妹如今皆白发，苹城有幸伴慈颜。

（2023 年 4 月于纽约）

贺时代华人颁奖典礼

　　时代华人绽蕊妍，多元领域着先鞭。

　　花旗一卷风云榜，激励新军继步前。

（2023 年 4 月于纽约）

纽约诗画琴棋会荣获《时代华人》奖

　　在《时代华人》颁奖大会，唯一得到集体奖的，就是我们纽约诗画琴棋会，奖状有"弘扬国粹，纽约兰亭"之褒词。正值本会庆祝成立 30 周纪念之际，得此大奖，十分欣慰。这是社会对本会的肯定和奖褒，然这也是对我们的鼓励和鞭策，再接再厉，更上层楼！本会董事长是岑灼槐，会长是梅振才。

　　耕耘三十载，纽约有兰亭。

诗画连年盛，琴棋逐日精。

继承传统律，注入崭新情。

得奖犹鞭策，扬帆再远征。

（2023 年 4 月于纽约）

贺母亲荣获"优秀母亲奖"

母亲陈小玉，年届 103 岁。在"时代华人杰出人物颁奖典礼"中，受邀背诵 260 字长诗《木兰辞》，朗朗上口，一字不差，掌声不绝，并荣获"时代华人优秀母亲奖"的光荣称号和奖牌。

一百零三岁，万中无二人。

心平助康健，气秀旺精神。

行善家添福，育儿房积薪。

木兰辞背诵，今古亦堪珍。

（2023 年 4 月于纽约）

获"时代华人杰出人物奖"有感

我一生情系诗词，现任中华诗词学会顾问、全球汉诗总会名誉会长、纽约诗画琴棋会会长。在北京出版的《当代诗词史》，提及我在海内外弘扬诗词的事迹，以及"诗词例举"（选有 127 位当代诗人）竟将我名列其中。此次在纽约举行的"时代华人杰出人物颁奖典礼"中，有幸获奖，褒词是"中国古典诗词时代功勋奖"。感恩！

诗词吾所好，一世伴征途。

朝夕吟哦乐，天涯唱和娱。

钩沉描历史，漂泊写江湖。

晚看风云起，此生欣不辜。

（2023 年 4 月于纽约）

三喜临门

在纽约举行的"时代华人杰出人物颁奖典礼",完满落幕。已成立30周年、岑灼槐为董事长、我为会长的纽约诗画琴棋会,唯一获得集体奖,褒词是"弘扬国粹,纽约兰亭"。我103岁老母亲,上台背诵长诗《木兰辞》,掌声不绝,并荣获"时代华人优秀母亲奖"。而我荣获"中国古典诗词时代功勋奖"。三喜临门,感恩!

时代风云会,老来三喜临。

卅年花遍野,四艺树成荫。

母子同台奖,诗词异曲吟。

平生多乐事,是夕最开心。

（2023年4月于纽约）

游"纽约博物馆大道"

纽约曼哈顿中央公园旁边,从82街延伸至105街,博物馆林立,被称为"纽约博物馆大道"。今天是其"节日",一年一度免费参观。我今天去走了一趟,到其中8间博物馆打卡。当然,除了这条大道,纽约还有很多著名的博物馆。纽约,无愧是"世界艺术之都"。

园边名大道,博物馆充衢。

追溯文明史,欣观设计图。

收藏殊贵宝,陈列尽珍珠。

人赞苹城好,全球艺术都。

（2023年6月于纽约）

游协和山庄

协和山庄,是协和门窗公司老板陈秋贵于2010年在纽约市郊的Pawling（珀林）开始创建的,目的是营造一个户外艺术公园,让同仁和大众享有一个假日休闲场所,体验艺术和市郊的自然景观。目前已开发多条自然步道,设有休憩和烤肉设施,正陆续规划建设果园、石雕园及艺术收藏馆等。我这首七绝,协和山庄将镌刻于一巨石之上。

山色湖光幽谷藏，石雕桥影野花香。

协和开辟新天地，艺术园林共一堂。

（2023 年 7 月于纽约）

贺"亚洲美食艺术学院"宣告挂牌

鉴于"全美国没有一间中国厨艺学院，中华传统美食文化在美国有失传危险。有水准酒楼后继无人，很多五星级大酒店想开一间有水准中餐馆，找不到师傅"，由岑灼槐先生带头，组建一间"亚洲美食艺术学院"，以解决厨师青黄不接的问题，得到诸多华商和各大酒楼头厨的响应和加盟。

中餐海外早名扬，叹惜厨师日见荒。

今有仁人拓新局，建成学院德难量。

（2023 年 9 月于纽约）

喜观歌剧《天使岛》

之一：歌剧《天使岛》纽约首演

三藩市之天使岛（Angel Island），自 1910 年至 1940 年用作新移民拘留所之 30 年间，被拘留者多为华人。有拘留时间长达两三年之久者，有不堪此刺激者，就地自尽。当年被拘之华人，愁恨难禁，于是面壁吟哦，有的诗还涂写或刻印在墙壁上。歌剧《天使岛》，就是根据这段历史创作的。

一场歌剧记当年，悲惨华人血泪篇。

毋忘诗吟天使岛，移民权益奋争先。

之二：座无虚席

歌剧《天使岛》1 月 10、11、12 日在"纽约歌剧院"举行三场首演。网上售票，马上就被抢购一空。我们失之交臂，失望之余，耐心守候网站。幸亏出现最后一场的几张退票，我们得以"执死鸡"（广东俗语：捡到退票）。但见剧院人山人海，座无虚席。观众多数是华人，但洋人也不少。

网上查看票卖光，"死鸡"有幸执三张。

华人悲惨移民史，再现当年永不忘。

（2023 年 9 月于纽约）

贺美国华商高尔夫球协会成立 20 周年

美国华商高尔夫球协会(AAGA)，成立于 2003 年，已届 20 年，是由一班志同道合的各界华商共同创立。在这二十年，球会已在世界各地的二百多个高尔夫球场出赛。融入社会，为振兴侨社经济发展作出贡献。多次为赈济世界各地发生的灾难，如海啸、地震、新冠等，进行慈善捐助。会长是梅莘扬。

树帜高球会，风云二十年。

交流百场走，结谊四方联。

旺市常添力，救灾不惜钱。

明天应更好，接续写新篇。

（2023 年 12 月于纽约）

纪念吴履逊将军

吴履逊将官，广东揭阳人。上海沪江大学毕业后，曾进日本陆军士官学校就读。1931 年学成回国，参加了十九路军。1932 年 1 月 28 日淞沪战役爆发，他奉命率军死守吴淞炮台阵地，抗击日军的侵略。他和结拜兄弟郭沫若一样，"别妻抛雏断藕丝"，因为中国军人是不准和日本女子结婚的。他是一个儒将，文武双全。当时写的诗歌《抗日歌》《疾呼歌》等，极大地鼓舞士气。他写于 1938 年的《一·二八的回忆和教训》，是一篇珍贵的历史文献。杭州西湖畔，立有一座巨大的他的铜像，永远供后人凭吊！谢谢其儿媳妇李凤英，让我更多地了解了她家公的事迹。

抗日英雄谱，将军青史光。

抛妻守军纪，杀敌骋沙场。

文武风华茂，诗歌格调昂。

西湖立铜像，伟迹永流芳。

（2024 年 1 月于纽约）

迎甲辰龙年楹联

龙腾虎跃开新局；

燕舞莺歌接丽春。

（2024 年 1 月于纽约）

赞揭阳吴门四杰

吴履逊将军(1903—1973)，广东揭阳人。1932 年 1 月 28 日淞沪战役爆发，他奉命率军死守吴淞炮台阵地，英勇抗击日军侵略，而名载史册，西湖畔立有他的铜像。二子吴乙安，篮球健将，曾两次参加"世运"和"世界杯"篮球赛，获得佳绩。三子吴思明，笔名司马翎，台湾四大武侠小说作家之一。六子吴达明，著名病理学家，美国俄亥俄州哥伦布市红十字会首席执行官，曾协助中美两国红十字会开展交流。

吴门生四杰，两岸早扬名。

抗日英雄猛，投篮健将荣。

新风描武侠，红会拓途程。

潮汕论人物，史书当记明。

（2024 年 2 月于纽约）

赞林玉莲女士

马来奇女子，创业在花旗。

知礼融侨社，放歌呈凤仪。

移民精用律，地产巧投资。

璀璨东河畔，玉莲开一枝。

（2024 年 2 月于纽约）

自贺《梅振才诗集》出版

我的《诗集》原定一年前就可付梓，然由于各种原因，拖延到现在才出版。虽然时间推迟，但也有其好处：我 80 岁以前所收集到的二千多首诗篇，都能收入进去了。这对我的诗歌历程，有一个比较完整的总结！

一卷留鸿爪，八旬如梦过。

平生勤奋斗，雅会乐吟哦。

时代风雷激，江湖恩义多。

回眸堪笑慰，岁月未蹉跎。

（2024 年 2 月于纽约）

二、怀念中小学

悼父亲

父亲均普，培英中学、台山一中、台山师范等校教师，毕生从事教育，是我的诗词启蒙导师。性情温和，待人诚恳，深得学生和同事敬重。毕生好诗文，临终出版了一本《梅均普诗存》。

生平难忘却，处处见仁慈。细雨淋桃李，和颜待故知。

无惊风暴夕，有乐月明时。予我长思念，温情一卷诗。

（1995 年 2 月于台山）

步先父《野餐口占》谢谭锋君

第九期《台山文化之友》，刊登了一篇先父梅均普的学生谭锋先生的《我与梅家父子结诗缘》回忆录。该文收录了 1947 年重阳节前夕，先父与台山培英中学学生，在城西牛山边"龙潭化雨"野餐时的一首即兴诗。当年先父约 32 岁。

继代诗缘倍足珍，谢君往事细铺陈。

难忘先辈殷勤语，吟句修身两认真！

【先父梅均普原作】

野餐口占

野蔌山肴当八珍，师生就地席然陈。

纷纷总是择肥噬，吃罢何曾知味真？

（2016 年 1 月于纽约）

贺母校培英创校 130 周年

　　基督教会于 1879 年在广州创建培英中学，以后相继在西关、台山、江门、香港、温哥华建校。其校训是"信、望、爱"，校旗色分白绿，故培英学子称"白绿儿女"。我高小就读台城镇三小（原培英小学），故我也算是"白绿儿女"。

　　花地神栽种，峥嵘世代春。三言铭校训，百劫炼完人。

　　沥血传薪火，倾心为国民。雄鹰翔四海，白绿一家亲。

（2009 年 9 月于纽约）

过台城镇三小怀诸同窗

　　台城绿柳系情思，犹记青梅竹马时。

　　纵使天涯重聚首，哪堪相见鬓如丝！

（1998 年 5 月于台山）

台城镇三小同班同学聚会

　　1955 年夏天，我们在台城镇三小高小毕业，从此，同班同学就走上了不同的生活道路，散落在天涯海角。48 年之后，邝妙英同学从旧金山来到纽约，于是组织了一次聚会，9 名同学出席。

　　天涯海角历沧桑，旧燕飞来聚一堂，

　　四十八年随逝水，小城故事总难忘。

（2003 年 1 月于纽约）

台中校友北京聚会题照

　　今天翻看相册，见到 1964 年元旦"北京各高等院校台山一中校友活动日"聚会的留影。这次聚会是由我和清华的刘国柱同学组织的，在北大校园举行，有 40 人到会。可见当年台山一中学子是何等优秀！

　　相聚京华已卅年，当时盛景现眸前。

　　台中学子今安在？应是功成傲海天。

（1994 年元旦于纽约）

欢迎伍星耀校长莅临纽约（2首）

台山一中伍校长来纽约探访校友，令我们欢喜莫名。他毕生献身教育，贡献殊巨。我当年因被人政治陷害，高考落第，他毅然破例留我在母校当俄语教员，以后再考大学。翌年，我再考上北大，临别时，他赠我一言："爱惜羽毛，永不停步！"

（一）

校长来西岸，机场花束迎。虽然双鬓雪，依旧一腔情。

卅载培桃李，千辛育俊英。天涯欣把盏，恩典永心萦。

（二）

纱帽彷徨日，何人指路程？怜才留母校，教风响雏声。

蓄锐权栖息，还神再出征。京华传喜讯，道别语深情。

（1987 年 11 月于纽约）

送别陈瑞强学弟归国

陈瑞强乃台山一中学弟，毕业于中山大学。1984 年选调到中国驻纽约总领馆任领事。当时纽约侨社、侨民以操粤语，特别是台山话为主。他在纽约 8 年，联络侨社，服务侨民，认真负责，深获好评。惜别依依，后会有期。

苹城来领事，四邑语言通。服务人亲切，交流水乳融。

全心为侨社，八载立丰功。今日荣归国，吾仍苦斗中。

（1992 年 6 月于纽约）

鹧鸪天·怀母校台山一中

浪迹天涯两鬓斑，黉宫常系梦魂间；

一园桃李花犹艳，两院弦歌夜未阑。

寻旧路，忆师颜；不堪松竹半凋残。

百年华诞归宁日，当与同窗酒尽干！

（2001 年 9 月于纽约）

访多伦多台中校友会

母校台山一中，历史悠久，是广东省重点学校。因台山是个华侨之乡，学子遍布海内外。海外各大埠，均有校友会。我这次就走访了多伦多台中校友会，见到一些老师和校友，大家喜不自胜。

总是难忘纱帽山，当年携手共登攀。

有缘万里能相聚，旧雨新知尽笑颜。

（2002年7月于多伦多）

三个落第秀才纽约喜重聚（2首）

（一）

梁超平同学从悉尼来到纽约，与谭炳禹和我重逢。1961年夏天高考，我们三人落第，皆是政治原因，他俩是家庭出身问题，而我是被人政治陷害。三个失意人成了好友，经常相聚一起打发时光。

共忆凄惶辛丑秋，三人落第不胜愁。

今朝喜聚西洋岸，把酒言欢志已酬。

（二）

超平的父亲曾任某市伪法院院长，解放初被枪毙。超平后来去了港澳，再到悉尼发展。未料，后来接到广东省政府通知，其父是潜伏在国民党政府的共产党党员，现追认为革命烈士。

出身包袱累书生，辗转香江且独行。

未忘当年悲苦事，哪堪平反更伤情。

（2005年8月于纽约）

贺台中美东校友会成立卅年庆口占

台山一中是我的母校。校友踊跃出席"台中美东校友会成立卅年"庆典，会上有感而口占一绝。

卅载风华韵更娇，赫贞河畔一长桥。

架连四海同窗谊，万里黉宫未觉遥。

（2005 年 11 月于纽约）

临江仙·台中百年校庆颂师恩

我的母校台山市第一中学，简称台山一中，或称台中，创建于 1909 年，是由海外华侨和港澳同胞捐资建造的。校园坐落于台城东门外之纱帽山麓，建筑风格是古典雅致与现代流派兼备，深具中西合璧特色。我走遍大江南北，未见到一间中学，有如此宏伟规模且秀丽堂皇。

纱帽山前林荫道，难忘石级千层。

经年默默任攀登。

肩承孺子梦，引领展鹏程。

万里归来寻旧路，良师身影分明。

人梯风范见忠诚。

赞歌扬四海，曲曲颂园丁！

（2009 年 2 月于纽约）

和锐仁宗弟

锐仁宗弟与我有"四同"：同乡，同姓，同校，同好诗词。虽然同一间中学读书，但不同级，他倒是和我二妹雪娟同班。他现居香港，特别赶回台山，与我见面。

雅韵亲情系两心，有缘喜共白头吟。

故园短聚长相忆，且借芜词表谢忱。

【锐仁宗弟原玉】

与振才宗兄台城喜聚感赋

流水行云游子心，时和世泰乐悠吟。

结缘只为诗词起，倒履相逢见热忱。

（2013 年 11 月于台山）

和荣辉君兼赠锐仁宗弟

旧金山陈荣辉君和香港梅锐仁君，与我乃台山一中前后期校友。三人现居不同城市，然同好诗词，能经常在网上吟哦酬唱，切磋诗艺，诚人生一乐也！

何幸天涯读锦章？有缘网络结情长。

欣看后浪推前浪，诗海奇葩绽异香。

【陈荣辉原玉】

谢梅振才学长

宜人妙理入吟章，信手拈来意蕴长。

深品细尝犹未尽，千金一字味甘香。

【梅锐仁原玉】

步荣辉学弟韵敬赠振才宗兄

如盘皎月照华章，览者痴迷引兴长。

落笔陶然临翠水，登楼啸傲溢幽香。

（2015 年 1 月于纽约）

喜初会陈荣辉学弟（3 首）

陈荣辉是台山一中的学弟，素未谋面，然通过电邮和微信，神交、诗交已久。他只有四十多岁，习诗才三年，能写出非常精彩的诗词。他在三藩市经营餐饮、开发地产、投资等方面皆很成功。他主动提出来机场接我，随后到他的餐馆，品尝了我今生所吃过的最美味的日本料理。

（一）

纱帽学堂前后期，苹城几度错良机。

今朝一见真如故，诗艺乡情话不离。

（用新韵）

（二）

一表人才值盛年，商河稳坐钓鱼船。

安居乐业金山好，更喜扶持有内贤。

（三）

诗山攀越只三年，欣见频频出锦篇。

不懈终能凌绝顶，相期后辈胜前贤。

（2015 年 3 月于旧金山）

步韵答谢陈荣辉学弟

此次到三藩市，与陈荣辉学弟第二次会面。他在他另一间日本餐馆宴请我们夫妇。该餐馆有竹林风景图，故他的赠诗有"清心胜却竹千篱"之句，正是触景生情，信手拈来！

人应百事合时宜，可畏后生皆导师。

君正扬帆海天阔，悠然我自唱东篱。

【陈荣辉君原玉】

敬谢梅振才会长

"合适的年龄，干合适的事业。"师之善教，如坐春风。

文章风骨总相宜，大笔传神一字师。

今又恭聆新寄语，清心胜却竹千篱。

（2017 年 8 月于旧金山）

谢刘荒田大作家传经

著名作家刘荒田与我是台山一中的前后期学友，我们相识已有数十年，我非常敬佩他的才华和勤奋。此次到三藩市，我一到旅馆，他便赶来见面，并赠我一本他新出版的散文集《人生三山》。除了谈诗论文，我们特别谈到健康，他向我介绍了治疗糖尿病的良方。

论罢诗文又论禅，人生百事寿为先。

降糖抗病传经验，且按良方把药煎。

（2015 年 3 月于旧金山）

题刘荒田《人生三山》

此次到旧金山，散文大家刘荒田送我一本新作《人生三山》，这是一本带有历史回顾性的抒情散文集。"三山"是指台山、旧金山和佛山，读来格外亲切。他是一个勤奋、有才华的作家，已出版了散文集、诗集二十多本。

不悔人生路，走过三座山。诗心萦故里，汗水洒金湾。

夕照霞飞舞，禅城客往还。鸿泥留一卷，笔下闪斑斓。

（2015 年 3 月于旧金山）

与赵永鹏诗友唱酬（4 首）

（一）赠赵永鹏诗友

毕业于台山一中、华南师范大学中文系的赵永鹏诗友，纽约退休后入"诗词讲座"学诗，好学勤练，才四五年，诗艺大进。近日他在微信发表了几首田园诗，令人惊艳，几近宋朝大诗人范成大。

忘却尘寰利与名，荷锄朝夕入瓜棚。

清吟饶有前贤味，疏逸田园满眼青。

（2014 年 11 月于纽约）

（二）步赵永鹏诗友《冬日感怀》诗韵

北风凛冽雪纷飞，正是梅花欲放时。

暑往寒来随物喜，新陈代谢弃心悲。

人生偶尔逢灾难，尘世寻常见别离。

抛却闲愁赏冬景，苹城携手逐诗思。

【赵永鹏诗友原玉】

冬日感怀

朔风阵阵叶纷飞，独立窗前忆旧时。

消逝光阴催老弱，饱经雨雪历欢悲。

曾言再作倾襟聚，岂料惊传撒手离。

眼望街头萧瑟景，心中无限世情思。

（2015 年 12 月于纽约）

（三）步诸友韵赞赵永鹏君每日一诗

赵永鹏君，6 年前始研习诗词创作，刻苦钻研 3 年之后，诗艺大进。2014 年 11 月 3 日，推出私人微信相册，是其转折点和飞跃点，明显见其诗词作品走向成熟期。自此以后，几乎每日都有诗作，近三年已收获千首诗词。

（1）

精心织锦章，首首韵悠扬。百练能生巧，君诗出别肠。

（2）

三载赋千章，诗名两岸扬。深情凝妙句，每读九回肠。

【赵永鹏原玉】

步诗友韵酬唱

六载学吟章，纯为志趣扬。辛勤为补拙，谢意出衷肠。

（2017 年 12 月于纽约）

（四）再赠赵永鹏诗友

赵永鹏诗友，华南师范大学中文系毕业，惜当年未有格律课程。十年前入纽约诗词班学习，勤奋钻研，厚积薄发，十年磨一剑，终于成为一位出色的诗家。

文科四载总堪珍，遗憾仄平知识贫。

六秩苍颜研格律，万篇经典汲精神。

勤劳已悟诗三昧，佳作能成酒数巡。

正是十年磨一剑，功夫不负有心人。

（2019 年 12 月于纽约）

步先父韵赠伍俊生校长（3首）

1989 年，先父在台城湖心酒家，送别台山一中校长伍俊生赴美时，吟诗三首相赠。今父亲已仙游多年，重读旧诗，有感而和之。

（一）

纽约有"台中美东校友会"，成立已有四十年之久，但一直都是租楼活动。伍校长被选为会长后，发动会员，筹得巨款，终于在"永发大厦"购下校友会自己的物业。

组成一会卅年悠，遗憾无窝苹果洲。

引领同群齐出手，筹钱置业遂宏猷。

（二）

伍校长是母校的杰出语文老师，口才一流，学养绝佳。我们在纽约，经常在一起谈诗论文，令我受益匪浅。我总记住他所传要诀："行文若行云流水才臻高境！"

时常斟酌度吟笺，总是同求出雅篇。

长记师传作文诀，行云流水贵天然。

（三）

我和太太在华埠开设了"台山服务中心"，为乡亲提供移民、公证、税务等服务，伍校长是合作人。他所撰文书，非常专业；他待客热诚，故广结亲情善缘。

有缘服务故乡人，合力同心情谊珍。

契约文书够专业，热诚待客结交亲。

【先父梅均普原玉】

欢送伍俊生校长启程往美

（一）

湖心畅叙乐悠悠，欢送故人适美洲。

饮誉教坛三十载，乘风破浪展鸿猷。

（二）

笔底生花多玉笺，何妨海外创新篇。

黄金世界题材广，作品丰收自必然。

（三）

与君同是泽边人，桑梓谊情殊足珍。

但愿前程花似锦，年年喜报慰乡亲。

（2015年11月于纽约）

蔡元培题校名

台中教学大楼正门上方的"台山县立中学校"校名，是著名教育家、北大校长蔡元培所题。我每次回母校，总在蔡元培的字迹前留影，并不由得想起他的名言："所谓健全的人格，内分四育：（一）体育，（二）智育，（三）德育，（四）美育。"

拙朴雄强字一行，百年校匾闪灵光。

台中学子长牢记，人格健全休淡忘。

（2015年5月于台山）

"台中58秋高2"同学聚会有感

"台中58秋高2"是我们班的代号，即1958年秋入台山一中读高中，序号为2班，1961年夏毕业。我们班曾被授誉为学习优良的"红旗班"和"保尔·柯察金班"。我们引以为傲！如今相约台城见面，多少回忆和感叹，尽在欢声笑语中！

五十四年如瞬间，少年惊觉变苍颜。

如歌岁月堪回首，今祝身心长久安。

（2015 年 5 月于台山）

"梅家大院"觅旧踪

1961 年夏天高中毕业，我们班几个同学，相约骑自行车，从台城到端芬的梅家大院，梅业儒同学就住在那里，他家的洋楼名为"荣兴堂"。此次业儒同学陪我回梅家大院，再登上"荣兴堂"，不由得回忆起 54 年前，一班同学在此餐聚的情景。

荣兴堂前忆旧游，骊歌唱罢气方遒。

重来饱历风霜后，昔日少年今白头。

（2015 年 5 月于台山）

与赵福坛学兄唱和（4 首）

赵福坛教授是我读台山一中时的学兄，"文革"前毕业于中山大学中文系，后任广州大学教授，著作丰硕，诗书超卓。退休后过着悠闲生活，但仍热心参与各种文化活动。

（一）步赵福坛教授《无题》诗

万贯家财又若何？红尘俗虑恼烦多。

怎如结伴扬风雅，珠海云山好放歌！

【赵福坛教授原玉】

无题

人生已老意如何，不问钱财有几多。

但得身心闲雅过，可抛名利唱书歌。

（2014 年 12 月于纽约）

（二）和赵福坛教授《闻梅君纽约回有赠》

每次回广州，福坛兄都邀我到三元里他那间"御用"餐厅参与文人雅集。诗书酒茶，人生一乐也！

又临嘉宴会君来，妙语常教茅塞开。

俗谚方言吟美食，华笺翰墨见高才。

迷离历史勤推敲，锦绣文章细剪裁。

知己相逢传雅意，今朝重聚酒三杯。

【赵福坛教授原玉】

闻梅君纽约回有赠

闻道梅君纽约来，东窗望月向洋开。

诗情总系故乡土，曹植奇高八斗才。

唱罢千章诗未老，吟哦世事笔难裁。

相逢且放诗书事，今日开怀酒半杯。

（2015 年 5 月于广州）

（三）元旦步韵回赠赵福坛学兄

百种生涯唯好诗，闲来文苑觅芳枝。

时羞吾辈平庸句，最爱前人绝妙词。

非易寻常添色彩，至难腐朽化神奇。

与君把酒论平仄，且待重逢粤海时。

【赵福坛教授原玉】

元旦忆梅振才君

漂洋过海总为诗，万苦千辛笔一支。

廿载繁花千首好，十年情景百章殊。

钩沉佳作情无限，"文革"诗词志更奇。

遥忆今宵风雪夜，应思南国饮茶时。

（2017 年元旦于纽约）

（四）遥寄赵福坛学兄

福坛乃位于纱帽山的台山一中学兄，他是台山川岛人，南宋皇室之后裔，后到有"康乐园"之称的中山大学中文系深造。毕业后执教鞭数十载，为广州大学教授。诗书俱佳，论文等身。近闻正在整理一文集，期望早日问世。

宋朝皇室裔，川岛溢书香。纱帽晨吟密，康园夜读常。

杏坛传学问，椽笔写华章。期待诗文集，风流一卷藏。

（2020年11月于纽约）

步韵麦子学兄《登泰山》

绝顶登临望海天，朝霞晨旭耀门前。

经年遍览湖山景，潇洒人生乐似仙。

【麦子原玉】

登泰山

泰山万丈接云天，日出霞飞在眼前。

拐杖芒鞋临绝顶，天门把酒会神仙

［注］天门乃泰山顶峰。

（2015年8月于纽约）

读麦子诗词选《寻找远去的梦》

麦子，原名麦启凌，广东台山人，毕业于台山一中、中山大学，当过教师、编辑和中新社驻美国高级记者，出版有十多本畅销书。我和他数十年来，一直保持着亲密的友谊。他特别嘱咐要我读读这本新书中那篇《我的墓志铭》。大概此篇是他对今生的自我评价和总结，弥足珍贵。

青春弹指逝，珍惜旧诗声。艰世行崎路，悬崖织爱情。

利名何足恋，善恶总分明。无憾今生梦，陶然墓志铭。

（2016年12月于纽约）

敬和李泽槐校长《纱帽村》

年逾九旬的李泽槐先生，曾是我们母校台山一中的老校长。校园建在纱帽山，教室设在南、北两院，风景居全国中学之首，学生遍天下！如今李校长也居纽约，常与学生诗词酬唱，宝刀不老。

春风两院深，桃李育名村。纱帽常回首，师生格外亲。

【李泽槐校长原玉】

纱帽村

师生情谊深，学子记纱村。走荡诗商海，今朝奋感亲。

（2016 年 1 月于纽约）

喜读李泽槐校长两首七律新作有感

李泽槐先生，是台山教育界著名的老校长，曾任台山一中、台山侨中等多间中学校长。现年届 91 岁，仍积极参与纽约校友会活动，并经常在微信群发表诗作和体会，不遗余力弘扬中华文化。近日读到他的两首七律新作，有感而献诗一首，以表敬意。

校长何曾老？身心赛五旬。撰文推格律，化雨见精神。
唱和佳诗快，交流微信频。抒怀吟两律，豪迈入新春！

【李泽槐校长两首七律新作】

丁酉新岁抒怀

海外移民纷设网，微音更上一层楼。
金鸡起舞英才振，骏马腾飞壮志酬。
侨邑人文钟鼎盛，东河水土果蔬优。
当兹丁酉迎春日，结社清词贺岁讴。

往事并不如烟

人生七十古来稀，九一吾年未算奇。

甘雨苏苗添茂秀，熏风解愠不忘疲。

今诗旧韵丹心见，古调新章自奋蹄。

告老还乡书作伴，夕阳西下享祥禧。

（2017 年 1 月于纽约）

香港喜会台中同学

　　1961 年，我高中毕业于广东省台山县立中学（台山一中），迄今已有五十五年矣。此次路过香港，见到了陈华兴、陈浩波、陈治平等同学，受到他们的盛情接待。他们在香港均事业有成，真为他们高兴。大家回忆了纱帽山（校园所在地）岁月，恍如昨日。

　　纱帽山头正少年，香江重聚已华颠。

　　纯情岁月长相忆，珍惜今生共砚缘。

（2016 年 6 月于香港）

马敬老师上京的传奇故事

　　今天看腾讯视频《得闲倾偈》，是马敬老师的专访。当年在台山一中，他是我的物理老师。60 年前（1957），中央人民广播电台选他上京，当对外广播台山话节目的播音员。此节目甚受北美华侨欢迎。从视频上看到，他八十多岁了，依然头脑清晰，身体硬朗。

　　弹指光阴六十年，台山话播大洋边。

　　乡音入耳真亲切，北美华侨家国牵。

（2017 年 7 月于纽约）

人杰地灵继往开来

　　由旅巴西著名侨领梅裔辉宗亲赞助，端芬镇人民政府主办，端芬镇侨联会《汝南之花》侨刊社、美加诗词楹联学会协办的端芬镇新八景"中秋杯"诗词对联大赛正顺利进行，闻之兴奋莫名，情不自禁，略述数言，聊抒感怀。原文略，下面是结篇诗。

　　佳词妙句寄心声，第一侨乡未了情。

吟赏端芬新八景，中秋月是故园明！

（2017 年 8 月于纽约）

题梅裔辉传记《梅花香自苦寒来》

梅裔辉是我台山一中高中同学，几经艰难曲折，终于在巴西成就了事业。他是巴西著名侨领，乐善好施，为家乡建设贡献良多；还与巴西总统一起访问北京，为中巴两国铺设友谊之路。曾被授予"2012 中国经济十大新闻人物"荣誉称号。

畅饮端芬水，今生不惧灾。艰难成大业，抖擞出奇才。

乡邑新桥建，中巴友路开。天涯梅一树，香自苦寒来。

（2017 年 8 月于纽约）

贺"台中美东校友会"建微信群

广东省重点中学台山市第一中学，简称台山一中，俗称台中，创建于 1909 年，是一所由华侨、港澳同胞捐建的学校。台中美东校友会，1975 年 11 月在纽约成立。"台中美东校友会"会员微信群，于今年 7 月 30 日建立。群主是校友会常务副会长许兆权。

喜见台中校友群，交流园地乐耕耘。

集思广益开新局，会务昌隆捷报闻。

（2017 年 8 月于纽约）

旧金山喜会谭永铮学兄（3 首）

应陈荣辉学弟相邀，在他的日本餐馆聚会，见到了谭永铮、李识开夫妇、谭咏芬（永铮三妹）和谭晶（永铮女儿）。永铮兄三个妹妹，与我三个妹妹是同学。我另一个小妹妹雪珠，是李识开老师的学生。

（一）

少年时代，在台城谭永铮兄父亲家私铺"广美成"之小阁楼，常是我们聊天弹琴唱曲的天堂。我和谭永锋（谭永铮之弟）等七人，义结金兰，滴血为盟。如今，其中三兄弟已往生，剩下四兄弟分散于内地、香港和悉尼、纽约四地。

六十年前"广美成"，桃园结义血为盟。

风流云散人何在？犹忆小楼歌曲声。

（二）

我在台山一中读初一时，永铮兄已读高三。他后来考入著名的西安建筑工程学院。他和同学李识开是一双很登对的恋人，郎才女貌，羡煞旁人。婚后他分配在贵州工作，妻子则在台山当老师，分居长达 18 年。至 1998 年合家移民美国，如今儿孙满堂，其乐融融。

当年侨邑物华新，女貌郎才羡煞人。

离合悲欢随逝水，金山携手晚霞珍。

（三）

永铮的儿女，皆学有所成。女儿谭晶毕业于中山大学，儿子谭众毕业于深圳大学，来美后姐弟同校获硕士学位，现分别在金山水务局和伯克莱交通局工作。孙辈更是出类拔萃，如外孙谭晶的儿子毕业于名校普林斯顿大学，现在大公司研究软件开发。

追随先辈赴花旗，苦辣酸甜只自知。

堪慰儿孙多卓荦，科坛学海显英姿。

（2017 年 9 月于旧金山）

悼宗兄、学长梅伟强教授（3 首）

宗兄、学长梅伟强教授，于 12 月 5 日在广东省江门市辞世，享年 79 岁。闻讯悲痛不已，匆匆写就五律三章，遥寄哀思。三首悼诗，第一首写他的成就，第二首写他的品德，第三首写他和我的友情。

（一）

华侨历史研究专家梅伟强教授，著作（含合著）丰盛，如《台山华侨历史文化集》《"集体家书"连五洲——五邑侨刊乡讯研究》《开平碉楼与村落田野调查》《梅家大院史话》等。病危时，仍为端中写校史。

蓬江传噩耗，星坠众唏嘘。十集华侨史，百年鸿雁书。

碉楼注心血，大院变名墟。感人灯就灭，依旧笔勤锄。

（二）

伟强宗兄之人品，为所有认识他的人所称道。他性情温和，待人诚恳。他拥有一个幸福美满的家庭：一双事业有成的儿女，一个数十年相濡以沫的贤妻"巧姑"。特别是他的家国情怀，无愧于"北大人"的光荣称号！

音容犹在目，谁不泪沾巾？儿女思慈父，贤妻失挚亲。

行藏尤磊落，情性更纯真。无惧狂风雨，诚然北大人！

（三）

伟强宗兄也是我台山一中的学长。他早我三年入北京大学。1962 年我也考上北大，刚好他返乡度假，于是领我一起上京。后来我们经常到他家吃饭。数十年间，始终是我的良师益友，在文史领域予我极大帮助。

当年贤学长，领我上京华。指点燕园路，栽培梅苑花。

文林沐甘雨，史海送浮槎。手足登仙去，悲怀泪似麻。

（2018 年 12 月于纽约）

悼何汉民同学

何兄与我是端芬同乡、台中同学。我曾几次到他的故里何略嘴村去，都见到他。当时处于特殊的年代，我们对前途都感到茫然。后来国门开放，他移民波士顿，事业有成。他热爱中华传统文化。工余之际，寄情篆刻、书法和写诗，三样皆臻高境。

记逢何略嘴，相与话途歧。有幸移民早，无忧立业迟。

闲情铸金石，雅意入书诗。闻耗悲春雨，长怀卓荦姿。

（2019 年 3 月于纽约）

赠伍小冰学妹

一年前参加台中校庆，不意在高三（2）班课室巧遇伍小冰。她从中山大学毕业，当了律师，后来到纽约考取了会计学士、税务硕士，现在纽约州税务局工作。她喜好诗词，参加了纽约诗词学习班。当年她的高中语文老师是伍俊生，在她心中播下了文艺的种子。

缘结高三二，帽山前后期。冰心萦法律，税务越雷池。

秀外唐风雅，闲中宋韵痴。骚坛进新锐，金榜待题诗。

【伍小冰原玉】

遇师起诗缘

去年秋天参加母校台山一中校庆，有幸在高三（2）班课室巧遇梅振才老师，他和我皆曾在这课堂上过课。

母校庆生秋爽天，遇师课室起诗缘。

新兵纽约研平仄，方晓传承已十年。

（2020 年 11 月于纽约）

悼李泽槐老校长

今日重阳节，痛闻李泽槐校长昨天在纽约医院逝世。德高望重、文理皆擅的李校长，毕生从事教育，曾任台山一中、华侨中学、端芬中学等多间中学校长。退休后移居纽约多年，积极参加校友会活动，辅导校友学习格律，经常与大家唱和。李校长算长寿，享实龄 96 岁。

全才名校长，磊落性情真。

数理涵容好，诗书走笔频。

门生遍湖海，蜡炬照天垠。

悲痛重阳节，酬吟少一人。

（2021 年 10 月于纽约）

题伍卓槐师兄新画作

为祝贺台中（台山一中）美东校友会新一届会长们当选，伍卓槐师兄特创作一幅新画，由我题诗一首，放到校友会群上，声明定价五折，售款 400 美元献给校友会作年仪，此画马上被谭启健校友抢购。为伍卓槐师兄和谭启健校友点赞！

柳毅传书山伯愚，牛郎织女不相辜。

牡丹亭畔星桥会，旷古奇谈汇一图。

（2021 年 12 月于纽约）

悼文坛新秀李喜丽校友

近年李喜丽崛起于纽约文坛，其散文、小说、诗歌皆广受好评，获奖殊多。我和她都是北美中文作家协会和台中美东校友会的会员，我们平时谈论的，多是文学和母校。20 天前，我还和她通过两分半钟的电话。不料，今天传来她病故的噩耗，英年早逝，令人悲痛不已。愿她一路走好！

遗音犹在耳，通话廿天前。
出彩生花笔，含情锦绣篇。
苹城常聚会，纱帽永萦牵。
遥奠三杯酒，乐园安息眠。

（2021 年 12 月于纽约）

台中校友元旦云端聚会口占

台中（台山一中）校友会中文书记组举办的元旦云端聚会，从上午九时持续到下午五时，长达八小时。校友们接连推出节目，活色生香，非常精彩。主持人黄丽乔穿插的点评，更具急才，妙语连珠，锦上添花！

聚会云端八小时，轻歌曼舞又吟诗。
更从字画交鸿运，展望新年共骋驰。

（2022 年 1 月于纽约）

膺任台中校友会会长有感

台中（台山一中）是广东省的重点中学，已有一百一十多年的历史，其校园富丽堂皇，在全国首屈一指。周恩来总理曾来校视察并发表演说，极力赞扬台山一中。而在 1975 年，于纽约创建了校友会，也有 46 年的历史了，有数百名会员，是校友们的温馨家园。

回首人生路，感恩纱帽山。
苹城开会所，学子泊江湾。
心系微群内，桥连母校间。

桑榆承重任，勠力勇登攀。

（2022 年 1 月于纽约）

入伙大吉

台中（台山一中）美东校友会无窝两年多，终于在布碌仑八大道找到合适的新会址，宽敞明亮，交通方便。今天入伙，校友们欢聚一堂，开香槟以贺。有感而撰对联一副，由伍卓槐学长书写。

喜迁会址开新局；

好聚群心织锦图。

（2022 年 2 月于纽约）

首日值班抒怀——步伍培荣校友韵

台中（台山一中）美东校友会新会址已入伙，从 3 月 1 日起每日都有校友来值班，我是会长，负责首日。是日有十来个校友上来探班，畅谈对开展会务的意见，并轮流欢唱卡拉 OK，非常热闹。

如山重负正迎前，会务纷繁百事牵。

且放高歌寄心曲，新程勠力石能穿。

【伍培荣校友原玉】

点赞梅振才会长，以身作则、领头值班、亲力亲为带领校友会开新局、扬新声，校友会会务蒸蒸日上可期！喜赞，记小诗一首。

值班第一步冲前，联络群心表率牵。

雷厉风行推会务，成功在望补天穿。

（2022 年 3 月于纽约）

庆祝三八妇女节

今天台山一中美东校友会举办庆祝三八妇女节活动，有三十多人出席，清歌劲舞，丰盛佳肴，兴高采烈。校友陈秀萍传上荧屏两张旧照片：一张是学生时代《红色娘子军》舞剧照，一张是在母校大门口所摄的照片。照片中的女生，后来都卓有成就。当时陈秀萍读高二，照片摄于 1963 年，距今已有五十九年了。

苹城贺节舞翩跹，饮水思源纱帽牵。

最是开怀观旧照，英姿飒爽现眸前。

（2022 年 3 月于纽约）

欢迎三藩市校友莅临纽约

三藩市台山一中 73 届校友谭素珠、司徒佩，来到纽约拜访台中美东校友会，受到热烈欢迎。纱帽山母校的同砚之谊，永远把我们联结在一起。

不畏春寒校友迎，畅谈难尽砚深情。

苹城同步三藩市，纱帽之歌永共鸣。

（2022 年 3 月于纽约）

拜祭黄铁铮校长墓

黄铁铮先生（1902—1982），台山人，少时就读台中，1926 年北京大学法学士毕业，1928 年出任台中校长。为扩建台中校舍，他自筹旅费于 1930 年赴美，募捐得 24 万美元，得以建成高中课室大楼、高中宿舍、图书馆、博物馆等多幢堂皇建筑。其执教理念，其一是使学生有专门谋生技能。1957 年举家移民纽约。1971 年三藩市和 1975 年纽约市组建台中校友会，他均出谋划策，鼎力支持。台中，是他一生的牵挂！

侨乡学府立巍峨，建校功劳谁够多？

远涉重洋筹巨款，力推专技育青禾。

创开会所东西岸，营造师生温暖窝。

今日清明临墓地，心香一炷献吟歌。

（2022 年 3 月于纽约）

赞"台山一中美东校友会"三微群（3 首）

台中（台山一中）美东校友会有三个不同功能的微信群："24 届联席会议群"供议员发表意见，并对会务重要事项作表决之用；"台中美东校友官方群"供全体校友发表对会务的意见之用；"24 届校友生活群"供全体校友发表除会务之外的各种讯息和花絮。

（一）24届联席会议群

支撑大厦力刚强，联席议员如栋梁。

若有分歧交表决，服从多数好商量。

（二）台中美东校友官方群

畅所欲言真快哉，集思广益一平台。

百花齐放好风景，会务昌隆指日来。

（三）24届校友生活群

校友钟情生活群，新闻歌舞又诗文。

帖中砚谊浓如酒，花絮平台溢郁芬。

（2022年5月于纽约）

台山一中美东校友会群芳谱（14首）

今年我上任台山一中美东校友会会长，目睹很多好人好事，应该大力表彰，特别是"四多"（多出钱、多出力、多出谋、多出席）的骨干和会员。

（一）赞张红

张红是77秋高届校友，现任校友会副会长，对校友会工作非常积极，事事起带头作用。特别是组织了业余歌唱团，租借校友会场地练歌，解决了校友会办公室大部分租金。

纱帽山头好学风，多才多艺有张红。

组团练唱租场地，开拓财源立大功。

（二）赞冯国

冯国是78秋高届校友，为寻觅和装修校友会新会址，出钱出力出谋，不辞辛苦，贡献良多，被推选为校友会办公室主任。校友会的活动，事无大小，总尽心尽力而为之。

装修会所乐奔波，出力出钱谋策多。

应对四时繁琐事，几由主任竞先驮。

（三）赞谭礼君

谭礼君是 87 秋高届校友，现任董事会董事。管理校友会之物业多年，埋头苦干，任劳任怨，认真负责。当年用 1 万元购入校友会物业一股，今年办妥弃股手续，捐给校友会。

物业维持责任沉，经年管理尽全心。

难能爱会尤慷慨，放弃股权捐万金。

（四）赞余启明

余启明是 69 秋高届校友，本会顾问。年轻时便到美国，艰苦奋斗，事业有成，是纽约著名的水喉专家。虽年过八旬，但经常参加校友会活动，今年上半年已捐赠 2700 美元予校友会。

已过八十不辞劳，活动常来兴致高。

最是关心备粮草，半年已献数千刀。

（五）赞李珍玲

李珍玲是 74 秋高（77 届）校友，本会会员，经常主动回校友会打扫办公室，办公室的卫生几乎全包下。近两年因伤病没有工作，但她对钱银不吝惜，今年就捐了丰厚年仪给校友会。

洒扫厅堂力不悭，明窗净几卫生间。

精神高尚无私奉，爱会源由纱帽山。

（六）赞黄俊森

黄俊森是 91 秋高（94 届）校友，本届新会长选出后，聘请他担任财务组长一职，他干脆利落，一口答应。他本身做税务工作，很有专业水准。校友会的账目，做得及时、细心和准确。

雷厉风行重任担，繁忙工作总抽闲。

不辞辛苦心真细，专业精明把好关。

（七）赞伍培荣

伍培荣是 71 秋高（73 届）校友，现任校友会办公室主任。他像冯国主任一样，从寻觅、装修新会所，到配合安排各种活动，总亲力而为，以会为家！性格随和，逢人总是笑呵呵。

以会为家建暖窝，事无大小总张罗。

如今新址呈新貌，主任辛劳贡献多。

（八）赞陈建平

陈建平是 71 秋高（74 届）校友，校友会顾问。一直以来义务帮校友会做许多工作，如印表格、收信、收善款……《台中美东校友会成立五十周年特刊》将委任他当主编，精彩可期。

义务文书善款传，辛劳奔走铁鞋穿。

相期五十周年史，织出难忘锦绣篇。

（九）赞刘国祯老师

刘国祯老师是校友会顾问。三十多年来，一直关心、支持校友会的会务，出钱出力出谋。装修校友会新址，几乎每天都到。敢于直言，有时言辞尖锐，但应谅解他对校友会一片爱护之心。

出力出钱年月深，常鸣褒贬不凡音。

言辞偶尔多尖锐，应谅先生护会心。

（十）赞何世杰

何世杰是 78 秋高（81 届）校友，一直以来为校友会做了大量工作，现任董事会董事，是疫情期间为校友会搬家的四勇士之一。虽然工作极忙，但请假来值班，还为校友会活动送咖啡点心。

犹记搬家勇士顽，关心会务总情殷。

动员校友多参与，请假也能来值班。

（十一）赞李国威

李国威是64秋高（67届）校友，曾任多届副会长、常务副会长，现任董事。历年来为母校、为校友会筹款不遗余力，重要关头总闯在先。积极参与装修新会址，赠送物品，并经常带食品探班。

操劳辛苦几经年，重要关头闯在先。

纵使胸中多块垒，热心会务尚依然。

（十二）赞何伟聪

何伟聪是80秋高届校友，现任常务副会长。虽然自己工作极忙，但心系校友会，想方设法发展会务，如开源节流、完善办公室等。并乐意接过物业管理工作，认真负责。戒骄戒躁，再挑重担。

纷繁会务系心田，物业维艰勇负肩。

一代新人寄希望，戒骄戒躁永朝前。

（十三）赞黄丽乔

黄丽乔是65秋高（68届）校友，曾任中文秘书组长等职，现任副会长。校友会活动的安排，与校友的联络，对各项收支的统计等，总是尽心尽力。诗文绝佳，文告、点评生动活泼。

事无巨细用心裁，尽责全能砥柱材。

还有生花文笔妙，如歌岁月入诗来。

（十四）赞伍球亮

伍球亮是73秋高（76届）校友，现任公关组长。除了积极做好公关工作之外，还以其摄影特长为校友会服务。多年来为校友会的各种活动，留下了大量精彩的、有历史意义的照片。

集会文娱又旅途，亮哥摄影不能无。

长枪短炮齐临阵，精彩瞬间留画图。

（2022 年 8 月于纽约）

五月岬一日游口占（7 首）

我们台中校友今天去游览新泽西州的五月岬（Cape May）。五月岬直插大西洋，是一个旅游胜地，街道、楼房、公园，充满维多利亚的风情。我们游览了华盛顿街购物中心、灯塔和沙滩等，以及在李庭章校友的餐馆，得到热情接待，享受了价廉菜好的午餐。

（一）出发

疫情煎迫已三年，前次观山今海边。

一路凭窗看美景，欢歌车上乐心田。

（二）灯塔

航程指引百余年，顶浪迎风立海边。

守职尽忠看白塔，四时暗夜一灯燃。

（三）海滩

胜境入眸能绝埃，渚清沙白鸟飞回。

蓝天碧浪凉风习，何日有闲君再来。

（四）五月岬镇

小镇美如童话中，花香鸟语屋玲珑。

且从浪漫妍华处，淋沐维多利亚风。

（五）华盛顿街购物中心

苹城生活总匆匆，难得商场一逛中。

今日有闲来购物，光看也觉乐无穷。

（六）午餐

价廉菜好又情浓，主客原来母校同。

笑语欢声谈往事，犹如纱帽饭堂中。

（七）归途

一日旅程收获丰，观光购物两从容。

家人校友同游乐，高唱归途情更浓。

（2022 年 8 月于纽约）

拜访李金能老会长

我们今天驱车一个半钟头，往新泽西州拜访 103 岁的台中（台山一中）校友会老会长李金能。他来美国已有 83 年，多年经营农场，身体尚健，思维清晰，提供了很多珍贵的校友会老照片和资料，并为校友会题词："台中精神，薪火相传！"立于纱帽山麓的台中，是海内外校友魂牵梦萦的母校！

一别台中八十年，天涯学子总心牵。

相期后辈殷勤语，纱帽精神薪火传。

（2022 年 9 月于纽约）

秋祭黄荶年老会长

今天，台中（台山一中）美东校友会七名领导，赴新泽西州祭拜黄荶年老会长，表达对黄老的怀念和敬意。他数十年来为发展会务作出了巨大的贡献，6 年前还写下一封信，有言："校友会新的发展动力，是做好会员的友谊和知识的双服务……"为校友会发展指明了新方向。

佳节重阳赴墓园，坟前祭拜忆遗言。

深情砚谊添知识，双项能教活力掀！

（2022 年 10 月于纽约）

悼梅逸民同学

逸民君是我读台山一中初中时的同届同学，他酷好文学，热爱写作，编著有四十多部作品，曾荣获"江门市优秀作家""台山市优秀文艺家"光荣称号。他对侨乡历史、优秀人物多有研究和着墨，并主编过多份侨刊和文学报刊，如《汝南之花》《梅花月报》《台山文评报》等。

纱帽曾同砚，交情一世长。

吟诗多妙句，落笔尽华章。

竭力编刊物，凝心写故乡。

等身遗著作，每读断中肠。

（2022年11月于纽约）

悼陈华兴同学

华兴君是我在台山一中高中同届同学，后去香港发展，事业成功。他很念旧，尊师重友；关心母校、家乡、公益，捐款甚巨，为母校的发展留下不可磨灭的贡献。3年前其亲家香港名歌星叶丽仪来美国演出时，与我相约回香港与华兴兄一起饮茶，如今愿望已成空。哀哉！

驾鹤西游去，魄萦纱帽峰。

情深待师友，德厚比云松。

有智营商顺，无私助学丰。

香江饮茶约，只盼梦中逢。

（2022年11月于纽约）

三藩市、温哥华纪行（16首）

（一）出席三藩市台中校友会"三庆晚会"

5月6日留美台山县立中学校友会(三藩市台山一中校友会)举办"三庆晚会"：成立50周年纪念、2023年春茗、79届分会成立。我代表台中（台山一中）美东校友会向该会致以热烈祝贺！

屹立湾边五十年，大洋彼岸着先鞭。

桥连纱帽砚情系，展望前程更艳妍。

（二）三藩市文人雅集有感

5月9日中午，诗友利向阳、张家修在"半岛悦和轩"酒楼，组织了文人雅集欢迎我。出席者有著名作家、诗人、书画家20多人，其中有刘荒田、赖灼俞、陈万祥、陈墨明、谢为人、江煦辉、何文华、黄子微、汤贺文、张茜苓等。隆情厚意，令我感动，口占一首五律相赠。

又到三藩市，雅风吹正稠。

诗吟文友会，墨泼悦和楼。

旧雨情如昨，新书品更优。

交流连两岸，携手立潮头。

（三）参观林府"玫瑰园"

我们纽约校友代表团一行13人，抵达三藩市的第二天一早，就迫不及待去参观林诚伟、谭素珠伉俪的"玫瑰园"。林太谭素珠，是台中73届校友。玫瑰园占地3万英尺，育有各种花卉和果树。我们赞叹花园的美景，还品尝了丰盛的美食。我们非常感谢主人的盛情！我和林家是亲戚，这是我第3次来访玫瑰园了。

玫瑰花苑若天宫，又有佳肴味不穷。

多谢主人心意厚，满园笑语砚情浓。

（四）著名艺术小镇卡梅尔

卡梅尔（Carmel），位于西岸著名旅游观光景点十七英里路（17 Mile）南方约二里处，距离三藩市大约两个小时车程，是一座人文荟萃、艺术家聚集的小城镇，画廊林立。1968年夏天，张大千在此购宅，宅名为"可以居"。在此前后居住五年多期间，将自己的风格从"师古""师自然"发展到"师心"的高度，奠定了他在近现代中国画坛中"巨人"的地位。

一颗明珠耀海隅，人文荟萃出名都。

大师一代知多少，我辈犹寻"可以居"。

（五）加州"十七英里路"

加州十七英里(17-Mile Drive, CA)，特指加州中部一段长17英里的沿海公路，它被誉为加州海岸线最迷人的景观路。沿线有西班牙湾、中国岩、鸟岩、海豹岩、孤柏、鬼怪树等著名景点，以及全美排名第一的圆石滩高尔夫球场。其中以"孤柏"最令游客惊叹，它孤零零地长在海岸上，扎根石缝，面向大海，据说已有250年以上的树龄，成为17英里海岸线永恒的景观和象征。

十七哩途风物隆，山光水色览无穷。

游人最是叹孤柏，屹立多年岩石中。

［注］因格律需要，诗中以"哩"替"英里"。

（六）喜见旧同事张茜苓

这次在三藩市，见到了广州科技情报研究所的旧同事张茜苓，广州一别四十多年，我们谈起往事，特别难忘的，是1978年我们情报所去从化访问我的老师，著名翻译家、作家曹靖华教授，他当时正从北京来到从化温泉休养。

羊城一别卅三年，重聚金山旧梦牵。

最是难忘访曹老，慈容妙语印心田。

（七）又喜会陈荣辉学弟

陈荣辉君是我台山一中的学弟，很有生意头脑，运气也好，在三藩市开了几间餐馆，间间生意兴隆。我每来三藩市，总请我在他的日本餐馆盛宴招待。此次临别，又在他的新中餐馆"鸿图"品尝美味佳肴。他业余爱好旅游摄影，特别喜好偏远地方的景色，还闲来写诗，很有诗才，首首精彩，新意迭出。

闲吟诗句若珍珠，采画天涯赴八隅。

钦羡商场舒广袖，金山步步展鸿图。

（八）温哥华喜会汪连兴同学

我和汪连兴，北大同窗6年，渤海湾军垦农场锻炼2年，共度8年的青春时光。毕业后也曾数次相聚，但近年甚少见面了。此次在温哥华会面，他留了胡须，成了一个美髯公。他此生有两大成就：写一手好诗词，还成了卓有成就的历史学家。我俩三观相同，见面当晚，有说不尽的话题，自然促膝举杯夜话。

燕园连渤海，携手八年长。

昔别孤舟月，今逢两鬓霜。

吟诗无俗韵，修史有名堂。

促膝通宵话，世情深酌量。

（九）赏温哥华美景

由汪连兴等学友陪同，参观了温哥华最美丽的景点，如皇后公园、史丹利公园、加拿大广场等。最后，汪连兴和千金，邀我到最高点的"旋转餐厅"，一边品尝美酒佳肴，一边俯瞰四周美景。雪岭海湾，长桥轮船，琼楼绿树，风景如画。怪不得专家有评，温哥华是人类最宜居城市！

旋转看全市，四周如画图。

赏花皇后苑，冲浪美人鱼。

山岭层林丽，河湾极目舒。

休闲太平景，此处最宜居。

（十）盼温哥华举行同班聚会

"6208"是我们在北大时班级的番号。今年6月，将在义乌举行聚会，盛况可期。经过游览温哥华之后，我突然冒出了一个大胆的想法：明年春季或秋季，班会就在温哥华举行！虽然我们已是八旬左右的"老骥"，仍壮心不已！温哥华是一个美丽的城市，更有汪连兴乐做东道主，他和女儿的两间豪宅，足以容纳我们入住，比酒店更好！郑重建议，请大家支持！

今年义乌会，明岁盼温城。

万里休嫌远，八旬仍后生。

身驰云水路，心系故人情。

敢与雄鹰比，相携跨海行。

（十一）同桌的你

谭冰玲是我台山一中初中班同学，更是同桌。她能歌善舞，我与歌舞无缘。有一次文艺汇演，她竟拉我上台表演了一出双人舞。后来，上了不同的高中和大学，工作也不在一地。到再见面时，已是四十多年之后。她居温哥华，有时来纽约探访母亲和弟妹，我们才有机会一起茶叙。她母亲去世后，就不见她来纽约了。我这次去温哥华，没有告诉她，突然出现在她家门口，给她一个惊喜！

未料天涯见，重逢总是缘。

长思人共桌，尤忆舞凭肩。

卅载无消息，三番有茗筵。

休悲江海别，情谊暖心田。

（十二）青梅竹马的你

黄婉真是我台城镇三小的同学，儿时经常一起游玩，留下很多难忘的回忆。初中时我们就读不同的中学。她非常聪明，出乎意料，她被选入广州体育学院修体操。我读北大时，时有书信往来，关心彼此的情况。然"文革"期间，联系中断。后来我调回广州，偶然发现，两家竟是近邻，此时大家已成家立室了。后来她居温哥华，曾来过纽约会面。我们的友谊已保持六十多年了。想起一首旧诗，遂依韵和之。

回首此生多念思，无邪最是少年时。

天涯重聚情依旧，尽管如今两鬓丝。

（2023 年 5 月于三藩市、温哥华）

【旧诗一首】

过台城镇三小怀诸同窗

台城绿柳系情思，犹记青梅竹马时。

纵使天涯重聚首，哪堪相见鬓如丝！

（1998 年 5 月于台山）

（十三）天涯喜会桃李

1961 年我参加高考落第。后来得知，北大正要发录取通知书之际，忽接台城一治保主任之黑函，诬告我"反党"，于是没有一间大学敢收我。校长伍星耀知情，破格留我当老师，当年才 18 岁！教了一年，学生有 200 人。第二年再考，终入北大！几十年后，我在纽约、芝加哥、波士顿等地，竟见到很多我当年的学生。此次来温哥华，也意外和3位学生重逢。

曾执教鞭纱帽山，也留鸿爪梦魂间。

今朝意外天涯会，桃李依稀忆旧颜。

【旧诗一首】
最年轻老师

落拓孤鸿栖一枝，奈何命运且由之。

还堪告慰人尊重，我是台中小老师。

（1961年9月于台山）

（十四）喜会林氏昆仲

林氏三兄弟，遇春、树春、长春。台城镇三小前身是培英学校，一所教会学校，他们的父亲就是教堂的牧师。树春与我同班，我经常在他家出入。此次与遇春兄、长春弟见面，自然谈起已去世的树春。他们把树春生前写的一篇日记给我看，记述少时游泳，我救他一命的详细经过。后来他读交通学院，"大跃进"时因工伤留下隐患。他在湖南湘雅医学院病危之际，我曾去见他最后一面。他自知来日无多，握住我的手，泪流满面："当年你救过我一命，但这次……"

不意温城遇故人，悲欢交集话前尘。

凄然最忆湘江夜，病榻床头别树春。

【旧诗一首】
夜思林树春君

春来野冢满凄清，往事联翩天欲明。

旧塾挑灯翻史卷，新湖倚柳赏流莺。

飞舟珠海同慷慨，诀别湘江互怆情。

壮志未酬躯早殒，思君难抑泪纵横。

（1968年于北京）

（十五）喜会美西台中校友会四会长

此次赴西岸，有幸见到了三藩市名誉会长李振才、会长黄羡进，洛杉矶校友会会长陈汉波，温哥华校友会会长黄文灼。他们皆是非凡之辈，各为当地校友会作杰出的贡献，是我学习的好榜样。我们也交流了如何推进会务的意见。

相逢西岸共交流，纱帽砚情连五洲。

借取东风同着力，劲推会务上层楼。

（十六）美西之行结篇

匆匆十日美西行，印象缤纷百感生。

赏览这边风景好，更欣学友挚深情。

（2023 年 6 月于三藩市、温哥华）

听伍文锋学弟讲座

伍文锋是我台山一中的学弟，是中国第一代程序员，在国内时就甚有名气。来纽约后创立 ArtNft Group LLC，致力于网络拍卖，成绩可喜。我曾参加过他在法拉盛"豪庭王朝"酒家主办的"元宵拍卖晚宴"，非常成功。今天邀请他在校友会作知识讲座，主题是"短视频制作"。

网络编程成范模，花旗创业展鸿图。

难忘最是元宵夕，拍卖文娱合　炉。

（2023 年 5 月于纽约）

台中美东校友会 K 歌赛

台中（台山一中）美东校友会举办第一届 K 歌比赛，庄重活泼，经过三重复赛，最后李珍玲、林红荷、冯国全得前三名。另两名参赛者和我，获最具潜质奖，皆大欢喜。歌赛目的，旨在表扬先进，并让歌声常在校友会响起来。

业余歌手竞登台，校友金声响起来。

岂止排名争第一，交流有助百花开。

（2023 年 6 月于纽约）

台山一中美东校友会新届交接典礼

台山一中美东校友会新届交接典礼已顺利完成。我代表 24 届把印信交给 25 届领导新班子：会长张红，常务副会长黄丽乔，副会长林红荷、何伟聪。

今朝交接乐悠悠，继往开来意味稠。

期望年轻新一代，定推会务上层楼。

（2024 年 1 月于纽约）

赞"老人会"团年

刚刚看到李庭超校友在校友会群贴上一帖：

今天我们 59—62 秋在纽约的台中校友群（台中美东校友会的"老人会"之一），欢聚唐人街珍宝餐馆一年一度兴高采烈"团年"！我们这个老人会有别于其他的团体而经常像兄弟姐妹一样聚会怀旧拉家常，从不评头论足是非长是非短！大家聚会的目的是"爽"！开心！要为现在的所谓"年青人"带个头，因为大家都会变"老"！

喜笑颜开聚一堂，"团年"怀旧拉家常。

举杯握手心真"爽"，互祝情深又健康！

（2024 年 2 月于纽约）

三、北大情怀

贺北京大学美东校友会成立

北大九十周年校庆前夕，我们在纽约成立了"北京大学美东校友会"，这是海外首个北大校友会。会场设在我任职的公平金融财务公司。

燕园诸学子，竖帜大洋边。组会联情谊，合流奔海天。

自由求发展，民主续迤延。漫道京华远，心和母校连。

（1988 年 5 月于纽约）

喜接冯友兰教授题词

为北京大学美东校友会纪念"五四运动"七十周年，我邀请了一批北大名人寄赠题词。很高兴收到了哲学家冯友兰教授的墨宝，他已届九十四岁高龄了，在病床上用颤抖的手，题了几个字："民主与科学！"这是真正的"五四"精神，也就是北大精神！

五四风雷激，俄然七十庚。明灯犹未灭，伟业待完成。

北大承传统，中华迈锦程。精神应永记，德赛两先生。

（1989 年 5 月于纽约）

喜读《曹靖华书信集》

翻译家、文学家、教育家曹靖华教授去世后，河南教育出版社出版了《曹靖华书信集》，收录了曹老 487 封书信，其中有致鲁迅 9 封、致许广平 5 封、致邓颖超 5 封、致胡风 3 封等，还有致梅振才 10 封。经历"文革"，散佚颇多，殊觉珍贵。

幸能劫后剩遗篇，玉句心声出自然。

捧读恩师书信集，音容笑貌现眸前。

（1992 年 8 月于纽约）

喜购《朱光潜全集》

我在纽约东方书店，发现了二十册的《朱光潜全集》，马上买了下来。其第 10 册收入"致梅振才"信一封，有言："'十二封信'是学生时代的习作，距今已有三十多年了。现在看来未免有些幼稚可笑。青年要向前看。我建议你多读些俄国、苏联和中国现代的优秀文学作品……"

一封旧信忆当年，心有疑难欲究研。

喜获良师来指点，驱云拨雾展新天。

（1998 年 12 月于纽约）

北大百年校庆吟草（6 首）

（一）人民大会堂庆祝大会（折腰体）

为纪念北大百年华诞，5 月 4 日在人民大会堂举行万人庆祝大会，党和国家领导人江泽民、李鹏等皆出席，并发表讲话。我有幸躬逢其盛，坐在离主席台很近的座位上。刚好我被摄到特写镜头，当晚在中央电视台联播节目中播出。

> 官员领导坐高堂，话后掌声闻短长。
> 何妨万语凝金句：北大精神永发扬！

（二）同窗重聚

我们班同学是1968年离开北大的，此次回母校参加百年庆典而重聚燕园，已有三十年了。我们在西校门的校友桥边欢聚的情景，刚好被电视台记者看到，全程拍了下来，当晚就播出。这段录像带，真有纪念意义！

> 如歌岁月未如烟，别后重逢恰卅年。
> 饮水思源回母校，再留合影柳桥边。

（三）成立海外校友会联合总会

改革开放之后，很多北大学子走出国门。随之，北大校友会相继在各地成立。趁百年校庆，北大校友会召开了各地区校友会代表的联席会议，成立了海外校友会联合总会。也许纽约校友会是海外最早成立的，我有幸被选为总会会长，并被安排坐在季羡林教授旁边。

> 廿年改革国门开，学子乘风逐浪来。
> 心系燕园多组会，今朝联手筑高台。

（四）百年校庆晚会

百年校庆晚会在第二体育馆前举行，节目丰富多彩，最受欢迎的是那英和王菲演唱的一曲《相约九八》，因为歌词最应景："来吧来吧相约一九九八，相约在甜美的春风里，相约那永远的青春年华，心相约心相约，相约一年又一年，无论咫尺天涯！"

> 甜美歌声情意融，燕园学子沐春风。
> 月光如水浮心影，相约天涯永念中。

（五）丁石孙校长

去年四月，北大美东校友会曾在"纽约留学中心"和"一碟盐"餐厅欢迎丁校长。1998年北大百年庆典，又在海淀与他会面。丁校长弘扬"民主与科学"的"五四"精神，以及"精神自由、兼容并包"的北大传统，功不可没。

苹城相聚一年前，今日重逢雅塔边。

五月燕园风雨后，长青松柏更娇妍。

（六）高超领事

北大教员高超，曾调到中国驻纽约总领事馆任领事。数年间，工作认真负责。因为同是北大人，对北大美东校友会的活动也给予大力支持。后来调回北大，负责校友会工作。此次北大百年校庆盛典，他是策划人之一。母校重逢，分外高兴。

苹城岁月足堪珍，领事同为北大人。

今日燕园又重聚，共推会务与时新。

（1998年5月于北京）

北大110周年校庆感言

为庆祝北京大学110周年华诞，校友们编了一册《梦萦未名湖》纪念文集。集中收入我一篇文章《良师风范总难忘》，是回忆曹靖华、朱光潜两教授的德行风范，该文以此诗作结。

星辰百载耀光芒，化雨三春桃李芳。

一代杏坛多少事，良师风范总难忘。

（2008年5月于纽约）

题北大校友李肇星外长所赠诗集《青春中国》

李肇星外长在美国工作8年期间，有暇总会出席北京大学美东校友会的活动。他文笔很好，经常利用旅途中之余暇，信笔写下很多精彩的诗篇。他赠我一册他的诗集《青春中国》。他称我为"斋友"，因为我们当年同住在北大40斋外语系学生宿舍。

海角天涯未许辞，闲挥彩笔赋新诗。

豪情织入风云卷，留待他年证旧时。

（1999 年 9 月于纽约）

赠谷向阳教授

中国楹联学会副会长、北京大学谷向阳教授，于癸未夏在纽约举办"谷向阳楹联书法展"，甚受欢迎。谷向阳乃吾之昔日同窗，燕园一别，已有卅年矣。

一别燕园三十年，征途跃马数君先。

百家书艺融新草，四海云霞织锦联。

壮志终偿凌绝顶，令名远播越洋边。

天涯有幸酬诗酒，斯世情缘翰墨牵。

（2003 年 8 月于纽约）

谢季羡林教授题签

感谢季羡林教授为我三本书题签：《百年情景诗词》《文革诗词钩沉》《情系三山》。他是我念北大时东语系系主任，国际著名东方学学者，著作等身。晚年写下一本《牛棚杂忆》，更是传世之作，有如一面镜子，从中可以照见恶和善，丑和美，照见绝望和希望。

游子今心格外甜，三书有幸获题签。

牛棚杂忆成经典，写实何妨更痛砭。

（2004 年 4 月于纽约）

贺姚学吾教授、陈霞如女士金婚之喜（2 首）

姚先生是我读北大时的俄语系老师，我们在国门开放之初都来到美国，并共同筹划成立了北京大学美东校友会。他说过他浪漫的爱情故事：解放前夕，因为受到家庭阻碍，两人从北京"私奔"到台湾……

（一）

携手红尘五十年，情深鹣鲽两心坚。

神仙眷侣逍遥处，盈室书香夜未眠。

（二）

燕园旧梦未成烟，最忆湖边私语绵。

半纪同舟江海路，晚晴共惜此生缘。

（2004 年 4 月于纽约）

答谢姚学吾教授赐《年度汇报》（3首）

多年来，临近新岁，照例会收到姚学吾老师合家署名、写给亲朋好友的《年度汇报》。回顾旧岁片段，展示新年愿景。虽无骇浪惊涛，但如流水行云，平和、从容和自然，自有一种独特的韵味。今夜灯下展诵华章，如饮佳酿，情不由己，打油数首回赠。

（一）

佳节来临读至文，迎新送旧万家春。

休云岁月如流水，点滴清泉弥足珍。

（二）

燕园有幸识先生，彼岸艰途结伴行。

珍惜桑榆风景好，专栏闲话最怡情。

（三）

家和身健自陶然，不羡浮名不羡钱。

漂泊他乡缘底事？欣看后辈出头天。

（2011 年 12 月于纽约）

赠周其凤校长

北大校长周其凤，为慰问海内外校友，不辞辛劳，奔驰各地。今来到纽约，在欢迎会上，周校长和纽约校友楚珏辉老师，合作表演了一出浏阳花鼓戏，赢得满堂掌声。周校长就是湖南浏阳人。

有幸苹城识凤仪，殷勤送暖五洲驰。

最令校友长相忆，一曲浏阳花鼓词。

（2010 年 5 月于纽约）

悼于建洲同学

于建洲同学是北大时我们班级的团支书，我们已约定明年秋天，在北大举行我们入学北大 50 周年纪念聚会，他曾表示一定会出席。但突然从景德镇传来噩耗，令人唏嘘不已！

磊落生平品貌淳，骤闻噩耗泪沾巾。

堪悲来岁燕园会，旧日同窗少一人。

（2011 年 1 月于纽约）

喜看《相会在南京》

北大我班同窗两年一聚会，此次在南京，与会者有教授、省长、市长等。此次活动制成《相会在南京》视频，制作人是 6208 艺术制片室主任汪连兴教授。所摄情景和所作解说，极为生动和风趣。

学者长官来八方，"金陵峰会"旅游忙。

珍藏影碟常欣赏，妙语教人笑断肠。

（2011 年 4 月于纽约）

纽约喜逢甘英学妹（2 首）

北大学妹甘英与先生，来美国探访女儿，路过纽约，有缘相聚。我们共度"文革"岁月，她有一副金嗓子，当时与刘金城同学演唱的《老两口学毛选》节目，成为我们俄语系难忘的共同回忆。我们相约，明年秋天我到泉城济南探访他们和张先达、郑克中同学。

（一）

海外又闻金嗓音，燕园岁月总堪吟。

难忘两口声情茂，惹得同窗说到今！

（二）

今生回首未蹉跎，尤喜天涯故旧多。

且待泉城秋色好，大明湖畔共高歌。

（2011 年 8 月于纽约）

喜读《6208 在飞……》有感

"6208"乃北京大学我们班级代号，即 62 年入俄语系，入学时共有 20 人，来自全国各地。刘子义学弟最近写了《6208 在飞……》一文，叙述我们的故事。

又走生花笔，传神逐个描。真诚凝厚谊，平实胜浮嚣。

举世多随俗，同窗不折腰。今秋湖畔会，珍惜晚霞娇！

（2012 年 10 月于纽约）

临江仙·世纪聚会

1962 年秋迈进北大校门，迄今已历半个世纪。昔日同窗回燕园，重温旧梦，畅叙别情。银发一族庆聚会，感慨万千。

重返燕园寻旧梦，青春踪迹分明。

同窗六载结深情。

湖中携手影，树下读书声。

记否红羊逢浩劫，惊惶奔赴前程。

悠悠岁月告功成。

京华欣聚会，无悔话今生。

（2012 年 10 月于纽约）

孙门七杰（7 首）

最近，我去弗吉尼亚州探望孙新世老师。孙炳文烈士和任锐育有三子二女，她是最幼的。父亲牺牲时，她才一岁，只好送给亲戚当养女。随养父姓，取名黄粤生，后来周恩来为她改名为孙新世。她曾留学苏联，归国后在北京大学当俄语教授。

（一）孙炳文

孙炳文（1885—1927）烈士，早期同盟会会员。1922年和朱德在巴黎，同经周恩来介绍加入中国共产党。曾任国民革命军政治部秘书、黄埔军校和广东大学教授、国民革命军总政治部秘书长等职。由于叛徒告密被捕，在上海龙华被敌人腰斩。年仅42岁。

早入同盟会，再呈黄埔雄。忠诚见肝胆，义勇走西东。

对敌心燃火，临刑气贯虹。龙华斩腰处，千载拂英风。

（二）任锐

任锐（1891—1949），孙炳文妻子，两人育有三子二女。丈夫牺牲后，为躲避追捕，带着孩子东躲西藏，甚至行乞求生。后来到延安，上"抗大"，曾任陕甘宁边区政府监印。《革命烈士诗抄》收入其诗一首："儿父临刑曾大呼，'我今就义亦从容'。寄语天涯小儿女，莫将血恨付秋风！"

平生耀光彩，不愧出名门。承继先夫愿，流亡火种存。

专心听抗大，沥血洒延园。寄语诸儿女，长萦烈士魂。

（三）孙宁世

孙宁世（1914—1967），又名孙泱，孙炳文之长子，曾读东京明治大学、延安抗大。历任八路军野战部宣传科长、中国人民大学副校长等职。"文革"骤发，因撰写《朱德传》被迫害。我当时在人大看到"孙泱死有余辜"的大标语贴满校园，不久传来他自杀身亡的消息。年仅53岁。

留学曾东渡，优良抗大人。青春迎战火，衣袖满征尘。

不写书章假，唯求史事真。无由朱德传，惹祸竟捐身。

（四）孙济世

孙济世（1915—2008），孙炳文之二子。抗战期间在敌后参加革命，保护同志，筹备粮草，贡献良多。解放后历任重庆市工商行政管理局、重庆市商业局、重庆市矿业局、重庆市冶金局、四川省旅游局局长等职务。

家庭深影响，抗敌打先锋。护友筹谋密，支前备物充。

心牵经贸盛，力促市场隆。蜀地游人旺，铭思局长功。

（五）孙维世

孙维世（1921—1968），孙炳文之女，周恩来的义女。在莫斯科攻读戏剧期间，遭林彪追求，被她拒绝。她被称为中共戏剧舞台"四大美女"之一，曾随同毛泽东出访苏联，被江青、叶群所嫉恨。"文革"高潮时，遭到拘捕，几天后便被折磨致死，死状甚惨！时年47岁。

红色名公主，延安一物尤。有官争爱宠，无故结恩仇。

浩劫难能避，残生不可求。牢房花折落，悲剧泣千秋。

（六）孙名世

孙名世，孙炳文之三子。受家庭影响，深具革命情怀。1937年参加八路军。两次战争，都是母亲任锐亲自送上前线。他作战英勇，不畏生死，冲锋在前。然不幸在新中国成立前夕的辽沈战役中牺牲，时年仅20多岁。

丹心系家国，慈母送征程。八路平倭寇，万难侵敌营。

枪林往前闯，弹雨总先迎。烈士垂千古，军旗血染成。

（七）孙新世

孙新世出生于1926年，是孙炳文的幼女。孙炳文就义时，她才一岁，母亲任锐只好把她送给亲戚当养女。后来，养父实情相告，于是跋涉万里，终于在北京找到了姐姐孙维世，然母亲刚刚去世。"文革"中，姐姐惨遭杀害。后来为互相照顾，与姐夫、名演员金山结婚。她正在写回忆录。

家世尤奇特，难寻父母魂。孤身行远路，万幸认孙门。

亲姐含冤殁，悲情和泪吞。相期回忆录，历史好还原。

（2014年3月于弗吉尼亚州）

哈佛重会田晓菲教授

才女田晓菲，13岁入北大时，写下一篇《十三岁的际遇》，被选入国内中学语文课本。27岁拿到哈佛博士学位，38岁成为哈佛教授。后与其导师、著名汉学家宇文所安(洋人)结婚。此次在哈佛会面，她送我一本她的新著《秋水堂论金瓶梅》，并高兴地出示了儿子的照片。

初试啼声举世惊，超凡才气露峥嵘。

燕园易获诗文誉，哈佛轻拿教授名。

幸遇良师多指点，又成佳侣共修行。

我来难得书相赠，更喜华洋有结晶。

（2014年8月于波士顿）

口占"6208"入群感言

"6208"是我们班级的代号，"62"是入北京大学年份，"08"为俄罗斯语言文学系。入学时一共有20人，除了已经凋零的几位同窗，余者如今皆是七旬左右的"耆老"了。最近由贺国安牵头，建立了一个"6208"群聊台。入群者须递交"入会感言"一篇。

六载同窗情谊深，燕园旧梦系心魂。

且凭微信聊朝夕，今喜天涯若比邻。

（2015年2月于纽约）

题经维勤市长伉俪生活照

经维勤是我的燕园同窗，"文革"时更名"经风雨"，参加"大串联"赴井冈山，认识北京中学生小刘，共坠爱河。后来小刘到维勤的故乡义乌农村插队。维勤毕业分配，也主动选择回乡。两人相濡以沫，把青春献给了义乌。维勤官至副市长。如今到处旅游，含饴弄孙，乐享晚年。

长征路上两心通，不悔此生风雨中。

汗洒义乌荆棘路，老来偎倚更情浓。

（2015年7月于纽约）

读郝冬华《凡人大事》回忆录有感（3首）

郝冬华，与我在北大同窗六年，随后又在唐山军垦农场"锻炼"两年。她是一位才女，极具才情。自1970年渤海一别，似石沉大海。早几天她突然在同窗微信群中冒了出来，大家的惊喜可想而知。今天，她给我电邮来《凡人大事》中关于中学、大学、农场的章节。虽然这本书是她写给自己的，但无疑，这是一本具有时代特色、历史沧桑的回忆录。从中，我们也看到自己的影子，并唤起对青春的回忆！

（一）

六载燕园感慨多，青春岁月渐消磨。

伤情最是成仇敌，亲密同窗竟执戈！

（二）

躬耕渤海总难忘，汗水浇来稻谷香。

谁解书生尝世味？迷茫前路话苍凉！

（三）

谢君妙笔写云烟，岁月如歌现眼前。

八载砚情长忆念，常通微信乐颐年！

（2016年5月于纽约）

赞汉文字

"6208"是我们大学同班同学的网聊群。近日出现由郝冬华转发的一段洛阳话版《疯狂动物城》视频，引起关于方言的热烈讨论，颇为有趣，有感而赋之。

赤县东西南北中，方言万种不相同。

鸡和鸭讲何妨事，喜有千秋汉字通。

（2016年5月于纽约）

丙申燕园行吟草（2首）

（一）燕园重聚（新韵）

1968年毕业离开北京大学，至今已有四十八年矣。此次返燕园，相约老师、同学一聚。与会老师皆年过八十，而同学也逾古稀。晚年相会，倍觉珍贵，正是"相逢惊未死，劫后有余生"。

四十八年弹指间，燕园重聚俱苍颜。

如歌岁月心头涌，砚谊师恩重似山。

（二）谢谷向阳学友赠《知足诗》字幅

燕园聚会喜见大书法家谷向阳同学，他写了宋朝邵雍的《知足诗》字幅送给我。其用意甚明，无非是要我辈"知足常乐"，特别是已到"古来稀"之龄。然北大学子之家国情怀，上下求索，似永难止息。这就是北大精神！

常言知足解千愁，寡欲清欢岁月悠。

唯有心潮难止息，于无声处岂忘忧？

（2016年5月于北京）

北大同窗欢聚海南——手枪体十三行新汉诗

未名水，

南海风。

燕园学子，

海口相逢。

当年多少事，

尽入笑谈中。

岁月如歌慷慨，

友情似酒香浓。

年过七十古来少，

更向百龄攀顶峰。

同珍重，

同珍重,

人生好景晚霞红!

(2016 年 11 月于海口)

纽约北大年长校友重阳聚会有感

北京大学大纽约地区校友会,今天中午在纽约法拉盛"明都大酒楼",举行重阳节校友聚会暨敬老大会,七十多位校友欢叙一堂,非常热闹。任彦芳老校友有诗抒感,乐而和之。

清秋重九聚华堂,难免相逢淌泪光。

佳节登高然欠力,帝城望月亦思乡。

青春回首心犹热,壮业投身血岂凉。

北大精神何处觅?但求富足且安康。

贺"宣树铮教授古典诗词书法展"

宣先生毕业于北大中文系,曾任苏州大学中文系主任,现为美国北大笔会会长。其书法展在法拉盛举行,好评如潮,方家称其书法独具一格,被誉为"宣体"。

锦字华章耀海隅,才情半自未名湖。

书香儒气凝宣体,墨韵诗情融一炉。

(2017 年 5 月于纽约)

喜会北大校友王威伉俪

北大校友王威夫妇,十多年前从纽约移居圣地亚哥。我到加州旅游,便约定在一游船上会面。上海《新民晚报》曾登过他俩的爱情故事:当年还是北大学生,王被划为"右派",欲与女友分手,被女友拒绝。不久,她又成了"反革命",判 17 年劳改。王等她出狱后才结婚,但已过了生育年龄。

铭心恩爱尚依然,养老优游西岸边。

晚看群鸥翔碧海,哪堪回首话当年。

(2017 年 8 月于洛杉矶)

"4585-25" 入群感言（3首）

　　"4585-25"，全名是北京军区4585部队25分队。1968年至1970年，我们这些外语系学生和一批归国留学生，在渤海之滨的小泊军垦农场，接受"再教育"，那是我们青春时代重要的一页。已经半个世纪，当年的战友组建了这个特殊的群聊，共同回忆我们当年的"芳华"，延续我们的友情。

（一）

此生何处觅芳华？小泊田边是俺家。

多少悲欢随逝水，相期战友共烹茶。

（二）

小泊躬耕历两年，依稀往事未如烟。

茫茫前路严冬夜，谁不心中似火煎？

（三）

未忘苦辣与甜酸，小泊淡然回首看。

战友深情连四海，且从网上祝平安。

（2017年12月于纽约）

期待京华五月两聚会

　　1968年秋天，我们毕业离开北大，被派往唐山小泊军垦农场储备、锻炼，番号是"中国人民解放军4585-25分队"。这个分队由北大外语系学生、奉调回国的留学生组成。今年是我们离校、4585建队50周年。两个群的同学、战友，相约今年5月在北京开纪念会。

相别相逢五十年，燕园小泊梦魂牵。

苍颜共话芳华处，一醉京城五月天。

（2018年1月于纽约）

北京大学建校 120 周年有感

回母校参加 120 周年校庆，漫步燕园，随处可见"守正创新，引领未来"口号。此口号大概是林建华校长的杰作。

屹立京华百廿年，创新守正再加鞭。

未来引领循何道？求索敢为天下先。

（2018 年 5 月于北京）

凭吊北大三角地

北大三角地，曾是北大特有的一道校园文化风景。三角地信息栏存在已有几十年，我就读北大的上世纪六十年代就有了，于 2007 年被拆除。

自由思想任飞翔，万象包容多妙章。

曾是燕园神圣地，分明旧景总难忘。

（2018 年 5 月于北京）

喜听北大校长林建华《共享未来》演说

9 月 24 日晚上，由林建华校长率领的北大代表团，出席了北京大学大纽约地区校友会举办的欢迎晚宴和博雅论坛。校长发表了《共享未来》的演说，受到了校友们的热烈欢迎。此次晚宴，设在曼哈顿 42 街的纽约耶鲁俱乐部，我有幸被安排与林建华校长坐首席。

不绝论坛击掌声，喜闻北大迈新程。

十年规划鸿图展，"共享未来"金鼓鸣。

（2017 年 9 月于纽约）

赠李昌永律师（2 首）

（一）祝李昌永律师竞选民事法庭法官成功

四川妹子李昌永律师，拥有北京大学、牛津大学、哈佛大学的骄人学历，作为纽约州的执业律师已从业 18 年。她现在竞选之职，是为了实现其理念："公平和廉正！"她马不停蹄走访华埠各社团，包括梅氏公所和诗画琴棋会，我们大力支持她!

> 燕园未名水，育就俊才多。廿载公平护，千难案例磨。
>
> 良心维正义，理念动山河。且备千埕酒，明朝奏凯歌!

（2018 年 6 月于纽约）

（二）贺李昌永律师竞选成功

喜讯传来，李昌永律师竞选民事法庭法官成功! 纽约华人为之欢欣雀跃，她为华人争光，为"北大人"争光! 祝她事业顺遂，再创辉煌!

> 非凡川妹子，一剑定江山。苦读驰名校，勤攻法律关。
>
> 平权岂容易，华裔倍维艰。奋斗生奇迹，全凭意志顽。

（2018 年 11 月于纽约）

念奴娇·读《同舟集》怀友人

《同舟集》是北大同窗的五位诗友，于军垦农场分别之时，选酬唱诗词百首，汇成一集，以作纪念，距今已有四十九年矣。当年这本《同舟集》，当属"地下刊物"，偷偷在深夜残灯下，用蜡版刻字，只印八本，供各人珍藏。我只希望，将来能献给祖国相关的博物馆。

> 同舟一集，印雪泥鸿爪，青春年月。
>
> 辞却未名湖畔柳，赴草泊秋禾割。
>
> 最忆乘风，枪林敢闯，万里关山越。
>
> 愚忠时代，学生甘洒热血。
>
> 八载酬唱天涯，相投意气，今日情犹沸。
>
> 握别田头曾互勉，北大人高风节。
>
> 捡点平生，何尝屈膝? 诸友皆英杰。
>
> 晚霞明丽，且期松柏长屹。

（2019 年 1 月于纽约）

悼王培英同学

王培英君，在北大读书时，正值"文革"，曾被打成"反革命"。毕业后兢兢业业，刻苦学习和工作，终于脱颖而出。曾任北京吉利大学法政学院名誉院长、教授，全国人大常委会办公厅秘书二局局长等职务。2016年6月，我回北大见到他，他当时还是中国炎黄文化研究会的负责人。我们商谈以后如何进一步交流炎黄文化，特别是中华姓氏研究的信息。如今斯人已逝，我们只能在梦中作文化交流了！

八宝山花泣，人间失好男。凌霜十年劫，有难一身担。

忘我呈家国，遗风耀政坛。炎黄文化事，唯托梦中谈。

（2019年3月于纽约）

题照两幅（2首）

（一）题富玉梅同学近照

富玉梅是我的北大同窗，她是满族人，我们称她为"格格"。她的父亲富振声当时是吉林省委书记处书记，"文革"中惨遭批斗迫害。

犹记燕园绽玉梅，幽香逸韵百花魁。

沧桑历尽芳华在，关外琼枝依旧开。

（二）题网上富振声旧照

富振声（1912—1985），曾赴苏联学习，又赴延安。在长白山头英勇杀敌，是抗日英雄杨靖宇的战友，被誉为"牡丹江之革命骄子"。

黑水白山歼敌驰，牡丹江育好男儿。

一腔热血酬家国，岂料难逃浩劫时。

（2019年5月于纽约）

最美奋斗者

最近中国公布"最美奋斗者"名单，共278人，其中有张志新。她为捍卫真理，惨被杀害。北大才女林昭之遭遇，与张志新一样，为真理，不惧死！

何止蒙冤张志新，几多烈女已名泯。

哪堪奋斗当雄鬼，一曲悲歌启后人。

（2019 年 10 月于纽约）

三悼丁石孙校长（3 首）

（一）

著名数学家、教育家、社会活动家，中国民主同盟杰出领导人，北京大学原校长丁石孙，昨夜在北京逝世，享年 93 岁。

昨夜星辰坠，未名湖水嘘。民盟勤活动，学苑乐耕锄。

石重能肩托，功高不自居。燕园评校长，堪比马寅初！

（二）

丁校长为弘扬"民主与科学"的"五四"精神，以及"精神自由、兼容并包"的北大传统，功不可没。与蔡元培并列为北大最伟大的两校长。

生平何磊落，当世蔡元培。德赛旌旗举，自由思想栽。

铁肩扛道义，风骨似松梅。星坠凉秋夜，燕园草木哀。

（三）

1997 年，曾在"纽约留学中心"和"一碟盐"餐厅欢迎丁校长。1998 年北大百年庆典，又在海淀与他会面。这些合照，于我弥足珍贵。

有幸风波后，三回两地逢。苹城盐一碟，海淀意千重。

亲切如平辈，坚贞胜老松。多张珍照在，永远忆音容。

（2019 年 10 月于纽约）

题《少年时光》画系列（21 首）

北大同窗张程翔，在同班群发了一条微信："弄个一日一画，供同学哂阅。可能是年龄原因，空闲时常回忆儿时的事，很有趣，就画了下来。发到圈内一起玩。好久没露面了，以此表示我还在，没远离大家。"他曾是北大美术社社长，以后没有以艺术为职业，但绘画始终是一生爱好。

连环妙笔出神奇，牵惹媪翁怀旧思。
鸿爪雪泥图画里，如歌岁月少年时。

（一）少年时的课余时光（折腰体）

白头爱忆少年时，课后无妨任性驰。
哪堪长在红旗下，不解何为理想词！

（二）粘知了

每临盛夏觅蝉声，手握长竿蹑脚行。
闹市如今无影迹，老来唯有梦中听。

（三）小人书

捧读街头总忘饥，连环图画启心扉。
儿童今日钟何物？个个沉迷游戏机！

（四）扇毛片

喜从图画识刀枪，豪杰英雄正气扬。
万象包罗长知识，一张毛片不寻常。

（五）掏鸟窝

生命摧残似着魔，无辜麻雀唱悲歌。
平生多少亏心事，最是儿时掏鸟窝。

（六）《中国少年报》

援朝展翅傲长空，跋扈王牌一击中。
今日还弹旧时曲，依然抗美最英雄。

（七）捉蜻蜓

蜻蜓款款点清波，伴我童年快乐过。

林立高楼环境改，儿时风物已无多。

（八）打尜尜

平常孩子出贫家，哪有余钱随处花。

枣木尜尜榆木棒，玩来一样乐无涯。

（九）海棠树下

私下无人亦守章，海棠树见好行藏。

堪嗟今日贪风烈，四海皆为名利场。

（十）土箱淘物

少年多是集邮狂，苦觅一张搜土箱。

我有缤纷万邦票，得来容易自侨乡。

（十一）小说连播

故事爱听追电波，课余片刻未蹉跎。

忠心赤胆英雄谱，榜样光辉永不磨。

（十二）踢球

少年几代梦相同，踢出足球惊世功。

遗憾中华争抱鼎，依然水月镜花中。

（十三）学打仗

日间自演率雄师，夜梦南征北战驰。

回首今生无悔憾，也曾卫国着戎衣。

（十四）弹球

竞技孩儿好逞强，虽云胜败总寻常。

应从优劣明斯理，做事当宜选擅长。

（十五）斗蛐蛐

自古秋闲斗小虫，凶残博戏害儿童。

宜传善念和为贵，莫助人间杀戮风。

（十六）下军棋

君爱军棋总有由，天生气质自相投。

我怜拼命过河卒，汉界驰过不掉头！

（十七）抖空竹

街头春节喜充盈，鞭炮伴随空竹声。

游戏能教心态好，劈风斩浪保平衡。

（十八）炼钢铁

废铁搜来自万家，围炉日夜看钢花。

当年土法神奇处，强国育人真不差。

（十九）上夜校

当年夜校有良师，领我童心艺海驰。

遗憾难圆画家梦，业余挥笔亦神怡。

（二十）让我们荡起双桨

柳岸临风百卉开，湖波抚育栋梁材。

满怀美好青春梦，双桨同摇奔未来。

（2019 年 5 月 15 日—6 月 3 日于纽约）

无题步吴庆坻诗韵

最近北京大学官号发了一条微博海报，上有两句诗："须知少时凌云志，曾许人间第一流。"遭到网友嘲笑，出律严重！如果是抄古诗，也抄错了两个字，原句是："须知少日擎云志，曾许人间第一流。"北大以前有诗词格律专家王力教授，如今水平之低下，令人扼腕！

杏坛名校占鳌头，北大精神耀百秋。

纵是燕园历霜雪，依然雅塔傲环周。

前朝有赋能攀桂，今日无才也进侯。

叹息擎云少时志，如斯劣句怎风流？

【［清］吴庆坻原玉】
题三十小像
食肉何曾尽虎头，卅年书剑海天秋。

文章幸未逢黄祖，襆被今犹窘马周。

自是汝才难用世，岂真吾相不当侯？

须知少日擎云志，曾许人间第一流。

（2020 年 7 月于纽约）

赏《洪启智的篆刻艺术》

网上看到赵祥如制作的《洪启智的篆刻艺术》美篇，令人惊艳！篆刻艺术，是把中国传统书法、国画章法、镂刻刀法这"三法"，完美结合在方寸之间。启智和我是北大 40 斋斋友、小泊军垦农场队友，后任南开大学德文教授。业余爱好篆刻，不意竟成一大家，还设帐授徒，在海内外传播篆刻艺术。

业余研篆刻，不意竟成家。方寸融三法，刀锋出百华。

造形涵古韵，设帐育新芽。遥想南开景，品章披晚霞。

（2020 年 11 月于纽约）

遥寄聂身修学兄

聂身修是北大俄语系的学兄，河南滑县人，与聂元梓是同乡。毕业后他分配到西安某机械研究所，我分配到台山化工厂，专业不大对口。后来他调回河南师大外语学院，我却飘零海外。我们都有共同的爱好：诗词！现在他每日都发来一两首诗词交流，令我欢欣不已！

燕园离别后，就业不由衷。君去钻机械，我来研化工。

河南归故里，彼岸落孤鸿。虽是重洋隔，诗词每日通。

（2020 年 11 月于纽约）

遥寄凌继尧同学

美学家凌继尧，与我北大同窗 6 年，唐山小泊军垦农场锻炼 2 年。后来他住南京，我居纽约。2005 年我回母校参加活动，不意在宾馆与他巧遇！2008 年，他莅临纽约，出席我主办的"凌继尧教授美学讲座"。2017 年，他和我在深圳大学同台讲学。今年，他的《重估俄苏美学》和我的《诗集》，不约而同在百花洲文艺出版社出版。明年，是我们认识一甲子了，希望能一起到南昌举办新书发布会。

燕园共砚结相知，遥忆唐山折柳时。

谁料重逢缘偶合，神差好梦出惊奇。

苹城谈美香盈室，深圳耘田果满坡。

六十春秋未虚度，百花洲渚盼传卮。

（2021 年 4 月于纽约）

追思谷向阳同学（12 首）

谷君向阳，原名谷保财，号犁云居士，山东人。北京大学东方学系教授，曾任中国楹联学会副会长兼书法艺术委员会主任。2021 年 5 月 28 日病逝于北京，享年 78 岁。

（一）与联结缘

谷君向阳是北大俄语系"老五届"，"文革"期间乘"大串联"之风，借机游览名山大川、园林胜迹，一副副名胜古迹的对联吸引了他，两年间竟抄满百来本笔记簿。从此，终生与楹联结缘。

"文革"乘风走百川，名山胜迹总流连。

勾魂最是楹联妙，结下今生不解缘。

（二）书屋重逢

1998年5月回北大参加母校百年华诞盛典，在校园三角地的"北大书屋"与谷向阳同学重逢，此时他已成了著名的楹联学家和书法家。"北大书屋"是他创办的，是北大人心中的文化宝库。

握别燕园三十年，重逢书屋意欣然。

犁云湖畔收嘉果，策马艺途君领先。

（三）北大百联

在"北大书屋"，向阳同学赠我一本他主编的《北大百年百联》。此书收入他所撰有关北大的楹联200副，并由150多位书画名家书写。这些墨联真迹，真是无价之宝，但他把这批珍品全部献给北大。

北大百年呈百联，随心妙语若珠穿。

知人论史描风景，雅句佳书锦绣篇。

（四）励志楹联

在《北大百年百联》一书扉页上，向阳同学略一思索，便写下一嵌名联："振故乡雄魄；展华夏英才。"还送我一副对联："小众山因凌绝顶；成大器赖破群书。"此联一直挂在我家的客厅。

群书读破不疏闲，绝顶登临小众山。

励志楹联长伴我，音容笑貌刻心间。

（五）贺联金句

2003年3月，闻纽约诗词学会成立，向阳同学从北京及时传来一副贺联："华裔尽豪情，诗坛常簇千丛锦；苹城多雅士，词苑又开一代风。"真是联墨生辉，为纽约诗词学会增光添彩！

创会苹城众志同，金声玉句递遥空。

诗坛常簇千丛锦，词苑又开一代风。

（六）纽约个展

2003年7月，谷向阳教授伉俪和女儿应邀来到纽约，出席"谷向阳楹联书法展"。该展由纽约诗词学会主办，并由纽约诗画琴棋会、环球吟坛、北大笔会、北大美东校友会等社团协办。

苹城有幸展华章，满目琳琅翰墨香。

国粹楹联书法美，不辞泛海力弘扬。

（七）书生豪气

谷兄在纽约举办楹联书法个展期间，我正在编撰《百年情景诗词选析》一书。向他索诗，他即兴挥毫，立就一首："欣以燕园作纸铺，师传翰墨尽沾濡。湖为玉砚塔为笔，画出人生锦绣图。"

燕园作纸砚为湖，握塔挥毫气倍殊。

描出人生好风景，文坛书苑一雄夫。

（八）策畴功伟

2005年10月，由纽约诗画琴棋会组织的"美国华侨文化访问团"，一共有36人，在北京大学举办了"美国华侨书画展"，受到首都艺术界人士的热烈欢迎。是次展览，有赖谷教授精心策畴。

燕园学术气氛浓，文化交流收获丰。

美国华侨书画展，难忘教授策畴功。

（九）征联漫谈

2009年1月，纽约诗词学会和纽约诗画琴棋会举办迎春征联活动，请谷教授点评。当时他在西雅图探访女儿，写就《征联漫谈》一文寄来。这篇大文，犹如一盏明灯，照亮我们楹联创作的路向。

迎春联句细论评，难得良师指路明。

尺牍鸿文情意厚，犹如化雨润莘城。

（十）犁云书屋

我去过谷兄的大宅"犁云书屋"，宝藏盈室，如客厅一排造型优美的瓷瓶，烧印着他为国家领导人和著名科学家撰写的嵌名联，是应国家和军委所托而制的，每款只有两件，一件送予受赠者。

书屋犁云宝藏多，可供观赏又吟哦。

嵌名联句瓷瓶上，泼墨修辞巧琢磨。

（十一）最后一面

2016年8月，我归母校，约老师和同学一聚。向阳同学赠送我一幅他书写的宋朝邵雍《知足诗》，以"知足""克己"相勉。当时他身体尚好，孰料此次竟是最后一面。今睹物思人，情不自已！

师友重逢已白头，君言知足可忘忧。

堪悲一别阴阳隔，睹物思人热泪流。

（十二）典范永垂

谷教授著作等身，整理、论述及创作对联等计1280多万字，其《中国楹联学概论》一书，成为构建中国楹联学理论体系的基石。"联史、联论、联作、联墨"这"四端"，构成了其艺术人生的完整乐章。

著作齐身墨韵馨，"四端"造极耀明星。

呕心构建楹联学，一卷奠基功永铭。

（2021年5月于纽约）

贺凌继尧《西方美学通识课》出版

燕园同窗凌继尧是美学大师朱光潜的入室弟子，东南大学教授。2011年，"艺术学"升级为学科门类，他厥功至伟，是艺术学的领军人物。最近他的《西方美学通识课》出版，是"新时代领导干部通识读物"系列 30 本丛书中的一本，每一本书均由一位相关领域的知名专家撰写。

燕园星斗灿，君幸入朱门。

艺术成新学，思维出旧藩。

运谋谋略妙，述美美文繁。

此册称通识，意深何必言。

（2021 年 7 月于纽约）

"未名诗苑"入群口占

"未名诗苑"是北大校友的一个微信群聊，群友多为"老五届"，都是诗词爱好者，现居世界各地。交流作品，相切相磋，诚人生一乐也。

何必曾相识？结缘牵未名。

燕园心总系，诗苑鸟长鸣。

酬唱扬风雅，相磋校仄平。

天涯同试手，走笔展金声。

（2021 年 7 月于纽约）

四、咏梅暨梅氏家族

咏梅暨梅氏宗族（5 首）

梅氏宗族，源自河南颍川，如今遍布四海，为移民美国的首批华侨。梅姓聚居的广东台山端芬，被称为"美洲华侨之乡"。

（一）

亘古诗魂铁骨梅，赏临未必越王台。

重洋彼岸严冬日，一样凌霜傲雪开。

（二）

百代源流颍水湄，今朝四海展芳姿。

飞觞泼墨双河畔，好写东风第一枝。

（三）

劲节孤标自一家，南移依旧影横斜。

端山芬水梅千树，万里飘香到海涯。

（四）

粤海寒梅彼岸开，沧桑百载几经灾。

欣看老树新枝发，为有源头活水来。

（五）

开枝散叶遍天涯，傲雪凌霜历岁华。

我亦飘零栖彼岸，梅花绽处是吾家。

（2004 年 2 月于纽约）

芝加哥梅氏总公所春宴席上口占（5 首）

芝加哥梅氏总公所春宴，每年都在华埠"富丽华大酒家"举行，来自全美的梅氏宗亲和芝城社区领袖共聚一堂。更令人欣喜的是，席上又能见到芝城诗友，酬唱吟梅，一乐也！现将历年席上口占集成一辑，聊作纪念。

（一）（2011 辛卯年）

万木春寒未绽芽，芝城有幸赏梅花。

论诗把酒千杯少，来岁重逢富丽华。

（二）（2013 癸巳年）

又到芝城共赏梅，欣酬诗友酒三杯。

千红万紫皆堪咏，最爱凌霜傲雪开。

（三）（2015 乙未年）

一年一度赏花来，姿雅香幽湖畔开。

老树今春多嫩蕊，全凭长辈尽心栽。

（四）（2017 丁酉年）

残春雪后抵芝城，水冷风寒鸟不鸣。

独见湖边老梅树，花香韵雅送温情。

（五）（2018 戊戌年）

梅岭春华总是诗，声声犬吠正宜时。

旺年三月芝城会，喜赋东风第一枝。

（2012—2018 年 3 月于芝加哥）

洋人也姓梅

梅氏在芝加哥颇有影响力，每年春宴，华洋宾客如云。先上台致辞的，是伊州州务卿杰西·怀特（Jesse White）。他介绍自己名叫 Jesse Moy（梅杰西），马上引起哄堂大笑，宾主俱欢。有了"梅杰西"带头改姓"梅"，随后上台致辞的洋人官员都依法炮制，个个都是"梅"家兄弟了！

怪道洋人也姓梅，满堂逗得好心开。

无奇不有攻关术，政客殷求选票来。

（2015 年 3 月于芝加哥）

喜又见卓祥宗兄等诸诗友

卓祥宗兄乃端芬锦江村人，移民芝加哥后，从事餐馆业，工作繁忙，但仍坚持创作诗词，佳篇迭出，吾甚佩服之。我赴芝城春宴，卓祥宗兄、叶恒青、黄荣伙等词长，皆尽量抽空一叙。我往往口占一绝，他们即席把酒唱和，人生一乐也。

锦江碧水汇芬河，诗苑风流人物多。

岁岁芝城欣雅聚，春词把酒共研磨。

（2015年3月于芝加哥）

贺梅英伟、梅光伟《高原雅集》付梓

科学家梅英伟和梅光伟老师编了一本他俩的诗文集《高原雅集》，托我写序，却之不恭，只好写了一篇《梅绽暗香浮》。高原村，是他俩的故乡，已有数百年历史，历来文风鼎盛，并有优良革命传统，人才辈出。他俩虽非诗词大家，但其诗作，品格高雅，犹如风韵飘逸的梅花。

芬水长流处，高原人物优。文风从古盛，英气至今稠。

别井还忧国，藏书又建楼。传承诗一卷，梅绽暗香浮。

（2007年11月于纽约）

端芬梅氏近当代人杰颂（8首）

（一）梅光达

9岁随叔父赴澳大利亚，后来经商成为巨富。当时，中国尚未在澳大利亚设领事馆，华侨之间纠纷均由他仲裁，华侨与澳大利亚政府有所交涉，也由他代表。1902年，驻悉尼的美、法等20国领事共同签署证书，承认他为事实上的"中国领事"。1998年悉尼华埠竖起了一座他的铜像纪念碑。

无冠领事展雄风，交涉调停每必躬。

铜像一尊华埠立，永铭先辈护侨功。

（二）梅乔林

辛亥革命前二年，孙中山来到芝加哥，与梅乔林等筹建了芝加哥同盟会，梅乔林被推选为会长，积极为辛亥革命集饷和宣传。后应孙中山聘请，回国出任总统府秘书。随孙中山北伐，组织"铁血团"讨袁护国等。晚年致力于国民党党史纂修。

芝城举帜立同盟，追伴孙文度此生。

北伐讨袁呈铁血，华侨史册耀英名。

（三）梅就

在芝加哥与孙中山商讨辛亥起义会议，出席者就有梅就，后来回国矢志追随孙中山，参与建国大业，立下不少功劳。孙去世后，不恋官职，解甲归田。我曾在中国国民党党史馆中，发现一封孙中山致梅就等洪门兄弟的亲笔函。

辛亥风雷逾百年，洪门人物未如烟。

最令后辈钦崇处，身退功成总淡然。

（四）梅友卓

在抗日战争时期，梅友卓鼓动和领导美洲华侨，同仇敌忾，共赴国难。他创建了《美洲日报》，鼓吹抗日救国；组织了"美中芝城华侨抗日救国后援会"，发动侨胞给祖国捐输军需和救济金额达 300 万美元，而他自己一人就捐出 10 万美元！

鼓动侨胞数载劳，同仇敌忾笔如刀。

万金一掷支前线，青史难忘志士豪。

（五）梅质彬

开明乡绅梅质彬生前做了不少好事，值得乡人永远纪念。如在 1932 年，由他联络海外乡亲捐款，为端芬中学建了当时是全县一流的校舍。又如为创建台山蛮陂头水电站，1946 年他被委任为筹备处经理，到处奔走，竭尽心力。1952 年建成投产，他厥功至伟。

蛮陂电站放光明，又有黉宫育后生。

泪洒端山埋骨处，长流芬水记恩情。

（六）梅健行

四海闻名的"梅家大院"，建于 1932 年，发起者就是时任培根学堂校长的梅健行。而《新宁杂志》这本"中国第一份侨刊"，梅健行曾三次出任总编辑。2004 年，旅美乡亲梅雨庄捐资设立以其爷爷名字命名的"梅健行奖"，以表彰台山优秀侨刊及侨刊工作者。

梅家大院美名扬，侨邑音书分外香。

难得儿孙金奖设，爱乡传统永弘彰。

（七）梅英伟

1955 年在清华大学物理系毕业，1965 年又获麻省理工学院物理系博士学位。毕业后数十年间，在大学从事科研和教学工作。现为纽约大学终身正教授，近年获得"世界领先科学家"之殊荣。其专业特长为核子物理和新能源研究。善诗，诗词创作为其业余生活之最爱。

两间名校出高才，教学科研总夺魁。

岂止理工能拔萃，又常倚马赋诗来。

（八）梅文鼎

梅文鼎，中国工艺美术大师、石湾陶艺现代流派创始人。从广州美术学院雕塑系毕业后到石湾美术陶瓷厂从事陶艺创作，率先以自己的艺术实践大力倡导石湾现代陶艺，把华夏神韵和对时代感的追求融汇在陶土之中，以全新的肌理语言，创造出"造型峭拔，流畅刚阳"的作品。

石湾陶艺见惊奇，立异标新别一枝。

时代精神融古韵，风流引领赖名师。

（2008 年 11 月于纽约）

《梅氏诗史初探》完稿感赋

梅氏诗脉，始于宋代宣城，继而向全国延伸，再走向世界。梅家诗库，是梅氏家族一笔宝贵的文化财富。梅氏子弟不必个个当诗人，但愿人人都是爱诗之人，因为梅氏家族出现过一位杰出的诗人梅尧臣，继之历代诗人辈出！

欲觅梅踪迹？宣城早著花。淡妆知本色，大雅出无华。

春报千江柳，香飘四海家。重洋冰雪岸，依旧影横斜。

（2010 年 9 月于纽约）

题《梅花三弄飞天图》

纽约梅氏己丑春宴，敦煌绘画大师陶沫衡即席挥毫，绘出手持梅花及挥琴之仙女飞天图，喜占一绝。

胜似嫦娥奔月宫，梅花三弄领春风。

敦煌千载飞天梦，今已神舟入碧空。

（2009 年 2 月 9 日于纽约）

贺"纽约布碌仑端芬同乡会"成立周年

建会周年硕果丰，繁荣侨社众心同。

乡情岂止醇如酒，福利文娱尽并容。

（2013 年 2 月于纽约）

喜晤德文、丽鹏两位梅氏宗亲（2 首）

梅德文、梅丽鹏两位宗亲来自北京，乃梅氏新一代青年俊才。相约在纽约华埠"喜万年大酒楼"会面，席上口占两绝相赠。

（一）

喜见宗亲跨海来，重洋彼岸特寻梅。

匆匆一晤言难尽，相约京华再举杯。

（二）

傲雪梅花世代开，幽香雅韵共栽培。

欣看老树多新蕊，族务昌荣赖俊才。

（2014 年 7 月于纽约）

喜读丽鹏（二月梅）宗妹赠诗

梅丽鹏是山东妹子，甚有文才，其微信网名为"二月梅"。纽约初见，赠我一诗，故回赠一绝。自宋诗开山祖师梅圣俞始，梅氏诗风世代相传。

一代诗风圣老开，汝南子弟重文才。

清香逸气传寰宇，喜赏山东二月梅。

（2014 年 7 月于纽约）

纽约端芬同乡会陵园墓联

青山常静眠先辈；绿水长流佑后人。

（2014 年 8 月于纽约）

赠梅葆玖宗长（2 首）

为纪念京剧大师梅兰芳 120 周年诞辰，由梅兰芳之子梅葆玖大师率京剧团赴美，进行《双甲之约》演出。梅兰芳曾于 1930 年到美国表演京剧，轰动一时，距今已有八十四年矣。

（一）

梨园泰斗誉兰芳，德艺双馨四海扬。

八十多年人世换，苹城犹自说梅郎。

（二）

京剧名家世代香，传人葆玖谱新章。

贵妃醉舞重洋岸，又见梅郎水袖扬。

（2014 年 8 月于纽约）

赏梅（集句诗）（4 首）

（一）（集宋代梅尧臣句）

因思江南花最早，年年能占腊前芳。

重重好蕊重重惜，吟遍朱栏向夕阳。

（二）（集清代王船山句）

雪妒霜侵不损妍，寒梅春在野塘边。

晚香消尽寒香接，斜上幽窗倍可怜。

（三）（集近代梁启超句）

春寒恻恻逼春衣，争报梅花已满枝。

莫笑窗纱恋瘦影，忘情太上亦相思。

（四）（集近代郁达夫句）

疏影横斜雪里看，商量痛饮到更残。

月明梅影人同瘦，醉拍栏杆酒意寒。

（2014 年 10 月于纽约）

贺香港和上海梅氏文化交流

最近梅氏（香港）文化交流协会理事长梅巧云等赴上海，与梅氏（上海）文化交流协会理事长梅德辉等会面，畅叙梅氏文化交流事宜。

此夕难忘上海滩，双城梅氏笑谈欢。

相期今后齐心力，文化交流掀巨澜。

（2014 年 11 月于纽约）

欣览巧云宗妹上海游照片

梅氏（香港）文化交流协会理事长梅巧云等赴上海，进行梅氏文化交流，顺便游览了大上海的新貌，给我传来了多幅风景照片。

琼楼酒馆耀霓虹，十里洋场更盛隆。

摄得佳图成一集，他年回味意无穷。

（2014 年 11 月于纽约）

题梅巧云旧照

梅巧云以前曾活跃于香港粤剧舞台，近日她说："我和艺篮去看友人的粤剧演出，有点心痒，何时再上台？"

弦索声中忆岁华，香江粤韵醉千家。

何时再把歌喉展，一曲回肠帝女花！

（2014 年 11 月于纽约）

感恩节寄香港小艺篮

今天是感恩节，收到香港梅巧云宗亲的一条微信："我再去上海，今次带侄女梅艺篮同行。她现年 8 岁，她于 1 岁 2 个月大因父母离婚而搬到我家与我同住。带她去上海旅行，我让她知道，世界各地也有梅家人，不致觉得孤单。"

姑母如娘育嫩芽，慈心爱意足堪夸。

莫愁前路亲朋少，四海姓梅同一家！

（2014 年 11 月于纽约）

喜见梅兰

我和梅兰约好在唐人街"梅氏公所"见面，她是一个湖南靓女，秀外慧中，来美读完书后留美工作。她受她爷爷梅季坤所嘱，送我一本她爷爷所著的长篇历史文化小说《潇湘梅》。此书分为上、中、下 3 卷，共 136 万字。此书出版后，好评如潮，被誉为"一部浓缩的民族变迁史"。

冰雪聪明绰约姿，家传勤学两相宜。

飘香万里东河畔，喜见潇湘梅一枝！

（2015 年 1 月于纽约）

参加旧金山梅氏春宴感赋（2 首）

广东台山端芬梅氏宗亲，移居美国旧金山已有百多年历史，他们像梅花一样，开枝散叶，芳香远播。此次我从纽约飞来出席旧金山梅氏公所举办的春宴，共叙亲情，十分温馨。遗憾父执华富叔已经去世了，为组建梅氏公所，他贡献良多。

（一）

一别金山才七年，堪哀元老已登仙。

前人积福今人享，奉献精神世代传。

（二）

傲雪凌霜历百年，清香雅逸若天仙。

临风玉树重洋岸，劲节高标四海传。

（2015 年 3 月于旧金山）

又返梅家大院（2 首）

（一）

我的家乡台山市端芬镇，誉为"美洲华侨之乡"，以梅姓为主。有一座"梅家大院"，坐落在汀江墟大同河畔，于 1931 年由当地华侨以及侨眷侨属所创建。其规模宏大，装饰精致，融合中西两种文化，是省级文物保护单位。

醉人悦耳是乡音，羁鸟时时恋故林。

彼岸飞回寻旧梦，梅家大院系吾心。

（二）

姜文导演的电影《让子弹飞》，主要演员有姜文、周润发、葛优、刘嘉玲和陈坤等。《让子弹飞》的拍摄场景，有 70% 是在梅家大院。此片一公映，便风行海内外。梅家大院随之声名远播，以至来参观者络绎不绝。

回字侨墟举世稀，游人不畏雨霏霏。

梅家大院声名震，全仗姜文子弹飞。

（2015 年 5 月于台山）

悼京剧大师梅葆玖宗亲（2 首）

2012 年 12 月，作者曾赴北京拜访梅府，与葆玖宗长会晤。2014 年 8 月，葆玖宗长率团访美。两次会面，他皆谈及父亲和自己的前尘往事。世界梅氏宗亲总会元老、前东海大学校长梅可望，最近在台湾去世。

（一）

京剧艺坛擎帅旗，名家两代谱传奇。

贵妃醉酒天庭唤，梅落残春四海悲。

（二）

枝叶同根分外亲，双城犹记话前尘。

何堪宝岛凋元老，梅族星沉又一人！

（2016 年 4 月于纽约）

与墨生宗亲今生缘（4 首）

（一）纽约重逢梅墨生君

　　十年前在北京初晤同宗墨生君，今天他来到纽约，在国际健身气功研讨会上，作了极其精彩的演说和示范。他又赠我一册《一如诗词》，书中收入《丙戌冬初晤同宗振才先生并和中秋皓月原韵》一诗。他在北戴河有一座艺术馆，希望明年秋天，能有机会一游。

初晤京华已十秋，萍踪浪迹未闲悠。

画图尽写河山丽，诗赋常抒家国愁。

广授气功强体魄，漫谈道学溯源流。

相期来岁金风起，北戴河边数海鸥。

【梅墨生君原玉】
丙戌冬初晤同宗振才先生并和中秋皓月原韵

聚散随缘春复秋，悲欢千载水悠悠。

西游忍忆寻金梦，南徙难迁去国愁。

黄叶感君吟雨雪，青天任我枕江流。

同宗一晤评诗画，最羡平生心似鸥。

【梅振才原诗】
中秋皓月（哀祖父）

落魄天涯四十秋，云山万里水悠悠。

悲风易断还家梦，浊酒难浇去国愁。

永夜杵声凝血泪，浮生客恨逐江流。

寂寥孤冢横荒岸，无限烟波一海鸥。

（2016 年 10 月于纽约）

（二）步墨生宗兄《临江仙·岁晏偶成》

北京的梅墨生宗兄，是一位著名的书画家、诗词家、太极高手和气功大师。去年秋天，应邀来美交流讲学，我们得以在纽约长岛重叙旧情，把酒言欢。今天在"世界梅氏诗书画文艺平台"，读到他的一阕《临江仙》，喜而步韵和之。

潇洒人生牵旧梦，天涯几许游踪？

难忘长岛又相逢。

交谈情切切，酬唱意重重。

瑞雪迎来春景好，东风送暖冰融。

牡丹富贵却凡庸。

何如描一幅，梅影伴苍松。

【梅墨生宗兄原玉】

临江仙·岁晏偶成

岁岁年年风景异，人生多少萍踪？

炮鞭声里又相逢。

天涯同此乐，无碍万山重。

燕子几时飞庭院，坐看冰雪消融。

红楼黄卷日平庸。

与君堪把酒，谁解倚长松。

（2017 年 1 月于纽约）

（三）步韵赠墨生宗亲

梅氏宗亲梅墨生，乃中国著名书画家、诗人、太极大师、道教气功养生专家。这是他从北京第三次应邀到美国各地讲学。他还专门到纽约梅氏公所拜祖及会见宗亲，受到热烈欢迎。是晚，梅氏兄弟设盛宴款待。

喜迎千里客，梅氏一家亲。字画传情意，诗词颂厚仁。
讴歌人不老，耀祖梦能真。且醉千杯酒，相期互访频。

【墨生宗亲原玉】

世界梅氏宗亲总会元老建国兄邀访《星岛日报》及梅氏公所，"纽约梅氏公所"旧匾乃于右任题。并诸同宗宴请，以书画赠之。

浮云浮纽约，公所会宗亲。四海呼梅姓，千秋共一仁。
额书于老字，情尚古天真。难得人同祖，相逢举杯频。

（2018 年 6 月于纽约）

（四）悼梅墨生宗兄

梅墨生（1960—2019），生于河北，是著名书画家、诗人、学者、太极拳家。他也是有名的气功养生专家，不料难敌病魔，壮年溘逝，令人痛惜。我与他初见于北京，又两次在纽约重逢，他皆赠我诗书画留念。天妒英才，哀哉！

许是前生定，两城三度逢。酬诗多雅兴，溯祖罕同宗。
卓荦丹青手，雄高太极峰。长从书画里，遗墨忆音容。

（2019 年 6 月于纽约）

赠摄影大师梅健文宗兄

此次返台山，见到了芝加哥回来的世界级著名摄影家梅健文宗兄。他曾担任著名杂志《花花公子》特约记者，为众多绝色美女拍照。他还用镜头记录下华埠的沧桑和故乡的风采……最有名的是一幅《祖母孙子第一次共食》，描绘了孙子用好奇、陌生的目光，看着刚从中国来到美国的奶奶。

潇洒走天涯，风情自一家。佳人添秀色，公子赏芳华。

侨埠沧桑迹，乡关次第花。《婆孙》奇妙处，刹那最堪夸！

（2016 年 11 月于台山）

叶问弟子耀咏春

梅逸宗长，字梅一，自号"高人"。师从咏春派叶问宗师，乃纽约咏春拳掌门人，曾任纽约梅氏公所主席。他学贯中西，集书画家、篆刻家、武术家于一身。著有《乐古斋印谱》《咏春拳诀篆刻》，以及英文武术典籍多种。

梅家有幸出高人，武艺文琴集一身。

笑傲江湖扬国粹，咏春拳派最堪珍。

（2016 年 11 月于纽约）

谢顺德梅氏赠龙舟

全美梅氏第廿七届恳亲大会，昨天（9 月 15 日）在纽约隆重举行。全美梅氏宗亲欢聚一堂，共商族务。广东顺德的梅氏宗亲代表梅泽添专程赴会，向大会赠送了一艘精美的木制龙舟模型，情深谊厚，意味深长。

顺德同宗异俗流，深情万里送龙舟。

梅家儿女多豪气，各业各行争上游！

（2017 年 9 月于纽约）

自题《梅开五福》图（5 首）

我只是好写诗词，而于书画却是门外汉，常常望洋兴叹。我姓梅，特别喜欢梅花。多年来有一个愿望，就是能亲手画梅花。最近，在众多教师的鼓励和指导下，终于达成夙愿，完成了《梅开五福》系列。老来才练字习画，一笑！

（一）

最能写出梅花神韵的，是林逋的诗句："疏影横斜水清浅，暗香浮动月黄昏。"

疏影横斜雅逸姿，此生何幸姓同之？

今偿夙愿重洋岸，自写东风第一枝。

（二）

我原籍广东省台山市端芬镇。端芬之名，源自端山芬水。

端山景物梦萦回，大院洋楼旧井台。

最忆春来芬水畔，暗香疏影一枝梅。

（三）

梅家大院，是端芬的著名景点，为电影《让子弹飞》的拍摄主场。

恰如彩蝶舞东风，最是销魂白映红。

栽入千枝梅大院，人花品格两相同。

（四）

梅花不惧严寒，先行报春。端芬梅氏，不怕艰苦，最先踏上美洲新大陆的移民路。

别井携香上渡船，相随异国拓新篇。

不忘本色严冬日，花发敢为天下先。

（五）

端芬梅氏，移民美国已有一百多年，如同一棵老梅树，在彼岸生根散叶，于今喜见繁花似锦。

芬水端山梅一枝，西移彼岸更添姿。

饱经百载寒霜雪，老树繁花好入诗。

（2018 年 8 月于纽约）

敬和乐清诸诗友《咏梅》

温州乐清市位于雁荡山地区，梅花天下闻名。如梅溪村状元王十朋，生前酷爱梅花，在家乡的小溪两旁种了上千株梅树。在王十朋纪念馆梅园，现在有 700 多棵梅树，还有 480 首刻在碑上的梅花诗。又如能仁寺的老梅树，枝高花繁，还有石碑亭寺相映，颇有古意。近日乐清诗友传来多首《咏梅》诗。

梅花天下有，雁荡不寻常。装点千峰秀，飘浮万户香。

状元遗雅韵，瓯水映红妆。何日偕吟友，长林共品芳。

（2018 年 12 月于纽约）

《神州名梅》十三咏（13 首）

《神州名梅》八咏发表后，反响强烈。然意犹未尽，添上五首，凑成十三之数。纵然写至百首，也会有遗珠之憾，姑且由之。

（一）汝南梅

中华梅氏源自商朝之河南汝南郡，已历三千年，坚忍卓绝，枝叶繁盛，如今散布于世界各地。

依旧凝冰始着花，时光从未减风华。

汝南梅树三千岁，百劫犹存遍海涯。

（二）宣城梅

宣城自宋以降，人才辈出，文学和科学鼎盛，以梅尧臣最负盛名，为宋代诗坛一代开山鼻祖。

梅溪春色绽风姿，世代流香自宋时。

最是诗魂天下重，致情雅韵惹神思。

（三）九江梅

梅福，九江寿春人。西汉时任南昌县尉。不以官职卑微，上书皇帝，直言时弊。帝不纳谏，隐居江湖。

岂与群芳斗丽妍，庙堂不入隐江边。

凌霜傲雪知高格，敢发一枝天下先。

（四）南昌梅

梅汝璈大法官，南昌人。1946 年代表中国参与东京审判。力排众议，将东条英机等战犯送上绞刑架。

玉魄冰心家国牵，凌霜本色更娇妍。

东京审判呈风骨，青史长铭正气篇。

（五）武汉梅

武汉东湖磨山梅园，为"中国四大梅园"之一。武汉梅氏在辛亥革命中，抛头颅洒热血，贡献至巨。

老树新枝傲碧空，磨山湖畔拂雄风。

当年辛亥玄黄血，洒染梅花分外红。

（六）金陵梅

南京植梅，始于六朝时期。紫金山南麓之梅花山，有 3 万余株梅树，居"中国四大梅园"之首。

钟山腊月更香馨，玉骨冰肌雅气凝。

五彩缤纷三万树，梅园第一数金陵。

（七）西湖梅

宋代隐士林逋，隐居西湖，其咏梅诗句"疏影横斜水清浅，暗香浮动月黄昏"，堪称千古绝唱。

湖畔小园梅几枝，风情占尽展芳姿。

暗香疏影传神韵，化作千秋绝妙诗。

（八）泰州梅

一代京剧表演大师梅兰芳，祖籍江苏泰州。泰州有梅兰芳纪念馆，梅花是泰州的市花。

绽放寒天分外馨，泰州好水出名伶。

兰芳绝代铭心处，五瓣梅花五角亭。

（九）潇湘梅

湖南梅萼，经霜更艳。当代作家梅季坤，著有《潇湘梅》长篇小说，述说了湖南梅氏的家世传奇。

梅花一树耀潇湘，饱历冰霜蕊更香。

竹笛悠扬三弄曲，金声玉韵不寻常。

（十）端芬梅

广东台山端芬镇，以梅姓为主，是著名的华侨之乡，移民美洲最多。"梅家大院"驰名海内外。

南移粤海未头低，依旧风华万众迷。

芬水端山老梅树，幽香飘到大洋西。

（十一）京梅

北京八达岭长城附近，也有梅氏族人，多年来自发守望长城，保护长城，被誉为"长城守护神"。

腊月京华冰雪寒，游人如鲫岂无端？

长城更有红梅傍，装点关山别样看。

（十二）津梅

天津梅家胡同有五昆仲，皆学富五车。长兄梅贻琦连任清华大学校长18年，五弟梅贻宝为燕京大学代校长。

海河旖旎绽梅花，满目风光一大家。

百载杏坛谁可比？永铭校长育清华。

（十三）港梅

香港著名艺人梅艳芳，歌影双栖，以一曲《赤的疑惑》走红。曾主演自传体电视剧《香江花月夜》。

妖艳奇葩着色丹，绽开从不畏霜寒。

难忘花月香江夜，歌女生涯刮目看。

（2019 年 3 月于纽约）

自题书画习作《与梅相倚》四幅（4 首）

（一）瓶梅

严冬未尽冷残阳，雪地冰天鸟兽藏。

插进瓶中梅一束，好传春讯入书房。

（二）石梅

郊原相傍意纵横，傲雪凌霜豪气生。

品格宜从观酷境，寒梅顽石两坚贞。

（三）窗梅

洁身自好不沾尘，深苑玉人弥足珍。

探首窗前非寂寞，专呈行客一枝春。

（四）琴梅

欲登仙境此方寻，疏影横斜一古琴。

喜听梅花三弄曲，玉魂朝夕伴清音。

（2019 年 3 月于纽约）

贺梅德辉宗亲五十岁生日

宣城梅氏，自古人才辈出。当今之佼佼者，梅德辉乃其中之一。梅德辉先习英语，后攻工程；中西俱佳，文理兼通。他先执教鞭，后来从商，事业有成。曾被选为"中华十大财智人物""中华十大风云管理人物""中国十大杰出新徽商"，曾获"世界经济华人杰出创新人物奖"、联合国总部全球新经济峰会颁发的"全球新经济领袖人物奖"。

宣城出人物，今日谱新章。学贯中西璧，名扬财智场。

营商行有德，励志骋无疆。知命临风树，明朝蕊更香。

（2019 年 3 月于纽约）

欢迎梅新益宗亲莅临纽约

新益宗亲从家乡端芬莅临纽约，梅氏宗亲热烈欢迎，在华埠"篁上篁酒家"设宴为他洗尘。此届世界梅氏恳亲大会，将于今年 11 月在端芬"梅家大院"举行，我们翘首以待。

端山芬水梦魂召，万里重洋未觉遥。

期待今冬宗族会，梅家大院乐连宵。

（2019 年 3 月于纽约）

步韵敬和梅如柏宗弟

梅如柏宗亲，台山广海人，著名诗人。三代同堂。当年大儿子在广海中学直接考上暨南大学，当时在广海是第一人，被誉为"广海状元"，现任广东省轻工业学校党委书记。孙子梅子威 2016 年高考荣膺台山市理科状元，现在中山大学选修经济学科。其家庭在台山被人称为"状元之家"。现获 2018 年台山市优秀"最美家庭"称号。

海滨乐赏晚霞明，三代同堂至孝情。

难得状元相继出，传承书礼好门庭。

【梅如柏原玉】

为我家喜获 2018 年台山市优秀"最美家庭"称号感赋

中华昭德尚文明，春雨秋风各有情。

铭谢乡亲多拥戴，寒门沾上"美家庭"。

（2019 年 3 月于纽约）

读灿宁宗弟自传有感

灿宁与我同是端芬镇龙腾里村人，一生致力于宣传、文秘、领导工作和学术研究，辛勤耕耘，收获丰硕。其作品、论文和业绩，引起全国各地的注意和赞扬，应邀担任多个大专院校和研究单位的职务，并被授予名誉博士称号。读其《梅花香自苦寒来》自传，令我感动和佩服。

同饮端芬水，才华畏后生。侨村添博士，文集动京城。

创业千般苦，为官一世清。传奇成典范，何日叙乡情？

（2019 年 4 月于纽约）

贺梅淑玲考取四川大学新闻系（联）

淑女出端山，雅韵红梅香气溢；

玲珸磨蜀水，新闻伟业俊才来。

（2019 年 7 月于纽约）

赏梅朝辉宗侄碑体书法作品

梅朝辉是端芬中学老师，年轻一代书法家。近十年来，专攻古碑帖，卓然有成，特别是研习李邕（别名李北海）、曹全等大家，颇有心得。其碑味行书、篆书作品，古朴自然，自成一格，有方家评之："其字如葵——葵的朝气，葵的雍容，葵的翠碧，葵的奇逸……"

专心磨一剑，十载习遗碑。北海追凝重，曹全学玮奇。

挥毫苍古韵，刮目崭新姿。凤岭书林丽，朝辉映野葵。

（2021 年 3 月于纽约）

喜后院植梅

今春在家中后院植了一棵红梅，凤愿已偿。幽香袭人，摇曳多姿。意犹未尽，拟再种一棵蜡梅和一棵玉梅。与红、黄、白三色梅花共度余年，夫复何求？

今春圆好梦，后院植梅花。冠姓纯缘分，溯源诚本家。

相扶傲霜雪，互倚挡风沙。乐与余生度，闻香醉晚霞。

（2021 年 3 月于纽约）

赏梅仲仪鱼戏图

画家梅仲仪，广东台山端芬人，自幼喜好绘画，年轻时入广州美术学院学习，终生作画不辍。擅长粉彩、国画，特别喜好画鱼，现居美国西海岸。

一自端芬水，鱼儿伴此生。

千姿动心魄，百态振精神。

彩墨芳容现，线条娇媚呈。

湾边勤走笔，幅幅注深情。

（2021 年 7 月于纽约）

赏梅子健炭精画

表弟梅子健，广东台山端芬山底村人。自幼好绘画，自学成才，成为出色的画家。其画作，特别是炭精画，惟妙惟肖，形神兼备，比摄影照片还要栩栩传神；一经装框，永不褪色，甚受欢迎。几十年间，作画无数，此技艺使其轻易养家糊口，生活无忧。现居三藩市。

炭精描画像，艺苑一枝花。

浓淡呈层次，形神无疵瑕。

多年色难退，众客技常夸。

彼岸凭挥笔，从容好养家。

（2021 年 7 月于纽约）

读《端芬彦明梅公祠志略》

梅朝辉老师近日完成一篇《端芬彦明梅公祠志略》，考据翔实，文采斐然。彦明公是端芬梅氏的始祖，其祠堂建于清光绪十三年，已有 130 多年历史，是三进三间庭院建筑，雕梁画栋，碧瓦飞甍，雄伟华美。我曾两次拜谒，但见经百年风雨侵蚀，瓦落墙塌，残破不堪。《志略》结语甚好："期待有识之士齐心协力，共襄盛举，重光祖祠！"

恢宏三进院，风雨百余年。

碧瓦残檐顶，雕梁断壁前。

空庭春草盛，荒径野花燃。

后辈应携手，重修复旧妍。

（2021 年 10 月于纽约）

东风第一枝·题《中华梅氏通谱》

　　中华梅氏，源于周朝的河南汝南，始祖为梅伯。他是朝廷重臣，正直敢言，见纣王荒淫无道，几次犯颜进谏，被纣王酷刑处死。梅氏家族，犹如凌霜傲雪的梅花，开枝散叶，如今遍布五湖四海！

　　由中华梅氏宗亲联谊总会领头，正在编纂和出版几卷《中华梅氏通谱》，为梅氏家族历史、杰出人物、在各个领域的贡献探源溯流，树碑立传，以继往开来，传承家族优良传统，意义重大！

远溯殷商，汝南故郡，一枝梅蕊初发。

随风香溢中原，再转五湖江浙。

驰南闯北，越横岭、又栖南粤。

向彼岸、远渡重洋，四海开散枝叶。

通谱好，究源深掘；支系明、探流通括。

历朝辈出英豪，总如梅伯刚烈。

诗文数理，有多少、非凡人物？

氏族情、老树繁花，几卷聚凝青血。

（2022 年 6 月于纽约）

贺梅应川、魏雅璇新婚之喜

　　宗侄梅应川在清华大学读博士，与清华大学博士生魏雅璇，经历两年恋爱，定于 10 月 10 日在北京举行婚礼。遥闻喜讯，寄一诗祝贺。

清华博士结深情，喜奏金秋鸾凤鸣。

彼岸宗亲同祝福，百年好合两精英。

（2022 年 10 月于纽约）

和卓祥宗兄感赋

芝加哥（又名风城、芝城）梅氏春宴，我几乎都会出席，可以见到很多梅氏宗亲，还能到祖父墓前献上一束鲜花。芝加哥文风鼎盛，每临芝城，总约诸诗友一聚，切磋酬唱，诚一乐也！

逢春例必赴风城，祭祖恳亲凝挚情。

又喜知心文友聚，切磋唱和见真诚。

【梅卓祥宗兄原玉】

宗兄春宴莅芝城，赠我新书见盛情。

梅赵一框同合照，相存谊厚见殊诚。

（2023 年 3 月于芝加哥）

芝城喜会龙腾里村兄弟姐妹

一别故村难计年，重逢童貌现眸前。

思源饮水龙腾里，今喜梅花四海妍。

（2023 年 3 月于芝加哥）

贺梅丽梨当选波士顿华埠社区议员

今年波士顿华埠社区议会议员改选，每届议员任期 3 年。此届入选议员得票最高者，是来自广东台山端芬的梅丽梨。1987 年，她很小就来到美国，通中英双语，一向热心社区事务和梅氏族务，也是波士顿梅氏公所主席。

波城华埠好音来，竞选议员优胜回。

饱受多年霜雨雪，今朝更艳一枝梅。

（2024 年 1 月于纽约）

宣城行吟草（5首）

（一）拜访宣城梅氏宗亲

宣城梅氏历代人才辈出，有被誉为宋诗开山祖师的梅尧臣，开创黄山画派的梅清，与英国牛顿、日本关孝和并称为17世纪"世界三大科学巨擘"的天文、数学家梅文鼎等等。我们从美国专程回来拜访宣城梅氏宗亲，共商继承和推进梅氏文化——这支中华文化的奇葩！

宣城梅氏谱传奇，诗画天文出大师。

两岸宗亲承祖德，相携奋进太平时。

（二）凭吊梅尧臣墓

不远万里来宣城，是想寻访宋诗开山祖师梅尧臣的遗迹。然有数百年历史的"梅公亭"，已毁于"文革"的烈火中。还好，找到了他的墓地，以前是他家后花园之处，现为樟木苗圃。墓前不禁想起他所说的："唯造平淡难！"他开拓了自宋代始的平淡诗风！

草绿山坡樟木香，墓前隽语漫思量。

好诗未必浓妆扮，平淡方能出锦章。

（三）参观梅文鼎纪念馆

清初著名天文、数学家梅文鼎，对科学贡献甚大，享誉世界。康熙帝于南巡途中，三次召见梅文鼎，亲赐"积学参微"四字给予褒奖。清代数学家焦循赞扬梅文鼎的学术成就时曰："千秋绝诣，自梅而光。"宣城此行，我们瞻仰了梅文鼎纪念馆。

天文数理两精通，享誉全球著述丰。

积学参微成绝诣，馆前立像仰雄风。

（四）喜会铁山宗兄

铁山宗兄，乃宣城梅氏第34世孙，中华梅氏文化研究会学术委员会主任。为梅氏的文化历史研究，数十年来付出了巨大的心力，并取得辉煌的成果。现在"宣城梅"成了宣城独特的文化符号，此中铁山宗兄厥功至伟。

梅氏宣城一大家，诗文数理足堪夸。

流长历史从头溯，喜见宗兄眼未花。

（五）游敬亭山

《独坐敬亭山》是李白创作的一首五绝："众鸟高飞尽，孤云独去闲。相看两不厌，只有敬亭山。"这首诗表面是写独游的情趣，深意则是表达旷世的孤独感。其实，敬亭山只是一座普通的山，然有了李白这首诗，身价百倍，千载游人不绝。地以诗传！信然！

观云赏鸟翠林间，风景平常只等闲。

谁料诗仙吟一首，名扬四海敬亭山。

（2008 年 4 月 29 日—5 月 1 日于宣城）

亚洲访梅之旅（4 首）

为睦亲睦族，在世界梅氏宗亲总会理事长梅荦扬带领下，去春到宣城，今秋又到台北、新加坡、槟城、香港等地拜访宗亲。我是纽约梅氏公所主席，故被列入访问团代表名单。

（一）台北梅氏宗亲总会

旅居台湾的梅氏不算多，但人才杰出，尤其在教育界，如清华大学校长梅贻琦、东海大学校长梅可望等。世界梅氏宗亲总会于 1975 年在台北成立。我们此次拜访台湾梅氏宗亲，受到热情款待，特别在台大校友会之"苏杭小馆"设宴为我们洗尘。

飘香宝岛一枝梅，犹见杏林琼蕊开。

共祝来年花更好，苏杭小馆尽千杯。

（二）新加坡梅汝南堂

梅氏祖先溯源河南汝南郡，后向四方开枝散叶。广东台山梅氏一支，近两百年来不少族人迁移海外，去新加坡者颇多。为"联络感情，互助互利"，于 1880 年成立了"梅汝南堂"。新加坡很多梅氏族人，创业有成，如现任"梅汝南堂"总理的梅文海，就是亚洲的"钢铁大王"。

散叶开枝自汝南，堂前香烛敬神龛。

狮城同赏梅花艳，浓郁亲情似酒酣。

（三）槟城梅氏家庙

马来西亚槟城有一间堂皇的"梅氏家庙"，建立于 1842 年，一直保留着家乡广东台山端芬乡的语言、饮食、节令和祭祖等习俗。来到"梅氏家庙"，仿佛回到了端芬故里。庙中挂有一联："香雪一庭，邀松柏岁空共守；宗风万古，荐蘋蘩时食常新。"

槟城旧巷溢梅盦，亲切乡音家庙闻。

香雪一庭欣共守，宗风万古忆端芬。

（四）香港梅氏宗亲会

台山临近香港，故台山梅氏族人赴港谋生者颇多，且遍布各种行业。香港竞争激烈，除了各人靠自己的拼搏之外，宗亲之间的互助也是很重要的。幸好，弥敦道上有一个"香港梅氏宗亲会"，是联络亲情、互助交流、消闲娱乐的温暖之家。

香江创业倍艰难，幸有宗亲互照看。

议事消闲来会所，如家温暖自心欢。

（2009 年 11 月于各地寻梅途中）

丙申北京访梅行吟草（4 首）

（一）喜会梅平大使于北京

此次赴北京，受到北京梅氏宗亲的盛情接待，席间见到了梅平宗亲。梅平宗亲是职业外交官，曾任中国驻纽约总领事馆总领事等职。他前往纽约梅氏公所祭祖、拜访宗亲，拉近了海外梅氏与祖国的距离。之后，数届世界梅氏恳亲大会都在中国举行。

梅家畅聚意情浓，把酒京华话旧踪。

二十年前快心事，苹城最忆访同宗。

（二）遇梅小璈怀其父梅汝璈大法官

在北京梅氏宗亲欢迎我的宴席上，还有幸见到梅小璈宗亲，他是青史留名的大法官梅汝璈之子。梅汝璈参与了举世闻名的东京审判，他的刚毅、智慧和正气，受到举世的敬仰。然在反右和"文革"中遭到批判。遗憾所著《远东国际军事法庭》一书，竟未能完稿便去世。

> 东京审判未如烟，青史长留正气篇。
>
> 孤寂余生逢浩劫，难完巨著泪潸然。

（三）赏梅兴保《老树春深更著花》

兴保宗亲，湖南临湘人，中国人民大学博士，是全国政协第十一届、第十二届委员。出版有关金融专著多种。我获赠一本他的著作《老树春深更著花——全国政协履职纪实》，内有精辟文章、诗联、书法作品。"梅兴保的人生故事"，曾被人写入《信步风云》一书中。

> 信步风云度岁华，调研献策总堪嘉。
>
> 湘江育就非凡种，老树春深更著花。

（四）喜会"长城守护神"梅景田

此次去北京参观长城，有幸见到梅景田宗亲。他是一个朴实的农民，生在长城脚下。数十年来，他带领族人保护长城，付出巨大心力。鉴于他守护长城的模范事迹，曾当选"京郊十大新闻人物"，以及"中国文化遗产保护杰出人物"等。他被誉为"长城守护神"。

> 三十年来历苦辛，雄关古道往来巡。
>
> 一砖一石凝心血，不愧长城守护神。

（2016 年 6 月于北京）

两访杭州梅家坞（2 首）

（一）杭州梅家坞问茶

村民姓梅的梅家坞，一个掩映在西湖西面群山中的村庄，以生产龙井茶闻名。接待我们的，是一个名叫梅静的姑娘，充满灵气和秀气。她正在浙江大学念书，读茶专业，英语非常流利。把龙井茶推向世界，是她的抱负。我买了一大包龙井回去，这不仅是名茶，更是一份亲情！

梅家坞里遇同宗，一代新人展秀容。

龙井茶香飘四海，还乡品味更情浓。

（2016 年 6 月于杭州）

（二）再访杭州梅家坞

不久前，我来杭州游览，参观了以出产龙井茶闻名的梅家坞。接待我们的，是一个叫梅静的姑娘，精灵秀气，英语流利。这次来到梅家坞，很高兴又见到了她。我希望明年秋天，能组织海外的梅氏宗亲，一起来梅家坞问茶，并与梅家坞梅氏宗亲畅叙亲情。

不辞跋涉历尘埃，梅坞山庄我又回。

但愿来年秋日丽，宗亲结伴问茶来。

（2016 年 11 月于杭州）

明尼苏达州行吟（12 首）

最近赴明尼苏达州，拜访世界梅氏宗亲总会梅忠和元老，旅途中拾得小诗几首，以记载见闻和感怀。

（一）万湖之州

明尼苏达州是一个著名的多湖之州，有一万多个湖。有些人家沿湖建宅，风光优美。梅忠和元老的别墅就在湖边。他喜欢钓鱼，小舟就系在湖边的红松树下。红松就是该州的州树。而一种水鸟，不时潜入水中叼鱼。这种水鸟似鸭，被称为长鸣鸭，鸣声洪亮，是该州的州鸟。

星罗棋布万湖州，无限风光人倚楼。

出没烟波鸣水鸟，红松树下系渔舟。

（二）明城地标 Fong's 酒家

梅忠和元老现年 83 岁，14 岁就来到美国。白手兴家，从一间小餐馆开始，逐渐发展成一间明城最大型的中餐馆，是该城的地标。他曾荣获该州饮食业联会颁予的名人奖，表彰他对繁荣该州经济的杰出贡献。他以梅姓为傲，其餐馆进口处，写上醒目的汉语"梅"字。

白手兴家汗水浇，定教中菜领风潮。

梅香招引如云客，惊艳明城一地标。

（三）贺忠和元老伉俪钻石婚

忠和元老服役期间，在加州认识了同年同月生的黄秋芳小姐，两人一见钟情，不久共结连理。婚后，夫唱妇随，白手兴家，事业有成。两夫妇治家也有方，育有三儿三女，皆事业有成。现有孙辈13人，曾孙辈3人，一个幸福的大家庭。今年是结婚六十周年"钻石婚"纪念。

以沫相濡六十年，情如钻石比金坚。

治家创业长携手，拓出明城一片天。

（四）明城第一狮

1972年，忠和元老组织了醒狮队表演，让明城的老外，第一次见识了广东民俗舞狮艺术。以后每年新年，乐此不疲。现在是三狮齐舞，气势雄壮。其中一台醒狮，由忠和元老一家三代上阵，一儿子舞狮头，忠和元老打鼓，二儿洋媳妇打钹，孙子摆狮尾……好可爱的一个大家庭！

醒狮起舞鼓声频，骤使洋人耳目新。

三代同堂齐上阵，孙儿摆尾最精神。

（五）一杆进洞八旬翁

我们抵达明城之时，恰逢一年一度的明州篮迪雪佛名人高球赛，此届已募得20多万元慈善款。忠和元老和两个儿子，皆是积极参与者。前年，81岁高龄的忠和元老，打出一杆进洞佳绩，这是他第三次一杆进洞，显示其宝刀未老的精湛球技。

高球慈善两相融，场上从容显将风。

进洞千难凭一杆，惊人况是八旬翁。

（六）美国最大购物中心MOA

来到明尼苏达州，免不了要参观著名的 Mall of America（简称MOA），美国最大的综合体商场，占地面积约40万平方米，于1992年起开放营业。现有520

多家商店，50 多家餐馆，且有多个主题乐园，融购物、娱乐和旅游于一体。每年把 1500 万美元捐赠给慈善组织。

成功之道赖奇谋，购物文娱集一楼。

漫道商家唯逐利，尚能慈善记心头。

（七）阿活的故事

阿活，今年 42 岁，是梅氏宗亲。年少随父母移民纽约，年幼无知，入了华埠不良帮派，父母就把他送到民风淳朴的明州。果然，他逐渐变好了，成了一个勤劳的青年。后来结婚生子，又开了一间家庭式中餐馆，生活安定幸福。在他的餐馆，他向我诉说了他的经历。

平川百里少凡尘，朴实明州风俗淳。

浪子脱胎情性改，成家立业慰亲人。

（八）新双城记

美国著名的"双子城"，是指明尼阿波利斯市与圣保罗市。两城毗邻，只相隔一条密西西比河。两个城市合组成双联市。双城联手，实力大增，成为一个著名的工业中心、商业中心、交通中心、科研中心、教育中心……就教育而言，双城拥有多所著名大学。

一拳怎比两拳强，综合资源相益彰。

最是令人留恋处，双城河水溢书香！

（九）密西西比河

密西西比河是世界第四大长河，被视为美国的母亲河，美国人又称为"老人河"，与美国音乐剧《游览船》中一首反映美国黑人悲惨生活的歌曲同名。密西西比河风光优美，但与我国的长江相比，少了文化传统和历史古迹，不如长江那样，处处都能引发思古之幽情。

千里蜿蜒漾碧波，繁荣育自老人河。

岸边风景虽优美，怎及长江故事多！

（十）镬铲兴家

明州也有不少中餐馆，最大型的是忠和元老的"Fong's 酒家"，最地道唐餐风味的是"北海"和"北京园"，以及一些家庭式小餐馆。这些中餐馆的老板，多是台山的第一代移民，近年又多了福建侨民。经营餐馆十分辛苦，但生活改善。看到几位宗亲，都是揸靓车，住华宅。

离乡背井到花旗，镬铲谋生心力疲。

辛苦多年终遂愿，名车华宅尽开眉。

（十一）喜晤徐炳坚牧师

有幸在明州认识了徐炳坚牧师，他是一个博学智者、谦谦君子，他与忠和元老交往超过一甲子。1959 年从香港来美，1964 年毕业于路德神学院。以后一直从事传教事业，至今已有五十三年矣。徐牧师也为香港和台湾的教会工作，近年也多次赴大陆进行访问和交流。

传经岂是等闲身，五十三年献与神。

四海风霜催发白，此生乐作牧羊人。

（十二）何日更重游

明州之旅，前后仅四天，但留下很多珍贵的回忆。风光旖旎，友人热情，难以忘怀。何日更重游？

风光旖旎万湖州，似酒浓情乐久留。

临别擎杯道珍重，明州何日更重游？

（2017 年 6 月于明尼苏达州）

鹧鸪天·贺纽约诗词学会成立

为集结纽约诗人一起弘扬雅风，纽约诗词学会成立，我被推选为会长。自知责任重大，勉力而为之。

彼岸相逢自有缘，骚人兴会岂无端？
唐风宋韵源流远，海角天涯薪火传。

吟旧句，赏新篇；联诗把酒贺羊年。
殷勤挥洒生花笔，艺苑奇葩百代妍。

（2003 年 2 月于纽约）

再展芳华

（第 10 届纽约诗画琴棋雅集征诗）

曾梦云先生创办了纽约诗画琴棋会，由其主办的前九届雅集，成为纽约艺文界一年一度的盛事。曾先生不幸数月前病逝，我被推选为会长，然本人才疏学浅，不胜惶恐，唯有尽力与同仁一道，再展芳华！

十年雅集岂寻常，汉韵唐风彼岸扬。
诗枕千回家国梦，画藏万缕菊梅香。
琴怀旧雨嗟离合，棋结新知论短长。
再展芳华秋色丽，漫山红叶又重阳。

（2003 年 10 月于纽约）

挽曾梦云先生

曾梦云先生，广东九江人，为纽约诗画琴棋会创办人。平生弘扬国粹不遗余力，对粤曲艺术贡献尤巨。数月前先生驾鹤蓬莱，令吾辈顿失良师益友，哀痛之情，难以言表。

雅集苹城国粹扬，琴棋诗画溢馨香。

平生快意翻新曲，遗韵余波漾九江。

（2003 年 10 月于纽约）

营造纽约的兰亭雅集——贺纽约诗画琴棋会成立 11 周年

纽约诗画琴棋会成立 11 年了，我们要做的，是营造现代版的兰亭雅集，让诗画琴棋走入纽约华侨社会，使中华文化在海外薪火相传。本届雅集以《秋兴》为题征诗，佳作如潮。谨从征诗中集句成七绝一首，以资助兴云尔。

任教落叶舞金风，（周荣）

一雨新凉爽气笼。（陈驰驹）

极目云天情万缕，（刘邦禄）

待听才调震寰中。（谭克平）

（2004 年 10 月于纽约）

秋兴

（第 11 届纽约诗画琴棋雅集征诗）

廿载苹城百事匆，潜心太极自从容。

金鸡独立金风道，野马分鬃野菊峰。

虚实屈伸循易理，刚柔进退步中庸。

新凉未觉豪情减，且看霜天挺劲松。

（2004 年 10 月于纽约）

纽约华埠八景

纽约诗词学会征选《纽约华埠八景》，确定为：孔厦儒风（孔厦铜像）、中华公所、林公浩气（林则徐像）、忠烈千秋（华裔军人忠烈坊）、英雄之路（曾喆街）、桥头胜景（曼哈顿桥头广场）、红楼溢彩（中央街金洋大厦）、龙亭指路（华埠咨询服务亭）。

龙亭指处韵无穷，八景佳奇一览中。

忠烈千秋曾喆路，红楼溢彩大唐宫。

林公浩气凌霄傲，孔厦儒风举世崇。

伫立桥头观胜境，凝思会所百年功。

（2005 年 5 月于纽约）

忆江南·中华公所（纽约华埠八景之一）

侨团好，百载仗龙头。

兴旺华城齐策划，弘扬国粹溯源流。

福泽足千秋。

（2005 年 5 月于纽约）

欣看苹城秋色好——贺纽约诗画琴棋会成立 12 周年

一年来本会做了三件事，可算开创历史性的一页：一是纽约华埠八景的命名和题咏，二是赴北京大学和各地进行文化交流，三是会员所出版的作品琳琅满目。

畅吟八景意方遒，又作京华万里游。

欣看苹城秋色好，艺坛硕果不胜收。

（2005 年 10 月于纽约）

弘扬国粹永无休——贺纽约诗画琴棋会成立 13 周年

此届雅集，推出一批会员的新作，水准颇高。其中刘云山的《长江万里图》长幅画作首次面世展出，使纽约艺文界为之震撼，在纽约掀起了前所未有的"长江热"。

苹城雅集十三秋，诗画琴棋意味稠。

万里长江千叠浪，弘扬国粹永无休。

（2006 年 10 月于纽约）

贺世道兄花甲寿

王世道是纽约一才子，尤长于诗文、电脑和艺术设计。我们纽约诗画琴棋会"雅集"年刊，都是经由他编辑设计，美轮美奂。为人热情诚恳，"谈笑有鸿儒，

梅振才诗集　　209

往来无白丁",他的工作室,总是宾客盈门。

卧虎藏龙地,苹城一士奇。才华惊雅集,筹划见灵思。

处世凭肝胆,交游尽友师。六旬人不老,策马共驱驰。

（2007 年 6 月于纽约）

开拓视野　更上层楼——贺纽约诗画琴棋会成立 14 周年

过去一年,成绩不俗,可谓"三多":作品增多,会员增多,活动增加。为更上层楼,本人建议:一是推陈还得创新,二是提高立足普及,三是人才必须多样。

推陈还得创新潮,普及方能步步高。

广纳人才齐勠力,苹城艺苑百花娇。

（2007 年 10 月于纽约）

赠内（"新月宛如眉"入句诗）

（第 14 届纽约诗画琴棋雅集征诗）

台城湖畔路,新月宛如眉。爱意随风长,情心逐浪驰。

青莲宜结子,红叶好题诗。头白还携手,甜思初见时。

（2007 年 10 月于纽约）

题酱料世家"李锦记"

我们纽约诗画琴棋会每年"雅集"宴会,"李锦记"总送酱料礼物祝贺,赴会者每人一份,皆大欢喜。故以题诗回报。

酱料精研品质良,独家风味万家香。

中华烹艺添双翼,金字招牌四海扬。

（2007 年 10 月于纽约）

迈向平台——贺纽约诗画琴棋会成立 16 周年

一年一度雅集,是展现会员艺术创作新成果的平台,成为纽约艺文界一道亮丽的风景线。然而,我们的视野,要投向更广阔的平台,那就是:社区平台,交流平台，出版平台，比赛平台。

苹城艺苑百花开，十五年来众手栽。
更上层楼凭淬炼，且看风采展平台。

（2009 年 10 月于纽约）

以诗领头　四艺并进——贺纽约诗画琴棋会成立 17 周年

本会最先吸收的是诗家，开展酬唱活动。后来又扩充至书画家、曲艺师、象棋手，形成了"诗画琴棋"四艺雅集。这四艺之中，就本会的现况，以诗艺水准最高，故以诗领头，四艺并进。

苹城艺苑一葩奇，丽质丰姿赖护持。
诗画琴棋欣雅集，已凉天气未寒时。

（2010 年 10 月于纽约）

庚寅感事

（第 17 届纽约诗画琴棋雅集征诗）
总理行经处，频鸣改革声。穷乡来又去，筚路走还行。
独力难支厦，同心天可擎。不辞风雨阻，跋涉至终程。

（2010 年 10 月于纽约）

走入社区　走向世界——贺纽约诗画琴棋会成立 18 周年

"走入社区，走向世界"，是我们一贯的方针，也是今后会务更上层楼的关键。走入社区，就是把中华传统文化的精粹，植入侨社的土壤。走向世界，就是与外界进行文化交流，"他山之石，可以为错"。

秋到苹城翰墨香，浓情雅韵谱新章。
弘扬国粹凭群力，今日兰亭立异乡。

（2011 年 10 月于纽约）

反恐曙光

（第 18 届纽约诗画琴棋雅集征诗）

指挥袭击"姐妹楼"、令三千多人丧生的恐怖分子头目本·拉登，经美国追捕 10 年，终于被海豹突击队在巴基斯坦击毙。

海豹施奇袭，魔头一命休。十年终雪恨，众志赖同仇。

堪慰三千魄，重生百丈楼。祸源今尚在，高枕莫忘忧！

（2011 年 10 月于纽约）

纪念音乐家马思聪百年冥诞（集字诗）

此首是集字诗，集自马思聪歌曲作品题目，如《西藏音诗》《祖国》《晚霞》《塞外舞曲》《春天》《思乡曲》等。他获平反后说了一句话："苏武牧羊 19 年啊！"

西藏音诗歌祖国，晚霞塞外舞春天。

自由号角思乡曲，苏武牧羊十九年。

（2012 年 5 月于纽约）

普及与提高并举——贺纽约诗画琴棋会成立 19 周年

回顾过去，殊感欣慰；展望未来，豪情满怀。总结成功的经验，其中重要一条，就是坚持普及与提高并举的原则。明天会更好！明年此时，期待大家共度本会 20 周年大庆。

弘扬国粹仗群谋，艺苑耕耘十九秋。

普及提高齐力举，相期更上一层楼。

（2012 年 10 月于纽约）

端午吊屈原（3 首）

纽约诗词学会暨全球汉诗总会纽约分会，在华埠举行"纪念屈原端午诗人节"。众多诗人在会上朗诵了自己的诗作，并分享感受和见解。

（一）

百代骚人吊屈原，有谁真个效忠魂。

国家为重轻生死，千古汨罗豪气存。

（2013 年 6 月于纽约）

（二）

五月诗人节，天涯祭汨罗。龙舟穿浊浪，粽子没清波。

高节千人仰，雄章百世歌。离骚长不杳，千载撼山河。

（2013 年 6 月于纽约）

（三）

今闻粽香味，百感上心头。有志均贫富，无方绝马牛。

职权争上位，道德入低流。屈子诗魂唤，岂忘家国忧？

（2018 年 6 月于纽约）

贺伍若荷诗家《雨荷诗集》续集付梓

伍若荷女史乃纽约著名诗人，其《雨荷诗集》于 2003 年出版，10 年后又出续集。纽约有"双河"——东河、哈德逊河，汇流出海。

漫嗟身世苦，晚景却如歌。逸兴勤吟唱，虚心肯琢磨。

清香飘四海，雅韵漾双河。十载添新卷，灯窗赏两荷。

（2013 年 7 月于纽约）

廿载繁花　十年嘉果

为庆祝纽约诗画琴棋会成立廿周年，暨纽约诗词学会成立十周年，我们编辑了一本《廿载繁花·十年嘉果》诗词集。内容包括两部分：一是纽约诗画琴棋会征诗全集，二是纽约诗词学会十年专题诗词选。这本诗集，可说是一段回忆、一篇总结、一项纪念！

兰亭修彼岸，雅士众心同。廿载繁花好，十年嘉果丰。

新苗新更绿，老树老犹雄。曲水流觞处，悠然漾汉风。

（2013 年 10 月于纽约）

捍卫海疆

（第 20 届纽约诗画琴棋雅集征诗）

东海风云急，频频战鼓催。历由华夏管，岂许虎狼来。

坚舰巡吾土，严词斥贼魁。旌旗正飞舞，捍卫钓鱼台。

（2013 年 10 月于纽约）

踏上新程更奋蹄——贺纽约诗画琴棋会成立 21 周年

纽约诗画琴棋会迎来了 21 岁诞辰，这个栽培中华传统文化的艺苑，如今已繁花似锦。10 年前，本会添了"纽约诗词学会"这"左臂"，今天又添了"纽约粥会"这"右膀"。有了"左臂右膀"，更要大振拳脚了！

二十年来心力齐，兰亭营造大洋西。

弘扬国粹吾侪愿，踏上新程更奋蹄。

（2014 年 10 月于纽约）

贺纽约粥会成立

纽约粥会为全球粥会第 107 号分会。粥会宗旨为"三道"：以粥会友，粥以弘道；以文会友，文以载道；以友辅仁，友以行道。

雅集百零七，苹城飘粥香。优悠挥翰墨，亲切话家常。

旨趣扬三道，和谐系四方。仙汤人一碗，今夕意难忘。

（2014 年 10 月于纽约）

甲午吟怀

（第 21 届纽约诗画琴棋雅集征诗）

邓世昌，为清末北洋水师名将，甲午战争时为致远号巡洋舰舰长，在黄海海战中壮烈牺牲。光绪皇帝追赐其"壮节公"称号。

甲午逢秋日，悲怀壮节公。捐躯扬浩气，沉舰证英风。

国弱由欺侮，军强可守攻。睡狮今崛起，雪耻正前冲。

（2014 年 10 月于纽约）

打造"纽约兰亭"——贺纽约诗画琴棋会成立22周年

今夕雅集盛会，是庆贺纽约诗画琴棋会成立22周年，纽约诗词学会成立12周年，纽约粥会成立2周年。这三个既独立又关联的文艺社团，都有一个共同意旨：弘扬中华文化，打造一个"纽约兰亭"！

齐心艺苑乐经营，廿二年来勤播馨。

诗画琴棋扬雅韵，苹城打造一兰亭。

（2015年10月于纽约）

悼郭祖熹先生

郭祖熹先生是上海人，长期从事教育工作。为纽约诗画琴棋会、纽约诗词学会、纽约粥会会员，纽约"诗词讲座"导师之一；中国杜甫学术研究院名誉主席，中国国学协会终身名誉主席。

益友良师情倍亲，多才博学不骄矜。

课堂无觅君身影，痛惜吟诗少一人！

（2015年11月于纽约）

纽约兰亭之夜——贺纽约诗画琴棋会成立23周年

十多年来，我们继承曾梦云老会长的遗志，使之精神发扬光大。我们建立了董事会和理事会，不断吸收会员，扩大队伍，开展多姿多彩的艺文活动。如今，我们会成了名副其实的"纽约兰亭"。

二十三年一帜擎，琴棋诗画露峥嵘。

难忘纽约兰亭夜，雅韵浩歌家国情！

（2016年10月于纽约）

读《立君自述》有感

美女画家张立君，为纽约诗画琴棋会副会长、美国爱墨AM现代景观设计公司总裁兼首席设计师……6年前她回到中国，实现了"从画家到景观设计大师的华丽转身"。3年前，我们去福建漳浦，参观了鹿溪河畔她设计造景的江滨公园，体现了"生态环保、人性化和弘扬大爱"的理念。

美女生花笔，苹城第一流。携情归故国，造景献新猷。

淡墨随心泼，宜居着意求。常思鹿溪畔，人在画中游。

（2017年1月于纽约）

赞小会员翁锡彬（2首）

纽约诗画琴棋会会员翁锡彬，今年才十一岁，他修文习武，成绩可观。去年在皇后学院，参加"国际武术搏击联盟"主办的"美国武术公开赛"，荣获"双刀""长棍""功夫"三面金牌。他也勤奋学习中国画，所绘花卉、山水作品，渐入佳境，其前途无可限量，我们有接班人了！

（一）

双刀长棍好功夫，又见红梅绽画图。

文武双全新一代，中华文化育龙驹。

（二）

纽约兰亭拂雅风，堪嗟半是白头翁。

喜迎老树添新蕊，展望鲜花绽不穷。

（2017年5月于纽约）

西江月·贺纽约诗画琴棋会文学院成立

今天（8月16日）在华埠东方书店，纽约诗画琴棋会文学院宣告成立。院长：叶明媚博士。副院长：卢迈、陈苇华、郭仕彬。秘书长：赵永鹏。财政：陈伟区。

桂子飘香时节，苹城送爽秋风。

新知旧雨喜相逢，怀抱文坛星梦。

直面人生写实，奇思天马行空。

不拘一格展新容，彼岸文潮汹涌。

（2017年8月16日于纽约）

纽约兰亭　五龙齐飞——贺纽约诗画琴棋会成立 24 周年

纽约诗画琴棋会，其中包含"二会"，即诗词会和象棋会，而今又相继成立了"一团二院"，即文化艺术团、书画院和文学院。"纽约兰亭"已形成了"五龙"（二会一团二院）齐飞的壮观景象。

琴棋诗画总相依，二十四年攀翠微。

纽约兰亭风景好，喜看丽日五龙飞。

（2017 年 10 月于纽约）

悼陈香梅女士

世界著名华人华侨领袖、飞虎队将军陈纳德遗孀陈香梅女士，3 月 30 日在华盛顿家中逝世，享年 93 岁。她著有《一千个春天》等中英文著作四十多部。她是纽约诗画琴棋会名誉会长，她来纽约开会，我负责到美京"水门大厦"接送。情景难忘，恍如昨日！

巾帼情牵飞虎驰，烽烟岁月显英姿。

翻看当代群芳谱，最羡幽香梅一枝。

（2018 年 3 月于纽约）

贺吉林市成立"柳大华象棋学校"

6 月 15 日，以中国象棋名家、特级大师柳大华先生命名，坐落于吉林中体倍力健身俱乐部的"柳大华象棋学校"举行了揭牌仪式。第一间"柳大华象棋学校"，2012 年在武汉成立。柳大华有句名言："棋如人生！"

象棋称国粹，已历两千年。益智随谋略，清心若坐禅。

从容生死斗，淡泊利名牵。弈校开新局，风流更胜前。

（2018 年 6 月于纽约）

依韵悼念陈驰驹老师

陈驰驹老师（1928—2018），中山大学毕业。承家学熏陶，九岁能诗。数十年间，尝尽人生悲欢荣辱，乃寄情于吟哦，著有《丁亥后石榴岗诗草》等。移民美国后，忙里偷闲，喜与诗友唱酬，乐于扶掖后进，鼓吹诗词创作不遗余力，乃纽约诗画琴棋会诗词组组长。

> 惊闻夫子走，桃李尽潸然。妙句千家诵，春风百卉妍。
>
> 弦歌留雅意，诗史耀佳篇。许是东坡约，唱酬登九天。

【陈驰驹老师原玉】

康乐园中山大学访旧

> 依稀前路认，一步一怆然。未信弦歌辍，犹迷暮色妍。
>
> 相逢惊未死，劫后有余篇。更喜芳林晚，明朝又丽天。

（2018 年 7 月于纽约）

悼陈驰驹老师联

> 卅载知人，推心置腹，师友交情重；
>
> 千篇佳作，铸境修辞，诗文造诣深。

（2018 年 7 月于纽约）

一专多能　继续攀登——贺纽约诗画琴棋会成立 25 周年

我们会，是一个学习和交流的平台。然而，有的会员"一专"，但未必是"多能"，有的会员是"多能"，又未必"一专"。最好是"一专多能"。李春华老师说得好："做好自己，专精可为。"

> 纽约兰亭廿五年，琴棋诗画谱新篇。
>
> 一专兼有多能好，艺术家园百卉妍。

（2018 年 10 月于纽约）

赠纽约诗画琴棋会诸董事（17 首）

纽约诗画琴棋会设有董事会和理事会。董事会主要是对会务起指导和监督作用，并筹集活动经费，每年每个董事都认捐 2000 美元。本会能不断发展壮大，董事们厥功至伟。

（一）岑灼槐董事长

> 出力伤神又解囊，苹城难得一儒商。

领军人物功劳大，诗画琴棋帜振扬。

（二）陈麦洁明董事

慈航普度爱心崇，尽使华人享善终。

偶尔登台玉喉展，梅花一曲韵无穷。

（三）阮健华董事

艺坛策划一奇才，立异标新妙景开。

刊物图文人刮目，安排好戏总连台。

（四）郑勤霖董事

商场博弈若棋盘，进退从容自两安。

策马飞车好身手，出征必奏凯歌还。

（五）陈碧华董事

人权正义力伸张，帮助侨胞更热肠。

地产移民申绿卡，生前契约最专长。

（六）伍雁婵董事

艺苑商场两擅长，苹城名媛不寻常。

戏台难得声情茂，剑合钗圆最绕梁。

（七）吴李凤英董事

纱绸织出百花芳，设计精明商贸昌。

总是穿梭航两岸，羊城品画最难忘。

（八）吴宝淳董事

热心侨社善名扬，风顺一帆商海航。

价格公平人赞誉，货如轮转宝荣行。

（九）刘比华董事

五彩缤纷意万千，中西合璧写云烟。

泼油画法开生面，骇浪惊涛出自然。

（十）爱德华·古奇律师

相传众口德才优，入籍移民第一流。

古道热肠精法律，华人谁不识光头？

（十一）王晓华董事

都斛苹城万里遥，长空比翼树高标。

欣看今日台山客，智勇双全好弄潮。

（十二）尹熙鹏董事

海河珠水早扬帆，彼岸征途再着鞭。

练就回春神妙手，杏林诗苑谱佳篇。

（十三）蔡永祥董事

苹城闹市一儒商，泼墨放歌皆擅长。

更羡温良贤内助，相携创业共飞翔。

（十四）赠黄国能董事

名扬一店费城中，价实货真生意隆。

难得闲暇练书法，银钩铁笔韵无穷。

（十五）赠梁仲礼董事

端中奖学设基金，广结善缘呈爱心。

最是歌台人喝彩，妇随夫唱两情深。

（十六）吴国雄董事

恩平汉子是人豪，家国情深品格高。

引领侨胞览乡景，文明村访已三遭。

（十七）陈菁华董事

时代风云总叹嗟，巨书两卷记芳华。

恳诚寄语休停笔，珍惜余年写晚霞。

（2018 年 10 月于纽约）

悼伍芳园老师联（2 副）

伍芳园老师，广东台山人，乃岭南派大师赵少昂之高足。几十年间创作绘画从不间断，育人无数。多次举办个展和联展，影响巨大。曾任四届美国岭南画会会长，是纽约诗画琴棋会永远名誉会长。

（一）

鸟花一格，岭南画韵扬北美；

德艺双馨，纽约遗风励后人！

（二）

流传悦目佳图，幅幅如花似锦；

长记诲人玉句，篇篇厚者良言！

（2018 年 10 月于纽约）

题李春华老师国画《寄兴园风光》系列

李春华老师最近创作了国画《寄兴园风光》系列，非常精彩。纽约诗画琴棋会会员，将到寄兴园作一日游。游前能观赏到李老师的画作，倍觉心向往之。

亭风柳影玉池清，彩墨淋漓意象生。

妙绘名园好风景，犹闻石隙水潺声。

（2018 年 12 月于纽约）

游纽约史丹顿岛即兴（8 首）

（一）与诗画家同游"寄兴园"

今天纽约诗画琴棋会组织会员作史丹顿岛一日游，主要是观赏苏州式园林"寄兴园"和"中国彩灯嘉年华"。大家游兴甚浓，皆云不虚此行。旅途中口占小诗八首，以记胜游。

名园亭阁景千重，览胜相携兴味浓。

且待群贤挥妙笔，诗情画意记游踪。

（二）游"寄兴园"

于 1998 年建成的寄兴园，位于纽约史丹顿岛，是苏州留园的姊妹园，也是全美第一座完整的、完全仿真的较大型苏州园林。其主要建材、设计和施工，来自苏州园林局。

回廊曲径自通幽，倒影亭台水上浮。

可是留园风景现？几疑魂魄在苏州。

（三）题"寄兴园"景点

寄兴园内亭阁林立，湖石奇巧，回廊转折，曲径通幽。主要景观有别芦小院、听松堂、一步桥、绿转廊、宜静轩、步筠小院、拥翠山房、知鱼榭、枕流间等。

别芦小院听松堂，一步桥边绿转廊。

宜静轩中筠拥翠，知鱼榭里枕流芳。

（四）见王己千"寄兴园"题名门匾

寄兴园之入门匾额，乃纽约著名书画家、世界知名收藏家王己千所书。园内景点，也有纽约其他名家题字，如张隆延题"知鱼榭"。见字思人，他们皆臻人书俱老之高境。

门匾题名笔力雄，抬头更忆己千翁。

苹城多少人书老，寄兴园中扬雅风。

（五）参观史丹顿岛博物馆有感

史丹顿岛博物馆，内容以该岛的发展历史为中心。这原是一个野岛，三百年来，先后有意大利人、爱尔兰人、俄罗斯人及非裔、华裔等移民进入，艰苦奋斗，使之成为一个宝岛。

创业艰难三百年，今朝野岛换新天。

花旗一部非凡史，都是移民奋斗篇。

（六）史丹顿岛"中国彩灯嘉年华"

美东首届"中国彩灯嘉年华"正在史岛展出。由超过一万个 LED 灯泡组成的 38 个灯饰组合，包含中国式建筑，以及生肖等动物，也有圣诞树等西方节日经典装扮。妙趣横生！

动物楼台披彩衣，五光十色熠生辉。

缤纷灯饰迷人眼，仙境流连不忍归。

（七）喜四双夫妇把臂同游

此次史丹顿岛一日游，李春华、郭仕彬、吴国雄和我等四人，皆携眷而来，同游美景，并闲话家常，真乃人生一乐事。摄得一幅照片，留待他年长相忆。

莫将琐事挂心头，且趁闲暇作胜游。

珍重佳图留倩影，四双夫妇意相投。

（八）史岛为新移民乐居地

相对纽约市其他地区而言，史丹顿岛房价比较便宜合理，是近年华裔新移民购房的首选之地。虽然去市区交通有些不便，但是清静宁和、风景优美，是一个世外桃源！

蓝天碧水鸟为邻，远隔喧嚣少俗尘。

正是房廉风景美，新来华裔乐栖身。

（2018 年 12 月于纽约）

冬日同游史丹顿岛

前天，纽约诗画琴棋会组织了史丹顿岛一日游，参观了苏州式园林"寄兴园""史丹顿岛博物馆"，以及观赏了"中国彩灯嘉年华"。意犹未尽，相约明年夏天再到此一游。

史岛欣携手，初冬一日游。
小桥浮碧水，修竹隐琼楼。
画展沧桑景，灯迷老少眸。
吟怀犹未尽，仲夏再寻幽。

（2018 年 12 月于纽约）

尹熙鹏好（藏头诗）

尹熙鹏博士乃浙江绍兴人，现为纽约执照医师。自幼喜好文学，诗文俱佳，歌艺一流，为纽约诗画琴棋会董事。

尹氏文源鉴水乡，熙风百代溢书香。
鹏飞万里西洋岸，好作良医济八方。

（2019 年 2 月于纽约）

"华兴旅游"廿周年志庆（藏头诗）

纽约诗画琴棋会董事梁华钊经营的"华兴旅游"公司，为大众提供方便，服务周到，价格合理。

华轮巴士又飞机，兴字招牌声望威。
旅客安心诚信好，游山玩水尽欢归。

（2019 年 2 月于纽约）

费城赏花之旅口占（4首）

正逢国际三八妇女节，纽约诗画琴棋会和端芬中学校友会，组织会员乘一辆大巴，到费城参观第190届费城花展"花之魅力"——全世界最大的室内花展。此次费城一日游，由"华兴旅游"公司承办，服务妥善，皆大欢喜！

（一）

早春二月费城行，一路东风伴曲声。

今日欣逢三八节，同祈女士永年轻。

（二）

兴高采烈赏缤纷，一路同行且结群。

旧雨新知齐上网，交流照片晒诗文。

（三）

百国繁花集一园，风情万种赛名媛。

融通艺术开生面，斗艳争奇总夺魂。

（四）

华兴旅游殊不差，引看春色竞芳华。

怡眸万紫千红艳，最爱勾魂中国花。

（2019年3月于费城）

"兰亭"进联合国总部

由王心仁先生书写我的《兰亭序》集字诗四幅，被选中作为礼物赠送给联合国外交官。受赠者是联合国世界旅游组织蓝盟亲善大使龙珑、驻联合国厄瓜多尔共和国代表团团长 Carlos Larrea（卡洛斯·拉雷尔）大使等。"兰亭"墨韵，也增添了位于纽约东河畔联合国之春色。

雅韵兰亭海外传，东河翰墨染春天。

洋人也识诗书趣，几幅龙蛇足快然。

（2019年4月于纽约）

贺"第三届纽约兰亭艺术展"开幕

此次艺术展,是为明年暮春赴绍兴兰亭参加"兰亭书法节"作准备和铺垫。到时,本会将在绍兴兰亭举办书法展,以及由我主编的《兰亭序集字诗书集》新书首发式。

(一)

纽约兰亭值暮春,唐风宋雨长精神。

琳琅满目诗书画,艺术推陈又出新。

(二)

相期来岁暮春游,曲水流觞峻岭幽。

圣地书风扬四海,兰亭集序足千秋。

(2019 年 4 月于纽约)

纽约兰亭　更上层楼——贺纽约诗画琴棋会成立 26 周年

有"纽约兰亭"之誉的纽约诗画琴棋诗会,已走过 26 年的光辉历程,取得了很大成绩,但我们要再接再厉,更上层楼。我们要坚持三点:一是培养更多出色的艺术家,二是开展更多的社区文艺活动,三是更多走出去进行文化交流。

琴棋诗画艺坛耕,廿六年来勠力营。

纽约兰亭风景好,共祈明日更峥嵘。

(2019 年 10 月于纽约)

贺第八届北美杯象棋锦标赛联

高手千招争北美;看谁一着定江山。

(2019 年 10 月于纽约)

鹤顶格联(2 副)

世界李氏宗亲总会总长、纽约中华总商会董事长李可乔先生,纽约李氏公所元老李玉田先生,数十年来对华埠社区贡献甚大,对纽约诗画琴棋会活动也鼎力支持,今撰两副联句,由著名书画家李春华先生写成字幅相赠,以表敬意。

（一）李可乔总长雅赏

可道勤劳成大业；

乔生挺直出良材。

（二）李玉田元老雅赏

玉振金声传四海；

田生稻谷益千家。

（2019 年 10 月于纽约）

魁斗格联赠黎启峰先生

纽约诗画琴棋会每年雅集宴会，都在"金丰大酒楼"举行。幸得头厨黎启峰先生领导厨房人员，把宴席菜肴办得有声有色。故撰一副"魁斗格"对联以谢。

启导群厨开百席；

烹调绝艺立千峰。

（2019 年 10 月于纽约）

悼区广海老师

区广海老师早年毕业于香港华侨书院中文系及香港大汉艺术学院国画系。2009 年创办纽约大汉艺术书画社，执着于在海外弘扬中华文化，特别热心培养青少年。

惊闻凛冽夜，驾鹤上天宫。一世呈文雅，千图落笔工。

鱼虫形各异，人画品相同。遗愿双河畔，长扬大汉风。

（2019 年 12 月纽约）

更上层楼

由纽约诗画琴棋会主办的"诗词讲座"，每星期六上课两小时，风雨无阻，已历十年之久，成绩斐然。现迈入第二个十年，豪情满怀，再攀高峰。

诗词讲座十周年，旧律新声续讨研。

老少同堂齐努力，好扬雅韵大洋边。

【江西师大杜华平教授和诗】

步韵和梅振才会长

纽约诗画琴棋会诗词讲座十周年，拜读梅会长为纽约诗画琴棋会诗词讲座十周年所赋诗，感慨之余，不觉亦得拙句。

故国遗文千万年，他乡游子益覃研。

如何往圣修齐业，举目竟趋粱稻边？

（2020年2月于纽约、南昌）

学诗杂谈（10首）

纽约诗画琴棋会主办的"诗词讲座"，已历10年之久。我是导师之一，边教边学，曾将讲稿整理成一本《诗词格律读本》，将由北京大学出版社出版。其实，我反复讲述的十要点，并无新意，只是老生常谈，且以打油诗记之。

（一）精研格律

格律诗，也称近体诗，是唐以后成型的诗体。其格律规范，一直是写近体诗的金科玉律。欲写格律诗，须先攻格律关。戴着镣铐跳舞，更见功力！

音韵悠扬往复还，仄平粘对两相间。

敢披铐镣闻鸡舞，立志专攻格律关。

（二）有感而写

写诗，最好是有感而写，心有感触，才能写出感人的好诗，正如叶圣陶所说的："我手写我心。"若无病呻吟，哪怕搜尽枯肠，也写不出好诗。

人间何事最铭心？题目无须刻意寻。

落笔当描真实感，莫教没病也呻吟。

（三）先想一句

写诗当然先想一句，但这一句不一定是这首诗的首句，可以是任何一句，只要是与内容相关即可。有了一句，再作其他句子的构思，逐渐完善全诗。

由来万事起头难，觅句从容始发端。

落子犹如开局好，自然篇幅漾波澜。

（四）挑选韵脚

当写出第一句有韵脚的句子后，便要按照诗的内容和起承转合的构思，寻找其他句子的同韵字。当然，一些韵部带有感情色彩，可根据需要选合适的韵部。

修辞炼句漫思量，韵脚相关寓意长。

规范当循平水路，起承转合谱华章。

（五）推敲有益

推敲，是诗家创造诗词名句的切身体验，杜甫云"新诗改罢自长吟"。明代谢榛提出作诗炼句，须过四关："诵要好，听要好，观要好，讲要好。"

纵有苏辛李杜才，推敲至善始心开。

好诗不厌百回改，绝唱多从锤炼来。

（六）形象思维

形象思维，即用具体事物的形象来表达抽象的思想感情。没有形象思维，作品便没有韵味和意境。诗词的形象思维，有多种表达方法，如"赋、比、兴"。

情景交融句最优，诗中有画足千秋。

虽云文法难评定，形象思维第一流。

（七）诗贵自然

明代丘浚提出"诗出乎天趣自然"的创作主张，为诗界奉为诗的最高境界。"自然"，包括自然朴实的语言、平易晓畅的表达形式，以及自然空灵的意境。

何必追求涩句奇？自然顺畅上高枝。

行云流水平常语，总是千秋绝妙诗。

（八）诗贵含蓄

所谓含蓄，就是宋梅尧臣说的"含不尽之意于言外"。含蓄，令诗词富有韵味。其表达手段繁多，主要有炼字和炼句、比喻和象征、夸张和暗示等。

句臻含蓄味无穷，一览全盘嚼蜡同。

多少名篇高妙处，余情尽在不言中。

（九）诗贵创新

创新是诗歌发展的动力。唐刘禹锡言："以不息为体，以日新为道。"清叶燮言："人未尝言之，而我始言之。"清郑板桥言："学者当自树其帜。"

别开生面最堪珍，妙句奇情耳目新。

老干流行疯一体，连篇套话总无神。

（十）诗外功夫

陆游嘱儿子："汝果欲学诗，工夫在诗外。"意思是：你果真要学习写诗，不仅是字词句式，还要有更深的学问，作诗的功夫，在于诗外的历练。

入世躬行炼慧心，情思学海漫追寻。

放翁恳切临终语，诗外功夫寄意深。

（2020 年 3 月于纽约）

拆字对联研讨（6 副）

才子唐风，在"纽约中华诗词学习班"群，贴出了一道有趣的上联"千里为重，重水重山重庆市"，征求下联。这种联句称之为"拆字联"，掀起了一阵对联的小高潮。四天多时间里有 27 人参与，对出 60 多个下联。我也对了 6 个下联，可分为 3 类。

（一）

力求对仗工整，词性相当，内容相关，既对又联。上下联表达的内容事物，语意语气，相联相扣。

千里为重，重水重山重庆市；

丘山是岳，岳宗岳麓岳阳楼。

千里为重，重水重山重庆市；

三人聚众，众珍众味众香园。

（二）

词性不相当，内容也并非很相关。但上下联之间却有着内在的承接，逻辑关系上或相近，或相反，或相呼应。

千里为重，重水重山重庆市；

人言可信，信诚信友信天游。

千里为重，重水重山重庆市；

贝加称贺，贺功贺寿贺新郎。

（三）

起初大家所对的下联，几乎都是汉字合成式，而未见分拆式。因此我尝试用拆字法组词对句，另辟蹊径。

千里为重，重水重山重庆市；

半云化雨，雨花雨柳雨霖铃。

千里为重，重水重山重庆市；

万灯取火，火熊火旺火神山。

（2020 年 3 月于纽约）

挽海鸥联

笔友海鸥（原名麦瑛），不幸患新冠肺炎逝于纽约。著有自传体长篇小说《蓝星梦》，以及《爱的旅程》《相约》《天涯客》《小花一束》等诗文集。

蓝星梦遂，爱的旅程，相约天涯客；

彼岸书遗，小花一束，香飘哈逊河。

（2020 年 7 月于纽约）

悼伍廷典先生

伍廷典先生乃广东台山海宴人。来纽约数十载，一直热心服务侨社，曾任纽约中华公所主席、美洲协胜公会总书记、纽约诗画琴棋会名誉会长等职。为人谦逊厚道，书法一流，纽约华埠很多重要会所的匾额，都是他的手笔。享年九十多岁。

海宴文风盛，贤才总不常。待人呈厚道，泼墨写瑶章。

力挺中公所，心萦协胜堂。华城大楼匾，字韵永流芳。

（2020 年 8 月于纽约）

赞岑灼槐董事长

岑灼槐先生是纽约诗画琴棋会董事长，我是会长。不觉间，合作已有 18 年之久。他出谋划策，出钱出力，是本会的顶梁柱。其经营的"金玉珠宝表行"，是华埠此行业的先驱。他保养有道，常向大家传授养生知识。纽约商人多的是，但像岑先生这样的儒商，极为罕见！

雅集苹城十八年，精诚合作喜连肩。

谋财有道还谋策，出力无私又出钱。

交易公平人笃厚，养生高妙术奇鲜。

琴棋诗画扛旗手，达士儒商盛誉传。

（2020 年 10 月于纽约）

题陈苇华《华埠英雄谱》

陈苇华是一位勤奋的作家，从报界退休后，已出版了两本回忆录：《迟来的春天》和《从珠江畔到哈逊河边》。这是她的第三本作品，从一个新闻记者的视角，全方位描绘了九十年代华埠生动的历史，深具史学价值和现实意义，值得细读和珍藏。她是纽约诗画琴棋会董事、文学院副院长。

深情一支笔，旧事入新章。奋斗争平等，勤劳造盛昌。

艺坛花艳丽，侨社气高昂。华埠英雄谱，精神世代扬。

赏三位小辈会员书画佳作

纽约诗画琴棋会艺术展在华埠孔子大厦开幕，此届艺术展有一个亮点，就是展出三位小辈会员李晓荷、翁锡彬、林咏怡（临时增加了林咏怡）的书画作品，他们的父母亲分别是李春华、黄仲云、林志尤，皆是该会的书画家。受家风熏陶，小辈会员的作品已颇为可观，喜见新生一代苗壮成长！

琴棋书画古今珍，父老辛勤传火薪。

纽约兰亭秋色艳，擎旗喜见后来人。

（2021 年 10 月于纽约）

重温象棋梦

小时好弈棋，大学时代，可蒙眼与数位同窗对弈，亦能取胜。毕业后忙于生计，数十年间从未触及棋枰。昨日偶与著名棋手、纽约北美象棋会会长温凯良对弈，有幸弈成和局，旁观者皆惊讶不已。

六十年前事，可操蒙眼棋。

闲情流逝水，弈意失忙时。

忽觉胡须白，再思车马驰。

偶然来一局，胜负亦开眉。

（2021 年 10 月于纽约）

纽约长岛一日游口占（6 首）

纽约诗画琴棋会和端中爱心奖学基金会，组织了 62 人的长岛东端一日游活动。承蒙北大校友朱巧芳在她的庄园安排了盛宴和文化交流盛会，大家又游览了一些著名景点。我在途中有感而口占五律 6 首，走笔匆匆，乃打油诗耳，聊为助兴而已。

（一）赠燕园学妹朱巧芳

尘海苍茫处，欣逢北大人。

聪明兼婉雅，博学又温淳。

奋斗经年乐，成功逐日新。

今朝长岛会，更惜友情珍。

（二）长岛鸭仔屋

非凡北京鸭，名气响如雷。

羽白佳仙品，身肥好食材。

造型成典范，妙想自天开。

建筑添新意，万千游客来。

（三）艺术交流

卧虎藏龙岛，交流最合宜。

挥毫重传统，创意见新奇。

论剑华高手，取经洋大师。

他山之石好，切错并驱驰。

（四）神游西汉普顿海滩

东端长岛岸，经典富人区。

别墅连豪宅，庄园远市衢。

推窗风扑面，举目景如图。

如置蓬莱地，些时亦乐娱。

（五）蒙托克角灯塔

长岛东灯塔，有言天尽头。

湛蓝翻滚浪，矫健掠飞鸥。

何止金风爽，无穷海景幽。

登临欣极目，浩渺解千愁。

（六）归途

避疫居家闷，宽心一日游。

风情漫欣赏，艺术细交流。

鸭子街边望，塔灯天际浮。

旅途多印象，诗画箧中留。

（2021年10月于纽约）

再赠朱巧芳学妹

我们62人的长岛旅游团，蒙朱巧芳学妹在她的庄园热情款待，安排了盛宴和文化交流盛会。感激不尽，期望来日能重游。"烟雨朦胧"是她的微信号。

欣临蒙款待，感激莫名生。

豪宅风光好，馐肴品味精。

苦思骚客句，难谢主人情。

烟雨朦胧日，再期长岛行。

（2021年10月于纽约）

"诗词讲座"第二个十年首堂课

由我创立，纽约诗画琴棋会、纽约诗词学会主办的"诗词讲座"，已历10年之久，大家互教互学，相互切磋，更有周荣、唐风等良师指导，学员收获甚丰。年来因疫情影响停课，现生活正走上正轨，我们接受很多学员的建议，今天正式复课。

诗词讲座十春秋，不懈耕耘硕果稠。

今日扬帆重出发，传承国粹上层楼。

（2021年12月于纽约）

悼杨欣然女史

多年诗友杨欣然大姐，十天前刚和她通过电话，不料突闻无疾而终，享年91岁。她是广东人，1957年到香港，1968年移居纽约。多年经营制衣厂，事业有成。业余喜作诗填词，晚年还勤习书画，甚受大家赞赏。生前著有《欣然咏絮》《诗境迷踪》诗画集。

噩耗传来不尽哀，平生傲骨志难摧。

四番香港船漂泊，卅载苹城刀剪裁。

老去钟情挥画笔，闲来奋意上诗台。

潸然重读书双卷，叹息凋零咏絮才。

（2021 年 12 月于纽约）

悼友人谭正先生

　　刚拜祭杨欣然女史，又闻友人谭正仙逝，令人哀伤。谭正先生乃广东开平人，生于 1945 年，来美四十三年，是纽约诗画琴棋会象棋组组长，为人谦逊和善，多才多艺，是中医、象棋、诗词三科才子。我喜读他的诗，他的诗深具诗家三昧。最难忘的，是 2005 年一起回中国进行文化交流和旅游，遍及北京、西安、广州、海南等地，还随他到开平拜访"潭江诗社"。

接连吟友逝，闻耗泪难收。

偏擅岐黄术，精研弈局谋。

诗佳集三昧，韵雅足千秋。

最忆当年事，相携故国游。

（2022 年 12 月于纽约）

临江仙·喜荟雅聚

　　年十三晚，著名雕刻工艺大师靳兆光、谢曼华伉俪设席喜荟大酒楼，诚邀纽约诗画琴棋会诸同仁新春雅聚。除了美酒佳肴，多才多艺的靳氏夫妇还以精彩的文艺节目助兴，以靳太演唱、靳生横笛伴奏的一曲《红梅赞》推上高潮。我与靳先生同庚，但与他的事业、阅历和才华相比，觉得我是虚度此生了。才子唐风写有《临江仙》以记其盛，词佳意切，吾有感而附骥一阕。

雪后迎春临宴席，

妙哉美酒鲜鱼。

主人节目客心舒。

玉喉丝竹伴，

雅韵世间殊。

事业有成雕艺绝，

尘寰无尽欢娱。

妇随夫唱两相濡。

与君同岁寿，

顿觉此生虚。

（2022 年 2 月于纽约）

满庭芳·纽约诗画琴棋会

纽约兰亭，琴棋诗画，雅风吹醉名城。

骋车飞马，曼舞伴箫声。

走笔淋漓翰墨，酬吟乐、百鸟和鸣。

欣今日，中华文化，彼岸扎根生。

经营，临卅载，群贤雅集，有老中青。

主题总讴歌，故国思情。

常聚交流技艺，同磨炼、渐见专精。

旌旗举，开来继往，勠力迈新程。

（2022 年 8 月于纽约）

喜"四艺"复课

纽约诗画琴棋会的"诗词讲座"以及各项活动，因疫情而停顿了三年。今疫情消退，并且法王寺提供一课室，于是诗画琴棋"四艺"学习班，今天正式上课。

三年疫情退，四艺喜开班。

琴柱声能雅，棋盘马不闲。

吟哦入佳境，书画逐新颜。

今日重联步，同登万仞山。

（2022 车 11 月于纽约）

K 歌情（8首）

（一）"K 歌群"开咪

有缘人海总相逢，无限柔情《在雨中》。
四月歌楼春意闹，《黄玫瑰》曲寄深衷。

（二）《花儿都到哪里去了》

寰球千载冒烽烟，花落花开空自妍。
人类相残犹在目，俄乌战火正绵延。

（三）《我是一条小河》

四月春来发嫩芽，欢歌不觉夕阳斜。
远方大海在呼唤，一道小河扬浪花！

（四）《两忘烟水里》

英雄本色志难移，恩义情深儿女痴。
他日两忘烟水里，铭心长忆枕边诗。

（五）《斯卡布罗集市》

青草芳菲百里香，伊人可在此中藏？
寻寻觅觅无消息，不尽相思总断肠。

（六）《帝女花》（折腰体）

有树双枝帝女香，交杯墓穴作新房。
地老天荒心永系，悲歌情凤配痴凰。

（七）《甜蜜蜜》

一曲佳人甜蜜蜜，笑容梦里曾知悉。

有如北极沐春风，激起爱河心浪疾。

（八）《天仙配》

花鼓茶歌出自然，抒情明快好新鲜。

扬名一曲《天仙配》，从此黄梅四海传。

（2022年11月于纽约）

贺吴国雄《牛哥雅集》出版

吴国雄董事，广东五邑恩平人。起先对各种艺术并无基础，但勤奋好学，进步殊快，诗词、书画、歌舞渐入佳境，其人品、诗品、画品、歌品令我折服。近日他出版一册《牛哥雅集》，展示了他的心血结晶，受到大家的赞叹。

五邑多奇士，雄哥确够牛。

歌吟飘逸气，书画展风流。

开步从零起，拜师过百求。

石穿凭水滴，雅集喜丰收。

（2022年11月于纽约）

敬赠内蒙古歌手、乐师

内蒙古著名歌唱家阿拉腾布日古德、马头琴乐师乌力吉牧仁，将在林肯中心演出。今天他俩受邀出席了我们纽约诗画琴棋会欢迎会，成为我会的名誉会员，并高歌操琴一曲，让我们先听为快。我们有两张诗字幅相赠，以表敬意。

（一）赠阿拉腾布日古德歌唱家

蒙古包中育巨星，传歌勇士早扬名。

马头琴伴环球闯，唱出草原天籁声。

（二）赠乌力吉牧仁琴师

久闻蒙古马头琴，宛转低回圆润音。

有幸今朝听一曲，草原春雨濯吾心。

（2023 年 7 月于纽约）

赞岑灼槐先生

岑先生是一位奇人，无论做什么事，一定会成功。如在华埠开珠宝表业的先河，办纽约诗画琴棋会传扬风雅，在休斯敦建商场投资成功，参与华埠商改区繁荣华埠……去年开了"美食楼"美食广场，昨日又宣布成立一间"亚洲美食艺术学院"，表示"再向中华厨艺文化闯江湖"！

多年创业绘鸿图，今日登高又一呼。

栽植新英开学院，中华厨艺闯江湖。

（2023 年 9 月于纽约）

癸卯中秋感怀

昨天（北京时间 9 月 28 日 10 时），中华诗词学会召开"天涯共此时——海内外诗友中秋联谊会"，采取线上线下结合方式。主会场设在中华诗词学会会议室，国内各地和海外诗友在线上参会，历时两个多钟头，非常精彩。我在会上朗读即兴七绝一首：

今夕银盘格外圆，喜看诗浪五洲连。

天涯游子思家国，线上酬吟乐似仙。

（2023 年 9 月于纽约）

贺纽约诗画琴棋会藏书阁揭幕

纽约诗画琴棋会藏书阁，将于 10 月 28 日即本会成立 30 周年之际在纽约华埠法王寺五楼揭幕。文化历史著作，千秋名山伟业。

胸怀万卷藏书阁；（岑灼槐出句）

馆集千钧镶玉章。（梅振才对句）

（2023 年 9 月于纽约）

欢迎光泉法师来纽约弘法

（一）光泉法师光临纽约

杭州灵隐寺，中国佛教古寺，始建于东晋咸和元年（326），现任方丈是光泉。最近从杭州来纽约弘法，我们纽约诗画琴棋会几位会员受邀，出席了法王寺举办的欢迎会。我们将于今春三月组团参拜灵隐寺，与光泉方丈相约杭州再见。

法王寺里众颜开，方丈光泉灵隐来。

相约杭州三月会，再听佛法净心台。

（二）灵隐寺三宗旨

光泉法师在欢迎晚会上发表了演说，内容主要是讲解灵隐寺的三宗旨："慈悲，包容，感恩。"深入浅出，我们受益匪浅。如果我们时刻遵循这"三宗旨"，对个人来说，可提高自身的修养；对世界而言，人类可和平共处。

怀抱慈悲若惠风，和谐相处靠包容。

感恩有幸同船渡，三旨勤行盛世逢。

（三）光泉法师佛学巨著

光泉法师也是中国佛教协会常务理事，浙江省佛教协会会长。1992年毕业于上海佛学院，2005年毕业于浙江大学中国哲学研究生班。曾发表过《禅茶：历史与现实》《在发展中传承佛教音乐》《因明学研究》《坐看云起》等学术文章与著作。

禅茶一味涤心清，佛乐传承续正声。

绝妙因明逻辑学，坐看云起悟人生。

（2023年9月于纽约）

乙酉神州行吟草（12首）

（一）北大举办"美国华侨书画展"

我们纽约诗画琴棋会，有幸在北京大学新图书馆举办"美国华侨书画展"。有众多北大学者教授、京城雅士名人出席了开幕式，他们都称赞我们在海外为弘扬中华传统文化作出的努力。大家乘兴当场吟诗挥毫，交流切磋，我们也受益良多。

燕园十月菊花香，雅士名人聚一堂。

美国华侨书画展，交流学习谱新章。

（2005 年 10 月于北京）

（二）贺人大国学院成立

我们访华文化交流团，拜访了即将揭牌成立的中国人民大学国学院，致以热烈祝贺。国学院院长、著名红学家冯其庸表示热烈欢迎。他说："你们是一股东风，吹入我们的校园。你们在海外不遗余力弘扬中华文化，我们更要义不容辞！"

喜事巧逢真有缘，欣看国学拓新天。

承前启后延文脉，四海同心薪火传。

（2005 年 10 月于北京）

（三）访中华诗词学会

中华诗词学会成立于 1987 年，是以促进中华传统诗词发展，弘扬祖国优秀传统文化为目的的全国性文学类学会。其主办的会刊《中华诗词》月刊，是全国发行量最大的诗歌杂志。2005 年纽约诗词学会代表团访问中华诗词学会，孙轶青会长主持了欢迎和交流大会。

诗词重振合时宜，喜见京华举帅旗。

万里归来求指点，好教四海雅风吹。

（2005 年 10 月于北京）

（四）喜会叶嘉莹先生

我们赴华代表团一行 36 人，准备从北京专程到天津南开大学拜访叶嘉莹先生。不意叶先生不愿我们众人劳累，情愿自己来北京和我们会面，令我们非常感动。她没有一点架子，待人亲切。听她一席话，胜读十年书！

津门跋涉赴京华，当代诗坛一大家。

幸见先生神采韵，此行万里不须嗟。

（2005 年 10 月于北京）

（五）拜访陈明远先生

"文革"初期，陈明远骇然发现，一本广为流传的"未发表的毛主席诗词"，其中有19首是自己的作品，陈立即致函周总理说明真相，并要求把此信转给毛泽东，但仍被定为"反革命"，蒙冤12年。陈的"毛诗"，最有名的是《答友人》，有"乐在天涯战恶风"之句。

误认毛诗气势雄，多年冤枉系牢中。

至今犹记豪情句，乐在天涯战恶风。

（2005年10月于北京）

（六）偶遇北大同窗凌继尧

北大同窗在燕园设宴欢迎我回母校，然无法联络上凌继尧同学，他陪外国专家到外地去了。宴会后我回到勺园宾馆，在服务台前打电话，旁边也有一个人在打电话，四目相对，竟是凌继尧，他高喊："不是做梦吧！"凌是朱光潜的入室弟子，也是著名美学家。

道是相逢自有缘，骤然出现在眸前。

人生轨迹能交叠，始信灵犀总两牵。

（2005年10月于北京）

（七）访陕西师范大学文学院

陕西师范大学文学院，前身是1944年成立的陕西省立师范专科学校国文科，1949年国文科改为国文系，1953年改称为中文系，2000年，中文系与文学研究所、辞书研究所合并，成立了文学院。该院师资雄厚，有霍松林等名教授。

西安自古漾唐风，薪火相传有学宫。

今日交流多得益，弘扬国粹众心同。

（2005年10月于西安）

（八）唐音阁访霍松林教授

我与霍老结缘于拙著《百年情景诗词选析》，他为此书点评："选人选诗，独具慧眼；对浩劫多所揭批，可为千秋龟鉴。"此次赴西安，有幸会面。与陕西师范大学师生座谈后，他邀我到他居所畅叙。其书斋"唐音阁"之字匾，乃著名诗家程千帆教授所书。

一代宗师万里寻，得偿所愿慰吾心。

今欣登上唐音阁，沉醉儒风听雅吟。

（2005 年 10 月于西安）

（九）游西安唐诗峡

"唐诗峡"位于西安"大唐芙蓉园"，是最具大唐文化特色的地方，以表现唐代文化的高峰唐诗为主题。这是一个人造的峡谷，总长不过 120 米左右，却是精雕细琢，精彩纷呈。诗峡精选了唐代最有代表性的诗歌，由著名的书法大家镌刻在两边的摩崖上。

诗峡徘徊不忍离，唐风习习惹遐思。

江山代有才人出，能否今时胜昔时？

（2005 年 10 月于西安）

（十）步秦牧、紫风伉俪《步月》诗

著名作家秦牧、紫风夫妇，"文革"结束后相偕重游梧州鸳鸯江，回首数十年间风雨，遂联诗《步月》一首。此诗被选入拙著《百年情景诗词选析》一书中。至我和友人麦子在广州拜访紫风时，秦牧已经去世。她与我们均是台山人，见面更加亲切。

情波爱浪不消夷，荡气回肠步月诗。

雨后天晴桂江岸，此生最忆傍依时。

【秦牧、紫风原玉】

步月

缱绻半生同险夷，情深翻少作情诗。

今宵同步桂江月，犹似当年初见时。

（2005 年 10 月于广州）

（十一）访开平潭江诗社即兴

广东开平有个"潭江诗社"，成立已有19年之久，坐落在三埠一间古雅的庭院中。开平是一个侨乡，也是文化之乡，文人雅士众多，我们纽约诗画琴棋会也有不少开平籍会员。我们到了"潭江诗社"，似乎回到了自己的家一样。

绿树高楼映海天，潭江风物胜从前。

开平今古多才俊，有幸相逢翰墨牵。

（2005年10月于广东开平）

（十二）漫步海角天涯

在海南岛的最南端，有一处令人神往的游览胜地，名字叫作"天涯海角"。海边有众多石刻，最有名的，是有一巨石上刻有"天涯"二字，乃清雍正年间崖州知府程哲所题；相邻巨石刻有"海角"二字，乃民国抗战时期琼崖守备司令王毅所题。我偕太太至此，随俗倚石拍照留念。

相随携手卅三年，今到天涯海角边。

漫道人生风浪险，同心伴侣胜神仙。

（2005年10月于海南岛）

癸巳秋粤闽行吟草（13首）

（一）访恩平牛江冯如故里

冯如是广东恩平人，是中国第一位飞机设计师、制造师和飞行家，是提出"制空权"思想的第一人，被誉为"中国航空之父"。后在广州燕塘机场进行飞行表演，因飞机失速坠地，机毁人伤。弥留之际，犹勉励助手："勿因吾毙而阻其进取心，须知此为必有之阶段。"

恩平风水地，万里吊英魂。救国研新技，驾机酬故园。

制空真卓识，启后尚遗言。当思牛江畔，千秋浩气存。

（2013年10月于恩平）

（二）题开平谭逢敬文化大楼

香港同胞谭逢敬，祖籍开平，一向热心社会公益，为家乡建设贡献殊多。如投资 1661 万元，在开平长沙区建成的"谭逢敬文化大楼"，美轮美奂，内设"谭逢敬艺术院"。我们在此与开平艺术家进行了文化交流。

一别开平已八年，重来景物更娇妍。

琼楼屹立潭江岸，且共唱酬歌海天。

（2013 年 10 月于开平）

（三）游福建漳浦口占

（1）江滨公园

昔年沼泽荒郊地，今日亭台映绿池。

点石成金凭创意，欣看腐朽化神奇。

（2）赵家堡

修竹花园似汴京，悠悠漫诉废兴情。

流连最是读书处，古堡犹闻吟诵声。

（3）鹿溪

树下溪边思不禁，铜雕座座意深沉。

孝心故事源漳浦，获鹿感鱼传古今。

（2013 年 10 月于漳浦）

（四）厦门行

（1）游厦门鼓浪屿

鼓浪屿是厦门西南隅的一座小岛，岛上四季如春，岛上树木丛生，丘陵起伏，有海上花园的美称，是闻名中外的旅游胜地，因为岛上有一中空巨石，海浪拍击声如鼓鸣而得名。最高处叫日光岩，附近有民族英雄郑成功当年训练水师的水操台遗址。

曲径通幽鼓浪号，洋楼绿树接周遭。

最思名将操兵处，叱咤天风镇海涛。

（2）游客家土楼

客家土楼，是中华文明的一颗明珠，是世界上独一无二的神话般的山村民居建筑，是中国古建筑的一朵奇葩。它以历史悠久、风格独特、规模宏大、结构精巧、适应聚族而居的生活和防御的要求等特点，独立于世界民居建筑艺术之林。

绿水青山环抱中，天人合一意无穷。

族居防御能兼好，独特圆形见巧工。

（五）羊城酬唱

时值金秋，纽约诗画琴棋会组团赴广州，与广东文化学会举办"中美艺术家作品联展"。展览期间，我们还与广州书画家在广东省人民政府文史馆书法院、麓湖酒楼和曾嵘先生画室进行诗书画艺术交流活动。此次交流，本人有幸与广东省人民政府文史馆书法院副院长吴俊明先生和他的妹妹、诗家吴巧婷等酬唱。

（1）和吴巧婷诗家《翰海缘》

羊城艺苑有平台，春睡高庭百卉开。

满目琳琅书画展，大洋两岸结缘来。

【诗家吴巧婷原玉】

翰海缘

秋华叶茂越王台，墨韵繁花天角开。

根脉相连何觉远，高庭妙品翰缘来。

（2）和吴巧婷诗家《善诗翁》

喜返羊城沐雅风，扬葩振藻醉愚翁。

缘悭一面何由谢，且借唱酬同乐中。

【诗家吴巧婷原玉】

善诗翁——赠梅振才先生

情关枝叶雪梅风，字里行间见善翁。

万里寻源抒缟素，心存温浩畅诗中。

（3）和吴俊明方家《中美艺术家作品联展感赋》

今日羊城秋色浓，迎来远客醉金风。

黄龙丹凤高庭舞，旧雨新知春睡逢。

画鸟描花姿各异，思乡爱国意相同。

欣看翰墨淋漓处，心有灵犀一点通。

飞越重洋返广州，桂香菊艳值金秋。

唱酬常涉家园梦，交谊非关衣食谋。

唐韵汉声天角响，心魂意绪故乡留。

双城雅士同携手，国粹传扬遍五洲。

【吴俊明方家原玉】

中美艺术家作品联展感赋

诗画琴棋意韵浓，中华文化沐东风。

龙腾艺海扬波起，马跃丹山挚友逢。

翰墨琳琅精品现，炎黄俊彦热心同。

霜飘果树乡情重，纽约羊城一脉通。

佳客越洋达广州，芙蓉金菊灿清秋。

云扬高浪凌沧海，风起长林振远谋。

笔墨华滋秦汉出，诗书挥洒麓湖留。

山河富丽生机发，从化温泉过小洲。

（4）吴俊明好——和吴俊明方家（鹤顶格）

吴君妙笔若神来，俊逸尤凭诗眼开。

明朗清新成一格，好词丽句出心裁。

【吴俊明方家原玉】

梅振才健——赠梅振才诗翁大方家（鹤顶格）

梅萼飘香艺卉开，振扬国粹起风雷。

才华横溢比苏李，健步行吟巧剪裁。

（5）和吴俊明方家《赏梅》

微躯欲效一枝梅，任是冰天雪地栽。

不与群芳争艳丽，只求默默报春来。

【吴俊明方家原玉】

赏梅

傲雪经霜仰洁梅，诗田万顷任君栽。

金声振铎敲新句，应信美洲有霸才。

（6）戏赠李凤英董事

在名画家曾嵘的画楼"松风斋"雅聚时，有人突然叫我来首诗，由广州市文联主席、书法家乔平书写，赠给我们会的董事李凤英大姐。为助雅兴，只好硬着头皮写了一首打油诗。大寨"铁姑娘"郭凤莲和纽约时装设计师李凤英本来风马牛不相及，好在名字有个"凤"字相同。

大寨苹城两凤嵘，耕耘纺织各精明。

有缘喜借乔郎笔，一抒山河未了情。

（2013 年 10 月于广州）

休斯敦行吟草（8首）

（一）与休斯敦"颐康讲座"雅士欢聚有感

8月21日下午，我们来到休斯敦。晚上"颐康讲座"在"珍宝海鲜城"设宴欢迎。席上看到王植颐老师这首《贺纽约诗画琴棋会雅士来访》七律，于是匆匆步其韵和诗一首。

> 两城交谊六年长，勠力同心国粹扬。
> 酬唱诗词飘韵雅，挥毫彩墨溢书香。
> 故园风物留图卷，游子情怀入赋章。
> 珍宝楼头歌此夕，惺惺相惜共飞觞。

【王植颐老师原玉】

贺纽约诗画琴棋会雅士来访

> 纽约兰亭岁月长，中华国粹此伸扬。
> 琴清棋妙风光好，画意诗情翰墨香。
> 植李扶桃培秀杰，抒怀觅句写新章。
> 于今休市来相会，雅集同欢共宴觞。

（二）赠休斯敦华侨文教中心

休斯敦"颐康讲座"与纽约诗画琴棋会会，今天（8月22日）在休斯敦华侨文教中心联合举行书诗画作品展，盛况空前。该中心庄雅淑主任，出席了剪彩开幕仪式，并作了热情洋溢的发言。我口占此诗以赠。

> 耕耘卅载不辞劳，服务侨胞效率高。
> 宝岛精神扬四海，大洋两岸架金桥。

（三）访休斯敦"眠琴词馆"

我们拜访了本会98岁高龄的何敏公医生，参观了他的寓所"眠琴词馆"。其"诗书画印""四绝"之造诣，堪称当今文人画之高峰。我看到他自撰、自书、自刻的联匾，饱含哲理，妙趣横生，如"欲知世事须尝胆；不识人情只看花"，"乐得书诗能养命；怕从酒肉结交情"。

休城有幸访神仙，医德双馨四绝全。
乐得书诗能养命，看花尝胆听琴眠。

（四）预祝"老僧"百岁寿辰

何敏公医生赠我一幅他所作的诗画幅，题为《老僧》，画一个老僧人在啃肉，上有谐趣诗一首："老僧今年九十九，食尽许多牛与狗。世人斋口不斋心，老僧斋心不斋口。"乐而步韵和之，预祝何翁百岁寿辰。

奇怪医生不戒口，平时最爱食牛狗。
长生秘诀是斋心，今日悠然超九九。

（五）拜访休斯敦"颐康讲座"

"颐康讲座"是西海岸弘扬中华文化的一面旗帜，董事长是德高望重的何敏公医生。在"颐和讲座"教室墙上，挂满名家书画作品。我们两位会员，看到何医生的一幅山水画和收藏的一幅名家骏马图，爱不释手。何公马上割爱，这笔款，何医生献给"颐康讲座"作基金。

久闻休市有颐康，满室果然书画香。
一帜飘扬西海岸，何公大德斗难量！

（六）参观休斯敦美术博物馆蔡国强巨作

我们在休斯敦美术博物馆，看到了中国火药艺术创作大师蔡国强制作的、他艺术生涯最大的一幅火药爆破画作。他当时说："我做作品时常把自己逼上绝路，我相信作品在绝处才会逢生。"这幅作品已被休斯敦博物馆作为永久展示品收藏。

绝处逢生又一章，斑斓画幅不寻常。
瞬间焰火留佳景，看我中华蔡国强。

（七）喜遇李强民总领事

休斯敦梅伟民宗亲，邀我一起出席休斯敦殷商黄先生夫妇举办的家庭式聚会。中国驻休斯敦领事馆全部外交人员，包括李强民总领事，都应邀参加。他们都身着休闲服装，与大家一起唱卡拉 OK，品尝佳肴，垂钓作乐，闲话家常……

外交重任压双肩，难得逍遥半日闲。

乐作渔夫来放钓，欢歌笑语响湾边。

（八）"希尔顿酒店"即兴

我们此趟赴休斯敦，入住希尔顿酒店数晚，见识了其工作人员的"微笑服务"，体验了其创造的"宾至如归"文化氛围，这是该酒店创始人希斯顿所提出的核心经营理念。更令我们惊艳的是，推开窗户，见到院子里一丛丛烂漫的紫薇花！

迎人微笑若春风，宾至如归暖意浓。

最爱紫薇闲雅韵，一帘花影月明中。

（2015 年 8 月于休斯敦）

丙申秋神州行吟（24 首）

今夏已游神州，今秋又作神州行。此行主要目的，是我们纽约诗画琴棋会组团到书法圣地绍兴兰亭朝圣，并参加广东台山诗词楹联学会成立廿年庆典。当然，也有旅游名胜和私人活动。

（一）飞广州机上观影片有感

坐长途飞机甚是无聊，幸好"南航"是中国班机，可以看到在美国看不到的中国影片。一连看了三部国产片，十分过瘾。

（1）观《百鸟朝凤》

由吴天明导演，陶泽如、李岷城主演。本片改编自肖江虹同名小说，表现了在社会变革、民心浮躁的年代里，新老两代唢呐艺人，对信念的坚守所产生的真挚的师徒情、父子情、兄弟情。

黄土高原唢呐声，人生哀乐总关情。

穿云最是安魂曲，朝凤飞来百鸟鸣。

（2）观《北京遇上西雅图之不二情书》

由汤唯、吴秀波主演之电影。姣爷 15 岁就随父亲移民澳洲，并成为赌场公关。Dannie（丹尼）则生活在洛杉矶，是一位房地产经纪人。正如"千百次的错过，终遇上一见钟情"所说，两人最终在伦敦街头，演绎一段跨国爱情故事。

俊男美女两心倾，异国奇缘妙趣生。

历尽人生风雨后，方知最贵是纯情。

（3）观《寻找心中的你》

由刘伟恒导演，由黄又南、吴千语主演。该片改编自真人真事，主要讲述在通信不发达的年代，男主人公如何寻找一个叫王家欣的女孩的故事。孩子的痴情，着实叫人感动。然时代际遇，都会给爱情带来重大影响。

小城故事系深情，春去秋来百感生。

百度千番寻倩影，心潮似海尚难平。

（二）悼艺术家关子源翁

（1）

甫抵广州，惊闻噩耗：关子源先生在纽约法拉盛北方大道，被快车撞击身亡！关先生是书画艺术家，纽约诗画琴棋会资深会员，每年的本会"雅集"舞台设计，美轮美奂，大多出自他之手。不料今竟成绝响！关老师，天庭召唤，一路走好！

骤闻噩耗泪沾巾，魂断通衢车撞身。

痛惜来年秋月夜，苹城雅集少斯人。

（2）

关子源老师与我多次合作，创作诗字条幅，代表纽约诗画琴棋会作为贺礼，送赠给有关名人雅士。如今关翁骤逝，此情此景，思之凄然！

苹城夫子艺名扬，笔走龙蛇最擅长。

我写诗来君写字，此情今忆断人肠。

（三）步李树喜君五律《春节游兰亭》

我们终于来到书法圣地绍兴兰亭，凤愿已偿！兰亭，现存三块最著名的字碑，其中一块是王羲之所书"兰亭"碑，"文革"时被红卫兵砸断弃掉，后只寻回上半截，下半截乃后人补上。刚好李树喜君传来两首《春节游兰亭》，喜而和之。

重洋寻圣地，风雅集斯亭。走笔天书妙，流觞曲水清。
漫行修竹道，犹响禊诗声。浩劫残碑在，恻然心莫名。

【李树喜原玉】
春节游兰亭

携春过绍兴，微雨湿兰亭。竹色溪前淡，心怀霁后清。
禊诗原有韵，书法本无形。所叹群贤至，斯人独擅名。

宾客皆豪客，春亭乃旧亭。池前鹅影白，雨后渚山青。
竹径缘溪径，诗声杂酒声。羲之本无帖，一抹便成名！

（四）曲水遗址

王羲之《兰亭集序》云："此地有崇山峻岭，茂林修竹，又有清流激湍，映带左右，引以为流觞曲水，列坐其次……"

千载兰亭雅韵传，鹅池修竹尚依然。
今临曲水流觞处，犹觉吟声响耳边。

（五）瞻仰雪窦寺

雪窦寺，全称雪窦资圣禅寺，坐落于浙江奉化的雪窦山山心。相传雪窦寺曾为弥勒菩萨（化身布袋和尚）之道场，宋仁宗曾受弥勒感应梦游雪窦，赐名"应梦名山"。现雪窦寺立有三十多米高的金身弥勒大佛铜雕像，为目前中国最大的佛雕像。

千年古寺沐秋阳，弥勒相传作道场。

应梦名山承一脉，我来佛国上支香。

（六）参观张学良第一幽禁地

西安事变后，张学良被蒋介石扣押五十四年。最初软禁地点就是雪窦山。被幽禁凤凰山时，曾赋诗抒情："万里碧空孤影远，故人行程路漫漫。少年渐渐鬓发老，惟有春风今又还。"蒋介石去世时，张学良到灵堂，送上挽联："关怀之殷，情同骨肉；政见之争，宛若仇雠。"

雪窦寺旁孤影情，当年诗赋表心声。

风云人物今何在？书剑恩仇终未明。

（七）瞻仰鲁迅故居有感

到鲁迅故居，不由得想起毛泽东的评论："鲁迅是中国文化革命的主将……鲁迅的骨头是最硬的，他没有丝毫的奴颜和媚骨，这是殖民地半殖民地人民最可宝贵的性格。"

骨头最硬敢争鸣，一代文豪享盛名。

倘若寿长今尚在，文坛日日仰新声？

（八）"星巴克"山寨版

鲁迅故居附近有间"咸亨酒店"，是鲁迅笔下的孔乙己经常赊酒饮的地方。近旁有一间咖啡面包店，名叫"星己克"，与世界著名连锁店"星巴克"只有一字之差。"己"与"巴"，字形相似，妙在"己"字，"孔乙己"是个著名的小人物。"星己克"有着特别的幽默和趣味。

今来鲁迅旧时家，喧闹杂陈啡酒茶。

妙趣店名星己克，中间一字并非巴。

（九）溪口与"蒋公"合照

浙江宁波市奉化区溪口镇，为蒋介石的出生地及蒋氏父子的故里，民国时期一度成为国民党指挥中心。现为首批全国特色景观旅游名镇。溪口镇街头，有几个惟妙惟肖的蒋介石装扮者，花上十元，便可与之合影留念。

形神兼备语音同，溪口街头遇"蒋公"。

一幅十元留合照，花钱便可伴枭雄。

（十）瞻仰无锡灵山大佛

灵山大佛，坐落于无锡马山秦履峰南侧。大佛所在位置系唐玄奘命名的小灵山，故名灵山大佛。灵山大佛有八十八米高，是一座露天青铜释迦牟尼佛立像。一入灵山大佛风景区，首先进入眼帘的，是佛墙上的七个大字："湖光万顷净琉璃。"琉璃，是佛坛七宝之一。

灵山大佛与天垂，法乳千秋洒大悲。

白虎青龙风水地，湖光万顷净琉璃。

（十一）随方书久教授参观南京长江大桥

10月26日，我们纽约诗画琴棋会文化交流团，参观南京长江大桥，同行的有著名画家方书久教授，当年建桥之时，他尚是南京市的中学生，亦义务参与了极其艰苦的建桥工程，距今已有五十六年了。当年饥寒交迫、辛劳艰苦的情景，至今仍历历在目。

回眸五十六年前，不畏饥寒战岸边。

自力更生创奇迹，一桥雄伟立江天。

（十二）贺台山诗词楹联学会成立二十周年

我们纽约诗画琴棋会、纽约诗词学会文化交流团二十多人，专程赴台山，参加了台山诗词楹联学会成立二十年盛会。台山是著名的华侨之乡、文化之乡，台山籍诗人遍布海内外。期望台山也能成为"诗词之乡"！

耕耘廿载百花香，北唱南酬意味长。

好借东风齐着力，台山早日誉诗乡。

（十三）贺寻皇千岛湖诗词创作基地揭幕

今天，台山诗词楹联学会"寻皇千岛湖创作基地"挂牌揭幕，我们纽约诗画琴棋会文化交流访问团有幸出席此盛典。大隆洞寻皇千岛湖有一个"胡蜂科研基地"，该公司董事长汪景安大力支持诗词创作活动，以文化艺术来包装这个风景绝佳的仙境。

寻皇千岛翠湖环，飞舞胡蜂碧树间。

更有群贤诗墨韵，养生福地最心闲。

（十四）题游寻皇千岛湖诗友合照

11月2日，美国回来的台山籍诗人，与台山诗友欢聚一堂，并一起游览大隆洞寻皇千岛湖，留下一幅宝贵的合照，其中有黄祥光、黄惠群、廖宗林、李大坪、曾新琳、盘中玉、梅振才、郭仕彬、盘中珠、唐基彩、伍灼培、梅仲仪。

多年酬唱结相知，聚首三台众展眉。

把臂同游灵秀境，寻皇湖畔好题诗。

（十五）赞恩平

纽约诗画琴棋会文化交流团受到恩平市委统战部、恩平市侨务外事局的热情欢迎，我以一诗作答谢。恩平有"五乡"之誉：华侨之乡、文化之乡、航空之乡、温泉之乡、俊男美女之乡。

侨邑文星育锦江，冯如航史美名扬。

温泉水滑容颜好，今日恩平誉五乡！

（十六）华南师范大学讲学有感

华南师范大学分校设在广州大学城。漫步校园，喜闻青年学子的吟诵声。来参加交流讲座的，都是文学院的学生。每到大学文学院讲学，我都呼吁，把诗词格律当成一门必修课。

大学新城漫步行，校园喜听凤雏声。

中华诗脉千秋续，薪火相传有后生。

（十七）羊城幸会郭业大先生

郭业大先生是华师大历史系高才生，现事业有成。他是个雅士，诗词、书法、音乐，样样精通。现居三藩市，经常回国及到各国旅游。我们到他的天河寓所拜访，他们合奏一曲潮州音乐《十杯酒》相迎。晚上，他和夫人在天河一间高级粤菜馆，设宴款待我们，酒逢知己千杯少！

羊城有幸遇知音，雅韵诗情积淀深。

一曲悠扬十杯酒，潮州音乐暖人心。

（十八）步韵回赠郭业大词长

花城小雪入初冬，温暖如春遇郭翁。

潮乐佳音宜弄月，汉诗雅韵好吟风。

观云四海心闲逸，泼墨千文笔健雄。

相约天涯常唱和，词笺万里架长虹。

【郭业大词长原玉】

为梅振才吟长回国讲学归程饯行

小雪未寒南粤冬，茶庐迎聚几诗翁。

抚琴成调拾杯酒，泼墨生情挠世风。

一寸涛心留海月，千朝文胆赠英雄。

何时共钓金山雨，撒上长空作彩虹。

（十九）与车薪老师互赠礼物

车薪老师是岭南著名诗人、书法家。数月前，他从广州来纽约探亲，有缘相识于纽约诗画琴棋会雅集中。前晚由郭业大先生设宴，以茅台酒招待我和车薪先生。席上，车先生赠我一个他自己制作的花瓶，上有他书写的诗作。

汝送瓶来我送书，诗坛同好乐耕锄。

新知旧雨羊城聚，今夕何妨醉酒庐。

（二十）手枪体新诗

2013 年，深圳大学教授黄永健，突发灵感而创造出"手枪体汉诗"，意即快之意或手机屏上看状似手枪，随即在各地掀起了创作这种新诗体的热潮。此行我拜访了黄教授，并在"手枪诗文化创意中心"作了演讲。晚上黄教授在西丽湖设宴招待我，故试吟一首"手枪诗"致谢。

跨万水，

越千山。

鹏城雅聚，

把酒言欢。

诗赋才华溢，

论谈学问渊。

一响枪声集结，

同驰创意风帆。

展望前程无限好，

大洋两岸共加鞭。

长记取，

盛情宴，

西丽湖边夜景妍！

（廿一）为诗词振声

我在深圳接受青年微视（看拍）独家专访，该微视发表了《世界华语诗词名家梅振才为诗词振声》一文，有言："从小与诗词结缘的他，一生都在致力于弘扬诗词文化，如今浮躁喧嚣的年代，我们更需要慢节奏的诗词抚慰心灵。"

一入吟坛身不闲，蓦然惊觉鬓霜斑。

结缘四海欣酬唱，无悔今生诗岭攀。

（2016 年 10—11 月于广州、绍兴、无锡、武汉、台山、恩平、深圳旅游途中）

南美洲三国一岛行吟（34首）

（一）出发南美洲旅游

今天（6月3日）晚上，纽约诗画琴棋会14位会员，前往南美洲三国（秘鲁、巴西、智利）一岛（复活节岛）旅游和文化交流。

喜随会友作云游，南美诸邦景色优。

最盼登临神秘岛，少年梦想此行酬。

（二）口占敬赠秘鲁中华通惠总局

该总局，于1886年奉清光绪皇帝御颁圣旨正式成立。秉承"通商惠工""义重合群"意旨，服务华人，推动通商，贡献极大。

百载通商与惠工，合群义重展雄风。

秘中友谊传佳话，前景相期更盛隆。

（三）秘鲁鸟岛

离秘鲁首都利马要三个多小时车程的鸟岛，有数百万只海鸟，和平共处，是鸟儿的乐园。还有众多小企鹅，以及从南极游来的海狮。

自由展翅任繁衍，悦耳鸿声漫海天。

人类和平宜共处，一如鸟岛绝烽烟。

（四）秘鲁鸟岛思先侨

秘鲁鸟岛是小鸟的天堂，却是华工的地狱。清咸丰十年（1860）运往鸟岛挖鸟粪的四千名华工（多是广东人），几乎全部惨死于此。

先侨史页引悲情，此岛曾为枉死城。

多少华工断魂处，似闻凄惨苦吟声。

（五）秘鲁"烛台"

赴鸟岛途中，见到一个岛的坡面上，有一幅巨大的图案，形状如同一架未完成的多枝蜡烛台，已历千年。有人说是外星人的航天标志。

> 石岭何人刻烛台？风沙千载未能摧。
>
> 苍天许是留神迹，期待蜡光能免灾。

（六）秘鲁首都利马"爱情公园"

世界上唯一的"爱情公园"，紧邻太平洋岸边。最引人注目的，是一座 5 米高的热恋情侣的"亲吻"雕像，表现了拉美人热情、奔放的性格。

> 唯一公园颂爱情，情心爱意伴潮生。
>
> 如云游客看亲吻，总愿人间好事成。

（七）秘鲁首都利马"武器广场"

南美洲国家有几个同名的"武器广场"，那是殖民者遗留下炫耀功绩之地。欧洲殖民者来到南美洲之后，带来了灾难，也带来了进步。

> 当年集市绞刑场，摇变庄严五殿堂。
>
> 近代沧桑南美史，殖民功罪漫评量。

（八）赠巴中工商文化总会

巴西"巴中工商文化总会"与"纽约诗画琴棋会"举行文化交流座谈会，双方并交换了礼物。我代表本会赠送了关祖洞书写的诗字幅。

> 虹桥一道贯巴中，文化工商促两通。
>
> 济济人才雄实力，明朝会务更兴隆。

（九）谢巴西梅裔辉宗兄热情接待

裔辉宗兄、学兄在巴西奋斗多年，事业有成。我们到圣保罗后，一连三天设宴款待我们，还到他家中举行茶叙。深情厚意，我们深为感动。

> 昨晚酒楼刚洗尘，今朝烤肉举杯频。
>
> 家中茶叙谈心曲，深感主人情意珍。

（十）赠梅裔辉学兄、宗兄

裔辉学兄、宗兄，五十多年前就来到巴西，事业有成。他所创建的"巴中工商文化总会"，促进了巴西和中国的工商、文化交流，成绩巨大。

端芬一树梅，傲雪异乡开。事业艰难创，家庭幸福栽。
中巴牵友好，文化育恢宏。今夕欣重聚，何妨再举杯。

（十一）喜与梅裔庆宗弟巴西重聚

去年11月梅裔庆宗弟从巴西来到纽约探亲，当时我写了这首五律。此次来巴西，再请书法家吴景写成字幅相赠。诗中有"重聚订来年"之句。

共饮端芬水，诗坛又结缘。惠州吟皓月，纽约写寒天。
兄弟情深厚，骚人意畅然。巴西风物好，重聚订来年。

（十二）赠书法大家刘树德医师

著名书法家刘树德先生，是巴西中华书法学会会长。刘先生书法诸体兼工，平中见奇，朴中见雅，雅俗共赏，体现了深刻的道庄思想品味。

巴西有奇士，才艺闪金光。学识皆通博，银针最擅长。
继承临古帖，开拓创新章。今见龙蛇舞，墨香涵道庄。

（十三）登临里约热内卢"耶稣山"

里约热内卢，就是"一月河"之意。该市有一座耶稣山，山顶有世界著名的基督巨像。该市贫富悬殊，治安极坏，去观光是要冒风险的。

万里来游一月河，人言此地"绿林"多。
为求亲睹耶稣像，弹雨刀丛也敢过。

登临山顶看名城，陋巷琼楼两极呈。
贫富悬殊非好景，且祈基督救苍生。

（十四）巴西圣保罗市小义乌

圣保罗市有一条商业街，名叫"三月廿五号"街，以销售价廉物美的中国商品而闻名，店主九成以上是华人。商品几乎都是来自义乌。

头脑精明利可图，华人异国建商区。

琳琅百货轮流转，似见神州小义乌。

（十五）圣保罗市街头露宿者

在圣保罗市街头，见到不少街头露宿者。美洲一般国家，社会福利比较好，穷人都有基本的生活补贴。街头露宿者，多是酒鬼和懒汉。

露宿街头圣保罗，正如纽约一般多。

并非社会关怀少，酒鬼懒人天奈何。

（十六）圣保罗市阿帕雷西达天主教堂

圣保罗州城阿帕雷西达的天主教堂，是世界四大天主教堂之一。我们到圣殿时，适逢弥撒，极为庄重。神父祈祷：世界和平，神佑众生！

来朝圣殿值深秋，典礼庄严曲乐悠。

天主仁慈神力大，为何战火总难休？

（十七）赠李红光、钟晓钰伉俪

我们一到圣地亚哥，智利智京中华会馆主席李红光、钟晓钰伉俪，马上设宴为我们洗尘。李先生夫妇来智利二十多年，事业有成，热心公益。

卅载情深弥足珍，更欣妻子是诗人。

天涯创业同甘苦，事顺家和自有因。

（十八）智利初逢钟晓钰、胡伯均诗友

此诗乃步赵永鹏诗友韵，智利诗友钟晓钰女士也有和诗："骚坛幸得好知音，赋玉微群总热忱。受益无穷诚揖谢，良师如是复何寻。"

朝夕微群传雅音，联吟酬唱意深忱。

洗尘席上欣初会，不枉跨洲诗友寻。

（十九）复活节岛探秘

此乃步胡百均先生韵："重峦翠岭难寻仙，绝地琼崖有洞天。复活岛山迎远客，遨游绿海自怡然。白云万化轻风起，毓秀无声近眼前。不解之谜临脚下，通衢大道入晴川。"

可曾岛上住神仙？碧浪繁花别有天。

有见火山遗凛烈，无言石像落萧然。

非凡屹立千年后，何圣营修百劫前？

不已鸡鸣大洋岸，风光堪比武陵川。

（二十）观复活节岛土著歌舞

我们到达复活节岛当天晚上，就欣赏了一场精彩的土著歌舞。男人颈套花环、裸露上身，女人头戴花饰、下穿羽裙。最有趣的是观众和演员共舞。

蹈姿劲曲动云天，粗犷柔和出自然。

最是销魂羽裙舞，相携美女共翩翩。

（廿一）观复活节岛火山口遗迹

复活节岛最大的火山 Rano Kau（拉诺卡乌），火山口周长 2000 米左右，成了一个美丽的淡水湖泊。现在，湖畔山坡长满了青草鲜花，香气袭人。

遗湖百卉味芬芳，沧海桑田漫思量。

风物宜人互提醒，家花总比野花香。

（廿二）复活节岛"鸟人竞赛"

"鸟人竞赛"是从前复活节岛的一项习俗。各族挑出最健壮者，游向两公里外小岛，找到一个鸟蛋后游回来。最快者，便成为当年的"岛王"。

鸟人竞赛万家狂，习俗由来水一方。

遥想男儿争着力，最强健者选为王。

（廿三）复活节岛 15 个石像群

复活节岛最令人感兴趣的，是一千年前遗留下来的一千多座巨型石像，有人推测，是外星人留下的。十五个石像群，则是现存最大的石雕群。

石像千尊散岛中，一排十五势如虹。

万年历尽风和雨，依旧为民求盛隆。

（廿四）复活节岛七子石像群

复活节岛上石像都是背朝海，唯一例外的就是有七尊面向海洋的石像。据说，这就是当年发现复活节岛的七名勇士，他们默默地注视着故乡。

千年默默立斜阳，七子因何面海洋？

或许烟波穷尽处，铭心刻骨是家乡。

（廿五）复活节岛被推倒的石像群

可能是一种宗教信仰，祈求石像具有保佑岛民的"神力"。然而，后来经历了饥饿和疾病，岛民产生怀疑、失望和愤怒，于是推倒了一些石像。

交迫饥寒世代穷，虔诚崇拜总成空。

怒推石像朝前倒，面目堪怜没土中。

（廿六）复活节岛石像工场

为什么岛上有些石像未完工就突然停工了？一说：受疾病和饥饿的折磨，岛民失去了对石像的信仰；另一说：外星人匆匆做客又匆匆离开的杰作。

为何制像突停工，千载谜团似雾蒙。

疾病饥荒疑信仰？外星人走忽匆匆？

（廿七）复活节岛导游 Victor

我们的导游 Victor（维克多），就是复活节岛的土著。除了他当导游，夫妻俩还经营一间餐馆和一间歌舞表演厅，客人都是来复活节岛的观光游客。

土著勤劳吃四方，经营餐馆又歌场。

奇观变作摇钱树，穷岛今成富裕乡。

（廿八）敬赠智利"智京中华会馆"

在智利"智京中华会馆"文化交流会上，即席梅振才赋诗，王承福书写，方书久作画，以此诗书画三合一作品，赠送给智京中华会馆。

智京会馆是侨家，百载功劳真可夸。

扶助工商拓生路，弘扬文化意无涯。

（廿九）智利圣地亚哥"圣母山"

圣母山山顶上屹立着一尊用大理石雕塑的巨型圣母玛利亚雕像。像高14米，连座基共高23米，自重37吨。我有幸拍到圣母披着一个圆光环照片。

为求圣母保平安，络绎人群登此山。

绰约风姿高岭顶，我来有幸见光环。

（三十）又见复活节岛石人像

我们在智利的海洋葡萄园市（Vina de lmar），骤然见到一尊从复活节岛运来的石人像。这尊珍贵的石像，成了该市的一个标志物。

像立街头可是真？移来闹市倍堪珍。

我怜他有孤单感，朝夕异乡思故人。

（卅一）智利黑礁石风景区

传说上帝创世界的时候，一切都完成了，但剩下了一些边角料，于是把它们沿着南美洲大陆的边缘细细粘上，那就是智利。谁知边角料也是宝贝！

上帝当年造地球，下边角料海隅留。

孰知废物成珍品，宝石闪光天尽头。

（卅二）智利总统府

智利总统府拉莫内达宫，是一座白色建筑物，在特定的日子，游客可以进入参观。总统府并无重兵把守，大门口只有寥寥几个卫兵而已。

可是庄严白色宫？寥寥只见几兵戎。

虽闻游客声嘈杂，总统依然乐办公。

（卅三）告别南美洲

纽约诗画琴棋会访南美洲三国一岛文化交流观光团，由十四位团员组成，主要是诗家、书法家、画家。一路相互切磋，不断创作，收获巨大。

南美三邦一岛游，难能队友趣相投。

交流文化看风景，画意诗情不胜收。

（卅四）满载而归

南美洲三国（秘鲁、巴西、智利）一岛（复活节岛）文化交流观光活动已顺利结束，收获甚大。智利，有"天尽头""天涯之国"之称。

斯世应无憾，已临天尽头。三邦风景好，一岛舞姿柔。

追溯华侨史，来尝美食楼。欢怡最堪忆，异国会诗俦。

［2019年6月3日—6月18日，于南美洲三国（秘鲁、巴西、智利）一岛（复活节岛）］

迪拜游吟草（13首）

小序

迪拜大名人着迷，八天游览不停蹄。

途中拾得诗多首，留待他年忆雪泥。

（一）迪拜寻梦

不辞飞万里，寻梦石油湾。

原是黄沙地，今成绿树环。

帆船浮海上，哈塔插云间。

奇景金钱造，神灯魔力蛮。

（二）伊朗小镇

沧桑遗小镇，迪拜旧城区。

巡巷寻陈迹，临河看现图。

楼房造风塔，船艇展钱途。

发达毋忘本，回眸气更粗。

（小镇楼房建有"风塔"，是"捕风器"，堪称"古代空调"。）

（三）迪拜之框

新城地标妙，迪拜框堂皇。

外表黄金贴，内中青史藏。

峻高盈浩气，朝夕放光芒。

最爱留佳影，游人腹里装。

（"迪拜之框"是一个金相框，高约150米，宽93米，有50层，外表全部贴金，用金量45吨。内有阿联酋历史展览馆，在最高层可眺望迪拜全景。）

（四）迪拜黄金街

满街黄灿灿，此物够珍奇。

豪客按斤买，游人砍价驰。

商行连百座，工艺斗千姿。

美女流连处，最钟金缕衣。

（五）帆船酒店

帆船称第一，谁敢比奢华？

马桶纯金镀，飞机楼顶趴。

光临当贵族，享受胜皇家。

若要来评级，十星应不差！

（帆船酒店属七星级，但自诩十星。）

（六）阿联酋总统府

总统皇宫殿，奢华傲古今。

水晶灯耀眼，玉石壁回音。

宝气凌霄汉，威权慑众心。

侈豪如所见，公厕也镶金。

（七）哈利法塔

云霄穿一塔，世界最高楼。

支柱蜘形妙，分层螺状牛。

乘梯疾如电，购物乐优悠。

身置天台顶，风光一览收。

（八）骆驼背上的民族

游牧成陈迹，难忘昔日劳。

身飘无定所，袍染有羊臊。

熠熠神灯照，源源油浪滔。

骆驼骑背上，我亦觉骄豪。

（九）世界最大"奇迹花园"

沙漠生奇迹，置身童话中。

笨头唐老鸭，趣步草莓熊。

锦彩双蝴蝶，堂皇几丽宫。

繁花呈百态，最爱一心同。

（十）谢赫扎伊德清真寺

庄严宣礼塔，高耸入云天。

白玉镶墙上，吊灯光殿前。

虔诚奉真主，教义植心田。

漫道能多娶，元妻最有权。

（十一）棕榈岛

海上人工岛，新奇举世惊。

棕榈状伸展，水陆路纵横。

大厦凌云起，商机逐浪生。

本来无一物，妙在巧经营。

（十二）迪拜再见

天方夜谭处，奇迹世人惊。

大海琼楼起，沙原绿树生。

地标争第一，财富列前名。

亲见神灯照，难忘迪拜行。

（2022 年 10 月于迪拜）

百慕大旅游吟草（8 首）

（一）登"畅意号"邮轮出发

朔风送我别苹城，六日乘轮海上行。

畅意奔驰神秘岛，启程已醉浪涛声。

（二）邮轮船上唐人多

旅游行业复峥嵘，船上乡音不绝鸣。

畅意邮轮四千客，唐人五百更欢迎。

（三）"粉红色"沙滩

海滩美景乐同巡，遗憾传言不是真。

沙粒何来粉红色，分明广告误游人。

（四）未完成的教堂

教堂异景引游人，断壁残垣历几春？

维纳斯神只单臂，原来缺陷也奇珍。

（五）吉布士山灯塔

结伴登临此地游，巍峨一塔立高丘。

当思旧日狂风夜，喜见灯光现海头。

（六）邮轮娱乐度时光

餐馆歌台又赌场，泳池舞榭酒吧藏。

邮轮一只多花样，消遣时光百乐堂。

（七）雄风依旧否

码头犹见旧云烟，力托重锚凭铁肩。

已近八旬人尚健？雄风是否似当年？

（八）百慕大魔鬼三角洲

传说人机骤失频，百家推测究原因。

子虚乌有言魔鬼，骇浪惊涛却是真。

（2022 年 12 月于百慕大）

欢迎王蒙席上口占

王蒙是当代著名作家，历经苦难，创作了近百部小说，获奖甚多。其文学成就主要在小说，然诗歌亦"可爱可诵可书可画"，旧体诗爱发表在《新民晚报》副刊《夜光杯》。此次来纽约，在"一碟盐"酒楼，与"北大笔会"文友相聚甚欢，欣然题词"文友情深"相赠。

今时小说可称魁，风雨兼程百部来。

此夕苹城聊一歇，诗情注入夜光杯。

（1998 年 3 月于纽约）

临江仙·读海鸥《爱的旅程》及《小花一束》

海鸥十五岁时参加中国人民解放军，参加抗美援朝战争，是年龄最小的"文艺兵"。经历四十年的沧桑之后，漂泊异国的海鸥，从纽约飞回魂牵梦萦的故国，一一重访四十多位战友。这次故国寻旧，成就了她的第一本散文集《爱的旅程》。后来，我又读了她的第二本文集《小花一束》，主要是感怀亲友的挚情，力透纸背。最动人的篇章，是她以平实的笔触，刻画了父亲的笔愿和母亲的慈心。

妙舞清歌酬壮士，不辞万里关山。

漫云往事浩如烟！

孤檠寻旧梦，走笔入新篇。

长忆亲朋恩义重，真情拨自心弦。

人间尚有艳阳天！

谢君花一束，香气溢文坛。

（2002 年 2 月于纽约）

题刘邦禄《沧桑人生》诗文集

　　年届八旬的康华大厦管理员刘邦禄，用五年时间，写成了一本《沧桑人生》诗文集，展示了一个凡人不平凡的人生历程。名作家刘心武为之作序《悬崖树·豌豆花》。序中有言："悬崖树，充溢着阳刚之气；豌豆花，体现出脉脉柔情。邦禄先生一身兼秉刚柔二气，难能可贵。"

　　历尽冰霜志未磨，高风豪气世无多。

　　侧身天地凭清品，吟就人间真善歌。

（2004年5月于纽约）

题杨欣然女史《欣然咏絮》诗集（2首）

　　杨欣然女史之诗，连诗题亦诗意盎然。故摘其集中之诗题，串成七绝二首以赠。

（一）

　　幽窗漫笔夜闻琴，客里情怀寄竹心。

　　妙曼人生文酒会，十年园地晚芳吟。

（二）

　　春柳楼头客旅情，夏荷风雨惜余生。

　　秋窗夜语金山梦，冬望寒梅重晚晴。

（2005年1月于纽约）

题陈葆珍女史诗词集《拾趣》

　　著名作家陈葆珍老师，毕业于广西师大中文系。出版有长篇小说《情感沧桑》《廿年一觉纽约梦》等，散文集《墨缘》《雁过留声》等。今喜见其诗集《拾趣》出版，以小诗一首祝贺。

　　情感沧桑不自悲，墨缘长忆桂林时。

　　扬清激浊春秋笔，沥血呕心李杜诗。

　　当代风云存影迹，神州杨柳系乡思。

　　廿年一觉苹城梦，雁过留声拾趣词。

（2005年2月于纽约）

记奇女子叶明媚小姐（3首）

生于香港，在巴黎索邦大学取得博士学位，曾于香港中文大学及浸会大学分别任讲师及高级讲师之职，也曾为香港7家大报撰写专栏，并受邀在大陆、香港、台湾及美国等地超过60个电视和广播节目中担任特别嘉宾。她有14部皆畅销的中英文著作，现与洋人丈夫居纽约。

（一）赏叶明媚古琴演奏

时值早春，去华美协进社听叶明媚古琴讲座。座无虚席，不乏老外。古琴三昧，历史故事，娓娓道来，最后演奏了几支古琴曲，余音缭绕……我顿生疑问，为何迷上古琴？她含笑作答："有琴为伴，我能平静地走过生命中种种美丽和残缺、欢喜与哀伤！"

诗情雅韵出瑶琴，朗月松风竹影深。

莫道苹城多俗客，高山流水有知音。

（二）贺叶明媚《桃花亭》新书发布会

叶明媚出版了好几本畅销的英文小说，其中一本《桃花亭》，描写那些精通琴棋书画的中国名妓故事，把优雅的中华传统文化介绍给西方。她说："当我在写《桃花亭》时，这些名妓们常常出现在我梦中，让我不禁怀疑自己前世是否就是她们中间一个？"

桃花亭里秦淮梦，十载书成未了情。

最爱倚楼弹古调，常疑名妓是前生。

（三）赞叶明媚"乐琴书以消忧"讲座

作为巴黎大学音乐学博士和纽约古琴书法沙龙艺术总监的叶明媚，其琴艺与书艺当然造诣很深。她在北京国家图书馆举办"乐琴书以消忧——谈古琴与书法"讲座，甚受专家和大众的欢迎。在社会转型之际，中华优良传统文化，无疑是一种正能量。

转型社会易烦愁，静气沉心谁不求？

且乐挥毫弹逸曲，古琴书法以消忧。

贺《乾坤》创刊

纽约几位文艺青年创办了《乾坤》杂志，内容丰富，包罗万象，特别是致力于弘扬中华传统文化，其志可嘉，祝一纸风行，前程似锦！

欣看孺子鼓儒风，激浊扬清意万重。

卷内乾坤真个大，华洋今古尽包容。

（2005 年 3 月于纽约）

赠周励小姐

周励小姐的《曼哈顿的中国女人》一书，声蜚海内外。她不仅能写一手好文章，还扬帆商海，事业成功。秀外慧中，好一枝红梅花！

傲雪红梅花一枝，商场文苑展英姿。

春风大雅谁堪比，家国情怀总是诗。

（2005 年 5 月于纽约）

缅怀纽约文坛"三老"（6 首）

纽约文坛有"三老"：历史学家唐德刚、文学评论家夏志清和作家董鼎山。然相继于 2009、2013、2015 年去世，分别享寿 89、92、93 岁，可算是高寿了。我有幸认识他们，时有往来，于我是亦师亦友。下面几首诗，写于不同年份，现集为一辑，以作纪念。

（一）读唐德刚教授诗文史感赋

胡适高足唐德刚教授，著述甚丰，集历史学家、作家、诗人诸桂冠于一身。有"文史一家""口述史大家""当代中国别树一帜的散文家"之誉。唐氏有著名的"历史三峡论"。

神州兴废究前因，三峡航程分段陈。

乐在终生泗史海，何妨余事作诗人。

（2006 年 10 月于纽约）

（二）悼唐德刚教授

唐先生被"美国北大笔会"聘为顾问，喜曰："胡适先生曾戏言：'你我为安徽同乡、哥大同校，惜你与北大无缘。'如今可好，我和他是'三同'了！"最后一次见面，是两年前，我和林希翎到新州他家去。不久他便搬去加州了。

犹记恩师语，欣为北大人。吐谈多逗趣，口述亦求真。

史学言惊世，诗文著等身。新州离别后，闻耗泪沾巾。

（2009 年 10 月于纽约）

（三）贺夏志清教授九十大寿

一班文友贺夏志清教授九十寿辰宴会，在中城杏花楼酒馆举行，我赠教授一首小诗。后来我到夏府做客，一入门便见到这块诗匾挂在最显眼的墙上。夏教授言谈诙谐，妙语惊人。其最有影响的作品是《中国现代小说史》。

重描新史耀千秋，激浊扬清志已酬。

妙语由来惊四座，十年再醉杏花楼。

（2011 年 2 月于纽约）

（四）悼夏志清教授

夏教授英文、中文著述甚丰，其中最重要的是 1961 年出版的英文版《中国现代小说史》，可说是一本中国现代小说批评的拓荒巨著，奠定了他作为杰出的现代中国文学评论家的崇高地位。

纽约严冬日，惊闻失夏公。名归中院士，性近老顽童。

有意描新史，无心争伟功。人书遗雅范，四海仰高风。

（2013 年 12 月于纽约）

（五）赠董鼎山先生

从 1979 年起，中国《读书》杂志推出董先生的《西窗漫笔》专栏，这些介绍当代美国文学的文章，为正欲冲破禁锢的中国思想界和文学界，推开了一扇"西风窗"。作品有《西窗漫记》《留美三十年》等。

赫贞河畔久耕耘，早已才名两岸闻。

但愿西窗人不老，百龄健笔尚凌云。

（纽约有条 Hudson River，胡适译为赫贞河。）

（2013 年 10 月于纽约）

（六）悼董鼎山先生

我和董先生相交有卅年之久，有时到曼哈顿他家做客。客厅墙上挂着一些字画，我最欣赏的，是黄苗子送给他的那幅诗字。有一次，他知我正在写《文革诗词钩沉》，便把他朋友唐大郎的诗集转送给我。

写作唯生命，书龄八十长。行文多趣话，随笔尽华章。

欣赏黄苗子，畅谈唐大郎。西窗灯已熄，遗卷永流光。

（2015 年 12 月于纽约）

北京访三大师（3首）

（一）访翻译家杨宪益

著名翻译家杨宪益，自译或与英籍妻子戴乃迭合译了众多中国古代和现代的优秀文学作品。他也是一个诗人和作家，出版有诗集《银翘集》和自传体《漏船载酒忆当年》等。他住在北海边的金丝胡同，年高病重，所有东西均已送人，我只见到墙上挂着一幅他妻子的遗像。

静寂胡同后海边，秋风送我访高贤。

家徒四壁无余物，情系三生有谪仙。

译笔传神惊近世，漏船载酒忆当年。

哪堪残烛将燃尽，临别依依忍恻然。

（二）访红学家周汝昌

周汝昌是著名红学家、古典文学研究家、诗人、书法家。其《红楼梦新证》是红学史上一部具有划时代意义的重要著作，并考证出北京恭王府就是大观园的遗址。他双目几乎失明，但仍在他赠给我的《千秋一寸心：周汝昌讲唐诗宋词》

扉页上郑重签上他的名字。

皓首穷经惜秒阴，毕生史海乐浮沉。

红楼梦里求新证，王府庭前认旧林。

泼墨抒怀如凤舞，赋诗寄意胜龙吟。

纵然瞽目光明灭，长抱千秋一片心。

（三）访漫画家黄苗子

黄苗子是著名漫画家、美术史家、美术评论家、书法家、作家、诗人，出版有画集、书法集、散文集、诗集以及美术评论等专著。夫人郁风，是郁达夫侄女，也是画家。热恋时，黄苗子曾写诗相赠，有句云："慈净温庄圣女颜。"可惜她不在家，失之交臂。

年届九三人不闲，艺无止境总登攀。

戏吟乱世牛油集，杂忆少时香港湾。

漫画才情惊四海，狂书墨韵动千山。

此行唯一留遗憾，未见温庄圣女颜。

（2006 年 11 月于北京）

悼"诗之子、海之子"袁可嘉先生

著名诗人、翻译家袁可嘉先生在纽约安详地走完了 87 年的人生路。他是"九叶派"诗人之一，留下了不朽的作品，代表诗作是《沉钟》。在追悼会上，我在他的灵前献上这首悼诗。

夫子是沉钟，八方收野风。经霜添锈绿，傍海悟时空。

痛历三生劫，幽鸣九叶红。漫云声已杳，余韵动苍穹。

（2008 年 11 月于纽约）

题唐风先生自书诗集《北美大观园》

唐风（陈奕然）乃纽约一才子，诗好字靓。最近其自书诗集《北美大观园》出版，海内外艺坛好评如潮，何止是北美风景之"大观"，更是诗书妙笔之"大观"。

天涯揽胜最销魂，妙笔生花勾梦痕。

雅韵诗情融一集，珍奇北美大观园。

（2009 年 1 月于纽约）

悼中华诗词学会会长孙轶青先生

孙轶青先生，是著名书法家、编辑家、诗词家，是中国当代中华诗词事业的领军人。2005 年纽约诗词学会代表团访问中华诗词学会，孙轶青会长主持了欢迎和交流大会。拙著《百年情景诗词选析》，刊有孙会长的贺联："时代开新纪，人间待好诗！"

忆昔京华会，金言寄意长。领军功卓伟，扛鼎气飞扬。

炼句传神韵，挥毫出锦章。感恩曾馈赠，翰墨永留香。

（2009 年 3 月于纽约）

赠扬州秦子卿教授

来自扬州的秦子卿教授，是宋代名诗词家秦少游的裔系。博学多才，在书画艺术、诗词研究、科学研究及教育诸方面均有建树。曾任岳麓大学校长等职。

令名闻已久，有幸会今朝。墨宝华洋重，诗才世代骄。

虚怀涵博学，妙语见高超。相约吟秋月，听箫廿四桥。

（2009 年 3 月于纽约）

赠电影编导、制片人唐娄彝小姐

唐娄彝是中国年轻的新锐电影导演，以《西洋镜》与《定军山》两片惊艳影坛。十年磨一剑，她正在筹划拍一部非常有意义的影片《我们的马丁老师》，我们纽约诗画琴棋会的艺术家也尽力配合，希望她早日完梦。

初试啼声艺不凡，《西洋镜》照《定军山》。

苹城十载勤磨剑，且看《马丁》惊影坛。

（2009 年 4 月于纽约）

忆秦娥·赞《我们的马丁老师》

唐娄彝正在拍一部真人真事电影《我们的马丁老师》，主角是一个美国青年马丁，内容是他到贫穷的中国大西北乡村办学的故事。美国也有"活雷锋"，真叫人感动！

云深谷，穷乡兴学雄心逐。

雄心逐，扎根异国，献身教育。

品高岂止炎黄族，洋人也奏雷锋曲。

雷锋曲，无私有爱，移风易俗。

（2009年4月于纽约）

赠陈中美诗翁

诗翁1980年移民旧金山，仍心系故国。在其台城的别墅明彩园"玉衡楼"，每年一次举办吟唱会。其文学成就，主要是创作"新律诗"，而收集整理台山历代诗人作品，特别是发掘、出版程坚甫的诗作，贡献甚大。他还在广海镇办了一个"石窟诗林"，以弘扬中华诗风。

劲节似苍松，金山一寿翁。丹心牵故国，健笔拓新风。

勠力扬程子，寻诗镌石丛。侨乡添雅韵，酬唱玉楼中。

（2009年8月于纽约）

贺赵康华大夫《杏林足印》付梓

赵康华大夫，纽约著名老中医，医术高明，妙手回春，誉满杏林，且颇富文才。今将历年所作诗文，汇成一册《杏林足印》，诚纽约杏林、文坛一盛事。

济世悬壶久，良医誉满城。仁心千户颂，顽疾一针清。

协力扬中药，行文抒雅情。杏林留足印，无憾忆生平。

（2010年3月于纽约）

题九九读书会散文集《西风回声》

由王鼎钧指导的"九九读书会",在纽约成军十年,交出一张漂亮成绩单,一本学员作品集。鼎公说:"他们是文学阵容的异军,甚或说这样的人也是文学未来的一个希望。"此书由尔雅出版社出版。

不辞文学路难行,旧梦重温慰此生。

十载耕耘收硕果,西风过处响回声。

(2011 年 1 月于纽约)

贺鼎公九十文学人生回顾座谈会

纽约大学两岸学生会举办"王鼎钧九十文学人生回顾座谈会",有"十项全能"美称之鼎公,写作生涯超过一甲子,他的书多年来畅销不辍。他仿佛家四弘誓愿作铭,以励天下同文:"文心无语誓愿通,文路无尽誓愿行,文境无上誓愿登,文运无常誓愿兴。"我以为,鼎公故乡山东兰陵,有两件传世之宝:馨香美酒和鼎公作品。故步李白《客中行》韵敬贺。

兰陵岂止酒馨香,更有鼎公文采光。

十项全能弘四愿,圣经佛理乃原乡。

【〔唐〕李白原玉】

客中行

兰陵美酒郁金香,玉碗盛来琥珀光。

但使主人能醉客,不知何处是他乡。

(2015 年 4 月于纽约)

贺马克任先生大作《浮生寻梦》问世

北美洲知名报人马克任,山西祁县人,上海复旦大学新闻系毕业。先去台湾,后到纽约。八旬后回到阔别多年的中国大陆游览,将所见所感写成游记,真切感人。

报界耕耘六十年,又挥彩笔写云烟。

浮生寻梦人长健，逸韵闲情溢巨篇。

（2011 年 4 月于纽约）

读孔兄《春词》有感

暮春时节读春词，春水春花尽入诗。

漫道春风寒似刃，春江水暖鸭先知。

（2011 年 4 月于纽约）

贺纽约小诗人张元昕负笈津门

张元昕 1997 年 12 月生于纽约，她是纽约诗画琴棋会的小会员。10 岁时，她便能背诵 1500 多首古典诗词，上海文艺出版社出版了她 300 首诗词选集《莲叶上的诗卷》。她 13 岁在纽约初中毕业后，被南开大学文学院破格录取。我们为她举办负笈津门欢送会。

乘风万里觅良师，正是荷塘花艳时。

旧韵新声缭乱处，但期莲叶续题诗。

（2011 年 8 月于纽约）

访翻译家屠岸

屠岸乃著名诗人、翻译家、出版家，其译作有《莎士比亚十四行诗》《济慈诗选》等，艳惊文坛。他译诗与写诗齐头并进，出版有诗集《萱荫阁诗抄》《深秋有如初春》等。妻子方谷绣、女儿章燕都是英文翻译。此次有幸获赠一本他的散文集《霜降文存》。

早从译著耀骚坛，十四行诗立耸杆。

兼具才情能洒脱，同携妻女不孤单。

牛棚狱里吟冰雪，萱荫阁中歌胆肝。

霜降文存喜相赠，携回彼岸注心看。

（2012 年 10 月于北京）

访诗人郑敏

九叶诗派,是指20世纪40年代中国的一个现代诗流派,"意象"和"朦胧"是其特色之一。我在清华园荷清苑拜访了"九叶"唯一未凋的郑敏,其名篇有《金黄的稻束》《寂寞》《池塘》等。她对我说:"新诗在艺术上,每一首都必须量体裁衣,根据其个性现成设计款式……"

西南联大漾诗风,掀起新潮曲未终。

寂寞池塘全意象,金黄稻束半朦胧。

抚心定气篇篇好,量体裁衣首首工。

九叶如今余一叶,清荷相映晚霞红。

(2012年10月于北京)

访潮州市玉峰书画社

早闻"玉峰书画社"大名,今日有幸亲访该社。该社廿年来先后出版了五期社员作品集,皆以《野草集》名之。陈德光副社长主张:"笔墨随时代。"可谓好评!

早抱寻芳梦,今欣上玉峰。廿年营艺苑,百卉展娇容。

笔走随时代,诗吟动远空。韩江添丽景,"野草"曳唐风。

(2012年11月于潮州)

贺叶嘉莹先生九十大寿

一代诗词大家叶嘉莹先生,在古典诗词研究中,博采中西方文学及美学观点,融会贯通,自成体系。自1979年以来,多次回中国大陆讲学,并在南开大学创办中华古典文化研究所。2005年10月,她专程从天津到北京会见我们访华团,她的谦逊、亲切和博学,给我们留下深刻的印象。

九旬仍未老,璀璨若星辰。诗艺堪凌顶,词章足等身。

痴心吟唱雅,处世性情真。最是人称颂,五洲传火薪。

(2014年7月于纽约)

贺小诗人张元昕获南开大学学士学位

出生于纽约的小诗人张元昕，是我们纽约诗画琴棋会、纽约诗词学会会员。13岁进入南开大学文学院，只用三年时间就完成学士课程。我们希望她再接再厉，再用几年时间，争取获得硕士和博士学位。她将来定会成为一道美中文化交流的桥梁，将会成为一代诗词大家！

海河传喜讯，毕业证书颁。沐雨苗尤壮，挑灯人未闲。

好诗凭淬炼，绝顶肯登攀。再盼三年后，相迎博士还。

（2014年8月于纽约）

赠诗家邓国光、曲奉先伉俪

邓国光、曲奉先夫妇，是古典诗词学者，曾合编了两本巨著《中国花卉诗词全集》《中国历代咏月诗词全集》。本人有幸，得邓先生夫妇赠送此书。其孙女张元昕能成出色的诗人，除了本人的天赋和勤奋之外，与父母的关怀，特别是与外祖父母的引领分不开的。

相依咏月又吟花，夫唱妻随度岁华。

自古文章皆有种，欣看诗苑出奇葩！

（2014年8月于纽约）

贺唐其煌书法展暨《融合之美》新书发布会

"宠辱不惊"和"融合之美"，是唐其煌先生的人生哲学和书艺美学。这两句金言，成就了他的美国梦和艺术梦。其书法，自成一格；其文章，视角独特，文字活泼，妙趣横生。现居纽约长岛。

岂止文章誉美东，更求书艺百家融。

宠辱不惊尘世事，今看长岛晚霞红。

（2014年11月于纽约）

题利向阳《梦轩阁中华百花诗咏》

诗友利向阳原籍广东花县，现居旧金山。他既爱花，也爱诗，先后出版了多本咏花诗词集。新著《梦轩阁中华百花诗咏》，介绍142种花卉，一花一篇。每篇包含三部分：彩照一帧，说明一段，诗或词各一首。此书可贵之处，就是融知识性、趣味性、可吟性于一炉。

逐梦金山客，钟情咏百花。

寻芳穿巷陌，猎艳走天涯。

园叟忘蝇利，禅心颂物华。

风行新一卷，传世有奇葩。

（2014 年 10 月于纽约）

贺利向阳著《百花书香诗书画集》面世

在《梦轩阁中华百花诗咏》基础上，利向阳又与书画家李赐麟、叶永润主编了《百花书香诗书画集》。从前一本书到后一本书，完成了两个飞跃：一是诗书画融合的结晶，足可传世；二是搭建起一个平台，促进海内外艺术家的交流。我有幸曾为两书作序。

名家齐出手，栽种百丛花。

香气飘天宇，唐风渡海涯。

醉心书画雅，悦性律章华。

一卷涵三绝，艺坛惊艳葩。

（2018 年 2 月于纽约）

悼中华粥会名誉会长蔡鼎新先生

三个月前，纽约粥会成立，台湾诗联书法大家、中华粥会名誉会长蔡鼎新先生亲题贺诗字幅送给我们。未料今闻蔡先生驾鹤西归，享寿 95 岁。此贺诗字幅当是其去世前最后墨宝之一，殊足珍贵。

噩音传宝岛，痛失鼎新公。

序跋千篇妙，诗联一代雄。

字如人品好，德配士林崇。

有幸存真迹，三生沐雅风。

（2015 年 1 月于纽约）

贺文化行者于利祥启程南美

于君乃江苏滨海人，中华历史研究学者、著名旅行家、摄影家、作家、行吟诗人。36年来，他以自助方式独步国内外110多条旅行路线，行程近60万公里。特别是对三条路（玄奘之路、丝绸之路、长征之路）的历史文化遗存进行了全面系统的追踪和考察研究。现在又开拓第四条路——海外华人发展之路追踪，首程南美即将从纽约出发。他将汇集志同道合者，完成一部《海外华人发展史》巨著。

行吟天下再加鞭，南美登程气浩然。

海外华人荆棘路，从头探索铸鸿篇。

（2015年10月于纽约）

南美考察新闻发布会口占

为于利祥、陈伟区两君赴南美考察，我们纽约诗画琴棋会举办新闻发布会。于君有倚马之才，会上即席口占一诗，以抒壮怀。不才步韵奉和一首，以壮行色。

行藏知本色，吟咏见襟怀。

勇者全无惧，难关总劈开。

【于利祥君口占原玉】

人生多险旅，万里任抒怀。

四海寻踪去，路由行者开。

（2015年10月于纽约）

喜会张义和君

应邀出席中国驻联合国代表团举办的迎春宴会，有幸会见了来自北京的诗人张义和先生。他在亚非欧美驻外工作了二十年，现在是外交部退休干部、老外交官诗社社员。他86岁了，身心尚健，正在整理、补充其诗文集《心迹履痕》，内有诗词稿近千首。期待此卷大作能早日出版问世！

东河灯璀璨，官邸喜逢君。

耄耋身犹健，漂流笔更勤。

五洲留印迹，千首记风云。

珍重桑榆景，诗田勉力耘。

（2016年2月于纽约）

赠汪惠根先生（12首）

（一）读汪惠根《原色》小说集有感

今天在法拉盛图书馆，有一场汪惠根先生主持的中文文学讲座，与读者分享创作《原色——上海人在纽约》一书的心路历程。我把书一口气读完，拍案叫好，随即写下几首小诗抒感。

（1）

汪君于2001年8月从上海来到纽约，14年间走过曲折的道路，尝尽甜酸苦辣。

十四年来漂泊程，一支妙笔写分明。

书中似有吾身影，苦辣甜酸难说清！

（2）

《原色》小说集，多以纽约华人聚居的法拉盛为背景，该社区中餐馆林立。

依稀风物似神州，法盛街头多酒楼。

别井离乡肠欲断，半瓶青岛解千愁！

（3）

"原色"指"色欲"，乃人类本性之一，此书中也有描述男欢女爱的篇章。

最难飞渡是情关，原色常教卷巨澜。

纽约鸳鸯蝴蝶派，悲欢离合泪中看。

（4）

《原色》一书，六色皆有，为何缺"红"？是留下伏笔吗？

海外华人哀乐同，人生百态入书中。

行间字里斑斓景，七彩因何独缺红？

（5）

汪君于2014年9月，在咖啡店内用微信笔记方式写小说，完成了《原色》一书，速度惊人。

巧凭微信记云烟，笔落书成仅一年。

今日已圆文学梦，愿君不懈续佳篇。

（2015年11月于纽约）

（二）贺《家·上海人在纽约》新书面世

今天在法拉盛"见面会所"，举行汪惠根先生《家·上海人在纽约》新书发表会，"家"人们举杯相贺。此书是《原色——上海人在纽约》的姐妹篇。汪先生随后还会出版《春·上海人在纽约》和《秋·上海人在纽约》，完成一套《上海人在纽约》小说系列作品。

（1）

初从《原色》见才华，惊艳文坛又一《家》。

妙语连珠说群事，爱情友谊总堪夸。

（2）

一书引发结新群，纽约申城不可分。

休管人生漂泊处，如家温暖最欢欣。

（3）

两城人物数风流，丽景幽情次第收。

《原色》看完又《家》事，再期妙笔著《春》《秋》。

（2019年3月于纽约）

（三）贺《春·上海人在纽约》新书面世

（1）

不到一年时间，汪惠根先生又出版了第三部小说《春·上海人在纽约》。苗洪在序言中评析这本新书："注重从中国人在美国如何面对文化交流与文化融入接轨方面作出了比较客观的解构。本书其实是一部解构人类世界善良本质的文化类读物。"

东西文化不相同，难免经常碰撞中。

幸有善良人性在，交流接轨好和融。

（2）

作者汪惠根在后记中说："这本书记录了我们现代人的情愫，不论晴雨，我们的心灵一直都在阳光里生活、追求完美、追求卓越，上海人在纽约、华人在纽约，处处都是'春'的故事。"

渡海漂流各有因，异乡奋斗总艰辛。

追求卓越兼完美，过后寒冬又是春。

（2020年12月于纽约）

（四）贺《秋·上海人在纽约》新书面世

汪惠根终于完成了《原色》《家》《春》《秋》四部小说的创作，展示了一群来自东方大都市上海人在纽约的生存状况、文化状况和感情状况，而主要是以爱情为主轴贯穿起来的。爱情，是人类永恒的主题，总会引起人们的共鸣。

（1）

最美风光在晚秋，爱情硕果喜丰收。

世间多少痴男女，河海颠簸任放舟。

（2）

人文冲撞亦交融，沪上苹城两市雄。

当代移民三部曲，风情趣史巧包容。

（2022年11月）

初会李丰晁诗友口占

"海内外诗词交流会"网群诗友李丰晁先生，从广东来美国出差，路过纽约，今晨在华埠"丰盛源"酒楼，与纽约几位诗友欢聚。

客莅苹城正丽天，谈诗品字意陶然。

相逢何必曾相识？总是唱酬能结缘。

（2016年4月于纽约）

欢迎李彩霞诗家入群

李彩霞，原籍天津，1999年到纽约，喜欢文学艺术、京剧戏曲音乐。自2008年开始，自学钻研唐诗宋词，书写原创古体诗词四千余首，被赞誉为"当代词人李清照"，曾荣获首届百强才子才女大赛的大奖。

八载辛勤巧绣花，天章云锦见才华。

苹城诗苑添新景，夺目长空耀彩霞。

（2016年5月于纽约）

喜读蕉岭实验小学小朋友诗作

今天读到一辑《更喜童心入诗来·实验小学梦起航文学社诗作》，顿觉大开眼界，传统诗词后继有人，令人欣慰。"诗教进校园"的经验值得推广，有赖诗家们的大力支持。这间小学，坐落在广东省梅州市蕉岭县的一个乡镇。这辑诗作，是由该文学社的指导老师之一的陈静（微信名"静落"）编辑的。

喜读华章眼界开，童心丽句入诗来。

相期赤县多新蕊，更待春风化雨催。

（2016年12月于纽约）

贺《台山文评报》创刊十周年

今年是《台山文评报》创刊十周年，梅逸民是该报社社长和总编辑。他曾主编《汝南之花》等侨刊，出版有二十多本文艺作品。他是我的同乡、同宗兄弟，又是台山一中的同届同学。先父任教台山一中时，是他的语文老师。

十载耕耘苦，盼来花满枝。

交流新字画，酬唱旧诗词。

推荐传佳作，论评见巧思。

文心通四海，一纸系相知。

（2017 年 1 月于纽约）

读《风口中的乡愁》有感

文化学者、哲学博士、研究员李明华先生送我一本他主编的《风口中的乡愁》，这本书的主题，是关注当代中国乡村建设，呼吁国人为拯救乡村、传承乡土文化、建设美丽乡村作出贡献。

农村风貌改，何处觅乡愁？牧笛声消远，东篱酒断酬。

精神休掉弃，传统要存留。唯愿新城镇，天人合一谋。

（2017 年 4 月于纽约）

学写粤语诗（5 首）

陈永正教授在广州酒家设宴，邀请我、何永沂、车薪、麦子等友人。席上谈及粤语诗的创作问题，陈永正教授、何永沂医生，都是积极推动者。我是台山人，广州话半咸淡，勉而为之。

（一）赏何永沂、余福智诸友粤语诗

何永沂医生和余福智教授，所写的粤语诗极为幽默新奇，有时虽则"冇厘头"，但言之有物，针砭时弊，笑中带泪，别具一格。

冇晒厘头粤语诗，认真抵死夹新奇。

讽时唔怕周身蚁，得啖笑来心互知。

（二）读余福智教授系列粤语诗

不久前在佛山喜晤余福智教授，我送他一册拙著。未料他诗兴大发，几乎每日写首粤语诗，首首精彩，内容都是拙著读后感，我不禁亦以粤语诗回赠。

（1）

乜戏荒唐够晒奇，系人唔死线都黐。

兄台支笔好犀利，乞个嗌来百首诗。

（2）

十年谂起泪潸潸，嗰阵扑街真鸠闲。

咪话翻生执条命，鳝鱼唔死一身潺。

（粤语"鸠"有多解，此处用作语气助词。）

（三）羊城忆旧

每到广州，我最喜欢光顾保留有广州传统小吃的店铺。那些特色小吃，总教我想起广州旧日的风情，勾起少年时代的点滴回忆。

爆肥仔米麦芽糖，龙虱禾虫仁面王。

谂起嗰时流口水，省城零食喺难忘。

（四）题车薪诗兄青花瓷《七虾二蟹图》

羊城车薪兄之诗书画，有"三绝"之誉。近年醉心于青花瓷制品，载上其诗书画作，别开生面。今天微信传来其青花瓷《七虾二蟹图》一幅，并附有广府韵诗一首，故以一首半咸淡粤语诗回赠。

半瓶皖酒醉蛾眉，虾蟹秋来正合时。

乜嘢咚咚鬼咁靓？青花瓷画又题诗。

【车薪君原玉】

丙申夏题青花瓷《七虾二蟹图》以广府韵得句

盘中虾七只，煮熟两个螯。买来半斤酒，一醉便胡涂。

（2017 年 8 月于纽约）

致北美中文作家协会同仁（手枪诗）

深圳大学黄永健教授首创的"十三行新汉诗"，形似手枪，又名"手枪诗"，雅俗共赏，创意十足，近几年在中国掀起一股创作热潮，并进入诗歌艺术产业化阶段。

鸡唱罢

金狗到

回首旧年

成绩堪傲

小说散文妙

诗歌百花娇

新书连续出版

文章频繁登报

大家并肩同划桨

北美文河浪滔滔

天酬勤

春来早

二〇一八会更好

（2018 年 2 月于纽约）

贺周荣词长《彼岸吟怀》出版

著名诗人周荣先生《彼岸吟怀》诗集发表会，在华埠东方书店举行，盛况空前！他是广东东莞人，生不逢时。小时因家庭成分不好，被剥夺上中学权利，但坚持自学文化，终成诗词大家。19岁时写下的一首抒怀七律《野荷》，收入我编著的《文革诗词钩沉》中。

一自荒溪咏野荷，悲欢岁月入吟哦。

律严句丽诗千首，彼岸欣闻大雅歌。

（2018 年 4 月于纽约）

赏《韵藻清华：清华百年诗词辑录》

友人王存诚教授所编《韵藻清华》，为百年来清华人所作旧体诗词之选集。据编者概括，这些清华"学人之诗"，有"渊源深、传承久、作者众、风格异"之特点。清词华函，为百年清华再添一分清华气韵。

岂止工科劲，还呈韵藻华。渊源深各派，风格异奇葩。

作者长稠众，传承久远涯。学人诗本色，一卷赏千家。

（2018 年 5 月于北京）

喜晤王存诚教授

王存诚先生乃清华大学动力机械系教授，退休后涉足文艺，翻译《汉学书评》，参与编辑《牛津艺术词典》《高旅诗词》《邵荃麟百年纪念集》《聂绀弩全集》等，并主编《韵藻清华：清华百年诗词辑录》。

一生研物理，晚岁醉诗文。翻译书评集，裁编艺术春。

知人常品雅，论世总求真。百载清华卷，风流韵藻珍。

（2018 年 5 月于北京）

读军垦农场回忆录《我心依然》

从 1968 年秋天开始，老五届（1966—1970）的大学毕业生有六七十万人到军垦农场劳动锻炼。曾在湖北沉湖锻炼的章华荣，把那段刻骨铭心的历史记录了下来，写成了一部长篇纪实文学《我心依然》。我和太太也是老五届，也到军垦农场度过了两年的难忘岁月。

红书夜读日耘田，虚度芳华心似煎。

最是悲凉军垦处，哪堪回首话《依然》！

（2018 年 7 月于纽约）

丁门学书吟草（12 首）

（一）谢丁老师亲题"梅花斋"

丁兆麟先生，美国著名书法家，现年 104 岁。因缘巧合，今天（8 月 19 日）

有幸正式成为他的入门弟子。第一堂课上，他为我题了我的书房名"梅花斋"，可说是三生有幸。

立雪程门夙愿偿，亲聆指导热衷肠。

良师写赠书斋匾，更觉梅花满室香。

（二）字宜刚健有骨力

第二堂课，看过我的习作，丁老师说："太软弱，加点骨进去。"丁老师强调，学习书法，要重视骨体、气势和力道。他崇尚雄健派："有女郎才，无男儿气，不足学也！"

放歌好唱大江东，习字宜追百代雄。

弱不禁风娇女态，何如汉子气吞虹！

（三）字无骨则俗

丁老师说："字无骨则俗。"好友朱君，赞同丁老师说法，并引述了一个故事：陈独秀曾直面批评沈尹默"诗做得好，字其俗入骨"。沈虚心接受，后来发奋成了著名书法家。

学书切莫入歧途，铁画花拳雅俗殊。

记取良师金玉语，先从骨处下功夫。

（四）字求落地有金声

丁老师的片言只字，对我们是何等珍贵！我怕忘记，故准备了一本笔记本，好作课堂记录。丁老师为我的记录本题下"学书笔记"四个字，并写下"落地有金声"之句作为鼓励。

片言只语记分明，日后重温意更清。

莫负恩师殷切望，力求落地有金声。

（五）书坛诗不孤

我发现书法班的陈定佳同学，他带来的书法作品，就是他自己所作的诗，真是字好、诗佳！他是先习写字，后学作诗，我刚好相反。感谢丁老师送我一幅字："诗不孤！"

早盼自吟能自涂，新词墨写更心愉。

学书班里逢同道，有幸天涯诗不孤。

（六）临帖入门

我和丁老师有段书面对答："丁老师，这是我写的我自己的诗，请提意见！我学写字才三个月。""写得非常好，可见已用了一番功夫。应该找一本好帖，先练好字架子。"

故纸残碑觅字魂，前贤翰墨古今尊。

点横竖撇循经典，临帖千回始入门。

（七）贵在创新

丁老师教导我们，临摹很重要，是初学书法者的必经之途，但只知模仿，不会创新，是难以创作出自成一格的好作品的。他主张："临摹得有艺术价值，展览要自己的创作。"

千载流传翰墨珍，灯窗临帖重形神。

亦防泥古难精彩，一格自成须创新。

（八）颜筋柳骨

我问丁老师，他最喜欢哪一家的书法，他立即给我写了四个字作答："颜筋柳骨。""颜"指颜真卿，"柳"指柳公权。"颜筋柳骨"，是说他们二人的风格像筋骨那样挺劲有力。

世代书雄岂百家？颜筋柳骨最堪夸。

端庄遒劲通神笔，学得皮毛也不差。

（九）通会之际人书俱老

丁老师给我题了八个字："通会之际，人书俱老！"这句话，源自唐代书法家孙过庭的《书谱》，指出书法艺术需要用一辈子去钻研，乃至直到晚年方能走向成熟的"老"境。

百炼千锤字始优，世无捷径可追求。
自惭人老书犹嫩，珍惜余年学海泅。

（十）无法之法乃为至法

丁老师给我题了一句话："无法之法，乃为至法。"这句话源自清代著名画家石涛的《画语录》。意思是：在知道"法"的基础上，却又不拘泥于"法"，率性而为，浑然天成。

万端变化笔如神，套路精研亦拓新。
境至大师无技法，繁华凋尽见淳真。

（十一）书如其人

丁老师给我写了一句古言："书如其人。"意思是：一个人的书法，代表了他的学养、性格、情怀和心境等。当然，书法家应当追求的，是人书俱佳、德艺双馨的理想境界。

古云书法似其人，有别云泥系自身。
习字还须修品格，双馨德艺始为珍。

（十二）善书者寿

丁老师赠我一幅字"善书者寿"，这是对我们习书者的鼓励。而他们夫妇就是范例，他104岁，画家太太101岁。他的大小篆和行草，自成一格，已臻"通会之际，人书俱老"高境。

百年岁月未蹉跎，篆草新风脱臼窠。
墨韵禅心书者寿，人生苦乐等闲过。

（2018年8—11月于纽约）

戏答"纽约堂叔"唐其煌先生

昨晚在私人相册发表了一首《丁门学书吟草》（之八）打油诗，有句云："学得皮毛也不差。"未料得到众诗友的点赞，书法音乐大家、自号"纽约堂叔"的唐其煌先生还留言："并非皮毛！""梅会长术有专攻，情有独钟。耄耋之年，犹作'书童'。称吾'堂叔'，令我仰止。"羞煞我也！

学海无涯破浪驰，耆年习字未为迟。

自吟自写长条幅，纵是涂鸦也乐之。

（2018年10月于纽约）

贺缅华"古韵新声诗社"成立

伊江由两大支流合汇而成，贯穿缅甸，入印度洋，蔚为壮观。缅甸20世纪出现过"裁云""天南""百花"等诗社，吟风曾盛极一时。

新声古韵两支流，汇入伊江通五洲。

妙手裁云多好句，天南又见百花稠。

（2018年11月于纽约）

喜初晤栗庆雄教授

昨天栗庆雄教授伉俪在曼哈顿中城豪宅设宴，款待我和吴家龙、唐风。栗教授专业为经济学，事业有成，退休之后寄情诗书画。我赏读了栗教授的诗词集，格律严谨，词情并茂，首首精彩，特别是那首回文七律，用了八个双叠词，令人叹为观止！

中城喜初会，只恨识荆迟。饱学经文史，精通字画诗。

歌吟多雅意，才气罕今时。何处知功力？回旋双叠词。

（2018年11月于纽约）

贺鹰潭诗词楹联学会成立三十周年

鹰潭，享有"铜都""道都"等美誉。鹰潭山明水秀，有龙虎山、月湖岩等诸多名胜。自古以来，文人荟萃。近三十年，在鹰潭诗词楹联学会推动下，诗风更为鼎盛。其会长徐辉华，与我缘结潮州。希望有机会到鹰潭去，拜会诗友，游览名胜。

> 卅年成劲旅，崛起在铜都。浩气吟龙虎，柔情写月湖。
>
> 老兵犹健笔，新秀尽良驹。彼岸遥相祝，长驱万里途。

（2018 年 11 月于纽约）

贺"雁鸣青年诗社"成立

乐清市是著名的"诗词之乡"，诗风鼎盛，人才辈出。近闻"雁鸣青年诗社"成立，甚为欣喜。该诗社是由乐清诗家高知贤、余东胜、缪明宵等牵头联网建立的，旨在促进当地青年诗人的"吟事发展"。新诗社的成立，对诗风薪火相传，具有非凡的意义。

> 乐清文气旺，世代绕诗声。万首奇佳句，百家高盛名。
>
> 结盟扶后进，传火续前行。风起长林处，喜听雏雁鸣。

（2018 年 11 月于纽约）

贺邹国荣君七十大寿

邹国荣君，广东龙川人。大专毕业，高级政工师、经济师。早年曾以军部参谋的职位参加对越自卫作战，转业后在深圳市大型国企任领导职务。现为深圳市诗词学会副会长、轩辕书画院副院长、中外名家书画院院士。能书擅诗，广交朋友，性情豪爽，乃鹏城一雅士。

> 昂然过七十，无悔话当年。仗剑为家国，赋诗吟海天。
>
> 知人肝胆照，论世火花燃。遥敬三杯酒，豪情再着鞭。

（2018 年 11 月于纽约）

读张书云散文集《奔流不息》

张书云是我在唐山小泊军垦农场的战友。小泊建队五十年后，战友在北大重逢。她送我一本她的散文集《奔流不息》，我一口气读完这部大作。此书分成三辑：人物感情篇、叙事状物篇、旅游观感篇。总体印象，如《序言》作者苏瑞常所说的，"春风扑面，沁人心肺！"

> 旧梦知何似？奔流不息河。芳华未虚度，时代好讴歌。

梅振才诗集　　　299

人物亲情重，周游杰作多。今生最堪忆，小泊刈秋禾。

（2018 年 12 月于纽约）

读诚思《回首来日三十年》有感

诚思君今年 60 岁，30 年前从中国来到日本留学。他在日本创业，浪迹各个阶层，经历各种人和事，引发很多感触，于是把所见、所闻、所感写成了 31 篇散文，结集出版作为纪念。他的文字功力很好，读他的文章，也是一种享受。

东洋居卅载，爱恨说从头。颠覆陈年景，察看新浪流。
繁荣凭法治，飞跃仗群谋。细节徐徐道，风情悦眼眸。

（2018 年 12 月于纽约）

贺辰溪诗词楹联家协会成立廿年

湖南怀化辰溪，以人杰地灵著称，并因屈原诗句"夜宿辰阳"而闻名于世。自战国以降，诸多文人墨客亲临辰溪这风水宝地，留下许多脍炙人口的诗词楹联大作。最近二十年来，辰溪诗词楹联家协会大力弘扬国粹，承前启后，成绩喜人。

辰溪灵秀地，自古雅风扬。屈子行吟处，骚人歌赋场。
继承循旧韵，开拓谱新章。廿载诗如海，前程更耀煌。

（2018 年 12 月于纽约）

贺绥中《诗海潮》创刊三周年

《诗海潮》是绥中诗会创办的季度诗刊。我与绥中诗友结缘，是在前年冬天，大家出席在潮州召开的全球汉诗总会的年会。去年春天，我应邀访问了葫芦岛绥中，受到热情接待。

水上长城处，翻腾诗海潮。名家吟句丽，雏凤啭声娇。
探索千关闯，交流两岸邀。三年花似锦，明日更妖娆。

（2019 年 1 月于纽约）

悼李锐先生

李锐先生于 2 月 16 日在北京逝世,享年 102 岁。他有精彩的一生,并给时代留下宝贵的诗文。为撰写《文革诗词钩沉》一书,我曾四次到北京访问李老。他为此书写了一篇序言《诗歌存史·永记教训》,还赠我《李锐文集》10 集,集中有那篇惊世的《庐山会议实录》。

钩沉"文革"事,四度访京居。

直笔千言序,连珠十卷书。

庐山留实录,陈迹剩唏嘘。

墨宝常鞭策,莫教青史辜。

（2019 年 2 月于纽约）

读《余英时回忆录》

被称为"海外国学扛鼎人物"的余英时先生,出版了《余英时回忆录》,这部回忆录具现他从成长求学迄今的心路历程及转折,与时代变乱相绻系,从而形塑生命中深沉与不断思索的肌理,是当代难得一见的,最重要的学人心史。

潜心文史学,海外竖丰碑。乱世修孤诣,鸿篇解众疑。

敢批虚伪说,总写灼真知。暮鼓晨钟响,正声牵省思。

（2019 年 4 月于纽约）

悼余英时先生

2010 年 3 月,我把《文革诗词钩沉》书稿邮给余英时先生。后来才得知,当时他家因风灾断火断电,他又患重感冒。但他仍在寒病交加的一周内,奋笔写了五千多字序言《为中国诗史别开生面》,令我感激莫名。今睹物思人,情不自已。

犹忆严寒夜,病中书序言。

回眸记龟鉴,深究析根源。

论史春秋笔,求真家国魂。

学坛遗一帜,声气永留存。

（2021 年 8 月于纽约）

陪何永沂兄纽约一日游

大诗人何永沂医生，从广州来美国探亲，遗憾只有一天时间逗留纽约。陪他匆匆转了一圈，走马看花，聊以打油诗一首，博君一粲！

一日匆匆走，苹城可看真？街头孔夫子，港口自由神。

华埠乡音悦，唐餐粤味醇。何方风景好？长岛静无尘。

（2019年6月于纽约）

临别寄何永沂兄

永沂兄出版有诗词选《点灯集》和《后点灯集》。为其写"代序"的世界著名学者余英时教授言："这两部诗集传递了这半个世纪中一种独特的中国声音，这是一个很能激动人心的声音。"

有朋来纽约，相会亦缘牵。探讨诗三昧，钩沉劫十年。

书生多块垒，时代少才贤。君是人中杰，点灯光海天。

（2019年6月于纽约）

贺何永沂医生七五寿辰

永沂兄1945年出生于广州，毕业于中山医学院。不仅医术精湛，而且诗联别树一帜，人称"点灯体""永沂体"。其诗联作品，以其卓拔的思想，融汇古今的艺术，享誉诗坛，广为流传。

七十五年非白过，回春妙手救人多。

剑心最是明灯点，罕见今时正气歌。

（2019年8月于纽约）

悼欧阳鹤先生

欧阳鹤先生（1927—2019），湖南人。清华大学毕业（与朱镕基同班），教授级高级工程师。喜爱诗词，作品屡获奖。为中华诗词学会顾问。出版有《鸣皋集》等。

犹记燕京款待情，苹城酬唱意纵横。

清华水木英才育，格律诗词宝玉呈。

沥胆披肝为家国，光明磊落贯生平。

案头一本鸣皋集，秋月春风伴鹤声。

（2019 年 8 月于纽约）

欢迎郭业大老师莅临纽约

海内外著名诗家郭业大老师，从旧金山来纽约旅游，纽约新知旧雨为之雀跃。郭老师不仅擅诗，而且擅书和擅琴。今天他为我们作了一次精彩的艺术讲座。

几度羊城聚，今欣纽约逢。羡君诗婉雅，走笔字雍容。

人品无尘俗，琴声有味浓。相携女神畔，好咏月光溶。

（2019 年 10 月于纽约）

贺吴家龙兄《映雪斋诗钞》新书面世

家龙兄是理工科出身，在中国的机床行业颇享盛名。然自幼爱好诗词，近二十多年来写诗尤勤，现选出诗词联 534 首结集出版，蔚为可观。其作品常刊登于上海《新民晚报·夜光杯》。

半世研机械，诗苗亦早栽。幽窗勤笔走，佳作自心来。

句丽多新意，词醇似旧醅。耆年何所乐，闲赏夜光杯。

（2019 年 10 月于纽约）

悼摄影大师李振盛

著名摄影大师李振盛于 6 月 23 日在纽约去世，享年 80 岁。"文革"时期，他任记者，把自己所摄的 2 万多张应该销毁的照片底片，藏在床下挖洞保存下来。后来出版了《红色新闻兵》和《追忆瞬间》等作品，获奖无数。

斗胆描真史，存图两万张。荒唐十年乱，血泪亿家殇。

皮带鞭牛鬼，红歌颂太阳。瞬间追记忆，伟绩永难忘。

（2020 年 6 月于纽约）

疫中寄怀陈九兄

陈九先生，正职是纽约市政府数据中心主任，业余作家。认识他已有二十多年，自 2001 年发表诗集《偶然》后，作品犹如井喷，又快又多又好！诗歌、散文、小说三瓣俱佳，获奖殊多。我特别喜欢他那本散文集《纽约第三只眼》。

"偶然"初亮剑，巨著接连环。小说千奇趣，诗文五彩斓。

灵眸观纽约，妙笔写尘寰。才气兼勤奋，井喷人未闲。

（2020 年 11 月于纽约）

疫中怀王渝老师

疫情期间，不能与王渝老师相聚，十分怀念。她是著名诗人、编辑和作家。三十多年前，她是《华侨日报》副刊主编，动员我投稿。她的诗文如清风明月，蕴藉优雅，也是我学习的典范。我有幸和她合作编辑了一本《唐德刚诗词钞》。

引领文坛路，王渝是我师。清风明月句，白玉碧珠词。

四海云相逐，三生笔伴驰。余年真有幸，携手辑唐诗。

（2020 年 11 月于纽约）

赠杨峰梓诗翁

经友人牵线，与杨翁峰梓成为笔友。他已有八十多岁，身体硬朗，思维敏捷，好作诗词，特别爱撰嵌名对联。他住在纽约史丹顿岛，待疫情消退后，望有缘识荆，以促膝谈心为快！

隐居尘世外，史岛一诗翁。律句才情好，楹联趣味浓。

文词无俗韵，风骨似苍松。仰慕坡仙久，何时可遇逢？

（2021 年 3 月于纽约）

遥寄梁伊焕会长

梁伊焕乃才女诗人，网名"婉约公主"，最近被推选为台山市诗词楹联学会会长。期望在她带领下，与海内外台山籍诗人共同努力，使台山市早日成为"诗词之乡"。台山因境内有"三台山"而得名。

婉约人如赋，春花分外香。随风传雅韵，倚马出华章。

灵气三台溢，高才八斗量。领军同骋逐，故邑号诗乡。

（2021 年 3 月于纽约）

读陈敏《我的芭蕾舞日记》

陈敏是中国第一代芭蕾舞演员，最近其《我的芭蕾舞日记》在纽约出版。此书记述了她一生的艺术与生活历程，有创作芭蕾舞剧《敦煌梦》《伎乐天》的艰辛，以及参加国际文化交流和奉献社区的活动。她已届七十七岁高龄，仍希望把她创作的《小美人鱼》搬上芭蕾舞台。

芭蕾生涯七十年，峥嵘岁月未如烟。

呕心巧织敦煌梦，出彩精编伎乐天。

国际交流歌曼妙，社区奉献舞联翩。

苍颜依旧豪情在，小美人鱼又试鲜。

（2021 年 7 月于纽约）

赏读杨峰梓兄小说

杨翁笔名峰梓（疯子谐音），擅诗文，通音律，谙歌舞……大隐于市。近赏读其言情小说《跨世纪邂逅》和仙侠小说《海豚孩》，真是情感细腻，曲折离奇，如梦似幻，似乎也看到作者自己的影子。这两部小说，都是在愚人节推出，别有所寄乎？

杨翁号疯子，文海匿明珠。

曲笔描时代，长歌咏客途。

鸳情虚幻梦，仙侠大江湖。

尤喜愚人节，娱人亦自娱。

（2021 年 5 月于纽约）

贺爱国儒将傅朝汉先贤诗集付梓

傅朝汉先生，是武汉诗家傅占魁老师之父亲，文武双全。黄埔军校 14 期毕业后，参加抗日救亡，白刃拼搏，身先士卒，屡立战功，遗下《抗日诗存 300 首》等，首首皆为热血诗篇。今先贤遗诗面世，可为历史作见证，长励后人。

> 诗存三百首，通卷气纵横。
>
> 战士兼吟士，咏声连号声。
>
> 千笺鲜血染，八载伟功成。
>
> 出土威雄句，英风励后生。

（2021 年 5 月于纽约）

集龚自珍句赞何永沂兄集句诗（4 首）

吾友何永沂医生，著有《点灯集》《后点灯集》，语奇意深，别具一格，震惊诗坛。这两部诗集中，有不少龚自珍的"集句"，深具忧患意识和批判精神。最近，何兄更是接续写了很多首七律集句诗，旧句出新意，首首皆精彩，不才且集龚自珍《己亥杂诗》句以赞之。

> 九州生气恃风雷，飞出胸中不费才。
>
> 终古汉家狂执戟，百年淬厉电光开。

> 秀出天南笔一枝，壮年自定千首诗。
>
> 灵文夜补秋灯碧，伐鼓撞钟海内知。

> 大宙南东久寂寥，万千哀乐集今朝。
>
> 时流不沮狂生议，尘劫成尘感不销。

> 乾清门外露痕多，光影犹存急网罗。
>
> 青史他年烦点染，侧身天地我蹉跎。

（2021 年 12 月于纽约）

贺三藩市"艺贤堂"成立一周年（3 首）

> 年来艺苑溢馨香，四海风流聚一堂。
>
> 有赖方家齐努力，平台明日更辉煌。

艺贤堂上拓新天，画意诗情百卉妍。

曼舞轻歌琴曲妙，心随雅韵到湾边。

流行瘟疫漫天悲，破土傲开花一枝。

温暖人心添秀色，共祈世界太平时。

（2022 年 2 月于纽约）

谢杨峰梓兄传来小品视频

避疫年来少往还，谢传小品予吾看。

新冠严峻难一聚，但从心底祝平安！

（2022 年 4 月于纽约）

悼连文山君

老友连文山君自中国人民大学新闻系毕业后，在广州《南方日报》当记者和编辑多年。移民纽约后，编辑和出版了一本高雅的文学杂志《彼岸》。我们曾多次同游，印象最深的，是一起赴潮州出席全球汉诗总会会议。写诗填词，佳作甚多，尤喜创制"自度曲"。

"人大"锤炉后，羊城辑报章。

文风催《彼岸》，诗会醉潮阳。

自度新词妙，酬吟旧雨常。

《钩沉》遗作在，今读倍悲伤。

（2022 年 5 月于纽约）

题照"六朵金花"

纽约华文作家协会假座纽约华侨文教中心开年会，群贤毕至。我和陈九兄有幸和 6 位女作家合照留影，其中有著名作家赵淑侠、赵淑敏姐妹，前会长李秀臻、秘书长李玉凤，著名诗人王渝和新秀黄天英。除了这 6 朵金花，在座还有不少名作家。

作家协会六金花，文教中心耀彩霞。

姐妹双姝五洲誉，队团两柱众人嘉。

高枝词句香醇酒，嫩蕊诗情苗秀芽。

还有芳菲图片外，千红万紫映天涯。

（2022 年 6 月于纽约）

赞李秀臻《蓝海密码》文集（2 首）

李秀臻任纽约华文作家协会会长期间，出版了一本《蓝海密码》散文集，卷中分四辑：《如虚似幻》《浮生散记》《妈妈笔记》《文学因缘》。内容丰富多彩，有奇幻，有纪实，有爱心，有深情。文笔精致顺畅，如流水行云，引人入胜，百读不厌。

（一）

一支妙笔写心声，文友家人同学情。

海角天涯留印迹，行云流水意纵横。

（二）

如虚似幻梦中行，散记浮生志气盈。

妈妈笔记传心曲，文学因缘未了情。

（2022 年 7 月于纽约）

赠潘为湘先生

不久前出席纽约华文作家协会会议，认识了潘为湘先生，匆匆一面，未及深谈。今天通了电话，才得知他毕业于中美两国名校，学识渊博；多年来致力于中美文化交流，并从商事业有成；业余也爱写文章，作诗词，获奖不少。意气相投，相见恨晚！

有缘文会偶相逢，通话更知声气同。

共忆少时悲浩劫，又谈壮岁喜飘蓬。

羡君博学才华茂，创业花旗生意隆。

邀约中秋赏明月，推心把酒好吟风。

（2022 年 8 月于纽约）

赏读谢为人《晒肚佬》文集

今天收到三藩市作家谢为人的《晒肚佬》文集，可以说是一本自传体小说，这是他为"纪念六载知青生活50周年回忆专集"。他记述的广东台山城和端芬乡，也是我的故乡，读来分外亲切。书中提到的很多地名和人物，也是我所熟悉的。此书语言活泼，描述生动，乡土味浓，吸引我一口气读完。这段历史的回顾，震撼心灵！

少年悲插队，六载苦扶犁。

骤雨山村泣，艰途牛马嘶。

浓浓乡土味，栩栩故人题。

如实描时代，哪堪话雪泥！

（2022年11月于纽约）

赠名记者曾慧燕

曾慧燕出身于广东一个僻乡，青少年时代便闯荡香港，在新闻界崭露头角，后到纽约发展。自1980年起至2017年底，先后任职港台和北美七家大报共38年，发表两千多万字报道，为海峡两岸及香港、澳门采访过最多名流政要的华人记者。其文章为海内外各大报刊广泛转载，并收录在《中国当代新闻文学选》等数十本出版的书籍中。获奖数不胜数！

香江初露角，豆蔻正芳年。

专证风云史，精描人物篇。

良知随笔走，真理总心牵。

万叠新闻稿，行将世代传。

（2022年12月于纽约）

敬步李德儒诗家《感春》

春天感怀，因人而异，古今如此。感受不同，一入诗中，便形成不同的情调和风格。李德儒先生为纽约著名诗人，诗思敏捷，格律尤为严谨。

何必伤怀惹梦回，赏梅联句好传杯。

挽来河汉千重浪，洗去人寰万里埃。

野草随心延远陌，闲花着意缀荒垓。

红尘百劫春依旧，只写豪情不写哀。

【李德儒诗家原玉】

感春

寒梅一树报春回，爱向诗人共酒杯。

风月依然堪啸傲，世情无奈满尘埃。

剧怜夜雨侵三径，莫怪初雷动九垓。

远望园林非复昔，马蹄声里又悲哀。

（2003年4月于纽约）

呈王鼎钧先生

近日纽约诗词学会诸诗友，受散文大家王鼎钧先生之邀，于法拉盛一聚。鼎公言及离别故乡山东已有六十一年，未曾回乡一行。吾与鼎公语，愿秋天陪其作山东之旅。鼎公著有四十多部作品，本本畅销。自称"基督信徒，佛经读者"，人称其回忆录为"人生四书"。

六十年来江海驰，故园风物总堪思。

人生四卷沧桑史，文苑千篇锦绣词。

浊世难逢君磊落，清心常念主恩慈。

相携梦约明湖月，一掬甘泉一首诗。

答梅振才先生

振公词丈赠诗存问，云情高谊，铭感无已，勉成四韵报之。

话到苍凉难为诗，山长水远感不支。

汉关秦月囊无句，北马南船地作棋。

落尽繁华看独木，结成春茧得新丝。

人身那比呢喃燕，君问归期未有期。

（2003 年 11 月于纽约）

奉和黄宗晃词丈八十抒怀

黄宗晃先生以前为祖国献身科技事业，后移民洛杉矶，喜写诗填词，精彩迭出。奉和其"八十抒怀"以贺。

八十人生景万千，好挥彩笔咏流年。

昔研科技甘为客，今爱吟哦乐似仙。

常谱新词歌故国，屡思粤海赏红棉。

与君喜订重阳约，来岁神州和锦笺。

（2004 年 10 月于纽约）

敬次蔡念因诗翁《九一生朝遗怀》

蔡翁是越南"寿星公炼奶"华裔创办人，后生意遍及世界各地，现居洛杉矶。1998 年成立"蔡念因教育基金会"，其宗旨是："爱国、爱人、爱文化。"年过九旬，身心犹健，吟诗结盟，登山击水……我特携诗赴洛城参加其"九一生辰"盛会。

声名远播漫经年，今始有缘呈贺笺。

岂止文章惊彼岸，更存信义薄云天。

寻幽峭壁犹轻健，击水中流总领先。

此夕群贤同祝嘏，联诗进酒共陶然。

（2004 年 11 月于洛杉矶）

浣溪沙·自题《百年情景诗词选析》

拙著《百年情景诗词选析》，已由北京大学出版社出版。赵淑侠教授作序，季羡林教授书名题签，有中华诗词学会会长孙轶青、霍松林名誉会长、杨金亭副会长、林从龙顾问、丁芒顾问、谷向阳教授等题词和赠诗。

三载诗丛觅旧踪，百年情景未朦胧，

清词浩曲意千重。

湖海常萦家国梦，悲欢慷慨古今同，

襟怀且付一吟中。

（2005 年 10 月于北京）

和《百年情景诗词选析》贺诗（4 首）

拙著《百年情景诗词选析》，已由北京大学出版社出版，此书刊有诗家的贺诗字幅，不才分别步韵和之。

（一）和霍松林教授

且倚堂前白玉墀，静听雅韵醉琼卮。

凄风苦雨伤悲曲，铁板铜琶猛壮思。

激烈战场无懦汉，荒唐时代有良知。

百年吟唱通高境，喜看东方醒睡狮。

【霍松林教授原玉】

秋高朗月照庭墀，跨海鸿来酒满卮。

入手瑶编钦妙选，绕梁逸韵动遐思。

百年情景诗中见，两戒河山画外知。

治乱安危传信史，堂堂华夏吼雄狮。

纽约诗词学会会长梅振才先生，以精选百年情景诗词见寄作者，一百五十每人一题一诗一画小传简注，卓有史识，喜吟小诗回报，即乞大雅方家斧正

八四叟霍松林于西安

［注］霍松林是中华诗词学会名誉会长。

（二）和袁第锐先生

历史车轮转百秋，白云苍狗乐回眸。

骚坛佳作知多少，大浪淘沙且选收。

【袁第锐先生原玉】

天涯芳草几春秋，一纸飞来豁老眸。

感得梅郎挥健笔，百年情景卷中收。

甲申秋纽约诗词学会会长梅振才会长以所编百年情景诗词见惠书此以报

袁第锐

［注］袁第锐是中华诗词学会顾问。

（三）和鲁扬先生

传统由来尚古风，真情实意未朦胧。

今时亦有悲欢曲，荡气回肠自不同。

【鲁扬（杨金亭）先生原玉】

心画心声苦采风，百年情景出朦胧。

英雄碧血诗人泪，歌哭回肠系大同。

读百年情景诗词即兴抄奉著者梅振才方家雅正

甲申秋晚北京　鲁扬

［注］鲁扬是中华诗词学会副会长。

（四）和丁芒先生（新韵）

唐韵汉声今世续，人情风景入眸帘。

且留一卷诗词选，雪爪鸿泥记百年。

风云百载情如许，读罢眼前雨一帘。

却喜汉唐筋骨在，更添壮慨向千年。

为纽约诗词学会会长梅振才先生编著之《百年情景诗词选析》题

二〇〇四年九月卅日于南京时年八十　丁芒

［注］丁芒是中华诗词文化研究所顾问。

（2005 年 10 月于北京）

和周汝昌先生《诗赠心武兄赴美宣演红学》

　　心武兄在哥伦比亚大学之"红楼梦揭秘"讲座，听众雀跃，学者叫绝，在美国也刮起了红学旋风。心武兄称，《红楼梦》博大精深，人物多不胜数，秦可卿就像一把扇轴，从扇轴上溯，便可打开一把折扇，红楼人物尽览眼底。其红楼研究，从秦可卿入手，故称之为"秦学"。他在讲座中还引用了袁枚的两句诗："苔花如米小，也学牡丹开。"意谓"角落的一朵苔花，也应该灿烂地绽放"。然刘心武这朵绽放的苔花，却遭到一些红学专家的围攻，幸刘兄广获支持，处之泰然。其秦学研究，颇具自信：一、另辟蹊径；二、自成体系；三、自圆其说。刘心武的研究心血，还凝聚在其所排出的"情榜"中。读周先生之诗，又听刘兄之讲座，获益良多，不揣浅陋，试题和诗一首。

百载探研似火红，喜看秦学煽扶风。

轻摇扇轴千疑释，绽放苔花四海崇。

冷对群攻犹磊落，难为自说总圆通。

问君可有三春梦，幻入金陵情榜中？

【周汝昌先生原玉】

诗赠心武兄赴美宣演红学

前度英伦盛讲红，又从美土畅芹风。

太平洋展朱楼晓，纽约城敷绛帐崇。

十四经书华夏重，三千世界性灵通。

芳园本是秦人舍，真事难瞒警梦中。

（2006 年 4 月于纽约）

贺刘心武续红楼梦竣工

作家刘心武举七年之功，根据各类探佚成果和丰富的想象力，重续《红楼梦》后二十八回，推出新书《刘心武续红楼梦》，首印 100 万册。吾步红学家周汝昌先生诗以贺之。

廿载圆残梦，敬芹唯所求。百思寻伏线，千里溯源流。

顶浪泅登岸，带镣舞上楼。此生风雨路，来岁说从头。

【周汝昌先生原玉】

贺刘心武续红楼梦竣工

淡交慕君子，何事互寻求。三节一通问，四时总顺流。

彩楼迎渌酒，金兔上红楼。胜业为芹献，源同云梦头。

（2011 年 4 月于纽约）

敬和觉虹兄《昙花》诗

昙花享有月下美人之誉。当花渐渐展开后，过 1—2 小时又慢慢地枯萎了，整个过程仅 4 个小时左右，故有"昙花一现"之说。旧金山湾边的李觉虹诗友的后花园，突然有十多棵昙花同时开放，他传来照片和题诗。

一瞥惊鸿已偶然，缘何联袂舞湾边？

人寰尚有三千劫，疑是瑶台下八仙。

（2007 年 5 月于纽约）

敬步林国安会长贺重阳雅集

大马骚人聚碧岗，重阳把盏咏秋芳。

名山景色佳章现，雅集风流妙韵扬。

激浊弘清承大义，挥毫泼墨发幽香。

欣看四海诗潮涌，漫唱天声意远长。

贺第卅八届马来西亚全国诗人"唱天声"壬辰重阳雅集

襟插茱萸上宝岗，风云际会萃群芳。

诗坛大汉天声振，马国华人文化扬。

旧雨新知敲锦句，古城东道荐馨香。

共襄盛举传薪火，李杜唐音雅韵长。

（2012 年 8 月于纽约）

敬步胡则丘诗翁《八十抒怀》（2首）

（一）

胡翁乃湖南桃花江人，笔耕不辍，体裁多样，至今已有 30 本著作问世，如《桃花江传奇》《都市风情》《劲旅人生》《浮邱揽胜》等。其书室号"博古新斋"。

健笔如梭织锦香，诗文史剧耀多方。

桃江佳丽家园影，都市风情现代光。

劲旅人生酬夙愿，浮邱揽胜啸高岗。

欲知坎坷成功路，博古新斋问纺娘。

【胡翁原玉】

有为有守有书香，立德立言少孔方。

手稿堆山输电脑，诗声飘海揽风光。

早春二月堪回首，迟暮三郎未下岗。

八十不知人已老，还当蚕宝乐蚕娘。

（二）

胡翁乃文化奇才，然早年因文罹祸，曾被划为"右派"，遂告儿孙不许弄文，孰料后来女儿红霞（盛世芙蓉）走红网络。胡翁著有《风流三部曲》《乡土三部曲》

《屈原三部曲》等。

（新韵）

桃花江畔响丝桐，古韵新声漫远空。

妙手轻弹三部曲，丹心总衬一身红。

蓝田种玉熬炎暑，破帽遮颜历苦冬。

倚杖回眸堪笑慰，胡家有女亦成龙。

【胡翁原玉】

常怀斑竹近疏桐，岂羡吊兰悬半空。

甘作草莓巴地绿，更怜霜菊伴篱红。

匆匆过客才跨夏，忽忽年华已入冬。

棋局未完休罢手，卧槽老马也如龙。

（2012 年 8 月于纽约）

答谢许锦裳老师

余少时，先父与许老师同执教于珠峰山上之台山师范。犹记当年，许老师乃杏坛新秀，丰神俊朗，如玉树临风。然身负沉重家庭政治包袱，内心悲凉可想而知。五六十年弹指间，今接其加州来函，并获赠珍贵的《颂橘庐诗》一册，情深意厚，无以为报，且赋小诗一首作答。

来鸿牵旧梦，人事绕珠峰。父辈多凋谢，先生尚耳聪。

曾悲头压石，犹忆树临风。珍重忘年谊，相期江海逢。

【许锦裳老师和诗】

答和梅振才会长

来鸿温旧梦，忆昔上珠峰。同侪半凋谢，我今尚偷生。

自悔错投胎，终生祸无穷。谢君情谊重，期望得相逢。

和梅振才君

把看青山句，高入白云宫。台山多俊彦，君侯是颖聪。

头顶虽压石，人世有春风。故旧今离别，天涯当再逢。

（2013 年 7 月于纽约）

十和董峰会长贺盐城粥友首次雅集（10 首）

盐城粥会会长董峰，为甲午春日盐城粥友首次雅集赋诗，情词并茂，欣而和诗一首。未料董君继而和之……如此持续 10 日，十唱十和，诚为雅事。今收编成一辑，以作纪念。

（一）和董峰会长

粥会立高标，交流掀大潮。百家相互重，万里不辞遥。

彩墨临池洒，骚人隔海邀。盐城春色丽，好写马蹄骄。

【董峰原玉】

盐城粥会甲午春日首次雅集赋

连心风向标，文化逐新潮。两岸分离久，三通不再遥。

文朋方外得，粥友网中邀。春意盎然处，鲜花开更骄。

（二）再和董峰会长

盐城是丹顶鹤的家园、麋鹿的故乡，在沿海滩涂上建有麋鹿和丹顶鹤两个国家级自然保护区。华侨称祖国为"唐山"。

寸心仍未老，春暖逐诗潮。粥友情尤厚，唐山路不遥。

鹿鸣闻唱和，鹤舞见招邀。何日能亲览？水乡人物骄。

【董峰原玉】

酬梅振才先生盐城粥会雅集和诗

诗情不曾老，兴起涌心潮。网络无关远，距离难再遥。

知音乐天籁，好雨待风邀。期盼来苏北，增添五月骄。

（三）三和董峰会长

"中华粥会"是由国民党元老吴稚晖、于右任等人创建的，成员多为文艺界名宿，聚会时喝粥以增添雅趣。于右任被称为"当代草圣"，逝于台湾。其遗嘱是："我百年后，愿葬于玉山或阿里山树木多的高处，可以时时望大陆……"

玉山瞻坐标，曾历百年潮。革命诗豪壮，流亡路险遥。
龙蛇随笔走，草圣漫天邀。德艺双馨者，于公一代骄。

【董峰原玉】
三酬梅振才先生盐城粥会雅集和诗

迎春桃夺标，旗手赶头潮。粥会来奇士，英姿去未遥。
推翻封建制，却待共和邀。站上山腰后，行藏皆可骄。

（四）四和董峰会长

统一是高标，首推文化潮。诗书知典雅，歌舞享逍遥。
两岸常来往，三通相互邀。交流同发展，华夏创新骄。

【董峰原玉】
四酬梅振才先生盐城粥会雅集和诗

和谐是目标，文化汇成潮。海隔何来碍，心通不再遥。
煦风吹正暖，好雨适时邀。企盼中华盛，炎黄世代骄。

（五）五和董峰会长

枯枝牡丹是盐城市花之一，闻名遐迩。据传是元末一位农民起义将领，兵败落难盐城便仓，将马鞭插在地上所化。毛泽东亦曾赴盐城赏枯枝牡丹。

盐城新建标，游览客如潮。异兽千山罕，珍禽半步遥。
枯枝花竞放，淮剧魅相邀。百里黄金岸，人同云水骄。

五酬梅振才先生盐城粥会雅集和诗

梅先生将于五月回国开会，曾讲争取来盐相聚，便仓枯枝牡丹的最佳赏花期在谷雨前后，如先生能在会前回国并来盐赏花，那该多好啊！

梅公高义标，掌故数如潮。谷雨花期近，行程五月遥。

风光倍儿爽，诗意会心邀。先赏枯枝妙，再吟盐阜骄。

（六）六和董峰会长

盐城市区河流纵横交错，蜿蜒曲折，甚具水乡特色，号称"百河之市"。

繁荣是目标，经济起高潮。大变凭开放，小康非远遥。

政通千仞跃，路顺八方邀。湿地呈新貌，百河人不骄。

【董峰原玉】

六酬梅振才先生盐城粥会雅集和诗

煦风频发标，叶绿涌花潮。心许东西近，时差日夜遥。

情怀乡梓梦，友谊笔端邀。携手从今始，春回大地骄。

（七）七和董峰会长

盐城入路标，临发思如潮。访友心尤急，寻芳梦不遥。

能成淮海旅，全赖好风邀。酬唱连朝夕，平添行色骄。

【董峰原玉】

七酬梅振才先生盐城粥会雅集和诗

屏前点鼠标，心底涌诗潮。难舍昨宵尽，更知明日遥。

流连春色好，唱和彩云邀。万里传天籁，今朝分外骄。

（八）八和董峰会长

陈琳，东汉末年著名文学家"建安七子"之一，擅诗、赋、文，代表作有乐府诗《饮马长城窟行》及笔伐曹操之散文名篇《为袁绍檄豫州文》等。陈琳乃盐城人氏，今大纵湖畔尚存其墓。

东汉树诗标，陈琳逐浪潮。行文锋锐利，立业梦迢遥。
饮马长城走，讨曹袁绍邀。欲参才子墓，凭吊赋坛骄。

【董峰原玉】

八酬梅振才先生盐城粥会雅集和诗

千秋忠义标，不肯附庸潮。凭吊遗存处，追思往事遥。
烟云过眼去，春色诱人邀。更有诗情起，放飞今日骄。

（九）九和董峰会长

独一以盐标，名城诞海潮。复苏春已近，昌盛梦非遥。
国计民生系，莺歌燕舞邀。相期早携手，同赋百河骄。

【董峰原玉】

九酬梅振才先生盐城粥会雅集和诗

因盐成市标，今日涌新潮。生态滩涂阔，扬帆港口遥。
三农基础奠，四海客商邀。还待诗家笔，添花景更骄。

（十）十和董峰会长

十番方达标，廿首诉心潮。论世情相吻，知人意不遥。
交流灵感动，唱和海天邀。粥会留佳话，齐歌盐阜骄。

【董峰原玉】

十酬梅振才先生盐城粥会雅集和诗

和谐有指标，文化领先潮。冬去何曾远，秋来已不遥。

丰收勤奋奖，成就伴随邀。硕果累累处，人生分外骄。

（2014 年 3 月于纽约）

赠盐城粥会董峰会长

犹记椰风岸，狮城初识君。

热情兼直爽，魁梧又斯文。

顺口吟佳句，随心写妙闻。

盐城开粥会，祝贺领新军。

【董峰和诗】
步梅振才先生赠诗韵致谢

纽约起祥云，飞来载著君。

东观黄海浪，西摘彩虹文。

侨界夸谦逊，诗坛早达闻。

惺惺相惜日，慷慨缔盟军。

（2014 年 3 月于纽约）

次韵小诗人张元昕《毕业有感》（3 首）

纽约小诗人张元昕，13 岁时考入南开大学。她最主要的导师是叶嘉莹教授。2014 年夏天，她才 16 岁，便获得学士学位。张元昕在南开读书期间，坚持每天写一首诗或词，三年积下一千多首。其中一阕《满江红》词，曾获中国首届《诗词中国》传统诗词比赛青少年组特等奖。

（一）

求师万里足诚心，三载寒窗报好音。

难得少怀鸿鹄志，传延诗脉看方今。

（二）

早从莲叶见诗心，又赏津门金石音。

更上层楼千里目，定能博古亦通今。

（三）

唐风汉韵植童心，豆蔻年华发雅音。

庆幸天公重抖擞，人才卓荦降当今。

【张元昕原玉】

毕业有感

常感三春雨露心，诗魂孤梦有知音。

书生难忘千秋业，要共前贤探古今。

（2014年8月于纽约）

步郭仕彬、陈伟区二君贺新微信群

华夏诗花分外香，五湖四海共传扬。

今凭微信天涯近，话短情长意更长。

【郭仕彬诗友原玉】

诗贺梅振才会长组建"海内外诗词交流会"

奇葩内外溢奇香，微信平台共发扬。

今日兰亭吟咏乐，互联网上友情长。

【陈伟区诗友原玉】

和郭仕彬君

一入平台各上香，中华文化共弘扬。

五湖四海奇葩现，诗词书画出专长。

（2015年1月于纽约）

鹧鸪天·读杨启宇诗家鹧鸪天游仙词

蜀中才子杨启宇，所学专业是数学，作小说、写诗词、撰对联是副业，然也成绩骄人。其绝妙诗词不胜枚举，如其《鹧鸪天游仙词一百一十四首》，乃以惊人的速度和横溢的才华，一气呵成，篇篇精彩，他被诗词界誉为"杨鹧鸪"。

百首游仙绝妙词，苍茫心事有谁知？

放歌倚剑论肝胆，破雾穿云释惑疑。

追旧梦，说今时；人间天上两迷离。

飘零彼岸思家国，遥听鹧鸪巴蜀啼。

【杨启宇先生原玉】

鹧鸪天·游仙词终

每到情深不自持，销魂蚀骨止相思。

还珠解佩无穷恨，化石生桑有限期。

奔月女，弄潮儿；相携同赴大洋西。

朱弦已绝金台圮，一枕游仙梦醒时。

（选自杨启宇教授所撰《鹧鸪天游仙词一百一十四首》中之一阕）

（2015年1月于纽约）

与粥友董峰唱和《临江仙》（10阕）

此次赴汕头参加全球汉诗总会盛会，有幸第三次与盐城粥会会长董峰会面。去年我与他有过"十日唱酬，每日一首五律"之雅事；今次又有"十日唱酬，每日一阕《临江仙》"之逸事。难得的是，董君竟同时与多位诗友唱和，篇篇精彩，真乃倚马之才！

（一）临江仙·奉和董峰粥友"与梅振才粥友南澳听涛"

有幸观光南澳岛，相携粥会良俦。

涛声花影鸟鸣稠，

新楼连古迹，胜景任遨游。

毋忘后浪推前浪，先贤称誉千秋。
兴邦伟业记心头，
昂扬时代曲，洗耳听莺喉。

【董峰原玉】
临江仙·与梅振才粥友南澳听涛
色彩分明存影像，人间有此诗俦。
大洋彼岸寄情稠，
汕头逢粥友，南澳共遐游。

拂面清风推浪去，历经多少春秋。
炎黄文化是源头，
同圆华夏梦，天籁展歌喉。

（二）临江仙·再步董峰粥友原韵
自古盐城人物盛，天涯亦见乡俦。
当年岛上杀声稠，
攀登寻史迹，岂止是闲游？

径口坡前瞻古墓，忠臣血写春秋。
犹闻战鼓响山头，
同尝南井水，悲壮展歌喉。

【董峰原玉】
临江仙·再韵南澳听涛寄梅会长
论道吟诗南澳岛，椰风榕叶成俦。

回归线北友情稠，

听涛礁石立，击浪海鸥游。

相约天涯知己在，从兹忘却春秋。

一轮明月挂窗头，

重逢当记取，把酒润歌喉。

（三）临江仙·全球汉诗总会汕头盛会

五月汕头开盛会，迎来各地吟俦。

挥毫酬唱友情稠，

交流扬汉韵，诗海并肩游。

曾是艰难经费少，苦撑二十多秋。

如今粮草摆前头，

同心声势壮，慷慨试金喉。

【董峰原玉】

临江仙·寻访乡贤陆公秀夫衣冠冢

寻访前贤南澳岛，常思忠烈为俦。

埋衣冠处伴情稠，

永垂青史举，负帝作仙游。

桑梓后昆来此祭，心中别样春秋。

天堂路上不回头，

风云襄壮举，雷电亮歌喉。

（四）临江仙·车过南澳大桥

十里长桥通澳岛，雄姿惊艳朋俦。

马龙车水往来稠，

任凭风浪起，自在海天游。

浩大工程迎盛世，伟然业傲千秋。

丝绸新路抢先头，

振衣千仞岗，豪迈放歌喉。

【董峰原玉】

临江仙·读梅会长从邮箱发来按语有吟

海角天涯诗会友，人生乐趣同俦。

中华国粹溢香稠，

梅君传雅意，携手笔端游。

百岁韶华如过隙，几多冬夏春秋？

弘扬文化赶潮头，

其中参与乐，舒展动情喉。

（五）临江仙·读粥友李春华词有感

九十年来文粥会，万千道合同俦。

挥毫酬唱切磋稠，

诗书传雅韵，四海乐交游。

草圣于公遗墨宝，名师享誉千秋。

自知愚钝学从头，

灯窗勤练习，笔管胜歌喉。

【董峰原玉】

临江仙·汕头盛会感事

新老完成交替后，如何凝聚同俦。

基金会把粥熬稠，

难题初破解，奋力向前游。

重振雄风期有日，免于浪费春秋。

传承发展记心头，

拿云携手处，励志发歌喉。

（六）临江仙·寄怀董峰会长

盐阜狮城南澳岛，三番喜会良俦。

诗词别后往来稠，

天涯如咫尺，网络好交游。

常以粥贤为榜样，行藏无愧春秋。

名缰利锁甩心头，

相知肝胆照，壮曲发金喉。

【董峰原玉】

临江仙·六酬梅振才会长

粥会九旬传雅集，奇才逸士文俦。

横穿历史记犹稠，

回归来大陆，海外壮新游。

盛况已然呈粥长，吟哦各有千秋。

叮咛集结冠名头，

贴于官网上，粥友品歌喉。

（七）临江仙·七和董峰粥友

盐阜临江仙一曲，引来多少同俦。

天南地北赋声稠，

文坛添盛事，步韵共优游。

源自诗经风雅颂，吟哦不绝千秋。

开来继往赶潮头，

梢枝多嫩蕊，雏凤展清喉。

【董峰原玉】

临江仙·七酬梅振才会长

去岁梅会长来盐城时，恰枯枝牡丹花期刚过，余有诗云："过了赏花时，园中绿满枝。为她长衬托，与我更相宜。春去暖风劲，夏来梅雨期。眼前观茂叶，磊落焕英姿。"

人海茫茫缘分在，惠吾天赐良俦。

狮城一见许情稠，

爱诗成共识，盐阜忆花游。

再度相逢南澳岛，已经三个春秋。

海边立石挡潮头，

旁听涛起哄，挽臂赏风喉。

（八）临江仙·游金银岛有感

欲遂横财追美梦，金银岛上偕俦。

东寻西觅苦思稠，

明知荒诞事，且作赏心游。

万恶之源钱是首，贪官遗臭千秋。

拍蝇打虎正当头。

倡廉循古训，盛世重清喉。

【董峰原玉】

临江仙·八酬梅振才会长

纽约盐城牵手处，乐翻多少同俦。

嘤鸣求友和声稠，

临江情更爽，仙韵竞诗游。

到此浑然抛世俗，不分炎夏凉秋。

黄鹂站上柳梢头，

迎风昂首立，振翅馈清喉。

（九）临江仙·汕头大学

金凤花开春色好，凤凰招引同俦。

校园如画鸟声稠，

凌云孺子志，书海乐优游。

潮汕从来多俊彦，嘉诚造福千秋。

独资兴学扛肩头，

倾囊何足惜，慷慨放豪喉。

【董峰原玉】

临江仙·九酬梅振才会长

物欲横流时尚病，儒生未肯同俦。

金银岛上谬传稠，

明知编故事，依旧涌来游。

自古清流真雅士，高风亮节千秋。

莫将身外蔽心头，

常怀知足念，造就感恩喉。

（十）临江仙·十酬董峰会长

十日酬吟同一调，有缘诗海相侔。

风飘两岸对歌稠。

董郎招妙手，南澳众神游。

俱进欣弹时代曲，豪情迎接新秋。

赛船击鼓震江头。

还期分别后，再约展珠喉。

【董峰原玉】

临江仙·唱和盛况赋

一曲听涛期引玉，抛砖广结贤侔。

天南地北和声稠，

振才连振臂，邀伴董郎游。

诗会临江端午迓，风骚载入千秋。

龙舟竞渡站船头，

挥旗号子喊，引发震天喉。

（2015 年 6 月于纽约）

贺诗敬步马凯先生韵

中华诗词学会第四届代表大会，将于 8 月 20 日在北京隆重举行。诗词家、国务院副总理马凯先生写了一首七律祝贺。遵中华诗词学会郑欣淼会长之嘱，我也献上和诗一首。

天涯游子莫归迟，赤县吟坛花满枝。

旧韵新声同品赏，小驹老马并驱驰。

交流展望繁荣景，酬唱切磋高雅诗。

送爽金风来引路，放歌四海正逢时。

【马凯先生原玉】

贺中华诗词学会第四次代表大会召开

大地春回盼未迟，唐松宋柏又新枝。

随心日月弦中起，信手风云笔下驰。

骚客曾忧无续曲，吟坛应幸有雄诗。

山花烂漫人开眼，更待惊天泣雨时。

（2015 年 8 月于纽约）

步韵回赠胡江先生

胡江先生是岭南著名画家，擅长国画山水、雕塑、书法。今天幸会胡江先生
伉俪。他提出广州与纽约的艺术界缔结两城结盟交流的建议。这是很有意义的事情，
让我们共同努力，以实现胡江先生的构想。

喜会名家自故园，羊城艺苑聚高贤。

相期携手扬风雅，缔结双城诗画缘。

【胡江先生原玉】

春到名都花满园，琴棋诗画集群贤。

今宵纽约逢知友，最喜他乡结雅缘。

（2016 年 3 月于纽约）

仿伍栋俊君《自报家门》拆字诗

　　诗家伍栋俊与我建立微信联系,传来一首《自报家门》拆字诗,颇感有趣且新颖,故仿而效之,回赠一首。

　　每棵花木展风姿,提手字旁辰宿奇。

　　可惜生财无宝贝,寺前子女共言之。

（梅振才好诗）（是"爱好"的"好"）

【伍栋俊先生原玉】
自报家门（拆字诗）

　　五人游览益没稀,东木西移广猎奇。

　　峻岭人来山匿韵,草旁吉口寺言诗。

（伍栋俊喜诗）

（2016 年 5 月于纽约）

步韵欢迎诗家伍栋俊入群

　　雕虫小技不平凡,携手研磨好叩关。

　　勠力骚坛扬大雅,常将诗意洒人寰。

【伍栋俊先生原玉】
由彼惠此（入群感言）

　　才兄出手果非凡,韵味浓香逸百关。

　　借得他山添彩石,千磨欲玉耀尘寰。

（2016 年 5 月于纽约）

步韵敬和黄新君《共结微友》

　　文桥微信架,朝夕传诗话。

　　联句共推敲,思维防退化。

梅振才诗集　　　333

【黄新原玉】

共结微友

征信桥高架，同倾心里话。

谈诗作对联，光大古文化。

（2015年12月于纽约）

步韵和伍栋俊君

读伍栋俊诗家《趣味诗五首》，有连珠格、鹤顶格，有中药诗、成语诗，真是妙趣横生！不由点赞之："姜是老的辣！"

最喜诗词趣味生，与君结伴踏歌行。

连珠鹤顶良中药，成语串来赠友朋。

【伍栋俊诗家和诗】

生姜老辣是梅生，众望所归诗甚行。

弄斧班门余墨淡，需勤补拙仿骚朋。

（2016年5月于纽约）

步胡林词长《鹧鸪天》韵酬唱（8首）

一位沈阳朋友的爱情故事，真叫人感动。她传来一阕《鹧鸪天》，是她的朋友，名叫胡林，写来赞美和安慰她的。她说胡林是一位诗词爱好者，已写了好几百首诗词。这阕词，情词并茂，若流水行云，令人赞叹不已！有感而和词一首，寄给关山万里、素昧平生的词长。未料，连续7日，酬唱诗词共得16首。今编成一辑，以作纪念。

（一）鹧鸪天·步韵寄胡林词长

读罢佳词感挚真，敬君温语慰愁人。

天涯不少同心侣，苦尽甘来好事频。

离万里，赏佳文；行云流水涤凡尘。

民间正是多高手，诗苑相期满锦茵。

【胡林原玉】

鹧鸪天·相信爱情

网络牵情情也真，苍天不负有缘人。

千山万水终成眷，海角天涯往返频。

排万苦，遇知音。两心相印远嚣尘。

红颜肯为夫君老，雾散云开处处茵。

（二）鹧鸪天·步韵再寄远朋

又读佳篇雅意真，神州处处尽诗人。

《空间日志》留鸿迹，砚谊亲情吟唱频。

听妙曲，品鸿文；功名淡泊远红尘。

骤然倦眼看风景，欣喜窗前现绿茵。

〔注〕《空间日志》是胡林的"微博"号。

【胡林原玉】

鹧鸪天·和梅先生

万里重洋字字真，欣看好句若闻人。

先生妙笔填词美，弟子怡情追雅频。

痴古韵，赏佳音。清香缕缕喜无尘。

诗坛文苑芳菲绽，姹紫千红此处茵。

（三）鹧鸪天·步韵三寄远朋

丽句佳词自有真，欣逢出手不凡人。

鹧鸪三月啼鸣乐，微信今时来往频。

游网络，觅宏文；唐风宋雨洗红尘。

唱酬何必曾相识，勠力诗园植锦茵。

【胡林原玉】

鹧鸪天·再和梅先生

万里迢迢语至真，谦谦君子有心人。

唐风宋雨抒情好，古韵新章写意频。

交挚友，喜琴音。大千世界远嚣尘。

莫言华夏知音少，文化传承代代茵。

（四）鹧鸪天·步韵四寄远朋

彩笔描成美梦真，今生有幸作诗人。

千山杜宇啼鸣密，四海朋侪唱和频。

弹锦瑟，读骚文；佳词妙曲喜无尘。

为君贺寿千盅酒，岁岁峥嵘似碧茵。

【胡林原玉】

鹧鸪天·三和梅先生

六十生辰感悟真，梦中故里聚亲人。

无情岁月催人老，遥想当年好事频。

听妙曲，坠琴音。似疑仙子下凡尘。

天涯何处寻芳草，满眼春光遍地茵。

［注］今天是我的六十生日，借此词留作纪念。

（五）鹧鸪天·步韵五寄远朋

漂泊天涯梦幻真，何妨余事作诗人。

窗前览读愁书少，灯下推敲觅句频。

研宋韵，习琼文；力求意境脱凡尘。

余生且学灌园叟，最喜吟坛满锦茵。

【胡林原玉】

鹧鸪天·四和梅先生

有感朋儒祝语真，炎黄两岸一家人。

他乡远水轻舟荡，游子出门携梦频。

怀故土，盼乡音。经风历雨洗霾尘。

喜看窗外无闲影，春剪绿丝点点茵。

（六）鹧鸪天·步韵六寄远朋

知胡林今居沈阳，令我想起"文革"往事。1967年秋天，我们北大9名学生，到东北去支持少数派。一出沈阳火车站，差点被人"枪毙"。幸好遇到的是北京学生支持的少数派。为保安，他们叫我们马上离开沈阳。沈阳"枪毙"一幕，刻骨铭心！

每忆沈阳惊梦真，十年回忆折磨人。

文攻武卫杀声乱，骨煮心焚惨剧频。

高举手，听哀文；几疑学子葬沙尘。

如烟往事休忘却，碧血当年浇锦茵。

鹧鸪天·五和梅先生

正是清明喻义真，踏青祭扫悼亡人。
送花插柳哀思起，嬉戏飞筝暖意频。

催泪雨，表心音。纸消蝶舞化烟尘。
冢家旷野伤情处，更有桃源芳草茵。

（七）鹧鸪天·步韵七寄远朋

酬唱连番感意真，鹦鸣四海系诗人。
循声步韵同吟乐，铸境修词互酬频。

逢益友，识温文。纯情高谊出凡尘。
鹧鸪一曲宜珍重，携手文园育锦茵。

鹧鸪天·六和梅先生

风雨当年惊梦真，蹉跎岁月苦熬人。
知青两载耕田度，学子寒秋凄泪频。

听好曲，会知音。如烟往事已成尘。
惯看世上千般事，心有阳光山水茵。

（八）结篇有感

偶从诗海览佳篇，遂结珍奇文字缘。
七日联吟词七阕，鹦鸣但愿续绵延。

【胡林原玉】

鹧鸪天·七和梅先生

词雅文谦才气真，余生有幸遇诗人。

三秋意趣箫歌响，两岸同声吟唱频。

痴古韵，爱今音。平凡世界远红尘。

展笺倾诉心中语，携手前行培锦茵。

（2016 年 3 月 29 日—4 月 4 日于纽约、沈阳）

谢车薪先生赠墨宝"翰逸神飞"

岭南国画院副院长车薪先生，从广州来纽约探亲旅游，认识了纽约诗画琴棋会诸同仁，一见如故。他出席本会例会时，即席挥毫，书赠本人"翰逸神飞"小篆，我口占七绝一首以谢。他亦即席奉和一绝，并写成字幅相赠，真是诗佳字好。车薪先生号松坡居士。

粤海松坡雅韵扬，吟诗泼墨尽华章。

苹城秋月迎佳客，翰逸神飞共一堂。

【车薪先生和诗】

步韵和梅振才会长

苹城雅聚正声扬，书画琳琅五色章。

即席梅翁赠佳句，神融笔唱醉华堂。

（2016 年 9 月于纽约）

鹧鸪天·和胡林词《悲情故事》

沈阳一位姑娘，与香港一位姓梅的粤剧演员，通过网络认识。此时，这位梅先生，命运多舛，已是贫病交加。但姑娘欣赏他的才华，便与之结婚。他们共同生活了四年半，上月，丈夫病故……

命里良人无复还，香江遗恨断琴弦。

金凤四度甜如蜜，夜思千重柔似绵。

含热泪，问天仙：为何偕老不成全？
梦中已化双飞蝶，醒后更悲秋月寒。

【胡林原玉】

鹧鸪天·悲情故事

这首词是专为我的好友妹妹而作的。她是一位有故事的人，她天真烂漫，走到哪里都像雀儿一般，带来朗朗笑声，会主持婚礼，唱歌是她的梦想，她的经历传奇曲折……

撒手西归再不还，空留笑靥荡心弦。
四年艰苦苦中乐，一曲离歌歌里绵。

思爱侣，伴神仙；人间好事总难全。
廊桥遗梦飞烟柳，月色如钩寂夜寒。

（2017年10月于纽约）

步韵遥寄傅占魁诗家

六年前，在武汉东湖参加全球汉诗总会盛会，有幸结识诗家傅占魁先生。傅先生乃一谦谦君子，诗艺不凡。别后久疏音讯，时在念中。不意近日在"诗情画意"微信群读到傅先生一首五律，喜而步韵和之，以寄仰慕、思念之情。

一别东湖后，谁家掌大旗？
才高心易妒，石硬志难移。
论世皆从善，知人不徇私。
相期随雅士，诗路共驱驰。

咏石兼怀长征

洪荒遗世立，万里血凝旗。

雪卷峰犹举，涛癫砥岂移。

清风自生绿，玉质不言私。

百炼沧桑去，仍怀彩梦驰。

（2016年11月于纽约）

步韵《诗，中国传统八雅之一》

燕园同窗郝君转发来《中国传统八雅》组诗，择其一而步韵和之。"中国传统八雅"为：琴、棋、书、画、诗、酒、茶、花。据云："善琴者通达从容，善棋者筹谋睿智；善书者至情至性，善画者至善至美；善诗者韵至心声，善酒者情逢知己；善茶者陶冶情操，善花者品性怡然。"

一自诗经三百篇，骚人谁不近痴癫？

春花秋月常堪惜，国恨家愁岂自怜。

捻断青须思妙句，催生白发觅佳联。

江湖夜雨逢知己，浅唱清吟已忘年。

【佚名原玉】

诗，中国传统八雅之一

推敲平仄著新篇，酷爱诗魂已近癫。

朝赋别离悲又怨，暮吟相聚笑还怜。

春花秋雨尽成韵，晓月寒霜皆入联。

偶得佳词忘所以，唐风一揽不知年。

（2016年12月于纽约）

步韵敬赠上官左儿女史

"上官左儿"女史，原名左群涛，乃江南才女，现居江苏常州。在微群中读到她的诗词，如《南太湖蜜月小镇竹枝词十八韵》，以及《烟雨秦淮》《谁怜梅影》

《听泉》等律句，真是情辞并茂，韵味无穷，令人百读不厌，遂择一而和之。

> 喜结天涯诗友盟，寻芳网路且徐行。
>
> 竹枝词织三生梦，律手歌吟四座惊。
>
> 妙笔常描仙界境，慧心漫道世间情。
>
> 何时邀得吴才女，酬唱太湖秋月明。

【上官左儿原玉】

赠好友无雪

> 今虽无雪亦无盟，一笑红尘任我行。
>
> 酒未沾唇先已醉，花曾入眼不由惊。
>
> 冰心肯与梅兰约，绮梦犹牵风雨情。
>
> 遥望洞庭桑梓远，月光依旧是清明。

（2016 年 12 月于纽约）

步韵再赠上官左儿女史

> 万里关山传好音，崎岖诗路喜同行。
>
> 前承旧律流难断，后继新人浪不惊。
>
> 感慨多为评国事，唱吟最是恋乡情。
>
> 今朝彼岸来鸿雁，烟雨江南分外明。

【上官左儿原玉】

答梅振才先生雅赠

> 相逢无语可知音，谁在天涯伴我行。
>
> 拾叶吟篇皆有趣，题门索句不须惊。
>
> 曾经花塔过云雁，屡逐高穹故国情。
>
> 一瓣冰轮分两处，江南纽约得清明。

（2016 年 12 月于纽约）

敬和盘中玉词丈《有答》

此次返台山，曾偕盘中玉、盘中珠昆仲及诸诗家，畅游寻皇千岛湖，并出席"园林宾馆"召开的台山诗词楹联学会成立二十周年纪念大会。盘氏之"三盘诗室"，曾出版一本《五人唱和集》，流传甚广，备受赞扬。我有幸获赠一册，置于案头，常赏读为快。

早已大名扬美东，今朝有幸喜相逢。

畅游湖岛波光滟，雅聚园林旨意崇。

千首歌吟章似玉，五人唱和律尤工。

三盘诗室馨香溢，四季如春漾国风。

【盘中玉词丈原玉】

有答

神交其奈各西东，执手犹疑入梦逢。

文字因缘齐汇合，诗词相赠感推崇。

思劳郢斧人难觅，检视奚囊句未工。

但得友情能久远，从今破浪可乘风。

（2017 年 1 月于纽约）

敬和盘中珠词丈《有答》

千岛湖光一望收，同行诗友乐悠悠。

新知意厚吟新句，旧雨情深话旧游。

铸境修词勤切厉，忧时论世畅交流。

莫愁别后云山远，微信瞬间传五洲。

【盘中珠词丈原玉】

有答

豁目文章不暇收，纷纷争丽显风流。

无妨众乐随时尚，何必孤吟阙应酬。

声价岂期春水涨，襟怀当为友情留。

从今微信常来往，一点灵犀系七洲。

（2017 年 1 月于纽约）

步韵回赠傅占魁诗家

引吭歌破晓，昂首唤朝霞。美食招良伴，雄心毙恶蛇。

钦崇全五德，宠爱万千家。祖逖豪情在，闻啼舞海涯。

【傅占魁先生原玉】
丁酉鸡年咏鸡致诗友

锦绣文冠立，身披五彩霞。怀仁输蛋白，抗恶啄虫蛇。

朋侣呼同食，雄声醒万家。谁言飞不远？也梦寄天涯！

（2017 年 1 月于纽约）

步何鹤先生《临江仙·丙申岁末》

何鹤先生之诗词，总是令人耳目一新，如今天读到其《临江仙·丙申岁末》，也是清新脱俗，妙句迭出，如："人生应最怕，熟到陌生时！"

展望新年春色好，池边杨柳丝丝。

东风送暖未为迟。

花间芳草绿，树上鸟音磁。

最是深情辞旧岁，缘牵多少才资？

诗河词海结相知。

且期同把盏，生熟两宜时！

【何鹤先生原玉】
临江仙·丙申岁末

回首西楼斜月暗，檐前八卦蛛丝。

雷声冲动雨嫌迟。

经年封闭久，旧梦已消磁。

故事悄然成过往，何堪再作谈资。

举杯怯酒问谁知？

人生应最怕，熟到陌生时！

（2017 年 1 月于纽约）

步韵祭霍松林先生

霍松林先生在西安驾鹤西游，全球粥会总长陆炳文先生嘱，以先生《右翁百卅周年华诞献诗》之诗征和，以祭先生。十二年前，余率团专程赴西安拜访霍松林教授，有幸被邀至其书房"唐音阁"面谈，并获赠七律诗字一幅。每看此墨宝，先生的音容笑貌便不由得浮上心头。

十二年前沐雅风，唐音阁内气如虹。

长歌民族英雄史，细说诗词格律功。

无意逢迎成另类，有心教育聚随同。

《钩沉》一册存遗墨，泪洒重洋吊逝翁。

【霍松林先生原玉】

右翁（于右任）百卅周年华诞献诗

育才办报树新风，帝制推翻气似虹。

御侮常萦兴汉梦，阋墙未竟补天功。

宜追草圣求标准，永忆诗豪唱大同。

欲洒一腔知己泪，玉山极顶拜髯翁。

（2017 年 2 月于纽约）

恭听寒山碧先生纽约讲座

香港著名作家寒山碧，在纽约华埠"东方书店"举行文学座谈会，受到热烈欢迎。他是海南文昌人，1968 年到香港定居，从事撰述和编辑工作长达 39 年。著作有二十五种，以自传体小说《狂飙年代》三部曲《邓小平评传》影响最巨，还有随笔散文集，诗作《蜉蝣集》《星萤集》等。

久仰寒山碧，香江一大家。

狂飙三部曲，随笔万丛花。

真实描时代，诗思织锦霞。

苹城惊四座，讲帐溢才华。

【寒山碧先生和诗】

步梅会长原韵

桂月来苹市，欢欣似至家。

逃亡心已倦，忆昔泪如花。

故国将破晓，他乡现落霞。

还乡家亦毁，期盼好中华。

（2017年9月于纽约）

步韵张铁钊诗家《丁酉中秋自咏》（2首）

2015年5月，全球汉诗总会成立廿五周年庆典，暨第十二届国际诗词研讨会，在汕头大学隆重举行。我在汕头始识张铁钊副会长。他为人正直、热情肯干，对会务贡献良多，更难得其诗书画"三绝"俱佳。我们曾携手同游汕头金银岛。

（一）

人逢佳节倍精神，况是诗家自在身。

彩绘总能传雅韵，清吟未许染凡尘。

且存正气凌霄汉，甘作炮灰当恶人。

俗世难寻一君子，书香满屋不忧贫。

（二）

旧梦萦回岂易泯？金银岛上百花缤。

清风激水推心腹，好句佳图见轶伦。

直面是非千叠浪，相期汉韵万年春。

寄情秋雁传心语，笔健身安两自珍。

【张铁钊先生原玉】

丁酉中秋自咏

（一）

闹市浮华养鞟神，寻幽自得等闲身。

曾经百态堪回味，莫道孤芳不染尘。

聚首何求枝吊月，疏怀且作楚狂人。

秋云暗渡良宵短，家有墨香未觉贫。

（二）

独抱茕怀梦未泯，家园有约荻花缤。

今宵月满今非昔，岁序天乖岁失伦。

朔牖愁吟难解夏，丹青肯构待回春。

文心欲畅多陈味，何及杜康万古珍。

（2017 年 9 月于纽约）

次韵李振洲诗家

　　在"雁塔同仁"群聊网，读到浙江乐清诗词学会刊登的《丁酉仲秋酬唱集》，内有李振洲诗家的一首七律《丁酉仲秋抱病却作》，并有十多首乐清诗人的和诗，真是篇篇妙绝。不禁心痒，聊也献上一首打油诗，以助吟兴。希望明春，能到乐清这个"中华诗词之乡"一行。

漫云病树叹枝枯，半点苍凉却也无。

豪气依然穿北斗，清心未必逊明湖。

悬壶济世人长健，倚马吟诗友不孤。

雁荡何时同赏月？秋光波影涤糊涂。

【李振洲词长原玉】

丁酉仲秋抱病却作

烟霞痼疾近偏枯，诗酒生涯似已无。

敢有清狂题北固，难存好梦寄西湖。

衰吟但怕秋风起，倦卧犹随夜色孤。

我负虚名原浪得，崦嵫西迫老糊涂。

（2017 年 9 月于纽约）

乐清行酬唱（21 首）

（一）步韵敬和高知贤副会长

高知贤先生是温州乐清诗词学会副会长、秘书长⋯⋯

愧我前来作上宾，去秋酬唱自缘因。

早闻雁荡多佳景，今见乐清皆达人。

再订骚坛三世约，但期艺苑四时春。

如今微信飞如电，远隔重洋若近邻。

【高知贤先生原玉】

戊戌四月初六为梅振才先生接风，先生作"诗不孤"讲座，席间并建"梅李渡江春"微信群，盖以先生与振洲兄之姓命名也。

古邑欣迎海外宾，唱酬交友溯前因。

灵犀一点通华胄，夙契三生是故人。

设席诗词挥麈乐，建群梅李渡江春。

从兹瞬息传音讯，万里烟波犹比邻。

（二）临江仙·步韵二和高知贤副会长

雨后相携游雁荡，先临寺庙还情。

观音岩洞够宽宏，

梵音仙乐，香客伫聆听。

再赏龙湫千尺瀑，此行不负心诚。
泉鸣壁陡水清泠，
江山如画，诗思漫翻腾。

【高知贤先生原玉】

临江仙·偕挽澜国华艺宝陪梅振才先生游雁荡
喜雨一宵凌晓霁，名山亦自多情。
龙湫迓客气恢宏，
随风曼舞，仙乐惬清听。

深洞神奇藏宝刹，游人顶礼虔诚。
洗心泉水爽泠泠，
除尘涤虑，逸兴竞飞腾。

（三）**鹧鸪天·步韵三和高知贤副会长**
雀跃欢呼揽胜来，半途天变暂徘徊。
游山玩水成春梦，暴雨狂风化罪魁。

禽兽散，友人陪；吟诗亭阁亦心开。
今朝许是龙湫瀑，一洗尘寰万里埃。

【高知贤先生原玉】

鹧鸪天

戊戌四月初六日午后偕章盛国华东光诸君陪梅振才先生游中雁荡山因雨半途折回。

半道倾盆山雨来，廊亭无奈久淹徊。

天公许是戏骚客，地主何堪对大魁。

期后约，再追陪；玉峰襟抱向君开。
会当绝顶观东海，揽取波涛洗积埃。

（四）步韵四和高知贤副会长

连宵畅饮酒千樽，两岸吟朋情永存。
堪慰今生无憾事，能临雁荡觅诗魂。

【高知贤先生原玉】
阳关体赋呈梅振才吟长

越洋枉驾共吟樽，聚散匆匆挚谊存。
暗香昨入罗浮梦，联袂讴歌华夏魂。

（五）步韵敬和李振洲先生

我与李振洲先生及温州诗友结缘，源于去年秋天之唱和……

诗乡声望响如雷，我亦慕名骑浪来。
犹记仲秋酬雅韵，欣逢初夏会高才。
推心难尽三朝话，种菊相期两岸开。
漫道吟家今小众，奔腾万马未心灰。

【李振洲先生原玉】
欢迎梅振才先生之温州

难得忽闻初夏雷，故人风雨踏歌来。
神驰总是书生结，钦仰全凭翰墨才。
梅李同春情不老，菊花异地愿长开。
从今彼岸菩提在，莫教相思作寸灰。

（六）步韵二和李振洲先生

　　乐清诗坛高手众多，而有10位结拜兄弟，是乐清诗坛中坚。依齿序列：李振洲、高知贤、赵万乘、赵挽澜、金少安、南都、程雪春、余东胜、张艺宝、缪明霄。

欲觅嘤鸣赴海涯，乐清古邑最堪嘉。

诗花艳丽无拘束，人物谦和不自夸。

遐迩闻名如十子，超群写手足千家。

与君先订来年约，再到灵峰赏晚霞。

【李振洲先生原玉】

得句再酬梅振才先生

梅郎寄兴走天涯，才访燕园又永嘉。

世上风光如可数，寰中绝胜不须夸。

看山欲探藏身处，听瀑浑忘问酒家。

我本龙湫驴背客，每思泉石映烟霞。

（七）步韵敬和施中旦会长

　　施中旦先生是乐清诗词学会会长，也是一个成功的事业家，曾获"乐清十大经济风云人物"等光荣称号。他赠我两册他的诗集《无为园诗草》，其诗词和书法绝佳。他任会长已有9年多，出力兼出钱，与会员一起奋斗，使乐清的诗词创作更上层楼。

十年浩劫可堪哀，流浪他乡噩梦徊。

顺势风帆闯商海，成功雁岭傲寒梅。

诗联潇洒心怀寄，翰墨淋漓意境开。

会长辛劳收硕果，乐清雅韵逐潮来。

【施中旦先生原玉】

戊戌四月初八梅振才教授见访，陪同者知贤雪春艺宝诸君

才踏雁山惊瀑壑，又临蟾水共徘徊。

诗心广披华裔梦，格调高如玉甑梅。

枝上枇杷随手摘，瓮中茅酒入怀开。

吟魂仿佛旧相识，恍惚庄生化蝶来。

（八）鹧鸪天·步韵二和施中旦会长

施中旦会长的德长环保公司和工厂，规模很大。厂区竟建有一个文化园，墙壁刻上古今诗人的作品。我还参观了他的故里蟾东村。该村居民的住宅都是高楼大厦，并且有一个非常漂亮、非常有文化气息的大公园。像他这样的儒商，在中国简直是凤毛麟角！

握手初逢若旧交，早闻商海列前茅。

羡君卓荦人中杰，愧我庸才海外侨。

心未碎，志难销；少时雅梦总相招。

有缘一览蟾河畔，靓字佳联诗也豪。

【施中旦会长原玉】

鹧鸪天·奉梅振才先生

戊戌四月初八，中华诗词学会顾问、纽约诗词学会会长、纽约诗画琴棋会会长、美国北大笔会副会长、全球汉诗总会名誉会长梅振才先生在乐清部分诗人的陪同下，游览了北雁荡山、中雁荡山、蟾河公园、诗词学会总部及本人住所无为园。梅先生平易博学，诗才人品，令我神往，大有相见恨晚之慨。兹将一天间部分留影合编，以志雪泥鸿爪，望日后互有往来，天长地久耳！

一日相交似故交，诗才人品顿开茅。

平生难觅真君子，隔海偶逢留美侨。

思对饮，总魂销，无为园里绿荫招。

而今微信君门近，但愿新词结兴豪。

（九）步韵敬和赵挽澜先生

相逢知己酒千杯，双绝书诗倚马才。

雁荡风光山水织，乐清人物玉珠堆。

且将呐喊留青史，岂忍歌吟化劫灰。

更盼新声传彼岸，挽澜妙句自心裁。

【赵挽澜先生原玉】

华联酒店接风席上呈梅振才先生

梅李因缘忝酒杯，燕园人物自高才。

漫将异域风云眼，反顾中华锦绣堆。

屏幕推开诗亦史，沧桑换后劫留灰。

明朝拄杖龙湫瀑，千尺珠帘任剪裁。

（十）步韵二和赵挽澜先生

今临雁荡老怀开，百二奇峰入眼来。

追逐风光吟妙句，偕行诗侣显高才。

灵禽秀木天催化，陡壁纤云谁剪裁？

最是钟情双抱石，公婆千载总依偎。

【赵挽澜先生原玉】

戊戌四月初九日随知贤、国华、艺宝陪梅振才先生游二灵一龙得句。

奇峰百二笑颜开，盼得诗人点赞来。

欲写名山须巨擘，难穷灵气愧庸才。

无风天际旗犹展，不夜云间剪在裁。

更有痴情两男女，每当月下总相偎。

（十一）步韵三和赵挽澜先生

我来风疾卷龙湫，瀑水横飞猛扑头。

陡壁应非人手造，奇峰定是鬼神筹。

青苍树木生机旺，斑驳碑文岁月遒。

雨后无尘清净境，老翁至此复何求？

【赵挽澜先生原玉】

与知贤国华艺宝诸兄陪梅振才先生观瀑

石梁看罢又龙湫，怀抱珠玑在两头。

作势原凭昨宵雨，得天早拔此山筹。

冰绡雾縠随风舞，羯鼓雷霆助兴遒。

莫怪诗人难着笔，古来神韵费难求。

（十二）步韵四和赵挽澜先生

诗不孤兮踏浪来，嘤鸣召唤到遥垓。

雁山有印留鸿爪，蟾水无痕觅劫灰。

敏捷吟朋诗百首，殷勤劝我酒千杯。

唱酬何必攀权贵，高手今朝隐草莱。

【赵挽澜先生原玉】

别后有寄纽约梅翁

大洋彼岸一朋来，洒落珠玑遍九垓。

幸有雪泥已留爪，犹余蜡柱未成灰。

凌云赋就思杨意，驾雾人归忆玉杯。

渺渺予怀云树外，不禁清浅问蓬莱。

（十三）步韵敬和郑国华先生

今朝有幸乐清来，雁荡风光屏列开。

先醉群峰浮碧水，后惊诸子露高才。

瞬间出口金珠句，恍若斟情琥珀杯。

携手同游吟胜境，龙湫飞瀑鬼神裁。

【郑国华先生原玉】

戊戌四月初九陪梅振才先生游雁荡有呈（挽澜知贤先生艺宝兄同陪）

骚客高吟跋浪来，春风梅李雅怀开。

雁山助兴无他物，水石弄姿娱俊才。

唯有专诚潭照胆，更因析义句传杯。

峰前已许重游诺，黛色期公大剪裁。

（十四）步韵敬和周永国先生

重洋两岸雁书传，自是诗文好结缘。

丁酉仲秋酬妙句，戊戌初夏续新篇。

畅吟雨后龙湫瀑，欣赏云中雁荡天。

珍重嘤鸣情不断，天涯常有梦魂牵。

【周永国先生原玉】

叨陪梅李宴饮，赠梅先生

击节赓吟四海传，纷纷巧结杜陵缘。

仰才未隔云山路，把臂又闻风雨篇。

诗证燕园身有感，心为故国志弥天。

今来相聚樽前约，万里重洋一线牵。

（十五）步韵敬和余东光先生

乐清诗邑早心倾，锦绣词章尽正声。

激浊扬清无谄味，吟风咏月有真情。

不辞万里求良友，何幸三生访雁城。

东道殷勤频举盏，无才愧我浪虚名。

【余东光先生原玉】

李振洲诗丈宴请纽约诗词学会梅振才会长共席，陪游中雁见。

梅李交枝翠盖倾，得闻叶底唱酬声。

故园归梦三生事，盛世优游八表情。

诗不孤兮兴彼岸，鸿犹急也过吾城，

留将一幅樽前影，小邑忝为骚客名。

（十六）步韵敬和程雪春先生

款待苹城客，殷勤席上浮。即吟诗数首，再劝酒三瓯。

雁荡千峰立，龙湫百尺流。浓情加美景，令我乐淹留。

［注］纽约又称"苹城"，意谓大苹果之城。

【程雪春先生原玉】

振洲兄华联雅聚席后赠纽约梅振才吟丈

小满双溪碧，清和爽气浮。感翁居北美，访道莅东瓯。

风雅娱童趣，江河惜浊流。箫台梅李会，快意谢勾留。

（十七）步韵敬和赵章盛先生

万里寻芳岂偶然？乐清才子若长川。

蟾河雅韵随风漾，雁荡清歌逐水旋。

何止神驰游古迹，更能诗唱会今贤。

相期两岸同携手，国粹弘扬永向前。

题赠梅振才先生及各华侨吟丈

上国侨民志浩然，未忘古韵继临川。

茫茫云水重洋渡，猎猎吟旌四海旋。

剑气横空鸣汉玉，松风啸月步唐贤。

山樵握手经纶士，附雅含羞到客前

（十八）行香子·步韵敬和余东胜先生

雁荡山青，眉黛云轻。

鸟争啼、百兽恭迎。

龙湫漱玉，蟾水清缨。

喜携新知，赏新景，沐新晴。

　

仲秋酬唱，初夏鸣嘤。

隔重洋、诗友心萦。

群聊微信，永结佳盟 。

写游时乐，今时事，别时情。

[注] 雁荡山有百二峰，不少峰峦巨石酷似各种野兽，可说是百兽之园。

【余东胜原玉】

行香子·戊戌四月梅振才先生来乐清与李振洲大兄相会并游雁荡山

一柱峰青，几缕烟轻。

石僧揖，隔远相迎。

霄崖喷粟，幽谷飞缨。

恰来时雷，驻时雨，别时晴。

　

白驹皎皎，鸣鸟嘤嘤。

惜前缘、梅李牵萦。

清风酒社，热血诗盟。

对坐中杯，杯中酒，酒中情。

（十九）步韵敬和彭云峰先生

观光未必凤凰台，雁荡神奇客自来。

鬼斧削成千岭立，诗花育就四时开。

几多吟社风云景，无数骚人李杜才。

但愿来年筋骨健，不辞万里我重回。

【彭云峰先生原玉】

听梅振才先生作"诗不孤"讲座，席上赋得兼呈梅先生

熏风昨夜过箫台，五月江城渡客来。

文字因缘梅李约，金兰契合酒樽开。

谈诗海外菁莪士，求学燕园博雅才。

隔座清音频侧耳，此番别后几时回？

（二十）步韵敬和黄有韬先生

黄有韬先生，曾任乐清市诗词学会会长，现任乐清柳川诗社社长，获全国诗词大赛奖项数十次。有诗词选《二黄散板集》等，集中妙句良多，如"新诗煮熟天能补"。此次赴乐清，遗憾失之交臂，幸好有微信可交流。

早羡华章入眼青，二黄散板见心灵。

新诗煮熟天能补，妙句吟成耳侧听。

俗世但求人磊落，艰途不畏雨淋泠。

相期雁荡来年会，把酒论文慰此生。

【黄有韬先生原玉】

纽约梅振才吟长与余开通微信

惭承异国久垂青，喜见仙舆访二灵。

雾茗飘香供雅品，湫龙舞蜇为恭听。

碧纱笼侧云缥缈，锦竹涧中水渌泠。

两界名山矜傲骨，应遗憾未揖先生。

（廿一）吟别乐清诸诗友

乐清之行，前后五天，受到诗友热情款待，又陪我游览了雁荡山。古云："不游雁荡是虚生。"真是不虚此生了！乐清之行，获诗友赠精彩诗词20首，我亦一一步韵和之。行旅匆匆，不及推敲，虽词拙格卑，然记载了乐清诗友的浓情和乐清风景的秀丽，亦可敝帚自珍也。

缘牵四月乐清行，百二奇峰举世惊。

诗友情浓风景好，已游雁荡不虚生。

（2018年5月于乐清）

与乐清十兄弟十分韵酬唱（9首）

上月赴温州乐清，结识众多诗家，其中有10位结拜兄弟，是乐清诗坛中坚。依齿序列：李振洲、高知贤、赵万乘、赵挽澜、金少安、南都、程雪春、余东胜、张艺宝、缪明霄。戊戌仲夏饮于万山草堂，席间以兄弟年齿依次分东坡词句"明月几时有，把酒问青天"为韵，各吟一诗。

（一）步韵敬和李振洲君

仲夏草堂风雨声，如闻世上百般情。

明星一曲钱难数，寒士半饥肠易鸣。

唯有公平好维稳，未除贪腐莫收兵。

乐清十子逍遥客，名利远离心自明。

【李振洲君原玉】

戊戌仲夏万山草堂十弟兄雅集，以东坡句"明月几时有，把酒问青天"分韵，吾得明字。

弟兄相聚吐心声，快语淋漓互动情。

漫与诗言高格调，且将酒压不平鸣。

玉山颓倒嵇中散，白眼频翻阮步兵。

世路艰难人未老，雄鸡一唱自天明。

（二）步韵敬和高知贤君

芳华何倏忽，惊觉头全兀。但见字模糊，不闻花秘馞。

仍思大雁飞，更敢雄关越。相约乐清朋，龙湫同赏月。

【高知贤君原玉】

戊戌五月十四饮于万山草堂，席间以兄弟年齿依次分东坡词句"明月几时有，把酒问青天"为韵，余得"月"字。

聚散时飘忽，弟兄情兀兀。当窗花木幽，盈席馐肴馞。

谈吐富才华，丰神俱秀越。蜗争何与吾，且自论风月。

（三）步韵敬和赵挽澜君

纷纭世事且由之，触目书坛始觉奇。

许愿封官频鬻爵，弄虚作假正逢时。

涂鸦炒作千金卖，德行欺瞒四海知，

君自楼中磨岁月，但求泼墨醉银卮。

［注］赵君书斋名为"两间楼"。吾有感于近年来书法界种种不良现象，故讽刺一下，希望以后能够端本清源！

【赵挽澜君原玉】

用万山草堂席上分得时字，凑成一律酬谢仁洗先生。

富贵端须文化之，琳琅四壁尝新奇。

招邀朋旧添三益，涵养功夫见四时。

是处溪山标胜概，当年道路仰先知。

会文书院相邻近，何日重来把玉卮？

（四）步韵敬和程春雪君《生查子》

万里至温州，宴我茅台酒。

酬唱夜深沉，词曲穿窗牖。

百二石峰奇，雁荡随心走。

梅李渡江春，长忆嘤鸣友。

【程春雪君原玉】

戊戌仲夏十万峰峦万山草堂雅聚分酒韵，调寄《生查子》。

我欲闭幽关，怕饮通神酒。

海月好窥帘，偏透孤灯牖。

绮梦越江来，抱柱东南走。

枉唱五噫歌，幸有同心友。

（五）步韵敬和金少安君《生查子》

不饮迷魂酒，金兰盟十友。

贞诚好洁身，敏感宜封口。

俗世利名无，诗家风骨有。

河清安可期，登阁看星斗。

【金少安君原玉】

戊戌仲夏十万峰峦诸兄雅集于万山草堂予分得"有"字。

万山一壶酒，萍聚忘年友。成象满秋门，高论须拑口。

渺茫何所求，万物非吾有。日暮望河清，星移看北斗。

（六）步韵敬和南都君《生查子》

电视连续剧《琅琊榜之风起长林》，主要场景是在雁荡山拍摄的。该剧讲述一段南朝的历史故事。战功显赫的长林王府，身陷阴谋旋涡，经历惨烈斗争，最后萧平旌解决了大梁王朝的危机。

仲夏草堂来，不见南朝马。
醉里梦依稀，风起长林野。

论史总悲凉，诗酒何其雅。
两者最销魂，吟友金杯把。

【南都君原玉】

戊戌仲夏万山草堂雅集得"把"字，调寄《生查子》。

莫道老来狂，行路思肥马。
嗜酒见天真，豪饮于郊野。

岂负弟兄情，燕席追风雅。
壶里本藏春，乃欲壶长把。

（七）步韵戏和余东胜君《如梦令》

只恋拙荆清韵，不入美人香阵。
深夜醉归来，引发贤妻疑问：
难信，难信，心在花间怎稳？

【余东胜君原玉】

戊戌五月十四雅集分韵得问字。

才了赋诗分韵，又赴酒朋方阵。

难饰醉无归，归去老妻相问。

谁信，谁信，步履晃摇难稳。

（八）步韵敬和赵万成君《洞天春》

长林不见风起，意气豪情剩几？

酒友诗朋众心喜，醉吟欢无底。

神州何处可比？雁荡山川最美。

飞瀑奇峰，有如古董，珍藏故里。

［注］赵君自号"假古董"。

【赵万成君原玉】

洞天春

戊戌五月十四日万山草堂兄弟聚饮派韵得几字。

醉听潮落潮起，休问人生有几？

天富天贫且同喜，莫追根穷底。

阳春无物堪比，白雪人人赞美。

我本巴人，自耕自乐，暂居下里。

（赵君自注：此调宋人填者绝少，余亦仅见醉翁一阕而已，故其平仄与蓝本多处不合，也是无可奈何之事，只好任其自然了！有道是，既已抱瓮，何必弹尘，或可借以鉴之也！）

（九）步韵敬和张艺宝君

雁荡群山草木青，桃园十子岂孤零。

挥毫泼墨联佳句，艺路奔驰马不停。

戊戌五月与众兄弟聚饮万山草堂，分得青字。

五月万山香草青，浮生碌碌愧飘零。

飞觞凌鷩催吟醉，素魄在天行且停。

（2018 年 6 月于纽约）

步郭业大君韵题何永沂兄《十九灯》

5 月 29 日，与陈永正、余福智、何永沂、车薪、麦子、郭业大伉俪，在广州酒家饮早茶。何永沂兄赠我一本诗集《十九灯》，此十九首七律皆由陈永正教授手书。书诗双绝，弥足珍贵。

书律堪双绝，燃犀十九灯。正声随汐落，诐曲变时兴。

敢击惊天鼓，总交同道朋。医人更医世，肝胆有依凭。

【郭业大君原玉】

梅振才诗兄近日返美邀饮早茶归后吟赠

何永沂先生有诗词集《点灯集》《后点灯集》《点灯粤语诗》等，近又有沚斋陈永正斋主手书其七律十九首之《十九灯》传世，时陈永正君、何永沂君均在座，乃蒙赠一册并得以讨教之。

茶饮春芳露，诗观何氏灯。沉吟愁已老，探索调方兴。

世事逝风月，生涯赠友朋。灵犀行四海，聚散任无凭。

（2018 年 5 月于广州）

步余、郭两诗兄《儿童节怀旧》

童年恍如昨，鬓发已霜秋。学习居人后，弄潮争上游。

朝掏田洞鼠，晚逐岭坡猴。虎气消磨尽，问君何所由？

儿童节怀旧

人天无所待，快意度春秋。垢面横街荡，光身渌水游。

脱笼飞鸟雀，断索走猿猴。未识儿童节，当时更自由。

【郭业大诗兄原玉】

次韵赓和宝瑟余音六一诗

也忆少年事，挨饥不识秋。如蜂村里闹，似鸭水中游。

掏蛋惊雏鸟，翻山追野猴。喜风兼喜雨，谁肯问来由。

（2018 年 6 月 1 日于广州）

赏读《晚莩黄林》有感

好友黄霭霖君住康州，大家见面不易。黄君生平有两好：写诗和弈棋，皆是高手。不料近日在纽约召开的北美象棋赛闭幕式上意外见面，大家欣喜不已。他赠送一批他的诗集《晚莩黄林》给我们纽约诗友。如下是我步韵和其《自序》诗。

曾经沧海倍心清，漫步芳林赏晚晴。

万里漂流番地感，四时缠绕故园情。

飞车跃马开新局，弄月吟风循旧声。

鸿爪雪泥留一卷，灯窗读罢叹高明。

【黄霭霖兄原玉】

自序

枯木逢春倍景清，越洋倦雁爱新晴。

野云碧水废兴事，晚莩黄林哀乐情。

满纸芜辞微魄韵，贯胸豪语尽心声。

平生不敢追完美，拾粹消闲壮眼明。

（2018 年 9 月于纽约）

步唐风《看吴家龙先生日记》

小楷串珠出自然，他年珍重雪泥篇。

今时烦躁流风盛，能有几人书锦笺？

【唐风先生原玉】

看吴家龙先生日记

用毛笔小楷行押，在线装册页上记录人生轨迹，是昔贤常态。此事离时人渐远，见之已是凤毛麟角。吴家龙先生，科技专才，于精密机床研发阵地退下来后，传承家学，重拾诗笔，转攻诗词国学；并用毛锥记下生活点滴，持之以恒，难能可贵。有感而赋此以赞！

宝刀不老笔依然，凤舞龙飞日一篇。

多彩人生都写在，线装精美薛涛笺。

（2018 年 12 月于纽约）

步韵傅占魁诗家《大雪》

梨花万树绽姿娇，又见寒冬节气标。

万里京华情景渺，重洋故国路程遥。

思驰北海溜冰道，梦赴明湖赏雪雕。

祝愿丰年酬唱乐，来春润土育新苗。

【武汉傅占魁诗家原玉】

大雪

玉蝶纷飞天地娇，骤寒清骨也风标。

孩童戏雪心同白，皓首掔云梦自遥。

忍使虬枝无片叶，犹将孤蕊付琼雕。

悄然来去苍茫里，浑入阳光润绿苗。

（2018 年 12 月于纽约）

蝶恋花·步韵敬和莫佳儿君赠词

莫君乃内子中学同窗，与我同期负笈北京，他读人大，我念北大。他精通文史哲，擅长诗文。我与他意气相投，相见恨晚。他现居"湾边之城"旧金山。

一阕新词醇似酒，逸意浓情，百味人生后。
记否京华披破袖，儒生只爱书沉厚。

愧我庸愚无妙手，赋句酬歌，只入诗门口。
早晓君才高八斗，湾边何日同吟柳？

【莫佳儿（旧金山）原玉】
蝶恋花·读梅生新圣女墓园诗钞

梅后雨前新酿酒，帘外芬芳，情涌书诗后。
偶对落霞舒彩袖，临窗总记君情厚。

浓淡满腔卮在手，再越关山，尽洒昆仑口。
又闻墨碑依北斗，惊醒了水边杨柳。

（2019 年 8 月于纽约）

和王香谷先生《岁月沧桑》

诗友王香谷先生，江苏东台人，第二军医大学毕业。主任医师，教授。业余爱好书法、诗词、楹联。诗词作品颇丰，尤以七律见长，近年客居悉尼，驰名于海内外诗词界。

人生命运永难期，苦辣酸甜总自知。
学海扬帆追好梦，燕园站队怕差池。
半生背负侨家罪，十载钩沉"文革"词。
最是偕妻弄孙乐，唱酬彼岸晚霞时。

岁月沧桑

厮守欢愉别有期，沧桑岁月贵相知。

凤鸣琴瑟谐瑶曲，口吐珠玑醉墨池。

梦里愁看斑竹泪，苑中闲听鹧鸪辞。

白头共忆西窗下，烛影摇红合卺时。

（2019 年 7 月于纽约）

和唐风君纪游

正逢暑尽入凉秋，喜与家人四处游。

上海滩头灯彩艳，扬州桥畔曲声悠。

江城学府寻踪迹，夷岛花裙悦眼眸。

老叟情怀流笔底，打油一辑箧中留。

【唐风君原玉】

读梅振才先生《己亥暑期出游吟草》

　　纽约梅公"好乘暑假举家游"，十八天畅游中美四大名城：上海、扬州、武汉、夏威夷。一路采风，得诗四十，首首精心结撰，读来引人入胜。其老骥豪迈，诗心至诚，感人深矣！

绵绵瓜瓞肇神州，乐也融融作远游。

梅岭凛然崇正气，浦江浩荡数风流。

珞珈学府寻初梦，檀岛洪门缅伟猷。

一路后昆承激励，未来又再立潮头。

（2019 年 9 月于纽约）

步韵唐风君《题照·敦城茶叙》

欣逢秋色丽，诗友叙敦城。句律留心究，文田勠力耕。

出新无异议，怀旧有同声。再饮茶三盏，酬吟乐此生。

题照·敦城茶叙

　　九月三号劳工节翌日，清风送爽，丹桂飘馨。诗画琴棋会长梅公诚邀，与诸同仁烹茶于纽约法拉盛敦城酒楼，有感而作。

　　清秋闻桂馥，诱我入敦城。艺苑谁人拓？骚坛多士耕。

　　唱酬无赘语，谈笑有新声。莫道江郎竭，此时灵感生。

（2019 年 9 月于纽约）

赏李春华老师国画兰竹作品

　　兰竹真难写，难描雅逸风。清香漫幽谷，高节挺苍穹。

　　淡墨无尘俗，浓情有劲雄。何由入君画？物我两相同。

【熊天锡（旧金山）和诗】

和梅振才会长赏李春华兄兰竹图

　　兰竹真清雅，双双君子风。幽香弥峡谷，翠影拽玄穹。

　　笔到情方好，神传气自雄。最宜梅菊配，中外古今同。

【吴荣治（香港）和诗】

和天锡、振才两君子

　　兰竹真君子，怡然高士风。疏竿摇绝壑，幽韵贯层穹。

　　看取初心好，何须命世雄。繁花遍处是，天地四时同。

（2019 年 12 月于纽约）

重读《兰亭秋禊诗序》——步"诗侠"钱明锵韵

　　九年前"诗侠"钱明锵来纽约，送我一卷《兰亭秋禊诗序》。今天偶然从书房翻出，重读更觉文采风流。该文由日本书法家高桥静豪书写，著名书法家文怀沙等题序，著名诗人霍松林等点评。诗书两生辉！

兰亭秋禊咏，曲水尚留声。诗侠倡幽会，时贤结雅盟。

传承先辈韵，铭刻故人情。十五年前事，风流依旧盈。

【钱明锵原玉】

兰亭秋禊诗序

夫智者乐水，仁者乐山。兰亭胜概，两擅其先。兰渚山高，葱茏崒崒；鉴湖水秀，幽碧渊涵。更右军禊序，佳名远布；御碣龟趺，弥足游观。其奈沧桑迭变，星移斗换；红羊历劫，碑断园荒。今逢盛世，日月重光。雾开禹甸，万物隆昌。乃缮修崇祠，春秋祭享；新构堂庑，俎豆烝尝。绳趋书圣，师承神韵；踵武先贤，重铸辉煌。今岁次乙酉，序届秋辰。天澄其气，日朗其精。肆眺崇阿，寓目高林。金风送爽，玉宇扬清。乃邀同好，雅聚兰亭。祓禊重修，承薪毓粹；笙诗共赋，履道奉诚。台港鸿儒，文命远会；越吴睿哲，促驾参盥。留社新英，高标映玉；西湖诗老，竞驻文旌。相受芬薰，肃恭燕飨；拈筹分韵，曲水流觞。兴咏豪吟，搜奇得句；挥毫泼墨，凤舞鸾翔。戛玉铿金，阳春白雪；裁云镂月，锦绣冰霜。百篇风雅，幽怀畅叙；群情激越，意气昂扬。噫呼！人生如寄，无伤修短；白云苍狗，莫计荣枯，但得知音，何云诉忌？豁其襟抱，自可恬愉。明锵不才，鼓瑟吹竽，效颦俚序，愧赧陈书。

乙酉秋识

（以上序限 324 字，依右军之数）

附诗一首：

苍穹浮爽气，落叶动秋声。相与青云契，来修曲水盟。

山川含笑意，风月唤诗情。湛乐驰幽兴，散怀樽酒盈。

（2020 年 3 月于纽约）

绍兴兰亭今春之旅受阻——步钱明锵、唐风韵

我们编了一本《兰亭序集字诗书集》，拟今春赴绍兴作为"兰亭书法节"之献礼。不料病毒泛滥全球，无法前往。王羲之《兰亭集序》和钱明锵《兰亭秋禊诗序》，古今两绝。唯参与后者的钱明锵、文怀沙、霍松林诸友人，已经作古，思之惘然！

兰亭扬雅韵，两序振金声。欲献新修卷，重来好结盟。

不期传恶疫，难至诉衷情。诸友归黄土，思怀热泪盈。

【钱明锵原玉】

兰亭秋禊诗（见上篇）

【唐风原玉】

敬次梅振才、钱明锵先生《兰亭秋禊诗》

晴光迎淑气，布谷播春声。因赋流觞韵，还期曲水盟。

稽山邀有意，冠疫阻无情。上巳遥相望，清樽浊酒盈。

（2020 年 3 月于纽约）

步韵敬赠刘寿强先生

　　今天皇后画院院长刘比华，传来他父亲、年届98 岁刘寿强翁的一张诗字幅，令人惊艳。刘翁诗书画印"四绝"兼擅，其作品被多家博物馆收藏，并在海内外多地举办展览。自谓"白发学童"，与时俱进。行家评："他的自书诗书法，以诗情入书，从诗的灵感，韵律启动腕底波澜……"

逍遥艺海自延年，舞墨弄文长乐天。

日构新图常忘食，夜思好句总惊眠。

银钩书法人同老，白发学童心更坚。

期待羊城齐把酒，寿辰百岁贺耆贤。

【刘寿强先生原玉】

回顾展偶感

执笔操刀几十年，是甘是苦问苍天。

点横竖撇堪忘食，平仄白朱累失眠。

作品偶佳偷自乐，笔刀顺畅信心坚。

回头捡点残存作，优劣品评赖众贤。

（2020 年 10 月于纽约）

步陈晗韵贺陈晗、玉玲婚礼

去年秋天，应邀到江西师范大学讲学，有幸认识了杜华平教授及其指导下成立的"新雅诗词研习社"学员。在"新雅"群上读到了陈晗《寄内子》诗，以及杜教授的和诗，不禁也和诗一首相贺。杜教授还有一言赠新娘子："你从此便是'新雅诗后'了！"

花好月圆甜不丝，河桥旧韵入新词。

相期来岁洪都会，共贺兰阶吐秀时。

【陈晗原玉】

寄内子

秋霖脉脉散轻丝，总是春风别后词。

记得河桥初怅望，小孤山下影斜时。

【杜华平教授和诗】

陈晗玉玲婚礼和韵为贺

不恨苍苍两鬓丝，年来最喜凤雏辞。

枫红今夕浑圆月，共此人间佳偶期。

（2020 年 12 月于纽约）

金缕曲·公历除夕次尤悠、梦芙词家韵

经诗词大家刘梦芙介绍，认识尤悠词友。她是浙江人，字清扬，网名"眉旧"，主张"诗词承古而不泥古，出新而不流俗，咏物在于物外，咏情不着于情。诗以言心，如是而已"。现居纽约。

君是拿云手。

正芳华、未名湖畔，望星摩斗。

春至燕园风窈窕，曾赋枝头红蔻。

更渡海、豪怀早有。

桂折蟾宫香满袖，赴苹城、锦绣前程候。

波月影，黛眉旧。

叹吾碌碌居夷久。

怕回眸、当年猛虎，只今衰柳。

万里乡关情缆系，世事真难参透。

最快意、神交吟友。

但愿唱酬同意气，处江湖、休管和谁某。

齐贺岁，醉诗酒。

【尤悠诗家原玉】

金缕曲·红柳兄索诗，经年无所得，愧而寄之

不复经纶手。

算唯余、唾花墨底，忧怀千斗。

翻取眉山应相识，偏着风华豆蔻。

清狂事、人间曾有。

夜雨珠帘吹不展，是闲愁、滴到浓时候。

明月又，流年旧。

少年情性消磨久。

莫思量、苍云白马，灞桥羁柳。

残梦如灰如春缕，百态何堪看透。

剩莫逆、两三师友。

自顾不才蒙记取，为先生、再作当时某。

无限意，杯中酒。

【刘梦芙先生原玉】

金缕曲·公历除夕次清扬词友韵

我亦空空手。

听清音、重洋远隔，夜吟星斗。

忽忆当年三二月，红绽枝头豆蔻。

寻梦影、似无还有。

最恨韶光留不住，叹伊人哪得长相候。

双鬓白，枉思旧。

神州瘴雾沉埋久。

问何时、春回海外，燕飞垂柳。

剪却离愁千万缕，放眼湖山绿透。

书此意、嘤鸣求友。

唤取兰舟重荡桨，但同心休论谁和某。

天地阔，酌新酒。

（2020 年 12 月于纽约）

金缕曲·步刘梦芙词家《忆家山有作》

故乡广东省台山县端芬乡龙腾里，位于凤山脚下，芬水河畔。百多年来，村民多赴美洲谋生，祖父之墓在芝加哥，余旅居纽约亦四十年矣。

永忆家山媚。

候归人、村边榕树，展枝扬臂。

旧巷新楼炊烟起，悦目田畴青翠。

还识我、堂前燕子？

无恙芬河波浪碧，拂清风凤岭霞成绮。

开夜宴，路尘洗。

佳词难尽侨乡丽。

尚勾魂、秋阳古渡，春岑青髻。

万里孤鸿栖彼岸，桑梓长留心里。

念百载、龙腾英气。

纵使浮萍漂四海，有温情梦境仍相倚。

甜肺腑，故园水。

【刘梦芙词家原玉】

金缕曲·忆家山有作

最爱青山媚。

抱人来、依依不舍，女儿双臂。

列岫当窗新睡起，画出长眉烟翠。

休拟作、王嫱西子。

雾縠披时思缥缈，换霞裳朝暮妆为绮。

疏雨过，净如洗。

稼轩词笔天然丽。

望遥岑、停云赋就，玉簪螺髻。

羁客情怀同约略，每在深宵梦里。

况减尽、元龙豪气。

收拾琴书归去好，有岩阿老屋峰高倚。

弹一曲，伴流水。

[注]钱仲联先生诗：“春山女儿臂，清切抱人来。”

（2021年1月于纽约）

步韵敬和周文彰会长当选感言

第五届中华诗词学会会长周文彰，1953年生于江苏宝应县。1988年获中国人民大学哲学博士学位，曾任中共海南省委常委、国家行政学院副院长、中国书法家协会理事。现为国家行政学院教授。出版有《周文彰诗词选》等10多部专著和译著。

换届寻常事，逢临总丽天。传承看后浪，发展继前贤。
接力新程迈，齐心美梦圆。欢呼周会长，引领拓宏篇。

当选第五届中华诗词学会会长的感想

学诗初上阵，岂敢料今天。不负千斤担，多思万口贤。

吟哦从俊杰，管理尚方圆。追梦新程始，歌当献美篇。

（2021年1月于纽约）

步韵敬和周文彰会长《贺叶嘉莹先生荣获"感动中国 2020 年度人物"》（2首）

"感动中国 2020 年度人物叶嘉莹"颁奖词："桃李天下，传承一家。你发掘诗歌的秘密，人们感发于你的传奇。转蓬万里，情牵华夏，续易安灯火，得唐宋薪传，继静安绝学，贯中西文脉。你是诗词的女儿，你是风雅的先生。"

（一）

当代骚坛北斗星，清吟豪唱立峰屏。

春风化雨培桃李，诗国新苗满目青。

（二）

诗脉传承有巨星，众心感动注荧屏。

迦陵学舍莲花古，香溢海棠修竹青。

贺叶嘉莹先生荣获"感动中国 2020 年度人物"

感动神州一众星，诗坛翘楚靓云屏。

殊荣激起千帆上，平仄风吹遍地青。

（2021年2月于纽约）

步韵和黄天英诗友《秋水吟》

妙笔生辉写去秋，诗情画意见优悠。

莺飞草长花争艳，再咏今春景更幽。

秋水吟

绚丽彩霞欢映秋，水天一色共悠悠。

黄花红叶南飞雁，把酒吟诗乐景幽。

（2021 年 5 月于纽约）

步韵和程燕诗家《居闲有作》

诗友程燕是颇有阅历的人，在纽约拼搏多年后，现功成退隐，尽享含饴弄孙、游山玩水、莳花弄草、出海垂钓等乐趣。他的诗写得极好，不仅格律严谨，词句精炼，特别是很有特色和个性，我很爱赏读。

名利从来不索求，自由天地一沙鸥。

种瓜院后迎晨旭，钓客舟中赏晚秋，

心静更怜新月好，酒醇总为故人留。

愿君尽享居闲乐，笔健身安妙句稠。

【程燕诗家原玉】

居闲有作

有幸居闲无所求，寄情山水逗翔鸥。

潮升潮落观明月，苇白苇黄迎立秋。

研习诗词勤下力，屡忘菽粟镬中留。

安舒度日身仍健，应谢田园万绿稠。

（2021 年 5 月于纽约）

步韵遥寄杜华平教授

一别两年思绪浓，常怀赣水映孤峰。

长林叶茂鸣雏凤，小路花香醉我侬。

牧笛微闻无俗韵，松亭偶见有仙踪。

何时重到瑶湖畔，仰止高山不苟容。

【杜华平教授原玉】

读访谈忽忆毕业诸子，首句孤平以寄孤悚。

楼外合欢绿正浓，残编掩罢忆诸峰。

登高作赋堪为号，纵饮狂歌敢唤侬。

点检愁肠凭雁字，摩挲旧影辨鸿踪。

孤灯耿耿宵方永，犹向新知慰病容。

（2021 年 7 月于纽约）

步武汉傅占魁老师《迎新寄怀》

过了前山又后山，年华渐晚转头看。

歧途曲折心犹直，险境艰危胆未寒。

总爱偷闲思妙句，也求延寿觅灵丹。

新春但愿偕诸友，诗海弄潮掀巨澜。

【傅占魁老师原玉】

迎新寄怀

踏遍千山总是山，盈盈碧海又重看。

天凝时雨云将暖，虎跳深渊峡且寒。

险处不辞开美境，萤灯何吝吐微丹！

一枝早发冰封里，但喜春融笔下澜。

（2021 年 12 月于纽约）

步董峰《长寿家族喜添新成员》

盐城粥会会长董峰云："从古至今，人们对长寿的追求和喜爱已久，因此高寿有了许多雅称，如伞寿（80）、米寿（88）、白寿（99）、茶寿（108）等等。全球粥会总会长陆炳文先生日前提出了粥寿一词（33＋88），既形象又雅致，使得长寿家族又添新成员，粥字又添新内涵。余特赋诗以纪。愿大家都超过121岁。从此与世界五大洲，197个地方文人雅集的粥友，互期共祝同贺颐庆。"

世人自古祈长寿，伞米白茶呈逸秀。

喜见今添粥意新，三三八八相携走。

【董峰原玉】

长寿家族喜添新成员

茶寿上边添粥寿，卅三两侧成新秀。

中间米字不需猜，一二一来齐步走。

（2022年2月于纽约）

步陈荣辉诗家《题翁家楼》

"翁家楼"位于台山市端芬镇庙边村，1927年建成，一共有中西合璧式的5栋洋楼，其中最美的一幢名为"玉书楼"。据说，翁家楼的主人、建造者是翁瑞正，号玉书，北大毕业生，后来留学美国，再移居香港，事业有成。翁家楼自落成后，常处于空置中，仅在抗战时期，翁家人为了躲避战乱，才回来居住过。翁家楼现在是省级文物保护单位，游客络绎不绝。

琼楼五座合中西，侨邑风情引客迷。

烂漫花园呈画境，婆娑竹影印鸿泥。

异乡已遂荣华梦，乱世何妨故里栖。

同是燕京曾负箧，主人雅宅总堪题。

【附录原玉】

尘飞（三藩市陈荣辉）

琼宇汇融中与西，青苔漫草未湮迷。

从来客路千般景，不及家山一捧泥。

冷壁虽随人事老，飞檐犹有燕儿栖。

风声莫作沧桑叹，毁誉由他后彦题。

（2022 年 3 月于纽约）

和唐风君《"一杯茶"室品茗》（2 首）

应综合艺术设计师刘珲婷之邀，我们几位朋友，拜访了其宝号布碌仑"一杯茶"室。其店堂装饰典雅，古色古香，尽集天下佳茗，真是与知心朋友品茗谈心、低吟浅唱的好去处！唐风君有佳诗记之，吾附骥和之。

（一）

品茗苹城近百家，香馨最是一杯茶。

紫砂壶沏销魂液，馥郁甘泉味不差。

（二）

香茶一盏可清心，歌友骚朋相互斟。

况是芬芳盈雅室，低吟浅唱聚知音。

【唐风先生原玉】

"一杯茶"室品茗

（一）

悦来远客是谁家？玉蕊甘泉注紫砂。

韩信点兵轻沏出，凝脂杯里泛流霞。

（二）

清风入座洗尘心，口齿生香细细斟。

此是高山云雾里，新芽嫩叶铁观音。

（2022 年 3 月于纽约）

和伍小冰《烟雾》打油诗

加拿大 Nova Scotia（新斯科舍省）烧了数周的熊熊山火产生的浓烟，这两天飘移到纽约市！纽约客闻到空中弥漫着一股火烧的烟味，天空朦胧难辨，如置身一座人间地狱！今日喜见纽约已重现蓝天！

浊雾黄霾罩眼前，令人窒息确堪怜。

从来魔焰难长久，喜见苹城又碧天。

【纽约伍小冰原玉】

烟雾

灰头土脸倚花前，纽约人民真可怜。

加国烟熏传万里，何时还我碧蓝天？

（2023 年 6 月于纽约）

敬和天山居士《九秩感怀》

1929 年出生于香港，1941 年二战爆发，随亲逃难。不幸沉船，幸被天山派第十代掌门人仲贤上人所救，从而进入肇庆庆云古寺习经。后回港被知名女作家孟君聘为助理，名师出高徒。两年后投身荷兰客轮，游遍天下，其间撰写游记普受欢迎，从而又得南洋大学首任校长林语堂大师赏识，出任中国诗词系客座讲师。后回港创立圣安德学校。1977 年迁居纽约。

沉船有幸仲贤逢，古寺庆云悟四空。

港遇名师传妙笔，浪游列国写雄风。

诗词丽句人知福，书法金言世警钟。

跋涉长途播功德，好施乐善誉千重。

（2023 年 9 月于纽约）

【天山居士原玉】

九秩感怀

九秩残年今夜逢，回首前事已成空。

玩世早消名士习，行歌犹颂古人风。

证道有心惭拙笔，救灵无力愧晨钟。

我欲向天求万福，家家户户喜重重。

（2019 年 9 月 21 日）

步唐风君贺纽约岭南画会画展

琳琅满目见群才，鸟唱鱼游百卉开。

古韵新风融一室，岭南画派送春来。

【唐风先生原玉】
纽约岭南画会暨国际华人艺术协会作品展

于毫端上展长才，异卉奇花胜日开。

信步艺廊浏览后，方知游子继承来。

（2023 年 9 月于纽约）

和黄天英女史《金鱼花》诗

象形植物巧生姿，花朵似鱼真绝奇。

并茂图文多趣味，引人振笔也题诗。

【黄天英女史原玉】
金鱼花

　　昨天，我家第一轮两朵金鱼花绽放了，让人心花怒放，只因为这是第四次培养成功的效果。花儿难服侍啊！　拙诗一首描述愉悦之情。

橘黄点缀绿琼姿，养在瓶中喜秀奇。

齐跃龙门摇曳舞，相扶玉叶美如诗。

（2024 年 1 月于纽约）

试对李春华老师所撰上联

美食楼尝楼食美；

焦崖阁赋阁崖焦。

［注］

美食楼，纽约著名美食餐馆。焦崖阁，古蜀道中的阁道名。在今陕西省洋县北五十里焦崖山。前蜀韦庄《焦崖阁》诗："李白曾歌《蜀道难》，长闻白日上青天。今朝夜过焦崖阁，始信星河在马前。"

（2024 年 2 月于纽约）

八、题赠书画家

观欧豪年画展口占

欧豪年师从岭南画派巨擘赵少昂，力学精研，卓然自成诗书画"三绝"大家。纽约举办"欧豪年水墨创作精品展"，年过百岁的宋美龄也特来观赏。我有幸得他陪同，听他逐幅介绍画作中之诗句。他知我是台山人，遂用台山话说了一句"提防火烛"，随即与我相视而笑。

岭南画派喜传今，豪墨淋漓伴雅吟。

注目长江书剑峡，山河壮丽总铭心。

（1999 年 12 月于纽约）

贺朱云岚先生书画展（2 首）

美洲中华书法学会董事长朱云岚，为美国华人界声望卓著之书画名家。生于越南西贡，1983 年赴美定居纽约。其书画作品颇有古风，意境高远，如行云流水，多次在全美及世界各地举办画展。

（一）贺"朱云岚诗情画意展"

此次在法拉盛"协和艺廊"展出其数十幅作品，大多以唐诗宋词句意入画，如柳永之《雨霖铃》，别有韵味，好评如潮。

艺路辛劳未记程，平生豪气寄丹青。

晓风残月垂杨岸，不染红尘韵自清。

（2003 年 6 月于纽约）

（二）贺朱云岚先生"湖光山色"画展

朱先生擅长山水国画，除致力于求笔墨的情趣之外，还求"神似"，就是妙在似与不似之间，故其作品均臻高境。

浪迹天涯弘雅风，诗情画意两相融。

力求形似还神似，山色湖光一览中。

（2018 年 10 月于纽约）

贺"禅味菜根谭李兆良书展"

李兆良为生物化学博士，除科技专业以外，兴趣广泛，热衷于广泛涉猎中国不同方面的文化，如历史、文学、哲学及书法等；2002 年更与傅益瑶合编《绘画菜根谭》，并担任该作品的英译者。此次在纽约举办个人书法展览，展出多幅各种书体诗词，儒佛道等经典文章。

经史诗书炼一炉，淋漓尺幅见功夫。

茫茫欲海迷舟楫，幸有禅灯耀正途。

（2004 年 4 月于纽约）

题赠梁炯勋老师（9首）

（一）贺"梁炯勋书画展"于波士顿隆重开幕

梁炯勋老师是纽约艺坛一棵常青树，诗书画"三绝"。不时在纽约和世界各地开画展。今天其画展又在波士顿开幕，以小诗一首祝贺。

彩墨淋漓巧匠工，自然景物韵无穷。

修成三绝诗书画，乐在天涯扬国风。

（2004 年 5 月于纽约）

（二）题梁炯勋先生《牡丹图》

国色天香花一枝，不同百卉斗芳姿。

丹青描出春风面，犹是洛阳惊艳时。

（2004 年 6 月于纽约）

（三）贺"三人行"书画展

这三个人是李建中、梁炯勋和黄春云，书画艺术风格各异，本着互相切磋、取长补短、共同提高的初衷举办了这个"三人行"书画展。

岭南雅韵自天成，物化庄周瑰境生。

大写意流标一格，三人画彩耀苹城。

（2004 年 10 月于纽约）

（四）赞梁炯勋、蔡永祥泼彩墨画油画展

泼墨师徒展，淋漓百幅奇。空灵呈万象，浓淡见千姿。

云水玄神韵，湖山绮梦思。何为最高境，卓荦画中诗。

（2013 年 11 月于纽约）

（五）贺梁炯勋、陆荣宝、蔡永祥联合国书画展

梁炯勋老师年届九十，是岭南画派创始人高剑父的学生，现任北美书画艺术家协会会长。其得意弟子有二，一为医学博士陆荣宝，一为成功商家蔡永祥。

华埠教头领二儒，杏林商海出高徒。

三人联展东河岸，国粹弘扬道不孤！

（2014 年 11 月于纽约）

（六）贺梁炯勋师生牡丹画展

梁炯勋老师旅居纽约数十载，不懈追求书画艺术的升华和辛勤培育新人。他此次在孔厦艺廊举办师徒 35 人的牡丹花主题展，艳惊艺坛！

国色天香冠百花，谁凭彩墨写风华？

苹城艺苑群芳谱，喜见梁门卅五家！

（2014 年 11 月于纽约）

（七）喜见耆老梁炯勋成形象代言人

北美书画艺术家协会会长梁炯勋，今年93岁。诗书画艺术，造就了他的健康和高寿。今天纽约四大报《星岛日报》《世界日报》《侨报》《明报》刊登全版广告，喜见老帅哥梁炯勋，成为 River Spring Health Plans(河泉健康计划)的形象代言人。

风流潇洒似新荷，九十三龄老帅哥！

欲问青春长驻诀，平生走笔纸千箩。

（2017 年 9 月于纽约）

（八）题梁炯勋老师《游于艺》画册

北美书画艺术家协会会长梁炯勋先生，年届96岁，是岭南画派创始人高剑父之高足，乃国画、油画、书法、诗词、摄影"五绝"全才。他集平生作品之精华，编成《游于艺》画册，即将付样。诗画艺术，也造就了他的健康和高寿，他成为 River Spring Health Plans 的形象代言人。

九旬身笔健，五瓣逞风流。墨泼江山丽，彩描花草幽。

佳图列金榜，雅韵出银钩。斯世游于艺，才名画史留。

（2020 年 7 月于纽约）

（九）贺北美书画艺术家协会成立十周年

为庆祝北美书画艺术家协会成立十周年，日前在纽约华埠孔子大厦艺廊，举办了"十周年纪念展"。会长梁炯勋，今年93岁，其艺术造诣深厚，诗、书、画"三绝"。数十年来，他在海外传扬中华文化不遗余力，育人无数，深受爱戴。

百家雅集喜同心，泼墨挥毫创意深。

叶茂花繁风景好，十年大树已成荫。

（2017 年 9 月于纽约）

探望梁炯勋老师

岭南画派传人梁炯勋老师，已届98岁高龄，近年疾病缠身，但仍全神编辑一本作品集，力争早日出版。我们相交多年，最难忘的是 2005 年神州之旅，当时他已臻八旬，仍随团从北京到西安、广东，最后一起游览海南岛的尽头"天涯海角"。

年光共忆总堪嗟，唯愿书成趁晚霞。

最是难忘故园旅，八旬携手走天涯。

（2022 年 3 月于纽约）

悼念梁炯勋老师

北美书画艺术家协会会长、纽约诗画琴棋会画艺组组长梁炯勋先生，是岭南画派创始人高剑父之高足，乃国画、油画、书法、诗词、摄影"五绝"全才。数十年间，在纽约设帐授徒，育人无数，遗留《游于艺》画册传世。近日去世，积闰享寿鹤龄 98 岁。

此世游于艺，峥嵘愈百龄。

岭南承巨擘，彼岸育群星。

墨泼图文茂，诗吟气韵灵。

人间功德满，骑鹤上天庭。

（2022 年 5 月于纽约）

赠书法家赵嗣伦先生

现居纽约的书法家赵嗣伦先生，广东台山人，是中国书法家协会会员。诸体皆擅，草书尤为出色。挥毫之前，例必以酒助兴，至狂醉更见翰墨张扬。

纵横醉笔墨琳琅，柳骨颜筋素旭狂。

书到行云流水韵，悠然物我两相忘。

（2005 年 3 月于纽约）

贺纽约八家书画展

孔厦又飘朱墨香，八家彩笔共飞扬。

琳琅百幅惊功力，劲媚疏狂各见长。

（2006 年 8 月于纽约）

题刘云山先生《万里长江图》

美籍华人画家刘云山，台山人。曾到中央美术学院国画系进修，后又考入广州美术学院国画系就读研究生。两入纽约市立大学布鲁克林学院就读油画专业，获硕士学位。他数年跋涉整条长江，画出彩墨巨作《长江万里图》百英尺长幅，震撼海内外画坛。

故园泼墨洒浓情，五载辛劳画始成。

不尽长江收眼底，犹闻万里浪涛声。

（2006 年 10 月于纽约）

题《黄祖富卢院娥油画作品集》

黄祖富、卢院娥伉俪，是在退休以后才学油画绘画的。不到五年的工夫，他们的作品超过百幅。现在结集成册，可喜可贺！这是一本珍贵的画册，它的美尽在不言中！

柳江盟誓夕，新月宛如眉。漂泊同甘苦，攀登共护持。

天涯勤采画，故国偶寻诗。比翼图文集，情丝织妙姿。

（2007 年 8 月于纽约）

六赠王心仁先生（6 首）

王先生原籍宁波，1939 年出生于上海，1959 年到香港，1963 年到美国，旅居纽约华埠，是一位成功的商家。

（一）出版《中国点点 美国滴滴》

王先生的新书发布会，今天在华埠孔子大厦交谊厅举行。在此书中，他以杂谈的形式，将自己在中、美两国的所见所闻，以及在纽约唐人街生活四十多年的经历、感悟，与读者共享。

华埠风情仔细研，故园景物亦魂牵。

三江子弟多才俊，心血凝成点滴篇。

（2009 年 3 月于纽约）

（二）制定"中山中心规划"

为了繁荣华埠，王先生提出了很多建言，如建孙中山立像、牌楼群、孙中山纪念馆、勿街步行街……这些计划，有的已经实现。最近又提出一项"中山中心规划"，把华埠110幢旧楼，改建成一幢128层高的摩天大楼，命名"中山中心"。

奇才萌妙想，规划一中心。拔地高楼起，惊天好运临。

名城添丽景，老树沐甘霖。莫谓痴人梦，时来石变金。

（2012年8月于纽约）

（三）设立"纽约兰亭室"

王先生在华埠设立了"兰亭室"，提供给本会书画院做活动基地，不时举办艺术讲座。他自己也醉心王羲之的书法，其作品几达乱真之境。他提议编辑一册由海内外诗家和书法家创作的《兰亭序集字诗书集》，作为明春赴绍兴兰亭朝圣的礼品。

纽约兰亭室，书风播美洲。主人存厚德，雅士领潮流。

四壁龙蛇走，千秋翰墨留。来春临曲水，圣地乐同游。

（2019年9月于纽约）

（四）八代《兰亭序》

王心仁先生对王羲之《兰亭集序》情有独钟，三年间临帖数千次，他称其习作从第一代走到第八代。每一代字幅逐次增大50%，第八代比第一代字幅增大390倍。真是精彩纷呈，令人赞叹不已。

三载临王序，兰亭八代雄。

写完笺百叠，沾尽墨千盅。

岂愿银钩似，更求神韵同。

漫云须鬓白，艺海乐追风。

（2021年7月于纽约）

（五）王心仁翁交习字功课

王心仁先生，浙江人，今年83岁。来纽约近60年，经商有成，七十多岁才开始练习书法。经6年努力，练得一手好书法。近日纽约书画琴棋会书画院在他的"兰亭室"举办"艺术讲座"，由他主讲，向大家"交功课"。

谁信兰亭白发翁，七旬始醉习书中。

辛勤六载交功课，铁画银钩笔力雄。

（2022年7月于纽约）

（六）贺嘉乐周岁

书法家王心仁，浙江人，在纽约唐人街设有"兰亭室"，致力于弘扬中华书法艺术。外孙女周岁，喜赐一中文名"王嘉乐"，并写成字幅，为外孙女祝福。

孙女周年瑞气盈，兰亭室主喜难名。

外公题字王嘉乐，墨宝长留好寄情。

（2022年7月于纽约）

题赠曾嵘、罗少珍伉俪（8首）

（一）题曾嵘大师《洪流铸古今》巨画

曾嵘，国家一级美术师，广州现代书画艺术研究会会长。其作品以展现黄河流域风情见长。多次到青藏高原，探索黄河源头，以及到黄河流域采风，寻找素材，创作出一批令人震撼的作品。代表作品有《洪流铸古今》《生命的河》《飞越黄河》《永恒的涛声》等。

国魂何处寻？壶口听涛音。万里声犹壮，千秋气未沉。

临渊惊虎啸，踞石效龙吟。焦墨传神韵，洪流铸古今。

（2009年9月于纽约）

（二）题曾嵘大师《大河之声》长卷

晋西黄水岭南风，幅幅精奇各不同。

笔墨传神赖功力，情钟长卷展恢宏。

（2014 年 6 月于纽约）

（三）戏仿曾太罗少珍《虞美人·词复曾嵘》

诗友罗少珍所填的一阕新词，令人惊艳！她的先生曾嵘是著名画家，他的创作和教学是在广州，而曾太长居纽约，聚少离多，只好"微信来回寄"，以诉思念之情。曾太最近绘了一幅《凉山彝族三月三》白描风情画，一定是联想起两人初见的情景。

爱情本是人生课，锤炼君和我。
相濡以沫几经年，初见难忘恰似白描篇。

羊城万里牵魂地，朝夕相思寄。
孤灯倚枕且填词，问暖嘘寒况值立冬时。

【罗少珍原玉】

虞美人·词复曾嵘

嘱余再续丹青课，重塑当今我。
感君励志惜华年，窃思他朝创作出佳篇。

家书一纸相思地，微信来回寄。
画图雅致配新词，正是初冬丽日照花时。

（2014 年 12 月于纽约）

（四）虞美人·步罗少珍词韵赠诸友

重洋彼岸落孤雁，寂寞谁能惯？
欢欣尘海有明灯，携手苹城艺路结群行。

琴棋书画千般好，循古开新道。
年年雅集且留痕，花雨半窗酬唱乐诗人。

【罗少珍原玉】

虞美人·为湖南出家友人而作

红尘别却似飞雁，数我春秋惯。

山门禅火夜中灯，与世无争欲海正航行。

人间还是幽居好，百劫谁知道？

前缘了断己无痕，明月清风花树倚佳人。

（2016 年 1 月于纽约）

（五）虞美人·步李煜韵，贺《半窗花雨》诗画集问世

新书拜读三番了，唱和安能少？

大洋两岸漾唐风，海角天涯尽在畅吟中。

关山梓里乡情在，故国容颜改。

风光无限弃闲愁，心寄黄河万里逐洪流！

（2016 年 1 月于纽约）

（六）题《〈半窗花雨〉唱和集》

诗友橄榄树（罗少珍）去年出版了一本诗画并茂的《半窗花雨》，其才情令人赞叹不已，引起众诗友唱和。最近，她用一册精美的绘图本，一丝不苟地用正楷字抄录了这些唱和诗作，并准备付梓印成一册，作为对这段文字缘的纪念。她邀我写序，却之不恭，拙序以一首小诗收尾。

图文一卷写云烟，孰料嘤鸣广结缘。

彼岸吟坛添逸事，半窗花雨续佳篇。

（七）步罗少珍《虞美人》韵贺《半窗花雨》诗画集面世

《半窗花雨》诗画集，橄榄树著，中国美术家出版社出版。作者自我简介："橄

橄树，Emma，原名罗少珍。广州业余大学中文系毕业，爱读书、好艺术，时有涂鸦，现为纽约诗画琴棋会会员。"其丈夫是著名画家曾嵘。

佳图丽句篇篇好，泼墨人难老。

妇随夫唱两心丹，妙笔灵思艺海泛文澜。

爱情酿就香醇酒，往事欣回首。

半窗花雨惹无眠，明月玉兰依旧映庭前。

【罗少珍原玉】

虞美人 · 感赋

少年已觉丹青好，今愿和它老。

生宣出色艳丹丹，兴至流金岁月写斑斓。

难逢河坝尝红酒，爱意一回首。

依稀月影照无眠，似有梧桐彩凤在山前。

（2015 年 7 月于纽约）

（八）谢赠胡开文监制徽墨

　　著名书画家曾嵘伉俪，赠送一锭珍贵的徽墨给我。这根徽墨条上面印有"胡开文监制""龙翔凤舞"几个字以及龙凤图案。当然，我不会拿来磨墨，只是拿来观赏。它的价值，在于名牌的精神：优品、优质和优雅！

徽墨一支超万金，临池有幸遇知心。

谢君赠我文房宝，凤舞龙翔寄意深。

（2019 年 3 月于纽约）

题赠岑全远画家（5 首）

　　著名国画家岑全远，是国内外多个艺术团体成员、纽约诗画琴棋会书画院副院长、耆英会书画老师。其国画造诣殊深，尤擅山水画，画风飘逸洒脱，甚具古风雅韵。

（一）赏岑全远山水画

层峦叠翠半溪湾，农舍渔舟云水间。

多谢名家挥彩笔，故乡重见好河山！

（二）赏岑全远山水国画系列

当代丹青手，谁能驭古风？层峦春树绿，曲水夕阳红。

远近形虚实，高低色淡浓。神州多秀景，沉醉画图中。

（2017年1月于纽约）

（三）题岑全远《团结松》图，庆香港回归十周年

三棵不老松，神韵夺天工。经历霜风厉，平添气势雄。

扶持能借力，犄角亦相容。挺立凭团结，千秋傲碧空。

（2007年7月于纽约）

（四）临江仙·贺岑全远、罗美紫伉俪

岑全远早年在广州，师从名画家罗鹤鸣习画，并与师父千金罗美紫结下姻缘，后诞下一女睿诗。2005年，一家三口移民美国纽约。岑生夫妇同甘共苦，并辛勤培育女儿成才。如今，女儿喜结良缘，又获麟儿，真是可喜可贺！今晚赴"千金婚礼·外孙百日"双喜宴，以一词贺之。

记否珠江河畔路，并肩多少行踪？

缘牵翰墨两情浓。

慧心装裱雅，妙笔画图工。

甘苦同尝新大陆，辛勤育女成龙。

东床俊伟外孙聪。

欣临双喜席，相贺酒千盅！

（2015年2月于纽约）

（五）岑全远画配诗《梦境》

青山飞瀑碧云天，牛走鸟鸣村舍边。

昨夜依稀临梦境，谁能泼彩写潇然？

（2021 年 7 月于纽约）

题汤德新先生画作（6 首）

著名画家汤德新，广东新会人。早年师从广州美术学院著名画家汤小铭。赴美后亦遍访名师，辛勤创作，成果丰硕，其作品曾获海内外多项比赛大奖。在纽约拜张大千的入室女弟子、英国皇家学院院士简文舒为师，可说是张大千的第三代传人。

（一）题国画《富贵满园春》

汤德新君创作的国画《富贵满园春》，以数枝牡丹花为主轴，以一棵紫藤、两个黄鹂、数只蜜蜂为配搭，构成一幅春意盎然的画图，富贵喜气洋洋。

惊疑仙子下凡尘，大雅雍容体态匀。

彩墨描成新愿景，祥和富贵满园春。

（二）题国画《牡丹作品系列》

汤德新君好画牡丹，也许是牡丹雍容大度，花开富贵，是吉祥富贵的象征，有丰富的文化象征意义。汤君的牡丹画，浓彩淡墨，摇曳多姿，煞是耐看。

擅画佳人又牡丹，妙凭枝叶衬芳颜。

雅姿贵彩无双艳，疑作洛川神女看。

（三）题国画《寒来暑往图》

秋雁、蜻蜓、翠鸟、残荷、池塘……构成一幅萧瑟的秋景。图中的"翠鸟"，就是新移民的化身，在"寒来暑往"中求生存，讨生活，思故乡……

秋雁常惊岁序移，蜻蜓无语岂无悲。

漂流彼岸身何似？翠鸟荷塘觅食时。

（四）题彩墨画《雪豹》

中国画表现的题材多是名山大川、花鸟鱼虫、乡村野趣，而描绘濒于灭绝的野生动物作品并不多，但别具一格，别有意趣，能唤起人们对环境保护的意识……

雪地高原偶现踪，喜从画面见真容。

形神兼备臻高境，彩墨随心韵味浓。

（五）题《人物肖像系列》

汤先生为纽约诗画琴棋会主要领导和杰出会员，创作了素描肖像画十多幅，有文怀沙、岑灼槐、梅振才、周荣、刘云山、王世道、陈驰驹、赵振新、杨欣然等。

苹城雅集赖群俦，诗画琴棋声气投。

艺岭攀登凭领队，且从人物数风流。

（六）题素描画《梅老太太》

这幅棕色炭笔素描肖像画，形神兼备，惟妙惟肖！曾获美国中文电视台、纽约《侨报》主办的绘画比赛杰出作品奖。吾母今年94岁，尚耳聪目明。

尝尽侨家苦与甜，穷愁别恨已成烟。

苹城更喜春晖暖，四代同堂乐晚年。

（2007年5月于纽约）

赠朱晨光先生（2首）

（一）临江仙·赏朱晨光彩墨画《纽约中央公园冬景》

朱晨光教授的水墨画、彩墨画、木刻和剪纸等作品，充满了情趣和韵味。如这幅《纽约中央公园冬景》，其神韵、意境、构图和色彩，令人赞叹不已，此画反映了"他乡游子心情"。现在，他常游走于纽约、扬州，并在故乡扬州建立了"朱晨光艺术馆"。

冬日寒林人影渺，只闻断绝蹄声。

高楼隐约似幽灵。

华灯犹未亮，雪地满凄清。

聊借画图描落寞，他乡游子心情。

扬州皓月最晶莹。

何如携彩笔，再作故园行。

（2009 年 3 月于纽约）

（二）贺朱晨光艺术人生六十年

今晚在纽约华埠"麒麟金阁大酒楼"，举办"庆贺朱晨光艺术人生六十年暨著作上海出版纽约首发"盛会，嘉宾云集，盛况空前。

桂林山水画图娇，花草鱼虾意韵描。

艺术无疆连彼岸，扬州才子架虹桥。

（2015 年 10 月于纽约）

赠书法家詹秀蓉女士

生于台湾，被誉为旷世奇才女书法家。她独创书法三绝：一绝是材料采用多元化，二绝是精算镂空书写，三绝是超细字书法。其作品多与佛经结缘。

细写慈悲尺幅中，镂空书法见神工。

分明天界甘泉水，洗涤心灵铸大同。

（2011 年 4 月于纽约）

贺"心源造化"吴哲桐、陈小颖伉俪花鸟画展

天涯泼墨两情浓，鸟语花香入画中。

尺幅融通儒释道，心源造化出神工。

（2012 年 2 月于纽约）

题周锐锋先生油画展

"马丘比丘"遗址位于秘鲁境内，被称作"失落的印加城市"，是"世界新七大奇迹"之一。为纪念其"发现 100 周年"，秘鲁出生、毕业于中山大学的画

家周锐锋，在纽约举办了"马丘比丘风景油画展"，作品极为精彩。

廿年跋涉觅云烟，秘鲁荒城仔细研。

历史风光图画里，如神彩笔出天然。

（2012 年 4 月于纽约）

赠画家方书久教授（6 首）

下面几首诗是赠给画家方书久教授的，写作于不同年份，现收集放在一起。

（一）贺联合国"方书久画展"揭幕

著名画家方书久教授的画作在联合国展出。他初涉画坛时，喜欢画人物，但描绘下层人物的真实情状，便频遭批判，于是改画"有眼可看，有口不言"的动物。无意插柳，却成了名扬中外的"虎王神骏"。

动物能言世所稀，如人哀乐出心扉。

东河宝地添佳景，虎跃龙腾骏马飞！

（2012 年 12 月于纽约）

（二）题方书久教授《百羊迎春》画

著名画家方书久教授的《百羊迎春》画展，纽约华埠孔厦艺廊举行，好评如潮。方教授说："这幅画我画了20多天，这100多只羊，是来自世界各地不同的品种，但都朝向中间的地球，代表全世界人民团结一致与和平相处。"

（1）

但凭彩笔寄心魂，族裔和谐好共存。

一幅百羊祈愿景，春晖普照地球村。

（2）

三阳开泰古今传，罕见百羊生笔端。

儒雅温和头顶美，五洲处处报平安。

［注］"美"字上头是"羊"字。

（3）

贺岁百羊情意深，相随四海虎龙吟。

睡狮崛起腾飞马，春到人间盛世临。

（2015 年 2 月于纽约）

（三）贺"方书久作品国际研讨会"

"方书久作品国际研讨会"在哥伦比亚大学举行。方先生是一个具有良知的艺术家，他的作品一以贯之地描绘时代的真实，故有强烈的震撼力，并可为历史留证，必将在美术史上留下光辉的一页。他是"侨派艺术"的领军人物。

侨派开生面，寰球独一家。良知描历史，热血绽芳华。

合璧中西技，出尘时代花。振衣千仞上，狮吼震天涯。

（2015 年 4 月于纽约）

（四）题方书久教授《共同欢乐百猴图》

迎猴年，画家方书久之《共同欢乐百猴图》，荣登第 1664 期《世界周刊》封面。他把 168 只猴子人格化，载歌载舞，像是五大洲各种族裔的人类一起开派对。图画中心是一个"和"字，主旨为"世界纷乱，需要和平"。

轻歌曼舞共欢娱，唤醒人心万象苏。

世界繁荣"和"作轴，深含哲理百猴图。

（2016 年 1 月于纽约）

题李本良先生摄影作品（6首）

李先生是台山人，移民美国数十年，是纽约一位成功的商家。业余喜爱摄影，勤于观察生活，勇于探索摄影的各种技巧，认真追求摄影艺术的最佳效果，是一位勤奋而又杰出的摄影艺术家，其参赛作品屡获金奖和好评，享誉世界影坛。

（一）题照《围捕》

此幅《围捕》，记录了八匹奔腾的骏马，三个挥舞套捕绳圈的骑手，一场围捕的紧张追逐……李先生说，为拍骏马图，他飞到美西的牧马场，每日数小时埋伏在草丛中，就是为了捕捉那精彩的瞬间！高手，岂止图内那三个骑手，图外的摄影师也作如是观！

天马飞来十二闲，轻蹄奋越万重山。

画图内外看高手，英气长留一瞬间。

［注］"十二闲"为天子之马厩。

（二）题照《雪雁》

此幅《雪雁》，摄下数百只雪雁起飞的瞬间，突显雪雁的"结群"特性，这个壮观的场景，勾魂夺魄。李本良先生从纽约驾车三个多钟头，去到宾州的雪雁栖息地，屏气静息地埋伏一个多钟头，等到群雁振翼之际，才按下快门。诗家追求惊人之语，摄影家追求惊人之景。

太息长空孤雁哀，合群方可百坚摧。

秋来请看苔原上，万马千军闯阵来。

（三）题照《纽约曼哈顿》

此幅《纽约曼哈顿》中鳞次栉比的摩天大楼，连成一道圆环，中间是湛蓝色的圆形天空，一个圆形的太阳，照射着图片中央的圆圆的大苹果……与其说是计算机处理，不如说是诗化结果，它不仅是一幅图，更像一首诗！如齐白石大师所言，艺术"妙在似与不似之间"！

一轮旭日照苹城，林立高楼河海清。

环视连成奇妙景，构图新颖叹高明。

（四）题照《悬崖勒马》

此幅佳作，把悬崖勒马这句成语形象化：面临万丈深渊，这个西牛仔，断然勒马回缰……惊险的瞬间！赭红的砂岩，蔚蓝的天空，健硕的骏马，粗犷的"牛仔"——这是犹他州大峡谷地区的特殊景象。李先生把这四个重要元素构成一幅完美的画图。

漫道征途常顺遂，悬崖突现须臾坠。

人生何事最聪明，勒马回缰知进退。

（五）题照《梅萨拱门》

犹他州峡谷，源于 3 亿年前的海洋深处，地壳运动产生海退现象，导致地壳隆起而形成一片荒漠高原。漫长岁月风雕雨琢，孕育出两千多座纹理清晰、造型各异、独特神奇的赭红色砂岩拱门群，其中以"梅萨拱门"最为著名。李先生所拍的黎明景色，构图、颜色、气韵绝佳。

殷红曙色最销魂，云水迷茫若梦痕。

地老天荒留鬼斧，且从门内看乾坤。

（六）题照《琴道汉声》

此幅《琴道汉声》，记录了蜚声中西的古琴家袁中平操琴的瞬间影像，那专注的眼神、灵巧的指法、飘逸的衣冠等，予人深刻印象。照片取景的角度，柔和的色彩，虚实的构图，都渗透着浓郁的美学趣味。一个当代名士的操琴形象，跃现图中。

不恋红尘利与名，抚弦泼墨足平生。

清风两袖天涯客，魂系千秋续汉声。

（2013 年 2 月于纽约）

贺刘光锋先生三藩市画展成功

纽约资深画家刘光锋先生，将于春节期间去三藩市举行个人画展。临行前，将其部分展品供我们赏览，美不胜收，尤其《八骏图》，形态好，意头也好。

猛兽美人生面开，形神兼备见高才。

新春难得意头好，八骏奔腾驮运来。

（2014 年 11 月于纽约）

题 "真水无味——孙振江新文人画展"

纽约 "雅博艺廊" 中国文化节举办 "真水无味——孙振江新文人画展"，冠盖云集，躬逢其盛，口占一绝以贺。

雅博艺廊秋月溶，诗书琴曲意情浓。

醉人真水无腥味，华夏风光一览中。

（2014 年 8 月于纽约）

题何敏公大医师《画吾自画》花鸟山水长卷

诗书画印 "四绝" 的何敏公大医师，有一幅《画吾自画》花鸟山水长卷，被岑灼槐先生收藏，此幅长卷精彩绝伦。卷末还有纽约艺术家的题词，最末的是丁兆麟老师写我这首七绝。

且借秋光自画吾，痴情泼墨若悬壶。

花香鸟语如人意，物我相忘百病除。

（2013 年 5 月于纽约）

题邝启新《侨乡台山第一图》

侨乡台山至今仍保存着一万多座洋楼，令人叹为观止。移民纽约二十多年、年逾八旬的老人邝启新，费时 180 天，凭着记忆，画出了故乡台山具有代表性的洋楼 180 幢，连接成一幅 25 米的长卷，被誉为 "侨乡台山第一图"。

八旬思更妙，走笔绘奇图。

璀璨洋楼簇，沧桑侨眷都。

线条描历史，彩墨缀明珠。

传世三台景，此生当不辜。

（2014 年 10 月于纽约）

题李阳春先生 "台湾之美" 水彩画展

纽约华侨文教中心举办台湾画家李阳春 "台湾之美" 水彩画展。其作品着色、构图新颖雅致，令人耳目一新。台湾山水之美，呈现在每幅作品之中。

迷离梦幻拓新章，黑白融和最擅长。

幅幅台湾山水美，人情风物漫思量。

（2014 年 10 月 24 日于纽约）

贺三位伍老师作品联展

伍芳园、伍廷典、伍名峰三位老师是著名书画家，籍贯皆为广东台山。三人数十年来，一直在纽约传播中华传统书画艺术，对培育后进不遗余力。三人书画作品，皆具独特的个人风格，好评如潮。

同邑同宗三大家，淋漓翰墨展芳华。

春风化雨东河畔，滋润繁花映晚霞。

（2014 年 11 月于纽约）

贺"苏东河书法篆刻展"口占

今天"苏东河书法篆刻展"在纽约华埠孔子大厦艺廊开幕。来自山东济南的篆刻名家苏东河，追今溯古，广采百家。虽然只有 52 岁，但其作品别开生面，自成一格，已臻高境。以篆刻为主题的展在纽约并不多见，其印刻大开纽约客的眼界，赞声不绝。

刀笔相随三十秋，追今溯古掇风流。

清新典雅开生面，赢得苹城赞不休！

（2014 年 11 月于纽约）

题《余斯福画集》

余斯福先生生长于、生活于南洋，然对中华传统文化的精粹诗书画印一往情深，追求和挚爱，此生不渝，终于成为杰出的书画家，被誉为"最能体现任伯年风神的第一人"。鉴于其杰出的艺术成就，并热心参与纽约诗画琴棋会的各项活动，我们聘请他担任本会的书画艺术海外顾问。

久仰余夫子，南洋任伯年。

构图行别径，写意拓新天。

典雅源涵养，清华出自然。

七旬刀未老，泼墨谱佳篇。

（2014 年 11 月于纽约）

赏甄锦能先生油画（8 首）

甄锦能为纽约著名油画家，曾师从画坛名宿陈景礼、朱国治、马启康、蔡心、黄伟生及邝阜健等前辈。其作品风格独特，题材多样，尤擅侨乡风情画，深受大众喜爱。

（一）赏甄锦能侨乡风景油画系列

天涯一游子，彩笔抒情浓。

牛背牧童曲，塘边垂柳风。

分层呈立体，着色见精工。

绚丽侨乡景，尽收图画中。

（二）赏甄锦能油画《江山如画》

朝阳和煦沐飞禽，碧水青岚绕茂林。

今日江山多污秽，蓬莱胜境画中寻。

（三）赏甄锦能油画《情满山村》

笔蘸浓情写故山，无霾幽境自安闲。

画图勾起童年梦，农舍疏林水一湾。

（四）赏甄锦能油画《荷塘映翠》

污泥出处更娇妍，不羡荣华不羡仙。

赠予高官人一幅，能教贪腐不沾边。

（五）赏甄锦能油画《金鸡独立》

绿叶疏枝巧剪裁，金鸡伫立石阶台。

农家一幅寻常景，乡土风情入梦来。

（六）赏甄锦能油画《恩平石头村》

举目石头风景奇，为何冷落任由之？

恩平当有开平勇，不畏艰难申世遗。

（七）赏甄锦能油画《市政厅前公园小景》

彩图妙写早春天，寂径疏林小鸟怜。

知否苹城喧闹后，尚留幽景醉心田。

（八）题甄锦能油画诗词选

故园风物最堪思，况值谋生四海驰。

游子同心挥妙笔，诗中有画画中诗。

（2014 年 11 月—2017 年 5 月于纽约）

赞陈琰大师"裂变"陶艺

陈琰，旅美艺术家，福州市人，曾任福州大学传统艺术研究所所长、教授等职。艺术创作涉足环境艺术、雕塑、国画、陶瓷等多学科。此次"纽约陶瓷玻璃艺术品展览"，他是 35 位参展艺术家中唯一的华裔，其"裂变""窑变"陶瓷艺作品，令人惊艳！

五洲陶艺斗芬芳，华夏奇葩耀展堂。

裂变无穷生异彩，苹城惊艳国争光！

（2015 年 1 月于纽约）

贺"胡弘中国现代绘画展"

"胡弘中国现代绘画展"在纽约孔厦艺廊开幕。著名书画家胡弘，是美中传统文化促进会艺术总监。他将草书的表达形式融入现代绘画中，有着出其不意的特殊效果，被评论家称为"从草书中裂变出来的现代绘画"。

中西融合出奇葩，立异标新自一家。

辟地开天看裂变，缤纷彩墨绽芳华。

（2015 年 5 月于纽约）

贺黄进龙教授"舍得东西"画展开幕

艺术家黄进龙是台湾师范大学艺术学院前院长，从事艺术教育与绘画创作近三十年，曾举办个人展十四次。"舍得东西"是他第一次在纽约举办的个展，地点为法拉盛"黄氏艺廊"。

墨流彩动故乡情，游子心声笔底鸣。

舍得东西新画境，水魂花语意纵横。

（2016 年 8 月于纽约）

题赠刘树春先生（6 首）

刘树春，生于上海，毕业于上海轻专美术系。毕业后从事工艺美术设计，绘画创作。1991 年移居纽约，多次在美国举办个展和联展。现任美国世界艺术中心油画研究院院长，美国原创美术家协会副会长。

（一）题油彩画《原野》（新韵）

这幅油彩画，主角是七匹白骏马，在原野上细步徐行，是在战斗间隙休憩。骏马，是作者的自我写照。早年以《梦乡》《春江》等画作，艳惊中国画坛，一举成名。他稍为休整，便马不停蹄，奔赴大洋彼岸，攀越一个又一个的艺术高峰。

妙景神思涌笔端，"春江"水暖"梦乡"酣。

碎蹄小憩荒原野，且待明朝越万山。

（2015 年 6 月于纽约）

（二）贺《诗情画韵》诗画集纽约首发式

刘树春先生主编的《诗情画韵》诗画集纽约首发式，在纽约 ASA 大学文化艺术中心举行。

苹城艺苑百花开，谁送奇香扑鼻来？

画韵诗情融一体，全凭高手巧栽培。

（2016年3月于纽约）

（三）题上海石库门油画系列

　　著名画家刘树春的画集《故乡拾梦》，内有多幅上海石库门风景油画。石库门景区有最具上海特色的居民住宅，它是大上海社会的一个缩影，成为老上海们温馨的回忆。王家卫的《花样年华》里，老上海的石库门、张曼玉的旗袍，与梁朝伟的抑郁神情串在一起，铺展成一部唯美的怀旧电影，一个值得回味的爱情故事。石库门是上海近代文明的象征。怀念石库门，是对原本熟悉而正逐渐远去的生活方式的留恋。

（1）

花样年华石库门，浦江绮梦尚残存。

不需重彩描佳景，淡墨浓情现旧痕。

（2）

浮华淳朴再难逢，络绎游人觅旧踪。

有幸犹闻油画里，小桥流水尚淙淙。

（3）

心醉名门月色溶，旗袍美酒小楼东。

刘郎许是痴情客，多少风怀入画中。

（4）

只砖片瓦总堪珍，巷尾街头百味陈。

珍重刘郎图一册，名门情景永存真。

（2018年8月于纽约）

赠书法家关祖洞先生

数年前，我去华埠"人人冰室"食餐，看到墙上贴着的菜单，字体秀丽飘逸，有大家之风。一问，才知是服务员关祖洞先生所书。退休后，我邀请他参加了纽约诗画琴棋会，现在他是书法老师和书画院副院长。其书法作品在海内外多次参展获奖，如在中国国学荟萃评得金奖。

人人冰室雅，四壁舞蛇龙。行草循王圣，楷书追柳公。

先临千载帖，后拓独家风。高手知多少？隐身江海中。

（2017 年 1 月于纽约）

贺庞中华联合国书法邀请展

4 月 20 日为"联合国世界中文日"，在联合国总部举办了"联合国庞中华书法邀请展"，我躬逢其盛。庞氏硬笔书法，清新秀逸，自成一家，被誉为"中国硬笔书法第一人"。自 1980 年以来，他有 100 多种字帖和专著在海内外出版发行，其图书总印数已突破 1 亿 5000 万册。

一支硬笔写神奇，秀逸清新绝妙姿。

翰墨香飘联合国，中华书法竖旌旗。

（2017 年 3 月于纽约）

贺伍遇贞"万里关山花鸟情"个展

伍遇贞跟随纽约岭南画会的老师习画，十年磨一剑，画艺大进，创作了百多幅精彩的山水、花鸟画，于是在孔厦艺廊举办了"万里关山花鸟情"这一精彩的个展，好评如潮。她的成功，在于一个"勤"字，除了画作，还有书法和诗词，都有长足进步。

天道酬勤总不差，十年绘出满堂花。

苹城少见单人展，更喜蛾眉是画家。

（2017 年 6 月于纽约）

题杨淑心《中国写意花鸟画习作》画册

杨淑心女士，1964 年毕业于中山大学中文系，先后任编剧、记者、编辑、主编等职。绘画是她的童年之梦，直至 74 岁高龄之时，才有机会学习绘画。只用三年，便创作了几十幅精美的花鸟画，选出 43 幅编成一册《中国写意花鸟画习作》画集。追梦精神令人感动！

> 七四高龄学绘图，三年花鸟见功夫。
>
> 呕心沥血圆童梦，一册精华与众娱。

（2017 年 9 月于纽约）

赠纽约书法家谭豪先生

谭豪先生赠我一本《谭豪行楷镇海楼赋》，其"后记"有言："四十多年的枯燥美国生活，唯有寄情八法以慰寂寥……"为此书作序的王懋轩教授有评："吾友书法家谭豪先生，自幼聪敏好学，勤谨孝友，性格豪迈，胸有奇气，多年醉心书法，专攻魏碑，功力深厚，自成面貌……"

> 他乡长寂寞，翰墨寄生涯。写烂千支笔，换来双鬓华。
>
> 临碑循古典，创意出奇葩。拙雅成谭体，苹城一大家。

（2018 年 6 月于纽约）

贺詹忠效教授画展

詹忠效"半个世纪白描艺术追求之路画展"，六一儿童节在广州市儿童活动中心开幕，给小朋友送上一份艺术视觉大餐。詹先生用半个世纪的时间从事白描艺术的研究和探索，形成非常独特的艺术风格和唯美的表现形式，是中国人物画白描领域的代表人物，在传统的"十八描"之外，又多出一个"十九描"，即为人称誉的"詹衣描"。

> 艺苑开生面，新奇十九描。
>
> 连环画图好，孤韵美人娆。
>
> 疏密凭工笔，形神出线条。
>
> 殷勤播薪火，前景更多娇。

（2018 年 6 月于广州）

敬题孙大贵教授画展

由"美中文化产业中心"主办的"孙大贵画展",在纽约华埠孔子大厦艺廊举行。孙大贵是著名书画家,现为江苏省美术家协会会员、江苏省花鸟画研究会会员、山东科学文化学院教授、国家一级美术师。

幽草飞禽百妙姿,沐漓彩墨出神奇。

苹城今日花如锦,偏爱金陵梅一枝。

(2018 年 7 月于纽约)

贺大汉艺术书画社成立十周年

"大汉艺术书画社"扎根华埠,辛勤耕耘,培养了不少书画人才。该社社长是画家区广海,副社长是书法家关祖洞。

十载辛勤薪火传,新苗老树两娇妍。

师徒艺苑同携手,拓出苹城一片天。

(2018 年 8 月于纽约)

贺吴锐鸿油画作品美国巡展

吴锐鸿君,著名画家,现为江门画院院长。他把一间闲置的校园(四九南村学校),改造为一个艺术创作馆,以"南村艺术部落"名之。"西风东意——吴锐鸿油画作品美国巡展"将于纽约联合国总部、费城、新泽西州、旧金山等地展出。

身隐南村部落中,侨乡画苑出才雄。

西风东意琳琅展,声振花旗吴锐鸿。

(2018 年 8 月于纽约)

赏程鉴波油画(3 首)

程鉴波是我的小舅子,曾在广州美术学院习画,是纽约诗画琴棋会名誉会员,现居加拿大。绘画是他唯一的爱好,业余常到野外写生,其作品受俄罗斯现实主义画风影响甚深。

（一）题程鉴波油画《秋景》

春波冬雪夏荷鲜，怎及凉风拂陌阡？

一幅无声清静景，身心最合是秋天。

（二）题程鉴波油画《白玫瑰和红樱桃》

叶托玫瑰悦眼瞳，樱桃几颗缀图中。

大千世界缤纷彩，格外钟情白绿红。

（2018 年 9 月于纽约）

（三）赏程鉴波油画《野趣》

不写战狼和翠鬟，纷繁世事涤心间。

悠然身寄红尘外，独醉疏林水一湾。

（2021 年 8 月于纽约）

赠篆刻、书法家王金华先生

王金华先生是上海人，在太原工作多年，后移民纽约。他的篆刻和书法造诣很深。数年前，他在华埠孔子大厦艺廊举办书印个展时，发现我们的孙子是小学同班同学，真是有缘！后来他为我们刻精彩印章，并传授书法心得，我们受益良多。

卅载扬帆艺海驰，孜求书印出新姿。

寸章尺幅皆珍品，赢得方家盛赞之。

（2018 年 9 月于纽约）

题张宝强君泼彩画《春江水暖蛙先知》

张宝强君是纽约画家，擅长泼墨与泼彩。这是他的新作泼彩画《春江水暖蛙先知》。苏轼诗云："春江水暖鸭先知。""鸭"与"蛙"一字之差，产生不同的景象和韵味，也很有幽默感。

看似无形却有形，春江蝌蚪入眸青。

随心泼彩千姿现，尺幅佳图注性灵。

（2018 年 10 月于纽约）

题赠李春华、李晓荷父女（17首）

（一）题李春华老师"雄鹰系列"

纽约《华周刊》即将刊出《李春华诗书画家"雄鹰系列"专题》，吾在中国旅途中，行程匆促，今晚稍有暇，勉强成诗一首交卷，遥寄贺意。"扨"音耸，犹竦也。杜甫之《画鹰》诗中有句："扨身思狡兔，侧目似愁胡。"

扨身侧目立姿雄，搏击乘风掠碧空。

无限深情倾笔底，壮心当与猛禽同！

（2015年5月于广州）

（二）题李春华老师《弟子规》图

浊世迷茫难自持，先师论语释千疑。

家财万贯留儿女，怎及千言弟子规。

（2015年9月于纽约）

（三）题李春华老师《山房求学图》

李春华老师属全才，"诗书画"俱佳。其近作《山房求学图》，绘图精美，立意高远，亦有自题诗两首。

勤习诗文可解愚，从来立业历崎岖。

画师殷切叮咛意，尽在山房求学图。

（2017年5月于纽约）

（四）贺李春华老师书画艺术展览

李春华老师是纽约诗画琴棋会书画院院长，艺坛翘楚，诗书画"三绝"，声名远播。更难得的是，淡泊名利，潜心艺术研究和创作，已臻高境，卓然成一大家。

今时三绝少，孔厦赏春华。彩绘千重景，清吟百样花。

才情弥卷轴，风雅走龙蛇。脱俗轻名利，诚然一大家。

（2018年12月于纽约）

（五）十题李春华老师诗书画"三绝"美篇

李春华老师是纽约诗画琴棋会书画院院长，诗书画"三绝"。近日看到他推出十辑"美篇"，令人惊艳，不由得题下十首五律，以表敬意。

（1）赏李春华老师铅笔风景画

非凡铅笔画，幅幅见神奇。立体呈单色，线条勾百姿。

溅珠千尺瀑，落叶九秋思。优美西洋景，素描都是诗。

（2）赏李春华老师水墨伟人肖像画

形神两兼备，栩栩薄云天。纤发工惊巧，明眸志透坚。

高风传后辈，妙笔绘前贤。成就伟人像，心存恭敬先。

（3）赏李春华老师水彩风景画

七彩神奇笔，娇妍百景生。碉楼潭水映，野渡桂舟横。

幽雅通心悦，清新入眼明。缤纷画图里，不尽故乡情。

（4）赏李春华老师彩墨梅花

先生题冷蕊，能有几人同？一幅诗书画，三朋梅竹松。

句佳吟品格，笔妙走蛇龙。我羡君怀抱，攀登白石峰。

（5）赏李春华老师写意荷花

童年多印象，先绘水芙蓉。尖蕊蜻蜓立，清池翠叶笼。

丰神凭写意，娇态总求工。疑出大千笔，清新典雅风。

（6）赏李春华老师小楷扇面

小楷如珠链，排排闪彩光。行间字齐整，纸上意飞扬。

不懈人书老，无妨道路长。君生科举世，许是状元郎。

（7）赏李春华老师兰亭序诗书

书史开生面，兰亭集字诗。神思源雅序，翰墨步羲之。
圣地千秋仰，苹城百杰随。明春临曲水，携手咏鹅池。

（8）赏李春华老师国画兰竹作品

兰竹真难写，难描雅逸风。清香漫幽谷，高节挺苍穹。
淡墨无尘俗，浓情有劲雄。何由入君画？物我两相同。

（9）赏李春华老师铅笔素描

素描单色画，笔笔显真功。层次空间好，线条图像丰。
形神写人物，趣味见鱼虫。画艺臻高境，原来基础雄。

（10）赏李春华老师山水国画

挥洒神来笔，乡思漫海涯。荒原花有色，野岭谷无霾。
隐世溪边柳，埋名屋后槐。古今同意气，山水寄情怀。

（2019 年 1 月于纽约）

（六）贺李春华、李晓荷父女书画展

昨天（12 月 28 日），在纽约华埠孔子大厦艺廊，举行"王心仁、李春华、李晓荷书画展"。展品琳琅满目，好评如潮！李春华、李晓荷父女联袂登场。

艺苑传佳话，繁花接代开。好苗凭雨润，秀色用心栽。
老李春华发，新荷晓露催。琳琅书画展，父女庆同台。

（2019 年 12 月 29 日于纽约）

（七）赠青年女画家李晓荷

李晓荷近年专攻国画，精研笔墨，于古贤处寻找雅趣，于今人处觅风流，尤以熟绢所作山水画诗意盎然，前程不可限量。她是著名书画家李春华之千金。

苹城多艺苑，罕见女儿红。熟绢飘清逸，生宣洒骏雄。

山川灵秀气，人物雅儒风。脱俗通幽处，诗情溢画中。

（2019 年 12 月 24 日于纽约）

（八）集句赞李春华国画老虎专辑

迎虎年，李春华老师发表了"李春华国画老虎专辑"，共有 15 幅栩栩如生、形态各异的老虎国画，每幅并配有自作七律一首。吾慕其诗句之秀美，故集其中句子，成一首七律赞之。李老师以诗、书、画"三绝"惊艳海内外艺坛。

珍惜时光在目前，悬崖峭壁奋登攀。

心无挂碍真平静，执意巡防未等闲。

险壑危峰三百里，昂扬健步万重山。

长留足印迎新岁，虎跃神驰独往还。

（2022 年 1 月于纽约）

贺刘比华老师"流彩生辉"画展开幕

"流彩油画"是刘老师经过多年来的研究，从传统中国画"泼墨画法"中发展和独创出来的一种中西结合、前所未有的油画技法，既有中国画的"写意"，又有西洋画的"丽华"。"流彩油画"在 2009 年荣获美国发明专利。他被誉为"流彩油画"之父。

油画添流彩，全球独此家。中西合双璧，意象展千华。

荡漾清江水，缤纷绝色花。成功拓新路，盛誉载天涯。

（2019 年 1 月于纽约）

题郎静山摄影作品（4 首）

郎静山（1892—1995），浙江兰溪人，享寿 103 岁，逝于台湾，中国最早的摄影记者。郎静山运用绘画技巧与摄影暗房曝光的交替重叠，创立"集锦摄影"艺术，在世界摄坛上独树一帜。

（一）《慎独无私》（1928 年）

1928 年，郎静山拍摄了中国的第一张女性裸体摄影作品，在那个传统观念束缚的年代，是多么大的突破啊！据悉，照片中的女子姓张，四天后她因此被父亲打得遍体鳞伤，为自己勇敢的行为付出了沉重的代价。

> 玉骨冰肌露榻前，色情艺术两重天。
>
> 人间毁誉何须问，砸锁敢为天下先。

（二）《春树奇峰》（1934 年）

1934 年，其第一幅集锦摄影作品《春树奇峰》在英国摄影沙龙展出。他说："我做集锦照片，是希望以最写实、最传神的摄影工具，融合我国固有画理，以一种'善'意的理念、实用的价值，创造出具有'美'的作品。"

> 远近层峦春树奇，桃源世外展幽姿。
>
> 摄坛叠影开生面，集锦鲜花别一枝。

（三）《松荫高士》（1963 年）

除了以物来影射思想、感情，其作品中还有许多人物景点，构建成为他心中的"世外桃源"。他喜欢张大千的胡子，所以张大千常常是他戏作的模特儿。除了张大千，当时同时代的很多名人，都在他的作品中留下了珍贵的影像。

> 悠哉松下一神仙，飘逸长髯张大千。
>
> 多少名人随逝水，今欣旧照看群贤。

（四）《华亭入翠微》（1986 年）

此幅水墨印刷纸本，录杜句为写意。是年，郎静山九十有五。后来此作品在香港拍卖，成交价为 75000 港元。

> 似纱岚雾隐遥岑，池影华亭倚翠林。
>
> 一幅分明山水画，幽情雅意此中寻。

（2019 年 4 月于纽约）

听梁君度先生养生书法讲座

好友梁君度，是当代岭南书法名家。他还把"禅"融入养生书法中。他特别敬崇禅宗六祖惠能之"禅心"，常常去参拜留下六祖足迹的"三寺"：广州的光孝寺、韶关的南华寺和新兴的国恩寺。国恩寺有些碑刻，就是他书写的。

飘逸香江客，养生书法传。静心宜健体，泼墨可延年。

古帖千家习，新花一格妍。相烦君引路，三寺好参禅。

（2019 年 5 月于纽约）

赠台山书法家曹健全先生

农民书法家曹健全，台山广海镇人，自学成才，在家乡建立文化推广基地，并把中华书法艺术推向世界。他乐于行善，人品和书艺两佳。由"美中文化产业中心"主办的"曹健全书法作品展"，在纽约华埠孔子大厦艺廊举行。

纽约来乡里，农民书法家。成才凭毅力，走笔展风华。

筑梦文明镇，传情大海涯。平生乐行善，人字两堪夸。

（2019 年 6 月于纽约）

高手在民间——贺关祖洞、关文振书画联展

关祖洞、关文振是广东开平同村同宗兄弟，自小喜好书画，来纽约后更上层楼，书画卓然有成，为弘扬中华传统文化不遗余力，广受社区好评。

苹城艺苑有双关，虚利浮名只等闲。

莫向庙堂朝偶像，从来高手在民间。

（2019 年 8 月于纽约）

贺"汤洪贵画展"纽约艺术馆开幕

汤洪贵，是我台山同乡。原来所学和从事的是室内设计专业，三年前才开始创作山水国画，然行笔自然，甚富灵性，一鸣惊人。他尚年轻，以其勤奋和悟性，很快会登上艺术之高峰。

天赋生花笔，灵奇入画中。浑茫追抱石，雅逸学宾虹。

尽览江河秀，细描山岭雄。三年惊艺苑，指日达高峰。

（2019 年 8 月于纽约）

贺伍名峰老师书画展

伍名峰老师，广东台山人。早年师从岭南画派名家高奇峰等，后来书法习于名宿区建公等。七十年来，不辍翰墨，近年专研泼彩，自成一格。卅多年来在华埠收徒授课，桃李满园。

岭南画派续奇峰，花鸟山川韵味浓。

泼彩尤描风景好，满园桃李伴苍松。

（2019 年 9 月于纽约）

贵在起点高

在伍名峰老师书画回顾展中，看到一幅纸张已发黄的字幅，原来是他在香港读中学时，第一幅获奖作品。上标"丁酉"，即 1957 年，距今已有 62 年矣！

百炼千锤不老刀，青衿初作也堪豪。

今朝登上群峰顶，珍重当年起点高！

（2019 年 9 月于纽约）

题麦桂颜老太太《葵花图》

书法家林志尤母亲麦桂颜已 87 岁，仍勤奋习画。近日画了一幅葵花图，颇有童趣，画出了她的内心世界。她说："三枝向日葵花代表天地人！避疫宅家，但我们要像向日葵花一样，每天笑脸迎着太阳，好好地生活下去，天公定会保佑世人平安！"

耄年犹习画，彩墨见仁心。玉叶生机发，葵花笑口吟。

根茎风易顶，瘟疫毒难侵。愿早消千劫，描图寄好音。

（2020 年 12 月于纽约）

赏艺术大师曹俊书画作品

　　曹俊，江苏泰州人，曾在新西兰生活十年，现居纽约长岛，是首位在世就被美国学界列为研究对象的华人艺术大家，在海内外有多间"曹俊艺术馆"。其代表书画作品有《云山入梦》《荷语凝香》等，而《寻梦空间》曾随嫦娥 5T1 探月卫星登上月球。

　　艺坛惊妙笔，才气岂寻常？书画呈千雅，中西汇两长。

　　云山频入梦，荷语自凝香。壮志能登月，唐风四海扬。

（2021 年 3 月于纽约）

题冯敏霞《牡丹图》

　　冯敏霞女士多才多艺，是一位摄影家、歌唱家和画家，中国摄影家协会和纽约诗画琴棋会会员。在"重阳雅集"晚会上，有幸获得她赠送的一幅她所绘的牡丹画，有感而题诗一首。

　　天香国色牡丹花，大雅雍容冠百家。

　　喜见佳图出高手，金枝玉叶绽芳华。

（2022 年 10 月于纽约）

贺邓申义《世界和平万岁》艺术展

　　我们相聚在温哥华"艺空联盟"，共同见证和祝贺邓申义《世界和平万岁》艺术展。邓申义教授，祖籍河南商丘，艺术家，发明家，收藏家，思想者。

　　他创作巨幅百米山水长卷《世界和平万岁》，把世界各国地标性建筑、自然风景用中国画技巧表现得尽善尽美。他用画笔及"方块英文""地球村民"元素倡导世界和平、人类自由理念。

　　历史学家汪连兴教授在开幕式上的致辞，高度赞扬这次艺术展："在当前世界和平岌岌可危的时刻，邓先生的努力更显得意义重大。从这个角度看，以毕加索为标杆，舍邓申义先生，艺术界更无第二人！"

　　百米长图景物丰，地标四海尽包容。

　　当知作者祈心愿，世界和平春色浓。

（2023 年 9 月于温哥华）

赞美国舟山同乡会首届书画摄影展

舟山群岛缀珍珠，无限风光入画图。

孔厦今朝赏佳作，龙蛇笔走见超殊。

（2024 年 1 月于纽约）

参观林海荣大师"爱莲阁"

林海荣，广州市人，先毕业于景德镇陶瓷学院，后毕业于广州美术学院。实力派自由画家，岭南画派传人。他在纽约布碌仑设有"爱莲阁"画廊，主要展示他的工笔画。我们近日参观了"爱莲阁"，对他的画作赞赏不已。他是我们纽约诗画琴棋会书画院的艺术顾问。

鱼虫花鸟够传神，山水苍茫韵味淳。

幅幅画图如织锦，爱莲阁内尽奇珍。

（2023 年 12 月于纽约）

题林海荣大师工笔画

林海荣大师是我们纽约诗画琴棋会书画院的艺术顾问。最近在纽约孔子大厦艺廊举办了他的工笔画作品展，其作品受到大家的盛赞和收藏。其中收藏者有我们会的画家和会员。应他们之邀，我特别为他们的部分收藏品题诗，以助雅兴。

（一）古奇律师收藏《挺秀拒霜寒》

霜寒不畏挺秋园，蝴蝶招来秀色飧。

如面芙蓉图内外，人花相伴最勾魂。

（二）林玉莲收藏《荷塘雅趣》

冰心玉质叶田田，逸韵高标宛似仙。

出自污泥而不染，莲花与我两相怜。

（三）李燕燕收藏《云裳》

孔雀珍奇醉八方，尤披秀美白云裳。

并非物以稀为贵，此鸟予人能吉祥。

（四）郭仕彬收藏《花开富贵》

国色天香悦众眸，大师彩墨洒风流。
俏花喜引金丝雀，比翼双飞到白头。

（五）黄仲云收藏《富贵吉祥》

林君妙笔岂寻常？魏紫姚黄色味香。
挂在厅中勤品赏，明朝定变牡丹王。

（六）伍遇贞收藏《王者雄风》

威猛温柔合一同，谈情克敌两由衷。
但求学运良师笔，王者雄风入画中。

（七）关淑娟收藏《九如图》

九鲤青红寓吉祥，江湖戏水不相忘
舞台君舞风姿好，人亦如鱼乐一场。

（八）梁艳芳收藏《秋韵图》

源自篱边野菊丛，一朝移入置家中。
画图莫道唯颜色，时有暗香随雅风。

（2023 年 12 月于纽约）

题黄天英临摹水彩画《鹤随笛舞》

仙子云中舞卉裳，又吹横笛曲悠扬。
声声天籁清如水，丹顶鹤群随乐翔。

（2024 年 1 月于纽约）

赞书法家、篆刻家王金华

王金华，上海人，师承名家，刻苦钻研，成为出色的书法家、篆刻家，获国内外艺术奖甚多。最近他为纽约诗画琴棋会"藏书阁"制作了一枚印章，别具一格，充满艺术感，也成了"藏书阁"一件镇馆之宝。

名师早拜出高徒，篆刻挥毫见卓殊。

正值良辰呈大礼，藏书阁印赛珍珠。

（2024 年 1 月于纽约）

九、旅游吟草

墨西哥坎昆游吟草（4 首）

（一）金字塔

玛雅文明，是世界著名的古文明之一，以神秘莫测著称于世。而墨西哥坎昆（Cancun），是玛雅文明的发源地。游人首选项目，必是卡斯蒂略金字塔遗迹。后来玛雅文明突然湮灭之谜，人们提出了许多假设：战争、人口爆炸、疾病、气候变化等。

玛雅文明已化烟，尚留金塔傲云天。

繁华一夕成乌有，人类兴亡应细研。

（二）黄泉路

玛雅是一个好战的民族，杀人砍头似乎是家常便饭。金字塔四周到处雕刻着提刀的战士、人头、骷髅。通向金字塔有一条黄泉路，这是将被处死的战俘观望这个世界最后一瞥的地方。随后，在金字塔的台阶上，巫师举起匕首，几秒钟后便把一颗仍在跳动的心脏献给太阳……

身临此地倍心寒，惨景悲情不忍看。

历史祈求揭新页，文明社会莫相残。

（三）死亡赛球场

离金字塔不远之处，遗留下一个古老的足球场。搏斗球赛在这儿风靡整个玛雅，这是世界上最毛骨悚然的游戏：双方球队队员拼命要打赢，为的是胜者队长能获得被斩首的"最高荣誉"。当时人们迷信，被斩首祭神者，可上天堂；而被挖心祭神的战俘，要入地狱。

颓垣断壁沐残阳，丧魄惊魂搏斗场。

叹息从来多勇士，愚忠拼死上天堂。

（四）白沙滩

造物主是公平的，除了在坎昆留下了气候恶劣的热带丛林，也留下了 20 公里长的白色沙滩，沙质纯净细腻、绵柔舒适、温和如玉。洁白的沙滩、美丽的海岸、加勒比海的阳光，再搭配沙滩上浓郁玛雅风格的凉亭，异域风情扑面而来。坎昆成了世界闻名的旅游胜地之一。

海天一色白沙滩，旖旎风光仔细看。

清洗凡尘好游泳，夜来依枕听波澜。

（1993 年 8 月于墨西哥坎昆）

多伦多之旅吟草（6首）

（一）喜见舅父

内子之舅父，先去香港，后去加拿大，以经商谋生。此次在多伦多，见到阔别五十多年的舅父，大家十分高兴、欣慰和感慨。

长叹一水隔天涯，五十多年云雾遮。

有幸今朝能会面，人生离合总堪嗟。

（二）重逢老朋友

我和林建中君，"文革"期间曾在台山化工厂工作，处境相似，意气相投，真是无话不谈的挚友。当时"极左"思潮泛滥，"臭老九"并不好过。改革开放后，林君移民加拿大，经多年奋斗，创业有成，真为他高兴。

记否初逢故里时，底层老九最堪悲。

廿年别后欣重聚，夜话连宵再举卮。

（三）赏徐悲鸿《奔马图》真迹

此次来多伦多，不意在一朋友家看到一幅徐悲鸿的《奔马图》真迹，更是少见的回头马。此画原是徐悲鸿在杭州为一个同事所作。"文革"时该同事的两个女儿下放回故乡，为感谢多年照顾，遂把画送给即将出国的我的朋友。现在有人想重金收购，但我的朋友要自己珍藏。

抖擞精神意气生，淋漓彩墨自天成。

万金难换回头马，最贵人间是友情。

（四）登加拿大国家电视塔

加拿大国家电视塔，1976 年建成，塔高 553.33 米，曾经是世界上最高建筑物。塔内有高速电梯，只需 58 秒就可以将游客送上塔顶观景台，多伦多风景尽收眼底。最独特之处是在观景台所建的玻璃地面，几乎让每个尝试踏过去的游客心惊肉跳。

跃上云端景物清，无遗一览看全城。

惊心却是玻璃板，总怕碎身谁敢行？

（五）访白求恩故居纪念馆

毛泽东写的《纪念白求恩》，令白求恩广为人知，名扬四海。1972 年获得"加拿大历史名人"称号，1976 年加拿大政府在距多伦多一百多公里的 Gravenhurst（格雷文赫斯特）镇，白求恩的出生地修建了"白求恩故居纪念馆"。如今游客络绎，大多是慕名而来的中国人。

华人饮水总思源，万里飞来访故园。

烈士英名扬四海，一篇纪念白求恩。

（六）游尼亚加拉瀑布步李白诗

尼亚加拉瀑布（Niagara Falls）位于加拿大安大略省和美国纽约州的交界处，主瀑布在加拿大境内。水泻悬崖，色彩缤纷，声如雷鸣。"尼亚加拉"在印第安语中意为"雷神之水",印第安人认为瀑布的轰鸣是"雷神"说话的声音。

> 一道长虹七彩烟,雷鸣虎啸响云川。
>
> 诗仙好句已吟尽,疑是银河落九天。

【［唐］李白原玉】

望庐山瀑布

> 日照香炉生紫烟,遥看瀑布挂前川。
>
> 飞流直下三千尺,疑是银河落九天。

（2002 年 7 月于多伦多）

加拿大魁北克省之旅吟草（10 首）

"魁北克"源于印第安语,意思是"河流变窄处"或"峡湾"。魁北克是加拿大一个省,省会就是魁北克市。"蒙特利尔"（Montreal）,来源于中古法语"Mont Royal",意思为"皇家山",是魁北克省最大的城市。我此行游览了这两个城市。

（一）蒙特利尔城

（1）翠莹、伟达新婚志喜

我偕家人赴加拿大蒙特利尔（满地可）,参加我的外甥女黄翠莹和梅伟达的婚宴,席上口占一诗志贺。

> 鸾凤和鸣正吉时,山盟海誓两心知。
>
> 蒙城四月花如锦,且待来年果满枝。

（2）唐人街

翠莹和伟达的婚宴,在唐人街酒楼举行。蒙特利尔唐人街,有四座古典的中华彩绘牌楼和东西南北四座城门,最具中华民族特色。遍地的中餐馆和商铺,可以买到各种中国商品和一些华文书报,还有唐人自己办的庙宇和教堂。

> 牌楼四座不寻常,餐馆茶居溢味芳。
>
> 今日前来缘喜酒,人情风土似家乡。

（3）皇家山大教堂

到蒙特利尔，首要是参观皇家山上的"圣约瑟夫大教堂"。市区很容易看到它的身影，巨大的圆顶是世界第二大，仅次于梵蒂冈圣保罗的圆顶。庄严精致，犹如一件艺术品。1924年开始建造，到了1965年才完工，长达40年之久。

圆顶凌云一座宫，皇家山上漾雄风。

漫云卅载时光久，精品从来出细工。

（4）双语城

蒙特利尔族裔繁多，居民几乎来自世界上所有的国家，但以法国和爱尔兰移民为主。这个城市主要语言有两种：法语和英语。华裔人口约为八万多人，约占总人口的百分之五。对第一代移民来说，谋生不易，首要是语言关。

多元文化互交融，万国风情一览中。

可是难为打工族，法英双语必兼通。

（5）地下城

蒙特利尔曾获联合国教科文组织评选出的"设计之城"称号，是北美唯一一个实行设计引导经济策略的城市。该市有一个地下城，有购物中心、旅馆、办公、银行、博物馆等。该市冬天奇寒，曾达 −37.8℃，地上店铺关门，地下城是个好去处。

奇寒厚雪路难行，幸有温存地下城。

美好蓝图凭设计，严冬依旧见繁荣。

（二）魁北克城

（1）魁北克古城墙

魁北克古城墙全长约4.6公里。作为北美大陆上唯一存留的古城墙，现在被定为加拿大国家历史遗迹，也是北美洲唯一被联合国列入"世遗"名单的城市。这座古城墙其实并不高，只有5到6米高，与中国长城相比，真是小巫见大巫！

也算世遗光海隅，围墙数里绕城区。

规模若与神州比，直是小巫输大巫。

（2）星形堡垒

星形碉堡雄峙在钻石岬角上，始建于1820年，历经超过30年才建构完成，被公认为当年大英帝国最坚固的要塞之一。然而建成之后，加拿大却再没有发生过战事。旁边有个战场公园，曾是英法两军以前激战的地方，陈列残留下来的武器。

犹蹲岬角展威风，帝国霸图终落空。

曾是血腥争斗地，但祈不再炮声隆。

（3）小香普兰街

魁北克市最著名的观光街道叫作小香普兰街，这小街被冠以"北美最古老的繁华街"的称号。全长百余米的小街四周林立着不同的小商店，精致的商品目不暇接，带着闲适的脚步，你会感到浓郁的法式风情和历史之美。

百米名街不算长，游人络绎购收忙。

何妨缓步寻奇趣，浪漫风情细品尝。

（4）大壁画

魁北克是个充满艺术气息的城市。该市有幅大壁画，有六层楼之高，非常漂亮，巧妙地运用"透视感"，让这一面壁画如同3D立体呈现在你的眼前，画中人物车马、花草树木、楼阁阳台，惟妙惟肖。这是当地12名优秀画家的集体创作。

琼楼壁画六层高，栩栩如生意象豪。

假景真人难识别，似闻传出市街嘈。

（5）车牌

魁北克城的车牌，上面都印着一句法语"Je me souviens"，中文意思是"我会永远记住"，这是当年法语居民作主权抗争的口号。他们表示永远记住那些牺牲的勇士，也是一种文化和历史的传承。

别开生面是车牌，耳熟能详寓意佳。

金句深情传世代，长眠勇士不忘怀。

（2007年4月于魁北克）

欧洲四国游吟草（8首）

（一）游剑桥

丁亥暮春，偕妻淑娴与张达、董家权二君夫妇，联袂畅游欧洲四国。湖光山色、胜地名城，足堪回味，英国剑桥大学即为其中之一。百年来大批中国留学生曾来此深造，如诗人徐志摩之名诗《再别康桥》，脍炙人口。剑桥旧译"康桥"。

一遂平生愿，剑河春日游。弦歌飘两岸，云树拥重楼。

灵气弥芳野，诗情系小舟。桥头吟《再别》，余韵足千秋。

（2007年5月于英国伦敦）

（二）游朱丽叶故居

《罗密欧与朱丽叶》是莎士比亚写于16世纪的一部著名传世悲剧，莎翁剧中的故事发生在意大利维罗纳古城。"维罗纳"源于拉丁语，意为"极高雅的城市"。为了纪念这段生死恋，这个城市煞有介事地建了一个"朱丽叶故居"，引来如过江之鲫的游客。

荡气回肠剧，莎翁誉首魁。一场生死恋，千载地天哀。

旧宅凭空拟，游人接踵来。倚楼思故国，山伯与英台。

（2007年5月于意大利维罗纳城）

（三）游花都巴黎

有"花都""艺术之都"之称的巴黎，处处充满着艺术的气息：摩霄的铁塔、浪漫的锁心桥、幽严的圣母院、磅礴的卢浮宫，郁金香的馨味、塞纳－马恩省河的碧水，真是令人流连忘返。何日君再来！

四季繁花盛，巴黎举目娇。凌云攀铁塔，寄意锁心桥。

圣母幽严院，卢宫磅礴雕。艺都多秀景，何日再来朝？

（2007年5月于法国巴黎）

（四）游比萨塔

比萨塔原名为比萨大教堂钟楼，于公元1173年开始建造，原设计为垂直竖立的，历经约二百年才完工，然而由于地基不均匀和土层松软而倾斜，自此六百多年间，人们寻求各种方案，仍无法把塔扶正。现在游客，最喜欢摆姿势，拍下用手托撑斜塔的照片。

> 大名扬世界，胜在塔身斜。非是原图好，皆因地质差。
> 扶危经百虑，应策出千家。最妙凭神力，游人喜手叉。

（2007 年 5 月于意大利比萨城）

（五）游罗马斗兽场

罗马斗兽场是如今意大利著名的旅游景点，游人如织，一面感叹着这废墟依然透露出的雄伟，一面哀叹它曾经的奴役与残忍的历史。据记载，仅斗兽场开幕头 100 天，就有 9000 头野兽被角斗士杀死；而死于这里的奴隶角斗士则多达 50 万人！

> 罗马观光客，争看角斗场。犹闻悲惨吼，还见废残墙。
> 贵族无人性，囚奴有断肠。思之长慨叹，倚柱忆凄凉。

（2007 年 5 月于意大利罗马）

（六）游水城威尼斯

有人说，上帝流眼泪，让威尼斯成了一个"水城"；又称"百岛城"，最有名的是"彩色岛"，房屋都被漆成了各种色彩，像个童话世界；又称"桥城"，最有名的是"叹息桥"，从前总听到囚犯处死前的叹息声，如今却是情侣相吻之地，据说可地久天长。

> 上帝流清泪，凝成一水城。楼房形趣怪，河道网纵横。
> 宫殿藏珍宝，讴歌出美声。桥头无叹息，爱侣诉柔情。

（2007 年 5 月于意大利威尼斯）

（七）游瑞士卢塞恩市

卢塞恩是号称瑞士最美丽、最理想的旅游城市，湖光山色，美不胜收。八角水塔和花桥是该市的地标。湖畔有铁力士雪山，有缆车可上山顶，亲临万年冰川，遥望城中美丽如画的千家万户风景。当然，游客爱买瑞士名表，此地价格最优惠。

湖光山色丽，欧陆耀明珠。角塔清波影，花桥艳彩涂。

千寻千载雪，万户万张图。折价收名表，此行应不辜。

（2007 年 5 月于瑞士卢塞恩）

（八）濒死的琉森狮子

这是"世界上最悲壮和最感人的雕像"，1821 年由丹麦雕塑家雕刻在瑞士卢塞恩（琉森）天然岩石上。这头长 10 米、高 3 米多的雄狮，痛苦地倒在地上，折断的长矛插在肩头。这座雕像是为了纪念 1792 年 8 月 10 日，为保护巴黎杜乐丽宫全部战死的 786 名瑞士雇佣兵。

奄奄余一息，依旧显英姿。肩上留残戟，额头呈怒眉。

断肠悲壮曲，绝代俊雄诗。最是人心撼，琉森濒死狮。

（2007 年 5 月于瑞士卢塞恩）

台湾行吟草（9 首）

前后去了台湾三趟，一共写下二十多首诗，然现在只找到九首，其余皆散佚。只好把不同时间写的诗集成一辑，以记雪泥鸿爪。

（一）游日月潭

日月潭中有一小岛，远望好像浮在水面上的一颗珠子，以此岛为界，北半湖形状如圆日，南半湖形状如弯月，日月潭因此而得名。日月潭山光水色，风景如画，驰名世界。我儿时在大陆上小学时，就知道了日月潭，如今身临其境，已偿夙愿。

胜景儿时已洞谙，清风碧水黛山岚。

如歌似梦真仙境，宝岛明珠日月潭。

（2009 年 5 月于日月潭）

（二）游高雄"爱河"

高雄是一个富有创意的城市，如现在的"爱河"，原名是"打狗川"。不意在 60 年前，一对情侣在一间名为"爱河游船所"附近为情自尽，一名外地记者误以为"爱河"是河名，写了一篇《爱河殉情》。从此，高雄人干脆称之为"爱河"。如今风光依旧，游人如织。

桨声灯影忆前时，打狗俗名谁赏之？

今日爱河人络绎，喜看腐朽化神奇。

（2009 年 5 月于高雄）

（三）参观台湾文学馆

（1）参观台湾文学馆

台湾文学馆位在台南市，是一座拥有百年历史的建筑古迹，自 2003 年开馆至今，除了有系统地收藏、保存、研究珍贵的文学资产外，更通过推广教育、展览活动等方式，让文学以多元化面貌呈现。我最感兴趣的，是浏览著名作家的手稿。

台湾文学逐风流，百载精华一馆收。

最是欢欣瞻手稿，才情剑气此中留。

（2）喜看张秀亚文档

在台湾文学馆，有幸看到我所仰慕的著名作家张秀亚的文档。她少女时代第一首诗《夜归》，一鸣惊人。终生写作不辍，佳作等身。名家有评她的作品："甜蜜的星光""有笔如刀"等。此次来台湾，更幸运的是由张秀亚的儿子、纽约中华公所主席于金山陪同。

夜归起步引诗涛，蕙质兰心境自高。

甜蜜星光张秀亚，文章似玉笔如刀。

（2009 年 5 月于台南）

（四）圆山饭店吟唱会

台北"瀛社"诗人，在圆山饭店摆下饭局，盛情接待我。周福南、余咏缨等诗人，用河洛古音吟唱古典诗词，四声八音，平仄雅正，旋律优美。大家就推广诗词吟诵问题，进行了热烈的讨论，并商定今后加强合作，争取将来举办一次世界性的中华诗词吟诵会。

曲乐诗词相伴生，唱吟席上意纵横。

莫教此艺遗音绝，有赖骚人振诵声。

（2009 年 11 月于台北）

（五）游"诚品书店"

台北仁爱路的第一家诚品书店，本着人文、艺术、创意、生活的初衷，发展为以文化创意为核心的复合式经营模式。其最大创新是翻新了"书店"的经营概念，将书店提升为新文化的休闲场所，并日夜都开门。该书店成了台湾文化创意产业的一道亮丽风景！

服务诚心品位高，经营创意足堪豪。

开门迎客朝连夜，乐汲新知书海邀。

（2009 年 11 月于台北）

（六）参观"景美看守所"

"景美看守所"位于中和区与永和区交界处，原是国民党戒严时期暂时关押囚犯的中转站。包括"美丽岛事件"的政治犯，面临上刑场处死或送绿岛坐牢的命运。如今"景美看守所"得以复原旧貌供人参观，有反思历史之意。我们去参观时，讲解员就是当年的囚犯。

一入监房魂魄惊，刑场绿岛未分明。

保存旧貌呈新意，时代悲歌莫再鸣。

（2009 年 11 月于台北）

（七）出席国际学术研讨会

此次来台湾，为出席在台北举行的"在美华人与辛亥革命"国际学术研讨会，我是应邀在会上宣读论文的 18 位学者之一。我以"梅氏华侨与辛亥革命"为题的论文，从一个家族的角度，切入辛亥革命这段历史，获得"另辟蹊径、别开生面"的好评。

辉煌史页好讴歌，美国华侨贡献多。

记取梅家曾尽力，历年豪气未消磨。

（2011 年 11 月于台北）

（八）史馆寻宝

我到台北中国国民党党史馆，搜集美国梅氏与辛亥革命的交集资料。不意从梅乔林的档案中，发现夹杂了一封孙中山致洪门会员梅就的亲笔信。这封信在《孙中山全集》中被遗漏了。梅乔林和梅就是孙中山的亲密战友，梅就是我姨母的祖父。

> 史馆珍藏资料丰，捞针大海仗神工。
>
> 我今有幸能催醒，百载沉眠一雁鸿。

（2011 年 11 月于台北）

合肥行吟草（4 首）

（一）拜访刘梦芙先生

诗词大家刘梦芙，安徽岳西人，有"诗坛霸才"之誉。在海内外报刊发表诗词千余首，好评如潮。获各类全国诗词大赛奖十多次，为"李杜杯海内外诗词大奖"之榜首。著有《啸云楼诗词》《冷翠轩词话》等多部著作。其诗作也深受海外诗友欢迎，不仅以朗读为快，且直至能背诵方休。

> 钩沉轶稿故园回，有幸诗坛识霸才。
>
> 冷翠轩中歌块垒，啸云楼上咏霆雷。
>
> 桂冠得奖成常事，雅韵吟风飘远垓。
>
> 高士从来淡名利，相逢今夕醉三杯。

（二）谢风清、胡宁陪游

来到合肥（庐州），得刘梦芙先生介绍，认识了风清和胡宁两位年轻女诗人，大家一见如故，她俩带领我游览了李鸿章故居和包公祠。"广玉兰"是合肥市花，与李鸿章有关；"廉泉"则出自包公的传说。两位女诗人，热情好客，秀外慧中，诗词绝佳。

> 有缘湖海浪游时，陌地相逢似故知。
>
> 广玉兰香临李宅，廉泉水洁拜包祠。
>
> 镜头摄取千重景，青史萦回百叠思。
>
> 方晓庐州才女盛，徐行妙说又吟诗。

（三）游合肥包公祠

包公是老百姓心目中的包青天，铁面无私。他有首明志诗，有句云："清心为治本，直道是身谋。"祠内有古井，号称"廉泉"，传说饮此泉水，可辨贪廉。祠四周即包河，相传生红花藕，断之无丝，"包老直道无私、竟及于物"，因此传为佳话。包公祠位于香花墩，是包公少时读书处。

> 从来百姓盼青天，一座祠堂拜古贤。
>
> 直道苍松环铁面，清心圣水出廉泉。
>
> 法诛显贵刀能侧，藕断荷池丝不连。
>
> 今日贪官随处有，包公再世也难眠。

（四）访李鸿章故居

李鸿章乃清末重臣，故居内有一棵百龄广玉兰，是慈禧太后赐给李鸿章带回合肥的树种。当年前堂还挂有一件血衣，是甲午战争后赴日谈判期间遇刺时身穿的衣服。"钧衡笃祜""调鼎凝厘"两匾分别为光绪皇帝和慈禧太后所题。李鸿章入京应试时，写下《入都》诗10首，为世传颂。

> 我来旧宅觅传奇，广玉兰花正盛时。
>
> 匾额多为功德颂，血衣欲解众人疑。
>
> 钧衡笃祜君皇笔，调鼎凝厘太后词。
>
> 褒贬于今难定论，犹闻豪壮入都诗。

（2012年4月于合肥）

狮城吟草（23首）

（一）盛会感赋

2012年6月，全球汉诗总会在新加坡举办第十一届国际诗词研讨会，主题是："如何看待汉诗的继承与创新中各自存在的偏颇？"躬逢其盛，有感而歌。

> 狮城欣雅集，人物竞风流。联句牛车水，挥毫明达楼。
>
> 继承循旧韵，开拓谱新讴。堪慰神州客，汉诗传五洲。

（二）赠朱添寿会长

朱会长生于新加坡，为南洋艺术学院院长。中英俱佳，多才多艺，尤擅诗联书法，名闻遐迩。朱会长乃性情中人，一见如故，意气相投，相见恨晚。

仰慕令名久，星洲喜晤君。诗书多意逸，谈笑总情殷。

游刃千军领，躬身百事勤。相期肝胆照，携手乐耕耘。

（三）赠张兼嘉（前任）会长

此届诗会，两度设宴明达楼，老板张兼嘉为新加坡现代企业管理协会会长、狮城扶轮社社长。伉俪二人皆擅诗词，工书法。十年前，老会长张济川去世，临危受命，接任会长一职，尽心尽力，使会务得以持续发展，功莫大焉。

星洲方寸地，商海有奇才。开店多连锁，扶轮不吝财。

闲情磨砚墨，丽景入诗裁。何日椰林岸，临风再尽杯？

（四）赠陈图渊秘书长

陈兄乃本会常务副会长兼秘书长，辛劳廿载，厥功至伟。吾与陈兄会面四次，先深圳，后纽约、武汉，最近在新加坡。此届大会，陈兄发表一篇大文《阐扬正气垂千载》，以悼念十年前仙逝的总会长、"神州客"张济川先生。

四见韩江柳，狮城夏日幽。廿年劳会务，万里觅诗俦。

效步神州客，拓荒甘作牛。人书犹未老，远望再登楼。

（五）赠纳丹总统

纳丹为新加坡前任总统，印度裔，热爱中华文化，尤好书法艺术。拜师习艺，成绩可观。在大会闭幕式晚宴中，他赠送一幅《诗言志》题词给总会留念。

漫云非我族，习艺亦心诚。严守师生道，恭听月旦评。

字知人厚重，笔走意纵横。一幅诗言志，难量万斛情！

（六）赠傅海燕部长（新韵）

傅海燕身兼新加坡新闻、通讯及艺术部，环境及水源部两部高级政务部长，百忙中抽空出席大会开幕式，并发表热情讲话，为弘扬汉诗出谋献策。

> 一袭旗袍雅，双肩两部扛。新闻担道义，文艺播芬芳。
> 妙手清环境，良方治海江。百忙还赴会，勠力汉风扬。

（七）赠林立老师

林君生于加拿大，然醉心中国古典文学，尤擅诗词，年轻有为，现执教于新加坡国立大学中文系。近两年来开设诗选班，其弟子诗艺进步神速，刊有《南金集》习作选，虽是初试啼声，却也格律严谨，词情并茂，喜见后浪推前浪。

> 早已苹城见，今欣星岛逢。神州非祖国，华语却精通。
> 倚马诗千首，填词意万重。校园添雅韵，桃李沐春风。

（八）赠莫顺生诗家

莫君祖籍广东东莞，生于马来西亚怡保市，为当地山城诗社社长。他为文化教育与汉诗推广竭心尽力，著有《马来西亚教育史》《近体诗鉴赏与创作艺术》等。

> 大马诗风盛，论功君领先。开班传格律，组会咏山川。
> 教育修新史，启蒙著巨篇。遥思人不寐，吟赏绿窗前。

（九）赠行吟诗人于利祥

于君为江苏滨海人，著名旅行家、摄影家、行吟诗人。费时耗力，历尽艰险，独步追踪长征之路、玄奘之路、丝绸之路，其撰文摄影，填补了国内外多项历史研究空白。著有《长征追踪》大型图书、《行吟天下》诗集和《江山寻梦》文集等。

> 行吟天下间，万险不辞难。廿载追三路，孤身闯五关。
> 江山寻旧梦，史海拾遗环。当代徐霞客，振衣千仞山。

（十）赠陈奕然（唐风）诗家

陈君乃潮州人氏，现居纽约，诗联书法造诣甚高，著有《北美大观园》自书诗选集等。曾以《孔厦儒风》七律一首，荣获北京举办的海内外诗词比赛大奖；还曾以一批杰出诗作，荣获台北举办的"文化薪传奖"的冠军奖，被誉为"文状元"。

韩江人物盛，又见状元郎。笔力千钧重，诗才八斗量。

名园描丽景，孔厦赋华章。谁识平生志？唐风四海扬。

（十一）赠胡迎建方家

胡君乃江西星子人，当今中国中青辈著名艺术家，诗书画皆擅，佳作甚多。其祖父胡雪抱为近代赣鄱诗坛名宿，有《昭琴馆诗存》传世，胡迎建作《昭琴馆诗文集笺注》。

鄱湖多雅士，胡子正当年。意寄诗书画，情牵岭海川。

谦和人内敛，刻苦艺争先。读罢昭琴集，方知家学渊。

（十二）赠林群玉词长

林群玉词长，祖籍广东台山，生于新加坡。青少习音乐，终身执教鞭。吟诗填词谱曲，样样皆擅。此届大会上作诗词吟唱示范，声情并茂，令人击节。本人获赠其《逸飞诗词集》及吟唱光盘。其作品被收入《墨痕心印》《新声雅韵》诸刊物。

星岛逢乡里，斯人妙莫言。青春酬学子，白首觅诗魂。

吟唱留光碟，遨游见墨痕。八旬人尚健，依旧管弦繁。

（十三）赠王佩玲诗友

喜获上海诗友王佩玲赠《王退斋先生纪念集》一册。其父王退斋，有诗书画"三绝"之誉，一生经历中华民族六个重要时期：辛亥革命、抗日战争、解放战争、新中国建设、"文革"、改革开放。其万首诗篇，可作百年中国诗史看。

令尊文一卷，卓荦见生平。德艺凝三绝，悲欢历六程。

行藏无媚骨，家国总关情。今诵《箴言》句，犹闻掷地声。

（十四）赠纽约同行诸诗友

纽约诗友卢信、连文山、陈奕然与我，一行四人赴会新加坡。行程万里，朝夕相处，情同手足。大会盛况，岛国风情，难以忘怀，特以小诗一首记之。

狮城逢盛会，携手四人行。万水求同好，千山见至诚。

昼闻风雅调，夜赏浪涛声。蕉雨南洋岸，悠悠诗友情。

（十五）新声诗社纪游

此次星洲行，有缘参观了新声诗社社址。其正面墙壁上张贴着屈原画像，侧面墙壁上悬挂着老会长张济川和每位理事照片，书架上陈列着五十多年来诗社所编诗刊及个人诗集。这是新加坡华人诗心骚魂之寄托处！

争先扬国粹，星岛竖诗旌。结社宜酬唱，开班好讲评。

年年收硕果，代代出精英。每念神州客，犹闻吟诵声。

（十六）晚晴园纪游

新加坡有"晚晴园——孙中山南洋纪念馆"，内有李光耀题碑："孙中山，一个改变中国命运的人！"孙中山及其恋人陈粹芬曾三次入住晚晴园筹划革命。民国建立后，陈功成身退，成了一个"被人遗忘的奇女子"。园内还有一棵奇树，液汁鲜红，人称烈士树。

何处最堪忆？庭园号晚晴。图文描俊杰，碑记颂生平。

老树仍流血，红颜未了情。长嗟民国史，难觅粹芬名。

（十七）牛车水纪游

新加坡唐人街，俗称牛车水，源自当年没有自来水设备，全靠以牛拉水至此处，再转运往市内各地。牛车水是新加坡最著名的旅游景点之一，具有浓郁的中国风情，全年游人如鲫，热闹非常。

漫步牛车水，犹如故国游。佛堂香火盛，商店客人稠。

吃碟红烧肉，挑樽白树油。他乡谋立业，"拼"字总当头。

（十八）娘惹博物馆纪游

娘惹博物馆另译为土生华人博物馆，娘惹是指以前华人（主要是福建、广东两省人）来东南亚发展，与当地马来人婚生之后代，女叫娘惹，男叫峇峇，现惯用娘惹来统称这族人。其饮食服饰、语言礼节举世无双，形成华马合璧的独特娘惹文化。

闽粤漂流客，南洋且落根。通婚何论族，合力好求存。

娘惹开生面，子孙享乐园。融和消壁垒，共建地球村。

（十九）赠陆炳文教授

最近赴新加坡参加全球汉诗总会会议，首晤来自台北之陆炳文先生。其名片列有20多项头衔，且择4项，打油咏之，以博一粲。

（1）中华微笑运动促进会理事长

狮城有幸识云龙，博学多才百事通。

最是令人长忆念，招牌微笑意千重！

（2）中华如意学会理事长

中华何物世无双？如意由来寓吉祥。

形相洞明方悟道，且听教授说端详。

（3）全球粥会世界总会会长

兰亭雅集谱新章，当代风流胜汉唐。

何日泉州同品赏？粥香墨韵共飘扬。

（4）海峡两岸和谐文化交流协进会会长

漫云一水隔天涯，文化修桥两岸夸。

指日危途成坦道，东方屹立大中华！

（二十）明达楼夜宴口占

6月15日中午抵达新加坡，晚上总会于明达楼设宴为大家洗尘。众人吟诗挥毫，把盏言欢，气氛热烈。余亦即席口占一绝助兴，词俗格卑，抄录于此，聊作纪念耳。

重访狮城意兴稠，南洋风物望中收。

挥毫把盏吟哦乐，无限诗情明达楼。

（2012 年 6 月于新加坡）

癸巳春苏粤行吟草（5 首）

（一）即席奉和南京徐宗文方家赠诗

赴中国出席"全球中华诗词高峰论坛"，顺道拜访江苏省南京、盐城、滨海三地的诗友。首站是南京，受到江苏省文联的盛情接待，宴会设在著名的华海饭店。席间，《江海诗词》主编徐宗文词长赠我一首七绝，情辞并茂。徐诗首句之"子川"，是著名的作家、诗人和书法家。

金陵纽约结诗盟，感谢文联把酒迎。

席上诸君皆雅士，妙言教我顿心明。

【徐宗文先生赠诗原玉】

子川邀我会同盟，见说诗翁并延迎。

夜半无眠思拜客，敲棋听漏待天明。

（2013 年 5 月于南京）

（二）即席奉和滨海词长戴建中赠诗

江苏滨海乃文化之乡，文风鼎盛。蒙滨海文化界领导和诗书画家，在滨海宾馆接待我。高朋满座，文人雅集，诗词朗诵之声不绝于耳。著名诗人、滨海老年大学校长戴建中赠我七绝一首，感其盛情，我即席步其诗韵回赠一首以谢。

滨海主人情谊真，龙蛇笔走见精神。

诗联字画皆高手，今日相逢格外亲。

【戴建中词长赠诗原玉】

来滨讲学谊情真，妙语连珠倍有神。

吟帜高擎圆梦想，华人世界一家亲。

（2013 年 5 月于滨海）

（三）盐城访友观光

受盐城粥会会长董峰暨诸粥友的盛情接待，温馨如家。他们带我游览了盐城的风景名胜，如黄河故道、湿地新景，还参观了"中国海盐博物馆"等。此行唯一遗憾的，是错过了"谷雨"节令，看不到神奇的枯枝牡丹开花。

诗朋情意厚，温暖若归家。寻旧黄河道，尝新湿地霞。

馆中思历史，槛外见芳华。唯一盐城憾，枯枝未见花。

（四）贺惠东盛会召开

由中华诗词学会主办的"海内外中华诗词高峰论坛"在广东惠东举行，本人有幸躬逢其盛，并在大会上宣读了一篇论文《勠力加速中华诗词走向世界》。中华诗词学会郑欣淼会长，李文朝、李树喜、刘麒子副会长，郑伯农名誉会长，欧阳鹤、周笃文、陈昊苏顾问等皆出席大会。

四月春光媚，诗家聚惠东。继承循旧律，发展拓新风。

互动吟哦乐，交流收获丰。五洲扬雅韵，有赖众心同！

（2013 年 5 月于惠东）

（五）赞海王子学习型酒店

"海内外中华诗词高峰论坛"在风景如画的巽寮湾"海王子学习型酒店"召开。这是一间全球首创的学习型酒店，是融合旅游休闲、学习研究、学术公益于一炉的平台。这次会议，开会和食宿都是免费招待的。酒店董事长、一位年轻女郎傅善平和不少高层管理人员，竟是北大校友！

精神源北大，拓业巽寮湾。敢走无人路，偏登有虎山。

平台生卓识，酒店换新颜。家国同圆梦，相期弹指间！

（2013 年 5 月于惠东）

乙未旧金山行吟草（23 首）

（一）逛元宵街会（新韵）

虽然天雨绵绵，旧金山市华埠的新年元宵街会依然热闹非凡，吸引数以万计的游客，将六个街口长的摆街路段挤得水泄不通，将近130个摊位个个生意兴隆。华盛顿街口搭起舞台，表演节目有醒狮团的敲锣打鼓到摇滚乐团的流行歌曲……

元宵巧到旧金山，狮舞敲锣笑语喧。

热闹温馨如故国，中华传统喜相传。

（二）游"九曲花街"

"九曲花街"，是伦巴底街（Lombard Street）上一条短道，有"世界上最弯曲的街道"之誉。这条街道，路面坡度达40度以上，长度不过400米，却有8个急弯，车子只能往下单行。街道上四季繁花似锦，但见车水马龙，游人如鲫。

斜坡九曲出心裁，更有繁花次第开。

街道平凡成胜景，全凭创意夺魁回。

（三）三会利向阳诗家

2011年我到中山大学文学院讲学，首会利向阳先生。2014年，出席在广东惠州召开的"海内外中华诗词高峰论坛"，我们第二次见面。此次赴旧金山，是第三次会面。而4月上旬，他将赴纽约，出席由我们举办的、他的"梦轩阁中华诗词百花咏"新书发表会。

缘结羊城诗不孤，惠州盛会论宏图。

谈心把盏三藩市，纽约恭迎花百株。

（四）闻伍平一传奇有感

这次在旧金山探访亲戚林诚伟一家，得知台湾当局于2013年为他的外祖父伍平一恢复名誉，并补偿一笔款给他的后人。台湾当局的纠错行动，未免太迟了，但究竟还是令人欣慰的事。

（1）

伍平一出身于广东台山一个华侨家庭，少时便来美国读书。他才貌超卓，深受孙中山赏识，孙中山并为在加州读书的长女孙娫牵起红线，两个年轻人成了恋人。然后来孙娫患上严重肾病，要回澳门治疗。码头惜别，伍平一写了一首哀婉的七律相送。然后来孙娫病故澳门。

儿女情长品学优，志同道合自相投。

断肠最是阳关曲，惜别依依旧渡头。

（2）

虽然伍平一没有成为孙中山的东床快婿，但他毕生是孙先生革命事业的忠实追随者。1949年，伍平一随蒋介石到了台湾。然蒋介石却把伍平一关入狱牢十多年，出狱时已垂垂老矣，郁郁而终。"罪名"是"纵子投敌"。

革命生涯几十秋，忠贞报国志难酬。

从来冤狱莫须有，壮士英名青史留。

（3）

当年，伍平一有一个儿子，去延安投奔了毛泽东，故有"纵子投敌"之嫌。伍平一这个"投敌"的儿子，后来成了北京的高干。然在"文革"时，入牛棚，蹲监狱，被斗得死去活来，"罪名"竟是"父亲是国民党要员"。幸好后来得到平反，他去年才在北京逝世。

扬镳分道逐洪流，父子同成阶下囚。

海峡依然风浪恶，何时方可断恩仇？

（五）喜见旧金山华埠牌楼有感

（1）

有120多年历史的旧金山唐人街，其入口处就有一座美轮美奂的深绿色牌楼，上方有双龙和双鲤，下方有一对狮子，中间有孙中山先生"天下为公"的字匾。这是唐人街的象征，也是中华文化的象征。穿过牌楼进入唐人街，犹如返回故乡。

一见牌楼思故乡，中华特色耀西洋。

红灯碧瓦鱼龙舞，国父精神四海扬。

（2）

教纽约客惭愧和遗憾的是，作为历史最悠久、规模最大的曼哈顿华埠，竟没有一座标志性的牌楼！早在40年前，纽约中华公所就提出了建牌楼计划，然而，因各方意见分歧和资金不足，结果计划胎死腹中。据说，纽约市侨胞的牌楼梦，将很快会在布碌仑区的八大道实现！

> 苹城何日见牌楼，美梦难圆四十秋。
>
> 侨社诸公宜勠力，莫将机遇付东流。

（六）喜会旧金山诗书画家

3月9日中午，我被邀至唐人街"新香港酒家"，与旧金山文艺界朋友聚会，其中有黄新、吴海生、高文伟、利向阳、白帝洪、赖灼俞等诗人；黄少武、缪剑生、黄镛耀、伍郁仕等书画家。大家一起谈诗论文，互相交流，气氛热烈。吾有幸获赠书《嘤鸣集》和《异国心声》等。

> 正月山城春意浓，新知旧雨喜相逢。
>
> 吟诗泼墨新香港，珍重嘤鸣扬国风。

（七）参观天使岛移民拘留所

旧金山之天使岛（Angel Island），自1910年至1940年用作新移民拘留所之30年间，被拘留者多为华人，前后有175000多名。当年被拘之新移民，愁恨难禁，于是面壁吟哦，有的还涂写或刻印在墙壁上。后来有心人士，收集这些华人遗诗，出版了一本《埃仑诗集》。

（1）

> 青山绿水尚依然，泪渍吟声未化烟。
>
> 百载移民多苦难，哀思万缕忆当年！

（2）

> 离乡别井大洋边，惨入牢笼怅海天。
>
> 多少悲凉家国恨，我今含泪诵遗篇！

（3）

> 屈辱离愁压两肩，金门木屋受熬煎。

湾边深夜涛声响，许是先侨泣不眠！

（八）游"渔人码头"

"渔人码头"是旧金山最热门的观光点。最吸引人的是美食，不仅云集世界各地著名的餐饮，还有本地出产的丰富海鲜菜肴。而街头艺人精彩的歌舞表演，增添了浓郁的节日气氛。在39号码头水边，一年四季都有成群海狮在游水和摆"甫士"，是闻名世界的观光项目。

百种风情歌舞姿，如云美食斗新奇。

尤其一景闻天下，雀跃游人赏海狮。

（九）巨富黄襟海故事

此次赴旧金山，入住华埠 CW Hotel（黄襟海旅馆），知道黄襟海的故事。

（1）

旧金山华人首富黄襟海，1927 年开始，花一千元资本办小型中餐馆，逐渐扩展成一间大餐馆。后来购买美国钢铁公司和通用汽车公司的股票，成了巨富。1958 年，他花 35 万元在旧金山华埠买下一间旅馆，更名为 CW Hotel，如今时价值数千万元。黄先生于 1988 年去世。

总趁顺风商海行，审时度势最精明。

全凭信息开新局，起跑争先百战赢。

（2）

多年来，黄襟海博士曾无数次捐款支持美华裔青少年的中文教育，与圣玛利中文学校有密切的联系，也曾多次捐款该校，作为培植新一代的经费。黄公逝世后，其家属为继承其遗志，设立"黄襟海教育基金"，用以发扬中华文化，奖励青少年研习中文。嘉行义举，千古流芳！

美德高风集一身，热心公益出资频。

中华文化勤推广，遗有基金惠后人。

（3）

黄襟海是一位儒商，与海内外文化界名人交情深厚。在旅馆的大堂，悬挂着张大千、黄君璧、于右任等名家赠送给他的字画。他的诗也写得好，如题黄君璧《峨嵋金顶》山水画的七绝："峨嵋写入画图科，李白篇中感慨多。杀尽奸邪停手后，我从金顶数山河！"

金山岁月未蹉跎，忙里偷闲且放歌。

豪气才情谁与共？我从金顶数山河！

（十）悼诗友李觉虹君

此趟来到旧金山，才知道诗友李觉虹兄已在一年前去世，不胜哀戚！

（1）

2004 年春，我首次赴旧金山，巧遇李觉虹先生。原来，其父亲李鹤群与先父梅均普生前乃教学同事，并且我当过他父亲的学生，他又当过先父的学生。交谈起来，知道彼此皆喜好诗词，倍觉亲切。从此开始诗交，酬唱颇多。

惊闻噩耗泪潸然，两代交情现眼前。

重读遗诗思笑貌，浪涛拍岸夜难眠。

（2）

觉虹兄好花，他旧金山家后花园一年四季繁花似锦。有一年，他栽植的昙花，竟盛开十多朵，叹为奇观。他把照片分寄各地诗友征诗，我们纽约诗友也热烈响应，后来结集成一本《昙花百咏》出版。他出版了《觉虹诗选》和《驿旅抒怀》等多册诗词集，好评如潮。

知君亦是爱花人，朝夕吟诗又写真。

万紫千红收雅集，许是灌园老叟身。

（3）

十年间，我与觉虹兄先后于旧金山（2004 年）、台城（2009 年）和纽约（2011年）会面三次。台城那次，是参加他的《觉虹诗选》新书发布会。纽约那次，是我邀请他来"诗词讲座"讲课。如今天人两隔，思之怅然！

金山五邑又苹城，三度倾谈若弟兄。

笑貌音容长不渺，盼从梦里听吟声。

（十一）悼诗词家陈中美先生

此次到旧金山，才得知陈中美诗翁早两个月在家乡台山逝世。其生平颇为奇特，年轻时就学于香港中国新闻学院，回乡参加游击队，富家子当"共匪"，导致父子绝交；解放后"弃武从文"，曾任《台山报》副刊编辑、《台山县志》主笔、《新宁杂志》编辑等职。

（1）

1980年移民美国，聘任旧金山《时代报》编辑，重操旧业。从此文思如潮，佳作迭出，尤其是撰写台山之故事、人物、典故、诗词、文化，论篇数之多，文笔之妙，当居海外台山籍作家之首。出版有20多种著作。其文学成就，主要是创作"新律诗"，鼓吹律诗革新风。

妙笔神思卓不群，钟情新律鼓吹勤。

精编乡邑诗文史，第一功臣当数君。

（2）

陈公近20多年来，几乎每年都在他台城的别墅明彩园玉衡楼举办吟诗会，先父在20多年前就与陈公结下诗缘。我与陈公有过3次会面，第一次是2004年，有幸在他旧金山家中，聆听诗教。近几年有两次到过他在台城的明彩楼，曾在诗会上献给陈公一首五律。

怅忆嘤鸣客满门，卅年两代唱酬繁。

曲终弦断留风雅，逸韵萦回明彩园。

（3）

陈公年近70岁时，花10年工夫在台山广海创建了2平方里的"石窟诗林"，以弘扬中华文化。此举引起争议，有赞有弹。据说，最近有人深夜潜入台城陈公之"明彩楼"家中，进行破坏。陈公辞世原因，一为"重病"，二为"激气"。如今公已登仙界，人间是非皆与公无关了。

叹息诗林创建艰，是非贬褒总相关。

西归驾鹤休回首，爱恨长留广海湾。

（十二）再见旧金山（结篇）

这是最近 10 年内我第 3 次到旧金山。此趟逗留时间虽然只有短短 4 天（3 月 8 日—11 日），但是见到了许多宗亲文友，游览了一些风景名胜。充满欢愉，印象深刻，收获甚丰。再见，旧金山！何日更重游？

唱酬访旧乐天涯，满载深情始返家。

如画山城风物好，回眸最忆赏梅花！

（2015 年 3 月 8 日—11 日于旧金山）

乙未潮汕行吟草（12 首）

（一）飞抵白云机场

从纽约乘"国泰"，在香港转搭"港龙"，于 5 月 7 日上午 10 时抵达广州白云机场。经历十多个小时飞行，精神尚好。飞机下降时，俯瞰羊城景物。

岭南正是好风光，万里归来喜欲狂。

珍惜神清身尚健，龙钟老态怎还乡？

（2015 年 5 月于广州）

（二）入潮汕

这是我第二次赴潮汕了。此次赴汕头大学，出席"全球汉诗总会"盛会。潮汕人杰地灵，文风鼎盛，素有"南海明珠"之誉。

飞车驶入画图中，绿野层峦诗意浓。

南海明珠扬雅韵，我来宝地沐文风。

（2015 年 5 月于潮汕）

（三）贺全球汉诗总会成立廿五周年

纪念全球汉诗总会成立廿五周年庆典，暨总会第十二届国际诗词研讨会，于2015年5月8日—11日在汕头大学隆重举行。为此盛会献礼，由陈小明秘书长主编，出版了历史性的会员作品专集《四海唐音》。吾躬逢其盛，并有幸被聘任"荣誉会长"。

高举吟旌廿五年，不求媚俗不求钱。

但期华夏成诗国，汉韵唐音四海传。

（2015年5月于潮汕）

（四）汕头大学见闻

（1）汕大校徽

最能代表一间学校的精神，就是校徽。汕头大学校徽像一本打开的书，书上的金凤花代表汕头（金凤花是汕头市花），下面的海浪说明地处海滨；还有一只展翅腾飞的凤凰，是寓意这所位于汕头的大学培养出社会栋梁之材。

滨海盛开金凤花，诗书饱读出才华。

欣看波浪翻腾处，展翅凤凰穿水涯！

（2）功臣李嘉诚

李嘉诚出生于潮州，潮汕地区是他的故土，他在故乡独资兴办了一所大学——汕头大学，实现潮汕人多年来的梦想！为创建汕头大学，李嘉诚投入了价值六亿多港元的物资，而且更为难能可贵的是，李嘉诚也投入了无法估量的爱心！

摇篮编织育精英，源自超人桑梓情。

宁愿倾家圆美梦，汕头幸有李嘉诚！

（3）校园生活

汕头大学校园依山傍水，建筑风格优雅，被誉为"高校建筑之花"。漫步汕大风景如画的校园，感受到浓厚的学习氛围，看到朝气蓬勃的青年学生，不禁勾起我对北大燕园学生岁月的回忆。

夜见案头灯火明，朝闻树下读书声。

如同昔日燕园景，一样青春一样情！

（2015 年 5 月于潮汕）

（五）游览金银岛

汕头南澳岛有一个面积不足 1000 平方米的小岛，人们称之为"金银岛"，据说是明朝年间海盗吴平藏匿金银的地方。吴平死后，金银迄今没有人找到，这仍然是个千古之谜。在南澳岛的深澳镇确实有一个吴平寨村，这是第一个以海盗名字命名的村落。

金银岛上觅金银，接踵摩肩寻宝人。

空手归来休惋惜，莫将传说当成真。

（2015 年 5 月于潮汕）

（六）凭吊陆秀夫陵墓

陆秀夫墓位于潮汕南澳岛东面青澳山北青径口的南山坡上，此处为其衣冠冢，有牌坊、亭子、墓碑、丞相石。古墓背南朝北。当年，陆秀夫护幼帝辗转粤海，坚持抗元，曾在南澳岛安寨扎营，最后在新会崖门背幼帝投海而死。

漫云惨史了无痕，青径山坡正气存。

今日犹闻悲壮曲，我来南澳吊忠魂。

（2015 年 5 月于潮汕）

（七）神奇"宋井"

南澳岛上有口"宋井"，据说是宋朝张世杰、陆秀夫护幼帝南逃至南澳岛，挖了三口井作饮水用，如今只余一口。"宋井"之奇，虽离波浪滔滔的大海仅 10 多米，常被海潮淹没，但潮退之后井水不带咸味，长年清泉不绝，水质甘甜。

胜迹留存古战场，神奇宋井水甘凉。

当年饮马人何在？国破家亡总断肠。

（2015 年 5 月于潮汕）

（八）车过南澳大桥

此次我们从汕头乘大巴去南澳岛观光，见识了南澳大桥的雄伟壮丽。这是广东省最长的跨海大桥，大桥全长11.08公里，大约有9341米长的桥梁孤悬于海上。施工历时近9年，总投资15.82亿元，今年元旦正式通车。南澳将由"孤岛经济区"变成"海丝前沿区"。

十里长虹映水天，汕头南澳一桥连。

海丝之路前沿站，经济腾飞好着鞭。

（2015年5月于潮汕）

（九）观潮剧《续荔镜记》

（1）

全球汉诗总会安排与会代表观赏经典潮剧《续荔镜记》，该剧讲述的是陈三偕五娘历经磨难，终于如愿结为夫妻的故事。这是用潮州话演唱的一个古老的汉族地方戏曲剧种。2006年入选第一批国家级非物质文化遗产名录，有"南国奇葩"的美誉。

珍奇潮剧早闻名，典雅清新百炼成。

湘子桥边多韵事，陈三偶倪五娘贞。

（2）（折腰体）

我们在汕头大学观看的《续荔镜记》，饰演五娘的是著名潮剧演员张怡凤。她是国家一级演员。卅年磨一剑，她日臻完善的"四功五法"，一步一脚印在不断攀登新高度中成就了她的美丽潮剧人生。她在潮剧道路上创造了多个"第一"。

西湖仙子张怡凤，万态千端一瞬中。

四功五法臻高境，南国鲜花别样红。

（2015年5月于潮汕）

丙申夏神州行吟（16首）

今年6月神州行，历时一个月，无意间写下二十多首打油诗，以诉旅途感怀。此行主要目的，是带领儿女、孙辈回去，让他们认识一下中国，这是他们的根！

省港京华携眷游，但教孙辈识神州。

且留卅首吟心曲，无限情怀寄激流。

（一）羊城喜遇于峰先生

于峰先生是纽约粤剧名家，并能写一手好文章。今天是我返广州的第三天，漫步北京路人行街，突然出现于峰先生的身影。故乡相逢，喜出望外。于是，他邀请我和苏能业先生夫妇到著名的"鹅仔饭店"，品尝了一顿别具风味的鹅餐。

偶遇羊城自有缘，岭南风物总情牵。

相邀细品鹅滋味，潇洒人生乐晚年。

（二）谢吴绍吟教授赠《恩平方言》巨著

吴绍吟教授，广东恩平人，华南工学院毕业后留校任教。2003年退休后，怀着对家乡语言文化的深厚情怀，对恩平方言进行了探索性的研究，卓有成就，著有三册《恩平方言》。有一册是"土话与洋腔英语的交织"，如恩平话的"骨"，正是英文的good。

百粤方言意趣稠，化工教授溯源头。

洋腔土话"恩平骨"，侧耳细听流出油。

（三）喜与章勋儒君重逢于南海

一年前，在纽约召开的"2015年联合国中华文化交流大会"上，我有幸认识了来自广东花都的章勋儒先生。章先生业医，然业余浸沉书法艺术，终于练就一手好字。此次在南海的"山语湖"与章先生重逢，他赠送给我一册《明明白白学书法·章勋儒书法作品暨文选》。

苹城幸会一年前，山语湖中续好缘。

卅载浸沉书道雅，恒心点滴石能穿。

（四）番禺喜会荆鸿篆刻大师

荆鸿，文字学家、美学家、姓名学家、篆刻书画家。从艺50余年，12岁开始篆刻，先后师从郭沫若、蓝菊荪、宗白华、臧克家、赵朴、吴兰英等大师，刻下8万多枚精彩的印章。2009年在广州番禺创立了荆鸿艺术馆，2012年创建了荆鸿新造美术馆。

笔种刀耕五十年，刻雕艺术拓新天。

六朝拙朴明清雅，时代精神注印田。

（五）北京喜会孟姐

我与张孟仪姐的弟弟张法刚，是儿时的结拜兄弟。我在北京读书时，经常在她家吃饭、住宿，待我如亲弟弟一样。她是我的偶像，多年在新华通讯社任俄语新闻翻译，并曾赴苏联从事外交工作。她和丈夫唐秀山，是又红又专的干部，为国家默默地贡献了自己的一生。

百饺园中道别情，苍茫尘海利名轻。

京华多少精英者，默默耕耘献此生。

（六）重游颐和园昆明湖

北大离"夏宫"颐和园很近，学生时代，每逢暑假，只要不回广东，我几乎每天去昆明湖游泳。从东岸一口气游到西岸，休息五分钟，从西岸再游回东岸，一趟来回约费两小时。今天与儿孙同游颐和园，述及五十多年前旧事，孙子皆赞叹不已。

五十年前忆旧游，夏宫柳绿阁楼幽。

明湖击水看身手，岁月如歌叹白头。

（七）游江南水乡乌镇

乌镇，隶属浙江省嘉兴市桐乡市，是典型的中国江南地区水乡古镇，有"鱼米之乡，丝绸之府"之称，具有六千余年悠久历史，是江南六大古镇之一。著名作家茅盾，原名沈雁冰，就是乌镇人，现乌镇保留着茅盾故居。

小桥流水画图中，鱼米之乡物产丰。

更慕文风今古盛，何人不识雁冰公？

（八）游无锡"三国影视城"

无锡三国影视城，是中国首创的大规模影视拍摄和旅游基地，被誉为"东方好莱坞"。来到无锡，导游安排游"三国城"，但见人山人海，好不热闹。我们刚好看到一场三国的战斗表演，横刀跃马，险象环生。据说，这些演员都是来自内蒙古，马术超凡。

络绎游人乐似仙，江山指点话前贤。

草船借箭连天火，三国龙争也卖钱。

（九）晨登南京明孝陵

南京入住紫金山南麓的国际会议中心，旁边就是明孝陵公园。明孝陵，是明太祖朱元璋与其皇后的合葬陵墓。明孝陵于 1381 年动工，历时 25 年才建成。作为中国明皇陵之首，代表了明初建筑和石刻艺术的最高成就，有"明清皇家第一陵"的美誉。

云树苍苍六百春，孝陵石刻最传神。

黎明喜看新风景，遍野漫山晨运人。

（十）题朱自清和俞平伯同游秦淮河雕像

在南京秦淮河畔，见到了"朱自清和俞平伯同游秦淮河雕像"。两人于 1923 年的一个"仲夏之夜"同游秦淮河，相约以同一命题《桨声灯影里的秦淮河》作文。两文情词并茂，但风格不同，俞之温婉，朱之纯静，各有千秋，从此便有了"俞朱并称"之说。此时，俞 23 岁，朱 25 岁。

依稀灯影伴桨声，十里秦淮仲夏情。

锦绣文章惊四海，同工异曲耀双名。

（十一）游苏州耦园

苏州有一个袖珍园林"耦园"，历史很长，在诸多的主人中，最能形成耦园历史和人文意蕴的是清末安徽巡抚沈秉成。他的续弦是江浙才女严永华，至今在墙上还刻着她的诗："耦园住佳偶，城曲筑诗城。"园中有"吾爱亭"和"听琴轩"，犹闻缠绵的琴声。

不看大园看小园，爱情故事总牵魂。

回桥曲水留风雅，琴韵诗声酒尚温。

（十二）重游杭州西湖

五十年前，即1966年8月，"文化大革命"伊始，我们青年学生，响应毛主席"经风雨，见世面"号召，进行"革命大串联"。我第一次来到杭州，住在杭州大学，是时校园贴满大字报。而西湖之美，令我心醉。白居易吟得好："江南忆，最忆是杭州！"

五十年来几度游，今生最忆是杭州。

平湖秋月双堤柳，西子依然魂魄勾。

（十三）参观"无臂七子"书画展

路过西湖畔的"唐云艺术馆"，发现正在举办"追艺寻梦·中国无臂七子书画作品展"。"无臂七子"来自四省一市，幼年失去双臂，但不自暴自弃，而是以口衔笔，刻苦练习书画，终成书画艺术家。我见到了其中的陈伟强和赵靖。

折翅雄鹰志砺磨，人生何惧大风波。

自强不息攀高境，寻梦书坛奏凯歌！

（十四）重临上海滩

洋场十里更娇妍，栉比高楼接海天。

改革卅年添活力，繁荣兴旺胜从前。

（十五）赠别江南旅游团队友

此次神州行，中途参加了一个江南七日旅游团，由素不相识的四个家庭组成，来自纽约、费城和墨尔本，把臂同游嘉兴、南京、杭州、无锡、苏州和上海等地。数日相处，成为好友。上海滩依依惜别，相约来年再一起旅游。

素昧平生共一舟，江南美景刻心头。

外滩惜别言珍重，相约来年把臂游。

（十六）寻根之旅完满结束

趁暑假，我们全家三代10人，齐赴中国一行，到过香港、广州、台山和北京等地。返故乡台山祭祖，游我的母校北京大学，登居庸关长城……给孩子们留下深刻印象。希望后辈能永远记着中国！平安回到纽约了，写于肯尼迪机场。

> 思源三代拜先宗，又返燕园话旧踪。
>
> 争上长城当好汉，此行喜我未龙钟。

（2016年6月于旅途各地）

丁酉神州行吟（17首）

（一）喜抵天津

此次赴中国，从纽约飞广州，马上转天津，是为了参加明天（6月27日）我们纽约诗画琴棋会小会员张元昕南开大学硕士毕业典礼。6年前，在张元昕赴南开大学欢送会上，我说到时一定出席她的毕业典礼。君子一诺千金！

> 马不停蹄老朽身，羊城甫达又天津。
>
> 重临旧地精神爽，况是南开观礼珍。

（二）见证张元昕南开大学硕士毕业典礼

纽约出生的小诗人张元昕，13岁（2011年）考入南开大学文学院，只用6年时间就获得学士、硕士学位。2012年，首届"诗词中国"传统诗词创作大赛，她荣获青少年组的特等奖。我有幸代表纽约诗画琴棋会，见证了她的硕士毕业典礼。

> 苹城奇女子，万里赴南开。六载耽经典，三番耀赛台。
>
> 虚心能进步，勤力早成材。今日欣观礼，诗河后浪来。

（三）喜又见叶嘉莹先生

昨天我们拜访了叶先生。虽然已是93岁高龄，但是思维异常敏捷。她说每天都很忙，经常到深夜一两点钟才睡觉。第一次见她是在十二年前，我们纽约诗画琴棋会一行36人，原来打算去天津拜访她，但她担心我们太劳累，自己特从天津来北京看望我们。

先生今又见，如醉仰星辰。诗艺堪凌顶，文章足等身。

痴心吟唱雅，处世性情真。最是人称颂，五洲传火薪。

（四）参观南开大学迦陵学舍

以叶嘉莹先生的号命名的"迦陵学舍"，是一座四合院式的中式书院，集教学、科研、藏书于一体，并开辟文史资料藏室，专门陈列叶嘉莹先生带回的大量宝贵文史资料。院中有两株海棠和两盆古莲花，是来自北京恭王府和保定古莲池，不仅点缀了学舍的风景，还别有典故。

南开寻学舍，循迹有书香。合院存风范，层楼展玉章。

诗词声韵雅，师友意情长。难忘清幽处，莲花伴海棠。

（2017 年 6 月 26—28 日于天津）

（五）步韵谢于树森君天津宴请

蒙天津的北大同窗于树森君设宴款待，席间送我一本《告别未名湖——北大老五届诗集》，此书收入于君诗五首，其中一首为《校友聚会再访燕园》。此诗写北大 110 周年校庆，我班同学重聚燕园之时。其诗中所提的"沈党组"，是指一位沈姓同学，而"梅笑寒"则是我的笔名。

重逢又是艳阳天，长忆燕园学友贤。

携手八年凝厚谊，同舟一集记从前。

躬耕渤海书生贱，浩劫神州心胆寒。

今夕津门尽杯酒，逍遥乐道好延年。

【于树森原玉】

校友聚会再访燕园

又是阳春五月天，未名湖畔聚群贤。

音容笑貌人依旧，径曲林幽景似前。

刮目首推沈党组，成功当属梅笑寒。

诸君莫唱夕阳曲，皓首童心永少年。

（2017 年 6 月于天津）

（六）水调歌头·步韵谢贺国安君北京宴请

在北京蒙北大同窗贺国安设宴款待。我们相处八年：前六年在燕园学习，后两年在唐山军垦农场锻炼。分别时，我们班五位诗友，选出各人作品共百首，编成《同舟集》一册留念。贺君之《水调歌头·记串联》，情真景真，一气舒卷，故列为此诗集之卷首篇。贺君后为职业外交官。

享誉三江久，使馆一诗家。

辛勤彩笔挥舞，未负好年华。

吟遍河山美景，抒尽人间哀乐，韵味胜香茶。

卷首《同舟集》，夺目耀明霞。

珠江水，燕园柳，纽城花。

此生四海漂泊，改运自求佳。

弹指满头白发，愧我无成一事，幸未变沉沙。

步韵酬知己，明日又天涯！

（2017年6月于北京）

（七）一丛花·谢中华诗词学会设宴款待

蒙中华诗词学会在"天健宾馆"设宴款待我。虽然郑欣淼会长正在外公干，但郑重指示学会，一定要好好接待。我只是中华诗词学会一顾问，但受到如此重视，令我感激不已。出席宴会有范诗银副会长等领导。席上范诗银先生赠我一阕词《一丛花》，又快又好，遂步韵敬和。

京华六月柳条青，不绝鸟啼声。

芙蓉出水香飘逸，更心醉、翠叶婷婷。

万里归来，风光似画，况有故人凭。

新词一阕壮吾行，把酒乐聆听。

帅园多是拿云手，启诗绪、烈焰如烹。

宋韵唐风，清吟浅唱，谁可不痴情？

【范诗银先生原玉】
一丛花·荷月赋赠纽约梅振才会长
新红应倚玉瓶青，清露滴无声。
轻风一缕吹香渺，莫相问、依旧娉婷。
翠袖紫檀，京弦粤笛，无可为君凭。

海天万里几回行，几阕韵行听。
痴心不改常如梦，在那边、诗火如烹。
家国唐云，乡思宋霓，载不得深情。

（八）刘心武书屋

我和友人参观了北京金融街购物中心的"刘心武书屋"，这是开创了国内以在世作家与书店相结合的首例，别开生面。心武兄是我的好朋友，我们的友情维系了三十多年。

驰骋文坛六十秋，且凭书屋促风流。
今朝处处铜腥味，珍惜荒原一绿洲！

（2017年6月于北京）

（九）敬呈刘斯奋先生

（1）

广州麓湖国际大酒家,喜晤刘斯奋先生。他是著名的诗家、作家、画家和书法家。他赠我一册他的诗词选集《蝠堂诗词钞》。当晚挑灯夜读,着实篇篇精彩,才气纵横,大有龚自珍（定庵）之风。

久仰诗名播岭南，麓湖席上话犹酣。
归来夜读蝠堂卷，剑气箫心追定庵。

（2）

我们是同龄人，我比刘先生虚长半岁。青年时代，我们几乎有相同的经历，特别是亲历"文化大革命"。与他结缘，源于我和李树喜编著的《文革诗词评注》，收录他的"文革"期间所写的8首诗词。

"文革"诗评始识君，且留八首记前尘。

相逢俱是星霜鬓，不忘初心弥足珍。

（3）

刘家一门三杰，父亲是刘逸生，五十年代便在《羊城晚报》发表评述有关唐诗宋词的专栏文章，风行一时。后来结集出版了《唐诗小札》《宋词小札》等书，至今仍盛行不衰。刘斯奋之弟刘斯翰，亦善诗词，出版有《童轩词》等著作。

南国文坛绽百花，令尊最是众人夸。

《唐诗小札》堪珍重，依旧流传千万家。

（2017年7月于广州）

（十）步韵敬呈陈永正教授

陈永正教授是古文献研究专家、书法家和诗家。本人有幸与陈教授相会于广州酒家。我赠给他一册《文革诗词评注》，此书收录他多首诗词。他回赠给我一本诗词自书选集《沚斋诗词钞》。陈教授字止水，号沚斋，今年76岁。我期望再过24年，能为他贺百岁大寿。

仰慕多时未见人，今朝有幸会真身。

儒风大雅犹惊世，止水清流不染尘。

无意浮名留后代，有心浩劫究前因。

共君二十四年约，把酒歌吟百度春。

【陈永正教授原玉】

五十九岁生日自寿

世上无端出此人，忽惊石火梦中身。

五洲群愿千年寿，大宇星如万点尘。

修短在天元有意，枯荣于我究何因。

明朝恐被黄花笑，甲子书来又一春。

（2017 年 7 月于广州）

（十一）步韵答郭业大、余福智两诗家

得郭业大诗友介绍，有幸认识佛山大学余福智教授。余教授毕业于中山大学中文系，曾被划为"右派分子"，一生坎坷。他赠我一本其诗词自选手书集《宝瑟余音》，真是诗佳字靓，令我折服。

诗家多块垒，难望老还童。十载淋寒雨，一生行逆风。

阳谋原有始，咒语尚无终。宝瑟余音绕，唏嘘旧梦中。

【郭业大原玉】

丁酉小暑后二日与梅振才、余福智二位诗词前辈小聚留吟。

鹤颜师落座，七十我为童。评注伤心事，钩沉快意风。

情多诗不竭，气盛曲难终。话到无言处，声凝烈照中。

【余福智原玉】

步郭兄韵寄梅兄

因缘参小聚，齿豁复头童。好借三分酒，重谈十级风。

钩沉书尚薄，诉恨语难终。天下谁天下？蓬山在海中。

（2017 年 7 月于广州）

（十二）听熊东遨诗家讲课"唐诗的味道"

与熊东遨先生神交已有十多年，惜无缘识荆。刚好有机会在广州听到熊先生给研究生讲课，题目是"唐诗的味道"，生动活泼，别开生面。熊先生与夫人周燕婷皆是诗词大家，先生自署"观雪堂"，诗风豪放大气；夫人自署"小梅窗"，词风自然淡雅。夫唱妇和，合著有《画眉深浅》。是夜喜获熊先生赐我一律。

神交十年久，粤海喜相逢。出口成佳句，临风见雅容。

刚柔龙凤异，飘逸雪梅同。瓶旧添新酒，唐诗味更浓。

【熊东遨先生原玉】

是夜有闻集古用梅振才先生韵

生意春如昨，荣枯岂不同。昼烧笼涧黑，晓日跳波红。

言论关时务，文章变国风。入云声渐远，何处更相逢？

依次集自：杜甫《废畦》、刘长卿《岁日作》、王贞白《商山》、李纲《南渡次琼》、杜荀鹤《秋日山中寄李处士》、白居易《开成大行皇帝挽歌词》、杜牧《闻雁》、于武陵《夜与故人别》。

（十三）题何永沂君《点灯集》《后点灯集》

以前何永沂君曾赠我一本其诗词选《点灯集》，此次又送一本《后点灯集》。余英时教授为此书作序，有言："何先生的专业是医学……这恰好说明他的诗才是与生俱来的……"

当今时代事，前后卷中看。正气凝诗史，别才惊艺坛。

打油非打诨，披雨更披肝。珍重如神笔，行吟一寸丹！

（2017 年 7 月于广州）

（十四）赏何永沂兄粤语诗

此次回广州，见到几位好读、好写粤语诗的诗家，话题之一就是要推广传承粤语诗。大家公推何永沂兄的作品，妙趣横生，认真抵死，是"粤语诗历代之冠"。何兄自嘲道："何淡如上身了。"何淡如者，粤语诗之前辈大师也。我也来首粤语诗。

永沂叻法得人惊，郁下口来千首成。

白话吟诗够威水，淡如梗系死翻生。

【选录何永沂粤语诗一首】

咏红棉

唔红唔够霸，仲系岭南威。借佢烛龙火，留啲夜彩霓。

北人常问乜，屈子最啱题。镇海楼巴闭，同埋伴夕晖。

（2017 年 7 月于广州）

（十五）天津观礼归来有感

　　此次赴中国，主要是出席张元昕的南开大学硕士毕业典礼。此次又见到叶嘉莹先生，是她建议，张元昕在中国读完硕士就够了，以后最好回哈佛大学继续深造。不虚此行，我没有违诺：6 年前张元昕赴南开之时，我说过要出席她的毕业典礼。

　　喜见身披硕士袍，小鹰展翅碧空翱。

　　古云一诺千金重，吾辈应须惜羽毛。

（2017 年 7 月于纽约）

丁酉美西行吟（10 首）

（一）美西旅游首站拉斯维加斯

　　这是我第三次在秋天赴拉斯维加斯旅游，又是入住"宝岛"（Treasure Island）大酒楼。此次最高兴，能与家人同行。

　　又住堂皇宝岛楼，赌城三度值金秋。

　　今番尽享天伦乐，难得儿孙伴我游！

（2017 年 8 月于拉斯维加斯）

（二）赌城唐人街

　　中国城在拉斯维加斯大道以西仅 1.6 公里处，这里有多家亚洲商家和亚洲餐馆，还有亚洲超市。它是美国第一家经过精心规划的唐人街，有牌楼，有唐僧师徒西天取经雕像，其中的建筑模仿唐朝样式，独具特色。很多当地人和中外游客都很喜欢到这里品尝中餐和购物。

　　云吞水饺左公鸡，香绕牌楼食客迷。

　　举目华人随处是，唐僧也到大洋西！

（2017 年 8 月于拉斯维加斯）

（三）饮茶去"饮茶"

广东人好饮茶，哪怕在天涯海角，也要找一间茶楼"叹茶"。不意在赌城拉斯维加斯，竟发现一间叫"饮茶"的茶楼，我们立刻驱车前往。虽味道一般，但顾客如云，可见店名新奇有特色，让顾客过目不忘，自然财源广进。

两件一盅迎早霞，寻香走遍万千家。

标新立异天涯见，最妙茶楼号"饮茶"。

（2017 年 8 月于拉斯维加斯）

（四）New York　New York

拉斯维加斯有众多赌场酒店，建筑风格各具特色。而以城市名字命名的，如 Paris 赌场酒店，以巴黎埃菲尔铁塔模型为标志；如 New York New York（纽约纽约）赌场酒店，复制了纽约的自由女神像、帝国大厦、布碌仑桥，以及百老汇大道的风情……

自由神像倚高楼，布碌仑桥碧水浮。

纽约分明山寨版，聊从假景解乡愁。

（2017 年 8 月于拉斯维加斯）

（五）赌城怀旧

赌城有新城区和旧城区，然新城区建成后，旧城区开始没落，游客很少。近 10 年来，政府把注重资重建旧城区，特别在昔日以霓虹光彩闻名的弗利蒙大街，每晚上演非常美丽的灯光秀。旧城区又恢复了昔日的辉煌。慕名而来的游客，就是来观赏这个如幻如梦的霓虹世界！

莫喜新枝厌旧枝，赌城旧景亦佳奇。

夜来络绎人依旧，如梦霓虹忆旧时。

（2017 年 8 月于拉斯维加斯）

（六）星光大道看星星

到了洛杉矶，要看三样最主要的东西：沙滩，棕榈，好莱坞！好莱坞有条铺满"星星"的金星光大道，迄今为止，华人有四粒星：黄柳霜、李小龙、成龙、吴宇森，其中以李小龙最负盛名。李小龙的《龙争虎斗》等功夫影片，令他成为中国功夫代名词。

中国功夫一炮红，《龙争虎斗》振雄风。

好莱坞道星光灿，游客纷寻李小龙！

（2017 年 8 月于洛杉矶）

（七）洛杉矶喜会朱荣新同学

朱荣新是我在台山一中当教师时的学生，后赴香港。他对我家庭一直十分关心和照顾。深情厚谊，长铭心中。分别多年后，此次在"上岛酒家"喜重逢。

最记离家漂泊时，雪中送炭有相知。

重逢上岛无由谢，且赠良朋一首诗。

（八）旧金山中国城街头壁画

百载华城几变迁，街头壁画记流年。

开来继往金山梦，珍重先人创业篇。

（2017 年 8 月于旧金山）

（九）步韵谢旧金山黄新诗翁赠诗

8 月 29 日，金山诗艺会诸诗友，在唐人街"景成大酒楼"设宴接待我。席上诸诗友赠诗、赠联予我，深情厚意，没齿难忘。由大诗家黄新撰作、书法家黄耀庆书写的嵌名联是："名扬今古寒梅性；声振中西满腹才。"黄新君另赠一绝《为梅振才诗友接风洗尘》。

湾边唱和喜逢时，四海牵缘总为诗。

共祝耆年多福寿，以茶代酒又盈卮。

【黄新诗翁原玉】

为梅振才诗友接风洗尘

初秋游览正良时，一路风光一路诗。

饮马三藩会文友，景成欢聚举金卮。

（2017 年 8 月于旧金山）

（十）步韵谢利向阳诗友赠诗

此次美西游，洛杉矶的沙滩、大峡谷的怪石，给我们留下深刻的印象。然最难忘的，是旧金山诗友，在"景成大酒楼"设宴接风洗尘，并赠诗、赠联予我。利向阳诗友除赠我一首七律外，还赠一副鹤顶格嵌名对联："振翮中华，文化弘扬揽天下；才狂北大，诗词广袤著'钩沉'。"

儿孙伴我自由行，老伴相携乐此生。

有幸沿途逢旧雨，随心胜地启新程。

沙滩秀丽层波碧，峡谷神奇巨石横。

最是风光吟不尽，景成堂上满诗声。

【利向阳先生原玉】

朋自远方来有作——赠梅振才会长西行感怀

怀情一路向西行，掠影流光吹又生。

自驾驱轮无日夜，身凭健魄问云程。

奔驰四野晴空碧，羁旅长途岔道横。

作客金山缘咫尺，任由毛管寄秋声。

（2017年8月20日—9月6日，于拉斯维加斯、洛杉矶、旧金山）

丁酉闽粤行吟（31首）

（一）学生食堂吃早餐戏步陆游诗

应邀到华侨大学讲学，来到福建泉州，入住华侨大学专家招待所。今晨在校园的"西苑餐厅"吃早餐，几乎全是学生在用餐。见入门处大玻璃窗上有陆游传世《食粥》诗："世人个个学长年，不悟长年在眼前。我得宛丘平易法，只将食粥致神仙。"戏而仿之。

学生餐馆忆华年，已逝青春现眼前。

老去情怀何所遣，但求快活似神仙。

（2017年11月于泉州）

（二）泉州初逢马晓霓老师

泉州师范学院老师马晓霓博士，是我在泉州见到的第一个朋友，其专业是研究戏曲历史和艺术美学，曾是我北大同窗凌继尧的学生。他是甘肃天水人，在泉州已工作了10多年，喜欢泉州。他说："泉州有着深厚的历史文化沉淀，有着很宽大的包容性，有良好的学术研究氛围……"

珍稀古籍苦寻求，戏曲史河朝夕泅。

研究课题拓新境，最宜治学是泉州。

（2017年11月于泉州）

（三）游泉州洛阳桥

泉州之"一桥二塔"，说的是洛阳桥和东、西两塔，为泉州的代表性景物。洛阳桥，是北宋泉州太守蔡襄主持建造的，至今已有近千年历史。这是我国现存年代最早的跨海梁式大石桥，是世界桥梁筏形基础的开端，为全国重点文物保护单位。

已历千年风雨侵，名桥依旧卧江浔。

泉州多少人和事，漫听涛声诉古今。

（2017年11月于泉州）

（四）游泉州开元寺

开元寺是福建省规模最大的佛教寺院，始建于唐垂拱二年，传说泉州巨富黄守恭梦见桑树长出莲花，遂舍桑园建寺，初名莲花寺，后改为开元寺。规模宏大，景色优美。院内建筑最有名的是双塔，东为"镇国塔"，西为"仁寿塔"，高40多米，是我国最高的一对石塔。

宝殿恢宏古木幽，开元名寺历千秋。

若无善长莲花梦，双塔何来傲九州。

（2017年11月于泉州）

（五）游泉州"如是慧"茶馆

在泉州市中心繁华商业地段，有一间别具一格的"如是慧"茶馆，融合品茶、赏画、听琴于一炉。该茶馆的主要建筑物，源自泉州望族洪氏宗祠。其高祖乃南宋时的状元洪皓，其子洪迈（号容斋）撰写韵《容斋随笔》，达到"极鬼神事物之变"的境界。此书毛泽东生前爱不释手。

古港泉州独一家，听琴赏画品香茶。

尤思洪氏容斋笔，论世知人总不差。

（2017 年 11 月于泉州）

（六）步于君"泉州清源山太上老君石像"诗

清源山被元人誉为"闽海蓬莱第一山"。景区内流泉飞瀑、奇岩异洞、峰峦叠翠、万木竞秀，素以 36 洞天、18 胜景闻名于世，尤其以老君岩石像为首屈一指胜景，上刻有老子之《道德经》。燕园同窗于树森君，知道我到了泉州，于是发来他两首七绝旧作，我选一首（中华通韵）和之。

千年依旧顶云天，风雨难摧老子岩。

游客只知求福寿，今朝道德几人传？

（2017 年 11 月于泉州）

（七）赴华侨大学讲学有感

华侨大学的校名，是由廖承志书写的。一进入校门，会看到一座别具特色的建筑物——承露泉。这是一所为方便华侨青年回国升学而设的大学，培养了大批侨生。这些侨生，有的留在中国，有的回到所在国，在各领域发挥了很大的作用。

初临华大似回家，承露泉流映彩霞。

海外归来多学子，炼成万国展才华。

（2017 年 11 月于泉州）

（八）告别泉州

刺桐花，是历史文化名城福建省泉州市的市花。早在中世纪，泉州就以"刺桐城""刺桐港"而驰名世界。其花期是每年三月份，三月的泉州城掩映在刺桐的绿叶红花之中。可惜，我此次到泉州是 11 月，只见刺桐树，不见刺桐花！

古港勾魂风物奇，一桥两塔惹相思。

此行唯一留遗憾，未见刺桐花绽时。

（2017 年 11 月于泉州）

（九）参观福安"中国第一廉村"

"廉村"，是福建第一位进士薛令之的故乡。他为官清廉，该村被御赐"廉村"，成为全国唯一被皇帝以"廉"赐名的村庄，现在成为廉政教育基地。我们够幸运，有薛令之 38 代孙薛耀国，陪我们参观廉村；而薛令之 37 代孙薛建雄，则为我们主持了一个与福安诗人的文化交流会。

僻岭穷山翰墨香，满村进士岂寻常。

谁知千载沧桑后，摇变倡廉新学堂。

（2017 年 11 月于泉州）

（十）潮州盛会八吟

全球汉诗总会 2017 年年会暨第 13 届国际诗词研讨会，于 11 月 17—20 日在潮州"韩山师院"隆重举行。在朱添寿会长和副会长领导下，会务有长足的进步，特别是副会长兼秘书长陈小明，捐巨款、出大力，广受赞扬。会余采风览胜，游览湘子桥、韩文公祠、饶宗颐学术馆等；还有以诗词为主轴的"诗心如潮，情聚韩山——诗歌音乐晚会"。

（1）潮州重聚

诗朋朝夕梦魂牵，一别汕头经两年。

韩水重逢频握手，群心奋发赋新篇。

（2）隆重年会

两年拓展仗群谋，欣见金秋硕果收。

诗路漫长宜勖力，相期更上一层楼。

（3）诗词研讨

八国诗家聚一堂，各抒己见又何妨。

精华尽入论文集，发展传承献妙方。

梅振才诗集　　469

（4）韩山师院

千年学府溢书香，辈出名家文史昌。

佳话流传迎盛会，好教国粹永弘扬。

（5）采风揽胜

寻梦潮阳草木娇，湘桥韩庙客如潮。

江山似画秋光媚，谁个诗人不折腰？

（6）诗歌晚会

妙舞清歌动海湾，豪情雅韵绕韩山。

诗词经典齐欣赏，宋雨唐风今又还。

（7）赞陈小明

谦虚能干肯钻研，出力捐钱一马先。

会长同心拓新局，精诚合作两无间。

（8）展望未来

韩山雅集畅吟时，正是长征再出师。

展望前程风景好，百年不倒汉诗旗。

（2017 年 11 月于潮州）

（十一）广州大学讲学有感

父亲梅均普，20 世纪 30 年代就读广州大学。该校文风鼎盛，父亲也写诗歌文章，办文艺刊物，颇为活跃。有的同班同学后来成了著名作家，如陈残云。父亲毕业后回故乡台山，毕生献身教育。我曾看过父亲以前保留下来大学时代的文章、刊物，可惜"文革"时被父亲付之一炬！

追寻先父迹，学府忆生平。刊物青春气，文章家国情。

终身递薪火，垂晚结诗盟。漫步黉园路，喜闻吟诵声。

（2017 年 11 月于广州）

（十二）诗山论道

由广东省文化学会诗词文化专业委员会主办的"诗山论道——中华近体诗的传承与发展文化沙龙"，在著名陶都（佛山）石湾"南风古灶"隆重举行。我有幸被邀出席，并作为"诗词一席谈"的三位主要发言人之一，另外两位是诗词大家熊东遨老师和倪平波主任。

陶都今论道，诸子百家雄。逸兴三杯外，深谈一席中。

继承循旧律，开拓出新风。古灶长明火，诗花锻更红。

（2017 年 12 月于佛山）

（十三）喜晤余鹏翔将军

在佛山"诗山论道"会上，有幸认识了 82 岁的余鹏翔将军。他高大魁梧，好像一条山东大汉，其实是广东罗定人。他曾是毛主席的卫兵，是"二炮"的拓荒牛。余将军文武双全，诗书一流，超凡脱俗。

谁信生南粤？比人高一头。忠心毛卫士，二炮拓荒牛。

文武能兼备，诗书脱俗流。笑谈长寿诀，美色悦青眸。

（2017 年 12 月于佛山）

（十四）赠广州"恒邦传媒"

广州恒邦文化传媒有限公司，于 12 月 2 日在增城举办"增城扶贫书画拍卖会"，我们纽约诗画琴棋会也积极参与其中。该公司崛起于增城，是一个颇有实力的生力军。该公司追求"创意"，以"至高理念"和"诚信"为宗旨，团结一致，刻苦创业，前程无限！

一支劲旅出增江，创意平台鼎力扛。

理念至高诚信好，风云媒体数恒邦。

（2017 年 12 月于增城）

（十五）荔乡仙境

增城是名扬四海的"荔乡"。为12月2日的"增城扶贫书画拍卖会"隆重开幕，我们纽约诗画琴棋会特别集体创作了一幅大型山水国画《荔乡仙境》。此幅国画悬挂在增城展览厅大堂。

飞瀑清溪碧黛山，荔乡仙境妙千般。

引来万里苹城客，古迹新颜仔细看。

（2017年12月于增城）

（十六）忆江南·增城好（8阕）

增城办诗书画展，匆匆写就《忆江南·增城好》八阕，由著名书画家李春华配上四尺宣画幅，甚受增城人欢迎。

（1）忆江南·小楼仙源

何仙姑原名何泰女，唐代增城小楼镇仙桂村人，为道教八仙中唯一的女仙。后村人在其故居遗址建"何仙姑家庙"，历代香火极旺。仙姑家庙附近有株巨大的古藤，藤龄已有千年以上。当地人称为"仙藤"。

增城好，神迹广传扬。

家庙香烟千载盛，古藤枝蔓百寻长。

揽胜入仙乡。

（2）忆江南·古海遗踪

"古海遗踪"位于新塘口岸码头附近的一座小山丘上，是古代海陆变迁所形成的一座岩洞。其中一处岩石被冲刷成一个隧洞，当地人称"石巷"。与"石巷"洞门连接的是"倚岩寺"，寺与洞相连又相通。

增城好，古海觅遗踪。

百代沧桑成石巷，千姿景物叹神工。

寺洞喜相通。

（3）忆江南·高滩温泉

高滩温泉位于派潭镇，巍峨的石子岭下、群山环抱之中，共有大小五口温泉井，终年喷出热水。现在，高滩温泉旅游区已变成集治疗、保健、旅游、住宿饮食和娱乐休闲于一体的多元化的仙境桃源。

增城好，健体有新都。

五井温泉连一线，四围山水织千图。

行旅致心舒。

（4）忆江南·正果佛岩

正果佛爷寺，是为纪念当地的一个牧童坐化得道而成正果之佛教传说而修建的。建于南宋，依山而建，是一座三间三进的古建筑物。寺内雕梁画栋，木雕、砖雕、浮雕都极具岭南建筑特色。

增城好，建筑出奇雄。

宝塔佛堂呈古雅，雕梁画栋见精工。

香客乐其中。

（5）忆江南·百花崖影

南汉王刘岩与其妻增城公主，郊游增城西岭坑，树木滴翠，另有一番景色。游毕，西岭坑被刘王赐名"百花林"。后来，又留下宋代摩崖石刻"百花崖影"四字，以及摩崖刻有历代名人咏赞的诗文。

增城好，崖影百花开。

郁郁山林环舍馆，淙淙溪水绕亭台。

度假好重来。

（6）忆江南·凤台揽胜

凤凰山原名春岗，位于荔城镇旧城区内。相传，北宋时有一对凤凰在春岗上空盘旋，便把春岗改名为凤凰山，并建凤凰亭，后改名菊坡亭。解放后政府多次拨款修葺凤凰山游览景区，增设文化教育娱乐设施，成为闹市区内的一座文化公园。

增城好，处处读书声。

文化公园多学子，凤凰山麓满诗情。

咏月菊坡亭。

（7）忆江南·西园挂绿

增城挂绿是一株迄今已有300多年树龄的荔枝果树，因其种植于古县城西门外，又因其果实外壳有绿色线纹环绕，故称"西园挂绿"。"挂绿"果肉晶莹，风味独特，但产量不多，更显其珍贵，自清康熙起列为贡品。

增城好，贡品自优良。

一粒清甜心醉爽，三年回味齿留香。

挂绿美名扬。

（8）忆江南·雁塔长虹

雁塔位于增城荔城镇的犭山之巅，明万历二年创建，后又有文昌宫、书院建于其旁。从此，雁塔山成了文人雅士结社赋诗和切磋学问的场所。本邑举子参加科考前，也必定要来祭祀一番。增城文化名人辈出，传说皆与雁塔山有关。

增城好，文笔插云天。

拾级登高宽视野，读碑回溯忆前贤。

后辈更加鞭。

（2017 年 12 月于增城）

（十七）谢张海鸥教授设宴饯行

蒙张海鸥教授在中山大学紫荆园设宴，为我回纽约饯行。这是我与他的第三次会面。几年前，我到中山大学文学院讲学，他是讲座主持者。上月，又在潮州开会重逢。他在诗词界、教育界、学术界享有盛誉，北京流传一句话："生不用封万户侯，但愿一识张海鸥！"

羊城喜初晴，重聚品潮州。聊借千杯酒，同销万古愁。

才情惊卓荦，诗赋展风流。斯世应无憾，三逢张海鸥。

（2017 年 12 月于广州）

辽宁葫芦岛吟草（8首）

（一）与葫芦岛诗友第二次握手

半年前，全球汉诗总会年会在潮州举行。我和于利祥君认识了葫芦岛的诗友，一见如故。他们邀请我们访问葫芦岛。于是，我们依约前来，受到热情接待，并进行了诗艺交流。葫芦岛绥中《诗海潮》文学社，向我们赠送了《诗海潮》季刊。

韩江结缘好，万里亦非遥。有志追风雅，无心附俗嚣。

才情能互补，意气自相招。践约葫芦岛，同歌《诗海潮》。

（二）葫芦岛喜会毕彩云老师

自号"雨虹"的毕彩云老师，是海内外著名诗词家，我仰慕已久。此次到葫芦岛进行文化交流，当晚出席在振武大酒楼举办的洗尘宴。席上有幸得到毕老师之赠诗，由著名书法家邵光所书。诗云："高山流水觅知音，岛上飘来万里云。白首相逢情不老，心随鸿雁到如今。"

神交廿年久，心逐彩云飞。聪慧千诗雅，才情四海稀。

天然多韵味，寂寞更芳菲。长忆葫芦岛，雨虹悬翠微。

（三）游葫芦岛龙回头

"龙回头"位于兴城313海滨附近，这里可以俯瞰龙湾海滨，依山傍海，风光旖旎。举目远望浩瀚的大海，还可以饱览葫芦岛新城区的城市景观。相传乾隆皇帝出来游玩时，回京途中曾路过此处，见此美景不止一次地回头观望，这便是"龙回头"的由来。

天子三回首，仙乡不忍离。依山临海处，观景赏心时。

帆影青天远，松崖巨石奇。新城尤悦目，画幅好题诗。

（四）游葫芦岛"九门口"水上长城

葫芦岛绥中"九门口"长城，是万里长城唯一一段建在水上的长城，全长1704米，建在宽达百米的九江河上。此桥有九个排水口，故称"九门口"长城。看到长城，总会令人想起秦始皇。秦亡，并非外族入侵，而是大规模的农民起义。人心最重要！

长城延万里，水上独斯墙。犹见波涛绿，不闻花草香。

分流九门口，合汇一江霜。帝业成空梦，民心岂可防？

（五）葫芦岛东临碣石

曹操之四言诗《步出夏门行》，首篇为《观沧海》，以"东临碣石，以观沧海"开篇，脍炙人口。曹操东临之碣石，相传就在葫芦岛之海滨。如今碣石海滨周边，旅馆如林，游人如鲫，碣石成了摇钱树，带旺了该地方的经济。这就是一种名人经济效应。

孰知千载后，碣石我来寻。依旧波涛涌，无存草木深。

游人多若鲫，旅馆密如林。古迹增收益，名人值万金！

（六）游葫芦岛兴城古城

兴城古城名扬天下，是与抗清英雄袁崇焕有密切关系。明末，他镇守兴城，以一万多守军击败努尔哈赤清兵十三万。然后来他被奸臣编造罪名，遭皇帝凌迟处死。袁崇焕是一个悲剧英雄！如今兴城古城上空，仍飘扬着"袁"字旗帜！

辽西一城古，世代拂英风。易挫清军锐，难销明帝蕾。

依然旗帜舞，隐约炮声隆。悲壮袁崇焕，千秋恨未终。

（七）葫芦岛清新茶馆

以前读过毕彩云老师的《沁园春·葫芦岛清新茶馆》，所以此次到葫芦岛，务必要去清香茶馆品茶，欣赏茶道，并一睹茶馆主人、葫芦岛美女主播朱彤之风采。在高雅、优美的茶楼里，茶香缭绕，琴声悠扬，倍感飘然、恬淡，心旷神怡。

彼岸归来客，闻香到海滨。三杯消燥气，片刻长精神。

心醉琴幽韵，身除世俗尘。清新茶馆里，漫唱沁园春。

（八）再见葫芦岛

5月11日—13日，我与于利祥君受邀到辽宁葫芦岛进行文化交流，受到热情接待。诗友带我们游览了当地几处著名景点，如龙回头、兴城古城、"九门口"水上长城，还有传说曹操曾东临的碣石……最堪忆的，是与葫芦岛诗友把酒酬唱！

久慕葫芦岛，今临胜地游。逍遥巡古巷，悲愤忆袁侯。

水上长城立，波中碣石留。此行最堪忆，酬唱醉琼楼。

（2018 年 5 月 11—13 日于葫芦岛）

卧游莫斯科"新圣女公墓"（17 首）

（一）新圣女公墓

在莫斯科郊外有一个"新圣女公墓"，埋葬了俄罗斯民族历代的精英和骄傲。墓主的灵魂与墓碑的艺术巧妙结合，形成了特有的俄罗斯墓园文化。

艺术凝成一墓园，每尊雕像塑灵魂。

碑留历史鸿泥迹，总使游人心海翻。

（二）卓娅和舒拉

《卓娅和舒拉的故事》影响了苏联和中国的几代青年，是此英雄姐弟的母亲所写的，描述了儿女的成长。如今，三人的墓碑彼此相邻。

英雄卫国献躯身，榜样流传几代人。

堪慰前来凭吊者，母亲儿女墓相邻。

（三）奥斯特洛夫斯基

一本《钢铁是怎样炼成的》，让人们记住了保尔·柯察金和他的名言："人，最宝贵的是生命……"保尔的原型就是作者奥斯特洛夫斯基。

目瞽身残志更强，炼成钢铁好儿郎。

人之生命如何度？一句金言永闪光。

（四）马雅可夫斯基

马雅可夫斯基，被斯大林誉为"苏维埃时代最优秀、最有才华的诗人"。他也是戏剧革新家。他以艺术为武器，鼓吹革命。然以自杀了结生命。

分明爱恨性情真，戏剧诗歌两出新。

留与时人无尽思，骤然饮弹是何因？

（五）阿·托尔斯泰

阿·托尔斯泰代表作《苦难历程》三部曲，是史诗式作品。在描述国内战争的巨大历史画面上，展示人物的命运和追求，最后走向革命的艰苦历程。

革命曾经苦难程，终教黑夜变黎明。

燃烧岁月风雷卷，墓地犹闻号角声。

（六）果戈理

果戈理小说《死魂灵》，对俄国封建农奴制度作了无情揭露和深刻批判。他是俄国19世纪前半叶讽刺文学流派的开拓者。然死后头颅不知所终。

荒唐社会死魂灵，丑恶官绅尽现形。

高贵头颅无觅处，长眠地下可安宁？

（七）契诃夫

契诃夫是短篇小说巨匠，其作品有两大特征：对丑恶现象的批判与对贫苦人民的同情。其《变色龙》《套中人》等是文学宝库中的珍宝。

入木三分劲笔锋，无良卑鄙现真容。

漫云今日人间换，世上仍多变色龙。

（八）杜那耶夫斯基

杜那耶夫斯基是苏联著名作曲家，苏联群众歌曲创始人。其歌曲充满爱国热情，富鼓动性。其《红莓花儿开》，至今仍响彻中国大江南北。

乐坛影界出奇才，家国情怀旋律推。

最令华人长记忆，红莓一曲艳花开。

（九）马卡连柯

马卡连柯，苏联著名教育革新家、教育理论家、教育实践家和作家。其主要著作收录于《马卡连柯教育文集》，以小说《教育诗》最负盛名。

挽救儿童贵及时，春风化雨出新枝。

毕生心血凝经典，一卷情深教育诗。

（十）乌兰诺娃

她在《天鹅湖》等芭蕾舞剧中所创造的艺术形象，始终是芭蕾舞剧表演艺术的典范，被誉为芭蕾舞的象征和灵魂，是"非凡的女神"。获奖无数。

百年芭蕾最佳人，技艺风姿集一身。

绰约天鹅湖畔舞，几疑仙子落凡尘。

（十一）薇拉·马列茨卡娅

薇拉是一位出色的话剧和电影双栖明星，其代表作《乡村女教师》，塑造了一个美丽、善良和坚强的乡村女教师形象，影响了一代人。

事业平凡亦足珍，穷乡僻壤献青春。

自如演技惊银幕，形象深铭一代人。

（十二）福尔采娃

纺织女工出身的福尔采娃，苏联第二个进入中央政治局的女性，任文化部部长14年。然情场官场多烦恼，曾企图饮烈酒自杀。突然去世，死因成谜。

美貌聪明一女英，男人世界露峥嵘。

爱河政海沉浮苦，且醉千杯了此生。

（十三）戈尔巴乔娃

戈尔巴乔夫的妻子戈尔巴乔娃，是苏联首位走向公众的第一夫人，为苏联的妇女奠定了新一代的典范。铜塑雕像让她生前风貌在这里延续着。

敢于露面四方驰，得体言行优雅姿。

第一夫人新典范，内涵风尚合时宜。

（十四）阿利卢耶娃

当她 2 岁时，溺水将死，偶被路过的斯大林救了。18 岁时，成了他的第二任夫人。31 岁时，突然吞枪自杀，遗留下一封严厉谴责丈夫的信。

领袖之妻位够珍，谁知心里苦难伸。

情河爱海风波恶，生死皆因同一人。

（十五）叶利钦

苏联解体之后，叶利钦高票当选俄罗斯联邦总统。但他采取"休克疗法"拯救经济，以失败告终。然下台前选择了普京接班，堪称慧眼识人。

改革雄心击鼓鸣，谁知经济落凄清。

交班是否功劳大？有待史书评普京。

（十六）王明

王明是中国现代革命史上的重要人物，精通俄文，马列主义经典著作倒背如流，然在斗争中屡犯错误。1956 年赴苏联"治病"，后病死莫斯科。

苏俄经典意全通，争斗书生总败终。

异国长眠妻女伴，游魂可念故园风？

（十七）期待苏俄之旅

我在北大修俄文专业，苏俄文学艺术深植心田。来美国已近四十年，俄语早已生疏。然俄罗斯情结，始终没有淡忘。但愿明年秋天，有一趟苏俄之旅！

庄严圣墓已神游，风虎云龙雕像留。

欲遂青年时代梦，苏俄之旅定来秋。

（2019 年 7 月 1—18 日于纽约）

己亥暑期出国游吟草（40 首）

2019 年 8 月 15 日—9 月 1 日，全程 18 天，沿途拾得小诗 40 首，留作纪念。

（一）暑假携家出游

趁两个孙子放暑假，与儿子一家出游。此行所经之地，是上海、扬州、武汉和夏威夷。阖家同游，人生一乐也！起行前，聊打油一首。

好乘暑假举家游，汉水浦江夷岛幽。

廿四桥边明月夜，此行最盼古扬州。

（二）飞机上看国产影片《老师·好》

（1）

此次乘"东方"航机到上海。机上看了影片《老师·好》。说的是 20 世纪 80 年代一个班主任和高中班学生的故事。情节生动，笑中有泪，感人至深。

笑中有泪更深情，旧日鸿泥百感生。

千载良师同一颂，润苗春雨细无声。

（2）

此影片主角苗宛秋，是一位模范教师。他当教师，出于无奈。他和我一样，第一次高考时，原来已被北大录取，却因家庭成分等问题而被取消。

时代特殊奇事多，相同际遇奏悲歌。

如今走尽崎岖路，石落心湖不泛波。

（三）抵上海

1966 年秋天，我还是大学生，乘大串联之风，第一次来到上海，以后断断续续来过。转眼五十多年过去了，上海，越发青春和美丽，而我却老了！

五十年来九度游，日新月异浦江头。

流金溢彩波涛里，叹我苍颜两鬓秋。

（四）东方明珠

东方明珠广播电视塔是上海的标志性文化景观之一，位于浦东新区陆家嘴，塔高约 468 米。推而广之，上海和香港是东方的两颗光彩夺目的明珠。

东方璀璨两明珠，上海滩头美画图。

怅望香江煎烈火，但祈早熄入平途。

（五）上海石库门

石库门景区是最具上海特色的居民住宅，是老上海们温馨的回忆。此行我到淮海中路的"上海新天地"，参观了石库门风格的建筑群。

浦江旧梦欲重温，诗意年华石库门。

远去风情犹在目，旗袍美酒尚销魂。

（六）上海"新世界城"

1915 年开幕的"新世界游乐场"，为当时上海滩规模最大的游乐场所。1993年被拆除，建成"新世界城"，集购物、娱乐、宾馆、餐饮、休闲于一体。

百般娱乐更超前，络绎游人不夜天。

十里洋场新世界，春华焕发沪江边。

（七）重游上海浦东有感

三十年前，上海的朋友约我到浦东看地，那时浦东是乡下，地价很平宜，但当时阮囊羞涩，只好作罢。若当时想办法筹款买下一片地，现在想穷也难。

浦东昔日草丛生，今见高楼遍地呈。

倘若财神看顾我，早缠万贯坐申城。

（八）后辈三友会

吾儿 Andy 和 John、Jimmy，是中学和大学时代最要好的同学。现分别在纽约、香港、上海工作，相见不易。此次上海聚会，我们也分享了后辈的喜悦。

昔日同窗长岛溪，如今闯荡各东西。

男儿当有凌云志，生正逢时好奋蹄。

（九）"上海书城"遇故人

逛"上海书城"，意外买到了燕园同窗凌继尧的《西方美学史》和尹旭的《中国书法美学史》，见书如见到了故人。

（1）美学家凌继尧

凌继尧是一代美学宗师朱光潜的入室弟子，后来也成了一位杰出的美学家、中国艺术学的领军人物。前年他和我在深圳大学联手讲学，我讲诗词，他谈美学，反响不俗。

俊才幸不负良师，论艺领军江海驰。

犹记鹏城同讲学，诗情美意两淋漓。

（2）书法美学家尹旭

尹旭于1970年分配到了宁夏银川市九中，后凭实力考入宁夏社科院。数十年来研习书法和美学，乐此不疲，成为中国书法美学研究领域的开拓者。

平生只爱习书诗，夫子寒窗醉墨池。

百代龙蛇牵美学，贺兰山顶竖高碑。

（十）推荐上海"东方商旅"酒店

此次到上海，入住"东方商旅"酒店，非常满意。地点优越，就在外滩，且食住均佳，颇富文艺气息，而价格也合理。故免费为其作广告。

晨风漫步外滩堤，暮赏浦江灯彩霓。

服务周全厅室雅，东方商旅客人迷。

（十一）游扬州瘦西湖

扬州以"瘦西湖"闻名天下，而"二十四桥"，则是"瘦西湖"著名景点之一。"二十四桥"扬名四海，则缘于唐朝诗人杜牧的一首七绝。戏步韵和之。

无妨揽胜路途迢，夏末荷花未见凋。

长伴娇妻不须问，玉人何处教吹箫？

【［唐］杜牧《寄扬州韩绰判官》】

青山隐隐水迢迢，秋尽江南草未凋。

二十四桥明月夜，玉人何处教吹箫。

（十二）《扬州诗咏》集句诗

古云："地以人传，人以文名。"扬州美景与诗人佳句，两相辉映。我在瘦西湖买了一本《扬州诗咏》，历代吟咏扬州诗词，琳琅满目。手痒集四名人句成一首七绝。

烟花三月下扬州，（李白）忆上西陵故驿楼。（杜甫）

二十四桥明月夜，（杜牧）江淮不改古今流。（王冕）

（十三）谒扬州史可法纪念馆

（1）拜谒史公祠

民族英雄史可法纪念馆，位于梅花岭畔，内有祠堂、衣冠墓、塑像和多幅手迹等一批珍贵文物资料。环境优美，银杏参天，花木怡人。

梅花岭畔惠风吹，长伴英魂银杏枝。

有幸前来行祭礼，山河气壮史公祠。

（2）史公书法手迹

史可法纪念馆有遗墨厅，陈列多幅珍贵的史可法手迹。我有幸也收藏有史可法的一张字幅，是他书写范仲淹《渔家傲·秋思》的上半阕词。

文武双全绝代师，龙蛇走笔寄心思。

战场许是匆忙甚，只写名臣半阕词。

（3）《吊史公》集句诗一首

史可法纪念馆送我一本《亮节孤忠史可法》，书中收录了许多名人悼念史可法的诗文，也收有史公的遗文、遗诗、遗联和遗墨。集诸公诗句成七绝一首。

鼓角声中血泪流，（刘大白）史公遗爱满扬州。（郁达夫）

至今呜咽邗沟水，（沈盘）一片丹心照九秋。（余春元）

（十四）游"扬州八怪纪念馆"

"扬州八怪"是清代中叶前后百余年中活跃在扬州画坛上的一批"敢于创新，自创我法"的画家，以郑板桥最为有名。其《墨竹图》乃代表作，上有题诗："衙斋卧听萧萧竹，疑是民间疾苦声。"

震电惊雷脱俗情，自成一格树新旌。

我来直听萧萧竹，还是民间疾苦声！

（十五）游扬州"何园"

何园，位于徐凝门街上，造于光绪九年。这是一个宅园合一、居游合一的大型私家园林。徐凝门街是以唐代诗人徐凝命名的古街，其"天下三分明月夜，二分无赖是扬州"，是歌颂扬州的名句。

四时花木隐琼楼，曲水回廊景物幽。

秋夜凭栏看皓月，两分无赖是扬州。

（十六）游扬州"个园"

个园创建于清嘉庆二十三年。园内池馆清幽，水木明瑟，并种竹万竿，"个"乃竹之状，故曰个园。园内有"觅句廊"，廊柱楹联书袁枚句："月映竹成千个字；霜高梅孕一身花。"

翠竹万竿园内藏，楼台山色映湖光。

四围风景难描尽，我爱流连觅句廊。

（十七）游武汉大学

（1）

武汉大学是全国重点大学，坐落在风景如画的珞珈山上，东湖之滨。建筑明丽，山光水色，交相辉映。每年春末，樱花盛开似锦，游人络绎不绝。

倒影山光湖水中，琼楼玉宇赛天宫。

此行憾不逢时节，未见樱花映面红。

（2）

内子1962年入武汉大学生物系，"宿字斋"宿舍住了六年。五十多年后，携子孙重回武大，寻找昔日的踪迹。往事并未如烟，武大校园更加漂亮！

似烟往事未尘封，岁月如歌忆珞峰。

最是流连凝思处，六年宿舍印芳踪。

（十八）喜会武汉诗友

武汉诗风鼎盛，诗家众多，佳作如云，我仰慕已久。此次到来，有幸见到了金忠敏、王星、傅占魁、田幸云、张兆嵩、梅耀东、姜清源等诗家、艺术家，并受到热情款待，感激之情，难以言表！

早仰骚风三楚雄，诗家雅叙乐无穷。

今朝酬唱长江岸，国粹弘扬众志同。

（十九）喜会梅耀东同宗诗友

与武汉诗友聚会，有幸新识黄冈蕲春的梅耀东宗亲。他赠我两册其诗词选《梅园吟韵》，以及一本蕲春"古角诗社"所编的《古角之声》。蕲春"古角寨"，刘邦曾屯兵于此，常击鼓鸣角，以壮军威。

乘风临武汉，有幸识同宗。追溯谈家谱，切磋论律工。

梅园吟韵雅，古角号声雄。何日蕲春走，诗林一醉中。

（二十）偕傅占魁、田幸云两老师游黄鹤楼

傅占魁、田幸云两老师是著名诗家，我们已交往多年。此次到武汉，承蒙两老师和多位诗友全程陪同，热情接待。两老师陪我全家游黄鹤楼，情景难忘。

今朝多受益，把臂两师游。诗润人难老，心清句易优。

言谈皆雅逸，意气自相投。再约明春节，咏梅黄鹤楼。

（廿一）武汉热干面

内子当年负笈武汉大学，五十年来对江城小食念念不忘，特别是热干面！此次携儿孙回武汉，除了重游母校，其次就是吃碗热干面，寻找青春时代的感觉。

五十年间总未忘，江城小食齿留香。

热干面味长相忆，万里归来再品尝。

（廿二）访檀香山"兴中会"遗址

兴中会是中国国民党最早的前身，是孙中山与进步华侨于1894年11月24日在檀香山创立的中国最早的民主革命团体。"兴中"的意思就是振兴中华。

檀岛当年举义旗，兴中会馆永名垂。

重洋飞越寻遗址，景仰先贤不尽思。

（廿三）游檀香山唐人街

1788年第一批华人抵达夏威夷，1852年，又来了第二批。以后逐渐搬到檀香山的唐人街地区。孙中山少年时代在此求学，以后又在此开展革命活动。

一百多年开拓功，华城风物展新容。

最崇革命先行者，踯躅街头觅旧踪。

（廿四）参观珍珠港亚利桑那纪念馆

1941年12月7日，日本飞机偷袭珍珠港美军基地，美军舰艇、飞机、人员损失惨重。主力战舰"亚利桑那号"被击中沉没，舰上1177名将士殉难。1962年，沉舰上建起了一座亚利桑那纪念馆。

珍珠港袭死尸横，今日犹闻炸弹声。

亚利桑那沉舰馆，永铭史训保和平。

（廿五）檀香山三拜观音菩萨

观音菩萨是慈悲和智慧的象征，是民间信仰的神明之一。随着移民的脚步，观音也被请到海外。我在檀香山唐人街漫步仅半天，就见到了三座观音像。

漂流异国踏波澜，言语营生百样难。

普度慈航灯一盏，观音庇佑保平安。

（廿六）游夏威夷海滩

夏威夷海滩，是世界上最有名的海滩之一。水蓝，沙软，浪小，风轻。然而，最令我心醉的，还是白居易笔下的江南："日出江花红胜火，春来江水绿如蓝。"

青天绿树水深蓝，北太平洋一玉簪。

尽管滩头风景好，吾心最醉是江南。

（廿七）毛伊岛海滨观孙子冲浪

我们从檀香山乘飞机，约半小时便来到毛伊岛，这是夏威夷州的第三大岛，其海滨风光也非常优美。到达毛伊岛后，孙子首先要去游泳和冲浪。

伊岛滩头水接天，弄潮危险总心牵。

祈求孙辈人生路，破浪乘风永向前。

（廿八）毛伊岛朝拜孙中山故居遗址

孙中山12岁时，与母亲投奔在毛伊岛开农场的胞兄孙眉。后来，孙眉倾家荡产来支持并参加革命。故居遗址，现建成"孙中山公园"，内有孙文、孙眉两兄弟铜像。

当年景物已全非，豪气依然漫翠微。

屹立山丘两昆仲，长铭史页放光辉。

（廿九）游毛伊岛哈雷火山口

哈雷火山口，俗称"太阳之屋"，海拔3055米，有成群的火山口交会一处，风景奇丽。登上山顶，好像已经离开了地球，站到了月球上。

> 亿载沧桑现眼前，只留石谷顶云天。
>
> 人间万代须臾事，何必纷争互火煎。

（三十）毛伊岛火山口观日落

我们在檀香山海滨观日出，在毛伊岛火山看日落，绚丽无比，真感叹大自然的造化。其实，人生也如日出日落，自始至终都是多姿多彩。欣赏大自然，也欣赏人生！

> 檀山依海看朝云，伊岛登峰沐夕氲。
>
> 旭日残阳皆绚丽，人生风景亦缤纷。

（卅一）濒临绝种银剑花

在夏威夷毛伊岛，三千多米高的哈雷火山上，生长着一种奇特的、世间独有的植物"银剑"，它30—50岁才开花，而花期一结束，它的寿命也到头了。现已濒临绝种。

> 自赏孤芳绝地生，火山口上露峥嵘。
>
> 顽强独立高寒处，许是熔岩浇灌成。

（卅二）夏威夷人花两娇

木槿花是夏威夷州花。当地土著女子喜欢将木槿花插在耳朵边。据说插在左耳上方表示"我希望有爱人"，插在右耳上方表示"我已经有爱人了"。

> 夏威夷岛缀珍珠，水色山光景物殊。
>
> 插上耳边花一朵，椰风美女入佳图。

（卅三）访毛伊岛致公堂旧址

在毛伊岛捕鲸镇，还可以看到先侨所建的、原属致公堂的和兴会馆。虽然远离故国，但当年洪门义士，不遗余力支持孙中山的革命活动。

旧楼一座熠荣光，最是洪门义气扬。

漫步街头无限思，先侨热血永流芳。

（卅四）再见夏威夷

　　夏威夷州由132个岛屿组成，主要有8个大岛，几乎集全地球上所有的人种、物种和地貌。离别前看了一场土著草裙舞，别具风味，非常精彩。

天造大洋群岛奇，世间万物共存之。

销魂最是草裙舞，鼓乐声中展妙姿。

（卅五）归程感赋

　　三年前，携全家参观我的母校北京大学；此行又参观内子的母校武汉大学。希望让孙辈实地感受名校的风采，能起到潜移默化的作用。

老叟今欣夙愿酬，三年两校采风流。

欲教孙辈雄心树，学海扬帆争上游！

（2019年8月15日—9月1日，于上海、扬州、武汉、夏威夷途中）

己亥秋神州行吟（40首）

　　从10月29日到11月27日，偕妻回国旅游，历广州、台山、开平、南昌、柳州、梧州六市。一个月中，感触良多，得无寄乎？沿途打油五律40首，以抒旅怀！

（一）小憩南海山语湖

　　数年前在广州南海，购得休闲区"山语湖"一单元套房，作为返乡休憩之地。"山语湖"有山有水，花木繁盛，风光无限。

漂泊天涯客，又回山语湖。山含千树绿，水映万花朱。

有阁松风有，无尘俗虑无。芳园堪养老，朝夕赏佳图。

（二）南海"山语湖"饮早茶

　　山语湖设有商业广场，是购物、买菜、饮食、美容和休闲的好去处。我们最多光顾的，当然是餐馆食肆，既方便，又享受各种风味美食。

第一回乡事，湖边饮早茶。鹅肠风味好，凤爪品流嘉。

来碗鲮鱼粥，加盅豆腐花。故园多口福，何必走天涯？

（三）广州酒家会拜把兄弟

少时在台城，结拜七兄弟，如今只剩三人，分别居悉尼、香港和纽约。当年我们常去白水"雷公潭"游泳和钓鱼，我总想和诸兄弟能旧地重游。

天涯难会面，今夕乐长谈。忆昔轻生死，评今重苦甘。

时光能有几？兄弟只余三。唯一同心愿，还游白水潭。

（四）贺台中建校 110 周年华诞

台山一中历史悠久，校园秀丽，人才辈出。我有幸在此完成初中、高中学业，并在 18 岁时，在母校任教一年，成为校史上最年轻的教师。

侨邑驰名校，藏龙纱帽山。春风桃李茂，化雨感情殷。

德智传孺子，人才遍宇寰。百年多伟绩，绝顶再登攀。

（五）喜回母校台山一中讲学

应母校台山一中之邀，作"诗不孤"专题讲座，以便在青年学子心中播下诗词种子。感谢母校良好的学风和文风，培养了我终生对诗词的兴趣和追求。

重回纱帽岭，追忆少年时。学海扬帆渡，书山着力移。

晨吟南北院，夜读古今词。期望新生代，心田好种诗。

（六）重回台中高三 2 班课室

我曾是台中高三 2 班的学生，趁归宁母校，找到了当年的课室，并坐在当年的座位上，与现在的同学合照。我想起五十八年前的情景……

都是同书室，然差几十年。昔时浓黑发，今日秃华颠。

朗读声依旧，高翔志胜前。相期诸后辈，击水勇争先。

（七）喜与高中班同学聚会

1961年，我们在纱帽山上的台山一中高中毕业。五十八年弹指间！我们高三2班部分同学，趁母校110周年华诞，台城重聚，欢声笑语，感触良多！

骊歌纱帽响，五十八年前。昔别青春梦，今逢玉树蔫。

曾经艰苦路，已遂熠辉篇。把盏言珍重，同吟夕照妍。

（八）世界梅氏恳亲大会在梅家大院举行

世界梅氏宗亲总会第十四届恳亲大会，今天在广东台山端芬"梅家大院"隆重举行。梅家大院，是电影《让子弹飞》的拍摄主场。

归宁回大院，梅树更葳蕤。芬水流依旧，亲人面已非。

重逢频笑语，道别总嘘唏。珍惜端山在，长看子弹飞。

（九）祭拜永清梅公纪念堂

端芬梅氏始祖，乃明代之梅永清公，原籍江北凤阳府（今安徽省），进士出身，仕广州府经略，因出差路经端芬，见山明水秀，遂结庐而居，繁衍后代。

祭拜先人庙，何辞万里遥。端山传一脉，梅蕊绽千娇。

品德承前辈，诗书启后潮。虔诚奉香烛，永久念宗祧。

（十）南粤驿道海口埠

我的故乡台山端芬有个海口埠，被命名为"南粤驿道——广府人出海口纪念地"。我们的先辈，其中有我的曾祖父和祖父，就是从这里出海去花旗。

江湾流世代，海口思先侨。孤雁离家恨，重洋去路遥。

乡愁肠易断，劳苦状难描。故土花如锦，前人血泪浇。

（十一）题端芬侨刊《汝南之花》

《汝南之花》是广东台山端芬的一本侨刊，数十年来一直是家乡和海外游子联系的一道桥梁。图文并茂，讯息及时。吾父梅均普是当年的创刊人之一。

芬水长流处，汝南花艳娇。入刊成一册，寄意度重霄。
信息能通畅，家乡不远遥。溯源思父老，更要用心浇。

（十二）重游白水雷公潭

少年时台城桃园结义七兄弟，如今只余三人，分别在香港、悉尼和纽约。相约回台城寻觅旧踪。白水雷公潭，当年参天蔽日榕树群，只留下一棵。

六十余年后，重游白水湾。无从寻古庙，依旧立青山。
激荡风云散，悲欢兄弟还。遗留一榕树，尚可慰苍颜。

（十三）喜会台山诗书画家

台山有一批杰出诗人和书画家，他们为繁荣台山文艺园地作出很大贡献。台山文艺作品有独特之处，就是带有浓郁的"侨味"。台山因有三台山而得名。

三台文艺苑，喜见百花妍。韵味同般妙，侨风别样鲜。
拓开新颖路，书写绝佳篇。诸友齐携手，繁荣一片天。

（十四）幸会青年书法家甄伟章

此次回台城，幸会青年书法家甄伟章先生，并参观了他的工作室"圣明轩"。其书法作品，沉稳流丽，诸体皆擅，多次获得全国或省市各级的奖项，前程无量！

汶村书法盛，又见一名家。墨蘸情高雅，神飞意自华。
佳评缘实力，随手出奇葩。问道攀峰顶，青年更可嘉。

（十五）台城百合花迎主人归

大学毕业后，回故乡台城工作了8年，其间恋爱结婚，生儿育女。家里有两棵百合花，已历半个世纪，见证了这段难忘的岁月，至今仍花枝繁茂。

阳台双百合，依旧叶枝葳。曾证鸳鸯谱，又迎儿女归。
家居添色彩，生活更芳菲。万里还乡乐，人花相映辉。

（十六）题《广海文苑》杂志

台山市广海镇，别称溟城，自古文风鼎盛。诗友梅如柏赠我九期《广海文苑》杂志，图文并茂，诗歌、散文、小说诸体皆备，如繁花拥簇，令我惊艳。

溟城灵秀地，又见一花台。翰墨香如菊，诗歌逸比梅。

散文枝叶茂，小说蕊英瑰。万紫千红处，相期更盛开。

（十七）三赠"在园"主人吴荣治先生

（1）

吴荣治先生是广东省开平市一位爱国爱乡的香港知名实业家和侨领，热心家乡的各项公益活动，并在家乡建造一座现代化风景园林"在园"。

有幸秋光艳，潭江访在园。山林楼阁美，文化气氛温。

领略唐风雅，保留乡俗敦。主人多善举，侨邑百花繁。

（2）

吴荣治先生乃一位儒商，醉心中华传统文化。然早年在商场拼搏，至七旬才开始认真写诗。然十年间，创作诗词达两千多首，篇篇精彩，令我折服。

岭南多雅士，唯独少儒商。七秩才开步，三年便闪光。

自然成一格，厚积出千章。隽永诗词集，篇篇情意长。

（3）

吴荣治先生是一位慈善家，为家乡建设、教育、文化、保存历史遗迹等，捐出巨资。据其所述，"在园"之"在"，乃三分"自在"，七分"实在"。

常饮潭江水，长成慈善家。挹资援大学，播雨润新芽。

广约风骚客，盛开诗画花。散财心自在，实在乐无涯。

（十八）纪念梅汝璈先生诞辰115周年

梅汝璈大法官，南昌人。1946年代表中国参与东京审判，力排众议，将东条英机等战犯送上绞刑架。今天在南昌，举行了"纪念梅汝璈先生诞辰115周年座谈会"。

国士辉青史，南昌梅汝璈。东京维正义，战犯铡锋刀。

敢逞孤军勇，还凭志气高。法袍存博馆，世代记英豪。

（十九）题《江西梅氏》刊物

江西梅福文化研究会，于去年出版了《江西梅氏》会刊，今年又出版了第二期。其旨意是研究和传扬中华梅氏文化、人物、历史的优良传统。

赣江称望族，世代出英豪。傲雪歌梅福，凌霜仰汝璈。

辉煌文化史，磅礴艺风涛。研究通今古，传扬立意高。

（二十）凭吊南昌梅湖"梅福祠"遗址

梅福，九江人，西汉时任南昌县尉。不以官职卑微，上书皇帝，直言时弊。帝不纳谏，隐居江湖。江南多处有梅福遗迹，南昌梅湖梅福祠是其中之一。

依稀见踪影，碧水照前贤。气正功名眇，位卑家国牵。

谏言传帝侧，被拒隐湖边。梅蕊迎春绽，敢为天下先。

（廿一）赏梅仕灿所撰《中华梅氏通谱诗序》

南昌梅仕灿，真乃当今梅氏才子，所撰《中华梅氏通谱诗序》诗句优美，尤其概括梅花兼梅姓之四十五德，前无古人，淋漓尽致，此序必将流芳百代。

潇洒千言序，贯篇才气盈。豪怀歌氏族，妙句颂精英。

九五梅花德，十分家国情。雄文评百代，媲美夏门行。

（廿二）赠梅凌涛老师

梅凌涛乃一位教师，百忙中亦热心族务，此次"纪念梅汝璈115周年诞辰座谈会"负责联系工作，认真负责，日夜操劳，竭尽心力，令人感动。

缘结洪都郡，如梅品格高。千难能力解，百事不辞劳。

义胆萦家族，春风育李桃。谦谦一君子，豪迈正凌涛。

（廿三）悼梅老桂馨

梅老桂馨，已届九秩，仍热心族务。初见南昌，再逢端芬。未料握别 11 天后，竟闻仙逝。他曾送我一本回忆录《回眸》，细述其光辉的革命一生。

赣水欣初见，端山惜别情。突然传噩耗，能不泣悲声。

梅桂千良德，家邦一俊英。回眸应笑慰，无悔度今生。

（廿四）游滕王阁

王勃之《滕王阁序》，成为南昌的城市名片，滕王阁是神州四大名楼之一。《滕王阁序》以一诗作结，有句云："闲云潭影日悠悠""槛外长江空自流"。

纵然经万劫，依旧立名楼。潭影终年碧，闲云尽日悠。

诗吟千古恨，字赏百家优。世上无王勃，赣江空自流。

（廿五）参观"八大山人纪念馆"

"八大山人"朱耷，是明太祖朱元璋第十七子朱权的后人。明亡后，性情大变，混迹江湖，成为以卖画为生的画家。《藤月》是其代表作之一。

漫步青云谱，犹闻叹息声。奇行缘地裂，怪画引天惊。

墨泼家山恨，诗描世俗情。梅湖映藤月，波影见生平。

（廿六）英雄城南昌"八一广场"

英雄城市南昌，有"八一广场"，占地面积 7.8 万平方米，广场伫立着由叶剑英元帅题写的"八一南昌起义纪念塔"，塔高 53.6 米，蔚为壮观。

南昌鸣号角，八一战旗扬。艰险披荆路，辉煌建国章。

军魂鲜血染，疆土铁拳防。浩气凝高塔，初心永不忘。

（廿七）喜会"新雅诗词研习社"师生

来江西师范大学进行文化交流，有幸见到了杜华平教授及其指导下成立的"新雅诗词研习社"同学。该吟社新秀众多，佳作如云，前程无量！

赣水源流远，诗风世代传。新潮新雅社，后浪后贤篇。

才俊勤研习，良师力引牵。今临文艺苑，喜赏百花妍。

【江西师大杜华平教授和诗】
立冬日梅公振才先生前来讲学次韵为谢

海外归鸿到，唐贤喜有传。含毫上高阁，执手示新篇。

情寄丹青远，心惟祖国牵。临冬论学后，花暖似春妍。

（廿八）游柳侯祠

柳宗元从唐元和十年（815）来到柳州任刺史，在柳州只待了短短的四年，仅47岁就病逝在任上。死后第三年，柳州人便开始怀念这位"廉洁自持，忠信是仗"的父母官，于是便有了柳侯祠。

刺史壶城贬，盛传多美谈。新风倡易俗，严政导除贪。

翰墨碑三绝，诗文味百酣。罗池栖夜月，倚柳品黄柑。

（廿九）游柳州东门城楼

柳宗元有首七律《登柳州城楼寄漳汀封连四州刺史》，有句云："城上高楼接大荒，海天愁思正茫茫。"现在东门城楼墙上刻有此诗。

没见唐朝景，城门接大荒。今时楼蔽日，通邑树成行。

廿道长桥影，千张美画廊。柳侯如再世，能不叹沧桑？

（三十）柳州奇石馆

唐代柳宗元乃开柳州赏石文化先河之人，其《山水记》中提及："龙壁其下，多秀石可观。"柳州奇石馆，是自然造化之艺术殿堂，柳州成了世界赏石文化之都。

柳州奇石馆，石石见惊奇。人物形神妙，山川色彩宜。

刻雕凭鬼斧，造化出仙姿。漫道连城值，能诠宇宙疑。

（卅一）柳州初逢诗友黄结东老师

数年前，因一本诗集《呦呦鹿鸣》征稿，得以网上结识黄结东老师。此次来柳州，获其盛情接待，陪我游柳侯祠和东门城楼，还赠题诗之扇。

相隔重洋远，结缘歌鹿鸣。牵携游古庙，指点赏新城。

追昔同吟句，评今各道情。感君心意厚，赠扇雅风生。

（卅二）柳州重逢

我、法刚和景欢，亲如手足，然与景欢失联十多年，分居世界三地。今联系上了，并约定柳州重逢。景欢特带来四十年前我送给他的结婚礼物枕巾，以及穿上法刚送给他的进口羊毛西裤来见面。

多年音讯渺，喜遇柳江边。觅食三城散，扬帆四海颠。

枕巾犹艳丽，洋裤更新鲜。见证情长在，无妨隔远天。

（卅三）妻子梧州寻踪之旅

梧州是妻子度过童年的地方，多处留下难忘的踪迹，如读书的圣心小学、居住的金龙巷、随母亲上香的龙母庙，以及经常路过的天主堂。

梧州常忆念，寻觅旧时光。宁静金龙巷，庄严天主堂。

圣心书味重，古庙烛烟香。最是临江畔，双亲影不忘。

（卅四）偕妻游梧州鸳鸯江

桂江与西江，一清一浊，合汇于梧州三角嘴处，称为鸳鸯江。当代著名作家秦牧、紫风夫妇，曾同游鸳鸯江，联手写下一首七绝《步月》，吾常诵之。

鸳鸯两江水，清浊汇流奇。从此尝甘苦，相随度险夷。

千山能合赏，万难不分离。文苑留佳话，情深步月诗。

（卅五）陪妻子梧州喜见汉桃叔

吾妻祖籍南海桃坑村，解放初期我的外父程钧，带领同村同宗兄弟程汉桃赴梧州谋生，从此桃叔便在梧州生根散叶，如今儿孙满堂，乐也融融！

梧州会宗叔，感慨忆儿时。小女天真貌，大人和善姿。

沧桑犹体健，福寿更心怡。喜见西江岸，桃花绽满枝。

（卅六）喜尝梧州特色小食

梧州是广府发源地之一，对广府文化、语言、烹调都有很大影响。梧州小食甚具特色，其中最有名的是纸包鸡、肠粉、龙虱、豆浆和田螺等。

广府源流地，堪称小食魁。名鸡涎欲滴，肠粉胃能开。

龙虱呈三味，豆浆添一杯。田螺犹未吮，何日再重来？

（卅七）观电影《最好的我们》

坐长途飞机，看电影是最佳消遣。回程看了一出青春校园电影《最好的我们》，讲述了耿耿和余淮这两个因名字而结缘的同学，在高中三年共同成长，分别七年又重逢的故事。

姻缘凭巧合，耿耿系于怀。朝夕能同座，高低也并排。

三年情愫结，七载爱心埋。跨越千重浪，银河景色佳。

（卅八）完愿归来

偕妻回国，一个月内走了三省六市，游览观光，重游旧地，探亲访友。其间奇遇颇多，高潮迭起，喜出望外。真是功夫不负有心人！

偕妻游六市，卅日见闻多。初上滕王阁，重临芬水河。

古城寻旧迹，高铁谱新歌。最乐逢亲友，千杯又若何？

（2019年10月29日—11月27日，于广州、台山、开平、南昌、柳州、梧州六市）

读梅振才先生《己亥秋神州行吟》

梅振才公深秋携眷回乡一月，历三省六市。一路以文会友，采风随唱，得诗四十首，可谓博而广，丰而硕矣！

公有李杜才，兴起诗自来。眼及事物，皆能起兴；风动草木，具可为诗。其诗茂而不华，质而不理，风调高雅，格力遒壮。诗之外有事，诗之中有人。温婉敦厚，典雅脱俗。

此行所作全用五律，几乎每首都经过精雕细琢，工整沉稳；起而平直，承而春永，转而变化，合而渊永，尽得诗中三昧。实乃缀诗者情动而诗发，观赏者披文以入情。如此佳作，可为纽约诗词班进阶之范本也。

余因近有杂事，今始得暇细阅，情随诗走，意随神游，心旷神怡，获益良多。觉赣水酬唱诸诗特有味，梅杜（华平）赓和之味尤浓。趁次瑶韵，以尽其兴：

华夏文明盛，儒风四海传。昔贤留典籍，今彦续名篇。

梓里多情系，故人常梦牵。感公随唱处，梅韵入诗妍。

（2019 年 12 月于纽约）

十、庚子抗疫

春节寄武汉诗友

去年初秋，携家游武汉，得到武汉诸诗友热情接待。曾相携游东湖畔之武汉大学、黄鹤楼等名胜。现武汉突现新型冠状病，全民支持抗疫，定能防控。

曾逐东湖浪，又听黄鹤鸣。秋凉才折柳，冬冷却封城。

怪病天无兆，八方人有情，心祈众诗友，平稳度今生。

（2020 年 2 月于纽约）

题黄鹤楼戴口罩照——步崔颢《黄鹤楼》

今朝忽见凄凉景，天下河山第一楼。

罩口千纱蒙富丽，封城万客失优悠。

乱云倒映长江水，毒雾直遮鹦鹉洲。

鹤唳何如哨声响，英雄都市解春愁。

（2020 年 2 月于纽约）

步杜牧《泊秦淮》咏武大樱花

内子母校武汉大学，植有上千株樱树，每年三月，繁花似锦，游客如云。今春花季，樱花依旧，惜逢瘟疫，人们皆足不出户，樱花只好孤芳自赏了！

东湖今日泪淘沙，索命瘟神袭万家。

樱树哪知人世事，春来依旧满园花。

【［唐］杜牧《泊秦淮》】
烟笼寒水月笼沙，夜泊秦淮近酒家。

商女不知亡国恨，隔江犹唱后庭花。

（2020 年 3 月于纽约）

纽约疫情宅家一景

母亲已届百岁，一生经历多次劫难。她性情平和豁达，也许是长寿原因之一。纽约正值瘟疫扩散之际，不宜外出，她只好在后园散步。

新冠瘟疫遍天涯，为保平安宜宅家。

自信人能消百劫，后园漫步觅春花。

（2020 年 3 月于纽约）

纽约抗疫诗日记

诗报平安（3 月 27 日）——纽约抗疫诗日记
我家住纽约皇后区 Elmhurst（艾姆赫斯特），距 Elmhurst 医院仅有数百步之遥。近日该医院已成全市疫情震央，昨天在此医院已有 13 人死于新冠病毒，住院病人数已超负荷。

漫道新冠远，骤然身贴边。宅家行院后，赏月倚窗前。

习字能消闷，吟诗助入禅。今生经百劫，自信命由天。

怅望兰亭（3月28日）——纽约抗疫诗日记

原定今年农历三月初三，我们纽约诗画琴棋会组团去绍兴，参加一年一度的"兰亭书法节"，无奈为疫情所阻。我们编了一本《兰亭序集字诗书集》作为献礼，只好明年才带去。

疫阻兰亭会，今年三月三。流觞徒幻梦，曲水尚柔蓝。

二载编诗苦，一书尝味甘。再期来岁约，泼墨写春岚。

兰兰日记（3月29日）——纽约抗疫诗日记

拥有众多读者的纽约"兰兰日记"（疫情中的纽约人）突然定格，事缘作者"纽约兰兰"（原名张兰）于3月27日遇车祸离世，享年51岁。她来自贵阳，中英俱佳，多才多艺，身兼策展人、作家与界面设计师等多重身份。

苹城报瘟疫，日记万心牵。信息求真实，温情出自然。

文章十分好，才貌两兼全。但愿魂长在，天堂写续篇。

惊闻友人中镖（3月30日）——纽约抗疫诗日记

《美国中文电视》播出因确诊新冠肺炎而入医院的黄华清访谈录。他是纽约华埠社区名人，美国酒店华裔协会主席。其"中镖"原因，可能是社会活动太多，宴会和交际频繁。

新冠不生眼，乱袭众惊惶。中箭疑疏忽，交游未设防。

静心休养病，服药卧眠床。人好凭天佑，祈君早复康。

超市生意独好（3月31日）——纽约抗疫诗日记

纽约市新冠肺炎疫情急升，以及实施"居家避疫"封城令的影响，多家华人超市暂停或缩短营业时间。华人担忧全面停业，为长期作战贮备食物，到处出现排队购物的长龙。

新冠临纽约，身处震中央。街上行人寂，眼前超市昌。

买家忧货短，排队见龙长。都恐封城久，绸缪好积粮。

惊闻总统中招（4月1日）——纽约抗疫诗日记

今天在网上看到一则惊人消息："特朗普刚刚晕了！美国总统唐纳德·特朗普先生确诊为冠状病毒正在医院接受治疗，美国全国上下一片恐慌。"

惊闻今总统，也是中招民。充氧延生命，眠床等死神。

已消彪虎气，只见病猫身。此日愚人节，图文岂有真！

I will come（我会来）（4月2日）——纽约抗疫诗日记

美国有六万多退休医生和医护人员，加入"抗疫志愿者"行列来到纽约。他们都有安逸的生活，明知会面临高危的前线，但他们毫不犹豫，背起行囊，只说了同样的一句话："我会来！"

平凡三个字，感动万人心。上阵无名利，冲锋有赤忱。

高危谁不晓，生死我休斟。国难多英杰，聊将敬意吟。

"美国心跳"（4月3日）——纽约抗疫诗日记

致敬一线医护人员！3月30日晚上，纽约帝国大厦，亮起象征"美国心跳"的红色灯光，大楼尖顶则亮起旋转警笛般的红白相间的"救急灯"。该灯每晚闪烁，会一直持续到疫情结束。

连宵红白色，帝厦史无前。救急灯光亮，扶危心志坚。

振衣临死地，助患出生天。劫后英雄榜，当铭医护先。

美国步入黑夜（4月4日）——纽约抗疫诗日记

白宫预测，美国将有10万到24万人死于新冠。总统特朗普说，未来两周将"非常痛苦"，宣称美国将面对"可能前所未见的最惨烈事件"！但他希望在这之后，美国将能看到黑暗尽头的曙光。

正入惊魂夜，将亡廿万人。有情心滴血，无语泪沾巾。

守望同应战，宅居齐保身。相期临拐点，天佑逐瘟神。

义乌之旅（4月5日）——纽约抗疫诗日记

原定今天是我们北大同窗在义乌聚会的日子，但美好的愿望，却被瘟疫碾碎了。我们有八年同窗之谊，又届过七望八之龄，多么希望能相聚一堂！那就期待明年春天吧，地点照旧。春风仍绿江南岸！

人不如天算，义乌行落空。八年情谊厚，万里想思同。

且喜身犹健，堪悲眼已蒙。明春重践约，共赏夕阳红。

爱护地球村（4月6日）——纽约抗疫诗日记

现在，新冠逐渐蔓延至世界各地，地球是一个"村"，人类命运紧密地联系在一起。我们都是"地球村"的居民，彼此不应"幸灾乐祸"，而应"守望相助"，后者才是中华民族的传统美德。喜见现在一些国家已携手合作，共同对抗疫魔。

全球生疫劫，团结共消灾。相互支援至，分头奋斗来。

地球村慎护，友谊树勤栽。礼义中华好，同心守望台。

纽约市民三餐免费（4月7日）——纽约抗疫诗日记

纽约市府自4月3日起，在435个地点，每日(周一至周五)为市民免费提供三餐。领取的餐包，内有牛奶、麦片、薯片、水果和火鸡三明治等。而老人局为照顾一些老年人，还派人把餐包直接送上门。可谓雪中送炭，温暖人心！

苦雨凄风夕，苹城传好音。三餐皆免费，兼味更欢忱。

牛奶新鲜果，面包全熟禽。犹如雪中炭，温暖市民心。

超级月亮（4月8日）——纽约抗疫诗日记

昨晚（农历三月十五日），我推窗眺望夜空，观赏今年最大和最圆的月亮。这晚月亮不只比平常更接近地球，而且还赶上满月，科学家称之为"超级月亮"。现值新冠泛滥地球，且摆脱身心束缚，用心神感受天际星体。

寂寞潜居夕，推窗望夜空。清光盈月亮，美貌入眸瞳。

仙界祥云绕，人间毒雾蒙。嫦娥料无恙，疫不达天宫。

总统确难当（4月9日）——纽约抗疫诗日记

疫袭美国，总统特朗普几乎每天都举行新闻公布会。美国传媒记者，能言善辩，思维敏捷，专挑政府和总统的毛病。颇有急才和辩才的特朗普，往往也被搞得狼狈不堪。

新闻公布会，总统确难当。记者抛题急，孤家应答忙。

进攻刀有刃，出错脸无光。或曰哪边好？一锤安九方。

老虎也阳性（4月10日）——纽约抗疫诗日记

世界首例，纽约布朗士动物园一只老虎的新冠检测，呈阳性。这只老虎名叫纳迪亚，是一只4岁的马来亚雌虎。据悉，另一只马来亚雌虎Azul、两只东北虎和三只非洲狮也出现了新型冠状病毒症状，可能是受管理员的传染。

新冠临纽约，老虎亦难逃。早已长居宅，为何也中刀？

隐形兼善变，飞沫易逢遭。但愿人和兽，平安度骇涛。

英国首相也中招（4月11日）——纽约抗疫诗日记

网上流传一个小视频，英国首相约翰逊确诊新冠前，曾去小超市购物，没戴口罩，掏钱买单，配合民众合影，甚至骑的还是一辆旧单车，与平民无异。他不居深宫、不上神坛、不吃特供、不享特权，令人敬佩。世人皆祝愿他早日康复！

英伦今首相，小节更亲民。不见人呼拥，只骑车出巡。

苍生同合影，商店自掏银。世界齐祈祷，清官早复春。

复活节岛沦陷（4月12日）——纽约抗疫诗日记

今天是复活节，但与世隔绝的智利"复活节岛"，已被新冠病毒攻陷，旅游经济饱受冲击。该岛以神秘的600多座巨大石雕像和土风舞而闻名。去年夏天，我们曾组团去南美洲诸国游览，其中就有"复活节岛"。

世外桃源岛，新冠亦中招。游团忙撤走，经济陷萧条，

歌舞声皆寂，石人心也焦。何时能复活，结伴再观潮？

纽约客苦中作乐（4月13日）——纽约抗疫诗日记

"裸体牛仔"罗伯特，在纽约"时报广场"弹奏吉他卖艺谋生。他头戴牛仔帽，脚蹬牛仔靴，身着紧身小裤衩，除此之外不着一缕。他要竞选纽约市长，竞选口号汲取其从业亮点："把透明度提高至全新水平！"现在疫情紧张，他仍然坚持"上班"。

裸体男牛仔，苹城享盛名。广场添秀色，游客乐琴声。
昔日街头闹，今朝市店清。任凭瘟疫烈，依旧送温情。

疫期婚礼（4月14日）——纽约抗疫诗日记

新冠已大规模影响美国人的生活模式，为了保持社交距离，民众互动方式也逐渐改变。来自密歇根州的一对新人，也如愿举办一场与众不同的婚礼：在教堂的座位和走道之间，摆满纸板做成的人形立牌，代表亲友出席婚礼。

教堂无贺客，唯见两新人。举国居家令，全民避毒神。
宁当装假象，也不负良辰。婚礼开生面，回眸亦足珍。

"避疫三要"保平安（4月15日）——纽约抗疫诗日记

新冠袭击，也改变了花旗的风景线。吸取其他国家经验，美国各地也颁布了"避疫三要"：出门戴口罩，社交距离为六尺以上，最好是宅在家里。目前美国疫情开始和缓，与国民自觉遵守"三要"有绝大关系。

举国防瘟疫，新规告众知。出门蒙口罩，飞沫隔雷池。
户外多人聚，行间六尺离。思量三件事，宅室最相宜。

脱衣舞娘送外卖（4月16日）——纽约抗疫诗日记

受疫情影响，俄勒冈州一家脱衣舞俱乐部也暂停营业，员工顿失收入。老板灵机一动，让厨房制作外卖餐点，并由旗下脱衣舞娘穿着清凉火辣造型，为居家避疫民众把餐点送上门。小费不少，生意不俗！以前舞娘一个晚上可赚数百元，现在小费也差不多！

关门寻出路，老板够心精。方便千家客，能尝百味羹。

舞娘呈色秀，装束悦眸明。独辟新蹊径，唯求绝处生。

祝校友容瑶早日康复（4月17日）——纽约抗疫诗日记

惊闻北大校友容瑶先生，患新冠肺炎入院治疗！他是中国著名古文字学家、考古学家容庚之公子。为人厚道，总是笑容可掬，三十多年来一直热心参加校友会活动。喜好运动，古稀之年还参加登山队，与年轻人一起翻山越岭。大家都祝愿他早日康复！

总恨相逢晚，同为北大人。言谈呈厚道，笑貌见真淳。

花甲常登岭，耆龄还健身。惊闻今中箭，祝愿早回春！

天妒英才（4月18日）——纽约抗疫诗日记

纽约诗画琴棋会顾问王世道老师，感染新冠病毒，于4月14日逝世，享年72岁。王老师出身书香之家，父亲曾任柳亚子秘书。他毕生从事文化事业，多才多艺，著作等身，对艺坛、社团贡献良多。最近还为本会诗画家抗疫作品谱写组曲，然即将完稿之际去世，已成绝响！

纽约残春夜，文星坠五更。才华人世罕，技艺鬼神惊。

走笔轻名利，交游重意情。临终遗一憾，壮曲未完成！

伤逝（4月19日）——纽约抗疫诗日记

41岁的女律师庄士晟，由于熟悉多国语言，周末都会到华埠西语裔教会当义工，协助耆老作翻译和顾问。新冠疫情蔓延，仍坚持上班提供免费服务。不幸感染新冠而病逝，留下丈夫和两个年幼的孩子。华裔多英杰，典范长存！

正值风华茂，慈心女律师。熟操多国语，乐解众人疑。

奉献长存善，辛劳总忘私。社区同悼念，榜样永贻垂。

纽约地铁好（4月20日）——纽约抗疫诗日记

有百年历史的纽约地铁，每日客流量达数百万。瘟疫期间，为让求药问医和必要的人上班，地铁不计亏损，照常营运。当然，地铁员工要冒极大风险，已有69名感染病毒去世，2496例呈阳性。纽约公交巴士也继续营运，且免收车费。纽约，从不沉睡，从不言弃，从不倒下！

瘟神临纽约，地铁照常行。方便维通畅，何须计利赢。

纵横千道轨，承载万钧情。最赞员工好，为民轻死生。

"喂饱纽约"（4月21日）——纽约抗疫诗日记

纽约市长白思豪4月15日宣布，市府推出1.7亿美元"喂饱纽约"计划，给纽约民众提供基本食物保证。该计划在4月间准备1000万份免费食物分发给民众，5月会继续增加，并征召11000个出租车司机，送免费餐予年长者和一些不能出去吃饭的居民。

市民真有福，不用虑三餐。宅室防瘟疫，来粮克困难。

关怀温饱暖，解决饿饥寒。白住苹城易，官紫百姓安。

纽约"老人河"（4月22日）——纽约抗疫诗日记

纽约为数不少的"低收入"年长者，生活也不错！如去老人活动中心，有车接送，有饭吃；那些病弱老人，政府派护理员上门照顾；看医、取药、住院，不需自己掏钱；有廉价老人公寓住，有的人每月还有九百多元生活金。瘟疫期间，政府首先送食物给老人，护理员也要上门服务。

不惧新冠袭，从容渡劫波。袋中钞票够，家里米粮多。

护理依然到，时光照样过。一支欢乐曲，纽约老人河！

"死亡黑洞"养老院（4月23日）——纽约抗疫诗日记

养老院，原是美国老人颐养天年的好地方。不料新冠袭来，老人体质虚弱，加上隔离不好，以致成了重灾区。至目前统计，在养老院染病毒去世者，全美已有6900人，纽约州有1135人。我经常路过的皇后区"蓝宝石康复护理中心"，只有227间病床，但有29人去世。

福利花旗好，晚年欢乐过。无良来厉疫，有恨奏悲歌。

体弱回春少，身虚中箭多。那堪生死别，所见泪成河。

向无私的医生致敬（4月24日）——纽约抗疫诗日记

呼吸机是美国疫情期间最短缺的医疗器材，康州一位巴基斯坦裔医生，发明了新的呼吸机，可以同时供七位患者使用，并且把自己的发明无偿贡献给人类社会。民众为了表达感激之情，在警车引导下，来到这位名叫萨乌德安瓦尔医生的别墅前，专门向他致敬。

合众花旗国，寰球族裔河。万心驱疾疫，百计伏妖魔。

创造新机妙，应援重患多。无私呈社会，医德共讴歌。

风雨之后见彩虹（4月25日）——纽约抗疫诗日记

4月14日傍晚，正值纽约城中向医护人员致敬的"拍手"时分，出现两道彩虹横贯曼哈顿天际。纽约州长库默刚刚宣称："纽约已经度过了抗疫战中最艰难的时刻！"也许这是天意，预示纽约疫情的拐点即将到来！

一扫阴霾影，苹城挂彩虹。双眉修鬼斧，七色染神工。

更托琼楼伟，平添海港雄。分明示天象，拐点现眸中。

纽约州长库默（4月26日）——纽约抗疫诗日记

62岁的纽约州长库默，在抗疫中表现出色，奔走疫区，制定对策，竭心尽力。心痛纽约人的罹难，有次竟情不自禁泪洒讲坛。有言："我们要竭尽全力抢救每一个生命，这就是作为一个美国人的意义，这就是我们作为一个纽约人的意义！"现在他的民望，甚至超过总统特朗普。

言行耀光彩，纽约带头人。睹景心流血，伤情泪湿巾。

措施应对速，前线访询频。两月连消瘦，辛劳不惜身。

奇才福奇（4月27日）——纽约抗疫诗日记

新冠猛袭美国，作为"美国国家过敏与传染病研究所"所长的安东尼·福奇，开始定期出席在白宫召开的疫情通报会，万众瞩目。他最直言不讳，敢于纠正总统特朗普的"胡言乱语"。现年79岁仍然全天候工作，还每天早起慢跑7英里。中国网民称他为"美国版钟南山"。

专业攻防疫，寰球第一流。谦虚才德好，耿直性情优。

科学维真理，诤言供显谋。终生为人类，头白亦无休。

长空振翼送温情（4月28日）——纽约抗疫诗日记

今天中午，为了抚慰自主居家隔离民众的心情，更是要感谢医护人员等必要工作者在疫情期间的贡献与付出，美国海军"蓝天使"和空军"雷鸟"航空特技飞行队，巡回表演，飞过纽约市和费城上空，全程40分钟！我们躬逢其盛，心中洋溢着感恩和希望！

蓝天巡使者，雷鸟送温情。似见银龙舞，又闻鞭炮鸣。
市民惊特技，医护感殊荣。无异呈前景，双城浴火生。

网上结婚（4月29日）——纽约抗疫诗日记

受疫情影响，目前纽约州婚姻登记处都已关门。纽约州长库默4月18日签署行政令，一个月内纽约民众可进行网上登记结婚，宣誓和交换戒指仪式可通过网络直播形式进行。库默在记者会上幽默表示："当谈及婚姻喜事时，不需要任何借口！"

成全人好事，州长解风情。不理瘟神袭，可容钗合盟。
空中传爱意，网上诉贞诚。春暮花争艳，吉辰鸾凤鸣。

"山姆大叔"发红包（4月30日）——纽约抗疫诗日记

美国国会通过一项疫情应对经济刺激计划，其中有纾困金2920亿元发给民众，大致为每个成年人1200元，儿童500元。能领纾困金者，年收入单身成年人不超过7.5万元，一家之主不超过11.25万元。受惠民众有1亿7000万，为美国人口半数。据说国会还在考虑追加金额。

旱天逢泽雨，纾困万千家。瘟疫炎如火，心情乱胜麻。
囊空由失业，餐少自餐茶。店铺多关闭，有钱何处花？

"花闪"送暖（5月1日）——纽约抗疫诗日记

纽约雅称"苹城"，即"大苹果之城"。新冠袭来，顿失繁华，出现史无前例的萧条和恐慌。然在街头不经意的角落，经常会出现一簇簇五彩缤纷的鲜花，给路人一个惊喜，让疫情中的纽约春意盎然。这是 LMT 花卉设计公司的杰作，称之为"花闪"（Flower Flash）。

荣景今非昔，苹城四月天。通衢人影杳，医院鬼魂翩。

悲绪抛身后，欢情现眼前。街头花一簇，温暖众心田。

生日快乐（5月2日）——纽约抗疫诗日记

加州有个小朋友过生日，疫情期间禁足在家，心情郁闷。孩子妈妈听说警察局可以为孩子带去惊喜，于是试试给警局打了个电话。结果，警官们立马送来了生日礼物，用警戒线包做成的礼物中，有警官们手写的生日祝福。

孩子过生日，防瘟禁出房。唱歌无玩伴，点烛仅爹娘。

礼物心思巧，警官情意长。童年留记忆，此世永难忘。

悼笔友海鸥（5月3日）——纽约抗疫诗日记

惊闻作家海鸥（原名麦瑛）昨天被新冠病毒夺命，享年84岁。她十五岁时参加志愿军赴朝参战，是最小的"文艺兵"……改革开放后从广州来到纽约，笔耕不辍，出版了长篇自传体小说《蓝星梦》和多本散文、诗集，圆了作家梦。天堂无瘟疫，一路走好！

苦风凄雨夕，又失一良朋。肝胆呈家国，鸥心傲雪冰。

已成千叠稿，不负卅年灯。今遂蓝星梦，再无瘟疫凌。

两党之争（5月4日）——纽约抗疫诗日记

美国两大党，民主党和共和党，争斗激烈是常态。瘟疫袭来，暂时缓和。然疫后竞选总统，必定战火更烈。美国宪法规定，国家政府由三个机构组成，即立法、司法和行政。"三权分立"，各有权限，又要相互制约，分权的目的在于避免总统拥有绝对的权力。

竞选鸣锣鼓，瘟临且暂休。声明同抗毒，策略各营谋。

合作池中月，分歧火上油。待看驴象斗，疫后更层楼。

天子与诸侯（5月5日）——纽约抗疫诗日记

美国总统与各州州长，好似天子与诸侯，总统拥有极大的权力，然各州有自己的法律，亦可以据理抗命。在抗疫战中，总统与州长既有合作，不时亦有对垒，总统并非一言九鼎！美国官员，包括总统，都是民选。他们明白，得民心者得天下，故要使尽解数争取民心。

总统和州长，抗瘟真够忙。同心求合作，异议好商量。

利剑常来往，正思当纳藏。危机可安度，端赖众言堂。

两难（5月6日）——纽约抗疫诗日记

总统特朗普急着马上重启经济，自称依据法律，总统有完整授权。然引发各州州长反弹，如纽约州长库默说："任何经济和社会代价，都不能与死亡相提并论。"经过争论，特朗普放软身段，不再坚持拥有绝对权力，表示"何时复工，各州自决"。

生计和人命，衡量正两难。复工天子急，抗疫邑侯殚。

开步宜分域，解封先思安。骑驴看唱本，拍板地方官。

"自由"莫滥用（5月7日）——纽约抗疫诗日记

新冠瘟疫在美国形势依然严峻，但有些民众厌烦宅家日久，要求取消"居家令"，多州出现了集会游行，要求"还我自由"！这任性的愚行，会引发疫情的第二波。纽约市的"居家令"执行最严格，若在街头发现违反"六尺社交距离"者，警察会发一千元罚单。

不满居家久，愚民发怨声。推文连呐喊，集会又游行。

任性西洋景，疯狂异族情。损人兼害己，莫污自由名。

总统随扈中招（5月8日）——纽约抗疫诗日记

特朗普总统贴身助理，5月7日证实感染新冠病毒，因其工作常与特朗普和第一家庭接触，引起外界对特朗普可能被感染的疑虑。尽管白宫指特朗普检测呈阴性，美国联邦疾病防治中心（CDC）前官员建议特朗普应按照CDC指示，自主隔离14天，但特朗普未对此建议作出响应。

总统风头劲，奇闻逐日新。冠瘟传侍卫，川普损心神。

遵否居家令？还由发号人。花旗争伟大，重任系斯身。

希望之光（5月9日）——纽约抗疫诗日记

3月30日，由总统特朗普批准的美国海军超级医疗船"安慰号"抵达纽约市，以缓解纽约医疗系统应对新冠疫情的压力。该船曾在"9·11"期间在纽约参与医疗救援。在疫情肆无忌惮的至暗时刻，这艘船给纽约人送来了安慰、温暖和希望之光！

驰来安慰号，定海有神针。瘟疫颠簸恶，苹城毒雨淫。
驱魔添力量，送炭暖人心。逆境燃希望，笛声传好音。

十五秒（5月10日）——纽约抗疫诗日记

美国把新冠病毒感染检测技术快速更新到第七代了！一项由斯坦福大学医学院领导的研究成果，可以通过血液检测感染新冠患者，包括无症状感染者，只需要15秒就可以判断是否产生免疫，来决定哪些人可以复工。这项全新的测试方式，将成为美国复工极为重要的突破口。

攻关抗瘟急，日夜猛加鞭。百虑求新法，千难担铁肩。
心争分秒速，血染画图妍。国力凭科技，飞舟奋领先。

亚裔与瘟疫（5月11日）——纽约抗疫诗日记

亚裔美国人已达2140万人，其中华裔最多，超过508万人。此次新冠瘟疫，亚裔感染率、死亡率远低于非裔和西裔。其原因，以华裔为例，华裔比较自律和负责，又有中西医药相结合，还有中华传统文化的基因等，并且，华裔勤奋，收入还好，肯置业，身心较健康。

病患唐人少，当知别有由。言行凭自律，守望赖同谋。
华夏文明续，中西医药收。勤劳多置业，生活也无忧。

华裔呐喊（5月12日）——纽约抗疫诗日记

华人来美国，已有一百多年历史。先从修铁路当苦工开始，后来又多以开餐馆维生，并逐渐在各行各业大显身手，为美国作出巨大贡献。然华人多年来饱受歧视，特别新冠病毒袭来，针对华人的歧视言行和仇恨犯罪案件不断飙升，我们必须群起抗争，以维护我们的权益。

百载移民史，华人血泪流。冬寒修铁路，夏暑作厨牛。

建国多捐献，振兴皆出谋。同心反歧视，幸福共争求。

《亚裔美国人》（5月13日）——纽约抗疫诗日记

美国公共电视台（PBS Television）在5月11—12日播出大型历史纪录片《亚裔美国人》，系统记录亚裔美国人的移民血泪，讲述对美国的贡献以及所面临的挑战。疫情让百年前的种族歧视重演！这部影片具有深刻的现实意义，提醒亚裔美国人：必须团结起来，捍卫自己的权利！

花旗追逐梦，亚裔路难行。世代茹辛苦，功劳见伟宏。

为何遭侧目，岂可忍吞声？歧视休重演，全凭勠力争。

悲欣交集（5月14日）——纽约抗疫诗日记

《诗日记》之四和之廿二，曾分别报道，美国酒店华裔协会主席黄华清和著名考古学家容庚之子容瑶，中招入院消息，引起大家的惦念。结局乃一悲一喜：容先生不幸去世，黄先生康复出院。劫后黄先生说："我希望将我有限的生命，投入到无限的服务大众中去……"

良朋双入院，牵动众忧心。花落闻凶耗，春来奏好音。

同经生死劫，各唱喜悲吟。逝者长相忆，余年惜秒阴。

纽约部分解禁（5月15日）——纽约抗疫诗日记

原定至5月15日的纽约州"居家令"，延至6月13日，但有部分地区解禁。州府将整个州划分为10个地区，符合7项指标的有5个地区，可进入第一阶段复工，但纽约市要延后。然纽约州的疫情依然严峻，各地区成立"疫情区域控制室"，严防疫情反弹。

纽约迎松绑，生机现眼前。熬过寒冽夜，苏醒艳阳天。

开业争兴旺，疗伤求愈痊。复工宜稳步，疫火避重燃。

白宫沦陷（5月16日）——纽约抗疫诗日记

白宫前后有三名工作人员确诊被新冠病毒感染，导致白宫三大防疫官"自我隔离"，但正、副总统未能按CDC建议，不愿"自我隔离"。万一正、副两总统也中招不能视事时，只好按宪法规定，由总统第三顺位继承人议长佩洛西接任。美国命运，似由瘟神主宰。

血雨腥风夕，瘟神袭白宫。三官皆宅室，两总独称雄。

心注安康易，疴侵贵贱同。花旗看国运，毒魅掌持中。

新冠病毒周期律（5月17日）——纽约抗疫诗日记

以色列科学家Isaac Ben发现新冠病毒有生命周期，在一些地区爆发70天后，病毒会自动逐步消失！他在分析大量数据之后，得出这惊人结论。无论是否实行严格隔离举措的国家，还是医疗体系残破的国家，都符合这个规律。如此说正确，则全球疫情有望不久会消退。

新冠殊病毒，生命有周期？数列呈规律，模型释惑疑。

常情人可解，逆理圣难知。此说祈真实，早临消疫时。

生命科学世纪（5月18日）——纽约抗疫诗日记

对新冠病毒，以色列出现两极看法：乐观的是"新冠病毒周期律"，70天后便自动消失；悲观的是，病毒可能"终结人类"。而微软创办人比尔·盖茨说，病毒"将定义这个时代"。现在有一个共识：21世纪是生命科学的世纪！内子有眼光，早年就读颇负盛名的武汉大学生物系。

突发新冠猛，哀声漫海天。疫苗难速制，毒性易长延。

万国烽烟烈，百行科学先。濒临生死斗，人类共条船。

雪中送炭（5月19日）——纽约抗疫诗日记

疫情袭来，百业凋零。受打击最惨重的，就是餐饮业。旧金山有一间中餐馆"喜福居"，也是生意惨淡，奄奄一息。突然，老板收到一张10万美元的捐赠支票，全家乐疯。原来是"脸书"创始人扎克伯格寄来的，他和华裔妻子经常光顾这间餐馆，和老板成了好朋友。

十万银非少，飞来总有因。寒天尤送炭，枯木又逢春。

克难同舟渡，救灾援手伸。中餐何止好，妻子是唐人！

失业等救济（5月20日）——纽约抗疫诗日记

目前美国失业率，已接近大萧条时期，失业者靠救济生活。每人可领取最长39周的失业金，约为原工资的一半，还可能从"联邦大流行失业补贴"中获得每周600元的额外补助。即使永远失业，仍能领到低收入救济，可保证日常生活，这是社会稳定的重要原因。

未料新冠袭，狂掀失业潮。金钱濒短缺，贸市落萧条。

救济情还好，养生心不焦。相期复工早，荣景现来朝。

美国股市过山车（5月21日）——纽约抗疫诗日记

新冠瘟疫袭击美国，令股市如坐过山车，大起大落，四度"熔断"，史无前例。幸好美国的经济稳定，底气十足。相信疫情好转后，各行各业会逐渐恢复元气，随之股市也会出现反弹。熊市难来，牛市必至！

疫临新大陆，股市涌颠簸。跳水悲惊魄，冲霄乐放歌。

熊来四熔断，牛返万难过。底气花旗足，堪能胜毒魔。

华裔急救员包笑天（5月22日）——纽约抗疫诗日记

第46届"全美紧急医疗服务周"正在进行中，消防局选出七名优秀急救员作为代表，将他们的照片印制在一系列活动宣传单上，其中有纽约华裔急救员包笑天。急救人员奋战在一线，接触到大量高危病人，新冠病毒感染率非常高，但包笑天从未退缩，还经常主动加班。

飞驰援病患，一线死生牵。时刻能召唤，丝毫不误延。

全怀情厚重，还靠术精专。华裔多英杰，又添包笑天！

年少有为（5月23日）——纽约抗疫诗日记

华盛顿州一个名叫艾维·希夫曼的17岁高中生，于今年2月创建了一个"新冠疫情全球追踪网站"，广受欢迎，目前每天约有3000万个访客。有人出资800

万美元在他的网站上放广告，被他拒绝，他担心会拖慢网速。美国青少年，潜移默化培养出创新思维和良好品德。

美国青衿子，无须死读书。行空跃天马，健体骋良驹。

勤注苗能苗，难为德不孤。奇花非偶发，网海出明珠。

口罩定格时代（5月24日）——纽约抗疫诗日记

中国首款口罩，是由祖籍广东台山的华侨伍连德发明的。20世纪初，鼠疫狂虐东北，为防飞沫传染，他设计了一种双层纱布口罩，救人无数，后来被称作"伍氏口罩"。中国人乐意戴口罩，至新冠病毒袭来，西人始重视口罩的作用。戴口罩，将成为这个世纪的"新常态"！

面具防瘟疫，垂芳伍氏名。蒙纱常有效，飞沫总无情。

东土流传久，西人起始明。地球新景色，口罩正风行。

国殇日（5月25日）——纽约抗疫诗日记

今天是美国"国殇日"，全国公有建筑的国旗降半旗，以缅怀这些为国牺牲的士兵，也为近10万名因新冠肺炎丧命的美国人哀悼。美国经历三次重大的"国殇"：日本偷袭珍珠港，恐怖分子"9·11"摧毁姐妹楼，以及此次新冠病毒袭击。最惨重的，就是这次毒袭。

美国经斯劫，犹如战后情。千山闻鬼哭，万户失魂鸣。

经济难康复，前途未朗明。天灾抑人祸，留待史家评。

《纽约时报》建"哭墙"（5月26日）——纽约抗疫诗日记

在美国"国殇日"前一天，也就是5月24日，《纽约时报》头版一整版，刊登了美国其中1000人的死亡讣告。通栏大标题："美国死亡人数接近10万，损失惨重。"副标题："他们不仅是一个个名字，他们曾经是我们！"除了名字，也有简单的关于他们一生的故事。

名单惊数字，故事撼人心。瘟疫何残烈，悲情罕古今。

亡魂灰入土，生者泪沾襟。惨剧防重演，因由总要寻。

真实故事（5 月 27 日）——纽约抗疫诗日记

"哭墙"用一句话，概括死者的故事：罗米·科恩（Romi Cohn），91 岁，"从盖世太保拯救了 56 个犹太大家庭"；弗兰克·加布尔（Frank Gabrin），60 岁，一位"急诊室医生，死在丈夫的怀抱中"；斯凯勒·赫伯特（Skylar Herbert），5 岁，是"密州最年轻的新冠病毒大流行受害者"……

帝国无先例，同亡十万人。哭墙名字异，故事内容真。

恍见眸前现，犹闻墓里呻。生平凝一语，百载不消泯。

孙子宅家（5 月 28 日）——纽约抗疫诗日记

受疫情影响，已有三个月见不到孙子了，虽然我和长岛儿子家只有半小时车程。不用上学，孙子在家上网课，学烹调，做家务，还经常在后院打篮球……国殇日有暇，我们去儿子家，享天伦之乐。两个孙子，大的 15 岁，小的 13 岁，猛然飙长，比祖父母还高！

学校门关闭，居家亦乐乎。课堂移网络，美食入庭厨。

运动身心健，阳春枝叶粗。骤成男子汉，期盼出良驹。

百龄母亲（5 月 29 日）——纽约抗疫诗日记

新冠袭来，首当其冲的是老人，我是老人，母亲更是，她已高达百龄了，她的健康更受人关注。然而，虽然是宅家而居，足不出户，但她依旧生活如常，每天有护理来照顾，衣食住行无忧。她每天最爱在后院花园散步，最希望瘟疫早日结束，能重上茶楼饮茶！

百岁身犹健，春瘟也不忧。每天来护理，各物备绸缪。

院后临风乐，窗前览景悠。心祈灾疫息，早日上茶楼。

纽约最高龄医师（5 月 30 日）——纽约抗疫诗日记

我的家庭医生刘季高，已年过九十，是亚美医师协会主席。新冠袭来，他率众呼吁制止针对华裔的歧视和犯罪行为，并反复宣传佩戴口罩的好处。他最早提出建立快速、零接触的"流动检测站"，并使之实施。其诊室挂满字画，是其病人，很多是著名书画家赠送的。

济世犹操业，年龄愈九旬。雷声反歧视，口罩导遵循。

快速新冠测，辛劳险处巡。问渠长寿诀，书画养精神。

纽约市长（5月31日）——纽约抗疫诗日记

纽约市长白思豪，予人印象是一个社会主义者，总是竭力照顾弱势群体，如贫民、流浪汉、无证居民等。在抗疫战中，倒也表现出色，竭心尽力，有条不紊，措施周密。他下令市府"喂饱纽约"，深得民心。纽约市死亡人数惨重，应非市长之过，天命不可拒也。

为民无顾命，市长白思豪。检疫街区走，研筹日夜劳。

尽心扶病患，勠力顶波涛。斗到瘟神灭，方能脱战袍。

警察单膝下跪（6月1日）——纽约抗疫诗日记

日前一非裔男子，被白人警察执法不当压着脖子致死，在美国各地引发示威和骚乱。然昨日各地警察单膝跪地，祈求和解和团结，并与抗议群众一同祈祷，情景令人感动！理性、温情和良知，才能化解族裔矛盾，特别是新冠疫情仍未化解之际，更需要同舟共济，走出困境。

一石千重浪，连城怒火燃。示威原有理，骚乱却无天。

非裔情能解，警民心亦牵。良知泯仇恨，早日息烽烟。

天佑巴西（6月2日）——纽约抗疫诗日记

惊闻巴西也成了新冠瘟疫震央，死亡惨重。巴西是"金砖五国"之一，经济发展强劲。百多年来，华人，特别是台山人陆续到巴西谋生，创业有成。去年夏天，我们组团去巴西，拜访了我的中学同窗、著名侨领梅裔辉，并参观了他的企业。我们曾登上里约热内卢的耶稣山，参拜基督像，祈求世界和平安宁。

瘟疫传南美，巴西变震央。华侨人不少，乡里业皆昌。

生死悬条线，安危系寸肠。同祈基督像，世界福音扬。

以她为荣（6月3日）——纽约抗疫诗日记

被人称为左派的纽约市长白思豪，妻子是非裔，育有一子一女。女儿25岁，前天晚上参加非法集会，阻碍交通，被警察逮捕。白思豪获悉此事后，竟说"以她为荣"，分明与警方执法唱对台戏。昨日纽约州长库默也批评白思豪"执法不力"，威胁要"撤换"市长。

抗疫虽收效，自家防乱难。女儿诚触法，老子竟夸叹。

四处烽烟烈，万民心胆寒。如何保官位？分解下回看。

希望之光（6月4日）——纽约抗疫诗日记

尽管暴力骚乱和抢劫已渗透到美国各个城市，但在过去几天里，各地都看到这动人的情景：警察们加入示威游行队伍，与抗议者含泪相拥，一起祈祷和平！此次引全美大抗议浪潮的非裔受害者弗洛伊德（Floyd）的兄弟，也呼吁抗议者结束暴力，"请和平表达诉求"。

已见阳春景，和平是主流。同胞增友好，族裔泯恩仇。

暴力张声责，警民携手游。诚心铭教训，悲剧永停休。

破产保护求重生（6月5日）——纽约抗疫诗日记

疫情重创美企，世界租车业龙头"赫兹"（Hertz）也传出申请破产保护消息；但这并不等于关门大吉，而是要与债权人就长期减少还款达成共识，以求保护企业价值，继续运营，期望劫后重生。这些申请破产保护公司的命运，系于整体经济能否复苏。

世界租车业，龙头数赫兹。瘟神俄猛袭，旅客即停驰。

惨见财源断，难偿债务追。唯谋申破产，好化险为夷。

瘟疫重伤华埠（6月6日）——纽约抗疫诗日记

纽约华埠已有一百五十多年历史，最初是华人为方便守望相助而聚居。现在已发展为一个洋人也喜欢游览的华人社区。中餐馆林立，礼品店遍地，游人如织。然新冠病毒袭来，生意停顿。哪怕瘟疫过后，人们躲避热闹将成为"新常态"。华埠复苏，还要漫长时间。

百年栖息处，华裔建家园。宾满中商铺，云来美食村。

疫神驱顾客，店馆断财源。期盼瘟消后，市场重富繁。

特朗普总统退场（6月7日）——纽约抗疫诗日记

　　网传美国《时代》杂志最新一期封面，主题是："特朗普，是时候该退场了！"特朗普时运不济，新冠死亡惨重，示威风起云涌，且炒掉不少高官，又有不少奇谈怪论。然对此封面，出现另一种解读："黑暗中，是谁打开了光明之门？他甩开阴影，前去迎接。"民意两极，且看大选结果。

　　《时代》评川普，戏完将退场。新冠亡惨重，骚乱吓惊惶。

　　助手孤家少，奇言谬语长。选情多诡谲，秋后见真章。

纽约市重启（6月8日）——纽约抗疫诗日记

　　纽约市是纽约州最后一个重启经济的地区，从今天（6月8日）起开始第一阶段复工。第一阶段复工的，有建筑业、农业、林业、渔业和狩猎，零售（限路边或店内取货或送货）、制造业、批发贸易，预计有40万名员工将重返岗位。纽约复工一共分为四个阶段，逐步展开。

　　迎来复工日，纽约众眉舒。建厦重开路，栽林又捕鱼。

　　良谋分步走，毒疫合心除。最是如人愿，无须再宅居！

宅家观鸟（6月9日）——纽约抗疫诗日记

　　新冠疫情之下，观鸟成为居家隔离人士的最新爱好，有民众更形容封城期间看到窗外雀鸟飞翔，不禁慨叹鸟类才是终极自由的象征。即使生活节奏被疫情打断，但通过观鸟，更可感受和平和宁静。5月9日为"全球观鸟日"，其观鸟情况打破历年单日纪录。

　　居家长寂寞，观鸟逸情生。婉转萦心醉，斑斓悦眼明。

　　魂随鸿鹭徙，身逐自由行。我亦精神振，后园闻雀声。

四海同心抗毒魔（6月10日）——纽约抗疫诗日记

　　中国一诗友告知，今年第5期《中华诗词》的《与子同袍》栏目，刊登了我两首律诗，其中一首是《四海同心抗毒魔》。由中华诗词学会主办的《中华诗词》月刊，是中国最受欢迎的诗刊之一。该诗刊有《吟坛百家》专栏，2014年第5期曾专门介绍我，选登我的诗词14首。

　　不幸传消息，江城毒浪翻。新冠传禹域，异国继春瘟。
　　疫病先防治，根源后析论。五洲同协力，捍卫地球村。

涂鸦传爱（6月11日）——纽约抗疫诗日记

　　纽约市最近持续一周的反警察示威中，出现打砸抢店家的暴乱。很多商店用木板封店防盗，但是木板上被人喷涂充满仇恨性的涂鸦。为迎接纽约市重启，众多艺术家进行"木板变画板"创作，将仇恨字眼用"爱"为主旨的涂鸦画作掩盖，用正能量迎接劫后新生。

　　苹城重启后，胜景看涂鸦。仇恨消阴影，和平吐绿芽。
　　图传正能量，板绘爱心花。但愿阳光灿，乌云不再遮。

两只黑天鹅（6月12日）——纽约抗疫诗日记

　　早春从境外飞来一只"黑天鹅"，初夏在本土又出现一只"黑天鹅"，前者是新冠瘟疫，后者是非裔抗议浪潮。两者令美国腥风血雨，天翻地覆。总统特朗普被这两只黑天鹅搞得焦头烂额，狼狈不堪。毕竟，这是一个法治社会，能够克服各种危机。当然，总统决策至关重要。

　　街头无赖汉，枉死变英雄。骤起燎原火，重掀抗暴风。
　　瘟波犹未退，乱景尚难终。挽局凭良策，安危系白宫。

跪与不跪（6月13日）——纽约抗疫诗日记

　　最初示威者与警察一起单膝下跪祈祷，被民主党领袖们，如众议长佩洛西、总统候选人拜登等，发展成为向死者弗洛伊德致敬的仪式，以争取非裔选票。对于民主党人倡导的下跪仪式，特朗普总统坚决说"不"。很多人认为："弗洛伊德不是烈士，不该被英雄化！"

　　下跪含新意，政坛掀浪波。死生驴象斗，搏杀剑刀磨。
　　自诩求声誉，互攻为鬼魔。无非民意重，选票看谁多。

慎防疫情第二波（6月14日）——纽约抗疫诗日记

全美新冠肺炎确诊人数刚突破 200 万，死亡人数已超过 11 万，而最近疫情又有升温的趋势。专家预测，到秋季如果出现第二波，全美死亡总人数可能达 20 万。专家警告民众，不要因经济重启和夏日来临就放松警惕，仍应继续佩戴口罩，保持社交距离，尽量避免大型集会。

突发新冠袭，花旗酿巨灾。春瘟波未息，秋疫浪还来。

守纪休松懈，违规要制裁。全民同自律，勠力挽天回。

敦促示威者检测（6月15日）——纽约抗疫诗日记

随着纽约市终于进入第一阶段重启，官员担心民众举行的大规模示威活动，可能增加致命新冠病毒的传播风险。纽约州长库默表示，纽约州将增设 15 个专用新冠病毒检测中心，并敦促曾经参与游行人士，"负责任地采取行动并接受测试"。

游行示威者，敦请验新冠。呐喊传飞沫，抱团登祭坛。

漫云吾命贵，要顾别人安。疫浪方平缓，休教再起澜。

蜘蛛侠（6月16日）——纽约抗疫诗日记

网上一张照片爆红了！清晨，一个孤独的"蜘蛛侠"，正在清理这个示威抗议过后的街道，他的表情没有人能看到。但是当有人停下与他交谈时，他说这是我应该做的。一个满目疮痍的城市苏醒，同时也唤醒了更多有良知的公民参与，让生活重新回归正常。

示威骚乱后，街市满疮痍。忽见孤身侠，清除百孔糜。

更欣千道扫，自觉万人随。帝国寻常景，家园好护持。

题陈湃《巴黎封城日记》（6月17日）——纽约抗疫诗日记

吾友陈湃，年届 85，现居巴黎，是著名作家、诗人，阅历甚丰，故其诗文韵味隽永，妙趣横生！新冠袭法国，宅家写下《巴黎封城日记》五十六篇，篇篇精彩，不仅是一集优美的文学作品，更能为史留证！

花都华裔叟，妙笔记封城。抗疫千军动，居家百感生。

新闻牵旧梦，正气集温情。最是难忘景，黄昏鼓掌声。

［注］每晚8时整，市民开窗鼓掌向医生护士致敬。

有国难归（6月18日）——纽约抗疫诗日记

新冠蔓延，导致中美航空几乎完全中断。这可苦了大批中国留美学生，回国难，返美也难，一张回国机票炒到十几万元人民币！我大学两位同窗，一个从温哥华回到苏州，一个从北京来到北卡州，都滞留了三个多月，无法回家。近日即将扩容复航，真是好消息！

疫来航线断，有国也难归。未料瘟潮涨，滞留人愿违。

光阴徒浪费，乡思倍嘘唏。今日新闻好，明朝喜返飞。

马路天使（6月19日）——纽约抗疫诗日记

1979年，纽约草根市民自发成立了"守护天使"（Guardian Angels）组织，穿戴着红色衣帽，巡逻街道，协助警察，打击犯罪活动，四十年来坚持不懈。近日特别在一些街区维持秩序，避免抗议游行演变为骚乱。为保护商家，不顾自身安危，筑成人墙，阻挡暴徒打砸抢。

马路巡天使，挺身维治安。排除千道险，保佑万民欢。

携手成防线，连肩作护栏。群英小红帽，贼见胆心寒。

美好故事（6月20日）——纽约抗疫诗日记

1983年在纽约，一位消防队员冒险冲入火场，救出4岁小女孩迪德丽，当时报纸有图文报道。后来，女孩一家搬离纽约，随身带走的只有那张报纸。她现在是一名护士，为报恩，她重返纽约，走上抗疫第一线。未料通过这张旧报纸，偶然找到了当年的恩人尤金，37年后喜重逢！

小命英雄救，恩情永记怀。心牵生长地，身入疫瘟霾。

漫道寻人苦，不期收局佳。善花能结果，苍昊自安排。

哥伦布遭"斩首"（6月21日）——纽约抗疫诗日记

一个非裔之死，引发全美大规模示威游行，局部骚乱暴动，多个美国历史人物雕像都遭到破坏，包括哥伦布雕像被"斩首"。发现美洲新大陆的哥伦布，被认为是"贩卖黑奴的犯罪头子"，格杀勿论！美国历史，出现不同的解读！

雕像哥伦布，因何被斩头？航行新大陆，成就美坚洲。

族裔求平等，移民竞上游。史评难统一，各自话恩仇。

纽约市第二阶段重启（6月22日）——纽约抗疫诗日记

纽约市疫情继续走向平缓，从今天（6月22日）起开始第二阶段复工。第二阶段复工的，有办公室、房地产行业、零售业、车辆销售、租赁、零售租赁、维修、清洁、商业楼宇管理、发廊和理发店、户外和外卖、外送食品服务。第三和第四阶段，是餐饮业和学校，稍后进行。

苹城瘟浪缓，士气更昂扬。零售宾方便，办公人贵忙。

维修车辆好，清洁屋楼光。百日云鬓乱，先临美发廊。

纽约浴火重生（6月23日）——纽约抗疫诗日记

6月19日，纽约州长库默为其连续111天直播的"每日疫情简报记者会"画下句号。他称，纽约在过去111天内，用42天爬山，又花69天下山，终于翻过了这座疫情"大山"，纽约感染率由全美最高变最低，现在已准备好经济强势"回归"。但他强调，要提高警觉，提防疫情第二波。

帝州遭浩劫，百折不能摧。众志成坚垒，同舟抗疫灾。

已除心噩梦，且待景新裁。浴火重生后，繁荣定再来！

按诗索宝（6月24日）——纽约抗疫诗日记

10年前，富豪古玩收藏家芬恩，在落基山藏了一个价值数百万元的百宝箱，并在网上公布一首短诗，内含藏宝地点的"九大线索"。先后吸引35万民众疯狂寻宝，有4名探宝者丧生。尽管当前疫情严重，仍然有人热衷寻宝。近日传出好消息，百宝箱终于被人找到了。

疫重宜家宅，难停宝物寻。深山发财梦，沧海觅金针。

索秘奇诗导，酬勤好运临。谜团终有解，十载报佳音。

新冠语言学（6月25日）——纽约抗疫诗日记

"新冠语言学"可能成为语言学的一个分支了！哥伦比亚大学语言学家John McWhorter（约翰·麦克沃特）教授，公布了他的研究成果：辅音吐气的强弱跟新冠病毒的传播率有关，"吐气强度"大的语言，传播新冠病例率比较高。语言不可改变，但人们应注重更好的使用方式。

研究新冠病，学科生别枝。辅音分弱重，吐气引安危。

慢速流涎减，疾声飞沫驰。吴侬娇语好，避疫也相宜。

破镜重圆（6月26日）——纽约抗疫诗日记

避疫"居家令"生效后，不时出现一些家庭暴力和争吵案。不过，此期间也有不少夫妻重修旧好，撤销离婚诉讼。破镜重圆，各有原因：居家令让双方有更多的相处和沟通时间，能消前嫌；瘟疫袭击，更理解要同舟共济；互相关心，感动对方；经济衰退，离婚的代价更大……

情海多波折，微风也浪翻。和居心解结，密会意增温。

抗疫同休戚，共舟相救援。度过生死劫，重建好家园。

劳燕分飞（6月27日）——纽约抗疫诗日记

避疫宅家，会使一些怨侣破镜重圆，但有的夫妇长时间近距离相处，彼此缺点显露无遗，引发紧张关系。经济压力使人脾气更加暴躁，令婚姻被推向法律和肢体冲突的崩溃临界点。多名离婚律师表示，待疫情结束后，预计会有一波离婚潮。

宅居相处久，爱侣变冤家。逆意平常事，伤心散乱麻。

钱粮同减少，脾气更加差。只待瘟潮退，分飞破锁枷。

疫苗之光（6月28日）——纽约抗疫诗日记

疫苗是使人体对疾病增强免疫力的生物制剂，通常开发一种疫苗可能需要10到15年。然而，新冠病毒实在太凶猛了，各国科学家正争分夺秒开展新冠疫苗的研发和临床试验。据权威专家预测，有效疫苗最早也要在明年春天才能推出，那才是征服新冠病毒的希望之光！

战胜新冠毒，终须靠疫苗。破关时尚早，拐点路还遥。

口罩诚良品，宅居仍绝招。全球同勠力，从速伏凶妖。

无名英雄榜（6月29日）——避疫宅家吟草

纽约是疫情重灾区，为了治病救人，为了城市的安全和市民的生活，一大批无名英雄，不顾安危生死，坚守工作岗位，作出了巨大的贡献。他们是医护人员、警察、消防员、急救员、公共交通员、邮递员、快递员、护理员、超市员工、药店职工……纽约人永远铭记他们的伟绩！

毒浪翻腾日，依然好世风。维安巡警察，快递骋员工。

药物油粮足，公车地铁通。英雄排列榜，医护首居功。

一页美国历史（6月30日）——纽约抗疫诗日记

我们亲历了美国历史非常重要的一页！新冠病毒袭击，美国死亡人数颇多，后来又突发BLM（Black Lives Matter）（黑人的命也是命）非裔抗议浪潮。共和党和民主党的斗争在大选前夕更白热化，中美两国冲撞愈演愈烈。在这段时间，每日新闻都令人惊心动魄。

百日花旗景，令人刻骨惊。新冠流荡播，非裔抗争鸣。

驴象频凶斗，美中相逆行。他年观历史，一段乱时情。

祝愿中美友好（7月1日）——纽约抗疫诗日记

这是人类命运共同体的时代，寻求合作而不是敌对，寻求双赢而不是"脱钩"，才是明智！正如中国总理李克强所说的："中美两国合则两利、斗则俱伤。"由于各种原因，中美两国之间不时产生冲突，希望两国领导人，能凭高度的智慧，逐渐解决分歧。

美中能握手，世界定平和。合作兴经济，商谈息戡戈。

齐求好光景，共渡厉瘟波。命运共同体，总期风浪过。

论持久战（7月2日）——纽约抗疫诗日记

新冠病毒第一波已把人类世界搞得天翻地覆，尽管暂时能把它压下来，但后遗症也很可怕，其病毒又会不断变异，以后甚至会像流感病毒一样，长期与人类共存。世卫专家认为，新冠病毒或需要4至5年方可得到控制。世卫总干事谭德塞表示，新冠病毒的影响将持续数10年。

一自新冠发，五洲难太平。纵横先见死，反复后遗呈。

有影来还去，无形殁又生。当应持久战，前景总光明！

疫后新常态（7月3日）——纽约抗疫诗日记

新冠瘟疫改变了世界，人类要适应生活方式的"新常态"。如减少直接接触，网上会面；上班和上课，可宅在家中；出门戴口罩，保持社交距离。最重要的，是心态的改变：健康可贵，生命第一！人类命运是共同体，大家要同舟共济，营造一个健康快乐的地球村。

疫潮虽退浪，世界已非原。会面能临网，当班不出门。

行街披口罩，聚众设篱樊。顺适新常态，共营康乐园。

结篇吟怀（7月4日）——纽约抗疫诗日记

避疫宅家，将所见、所闻、所感，逐日写入诗中。匆匆成篇，俚言俗语，纯打油诗耳。未料甚受关注，回响不绝。如江西师范大学杜华平教授点评："梅先生这批诗日记，对我们了解世界，对我们认识诗人如何面向生活，非常有价值。公所作，真乃诗史，必可传世！"

瘟疫连三月，如经隔世程。宅家巡网络，走笔写灾情。

伤逝心长痛，复苏眸暂明。桃源何处觅？诗海寄余生。

谢众诗友和诗贺诗

拙作《纽约抗疫诗日记》发表期间，有海内外诗家300多首和诗，结篇后有80多首五律贺诗，情深意厚，感激莫名。且待世界疫情消失后，相约绍兴兰亭朝圣，曲水流觞，共歌天下太平。

宅家诗日记，百夕百篇多。有意言真实，无心句细磨。

天涯相勉励，师友共吟哦。疫后同朝圣，兰亭好放歌。

（2020 年 7 月于纽约）

十一、特别诗体

（一）集字诗（18 首）

自古以来，常见"集句诗"，罕见"集字诗"。集字诗，是戴着两副铐镣跳舞，一副是格律，一副是集字，要跳出美妙的舞姿可不容易。可能是我孤陋寡闻，但据我所知，在当代海外诗坛，我算是鼓吹和实践"集字格律诗"的第一人。

（1）几首集字诗习作

赏赵淑侠教授散文（集字诗）

吾慕大作家赵淑侠女士之散文《远古的笛声》，意境深邃及文笔优美，故摘文中之字成一绝。这是我第一首"集字诗"。

宇宙洪荒亦有情，文明韵律两相生；

依稀远古悠扬笛，吹出清泉天籁声。

（2003 年 5 月于纽约）

贺吴又玄先生书法展（集字诗）

8 月，在纽约世界日报文化艺廊举办的"翰墨情缘——吴又玄纽约书法展"，赢得纽约艺文界一片喝彩声，好评如潮。摘取书法展简介中之文字，串成七绝一首致贺。

魏碑苍劲偏狂草，凤舞龙飞力万钧。

翰墨情缘风韵厚，空灵脱俗不凡人。

（2011 年 8 月于纽约）

题曾嵘先生山水画（集字诗）

最近，曾嵘先生带领广州书画院研究生一行30人，赴晋西以北的黄河流域采风。归来后，把沿途写生作品结集成册，曾先生为之作序言《到大自然中去》。此序情辞并茂，不同凡响。吾诵读再三，爱不释手，遂从此美文中摘取28个字，凑成一首七绝，以表敬意。

晋西黄水岭南风，幅幅精奇各不同。

笔墨传神赖功力，情钟长卷展恢宏。

（2013年6月于纽约）

读名记者曾慧燕"田浩江专访"有感（集字诗）

昨天纽约《世界日报》刊登《田浩江——追寻无国界的舞台者》一文。此文是由名记者曾慧燕所撰，如同她其他文章一样，才华横溢，情辞并茂。我不由从此篇佳文中集字，凑成一首七绝，以抒读后感怀。

闯荡西方三十年，艰辛曲折苦难眠。

舞台动物知天命，不懈追求永向前。

（2014年11月于纽约）

梅花（集字诗）

刘家昌创作的歌曲《梅花》，脍炙人口。当年世界梅氏宗亲总会在台北成立时，决定以此歌曲作为会歌。梅氏宗亲举行重要会议或宴会时，总是以唱奏《梅花》开场。我这首是"摘字诗"，每个字都摘自刘家昌《梅花》原歌曲。

梅花越冷越开花，大忍中坚就有它。

雪雨冰天都不怕，巍巍大地看风华！

（2015年3月于芝加哥）

读《诗话·实话》有感（集字诗）

华文文学大家王鼎钧，誉满天下。此篇近作《诗话·实话》（刊于《世界周刊》No.1630），如同他其他散文一样，立论精辟，辞章典雅，自成一格，令人百读不厌。我不由从此篇佳文中摘出28个字，凑成一首七绝，以抒读后感怀。

喜读名家拔萃文，诗河流变测风云。

味醇韵雅方为好，两体同容赏异军。

（2015年6月于纽约）

最美的承诺（集字诗）

罗马"不言"先生传来一篇文章《老兵周跃南》，是描述一位对越作战老兵，遵守承诺，替牺牲战友尽孝30年的真实故事，并请我赋诗一首。却之不恭，只好从传来的感人文章中，摘出28个字，凑成一首七绝作为读后感言。

延续亲情三十年，牺牲战友永心牵。

践行生死同承诺，大爱无言暖海天！

（2015年6月于纽约）

（2）《兰亭集序》集字诗词

东晋王羲之《兰亭集序》，被誉为"天下第一行书"。其出神入化的书法技艺，如水般流畅的文采，令千载后人叹服。《兰亭集序》全文共324个字，其中重复的字有54个，不重复的字有150个。从《兰亭集序》中摘字成诗，可谓难上加难。然越难越激发勇气，试题习作10首（其中有律诗诸体和词），作抛砖引玉之用，以请教大方。

七绝（4首）

（之一）

惠风和畅会兰亭，游目骋怀欣此生。

曲水流觞修禊事，群贤毕至叙幽情。

（之二）

春暮兰亭清朗天，茂林修竹聚群贤。

一觞一咏言怀抱，感慨流年乐自然。

（之三）

曲水林间万古流，崇山峻岭极清幽。

快然自足兰亭咏，毕至群贤乐禊修。

（之四）

和风激水暮春初，俯仰之间世事殊。

相与斯文同畅叙，兰亭修禊古今无。

（2016 年 10 月于绍兴）

五律（2 首）

（之一）

茂林修竹地，今古仰兰亭。曲水临风日，流觞咏世情。

骋怀文气畅，极目浪流清。宇宙观其大，欣然寄此生。

（之二）

癸丑初春暮，兰亭乐畅游。茂林随峻岭，修竹映清流。

俯视人生短，虚怀宇宙幽。终知老将至，觞咏岂无由？

七律（2 首）

（之一）

一自兰亭咸畅咏，群贤感慨古今同。

茂林修竹情怀激，曲水流觞兴致崇。

不倦春游欣所遇，快然禊会乐其终。

人生随化由天舍，寄托形骸放浪风。

（之二）

叙会兰亭春暮天，慨无修禊晤群贤。

仰观峻岭林犹茂，俯察人间事已迁。

游目今时兴盛世，骋怀曲水畅和年。

临流一咏咸娱乐，生死由之亦快然。

词（3阕）

（之一）百字令

兰亭禊会，览惠风和畅，群贤咸集。

此地有崇山曲水，俯仰间嗟陈迹。

放浪形骸，抱幽天外，今古情如一。

死生随化，快然觞咏犹昔。

寄兴盛世之临，时随事异，游目清流激。

相与同人春暮叙，齐作文欣之极。

感悟虚无，骋怀宇宙，知足终能及。

管弦丝竹，视听娱乐斯日。

（之二）瑞鹤仙（独韵词）

暮春修禊也。引毕至群贤，集兰亭也。

清流激湍也。尽茂林修竹，会稽山也。

天风朗也。足视听、尝娱乐也。

列座之、曲水流觞，以畅叙幽情也。

情也。人之相与，放浪形骸，快然言也。

老将至也。欣游目，骋怀也。

后人观今事，若今视昔，嗟俯仰之间也。

录斯文、寄托时人，死生化也。

（2016年10月—2017年10月于绍兴、纽约）

（之三）临江仙·贺《兰亭序集字诗书集》出版

吾慕王羲之《兰亭集序》，绝代文采风流，遂主编一册《兰亭序集字诗书集》，得海内外诗书名家热烈响应，经一年余辛劳，终于结篇付梓。此书将为 2020 年旧历 3 月初 3（新历 3 月 26 日）在绍兴兰亭举行的国际书法研讨会作文化交流之用。此阕亦为《兰亭集序》集字词。

癸丑山阴春暮日，风流尽览兰亭。

崇山峻岭竹林清。

骋怀欣作序，足以不虚生。

俯仰人间虽世异，斯文觞咏犹听。

录之曲水乐其形。

今时修一集，永述昔贤情。

（2020 年 2 月于纽约）

（二）回文诗词联（26 首）

回文诗词联，正反两读，不仅要符合平仄、对仗、押韵等格律要求，而且要通顺流畅、情辞并茂，方为好作品。虽是文字游戏，不宜鼓吹，然能启发"逆向思维"，故偶尔为之。

（1）回文联

题《观泉》图

碧水清泉清水碧；

苍松古柏古松苍。

［注］上下联每联皆可倒读。

思乡吟咏

峰高立马人吟啸；

屋旧归田心息栖。

（回读）

栖息心田归旧屋；

啸吟人马立高峰。

（2）回文五绝

春桃

醉心摇倩影，人丽似桃红。灼灼容光艳，春回唤暖风。

（每句回读）

影倩摇心醉，红桃似丽人。艳光容灼灼，风暖唤回春。

夏荷

绿叶连天碧，游鱼蔽烈阳。格高怜自洁，浮影淡清香。

（每句回读）

碧天连叶绿，阳烈蔽鱼游。洁自怜高格，香清淡影浮。

秋菊

雅韵宜妆淡，霜秋好赋诗。劲风吹落叶，黄菊赏东篱。

（每句回读）

淡妆宜韵雅，诗赋好秋霜。叶落吹风劲，篱东赏菊黄。

冬梅

骨瘦知清韵，寒霜绽蕊花。谷幽香傲雪，残影照窗纱。

（每句回读）

韵清知瘦骨，花蕊绽霜寒。雪傲香幽谷，纱窗照影残。

（3）回文五律

咏梅

回春盼野芳，早发看溪旁。醅旧醇浓味，格高清素妆。

瑰奇叹雅韵，淡泊忘寒霜。梅岭千疏影，月明侵暗香。

（回读）

香暗侵明月，影疏千岭梅。霜寒忘泊淡，韵雅叹奇瑰。

妆素清高格，味浓醇旧醅。旁溪看发早，芳野盼春回。

［注］回文五律，容易出现"三仄尾"或"三平尾"，导致犯"孤平"。如"仄仄仄平平"，倒读则成"平平仄仄仄"，又如"平平平仄仄"，如倒读则成"仄仄平平平"。古人所写的五律回文诗，也有这个毛病，可说是不够完美。
这真是很难解决的矛盾！但是还是有办法的。最好的办法，就是在关键处，选用有平仄两声的字，这样读起来就入律。如我这首习作，用了"看""忘""叹"这三个可平可仄的字。

（4）回文七绝

题《吴景反写书法集》

吴景先生是一个颇有造诣的书法家。原有正书写法率真练达，尤其擅长反写书法艺术，运用横写、逆向思维，独树一帜，饮誉海内外。

心随正反走蛇龙，倒海江翻能笔工。

今古评人看顺逆，寻新巧处出奇雄。

（倒读）

雄奇出处巧新寻，逆顺看人评古今。

工笔能翻江海倒，龙蛇走反正随心。

贺纽约岭南画会成立 30 周年

　　纽约岭南画会，以弘扬岭南画派画风为宗旨，今年已届三十周年。该会现有老中青三代画家，其主要发起人和导师是伍芳园、伍名峰两位老师，贡献殊大。

　　繁花又届卅年丰，彩墨流芬扬雅风。

　　魂寄画图佳写意，园芳百果结情浓。

　　（回读）

　　浓情结果百芳园，意写佳图画寄魂。

　　风雅扬芬流墨彩，丰年卅届又花繁。

（2015 年 8 月于纽约）

廿载繁花

　　（第二十届诗画琴棋雅集征诗）

　　凉秋又届廿年时，跃马飞车出妙棋。

　　黄菊佳人宜入画，扬琴古曲好题诗。

　　（回读）

　　诗题好曲古琴扬，画入宜人佳菊黄。

　　棋妙出车飞马跃，时年廿届又秋凉。

（2013 年 10 月于纽约）

贺休斯敦"颐康讲座"六周年庆

　　连天碧草艾兰香，雅逸诗家人寿长。

　　贤士众师恩似海，传医讲道有颐康。

　　（回读）

　　康颐有道讲医传，海似恩师众士贤。

　　长寿人家诗逸雅，香兰艾草碧天连。

庆双亲节

连心爱子念慈亲，育养经年多苦辛。

牵挂常愁添白发，先为孝道总情珍。

（回读）

珍情总道孝为先，发白添愁常挂牵。

辛苦多年经养育，亲慈念子爱心连。

南飞雁

凉秋落叶逐波澜，梦入三台苍海山。

堂旧归来悲白发，乡思满载雁飞南。

（回读）

南飞雁载满思乡，发白悲来归旧堂。

山海苍台三入梦，澜波逐叶落秋凉。

题《回文璇玑图》

《回文璇玑图》相传是前秦时期才女苏蕙所作，总计八百四十一字，纵横各二十九字，共有一千多种成诗方法，是文字游戏的登峰造极之作。

春机满织回文锦，往复飞梭传意深。

新句成环循曲线，夜寒消酒把诗吟。

（回读）

吟诗把酒消寒夜，线曲循环成句新。

深意传梭飞复往，锦文回织满机春。

题李春华老师《李白望天门山》图

舟轻伴我看霞明，彩染天门入浪清。

秋爽抒怀吟渡远，悠悠思处四回声。

（回读）

声回四处思悠悠，远渡吟怀抒爽秋。

清浪入门天染彩，明霞看我伴轻舟。

题李春华老师《李白月下独酌》图

明月伴游春梦回，怅惘无路上高台。

清风拂面人花影，情道悲欢尽酒杯。

（回读）

杯酒尽欢悲道情，影花人面拂风清。

台高上路无惘怅，回梦春游伴月明。

（5）转尾连环回文七绝

这是一种奇特的七绝体转尾连环诗，凡上句的六字尾，一律转为下句作六字头，并且还以上句首字作为下句句尾字。这样，它就仅用一七言句，以转尾连环方式组成二十八字的七言绝句诗。

春风

浓草同花润煦风，草同花润煦风浓。

同花润煦风浓草，花润煦风浓草同。

夏雨

和雨荷声遍野歌，雨荷声遍野歌和。

荷声遍野歌和雨，声遍野歌和雨荷。

秋月

秋月柔光映水流，月柔光映水流秋。

柔光映水流秋月，光映水流秋月柔。

冬雪

冬雪丰年好运逢，雪丰年好运逢冬。

丰年好运逢冬雪，年好运逢冬雪丰。

（6）回文七律

敬和周拥军先生《丙申抒怀》

风和畅景好迎春，业大成由多苦辛。

同志论评吟句妙，远谋规划绘图新。

忠心总是如红火，恶浪平常经险津。

功伟酬今当发奋，雄豪壮曲唱垠涯。

（回读）

涯垠唱曲壮豪雄，奋发当今酬伟功。

津险经常平浪恶，火红如是总心忠。

新图绘划规谋远，妙句吟评论志同。

辛苦多由成大业，春迎好景畅和风。

（7）回文词

虞美人·步罗少珍韵贺《半窗花雨》诗画集面世

佳词丽句题诗好，满室花随老。

手携香墨寄心丹，网络地方多写尽斑斓。

华年咏月追醇酒，恋爱家为首。

碧荷修竹倚难眠，碎雨起风和草绿庭前。

（回读）

前庭绿草和风起，雨碎眠难倚。

竹修荷碧首为家，爱恋酒醇追月咏年华。

斓斑尽写多方地，络网丹心寄。

墨香携手老随花，室满好诗题句丽词佳。

（8）回文双词合体习作

卜算子／采桑子·春曲

卜算子

栏倚喜微风，处处山川绿。

新看心笼意景佳，林木花葱郁。

阡陌满鸣声，呖呖欢歌曲。

乐叹天听鸟早来，春雨朝阳旭。

采桑子

旭阳朝雨春来早，鸟听天叹，

乐曲歌欢，呖呖声鸣满陌阡。

郁葱花木林佳景，意笼心看，

新绿川山，处处风微喜倚栏。

［注］双词合体是指同一词文，经回文处理，成为两个词牌的词。然据笔者管见所及，古今仅有清代词人董以宁之《雪江晴月》，顺读为《卜算子》，倒读并重新断句则为《巫山一段云》。

然这两阕的正、倒读，有个别字的平仄是相反的，因此合体是不可能的。董以宁的《雪江晴月》，是勉强而为之，间中有悖律之处，所以不够完美。

我想出一个办法，就是用意思相同、可平可仄的双声字，放入矛盾之处。我这两阕《卜算子》《采桑子》回文合体，用了四个双声字，"看""笼""叹""听"。而"看""叹"更是《采桑子》的平声韵脚，真不容易物色。

（9）回文合体诗词

写回文诗难，写回文词更难，写回文合璧诗词最难。古人写回文合璧诗词也甚罕见。越是难写，我越想试试。我这首《七律》诗，倒读便成《虞美人》词。

七律 / 虞美人·旅况吟怀

七律

愁生客旅伴啼鸦，落寞舟孤照影斜。

时塞别离伤折柳，节佳思梦喜还家。

漫漫路远行危岸，处处山晴放艳花。

情寄雁归悲目送，断肠人月醉明霞。

虞美人

霞明醉月人肠断，送目悲归雁。

寄情花艳放晴山，处处岸危行远路漫漫。

家还喜梦思佳节，柳折伤离别。

塞时斜影照孤舟，寞落鸦啼伴旅客生愁。

（2018年8月于纽约）

鸣谢众友赠花篮（回文诗）

8月11日"梅振才回文诗词、吴景反写书法合璧作品展"，在法拉盛的"纽约华侨文教服务中心"开幕，盛况空前。展场摆放着29个社团和朋友贺赠的花篮，蔚为壮观。我心存感激！

诗书合璧一涂鸦，我愧才无双鬓华。

时序秋凉风猎猎，知心会友赠篮花。

（反读）

花篮赠友会心知，猎猎风凉秋序时。

华鬓双无才愧我，鸦涂一璧合书诗。

［注］双无，指才德全无。

（2018年8月于纽约）

展览完满落幕有感

"梅振才回文诗词、吴景反写书法合璧作品展"于8月11、12日在纽约法拉盛举行，取得了巨大的成功，两天内有近300人前来参观展览。这是我们的首场展览。以后若有机会，会到世界各地巡回展出。此首非回文诗。

反写回文两不奇，出新妙在接双枝。

吴梅旨意谁能悟？逆向思维亦适时。

（2018年8月于纽约）

十二、报刊诗踪

（一）时事吟唱（48首）

第1辑（11首）

此辑稿件刊于纽约《今周刊》专栏，说明文字略有删节。

一水隔天涯

一九四七年，张金山与高洋在福建结婚，八个月后因战乱分离，五十四年后，高洋从大陆赴台湾与夫再续前缘。

长嗟一水隔天涯，时代悲情系万家。

何期五十四年后，始见苍颜映晚霞。

美国航天悲剧

癸未年大年初一，哥伦比亚号航天飞机，于折返地球大气层时，因其左翼受损未能承受热力而解体。机内七名机员，尽皆罹难。

科学征途岂惜身，耗传四海共沾巾。

星河探索崎岖路，留有光芒耀后人。

"梁祝"入"世遗"

中国古代传说爱情悲剧《梁山伯与祝英台》，最近被浙江省宁波市向联合国教科文组织申报人类非物质文化遗产。

岂有真情似旧时，名车豪宅始相依。
钱迷意乱桃花渡，说与今人化蝶词。

错有错着

一老美因发音不准，乘飞机赴沈阳误到咸阳，受当地热情款待。咸阳乃"朝雨浥轻尘"之渭城故城。李白词云："咸阳古道音尘绝。"

莫悔咸阳当沈阳，汉陵古道野花香。
渭城翻唱阳关曲，误落天涯未断肠。

帝国大厦顶楼婚礼

纽约市帝国大厦顶楼每年情人节举办婚礼，获准者需有特殊理由。其中一对，曾在此处目击世贸"姐妹楼"遭袭之惨景。

万家灯火映双河，重上高楼且放歌。
已历人间生死劫，但祈情海永无波。

歌星张国荣自杀

香港名歌星张国荣跳楼身亡，所为何情？追悼会场反复播送其名曲《风继续吹》。

王母歌筵急令回，人间爱恨霎成灰。
凄迷一曲情无限，不尽悲风继续吹。

旧金山警局首名女局长

方宇文出生在旧金山华埠，1977年大学毕业，即成为旧金山首名女警员。由于具中英双语背景，在侦破中起了重大作用。现在成为旧金山警局首名女局长。

喜见新星绽彩光，短枪警帽胜红装。

豪情敢与男儿比，飒爽英姿一女郎。

"世贸"重建蓝图

"世贸"重建蓝图，被"世界公园"公司夺魁，新主楼高层为花园。以后每年 9 月 11 日早上，即当年大楼遭袭至倒塌之时，阳光将照耀地上以纪念庭院。

蓝图此幅最鲜妍，绿树红花映碧天。

悲壮长留凭吊日，朝晖似锦耀庭前。

纽约华埠着梅花

最近发现史料，在 1857 年，已有华人到美国东北隅之缅因州落户。如今美国已有数百万华裔，各地均有华埠。今年春节，纽约华埠挂满梅花图案之灯饰。

孤帆断雁落天涯，月冷风清倍忆家。

喜见百年尘世换，春来华埠着梅花。

"非典"谣言伤餐馆

华埠某餐馆被谣言所伤，传少东患"非典型肺炎"身故，以致生意一落千丈。而华埠经济更雪上加霜。

湖水无风忽起澜，何来暗箭毒千般。

荣枯岂止一家事，横雨狂飙百卉殚。

邓丽君香吻照

1981 年秋天，邓丽君去金门劳军，媒体拍下几张精彩照片，最精彩那张是她亲吻一个阿兵哥。谁是那位幸运儿？最近台湾报刊发出"寻人告示"。在亲友敦促下，薛进友只好出面"自首"。

几张旧照记当年，前哨劳军歌曲甜。

最是难忘一香吻，兵哥今日尚陶然。

（2003 年 2—5 月于纽约）

第 2 辑（21 首）

此辑稿件刊于纽约《华周刊》专栏，说明文字略有删节。

两万警察背对市长

纽约两名警察，突遭一非裔凶手行刑式枪杀。在昨天的葬礼上，当市长白思豪上台讲话时，来自全美各州的两万余名警察，都立即转身背对市长，以表示无声的抗议。肇因是市长最近发表了"小心警察"的不当言论，助长了民众反警察情绪。

为何双警丧屠刀？市长纵容当吐槽。

两万同袍齐背对，无声抗议白思豪！

三色灯光悼英雄

纽约市帝国大厦 12 月 27 日晚，亮起特别设计的红、白、蓝三种颜色灯光，向两位殉职警察刘文健（华裔）和拉莫斯（西裔）致敬。这两位警察一周前死于非裔男子的伏击，这是 2011 年以来，纽约市首次有警察殉职。

三色灯光耀夜空，哀思敬意悼英雄。

安居乐业苹城好，全赖警员维护功！

海外淘房（新韵）

据《中国新闻周刊》报道，中国买家已成了美国、澳洲和欧洲部分国家房地产市场最大的海外买家。中国买家海外置产，以美国最热门。搜房国际网曾对海外购房目的进行调查，发现最能引起中国人兴趣的是三项：移民、教育和投资！

何故淘房涌异邦？三重目的细评量。

百思还是花旗好，更有蓝天任自翔。

上海外滩新年惨剧

上海外滩 12 月 31 日深夜发生跨年人群踩踏事故，导致 36 死（其中之一是梅家子弟、19 岁的梅贺春）、49 伤。肇因似是在群众拥挤互踩，主办方和警察疏导管控人流不当。

又是晶球降落时，外滩踩踏骤生悲。

将闻元旦钟声响，血染群芳梅一枝。

又是晶球降落时，洋场惨剧促深思。

苹城百万人头涌，秩序井然应学之。

又是晶球降落时，为何江畔血淋漓？

深沉教训当铭记，问责官员早胜迟！

痛悼优秀警探刘文健殉职（新韵）

　　圣诞节前五天，纽约市两名警察，华裔的刘文健和西裔的拉莫斯，被一个非裔歹徒行刑式枪杀，震惊全国。随即，两位烈士追授"一级警探"官阶，生前居住的街道分别以其名字命名。他俩将永远为纽约市警民所铭记！

卅载自强成栋梁，辛劳艰险总争扛。

无辜命丧凶徒手，万户千家哭断肠！

满怀敬意奠英雄，永记刘郎不朽功。

横水素来多好汉，双河今日漾英风！

　　（"横水"乃台山刘氏之祖居地；"双河"指流经纽约市之东河和哈德逊河。）

美国的领养华童故事三则

（1）

　　自中国开放外国人领养中国孤儿以来，已有数万中国孩子被美国家庭收养。这些孩子，能够找到亲生父母者寥寥无几。4岁就被美国家庭收养的梦婷，无疑是幸运的，她回浙江找到了自己的亲生父母。纪录片《梦婷的承诺》讲述的就是这个奇妙的回访故事。

骨肉分离谁不悲？当年大陆事多奇。

梦婷有幸酬承诺，异国双亲共展眉。

（2）

生于福州的杨旭，两个月大时就被美国养母带走。如今已有23岁的杨旭，虽然曾三次回到中国，但无法在茫茫人海中寻觅到生身父母。她对中国很有好感，刚刚结束了在广州为期10个月的英语教师工作，她希望将来能在中国开展自己的事业。

漫步家乡百发新，不知父母是何人？

无须惆怅儿时事，中美交流系己身。

（3）

生于南京的杨菲菲，七个月大就被美国夫妇领养。由于是东方脸孔，童年时代在学校遭到霸凌和歧视，七年级便选择在家自学，并练习她所喜爱的滑冰运动，后来三度获得全美冠军。她创立滑冰团体"冰熊猫"，吸收一群被领养自中国的女孩，帮助她们找回自信。

歧视何妨更自强，赛场喜见燕飞翔。

寸心激励冰熊猫，锦绣前程展异乡。

不穿裤子坐地铁

今天(1月11日)是纽约市"不穿裤子坐地铁"的日子！在地铁车厢中可以看到，上半身穿戴整齐，下半身只穿着内裤的男男女女。晚上可以前往曼哈顿东13街的夜店"Bar13"，出席一个"脱裤"之后的余兴聚会。纽约，千奇百怪，见怪不怪！

地铁车中半露姿，人群侧目且由之。

兼容并蓄多风景，我爱苹城百事奇！

永远听老婆的话

纽约一名老翁、80岁的退休小学校长戴梦得，因为听了太座的话，停车买彩券，一夕赢得1亿9745万美元（已扣税），他和妻子于昨天（1月12日）出面领取了这笔纽约州史上最高的乐透奖金。他领奖时表示："我永远听老婆的话！"

财神眷顾雨纷霏，难得慈悲不自肥。

寄语天涯男子汉，贤妻之命莫相违！

天赐良缘

你相信缘分吗？明尼苏达州的一对新婚夫妇，新郎法西和新娘哈斯斌便见证了这个不可思议的命运。早在 20 年前，当时他们同样都是 3 岁，被选中担任婚礼的花童，之后再也没有来往。多年之后，他俩偶然入了同一间中学读书，还是同班同学。儿时的回忆，让他俩坠入爱河。

重踏红毡已廿年，花童今谱凤鸾篇。

茫茫人海相牵手，漫道偶然应是缘。

总统的贺卡

成都一对老夫老妻，86 岁的王再功和 85 岁的梁玉芹，携手走过半个多世纪。在美国工作的孙女，被两老的爱情故事感动，便给总统写了一封信。没有想到，恰逢老人钻石婚纪念日，真是收到总统奥巴马和其妻子签名的贺卡，上面写着："你们是我们所有人的榜样！"

以沫相濡六十年，同堂四代乐如仙。

何期总统重洋外，也贺情如钻石坚。

甘当傻瓜

台湾新北市长朱立伦，昨天以 99.61% 得票率当选国民党主席，创下同额竞选得票率最高纪录。朱立伦当晚向党员致谢，他以日本电影《这一生，至少当一次傻瓜》中的农夫，其展现的"傻瓜精神"推动无农药栽种苹果的故事为借鉴，承诺"我会努力，我会坚持"。

老树百年抽嫩芽，来年且待展芳华。

不经凄厉风霜后，怎晓良才抑傻瓜？

福建又添长寿乡

福建省漳州市诏安县，今存活实足百岁以上老人有 67 人，80 岁以上老人有 1 万多人，除了宁德市柘荣县和泉州市泉港区之外，福建第三个获得"中国长寿之乡"

的称号。诏安寿星辈出，是生态环境好，书画艺术鼎盛能陶冶性情等因素使然。

福建又添长寿乡，陶情书画溢芳香。

寻因最是能知足，随遇而安神妙方！

姻缘天注定

23年前，江苏月城4岁男孩阿涛，和3岁女孩叮叮，在双方父亲（曾是同学）怂恿下拍下了一张合影。此后，女孩去别处求学，两人失去联系。不料长大后，偶然重逢，迅即坠入爱河。两人仿效那幅童年的合照，用同样的姿势和表情，拍摄了结婚照。

两小偶然留合影，茫茫人海不思量。

谁知二十三年后，月老红绳系洞房。

天定良缘

一年前，肯塔基州一位25岁的姑娘麦英特，无意中听广播，知道一名与她相仿的男子罗宾森需要人捐肾。她是O血型，毅然捐肾给他。谁知一见面，感觉"像上辈子就认识一样"。随后就是约会、结婚，一个女娃将于6月诞生。

偶因换肾结成双，素昧平生亦不妨。

自古姻缘天注定，情人节日贺新郎。

患难见真情

据《济南时报》报道，33岁的李方东去年被查出尿毒症，为免拖累妻子，曾提出离婚。但28岁的妻子孙国芳不同意，坚持4岁的儿子要有爸爸。她毅然捐肾救夫，但活体捐肾，夫妻间的成功概率仅有10万分之一。幸运的是，他俩配对成功了！

姻缘石上定三生，贫贱依然携手行。

多少人生风雨路，最难忧患见深情。

生死情永在

今年情人节，有不少感人的爱情故事，又选一则。雪莉·葛雷（Shelly Golay）的丈夫去年病逝，她在上周大吃一惊，赫然收到丈夫送给她的情人节鲜花！在致电花店询问后才知道，丈夫生前安排花店在她有生之年，年年送上这件情意绵绵的礼物。

伊逢佳节倍悲伤，比翼那堪失雁行。

一束鲜花情永在，漫云生死两茫茫。

奥巴马总统羊年贺诗

奥巴马总统 2 月 18 日晚在中国农历新年除夕，透过白宫视频向全球亚太裔拜年，吾从其拜年贺词中译本中摘取 28 个字，凑成一首七绝助庆。

移民制度大家欢，美国常持活力间。

独特熔炉同创业，衷心祝福庆羊年！

北大校长

2 月 15 日，北京大学换校长。这次换校长，创下不少北大纪录，包括自 2008 年以来短短 7 年中，北大校长三次易人。从周其凤、王恩哥到新上任的林建华，都是具争议性人物。今年 60 岁的林建华，是北大自己培养的人才。作为"老北大人"，他或多或少承载着"北大人"的期望。

兼容并蓄汇英才，学术自由新局开。

北大精神何处觅？百年最忆蔡元培！

橘子哥

纽约男子马特，因失手机买了一部新 iPhone。他发现同步相片中，有个他辨认不识的男子，他命名为"橘子哥"，摆上社交网络。"橘子哥"被找到，他在广东梅州。两人联系上，邀请访问彼此的国家。报道此事的微博，短短几天，已有 2 千万人次点击。两人突然红遍网络！

梅州纽约一机牵，纲路神奇好结缘。

橘子哥名扬四海，传奇春晚最佳篇。

（2014 车 12 月—2015 年 2 月于纽约）

第 3 辑（16 首）

此辑稿件刊于纽约《综合新闻》专栏，说明文字略有删节。

赌场血案

在纽约市皇后区云顶赌场停车场，一名前科累累的非裔男子达鲁顿，射杀了另结新欢的女友。行凶后传短信给死者的姨母，称自己是"死神"。警方根据手机线索定位，追踪到凶手。凶手向逼近的警员开火袭击，随即被后者开枪击毙。

情仇爱恨易疯狂，辣手摧花闯赌场。
天网恢恢疏不漏，手机定位捉豺狼。

故宫春色

北京故宫每天有成千上万游客，一名摄影师却成功避开人潮，在故宫为女模特拍摄全露裸照。网友认为："亵渎文物，伤风败俗。"而一位律师表示，选择以古典建筑为背景拍裸照，采取"披衣脱衣，快照快收"方式，不应受到治安处罚。

一丝不挂泄春光，艺术色情争论忙。
京邑故宫庄重地，全抛三点实荒唐。

旅馆赠人

缅州有一间乡村旅店，1993 年，原业主举办征文比赛，在全世界近 5 千名参赛者中选出冠军，免费获得这间旅馆。当年的优胜者就是现在的主人贾尼丝。22 年后，她要退休了，决定用原来的方法，把旅馆赠送给征文比赛冠军。

便宜好事现当今，免费琼楼新主寻。
漫道文人无一用，可知只字值千金。

我是上帝

你相信有上帝吗？"上帝"就住纽约布碌仑区。原来，该区一名27岁男子的名字就是"上帝"（God）。去年，信用公司拒绝将"上帝"这个名字录入数据库，让他拿不到基本贷款。他将该信用公司告上法庭，并获得诉胜和经济补偿。

美国无由百事奇，苹城上帝打官司。

取名还是平凡好，不惹麻烦不犯疑。

我不知道

纽约州罗切斯特市新开了一家名为"我不知道"（I Don't Know）中餐馆，引起媒体及市民的广泛关注。该女老板是来自广东的移民，因为每次问孩子想吃什么，总是回答"不知道"，所以把这间新餐馆以此名之。名字好记，客似云来！

欲求出彩靠新奇，餐馆名为我不知。

难怪带来生意好，更兼美味又相宜。

扁担送爱

1979年，麦琼方才19岁，是广西百色人民医院洗衣房的勤杂工，工薪微薄。但她用一根扁担，自发把米粮、衣服送去给贫穷山区的孤寡贫民。而在自己的小居所，先后收养了86个孤儿，个个成才。她36年来坚持做善事，人称"扁担姐"！

扁担一根挑爱心，贫童孤老遇甘霖。

神州今日钱为上，无我精神意义深。

快去发财

阿肯色州有一个"钻石坑"州立公园，游人络绎不绝，因为该公园有规定，所有钻石都随便让游客挖，"发现者即拥有！"该公园自1972年开放起，这里已发现25714颗钻石，平均每天都有一到两颗被发现。而其中有700多颗，超过1克拉。

世人谁不想横财？州立公园觅宝来。

但愿天官能赐福，一锄挖得钻珠回。

生死相许（新韵）

96岁的琴内托和95岁的亚历山大，8岁时就开始认识，后来共坠爱河。婚后几十年间，两人很少分开。年纪大了，他俩反复跟孩子们说，希望能手牵着手在彼此怀中一起离开人世。果然，刚过钻石婚，两人在彼此怀中寿终正寝，只隔几小时。

古今难见有情人，白发齐眉钻石婚。

生死相依同守诺，双飞蝶侣动歌吟。

跌宕人生

"浏阳河，弯过了几道弯……"《浏阳河》这首名曲作者唐璧光，最近在湖南病逝，享年96岁。然因他被划为"右派"，妻子离婚，《浏阳河》一曲作者也被除名。后来多年间，为了《浏阳河》作曲知识产权，他打官司不下数十次，身心俱疲……

一曲回旋湖海间，浏阳河道几重弯？

雄鹰未必凌霄汉，李白早吟行路难。

飞刀夫妻

中国媒体报道，有一夫妻档的杂技表演，令人触目惊心：丈夫把一把把锋利的尖刀，大力投向以妻子为中心的标靶，插入处离妻子身躯只有方寸之遥！这是玩命生涯！为了谋生，为了不让孩子再作留守儿童，他们夫妻只能继续"玩命"。

触目惊心杂技台，飞刀难免入喉腮。

人生自古皆如此，贫贱夫妻百事哀！

艳女勾魂

菲尔·艾维号称世界最出色的扑克赌徒。一次在大西洋城赢走赌场960万美元，但赌场说他出千，他反控赌场用美色骚扰他。这场法庭争斗，尚未知鹿死谁手。奉劝爱去赌场的朋友，对那些风骚女侍，切莫心生邪念。须知，财色难两全！

各出奇招较短长，尔虞我诈细思量。

赌场狡猾多谋略，铜臭何如美女香！

善有善报

新州一间餐厅有个服务员叫俐思，悄悄为两位刚结束彻夜救火的消防员的咖啡买了单，并送上一张纸条："请注意休息！"纸条上的字，恰如热咖啡般温暖！不久，他俩发现，她正为生病的父亲在网上筹善款，就将网页链接发到自己的社交媒体，捐款很快达到 7 万美元。

咖啡温暖胜千金，血性男儿感不禁。

滴水之恩涌泉报，平凡故事动人心。

双喜临门

刚结束的女排世界杯赛，中国女排在主教练郎平带领下，战胜日本队，再次站上世界杯冠军领奖台。另一喜讯是，她的爱情也将开花结果，她正在筹备婚礼。未婚夫王育成，北大历史系毕业，是一位国家博物馆的专家，鉴宝大师。

中华女杰志今酬，挫败东洋傲五洲。

鉴宝专家真识宝，连城价值铁榔头！

悲欢离合

两个遭人遗弃的孤儿，郑玉荣与杨明明，是河南唱坠子书的街头卖艺人，本来素昧平生，一次偶然相遇，两人越聊越投缘，杨明明就拜郑玉荣为师，后来就合班子唱戏。很多观众都说他们长得像，于是去做个 DNA 鉴定，两人真的是亲姐弟！

茫茫人海觅无踪，身世飘零两难童。

许是冥冥天数定，分离姐弟巧相逢。

毋忘感恩

江苏省阜宁县乡下有个陶老汉，和两个已成家的儿子分开住，自己到县城郊区租了间房，以收集垃圾维生。最近陶老汉感觉到身体不行了，希望住到儿子家，但被两个儿子拒绝。去世前他从银行取出所有存款 21 万元，做成寿衣穿上。火化时，无数百元钞票被烈火吞噬！

家庭重担压双肩，父母劬劳年复年。

寄语儿孙牢记取，人间百善孝为先！

缅怀先驱

屠呦呦获诺贝尔生理学或医学奖，更令人怀念中国抗疟征途上的先驱者。其中最有成就者，是影星陈冲的外祖父、留英归国的药学大师张昌绍。然"文革"爆发，不堪折磨，自杀身亡。屠呦呦算幸运，"文革"始，她才36岁。

本草单方宝藏丰，古今探索志无穷。

神州药学先驱者，尽在人民忆念中！

（2015年6—10月于纽约）

（二）纽约客闲话（41首）

美国《侨报》有一个文学专栏《纽约客闲话》，我是特约作者之一，栏目冠名《一剪梅》。我每篇散文约千字，皆以诗词作结。现删节文字，选出41首七绝编成一辑，以作纪念。

吃在华埠

华埠有上百家中餐馆，现把餐馆名字，如"大鸿运""福临门""金桥""竹园""佛有缘""如意斋""鹿鸣春""绿杨村"等，串成一首七绝，以添情趣。

大鸿运到福临门，伫立金桥望竹园。

佛有缘来如意斋，鹿鸣春暖绿杨村。

（2007年3月3日刊《侨报》）

街头艺人

纽约，是美国文化艺术之都。活跃于街头的艺人，也增添了艺术气息，其中也有华裔。昨晚在中城街头，看到一位中国东北汉子，用洞箫吹出一曲《松花江上》。

喧闹街头百客行，忽闻檐下洞箫声。

松花江上悲凉曲，无限天涯故国情。

（2007年3月31日刊《侨报》）

弄孙新招

人生走到秋季，不觉间，我已荣升祖父级，有了内外两孙子。现在教孙子，并不只是教"床前明月光"几句唐诗那么简单，还要练就"会说、会玩、会看"三种招式。

岂止诗传"明月光"，电玩电视电邮忙。

桑榆虽晚犹勤学，好教儿孙乐且康。

（2007 年 4 月 14 日刊《侨报》）

诗药

中国古代已明了读诗的养生效果，如宋朝诗坛寿星公陆游有诗云："不用更求芎芷汤，吾诗读罢自醒然。"在美国很多药店，都有精美的诗集作为药品出售。有感而赋。

春雨无声万物苏，孤帆远影楚天舒。

劝君多读诗词曲，悦性怡情百病除。

（2007 年 5 月 12 日刊《侨报》）

美国病了

弗吉尼亚理工大学发生美国史上最惨重的校园屠杀惨案。原因是：美国病了！文化、教育、"自由拥枪"观念病了。治病妙方之一，就是学习东方的仁爱、诚恕之道。

学苑枪声举世惊，寻因问病要分明。

东方有剂灵丹药，倡导仁和自太平。

（2007 年 5 月 19 日刊《侨报》）

廿年一梦"十二钗"

电视剧《红楼梦》中饰演"金陵十二钗"的十二个女子，廿年之后，际遇各有不同，如今分飞海内外。身价上亿的"黛玉"陈晓旭，先遁入空门，后患病离世。

一出红楼载誉来，奇情要角巧安排。

人生看尽悲欢剧，叹息殊途十二钗。

（2007 年 5 月 26 日刊《侨报》）

《我爱你》

著名爱情喜剧《我爱你》中英文版，近日在纽约同期推出。此剧感人，在于剧本，正如易中天教授所言："现在成功的作品，必须具备'人性'和'现代'的两种元素。"

情海无波亦起澜，油盐柴米总相关。

人间多少悲欢事，且作寻常喜剧看。

（2007 年 6 月 2 日刊《侨报》）

人生风景

参加诗人画家秦松的丧礼，不由得想起他那本《很不风景的人》。其实，他是一个"很风景"的人，二十多岁便扬名台湾书坛。只因一幅画作"倒蒋"，从此流落天涯。

斯生未泯是童心，一盏春灯耀艺林。

书画诗魂三不绝，松声日夜作龙吟。

（2007 年 8 月 25 日刊《侨报》）

伊战何时了

布什总统施政的最大"成就"，就是把美国拖入一场绝望的伊拉克战争。已有三千多美军丧生，财政不堪重负。无论谁当下届总统，总要审时度势，早日停止伊战。

黩武穷兵道必孤，全球反战正如荼。

白宫莫奏前朝曲，韩越烟消万骨枯。

（2007 年 10 月 13 日刊《侨报》）

激情催放《狼毒花》

应邀赴《狼毒花》美国首映酒会，原来是抗战时一个土匪变成英雄的故事！这是整个制作团队的激情结晶。但题材也很重要，希望艺术家更关注当今时代生活！

举目神州火似荼，正宜下海探龙珠。

激情爆发千钧力，巨笔好描当世图。

（2007 年 12 月 15 日刊《侨报》）

致于金山"市长"

恭贺您荣膺纽约中华公所主席，成为华埠"市长"！您那本大作《生锈的花旗梦》，令人唏嘘。希望不负使命，帮助华人实现"花旗梦"，从"生锈"走向"绚丽"。

侨团百载仗龙头，勠力同心好远筹。

今日看君施妙手，华城兴旺上层楼。

（2008 年 1 月 19 日刊《侨报》）

读章含之前夫洪君彦回忆录

章含之走了，其前夫洪君彦沉默多年，终于发表了《我和章含之离婚前后》一文，与章的回忆录大相径庭。人物和历史真相，有时要靠多面镜子才能折射出来。

看人读史总朦胧，论罪评功各不同。

欲识庐山真面目，拨开云雾万千重。

（2008 年 3 月 22 日刊《侨报》）

莫待无花空折枝

现在出现不少"剩女"，年过三十，云英未嫁，不少是高学历、高收入、高素质的"三高"姑娘。原因在自身，追求完美。须知，世无完人，不如放下身段，莫负青春！

神矢穿心会有时，孤芳自赏易生悲。

劝君记取唐人句，"莫待无花空折枝"。

（2008 年 4 月 12 日刊《侨报》）

三见何干之

历史学家，中国人民大学历史系主任。1961 年见他回母校台山一中访问。翌年，我受托送物品到北京他家中。最后一次是在"文革"中，他在人大被批斗之时。后被折磨致死。

侨乡百载一英才，岂料星沉斗鬼台。

重访京华牵旧梦，那堪回首十年哀。

（2008 年 6 月 14 日刊《侨报》）

听于丹讲孔子

在哥伦比亚大学听于丹讲孔子，妙趣横生。这位"美女学者"，把国学经典《论语》，发酵成一坛香醇的好酒，调制成一碗"心灵鸡汤"。听众饮完之后，掌声不绝。

漫道圣人今古崇，千秋解读不相同。

清新何似小妮子，妙趣横生说老翁。

（2008 年 7 月 26 日刊《侨报》）

纽约观瀑

纽约观瀑，犹如痴人说梦，然却梦想成真！原来，东河上出现了四座人工的"艺术瀑布"。我也乘观光游船转了一趟，好一幅"银河落九天"画图。纽约，真富创造力！

如梦东河瀑布前，名城风景更娇妍。

平生阅尽湖山色，巧夺天工始觉鲜。

（2008 年 8 月 9 日刊《侨报》）

谁能画里解苍凉

纽约风景点，常见民间艺人书写龙凤字谋生。用特制的彩笔，描绘龙凤、花鸟、鱼虫，或汉字、英文。其实，有不少是来自中国的名画家，沦落天涯，出于无奈。

彩笔巧描龙凤翔，谁能画里解苍凉。

身如林鸟花间蝶，一样辛劳觅食忙。

（2008 年 9 月 3 日刊《侨报》）

走向金融风暴

金融海啸，全球恐慌。纽约华人社区倒风平浪静。我的朋友黎君，他在华埠买了 3 幢大楼，他只是街头小贩！他集中体现了华人的优点：勤劳、节俭和精明理财！

金融海啸浪翻天，华尔街头悲泪涟。

还是唐人光景好，勤劳节俭有余钱。

（2008 年 10 月 4 日刊《侨报》）

如果他不嫖妓

突发新闻，纽约州州长思必策嫖妓，黯然"下岗"！这件丑闻令其问鼎白宫梦碎，政治生涯完结。最具讽刺意味的是：他任州长签署的第一个法令，就是严惩嫖妓！

敢向金坛祭铡刀，廉风曾令鬼神号。

长嗟五月销魂夜，名裂星沉欲海涛。

（2008 年 10 月 11 日刊《侨报》）

唯一善终的名探

曾是香港警界四大名探之一的陈子超，避官非来到纽约，又成了"纽约唐人街老大"。然江湖是非多，后又传出"仓皇出逃"，到菲律宾去了。近日病逝于广州。

虎斗龙争沧海翻，江湖今日已无澜。

当年书剑恩仇事，且作寻常野史看。

（2008 年 10 月 25 日刊《侨报》）

寻匾问字在华埠

我喜欢在华埠穿街走巷，寻匾问字，细览那一幅幅名人字迹，捕捉那一缕缕历史云烟。如清朝钦差大臣郑藻如、蒋介石、蒋经国、胡适、于右任、赵朴初……

记取先侨血泪斑，冰霜历尽始开颜。

百年华埠沧桑史，犹见淋漓翰墨间。

（2008 年 11 月 10 日刊《侨报》）

还似旧时游上苑

当年搞"四清"，我们分配到京郊昌平县上苑公社。当年皇帝冶游之地，已成了一条萧索的村庄。这次回京，旧地重游，没想到成了"上苑艺术家村"，别墅错落，恍若隔世！

一别山乡四十年，欣看上苑换新天。

重来疑入桃源境，锦绣庄园耀眼帘。

（2008 年 12 月 6 日刊《侨报》）

俄罗斯女郎

我的老师孙念恭，留学时与一苏联姑娘相恋，组织不批准。我修俄语，有一个笔友叫娜塔莎，中苏交恶，交往戛然而止。后来，儿媳妇也叫娜塔莎，她却是唐人。

爱恨那堪话旧时，鸳鸯棒打惨分离。

今朝族裔樊篱毁，喜看长空比翼飞。

（2009 年 1 月 17 日刊《侨报》）

镜子与洪钟

季羡林教授走了！他著作等身，特别是留下一本《牛棚杂忆》。他曾说："如果把这一场灾难的经过如实地写了出来，它将成为我们这个伟大民族的一面镜子。"

燕园遥望吊斯人，尤忆当年历劫尘。

史海钩沉书万卷，牛棚杂忆最情真。

（2009 年 7 月 18 日刊《侨报》）

成语掀波

在台湾听闻了几则有关成语的故事。如台湾教育主管部门负责人郑瑞城，赞扬某负责人是某基金会的"始作俑者"；还有台湾地区前领导人陈水扁，称赞义工的贡献是"罄竹难书"。学界哗然！

逢迎妙解惹风波，罄竹难书扁罪多，

寄望今居高位者，中华成语细研磨。

（2009年8月15刊《侨报》）

文学不死

有人说"文学已死"，我不苟同。就以美国华文文学来说，一百多年前，先侨踏上新大陆，就有铁窗吟哦，后来又涌现了大批华文作家和作品，"风景这边独好"！

一自先侨闯美洲，铁窗吟赋抒乡愁。

百年后浪推前浪，华夏文河不断流。

（2009年8月29日刊《侨报》）

一字万金

南京有条广告"红豆杉，健康伞"获奖50万元，一字值8万多元。经典广告，令之获利甚丰，如某牙刷厂之"一毛不拔"等。奥巴马标榜"改变"，轻取总统宝座。

语不惊人死不休，修词琢句出奇谋。

精明孰似奥巴马，"改变"金言第一流。

（2009年9月12日刊《侨报》）

华埠的五星旗

华埠第一面五星红旗，是新中国诞生之日，在纽约衣联会升起。而亲手挂旗的陈金坚，此后20多年遭监视，直至尼克松访华。而今五星旗随处可见，天翻地覆！

六十年来江海翻，中华崛起尽开颜。

扬眉吐气红旗展，海外侨胞颂靠山。

（2009年9月26日刊《侨报》）

初见周有光

到北京拜访了 105 岁的周有光翁，询之长寿诀，他拿出和夫人合著的《多情人不老》作答。他还出示了刚出版的《朝闻道集》，谦称"朝闻道"，还要"新探索"！

深巷京城一寿翁，人生风浪总从容。

百龄始说朝闻道，真理探求志不穷。

（2011 年 1 月 21 日刊《侨报》）

另类侨彦

我的故乡台山端芬，有一座礼拜堂学校，其创建者是梅光显牧师。他从美国带回去的，不是金钱，而是信仰。妻子这样评价其一生："生活清贫，精神富有。"

万丈红尘名利浓，人心净化不同宗。

儒家释道兼基督，社会和谐宜并容。

（2011 年 4 月 11 日刊《侨报》）

旁观清华园

1968 年秋天，我毕业离京，顺便去清华和老乡告别，但见清华园"百日武斗"后留下的一片凄清。30 年后再访清华，见到一块大石刻有"人文日新"四字，意味深长。

百载清华科技雄，英才辈出立丰功。

但祈新纪从头越，着力人文四海崇。

（2011 年 5 月 14 日刊《侨报》）

羊城小巷最魂牵

最近返穗，逛了荔湾区的三家巷。这巷子成名巷，得益于欧阳山小说《三家巷》。而三家巷有几条，哪条是正身？其实不重要，只代表广州巷子的缩影而已。

阅尽天涯景万千，羊城小巷最魂牵。

依稀旧梦荔湾畔，一代风流未化烟。

（2011 年 5 月 21 日刊《侨报》）

奇人林缉光

可说是纽约奇人！办过马场，办过报纸，办过餐馆，样样成功。但他最醉心艺术和收藏，其经营的"纽约贞观国际拍卖公司"，成了世界各地收藏家的淘宝重镇。

商河艺海两扬波，何惧征程风浪多。

造就贞观三不缺，天时地利与人和。

（2011年6月11日刊《侨报》）

留待依依仔细看

温州动车特大交通事故发生后，一特警从将被掩埋的坠地车厢里，发现了仍活着的2岁小依依。有一素昧平生者，封存了一封信，嘱咐20年后才给依依看。

真理探求难上难，亡魂地下岂心安。

荒唐岁月封囊里，留待依依仔细看。

（2011年7月刊《侨报》）

守紧"裤链门"

最近政治人物"嫖妓"新闻不断，如纽约州州长思必策、法国总统候选人卡恩等。"嫖妓"由来已久，如陈独秀几致身败名裂，并引发一起有关"公德"和"私德"的大辩论。

公德还须私德高，洁身自好乃英豪。

寄言政界风流客，色字当头一把刀！

（2011年7月16日刊《侨报》）

瞧这一家子

有了谢贤一家的风流史，娱乐了香港五十年！谢贤身边女人如走马灯，妻子狄波拉再婚，谢贤出席喜宴，儿子谢霆锋和张柏芝婚变，又引出了王菲和陈冠希……

五十年来未歇场，谢家长剧广传扬。

人间离合悲欢事，纵是无情也断肠！

（2011年7月23日刊《侨报》）

呼唤脊梁校长

骊歌响起,很多大学校长的毕业致辞,植入网络热词,贴近生活。然最获好评的,是政法大学副校长江平,他说出了"最基本的道德底线",要当时代的脊梁!

漫道潮言出至文,奢谈理想等浮云。

今闻莫害忠良语,喜记泰山高不群!

(2011 年 8 月 27 日刊《侨报》)

邮田可种钱

我小时爱集邮,有不少邮友。到纽约后,发现当年的邮友,竟不意发了大财,如老麦有两枚《全国山河一片红》,老赵靠买卖邮票,买了房子,还供养子女读大学。

方寸能容大海天,闲来玩赏自怡然。

他乡百虑谋生道,未料邮田可种钱!

(2011 年 9 月 10 日刊《侨报》)

共和国首批"女飞"

我在天津拜访了 78 岁的伍竹迪,她是共和国首批女飞行员。1952 年 3 月 8 日国际妇女节,她们驾机飞越天安门,接受毛主席、周总理等中央首长和首都人民的检阅。

最是难忘越北京,万人空巷看飞行。

白头重聚从何说? 六十年来家国情。

(2012 年 1 月刊《侨报》)

三尊雕像耀华埠

城中雕像,代表着这座城市的精神。纽约市有自由女神像。庆幸在华埠,有三尊中华民族伟人的雕像:孔子、林则徐和孙中山。中华公所有"孙中山纪念堂"。

当年革命走西东,华埠依稀认旧踪。

纪念堂前思伟绩,侨胞万代沐春风!

(2012 年 5 月刊《侨报》)

卅年华埠几更新

来纽约卅年了，目睹华埠巨变。而唯一不变的，是它有历史遗迹和文化沉淀，是我们无法取代的家园。逢春节，街头挂满梅花灯饰，带来无限的乡情和春意！

天涯何处是吾家？北雁南鸿栖海崖。

漫道他乡风景异，春来华埠绽梅花。

（2012 年 5 月刊《侨报》）

（三）台山人在纽约艺苑群芳谱（38 首）

【《台山人在美国》杂志编者按】

廿四年前，纽约出现诗画琴棋会雅集；十四年前，纽约诗词学会诞生；七年前，《台山人在美国》创刊；四年前，《台山文化之友》问世。在世界大都会纽约，数以万计带着中华文化传统的台山人，在文化艺术上没有数典忘祖。在诗词、绘画、书法、曲艺诸方面孜孜以求，群芳竞艳，梅振才君是其中佼佼者。兹将他撰写的《艺苑群芳谱》发表，以飨读者。

梅振才

吾寓居纽约多年，有幸认识不少活跃在文坛艺苑的台山人。他们勠力弘扬中华文化，令人感动。为彰扬先进，选出 36 位编入"群芳谱"，按姓氏笔画顺序排列。自知囿于视野，难免沧海遗珠，期望读者不吝赐教。

谋生海外度春秋，怀国思乡总不休。

诗画琴棋扬雅韵，三台人物意方遒！

王晓华

企业家兼作家。毕业于华南师大中文系，曾获全国大学生优秀作文选一等奖、美国亚裔杰出企业家奖、艾丽斯岛杰出移民奖。现任美加美集团总裁、美国林氏投资俱乐部总裁、广东侨胞联合总会总理、《台山人在美国》杂志社社长。

华章夺冠誉神州，走笔花旗更上楼。

编就图文刊一卷，台山人物逞风流。

伍名峰

著名书画家，岭南画派传人。早年师拜岭南诸名家习画，并融汇百家，形成独特风格，尤以"大写意"作品艳惊画坛。来美半世纪，坚持创作，组织画会，设帐授徒，弘扬画艺不遗余力。

岭南画派出高才，佳作连连夺奖回。

卅载耕耘勤作育，苹城艺苑百花开。

伍廷典

书法家。家学渊源，自小就好书法，一直挥毫至今。来美数十载，热心社区服务，曾任纽约中华公所主席等职。其高超之书法艺术为世所重，纽约华埠数家社团之名匾，即为其所书。

渊源家学沐书香，铁笔银钩见劲苍。

几处大楼悬字匾，中华文化永传扬。

伍芳园

著名书画家，岭南画派传人。早年师拜岭南诸名家习画，并融汇百家，形成独特风格，尤以"大写意"作品艳惊画坛。来美半世纪，坚持创作，组织画会，设帐授徒，弘扬画艺不遗余力。

温文尔雅古风存，淡墨浓情见画魂。

难得卅年播雨露，岭南画派有芳园。

伍若荷

两岸骚坛诗人。自云："家贫犹自习文章，耽爱诗词翰墨香。"六旬之后更加勤奋，佳作迭出。其诗作情辞并茂，格律严谨。出版有自选诗集《雨荷诗集》，隔十年又出了"续集"。

家国情怀且放歌，俏词丽句复研磨。

辛劳十载添新卷，欣倚灯窗赏雨荷。

伍俊生

台山杰出教师，曾任台山一中副校长，现任美东台中校友会会长。桃李遍天下，著名作家刘荒田乃其高足之一。内外全才，文笔一流，其诗文作品清雅脱俗，有众多拥趸。

汗洒教坛数十秋，忠诚正直世难求。

天涯何处无桃李？更见文章第一流。

伍雁婵

粤剧演唱家。在商场与剧场皆长袖善舞，是"篁上篁酒家"董事长。业余常在粤剧舞台扎上一角，做唱俱佳。热心社区服务，曾荣获艾丽斯岛杰出移民、社区领袖、社区英雄等奖。

艺苑商场两擅长，华城名媛不寻常。

戏台难得声情茂，剑合钗圆最绕梁。

伍曼红

民智剧社乃华埠推广粤剧最有影响力的社团之一。1980年开始参加该剧社活动，从一个不谙粤曲的少女，逐渐成为出色的唱家和乐师。后出任社长至今，十多年来，为会务尽心尽力，广受好评！

鼓乐声腔采百家，苹城红豆绽芳华。

醉人最是平喉展，一曲回肠帝女花。

江秀仪

诗人、乐师。端芬汀江人。活跃于纽约艺坛，擅长提琴、短笛、洞箫，所奏中西乐曲韵味十足，节奏分明，优美动人。其诗词作品清新雅致，情深意浓，通顺流畅，朗朗上口。

艺海逍遥俗虑清，诗词音乐两精明。

才情当数端芬女，优雅歌吟伴笛声。

李文育

毕生致力于国画创作与传授。其作品广采百家，形成自己的风格。其画作题材多样化，有花鸟、禽兽、山水、人物等。其风景画《海永无波》，被《台山文化之友》杂志选作创刊号封面图。

挥洒丹青扬国风，河山花卉展新容。

深情注入三台景，海永无波意万重。

李本良

著名摄影家，名扬海内外。其摄影作品构图视角独特，色彩变化多端，且具优雅韵味和深刻哲理，在世界各地影展中频获金奖。其《含情脉脉》佳作，歌颂爱情与感恩，情趣盎然。

牛山一见两心倾，许是三生系赤绳。

携手天涯创家业，花前默默诉深情。

李伍蕙莲

纽约成功企业家，喜好粤剧，行善为乐。二十多年前创立"富贵粤剧学院"，出钱出力，为弘扬传统粤剧曲艺不遗余力，且慈善演出成绩斐然。现年届九秩，仍登台，唱功俱佳。

弘扬粤剧乐心头，资助躬身数十秋。

九十登台如十九，弹筝奏曲展歌喉。

李春华

自少习画，曾赴京深造。长记名师司徒奇教导，作画要"追求雅妙新"、最好是"奇趣自出，一派天然"。数十年间，苦练诗书画，渐臻"三绝"高境，成为一位"文人画家"。

诗书画艺注全神，落笔追求雅妙真。

一派天然奇趣出，难能三绝有传人。

李泽槐

台山教育界著名的"老校长"，曾任台山一中、台山师范、台山侨中、端芬中学等校校长。年届九旬，仍积极参与纽约的校友会活动，并坚持赋诗作文写字，不遗余力弘扬中华文化。

屹立苹城一劲松，德高望重士林崇。

自如翰墨闲挥洒，才气依然笔力雄。

陈麦洁明

著名歌唱家、慈善家。天生一副好歌喉，声情并茂，台风甚佳。经她演绎的名曲，如《梅花》等，别具韵味。经商有道，慈善为怀，是华人善终基金会主席，为社区贡献良多。

天生丽质善心肠，婉转歌喉韵味长。

一曲梅花人共醉，春临华埠溢清香。

陈葆珍

著名作家。毕业于广西师大中文系。1982年来美，业余勤奋写作，出版有诗集《拾趣》，文集《墨缘》《雁过留声》，长篇小说《情感沧桑》《廿年一觉纽约梦》《指缝间》等。

历尽沧桑两鬓丝，漫将哀乐谱新词。

苹城雅苑花如锦，喜见奇葩又一枝。

陈万里

资深文评家、诗人、作家。自少年时代起，爱好诗词文学，且为排篮两球高手。如今双鬓如雪，仍笔耕不辍，佳作迭出，尤其是对台山之历史典故、乡土文化之著述颇丰。

诗家出口便成章，球技排篮亦擅长。

不老宝刀非任性，台山文化漫评量。

陈驰驹

诗人，名扬两岸。出身书香之家，幼承庭训，九岁能诗。中山大学毕业后，从事财贸、教育工作。数十年间，吟哦不辍，著有《丁亥后石榴岗诗草》《北上吟草》等，好评如潮！

清词雅句若珍珠，四海唱酬诗不孤。

国粹弘扬此生愿，辛勤授业出高徒。

马华胜

新诗诗人。从事教育工作30多年，曾任白沙萃英中学校长、纽约华侨学校教务主任。爱好写作，是白沙文学会创会会长之一。近年来任《台山人在美国》总编辑、《南方都市报》海外台山版记者。

采访编刊岂自娱？乡情砚谊总心趋。

及时报道图文茂，精益求精献社区。

郭仕彬

诗人。自幼喜好文学。移民美国后，业余不懈进修诗词格律，勤奋写作，成就不少佳篇，曾荣获北京征诗一等奖、特优奖等。现为中华诗词学会会员，纽约诗画琴棋会、纽约粥会秘书长。

寒窗苦读几春秋？格律细研诗海泅。

佳作频频登榜首，依然不懈上层楼。

郭珍芳（Jean Kwok）

美国文坛新锐作家。哈佛学士，哥大硕士。其首部带有自传色彩的移民故事《Girl in Translation》，一出版便登上《时代》小说类畅销书榜首，被译成13国语言。现为专业作家，前途无量。

逆水行舟勇向前，家贫亦有出头天。

实描华裔成功史，堪作青年示范篇。

麦子（麦启凌）

著名记者、作家。中山大学中文系毕业，担任中新社驻美高级记者20多年，曾获全美最佳新闻报道一等奖。著有《美国华人群英录》《大洋观潮记》及长篇小说《悬崖上的爱情》等。

廿年劳苦美洲驰，华裔精英尽写之。

更有传奇描浩劫，悲情惨史促人思。

麦益权

广东省著名的集邮家和鼻烟壶收藏家。曾任台山集邮协会副会长，为开展群众性集邮活动，为推广集邮文化，贡献良多。有多项创举，称誉集邮界，如自创首轮十二生肖手绘实寄封等。

五邑收藏第一家，追寻未悔耗年华。

人文历史存珍品，价值连城总不差。

梅光伟

诗人，端芬高原村人。毕业于台山师范，长期从事教育工作。移民美国后，利用余暇学习诗词格律，进步甚快，其作品荣获两岸多种奖项。与梅英伟合编数册《高原雅集》诗文集。

平生万事不愁难，发白犹攻格律关。

数卷高原文雅集，梅香逸韵绕千山。

梅建业

画家。早年在广州受到正规系统的艺术教育，有扎实的绘画基础。多年从事美术编辑和艺术创作，涉足素描、粉彩画、油画、水彩等画种，功力精湛，成绩斐然，频频获奖。

线条色彩见高明，融合中西技法精。

人物风光真善美，最难尺幅注深情。

曹超娟

作家。献身杏坛数十载，多次被评为县优秀教师、省先进教育工作者。移民纽约后，勤于写作，著有诗文集《春音秋韵》、百万字长篇小说《风雨妒芳菲》等，受到中美两地读者好评。

文思常逐彩云飞，秋韵春音妙笔挥。
一部移民辛楚史，难忘风雨妒芳菲。

杨欣然

著名诗人，亦擅书画，声名远播。80年代加盟洛杉矶晚芳诗社，1990年被聘为顾问，继而被聘为名誉会长。其诗词作品曾在海内外多次荣获金奖，出版有《欣然咏絮》《诗境谜踪》等诗集。

喜见欣然咏絮才，引人诗境谜踪猜。
琳琅字画凝心血，不懈晚芳园地培。

甄锦能

青年油画家。从小就显露其美术天赋，后来更师从多位名家，集各家之长充实己之创作思维，形成了独特的风格。其作品色彩绚丽，构图优美，栩栩如生，富有侨乡风情。

精绘潭江景物华，身携彩笔闯天涯。
苹城画苑群芳艳，乡土风情自一家。

刘云山

著名画家，名扬大洋两岸。先后就读于CUNY布碌仑学院、北京中央美术学院、广州美术学院，油画、国画造诣深厚。曾费5年时间实地参察，创作了120米《万里长江图》长卷。

故园泼墨洒浓情，五载辛劳画始成。
不尽长江收眼底，犹闻万里浪涛声。

刘锡泗

台师毕业，当过教师。后致力于开拓台山的广播事业，曾任台山广播电视局副局长。业余爱好台山民歌的创作和演唱，有"台山民歌王"之誉。纽约宴会，常献唱一曲台山民歌，赢得满堂喝彩。

忆昔电台开路初，新闻播入万民居。

苹城犹唱三台调，无限乡情寄木鱼。

赵荣基

著名楹联书法家，出版有《书联璧合》一书，为方家所激赏，大作家王鼎钧赞之"珠玑组合，龙蛇游走"。曾任国际华人艺术协会会长，现任美洲中华书法学会会长等职。

觅句挥毫岂易精？知难偏向虎山行。

书联璧合扬风雅，娱己娱人慰此生。

赵振新

诗人，其诗作力求明白清新，似行云流水。其情深之作，读来荡气回肠，如"赠内"绝句"人间难得玉无瑕"。其"文革"期间写下的诗作，为史做证，弥足珍贵。

典雅清新有几家？回肠荡气玉无瑕。

敢吟浩劫苍生苦，诗史长铭斥恶邪！

赵鲁

生于斗山浮石"赵宋皇族古村"的著名书法家。自幼酷爱书画，毕业于中国书画函授大学。移民美国后仍不辍挥毫，佳作迭出，曾在海内外荣获各种奖项，如国际书法大展特别奖。出版有《千字文》等书法集。

一自皇庭遗郁芬，浮山人物艺超群。

卅年练就龙蛇笔，惊艳书坛千字文。

廖绍棠

诗人、编辑。在台山长期从事教育工作。在纽约退休后，重拾诗笔，著有诗文集《吟草记闲》等。热心社区文化活动，现任《台山文化之友》及《纽约友声》等刊物主编。

平生唯一嗜诗骚，吟草记闲才调高。

最是令人钦佩处，灯窗编稿不辞劳。

邝启新

早年在台山是一位有文化素养的"儒官"。来美后，带头掀起研讨台山乡土文化之风，为纽约《台山文化之友》杂志创办人之一。其描绘台山洋楼群长卷，被誉为"侨乡台山第一图"。

八旬走笔绘奇图，璀璨洋楼侨眷都。

彩墨线条描历史，三台艺苑耀明珠。

谭克平

诗人。少年来美，投身军旅，曾参与中国抗战，为飞虎队队员。后从事餐馆业，事业有成。六旬始精研格律，后出版《天涯吟草》诗集。为在中国推广诗词，出钱出力，贡献殊多。

漫道老来挥笔迟，天涯吟草足珍奇。

五湖烟雨世间味，尽入先生一卷诗。

谭锋

附城白水乡游鱼村人。自小好诗文，移民美国后仍笔耕不辍，经常有文章在纽约大报刊发表。出版有《谭锋诗文选》、抗日小说《侨乡疤痕》、人物传记《人民公仆周恩来》等。

侨乡白水一游鱼，史海诗河更自如。

休管鬓毛今似雪，依然文苑乐耕锄。

（刊于《台山人在美国》第 6 期，2018 年 8 月 1 日）